쿼런틴

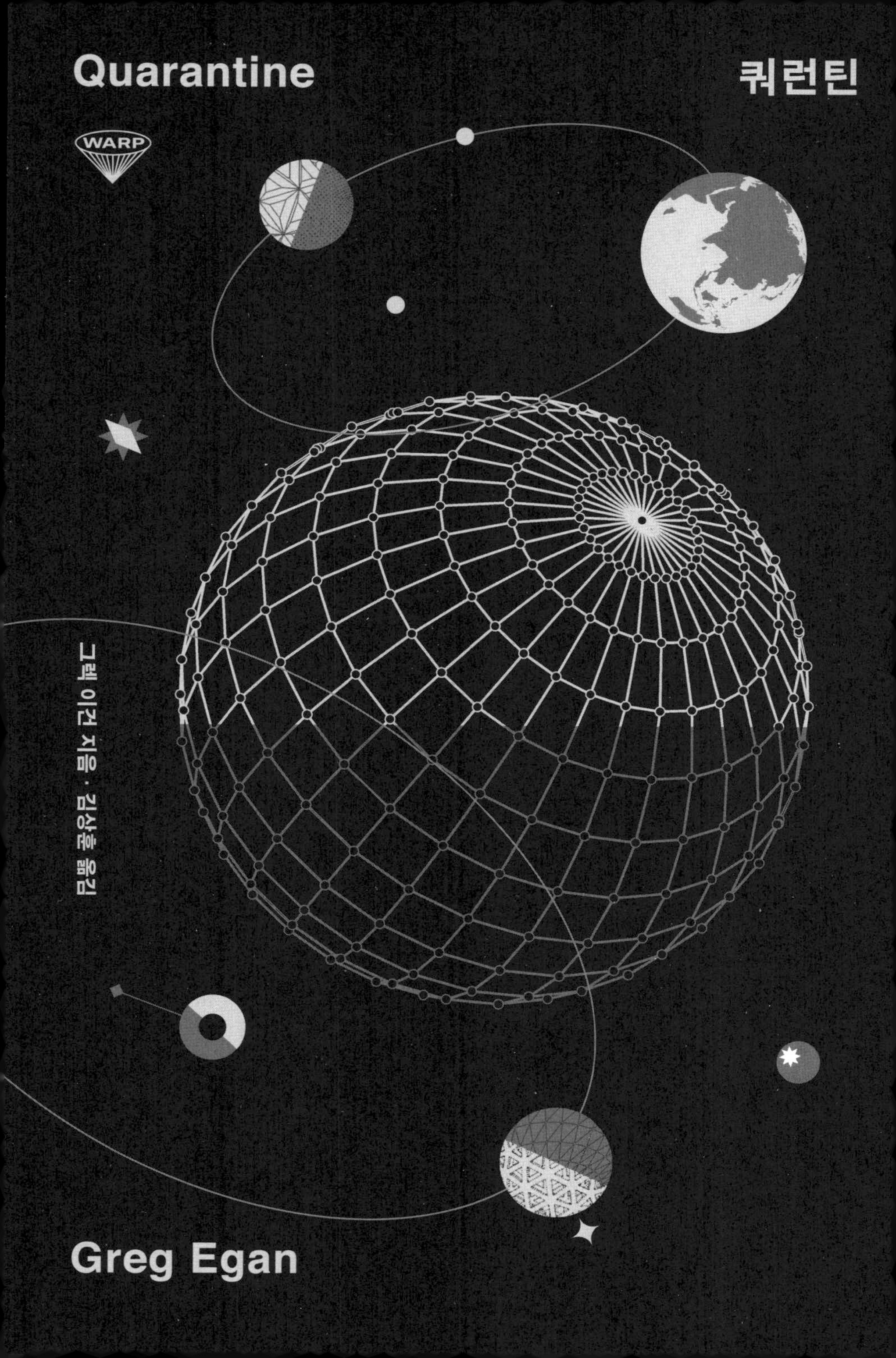
Quarantine
쿼런틴
WARP
그렉 이건 지음 · 김상훈 옮김
Greg Egan

contents

제1부

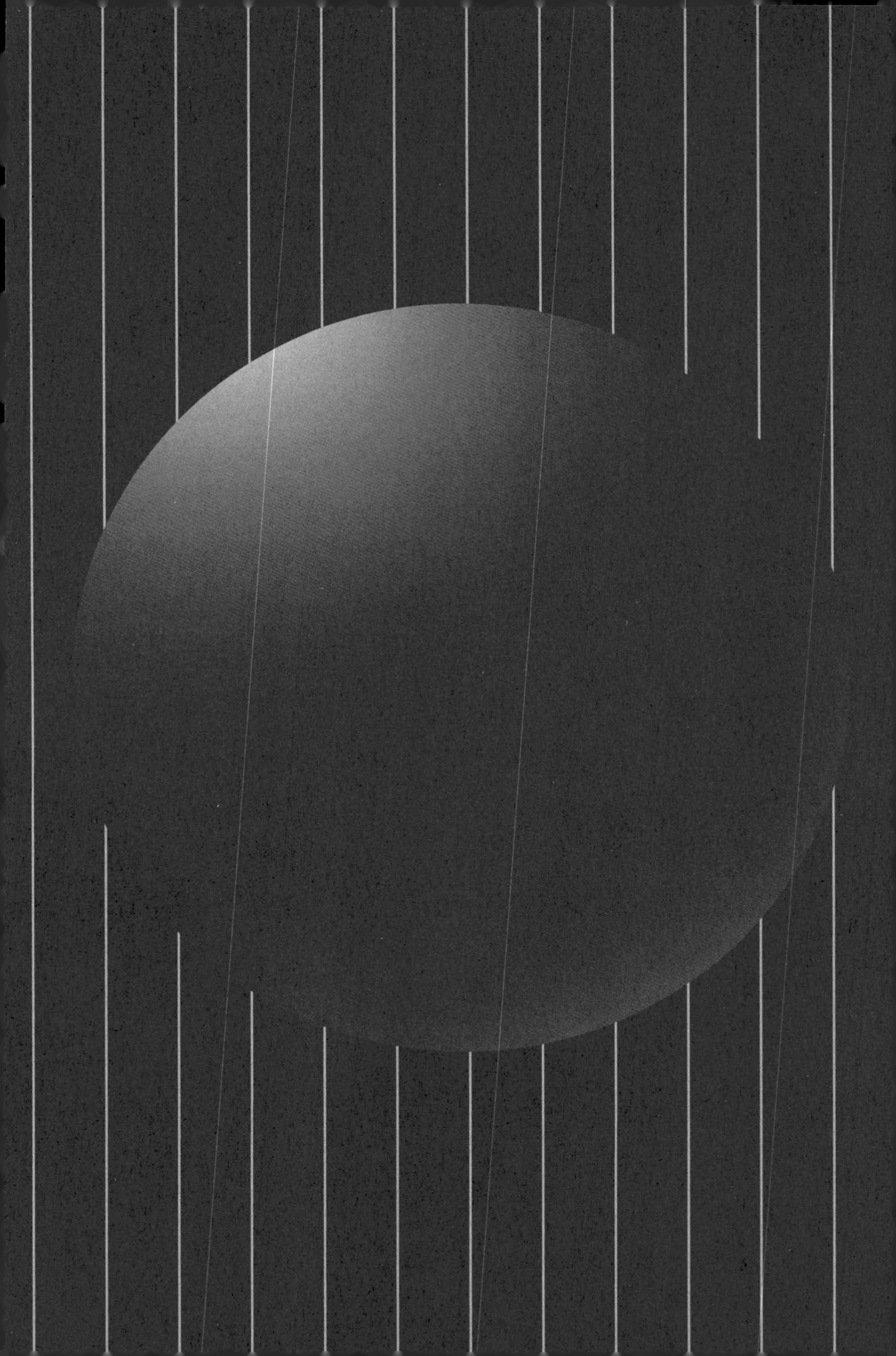

1

내가 자고 있을 때 연락을 취하는 의뢰인은 가장 편집증적인 축에 속한다.

물론 일반 비디오폰 화면에 민감한 내용의 사적 메시지가 전자적으로 해독되어 뜨는 것을 원하는 사람은 없다. 설령 방이 도청당하고 있지 않더라도 암호화되지 않은 신호에서 누출되는 무선주파수는 한 블록 떨어진 곳에서도 잡아낼 수 있기 때문이다. 그러나 대다수의 의뢰인은 통상적인 해결책, 즉 뇌 신경의 배선을 수정함으로써 뇌에서 자체적으로 신호를 해독하고, 그 결과물을 시각과 청각 중추에 직접 전달하는 방법으로 만족한다. 내가 쓰는 모드mod인 **암호 비서**(〈뉴로컴〉, 5,999달러)에는 가상 성대 옵션이 달려 있기 때문에, 송수신 시에도 완전히 보안이 유지된다.

그러나 따지고 보면 그조차도 완벽하다고 할 수는 없다. 뇌 본체에서도 미약한 전자기장이 새어 나오기 때문이다. 비듬 가루 크기의 초전도 탐지기를 당사자의 두피에 붙여놓기만 해도 가상 지각 행위와 관련된 신경 데이터의 흐름을 도청할 수 있고, 거의 시차를 두지 않고 그에 상응하는 화상과 음성으로 변환하는 일은 그리 어렵지 않다.

그래서 필요해지는 것이 **야간 교환수**(〈액손〉, 1만 7,999달러)다. 뇌의 재배선을 수행하는 나노 머신들이 해당 유저에게 이 모드의 고유한 스킴—뇌의 시냅스 형성을 통해 의미를 인코드하는 개인 특유의 코드—을 매핑하는 데는 최대 6주까지 걸리지만, 일단 재배선이 완료되면 사용자는 뇌로 수신한 신호를 오감으로 번역할 필요조차도 없게 된다. 의뢰인이 당신에게 알리고 싶은 일이 있으면, 발신자의 얼굴이 당신에게 말을 거는 광경을 머릿속에서 재현할 필요조차 없이 직접 그것을 '알게' 되는 것이다. 게다가 개개인의 전자기적 특징을 신경 레벨에서 해석하는 것은 현실적으로 불가능하다. 이 방법의 유일한 난점이라면, 각성한 상태에서 통상적인 오감을 거치지 않고 머릿속에 홀연히 정보가 출현할 경우 대부분의 사람은 혼란을 느끼기 마련이고, 최악의 경우에는 정신적 외상까지도 각오해야 한다는 사실이다. 따라서 수신이 가능한 시간은 당사자가 자고 있을 때로 한정된다.

꿈을 꾼다는 얘기가 아니다. 잠에서 깨어나면 이미 '알고' 있는 것이다.

로라 앤드루스는 32세다. 키 156센티미터에 체중 45킬로그램. 짧게 친 갈색 직모. 엷은 파란색 눈. 길고 가느다란 코. 앵글로-아이리시 계통의 이목구비에 피부색은 칠흑. 그녀는 대다수의 오스트레일리아인처럼 태생적으로 자외선으로부터 몸을 보호하는 능력이 부족했기 때문에, 레트로바이러스 벡터를 통해 멜라닌 색소의 생성을 촉진하고 피부 표피를 두텁게 만드는 유전자 치료를 받았다.

로라 앤드루스는 중증의 선천성 뇌 손상 환자다. 서투르게 걷거나 음식을 먹을 수는 있지만 다른 사람과의 의사소통은 완전히 불가능하고, 전문가들 말에 따르면 외부 세계를 인식하는 능력은 기껏해야 생후 여섯 달의 갓난아기 수준이라고 한다. 그녀는 다섯 살 때부터 현지의 힐게만 병원에 입원하고 있었다.

지금으로부터 4주 전, 아침 식사를 제공하려고 병실 문의 자물쇠를 연 간호조무사는 로라가 병실에서 사라져 있다는 사실을 깨달았다. 병원 건물과 부지를 아무리 수색해도 그녀를 찾을 수 없자 관계자들은 경찰에 신고했다. 경찰은 병원을 다시 뒤진 다음 수색 범위를 넓혔고, 병원 인근의 가택을 일일이 방문하며 조사해 보았지만 역시 허탕을 쳤다. 로라의 병실에 억지로 침입하려고 한 흔적은 없었고, 감시 카메라의 영상 기록에도 전혀 단서가 남아 있지 않았다. 경찰은 병원 직원들을 엄하게 신문했지만, 그녀를 유괴했다고 자백한 사람은 끝내 나오지 않았다.

4주가 지난 지금도 사건 수사에는 아무런 진전도 없었다. 목격자도 나타나지 않았다. 시체도 나타나지 않았다. 유괴범의 몸값 요구도 없었다. 따라서 경찰의 사건 수사는 공식적으로는 아직 종결되지 않았다. 단지 새로운 진전이 있을 때까지 사건의 '우선순위를 낮췄을' 뿐이다.

새로운 진전이 있을 것을 기대하는 사람은 없었다.

로라 앤드루스를 찾아내서 안전하게 힐게만 병원으로 되돌려 놓는 것이 내 임무다. 혹시 그녀가 사망했을 경우에는 그 유해를 찾아내고, 그녀의 유괴에 관련된 자들을 기소할 수 있도록 충분한 증거를 모아야 한다.

익명의 의뢰인은 로라가 납치당했다고 믿고 있었지만, 그 동기가 무엇인지에 관해서는 언급을 피했다. 나는 일단 판단을 보류했다. 아직은 이 사건에 관해서 의견을 내놓을 수 있는 입장이 아니었다. 내 머리에 잔뜩 들어찬 수신 정보는 의뢰인의 색안경을 통해 본 것이고, 허위 사실이 포함되어 있을 가능성조차 있기 때문이다.

눈을 뜨고 억지로 침대에서 빠져나와 방구석의 단말기 쪽으로 갔다. 나는 금전에 관련된 사항은 절대로 머릿속에서 처리하지 않는다는 원칙을 가지고 있다. 키를 몇 개 누르고 만족할 만한 액수의 계약금이 내 은행 계좌에 잠정적으로 입금되어 있는 것을 확인했다. 입금을 승인하면 의뢰인은 내가 이 사건을 맡았다는 사실을 자동적으로 알게 된다. 잠시 멈춰 서서 이 임무에 관해 다시 숙고하고, 내가 그것을 정말로 이해하고 있다는 사실을 재차 확인하려고 해보았다. 수면 시에 받은 의뢰에는 언제나 꿈의 논리에 가까운 느낌이 따라붙는다. 아침이 되면 지금 내가 알고 있는 정보는 모두 무의미한 헛소리로 바뀌어 있지 않을까 하는, 희미하지만 불식하기 힘든 의구심이 끈질기게 따라붙는 것이다. 잠시 후 나는 계좌 이체를 승인했다.

무더운 밤이다. 발코니로 나가 강을 내려다본다. 새벽 3시가 되었는데도 강은, 오렌지색 또는 초록색 빛을 부드럽게 발하는 윈드서핑

보드에서부터 대낮의 햇살보다 더 밝은 스포트라이트 빛을 받고 있는 전장 12미터의 요트까지 망라한 온갖 종류의 배들로 가득 차 있었다. 세 개의 메인 다리 위는 모두 자전거나 보행자로 붐비고 있었다. 동쪽을 바라보니, 카지노 상공에서 트럼프와 주사위와 샴페인 잔을 구현한 거대한 홀로그램이 깜박이며 회전하고 있는 것이 보인다. 이제는 아무도 잠을 자지 않는 것일까?

텅 빈 검은 하늘을 올려다보자 마치 그 속으로 빨려 들어가는 듯한 기묘한 느낌에 사로잡혔다. 달도, 구름도, 행성들도 없는 무정형의 광활한 어둠을 바라보면서 거리감을 느끼려고 해보아도 아무 소용이 없다. 내가 지금 바라보고 있는 것이 무한한 공간인지, 아니면 내 눈꺼풀 안쪽인지도 알 길이 없는 것이다. 폐소공포증과 〈버블bubble〉의 비인간적인 거대함에서 비롯된 현기증이라는 모순된 두 감각이 혼연일체가 되어 몰려오며, 구토감이 치밀어 오른다. 한 번 강하게 몸을 떨자, 이내 그 감각은 사라졌다.

모드가 내 머릿속으로 투영하는 죽은 아내 **캐런**의 환영이 나와 함께 발코니에 서서 내 허리에 팔을 둘렀다.

"닉? 무슨 일이야?"

그녀의 서늘한 손이, 손바닥을 펼치며 촉각처럼 내 배를 덮는다. 대답하는 대신 밤하늘의 별을 다시 보고 싶지 않느냐고 물어보려다가, 이런 질문이 얼마나 감상적이고 멍청하게 들릴지를 깨닫고 입을 열기 직전에 그만두었다.

고개를 가로저었다.

"아무것도 아냐."

한여름에는 초목이 말라붙어 갈색으로 보이는 것이 정상이지만, 힐게만 병원의 구내는 유전자 공학 및 강제 급수 덕택에 최대한 푸르른 상태를 유지하고 있었다. 오전의 열파 속에서도 잔디가 마치 이슬에 젖은 것처럼 반짝이는 것은, 보나 마나 지면 아래로부터 끊임없이 물을 공급받고 있기 때문이리라. 병원 건물로 통하는 사유 도로로 들어선 나는 일종의 단풍나무처럼 보이는 가로수 그늘 아래를 터벅터벅 걸어갔다. 이런 풍경을 유지하려면 엄청나게 돈이 들 것이다. 불필요한 물 사용은 이미 중과세 대상이지만, 몇 달 후에는 세금이 배로 올라갈 것이라는 소문까지 돌고 있었다. 여기서 북쪽으로 2,500킬로미터나 떨어져 있는 댐에서 물을 가져오는 제3킴벌리 파이프라인의 부설 공사 비용은 이미 예산을 400퍼센트나 초과했고, 담수화 공장을 건설하려는 계획은 해양 무기물 시장의 공급 과잉의 영향으로 또다시 보류된 상태였다.

도로 끝에 있는 차도는 총천연색의 꽃들이 만개한 화려한 화단을 고리 모양으로 에워싸고 있었다. 〈인터내셔널서비스(IS)〉의 트레이드마크인 유전자 개조된 벌새들이 꽃밭 위에 떠 있거나 휙휙 날아다니고 있다. 잠시 멈춰 서서, 혹시 프로그램을 무시하고 원형 화단을 벗어나는 벌새가 있지 않을까 기대하며 지켜보았지만, 그러는 놈은 단 한 마리도 없었다.

병원 건물 자체는 모두 모조 목재로 지어져 있고, 그 내부 구조는 모텔을 연상케 한다. 힐게만 병원은 전 세계에 널려 있지만, 힐게만이라는 인물과는 아무런 관련도 없다. 인터내셔널서비스가 마케팅 컨설턴트에게 거액을 지불하고, 산하의 정신병원을 위해 '최적화'된 명칭을 고안토록 했다는 것은 주지의 사실이다. (병원 이름의 유래가 이렇게 공공연하게 알려져 있다는 사실이 최적화 효과를 저해하고 있는지, 아니면 바로 그 사실 때문에 이 명칭이 큰 효과를 보고 있는지는 잘 모르겠다.) 〈IS〉는 종합병원이나 보육시설, 교육기관, 대학교, 교도소, 그리고 최근에는 수도원과 수녀원도 몇 군데 운영하고 있다. 어느 건물을 보아도 내 눈에는 모텔로밖에는 보이지 않지만 말이다.

안내 데스크를 향해 갔지만, 그럴 필요는 없었다.

"스타브리아노스 씨?"

전화로 면회를 요청했을 때 짧게 말을 나눈 적이 있는 부병원장 쳉 박사가 이미 로비에서 기다리고 있었다. 이례적인 예우라고 할 수 있겠지만, 결국 나는 감독하는 사람 없이 여기저기에 머리를 디밀어 볼 기회를 완곡한 방법으로 박탈당한 것이나 마찬가지였다. 흰 가운을 입은 사람들은 눈에 띄지 않았다. 쳉 박사도 꽃과 새가 복잡하게 뒤엉킨 에셔풍의 무늬로 장식된 드레스를 입고 있었다. 그녀는 나를 '관계자 전용'이라고 쓰인 문으로 안내했고, 복잡한 미로를 연상시키는 복도를 지나 자기 사무실로 데려갔다. 우리는 검소한 그녀의 책상에서 좀 떨어진 곳에 놓인 푹신한 팔걸이의자에 앉았다.

"이렇게 빨리 만나주셔서 감사합니다."

"천만에요. 저희도 협력을 아끼지 않겠습니다. 로라를 찾아내고 싶은 마음은 그 누구에게도 뒤지지 않으니까요. 하지만 솔직히 말해서 로라의 언니 되는 분이 왜 우리를 고소했는지는 이해하기 힘들더군요. 그런다고 로라한테 무슨 이득이 되겠습니까?"

나는 적당히 찬동하는 듯한 소리를 내며 얼버무렸다. 로라의 언니, 혹은 소송을 맡은 법률 사무소가 나의 의뢰인일 가능성도 있기 때문이다. 그러나 그것이 사실이라면, 의뢰인은 왜 무의미한 비밀주의에 그토록 집착하는 것일까? 설령 내가 이 병원으로 쳐들어와서 피고소인에게 자기소개를 하지 않았다고 하더라도(그러지 말라는 지시는 받지 않았다) 힐게만 병원의 변호사들은 로라의 언니가 늦든 빠르든 당연히 탐정을 고용할 것이라고 생각했을 것이다. 병원 측에서도 이미 오래전에 독자적으로 외부 조사자를 고용했을 것이 뻔했다.

"로라에게 무슨 일이 일어났다고 생각하는지 말해주십시오."

쳉은 미간을 찡그렸다.

"한 가지만은 확신하고 있습니다. 로라가 혼자 힘으로 탈출했을 리가 없습니다. 혼자서는 문손잡이조차도 돌리지 못하니까요. 누군가가 로라를 데리고 간 거에요. 이 병원은 교도소가 아니지만, 보안에는 만전을 기하고 있습니다. 따라서 고도의 기술과 본격적인 장비를 가진 전문가만이 그녀를 빼낼 수 있었겠죠. 하지만 도대체 누구를 위해, 또 무슨 목적으로 그랬던 것인지는 상상도 되지 않는군요. 몸값을 요구하기에는 너무 오랜 시간이 흘렀고, 어차피 로라의 언니는 부자가 아닙니다."

"혹시 범인들이 엉뚱한 사람을 유괴했을 가능성은 없습니까? 다른 환자, 이를테면 거액의 몸값을 지불할 능력이 있는 친척을 가진 환자를 유괴할 작정으로 있다가, 잘못을 깨달은 후에는 이미 엎질러진 물이었든지?"

"그럴 수도 있었겠죠."

"누군가 특별히 표적이 될 만한 사람은 없을까요? 특별히 부유한 집안의 환자라든지?"

"그런 질문에는 대답할 수…"

"대답하실 수 없겠죠. 실례했습니다." 그녀 표정을 보니 몇몇 후보를 머리에 떠올린 듯했다. 그리고 내가 그런 환자들의 육친에게 접근하는 것을 그녀가 원할 리 만무하다. "물론 병원의 보안을 더 강화했겠죠?"

"유감이지만 그 질문에 대해서도 답할 수가 없군요."

"그렇군요. 그럼 로라에 관해 얘기해 주십시오. 그녀는 왜 뇌 손상을 받고 태어났습니까? 원인이 뭔가요?"

"뚜렷한 원인을 알 수는 없습니다."

"물론 그렇겠지만, 추측은 할 수 있지 않습니까? 어떤 원인이 있을 수 있을까요? 풍진? 매독? 에이즈? 임신 시의 마약 남용? 의약품이나 농약이나 식품 첨가물의 부작용?"

그녀는 터무니없다는 듯이 고개를 가로저었다.

"그런 원인이 아닌 것만은 거의 확실합니다. 로라의 어머니는 표준적인 출산 전 건강관리를 받았고, 큰 병이 있었던 것도 아니고, 마약을 쓰고 있지도 않았습니다. 화학적인 기형 유발 물질이나 돌연변이 요인은 로라의 상태와는 별 관계가 없습니다. 로라에게서는 기형이나 생화학적인 불균형도, 결손 단백질도, 조직학적인 이상도 볼 수 없…"

"그렇다면 왜 그렇게 극단적인 지체가 발생한 겁니까?"

"뇌 신경의 매우 중요한 경로가, 극히 초기에 발달했어야 할 모종의 신경 회로 시스템이 로라의 경우에는 나타나지 않았던 것 같습니다. 이런 것들의 결여가 그 뒤의 정상적인 발달을 불가능하게 만들었던 겁니다. 문제는 왜 이런 초기의 신경 회로가 형성되지 않았는가 하는 점입니다. 아까도 말했듯이 원인을 확정할 수는 없지만, 제가 추측하기로는 복잡한 유전자 작용에 기인한 것이라고 생각합니다. 자궁 속에 있었을 때 일어난 여러 유전자의 상호작용에 관련된 뭔가 미묘한 과정이 그 원인일 수 있습니다."

"만약 그것이 유전자적인 결함이라면 해명할 수 있지 않습니까? 그녀의 DNA를 검사하든지 해서?"

"로라가 의학적으로 이미 규명된 유전적 결함을 가지고 있느냐는 뜻이라면 아닙니다. 결국 인간의 대뇌 발달에 결정적인 역할을 하는 유전자가 모두 발견된 것은 아니라는 얘기가 되겠죠."

"과거에 같은 증상을 보인 가족은 있습니까?"

"없습니다. 그러나 복수의 유전자가 관련되어 있다면 그리 놀랄 만한 일은 아닙니다. 친척 중에 같은 결함을 가진 사람이 있을 확률은 상당히 낮으니까요." 그녀는 미간을 찌푸렸다. "실례지만, 이런 질문이 로라를 찾아내는 일에 무슨 도움이 되는지 모르겠군요."

"흐음, 만약 결함의 원인이 의약품이나 소비자 제품에 있다면, 그걸 제조한 회사에서는 자기들의 이익을 지키려고 할지도 모릅니다. 물론 이 가설이 사실이라면 이미 오래전에 일어난 일이겠지만, 어딘가에서 태아의 기형을 연구하고 있는 이름 모를 연구팀이, 2030년대에 기적의 항우울약이라고 불리던 의약품 X가 실은 10만 명에 한 명꼴로 로라 같은 태아를 발생시켰다는 조사 결과를 발표하기 직전까지 왔는지도 모릅니다. 미국의 홀리스틱 건강식품 회사 사건에 관해서 들어본 적이 있지요? 이 제약 회사가 시판한 '영양 보조제'를 먹고 600명이 신장병에 걸리자, 회사 측에서는 10여 명의 살인 청부업자를 고용해서 이들 피해자들을 제거하기 시작했습니다. 사고사로 위장해서 말입니다. 사망자가 손해배상 소송을 하지는 않으니까요. 물론 로라의 유괴를 설명하기에는 좀 아귀가 맞지 않는 것은 사실이지만, 절대로 그렇지 않다고 누가 단정할 수 있겠습니까? 아마 그들은 로라를 연구 대상으로 삼아서, 나중에 법정 소송을 유리하게 이끌 수 있는 정보를 얻어내려 한 건지도 모릅니다."

"제 귀에는 너무 편집증적으로 들리는군요."

나는 어깨를 으쓱했다.

"직업병입니다."

그녀는 웃었다.

"제 얘긴가요, 아니면 당신 얘긴가요? 어쨌든 간에, 아까도 말씀드렸듯이 결함의 원인은 유전적인 것이라고 생각합니다."

"하지만 확언할 수는 없다는 말이군요."

"그렇습니다."

나는 병원 직원들에 관해 통상적인 질문을 했다. 최근 몇 달 동안 새로 고용했거나 해고당한 직원이 없는지, 채무라든지 기타 문제가 있는 것으로 알려진 인물은 없는지, 또 누군가가 앙심을 품었을 가능성은 없는지 등의 여부에 관해서였다. 이미 경찰이 한 질문이겠지만, 실종된 지 4주가 지났으니 충분히 생각해 볼 기회가 있었을 터다. 처음에는 언급할 필요를 느끼지 못했던 사소한 일도, 실은 중요한 일이었음이 나중에 판명될 수도 있는 것이다.

그런 운 좋은 일은 일어나지 않았다.

"로라의 병실을 볼 수 있겠습니까?"

"물론입니다."

우리가 지나온 복도 천장에는 감시 카메라가 10미터 간격으로 달려 있었다. 나는 로라의 병실로 이어지는 여러 통로가 적어도 일곱 개의 카메라에 의해 감시받고 있다고 판단했다. 그러나 프로 유괴범에게 데이터 카멜레온 일곱 개의 구매 비용은 문제가 안 되었을 것이다. 깨알보다 작은 초소형 로봇이 각 카메라의 신호를 도청하고, 복도가 비어 있을 경우의 프레임을 이루는 일련의 비트를 기억한 다음, 그것을 실제 영상 대신 반복해서 송출하도록 하는 것이다. 가짜 데이터가 들어갔다가 빠져나올 때는 희미한 고주파 노이즈가 끼어들겠지만, 노이즈 감소 기능이 있는 디지털 녹화의 경우 눈에 띄는 증거는 남지 않는다. 광섬유 전체를 전자 현미경으로 검사해서 카멜레온이 개입했을 때 생긴 극미 레벨의 흠집을 찾아내지 않는 한, 부정한 조작이 있었는지 여부를 판별하는 것은 불가능하다.

원격 조작으로 잠기고 열리는 병실 문을 조작하는 일 또한 식은 죽 먹기였을 것이다.

병실 자체는 좁고, 가구도 거의 없었다. 한쪽 벽은 꽃과 새를 그린, 쾌활한 느낌을 주는 번쩍거리는 벽화로 뒤덮여 있었다. 개인적으로 아침에 눈을 떴을 때 보고 싶은 종류의 그림은 아니었지만, 이것을 본 로라가 어떻게 느꼈는지를 추측할 방법은 없다. 침대 바로 옆에 있는 단 하나의 창문은 벽 속에 단단하게 박혀 있었다. 이것이 열리는 식의 창문이 아니라는 점은 처음부터 명명백백했다. 유리창은 내충격성 플라스틱제였다. 총탄도 막아낼 수 있을 만큼 강도가 높지만, 적절한 장비만 있다면 눈에 보이는 이음매를 남기지 않고 절단하고 감쪽같이 봉합하는 것도 불가능하지는 않다. 나는 포켓 카메라를 꺼내서 레이저 플래시로 편광 촬영을 한 다음 그 영상을 편의상 채색 처리한 압력분포도로 출력해 보았지만, 창문 표면은 매끄럽고 정연했고, 아무런 흠집도 찾아볼 수 없었다.

사실을 말하자면, 이 병실 안에서 내가 할 수 있는 일이라고 해보았자, 경찰의 감식팀이 오래전에 이미 수행한 일들이었다. 그것도 나보다 훨씬 더 철저하게 말이다. 바닥에 깔린 융단은 발자국의 흔적을 찾아내기 위해 홀로그램 촬영된 다음, 진공 흡입기로 섬유나 생물학적 파편의 유무를 검사받았을 것이다. 침대 시트도 분석을 위해 가져갔겠고, 창문 밖의 지면은 단서를 찾기 위해 현미경 레벨까지 샅샅이 스캐닝되었을 것이다. 그러나 내가 한 일들은 적어도 이 병실 전체의 모습을 뇌리에 새겨 넣는 효과는 있었다. 로라가 실종된 밤에 일어났던 일들을 추측하기 위한, 신뢰할 수 있는 출발점을 마련했다고나 할까?

챙 박사는 나를 로비까지 바래다주었다.

"로라와는 전혀 상관없는 질문을 하나 해도 되겠습니까?"

"예?"

"이 병원에는 〈버블열熱〉에 걸린 환자들이 많이 있습니까?"

그녀는 웃음을 터뜨리며 고개를 가로저었다.

"한 사람도 없어요. 〈버블열〉은 옛날에나 유행하던 증세잖아요."

이런 일에 종사하고 있고, 또 이론상으로는 믿을 만한 신분이기 때문에, 나는 어느 정도까지는 다른 사람의 신원 정보를 쉽게 알아낼 수 있다.

마사 앤드루스는 39세고, 〈웨스트레일〉이라는 회사에서 시스템 분석가로 일하고 있다. 이혼한 뒤 두 명의 아들과 함께 거주 중. 평균적인 수입에 평균적인 부채, 침실이 두 개 딸린 싸구려 연립주택의 소유권 42퍼센트. 지금까지 부모가 남겨준 신탁재산으로 힐게만 병원의 비용을 대고 있었다. 아버지는 3년 전에 사망했고, 어머니도 1년 후 그 뒤를 따르듯이 사망. 협박한다고 해서 수지가 맞는 인물은 아니다.

지금 단계에서 가장 그럴듯한 가설은 엉뚱한 사람을 유괴했다는 것이다. 유괴 수법의 전문성과는 잘 들어맞지 않지만, 누구나 실수할 때는 있지 않은가? 이런 가설을 더 깊게 파고들기 위해서는 힐게만 병원의 환자 목록이 필요했다. 병원 직원의 자세한 신상 정보까지 알 수 있다면 금상첨화다.

단골 해킹 서비스에 전화를 걸었다.

따르릉따르릉하는 소리가 내 두개골 깊은 곳에서 메아리치는 느낌. 〈뉴로컴〉의 제품 심리학자들이 비밀이 유지되고 있다는 강한 인상을 주기 위해 이런 기이한 음향 효과를 채택했다는 점에는 의심의 여지가 없지만, 내게는 효과가 없고, 단지 폐소공포증을 불러일으킬 뿐이다. 벨 소리가 울리는 것과 동시에 나의 외부 시야가 흑백으로 바뀐다. 주의가 산만해지는 것을 방지할 목적이겠지만, 이 역시 내게는 쓸데없는 트릭에 불과했다.

평소와 마찬가지로 벨라는 신호가 네 번 간 다음 전화를 받았다. 그녀의 얼굴이 1미터 떨어진 잿빛 공간을 배경으로 선명하게 떠오른다. 마법의 스포트라이트라도 비춘 것처럼 목 위쪽만 떠올라 있다. 그녀는 냉랭하게 미소 짓는다.

"앤드루, 다시 만나서 반가워. 용건이 뭐지?"

'앤드루'란 **암호 비서**가 제공하는 통화용 마스크 하나에 내가 붙인 이름이다. 벨라 자신의 얼굴도 합성된 마스크에 불과하고, 실제 상대가 머리에 떠올리는 단어를 되풀이하고 있는 것인지도 모른다. 혹은 순수한 인조물일 가능성도 있다. 기껏해야 복잡한 기능을 가진 자동 응답기 수준밖에는 안 되는 프로그램의 인터페이스일 수도 있고, 실제 해킹 작업의 99퍼센트까지 전담하는 시스템 그 자체일지도 모른다. 벨라가 누구든 혹은 무엇이든 간에 나는 관심이 없다. 그녀/그/그것/그들은 내가 원하는 것을 확실히 제공해 주고, 중요한 것은 오로지 그 사실뿐이다.

"힐게만 병원, 퍼스 지부. 환자 기록 그리고 직원 기록을 모두 찾아줘."

"얼마나 오래된 것까지?"

"흐음… 온라인상에서 알아낼 수 있다면 과거 30년까지. 옛날 기록들이 아카이브에 들어 있고, 그걸 입수하기 위해서 거금이 필요하다면 그 부분은 무시해도 좋아."

그녀는 고개를 끄덕였다.

"2,000달러."

나는 금액을 깎아달라고 흥정할 만큼 어리석지는 않았다.

"알았어."

"4시간 후에 다시 걸어. 비밀번호는 '패러다임'이야."

방 안이 원래 색상으로 돌아오자, 2,000달러는 마사 앤드루스가 지불하기에는 큰돈이라는 생각이 머리에 떠올랐다. 내가 계약금으로 받은 1만 5,000달러는 말할 나위도 없다. 물론 그녀의 변호사들이 막대한 보상금과 거액의 성공 보수를 받아낼 수 있으리라는 확신을 가지고 있다면 1만 5,000달러는 푼돈일 것이다. 그들이 익명을 쓰고 싶어 하는 것은 내가 별명을 써서 벨라에게 접촉하는 것과 별반 다르지 않은 사소한 이유 때문인 것이다. 법을 어겨야 한다면, 그것이 발각될 경우에 대비해서 미리 방파제를 만들어 두는 편이 낫지 않은가?

마사를 만나볼까? 그런다고 해서 딱히 그녀의 변호사들이 곤혹스러워할 것 같지는 않았고, 설령 나를 고용한 사람이 마사 본인이라고 하더라도(그녀에게는 숨겨진 자금이 있을 수도 있기 때문에 그 가능성을 완전히 배제할 수는 없었다) 익명으로 의뢰했다는 것은 고용주에게 접근하지 말라는 명확한 지시를 내린다는 대안을 스스로 포기한 것이나 마찬가지가 아닌가?

현실적으로는, 내 고용주의 정체에 관해 단 한순간도 관심을 가지지 않았던 것처럼 행동하는 것을 제외하면 내게는 달리 선택의 여지가 없다. 설령 바로 고용주의 정체가 가장 나의 흥미를 끈 부분이었다고 할지라도.

마사는 동생을 많이 닮았다. 조금 더 살이 붙고, 훨씬 더 많은 걱정을 떠안고 있다는 점을 제외한다면 말이다. 전화에서 그녀는 내게 이렇게 물었다. "누구를 위해서 일하고 있나요? 병원?"

의뢰인의 이름을 밝힐 수는 없다고 대답하자 그녀는 이것을 긍정이라고 받아들인 것 같았다. (실제로는 일고의 가치조차도 없는 생각이다. 〈IS〉는 〈핑커튼 탐정 회사〉의 주식을 대량으로 소유하고 있기 때문에, 힐게만 병원이 굳이 프리랜서를 고용할 리가 없다.) 이렇게 직접 얼굴을 맞대고 말을 나눠보니, 마사가 시치미를 떼고 내게 그렇게 물어본 것이 아니라는 것을 나는 거의 확신할 수 있었다.

"솔직히 말해서 로라를 찾는 데 나만큼이나 아무 도움이 되지 못하는 사람은 없을 거예요. 로라를 돌보고 있던 것은 병원이지 내가 아니니까요. 도대체 어떻게 그런 일이 일어나도록 놓아두었는지 상상도 되지 않는군요."

"사실입니다. 하지만 병원의 무능함에 관해서는 잠시 잊어주십시오. 범인이 도대체 왜 로라를 유괴했는지에 관해 뭔가 짐작이 가는 부분이 없습니까?"

그녀는 고개를 가로저었다.

"로라가 도대체 누구한테 득이 된다는 거죠?"

우리가 지금 앉아 있는 주방은 작지만 먼지 한 점도 없었다. 옆방에서는 그녀의 아이들이 올여름의 대히트 게임인 〈티베트의 맛 간 참선하는 악마와 아이티의 미친 부두 신들의 대결〉을 하고 있다. 다만 부잣집 아이들과는 달리 머릿속으로 게임을 하고 있는 것은 아니었다. 피가 얼어붙는 듯한 과장된 비명 소리에 이어 철퍽하는 커다란 파열음과 소년들의 환성이 들려오자 마사는 이마를 찡그렸다.

"이미 얘기했듯이 영문을 알 수 없다는 점에서 나도 다른 사람과 전혀 다를 바가 없어요. 아마 로라는 납치당한 것이 아닐지도 몰라요. 힐게만 병원 측에서 로라에게 해를 끼쳤을 가능성도 있겠죠. 학대했든지, 신약의 실험대로 삼았다가 낭패를 보았든지. 로라가 증발해 버렸다는 병원 측의 얘기는 그런 사실을 숨기기 위한 거짓말일 수도 있어요. 물론 이것들은 추측에 불과하지만, 그랬을 가능성은 언제나 염두에 두고 있어야 하니까요. 이건 당신이 정말로 진실을 밝히고 싶어 하는 경우의 얘기지만."

"로라하고는 친한 사이였습니까?"

그녀는 얼굴을 찡그렸다.

"친한 사이라니요? 병원 측에서 얘기를 못 들었나요? 로라가 어떤 상태인지?"

"그렇다면 육친으로서 애착을 가지고 있었습니까? 자주 로라를 문병하러 가지는 않았습니까?"

"아뇨. 한 번도 그랬던 적이 없어요. 로라를 문병하는 것은 무의미해요. 그래보았자 로라는 그걸 자각하지도 못하니까 말예요."

"부모님도 같은 생각이었습니까?"

그녀는 어깨를 움츠려 보였다.

"어머니는 한 달에 한 번꼴로 병원에 로라를 만나러 갔어요. 자기 자신을 속이고 있었던 건 아녜요. 어머니는 그것이 로라 자신에게는 아무 의미도 없다는 사실을 알고 있었지만, 그럼에도 불구하고 그것이 부모의 도리라고 느꼈던 거예요. 바꿔 말하자면 전혀 문병을 가지 않을 경우에는 자신이 양심의 가책을 느끼리라는 사실을 알고 있었고, 나중에 그런 것들을 없애주는 모드가 나왔을 때는 습관의 일부가 되어버린 것을 굳이 바꿀 필요를 못 느꼈던 거예요. 하지만 나 자신은 아무런 갈등도 느끼지 않았어요. 내가 보는 한, 로라는 인격이 없는 껍데기에 불과하고, 마치 그렇지 않다는 듯이 행동한다면 위선자가 된 기분을 느끼는 것이 고작이었을 테니까."

"그래도 법정에서는 좀 더 감정적으로, 친지답게 행동할 생각이 아닙니까?"

그녀는 화난 기색을 보이지도 않고 웃었다.

"아뇨. 고소하는 건 징벌적 손해배상을 받기 위해서지, '정신적인 고통' 따위에 대한 보상을 원해서가 아녜요. 내가 문제 삼는 것은 병원의 과실이지, 내가 느끼는 감정이 아니니까. 난 기회주의자일지도 모르지만, 자기 자신을 속일 생각은 없어요."

전철을 타고 시내로 돌아오면서 곰곰이 생각해 보았다. 마사가 징벌적 손해배상금을 받아내기 위해 자기 동생의 유괴를 꾸몄을 가능성은 없을까? 이번 재판에서 최대한의 금전적 이익을 끌어낼 생각이 없다는 식의 태도는, 탐욕스럽지 않다는 점을 역이용해서 배심원의 동정을 이끌어 내려는 계산된 전술인지도 모른다. 그러나 이 가설에는 적어도 한 가지 결함이 있다. 그렇다면 그녀는 왜 몸값을 요구하지 않았던 것일까? 어차피 소송을 통해서 힐게만 병원으로부터 다시 회수할 수 있는 돈인데도? 왜 유괴의 동기를 일부러 모호하게 남겨둠으로써, 사기라고 의심받을 위험을 자초한단 말인가?

지하의 탁한 공기 속에서 빠져나와 지상으로 올라오니 거리는 지하와 거의 비슷할 정도로 붐비고 있었다. 크리스마스 후의 바겐세일에서 산 상품을 한 아름 안고 가는 저녁의 쇼핑객들과 모드의 유무와는 무관하게 재능이 전무한 뜨내기 악사들. 허리를 굽혀 그들 앞에 놓인 크레딧 징수기를 '반환' 상태로 돌려놓고 싶은 충동을 느낄 정도다.

"당신 정말 성질 하나는 더럽군."

캐런이 말한다. 나는 고개를 끄덕인다.

샌드위치 광고판을 뒤집어쓴 사내가 앞에 보였을 때 나는 전혀 관심도 없다는 투로 그냥 지나가려고 다짐했지만, 몇 걸음 걸은 후에 결국 발을 멈추고 뒤를 돌아다보았다. 힘없이 떨군 사내의 얼굴은 민달

팽이만큼이나 희고 창백했다. 신은 우리가 자기 얼굴을 색소로 더럽히는 것을 원하지 않는 것이다! 온몸을 감싼 검은 옷은 이 더위에서는 연옥이나 마찬가지일 것이다. 팔다리가 드러나는 색색 가지 옷을 입은 군중 속에서 그는 아프리카의 노천 시장에서 길을 잃은 19세기 선교사처럼 보였다. 예전에도 본 적이 있는 사내다. 몸 앞뒤 판자에는 실로 상상력을 자극하는 메시지가 쓰여 있었다.

죄인들이여

회개하라!

심판의 날이

다가왔노라!

다가왔노라! 33년이 지난 뒤에도 여전히 **다가왔노라!**다. 그가 땅을 내려다보고 있는 것도 당연하다. 지난 30여 년 동안 저 사내의 뇌 속에서는 도대체 무슨 일이 일어나고 있었을까? 아침에 일어날 때마다 "오늘이 바로 그날이야"라는 생각을 1만 번 되풀이했던 것일까? 저런 것은 신념이 아니다. 마비 상태라고 해야 옳다.

잠시 멈춰 서서 사내를 바라본다. 사내는 정해진 길을 따라 천천히 왔다가 돌아오는 일을 거듭했고, 쇼핑객들의 흐름이 거스르기 힘들 정도가 되면 멈춰 섰다. 대다수는 그냥 무시하고 지나가지만, 10대 소년 하나가 고의적으로 사내와 부딪치며 난폭하게 옆으로 밀쳐내는 광경을 보았을 때 나는 수치심이 뒤섞인 기쁨을 느꼈다.

딱히 저 사내를 증오할 만한 이유가 내게는 없다. 천년왕국설 신봉자에도 온갖 종류가 있지 않은가? 유순한 멍청이에서 교활한 장사꾼, 맛이 간 물병자리 신자에서 대량 살인을 획책하는 테러리스트들까지 각양각색이다. 〈나락의 아이들〉의 구성원은 샌드위치 광고판을 뒤집어쓰고 거리를 배회하거나 하지는 않는다. **캐런**이 그들 때문에 죽었다고 해서 이 가련한 태엽 인형을 비난하는 것은 전혀 아귀가 맞지 않는 일이다.

그러나 다시 걷기 시작했을 때, 나는 피투성이가 된 사내의 얼굴을 상상하고 어쩔 수 없는 만족감을 느꼈다.

별들이 사라졌을 때 나는 여덟 살이었다.

2034년 11월 15일. 그리니치 표준시로 오전 8시 11분 5초에서 8시 27분 42초 사이의 일이었다.

칠흑 같은 우주 벌레가 세계를 집어삼키기 위해 아가리를 연 것처럼, 원형의 어둠이 천구의 태양 반대편에서 자라나는 광경을 내 눈으로 직접 본 것은 아니다. TV로는 물론 100번은 더 보았다. 각각 다른 10여 개의 지점에서 관찰된 영상이었지만, TV로 보았을 때는 아무리 보아도 싸구려 중에서도 가장 조잡한 특수 효과로밖에는 보이지 않았다. (특히 인공위성에서 찍은 영상은 한층 더 그런 느낌이 강했다. 태양광을 필터로 거른 영상에서는 태양 뒤쪽에서 '아가리'가 정확하게 닫히는 광경을 볼 수 있었던 것이다. 너무나도 또렷하고 균형이 잡혀 있는 탓에 인위적이라는 느낌을 받을 정도였다.)

어차피 내가 살고 있던 곳에서는 볼 수 없었다. 그때 퍼스는 늦은 오후였기 때문이다. 그러나 해가 지기 전에 이미 뉴스 특보가 들어와 있었기 때문에, 땅거미가 질 무렵 나는 부모님과 함께 발코니에 서서 해가 지기를 기다리고 있었다. 금성이 모습을 드러냈을 때 내가 그 사실을 지적하자, 아버지는 화를 내며 나를 집 안으로 들여보냈다. 정확히 내가 무슨 말을 했는지는 기억에 없다. 물론 항성과 행성의 차이 정도는 그때도 알고 있었지만, 아마 뭔가 철없는 농담을 한 듯하다. 그래서 나는 침실 창문을 통해 (더러운 유리창과 먼지가 잔뜩 낀 방충망이 달린 창 중 하나를 골라서) 밤하늘을 바라보곤 했지만 결국 아무것도 보이지 않았기 때문에, 당시에는 별다른 감흥을 느끼지 못했다고 해도 무리는 아니었다. 나중에, 마침내 시야를 가로막는 것 없이 텅 빈 밤하늘을 바라볼 수 있는 기회가 왔을 때는 억지로라도 외경심을 느끼려고 해보았지만, 실패했다. 구름에 뒤덮힌 밤하늘만큼이나 아무런 특징도 없는 광경이었기 때문이다. 당시 부모님이 얼마나 겁에 질려 있었는지를 내가 깨달은 것은 몇 년이나 지난 후의 일이었다.

〈버블 데이〉 당일에는 지구 전체에서 폭동이 일어났지만, 최악의 폭력 사태는 사람들이 육안으로 직접 그것을 목격한 곳에서 일어났다. 관측이 가능했던 장소는 현지의 경도와 날씨의 조합에 달려 있었다. 그 순간 밤이었던 지역은 서태평양에서 브라질까지였지만, 북남미 대륙의 대부분은 구름에 뒤덮여 있었다. 개어 있었던 곳은 페루, 콜롬비아, 멕시코, 그리고 남캘리포니아였기 때문에, 리마, 보고타, 멕시코시티와 로스엔젤레스가 가장 큰 피해를 입었다. 뉴욕은 새벽 3시

11분이었지만, 지독하게 추웠던 데다가 구름이 끼어 있었기 때문에 거의 동요가 없었다. 브라질리아와 상파울루는 새벽빛 덕택에 구원받았다.

이 나라에서도 큰 동요는 없었다. 동부 해안에서조차도 일몰 시각이 너무 늦었고, 대다수의 오스트레일리아인들은 밤새도록 TV에 들러붙어 다른 나라 사람들이 약탈하고, 방화하는 광경을 보고 있었던 것이 틀림없었다. 〈세계의 종말〉 같은 중차대한 사건은 해외에서나 일어날 수 없는 종류의 일인 것이리라. 이날 시드니의 사망자 수는 같은 해의 섣달그믐날 사망자 수에도 미치지 못했다.

내 기억에 의하면, 이 현상이 일어난 것과 그 원인에 대한 (일종의) 설명 사이에는 아무런 시차가 없었다. 엄폐의 시간적 경과를 분석함으로써, 기하학적으로 무슨 일이 일어났는지를 관측과 거의 동시에 알 수 있었던 것이다. 아마 나는 그것만으로도 충분한 해답이 주어졌다고 생각했던 것인지도 모른다. 최초의 무인 탐사기는 거의 여섯 달 후에야 〈버블〉과 조우했지만, 〈버블〉이라는 명칭만은 그 실체가 무엇이든 간에 처음부터 쓰이고 있었다.

〈버블〉은 반경 120억 킬로미터의 완벽한 구체이며 (명왕성 공전궤도의 약 두 배에 해당한다) 태양을 그 중심점으로 삼고 있다. 〈버블〉 전체가 순간적으로 출현했지만, 천구의 각 지점에서 태양에서 8광분光分 떨어져 있는 지구로 마지막 별빛이 도달하는 시간들 사이에는 차이가 있는 탓에, 암흑은 원 모양으로 확산하는 것처럼 보였던 것이다. 〈버블〉에 가장 가까운 별들이 가장 먼저 사라졌고, 가장 멀리 떨어진 별들이 마지막으로 사라졌다. 정확히 태양 뒤쪽에 있던 별들이.

〈버블〉의 표면은 비물질적이며, 여러 의미에서는 마치 블랙홀 속 사건의 지평선의 요면이라도 되는 것처럼 작용한다. 〈버블〉은 태양광을 완벽히 흡수하며, 아무 특징도 없는 미약한 열복사(더 이상 우리에게는 오지 않는 우주 마이크로파 배경 복사보다 훨씬 더 저온이다)를 제외하면 아무것도 발산하지 않는다. 그 표면에 접근하는 무인 탐사기는 적색 편이와 시간 지연을 관측했다. 그러나 이런 효과들을 설명할 수 있는 중력은 전혀 검출되지 않았다. 〈버블〉의 구면을 가로지르는 궤도에 오른 무인 탐사기는 서서히 점근적 정지 상태에 도달한 후 암흑 속으로 사라져 버리는 것처럼 보였다. 무인 탐사기의 관점에서 보면 탐사기는 아무런 저항도 받지 않고 금세 〈버블〉을 통과하지만, 지구에서 그것을 관측하는 우리의 관점에서는 무한에 가까운 시간이 걸리는 것처럼 보인다는 것이 물리학자들 대다수의 견해다. 〈버블〉 너머에 또 다른 장벽이 존재하는지의 여부는 알 수 없다. 설령 그런 것이 없다고 하더라도, 편도 여행에 나선 우주 비행사가 〈버블〉 밖에서 전혀 나이를 먹지 않은 우주를 목격할지, 혹은 우주 소멸의 순간에 맞닥뜨릴지에 대해서는 여전히 추론의 영역을 벗어나지 못하고 있다.

여섯 달 내내 사실보다 한층 더 황당무계한 이론들의 폭격을 받았던 매스미디어는 어느 보고서에서 유일하게 낯익은 단어를 발견하자마자 우리 태양계가 거대한 블랙홀 속으로 '빠졌다'라고 선언했고, 이 오보가 정정되기 전까지 전 세계를 또다시 공황으로 몰아넣었다. 사건의 지평선은 우리를 에워싸고 있으므로, 우리가 그 내부에 있다고 그들이 오해한 것도 무리는 아니었다. 그러나 진상은 그 정반대였다. 사건의 지평선이 에워싼 것은 **우리**가 아니라, 나머지 우주 전체였던 것이다.

〈버블〉을 자연 현상의 하나로 설명하는 모델을 만들어 내려고 악전고투한 용감한 이론가들이 전무한 것은 아니었지만, 납득할 수 있는 유일한 설명은 결국 하나밖에는 없었다. 상상을 초월할 정도로 진보한 외계 종족이 태양계를 우주로부터 고립시키기 위해 만들어 낸 장벽이라는 설명이다.

문제는 '왜?'였다.

만약 인류가 태양계 밖으로 뛰쳐나가서 은하계를 정복하는 것을 저지할 목적이었다면, 헛수고였다고밖에는 할 수 없을 것이다. 2034년 당시 화성보다 더 멀리 여행한 인간은 없었다. 미국이 건설한 달 기지는 18개월 동안 사용된 후 이미 6년 전에 폐쇄되어 있었다. 태양계를 벗어난 유일한 우주선은 20세기 후반에 외행성들을 향해 발사된 다음 이제는 목적을 상실한 채로 태양으로부터 천천히 멀어져 가고 있는 무인 탐사기들뿐이었다. 2050년에 알파 켄타우리를 향해 발사될 예정이었던 무인 탐사기는 아폴로 11호의 100주년이 자금 조달을 용이하게 해주리라는 기대 때문에 2069년으로 연기된 참이었다.

물론 우주 항행 능력을 가진 외계인의 문명이 장기적인 안목을 가지고 대처한 것인지도 모른다. 인류가 태양계를 벗어나 그럭저럭 우주 정복이라고 부를 만한 행위에 나설 때까지 1000여 년이 걸린다고 하더라도, 이들 입장에서 보면 적절한 방지책을 강구할 수 있는 최소한도의 시간에 불과할지도 모르니까 말이다. 그럼에도 불구하고, 우리가 그 실마리조차도 얻을 수 없는 방법으로 시공을 조작할 능력을 가진 문명이 우리를 두려워하고 있다는 생각은 어불성설이다.

혹시 〈버블 메이커〉들은 인류의 보호자이고, 우주의 일각에 갇혀 몇억 년 동안이나 번영을 구가하는(인류가 주의깊게 행동한다면 말이지만) 것에 비하면 무한하게 나쁜 운명으로부터 우리를 구원해 준 것인지도 모른다. 은하의 핵이 폭발했고, 〈버블〉은 치명적인 방사선을 막아줄 수 있는 유일한 방패인지도 모른다. 혹은 이들과는 별도의 적대적인 외계 종족이 태양계 인근 영역을 닥치는 대로 파괴하고 있고, 이들을 막아낼 수 있는 유일한 대안이 〈버블〉일 수도 있다. 이것들의 변주에 해당하는, 덜 드라마틱한 각양각색의 가설도 제기되었다. 〈버블〉은 인류의 허약하고 원시적인 문화를 항성 간 교역의 가혹한 현실로부터 보호할 목적으로 설치되었는지도 모른다. 태양계는 은하계의 문화유산으로 지정된 것이다.

소수의 지성인들은 인류가 이해할 수 있는 범위 내의 설명은 십중팔구 인간중심주의에서 비롯된 헛소리일 것이라고 주장했지만, 이런 썰렁한 얘기를 하는 작자들이 TV의 토크쇼에 초대받는 일은 결코 없었다.

이들과는 대극에 서 있는 대다수의 종교 단체들은, 스스로의 황당무계한 신화에서 손쉽게 그럴싸한 해답을 조달했다. 몇몇 종교의 원리주의 종파는 〈버블〉이 존재한다는 사실조차도 부정했다. 이들 모두 별들이 소멸한 것은 신이 노했음을 나타내는 징조이며, 자신들의 경전에서 이미 예언된(해당 예언자의 중요도에 따라 경중의 차이는 있었지만) 사건이라고 주장했다.

부모님이 단호한 무신론자였던 덕에 나는 종교와는 무관한 세속적 교육을 받았고, 어린 시절의 친구들도 모두 무종교이거나 무늬만 불교도인 인도차이나 난민의 손자 세대였다. 그러나 전 세계의 영어권 매스 미디어는 기독교 원리주의자들의 주장으로 융단폭격을 당하다시피 했기 때문에, 어릴 때부터 내가 가장 잘 이해하게 되고, 또 혐오하게 된 광기는 이 계통의 것들이었다. **별들이 사라졌다!** 이것이 종말이 아니라면 도대체 뭐란 말인가? (요한 계시록에 따르면 별들은 땅에 떨어져야 마땅하지만, 그렇게까지 엄밀하게 자구 하나하나에 연연할 필요는 없지 않은가?) 천년왕국설을 신봉하는 온갖 종류의 광신자들조차 덩달아 날뛰었다. 서기 2000년과 2001년에 우주적인 흉조가 전혀 없었다는 사실은 매우 유감스럽지만, 역사 기록의 불확실성을 감안한다면, 2034년이야말로 정확하게 2000주년—그리스도의 탄생이 아니라, 그의 죽음과 부활의—에 해당한다는 것이 이들의 주장이었다. (그렇다면 11월 15일이 진짜 부활절이란 말인가? 이것을 설명하기 위해 〈유월절逾月節 편차〉라고 불리는 개념을 포함한 모호한 가설이 급조되었지만, 나는 마조히스트가 아니었기 때문에 이런 이론을 일일이 이해하려고 시도하지는 않았다.)

〈버블 데이〉가 정말로 〈심판의 날〉이었다면, 그것은 바이블벨트※

※ Bible Belt. 기독교 원리주의자들을 중심으로 하는, 미국 남부와 중서부의 신앙이 두터운 지역. 성서 지대.

의 상공회의소에 의해 다시 쓰인 개정판이었음이 틀림없다. TV는 여전히 작동했고, 물건을 사고팔 때도 〈짐승의 표〉 따위는 필요하지 않았다. 면세 대상이 되는 종교단체에 대한 기부가 아무런 영향을 받지 않았음은 물론이다. 주류 교단들은 간결한 성명을 통해 과학자들의 말이 아마 맞을 것이라는 조심스러운 의견을 내놓았지만, 결국 이들 교단의 신도석은 텅텅 비게 되었고, 그 대신 돈으로 구원을 사고파는 장사가 크게 융성했다.

〈버블〉이 출현한 이후 기성 종교에서 생겨난 분파를 제외하더라도, 수천 개의 새로운 컬트 집단이 생겨났다. 그리고 이들 대다수가 20세기의 종교 기업가들에 의해 창시된 견실한 상업적 노선을 답습하고 있었다. 그러나 이런 기회주의자들이 번성하고 있었을 때 진짜 정신병자들은 곪아 들어가고 있었다. 〈나락의 아이들〉의 이름이 세상에 널리 알려지기까지는 20년이 걸렸지만, 그 멤버가 되려면 이들이 말하는 **나락**—〈버블 데이〉 당일이나 그 이후—에 태어났을 필요가 있었으므로 하등 이상할 것이 없었다. 2054년, 그들은 메인주의 작은 읍 상수도에 독을 넣어 3,000명이 넘는 사람들을 몰살시키는 것으로 활동을 개시했다. 오늘날 그들의 활동 거점은 47개국에 이르고, 지금까지 거의 10만 명에 가까운 사람이 이자들의 손에 죽었다. 〈나락의 아이들〉의 창설자이자 그들의 주요한 자기충족적 예언자인 마커스 듀프리는 카발리즘적 잡동사니와 만화책 수준의 종말론이 뒤섞인 지리멸렬한 헛소리를 끊임없이 뱉어내고 있지만, 교조의 말 하나하나가 빠짐없이 진실 그 자체라고 믿어 의심치 않는 미친놈들이 실제로 몇천 명이나 존재한다는 사실을 부정할 수는 없다.

"현대는 무차별적인 폭력의 시대다"라는 이유를 들어 아무 건물이나 폭파하고 다녔던 시절도 충분히 끔찍했지만, 듀프리와 17명의 〈나락의 아이들〉이 교도소에 수감된 이후는 한층 더 끔찍했다. 추종자들 다수가 이들의 석방을 궁극적인 목표로 간주했기 때문이다. 활동의 초점이 되어줄 이런 불가능하지만 구체적인 목표가 주어지자 사태는 악화일로를 걷기 시작했다. 내가 무슨 생각을 하든 상황이 바뀌는 것은 아니지만, 어떤 의문이 머릿속을 몇 시간 동안이나 빙빙 돌아다니는 밤이 있다. 나는 듀프리가 석방되는 것은 원하지 않는다. 그러나 그가 아예 체포되지 않았더라면 얼마나 좋았을까?

마음의 병은 천년왕국의 신봉자들에게만 국한된 것이 아니었다. 종교가 없는 사람들 사이에서는 〈버블열〉이라는 것이 돌았다. 지구 부피의 8조 배에 달하는 공간에 "갇혔다는" 생각이 야기하는, 히스테리컬하며 사람을 무기력하게 만드는 "폐소공포증적"인 반응이 나타났던 것이다. 지금 와서 생각해 보면 19세기의 상류층을 엄습했던 시답잖은 노이로제 증세만큼이나 기이한, 거의 농담 수준의 사건이었다. 그러나 첫해에는 무려 수백만 명이 이런 증세를 보였던 것이다. 거의 모든 나라에서 〈버블열〉이 발생했고, 보건 당국은 이 질병이 세계 경제에 에이즈보다 더 큰 해를 끼칠 것이라고 예상했다. 그러나 5년이 지나자 〈버블열〉에 걸린 환자 수는 격감했다.

〈버블〉은 세계 각지에서 일어난 전쟁과 혁명의 원인으로 지목받고, 규탄받았다. 어떻게 하면 〈버블〉의 악영향을 빈곤, 부채, 기후 변화, 기아, 그리고 환경 오염이 야기한 그것과 구별할 수 있는지는 모른다. 〈버블〉 없이도 어차피 존재했을 종교적 광신주의조차도 모두 〈버블〉 탓이었다. 〈버블〉 출현 직후 몇 년 동안은 문명이 "붕괴"하고, 새로운 암흑시대가 도래할 가능성이 심각하게 논의되었다는 얘기를 읽은 적이 있다. 이런 종류의 논쟁은 곧 스러졌지만, 〈버블〉이 야기한 문화적 충격파가 그토록 경미했다는 사실이 기적인지 필연인지는 아직까지도 결론을 내릴 수가 없다. **〈버블〉이 모든 것을 바꿔놓았다.** 그것은 신에 필적하는 능력을 가진 외계 종족이 존재한다는 증거다. 아무런 경고나 설명도 없이 우리를 감옥에 가두고, 우주로 진출해서 우리의 운명을 결정할 자결권을 우리에게서 빼앗아 간 외계 종족이. **〈버블〉이 모든 것을 바꿔놓았다.** 외계 종족은 냉담하고 우리와는 직접적으로는 관련이 없는 존재이며, 별이 없더라도 인간이 살아가는 데는 지장이 없다. 태양은 여전히 반짝이고, 곡물은 자라고, 이 행성 위에서의 생활은 예전과 다름없이 계속되고 있다. 그리고 우리 손이 닿는 범위 안에, 탐험하는 데만 해도 필시 몇천 년이나 걸릴 천체들이 있지 않은가?

2050년대 초반에는 〈버블 메이커〉들이 곧 모습을 드러내서 모든 것을 설명해 줄 것이라는 주장이 (아무 근거도 없었지만) "주지의 사실"로 받아들여지고 있었다. 외계인과의 접촉을 추진하는 컬트 교단이 번성했고, 가짜 UFO 목격담이 믿기지 않을 정도로 많이 퍼져나갔다. 그러나 침묵으로 일관된 수십 년이 흐르면서, 인류가 맞닥뜨린 이 쿼런틴隔離 상태에 관해 몇 마디라도 좋으니 설명을 들을 수 있으리라는 기대조차도 스러지고 말았다.

내 경우도 마찬가지다. 나는 더 이상 왜?라는 의문조차도 떠올리지 않는다. 다른 작자들이 쏟아내는 말도 안 되는 가설들을 35년 동안이나 들어온 탓에, 이만큼 무의미한 일도 없었다. (물론 〈버블〉이 간접적으로 내 아내를 죽인 것은 인정하지만, 그렇게 보자면 나도 그녀를 죽인 것이나 마찬가지다.)

별들은 사라졌지만, 애당초 별들이 우리 것이었던 적은 한 번도 없었다. 인류가 실제로 잃은 것은, 별들이 손에 닿을 만큼 가까운 곳에 있다는 환상뿐인 것이다.

언제나 그랬던 것처럼 벨라는 약속한 시간에 정보를 보내왔다. 나는 **암호 비서**가 제공하는 두개골 내의 대용량 버퍼에 기록을 다운로드했고, 그것을 데스크탑 단말기로 전송하려다가 마음을 바꿨고(갑자기 신중해진 것인지, 아니면 편집증적인 충동을 느낀 것인지는 모르겠다) 일단은 머릿속에 데이터를 보관해 두기로 했다.

피곤했지만, 아직 9시를 조금 넘겼을 뿐이다. 자고 싶지는 않았으나 그렇다고 힐게만 병원의 기록을 일일이 뒤져볼 생각은 도저히 나지 않았다.

백룸워커(〈액슨〉, 499달러)를 가동시킨 다음, 기록에 있는 사람들의 이름을 어떻게 처리해야 할지를 지시했다. 우선, 나 자신의 기억과 관련되는 사항이 있는지를 체크하고(유괴할 만한 가치가 있는 환자의 친지라면, 어느 정도는 세상에 알려진 인물일 가능성이 있기 때문이다), 신용 조회 시스템에 접속해서 해당 인물의 최신 자산 목록을 알아낸 다음, 그것을 기록에 첨부하라. 자산이 일정 액수를 초과할 경우 자동적으로 보고하도록 지시할까 하는 생각도 들었지만 그 액수를 정하는 일이 귀찮았고, 어차피 작업이 모두 끝난 다음에는 이들 모두를 순자산액 순서대로 나열할 수 있다. 나는 내가 알고 있는 이름과 맞부딪칠 경우에만 통보하라고 모드에게 지시했다.

침대에 널브러져 누워 방의 오디오 시스템을 켰다. 최근에 주로 듣고 있는 곡은 앤절라 렌필드의 〈낙원〉이다. 이 ROM은 몇십만 개나 팔린 동일한 카피 중 하나지만, 연주 버전이 언제나 다르다는 보증이 붙어 있었다. 렌필드는 이 곡에 일정한 파라미터를 설정해 놓았으나, 그 이외의 부분은 날짜와 시간, 오디오 시스템의 제조번호 따위의 유사 랜덤 인자에 의해 결정된다.

오늘 밤에는 미니멀리즘의 영향을 강하게 받은 버전에 맞닥뜨린 듯했다. 몇 분 동안이나 마냥 똑같은(물론 인상적이기는 했지만) 화음이 5초 간격으로 반복되는 것을 듣다가, 결국 〈재작곡〉 버튼을 눌렀다. 음악이 멈추고 잠시 침묵이 흘렀다가, 새로운 변주가 시작된다. 아까 것보다는 훨씬 나았다.

〈낙원〉은 지금까지 100번쯤 들은 듯하다. 처음에는 개개의 연주들 사이에 어떤 공통점이 존재한다고는 도저히 믿을 수가 없었지만, 몇 달이 지나면서 그 밑에 숨겨져 있는 구조가 조금씩 이해되기 시작했다. 일종의 가계도 내지는 종의 계통 발생적 분류를 닮았다고나 할까? 그러나 이 비유는 반드시 정확하다고는 할 수 없다. 어떤 곡이 다른 곡에 비해 가깝거나 먼 친척이라고 판단할 수는 있어도, 조상이라는 개념까지 포괄하지는 못하기 때문이다. 가장 단순한 곡들을 일종의 원초적인 버전으로 보고, 그것들이 좀 더 복잡한 변주를 '생성'한다고 할 수는 있어도, 어떤 시점 이후로는 무엇이 무엇을 낳는다거나, 혹은 무엇으로 진화한다거나 하는 것은 우연한 결정의 범위를 벗어날 수 없다.

음악에 조금이라도 소질이 있는 사람이라면, 연주를 10여 번만 들어도 렌필드가 선택한 법칙을 완전히 이해할 수 있기 때문에 더 이상 되풀이해서 듣는 일을 견디지 못할 것이라고 주장하는 평론가들도 있다. 만약 그 말이 사실이라면, 나는 음악에 소질이 없어서 정말 다행이다. 오늘 밤 듣는 두 번째 연주는 반짝이는 외과용 메스로 죽은 피부를 한 겹씩 차례로 벗겨내는 듯한 느낌이었다. 눈을 감고 트럼펫의 선율에 귀를 기울인다. 트럼펫의 음계가 점점 올라가더니, 느닷없이, 매끄럽게, 메타하프의 투명한 음색으로 변화한다. 플루트의 화려하고 양식적인 주제가 여기에 합류하지만… 나는 이미 그 속에서, 잡다한 장식 속에 숨겨진 완벽한 은빛 바늘의 흔적을 감지하고 있다. 100개의 변주 속에서 되풀이되고, 날카롭게 연마되며, 무뎌졌다가, 다시 연마되는 이 바늘은, 마지막 상찬의 순간을 위해 일단 멈췄다가, 그 즉시 나의 심장을 꿰뚫고 들어온다.

느닷없이 네 줄의 반짝이는 글이 내 시야의 바닥 부분에 나타난다.

백룸워커:

기억에서 관련 사항을 발견

케이시, 조지프 패트릭

보안부장, 2066년 6월 12일 당시

병원 직원의 기록까지 포함해 달라고 벨라에게 부탁했던 것을 잊고 있었다. 안 그랬더라면 진작에 검색 대상에서 제외했을 것이다. 음악이 끝나는 것을 기다릴까 하고도 생각해 보았지만, 별반 소용이 없는 일이었다. 더 이상 음악을 즐기지 못하리라는 사실을 잘 알고 있었기 때문이다. 〈정지〉 버튼을 누르자, 단 한 번밖에는 들을 수 없는 〈낙원〉의 유일무이한 화신은 영원히 모습을 감췄다.

케이시는 나보다 다섯 살 연상이기 때문에, 내가 중도 퇴직한 지 얼마 지나지 않아 퇴직했다고 해도 그리 시기상조였다고는 할 수 없다. 그는 손님으로 붐비는 술집 구석에 앉아서 맥주를 마시고 있었다. 나도 그 의식에 참가한다. 시간 때우는 것치고는 괴상한 방법인지도 모르겠다. 우리의 혈관에는 단 1마이크로그램의 에탄올도 침입하지 못한다. 그러는 대신, 모드들이 우리의 알코올 섭취량을 계산하고, 진짜 알코올(말도 안 될 정도로 독성이 강한) 대신 순수하게 신경적인 도취감을 우리 뇌에 전달하는 것이다. 그렇지만 이 화석화한 문화가 1,000년이나 계속되었고, 그 기원조차도 망각 속으로 사라진 지금도 끈질기게 살아남은 것을 감안할 때, 그리 진기한 행위는 아닐지도 모른다.

"요새 통 얼굴을 보이지 않는군, 닉. 우릴 버려두고 어디 숨어 있었나?"

"우리? 케이시가 말한 '우리'란 케이시와 지금 이 자리에는 없는 그의 처를 말하는 것이 아니라, 현직과 전직 경찰관들로 붐비는 이 술집을 의미한다는 사실을 깨닫는 데는 조금 시간이 걸렸다. 정치인이라면 '경찰 커뮤니티'라는 표현을 썼을 것이다. 마치 옛날 중국계, 이탈리아계, 그리스계 이민 커뮤니티를 구별해 불렀을 때처럼, 공통된 신경적, 육체적 개조를 거친 우리들이 마치 인구학적으로 균일한 하나의 그룹을 이루고 있다는 투다. 술집 안을 둘러보고, 낯익은 사람이 거의 없다는 사실에 나는 안도했다.

"자네도 알잖아."

"경기가 좋은 모양이군?"

"그럭저럭 먹고살고는 있어. 자네는 〈사회 복귀 회사〉에 있다고 들었는데. 그 뒤론 어떻게 됐나?"

"〈IS〉가 몽땅 사들였어."

"맞아. 기억나는군. 대규모 인원 감축이 있었다고 했지."

"난 운이 좋았어. 연줄이 있는 덕택에 다른 부서로 옮기기만 했지. 그 회사에 30년이나 근속했으면서 잘린 친구들도 많았어."

"힐게만 병원은 어떤가?"

케이시는 웃었다.

"뻔하지 않나? 그런 곳에서 여생을 보내는 치들은, 그러니까 요즘 세상에 모드로도 치료할 수 없다는 진단을 받고 실려 오는 작자들은, 얼어 죽을 좀비밖에는 없어. 보안 부서는 한가하다네."

"그래? 그럼 로라 앤드루스 사건은?"

"자네가 그 사건을 맡았나?"

그가 보인 놀라움은 의례적인 것에 지나지 않는다. 쳉 박사는 내 연락에 응답하기도 전에 케이시를 시켜 내 신원을 확인했을 테니까 말이다.

"응."

"의뢰인이 누구야?"

"누구라고 생각하나?"

"그걸 내가 어떻게 아나? 언니는 아니겠군. 언니 쪽에서는 윈터즈를 고용했으니까. 말해두지만 윈터즈의 임무는 로라 앤드루스를 찾는 게 아니라, 나를 깎아내리는 거야. 그년은 아마 지금도 온종일 컴퓨터 앞에 앉아서 엉터리 증거를 날조하고 있을걸."

"아마 그렇겠지."

언니는 아니다. 그럼 누구란 말인가? 다른 환자의 친척? 유괴범이 실패하지 않았더라면, 지금쯤 자기가 몸값을 지불하고 있을 수도 있다고 생각한 누군가가, 다시는 그런 시도가 성공하지 않는다는 점을 확인하기 위해 나를 고용했단 말인가?

"그건 사건조차도 되지 못해. 우리 잘못도 아니고. 자기 딸이 호텔 방에서 납치당했다고 시드니 힐튼의 소유주들을 고소했던 그 작자 기억나지? 재판에서 완전히 묵사발이 됐지. 이번에도 똑같은 일이 일어날 거야."

"그럴지도 모르겠군."

케이시는 쓴 웃음을 지었다. "어떻게 되든 상관없다고 생각하고 있군?"

"응. 그리고 케이시 자네도 나처럼 처신해야 해. 설령 재판에서 진다고 해도 〈IS〉는 자네를 해고하지는 않을 거야. 그치들은 바보가 아니고, 지금까지 보안에 일정 예산을 할당해 온 건 환자들을 병원 내부에 가둬둘 목적에서야. 병원이 아닌 요새를 원한다면, 그만큼 돈이 더 들어가게 돼. 한동안 교도소를 경영해 왔으니 거기 드는 비용에 대해서는 충분히 이해하고 있을 테니까 말이야."

케이시는 잠시 주저하다가 입을 열었다.

"'환자들을 병원 내부에 가둬둘 목적에서'라고? 정말? 로라 앤드루스는 예전에도 두 번이나 병원을 탈출했어." 그는 나를 노려보았다. "이 얘기가 그녀 언니에게 새어 나간다면, 내 손으로 직접 자네 목을 부러뜨리겠어."

나는 케이시를 빤히 바라보며 회의적인 미소를 떠올렸고, 그가 지금 한 농담을 설명해 주기를 기다렸다. 그는 찌푸린 얼굴로 내 시선을 맞받아쳤다. 나는 운을 뗐다.

"'탈출했다'니, 그게 무슨 뜻이지? 도대체 어떻게?"

"어떻게? 얼어 죽을! 어떻게 그랬는지는 나도 몰라. 만약 그녀가 어떻게 그랬는지를 알았더라면, 또다시 그러지는 못했을 거야. 안 그런가?"

"하지만… 로라는 문손잡이를 돌릴 능력도 없는 걸로 알고 있었는데."

"의사들 말이야 그렇지. 쳇, 로라가 얼어 죽을 문손잡이를 돌리는 걸 본 사람은 아무도 없어. 그녀가 바퀴벌레의 지능을 능가하는 일을 수행하는 광경을 본 사람은 아무도 없어. 하지만 잠긴 문과 감시 카메라와 동작 센서들을 세 번이나 속이고 빠져나올 수 있는 인물이 겉보기 그대로의 인물일 리는 없지. 안 그래?"

나는 콧방귀를 뀌었다. "지금 무슨 얘기를 하고 싶은 거지? 로라가 30년 이상 저능아를 가장한 채 살아왔다고 할 셈인가? 말하는 법조차도 배우지 못한 여자야! 돌 무렵부터 뇌 손상 환자 흉내를 내왔다고 주장하고 싶은 거야?"

케이시는 어깨를 움츠려 보였다. "30년 전에 무슨 일이 일어났는지 난들 어떻게 아나? 기록은 남아 있지만, 그때 내가 거기 있던 것은 아니었어. 내가 아는 것이라고는 로라가 최근 18개월 동안 한 일들뿐이야. 자네라면 그걸 어떻게 설명할 참인가?"

"아마 로라는 백치천재인지도 몰라. 혹은 백치 탈출 전문가든가?" 이 말을 듣고 케이시는 황당하다는 듯이 천장을 올려다보았다. "그래. 나도 도무지 짐작이 안 되는군. 하지만… 무슨 일이 일어난 거지? 이미 두 번이나 탈출했다니? 얼마나 멀리까지 도망쳤나?"

"처음에는 병원 뜰로 나가 있었어. 두 번째에는 2킬로미터 떨어진 곳까지 갔지. 평소와 마찬가지로 무표정하고 멍한, 예의 순진무구한 얼굴로 병원 부근을 그냥 돌아다니고 있는 것을 아침에 발견했던 거야. 나는 병실 안에 감시 카메라를 설치하고 싶었지만, 힐게만 측에서 허락하지 않았어. 정신병자의 인권에 관한 UN 협정 탓이라나? 〈IS〉는 예의 텍사스 교도소 사건 당시 여론의 십자포화를 실컷 받았기 때문에 엄청나게 조심스러워졌어." 케이시는 웃었다. "내 입장에서 더 많은 하드웨어가 필요하다고 어떻게 말할 수 있었겠나? 거기 있는 환자들은 모두 식물인간이야. 병실에는 문 하나와 창문 하나가 달려 있을 뿐이고. 문과 창문 모두 24시간 내내 감시받고 있어. 그런 상황에서, 어떻게 감시를 강화해야 한다고 주장할 수 있었겠나? 그러니까 그 얼어 죽을 병원장에게 '당신이 그렇게 천재라면, 대체 어떻게 그런 일이 가능했는지 당신 입으로 설명해 보지 그래. 어떻게 로라를 막을 수 있는지 당신이 말해보라고'라고 뻗댈 수는 없는 노릇이 아닌가?"

나는 고개를 가로저었다.

"로라가 그랬던 게 아냐. 로라에겐 그럴 능력이 없어. 누군가가 그녀를 데리고 나간 거야. 세 번 모두."

"그래? 누가? 왜? 그럼 처음 두 번은 어떻게 설명할 작정인가? 예행연습?"

나는 주저했다.

"역정보가 아닐까? 로라가 자기 힘으로 탈출할 수 있다고 자네가 믿게 만들고, 마침내 탈출에 성공한다면, 자네도…"

케이시는 도저히 못 믿겠다는 몸짓을 했다. 마음뿐만 아니라 몸까지 상처받았다는 투였다. 나는 말을 이었다.

"알았어. 내가 말해놓고도 황당무계하게 들리는군. 하지만 난 아직도 로라가 병실에서 그냥 혼자서 걸어 나갔다고는 믿지 못하겠어."

눈을 붙이려면 영원에 가까운 시간이 걸린다. **보스**(〈휴먼 디그니티〉, 999달러)를 쓰면 자고 깨는 것은 내 마음에 달렸지만, 어떤 이유에선가 여전히 나는 불면증에 시달리고 있었다. 언제나 취침을 늦춰야 하는 이유를 찾아내고, 언제나 숙고해야 할 문제가 있다고 핑계를 대는 버릇이 생겼기 때문이다. 마치 예전에 밤을 새워서 풀어야 했던 문제들은 여전히 옛 방식대로 풀어야 한다는 식이다.

혹은 제논의 권태라고 불리는 증세에 빠져들어 가고 있는 것인지도 모른다. 일상생활의 수많은 국면이 개인 선택의 대상이 되어버린 지금, 뇌가 그 사실을 견디지를 못하는 것이다. 글자 그대로 마음속으로 원하는 것만으로도 수많은 것을 손에 넣을 수 있기 때문에, 사람들은 사고 과정에 새로운 계층을 덧붙이고 있는 것인지도 모른다. 이 엄청난 힘과 자유로부터 자기들 자신을 지키기 위해서라도 말이다. 그런 사고는 무한대의 역행에 가깝다. 자기가 정말로 원하는 것이 무엇인지를 결정하고 싶어 하는지를 결정하고 싶어 하는지를 결정하고 싶어 하는 꼴이다.

지금 이 순간 내가 원하는 것은 앤드루스 사건을 해명하는 일이지만, 내 머릿속에 그런 소원을 들어줄 모드는 없다.

캐런이 말한다.

"알았어. 왜 로라가 납치되었는지 모르겠다는 말이지? 좋아. 그렇다면 사실만을 염두에 두기로 해. 로라가 어디로 잡혀갔든 간에, 그 과정에서 누군가가 그녀를 보았을 거야. 일단 동기에 관해서는 잊어버려. 우선 그녀가 어디 있는지를 찾아내는 거야."

나는 고개를 끄덕였다.

"당신 말이 옳아. 언제나 그랬던 것처럼 말이야. 뉴스 시스템에 광고를 올려야…"

"아침에 올려."

나는 웃었다.

"알았어. 아침에 그러기로 하지."

평소처럼 그녀의 따스한 체온을 몸 가까이에 느끼며, 눈을 감았다.

"닉?"

"응?"

그녀는 내게 가볍게 입을 맞췄다.

"꿈에서 만나."

물론이다.

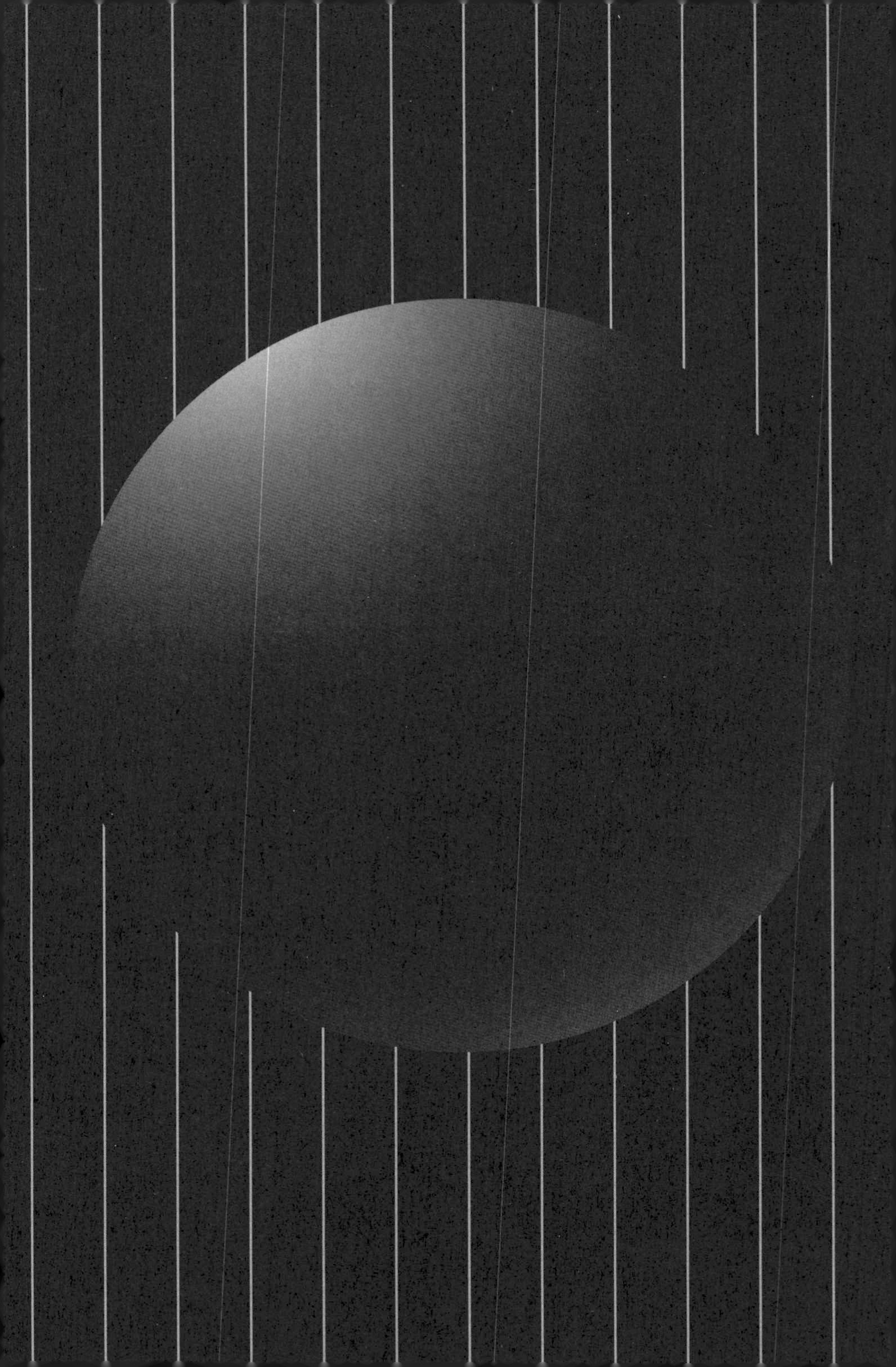

2

"할렐루야! 보여! 별들이 보인단 말이야!"

깜짝 놀라 뒤돌아보니 젊은 여자가 인파로 붐비는 길 한복판에서 무릎을 꿇고 양팔을 활짝 벌린 채로 푸르디푸른 하늘을 황홀하게 응시하고 있는 광경이 눈에 들어왔다. 황홀경에 빠진 나머지 그녀는 한순간 얼어붙은 것처럼 보였다가, 이윽고 다시 "보여! 보인단 말이야!"라고 외치며 가슴을 두드리기 시작했다. 그녀는 무릎을 꿇은 채로 헐떡이며 앞뒤로 몸을 흔들었고, 흐느꼈다.

하지만 그 신흥종교는 20년 전에 이미 소멸했을 텐데.

여자는 절규하며 몸을 꿈틀거렸다. 곤혹스러운 표정을 한 친구 두 명이 그녀 곁에 서 있고, 인파는 그들을 우회하며 매끄럽게 움직인다. 이런 광경을 바라보면서, 거리의 신비주의자들이 마구 고함을 지르며 경련하는 어린 시절의 기억이 밀물처럼 몰려오면서 고뇌가 깊어졌다.

"저 아름다운 별들! 영광에 가득 찬 저 성좌들! 전갈자리! 천칭자리! 켄타우루스!"

눈물이 그녀의 뺨을 타고 내린다.

믿기지 않을 정도로 강렬한 공황과 혐오감이 속에서 치밀어 오르는 것을 가까스로 억눌렀다. 미친 여자 하나가, 변태 하나가 설치고 있을 뿐이다. 군중 속에서 저렇게까지 튀어 보인다는 사실 자체가 이것이 얼마나 희귀한 일인지를 입증하고 있는 것이나 마찬가지다. 대다수 사람들이 〈버블〉을 받아들임으로써 상황에 적응했고, 정상적인 생활을 영위하고 있다는 사실의 반증이라고 할 수도 있다. 나는 도대체 무엇을 두려워하고 있는 것일까? 〈버블〉이 야기한 히스테리, 온갖 무명 종교 집단의 모든 종파, 기괴한 집단 정신병의 온갖 형태가 또다시 부활할 것임을 확신이라도 하고 있단 말인가?

내가 고개를 돌린 순간, 여자의 친구들이 갑자기 웃음을 터뜨렸다. 잠시 후 여자도 이에 합류했다. 뒤늦게 나는 진상을 깨닫는다. **아스트랄스피어**가 다시 유행하고 있을 뿐인 것이다. 머릿속의 플라네타륨. 이것은 단순한 장치일 뿐이지, 신의 현현 따위가 아니다. 옛날에 읽은 적이 있는 제품 평가에 의하면, 이 모드에는 각양각색의 설정 기능이 포함되어 있다. '실제로 보여야 할' 별들의 리얼리스틱한 조망—정확한 일주 운동 및 계절 운동, 구름이나 건물에 가려진 모습, 일몰 시에 점점 밝아지거나 여명 시에 천천히 스러지는 광경 등—에서, 햇살을 가득 품은 대기나 발치의 지면을 포함한 모든 장애물의 완전한 소거까지를 모조리 망라하고 있으며, 천년의 과거 또는 미래의 조망이나 은하계를 반쯤 횡단한 곳에서 바라볼 수 있는 옵션까지 딸려 있다.

3인조는 이제 서로의 팔을 부여잡고 폭소하고 있었다. 컬트는 부활한 것이 아니라 조롱의 대상이 되었을 뿐이었다. 저 10대들은 보나마나 오래된 다큐멘터리 따위에서 그런 광경을 본 것이리라. 나는 조금 바보가 된 듯한 느낌을 받으며 발걸음을 재촉했지만, 내심 커다란 안도감을 느끼고 있었다.

내가 사는 건물에 도달했고, 느릿느릿 층계를 오른다. 기록 건수가 0인 통화 로그와 대면하는 것은 마음에 내키지 않았기 때문이다. 나흘 연속으로 모든 뉴스 시스템에 광고를 올려보았지만, 장난 전화 한 통조차도 걸려 오지 않았다. 새해 연휴 기간이니까 연락이 올 법도 한데 말이다. 공휴일에는 할 일이 없는 사람들이 많기 때문에 뉴스 시스템의 열람자 수도 늘어나는 법이다. 현상금 1만 달러라는 액수가 너무 적은 것인지도 모르지만, 그것을 배로 늘린다고 해서 의뢰인이 기뻐할 것 같지는 않았다. 의뢰인의 정체도 여전히 오리무중이었다. 힐게만 병원의 환자 기록에서 막대한 재산이나 명성을 보유한 가족을 가진 사람은 없었다. 지금 와서 생각해 보면, 그리 의외도 아니었다. 매우 부유한 집안이라면, 면밀하게 기록을 위조한다는 최소한의 조치는 취해두었을 것이다. 상상을 초월하는 부자의 육친이 정신장애를 가진 경우라면, 병원에 입원시키는 대신에 아예 침입이 불가능한 자신의 저택 내부의 방음 장치가 된 일각에 안전하게 격리해 두는 편을 택할 것이다. 그쪽 가능성을 더 깊이 파헤쳐 보고 싶다는 유혹도 느끼지만, 그럴 생각은 없었다. 나는 (순수하게 미학적인 견지에서) 의뢰인의 정체와 사건의 진상을 관련짓고 싶다는 욕구에 사로잡힌 것인지도 모르지만, 의뢰인이 누군지 알면 로라를 찾는 데 도움이 될 것이라고 확신할 만한 이유는 아직 찾지 못했다.

역시 아무런 연락 기록도 없었다.

소파를 주먹으로 갈기고 싶은 충동을 억눌렀다. 이미 찢어진 소파 틈새를 더 넓혀보았자 기분이 나아질 리도 없었다. 광고 연장 신청을 위한 마감 시각이 점점 다가오고 있다. 광고 문면을 단말기에 띄워놓고 뚱한 얼굴로 바라본다. 현상금에 0을 하나나 둘 덧붙이는 것은 논외로 치더라도, 문면 어딘가를 조금 변경해서 효과를 볼 수는 없을지 곰곰이 생각해 보았다. 광고에는 힐게만의 환자 기록에 있던 로라의 사진을 그대로 썼고, 이 사진이 나 자신이 **암호 비서**로 수신한 심상과 거의 일치하고 있다는 사실을 감안할 때, 로라의 외모에 대한 내 의뢰인의 지식은 같은 사진에 입각하고 있을 공산이 크다. 특징적인 얼굴이지만, 지금 어떤 모습을 하고 있는지 알게 뭔가? 성형수술을 할 필요조차도 없다. 잘 만든 인조 피부 가면을 뒤집어쓰는 걸로 족하다.

다시 광고를 신청했지만, 별다른 기대는 하지 않았다. 만약 로라가 다른 사람으로 오인당하고 납치되었다면 이미 오래전에 죽었을 것이다. 범인들을 찾아내기는커녕, 시체를 찾을 수 있을지도 의문이다. 내게 남겨진 유일한 희망은, 범인들이 어떤 숨겨진 이유에 의해 로라를 고의적으로 납치했을 뿐만 아니라, 그 이유가 무엇이든 간에 그녀를 단순히 감금하거나 살해하는 것보다 더 위험 부담이 큰 행동에 나섰을 가능성이다.

이를테면 그녀를 밀출국시켰을 수도 있다.

로라를 비행기에 태우는 일은 힘들지 않았을 것이다. 장애자라는 사실은 얼굴과 마찬가지로 쉽게 숨길 수 있다. 로라를 동승자가 조종하는 꼭두각시 인형으로 변신시킬 수 있는 불법 모드가 10여 개는 존재하고, 이것들을 쓴다면 기내에서 상영되는 영화를 보면서, 적절한 타이밍으로 웃거나 우는 등의 기본적인 작업을 수행할 능력을 가진 반자율적인 '로봇'으로 변화시키는 일조차 가능하다.

외교부의 데이터베이스에 있는 출국 비자 기록을 위조하는 것은 어렵지 않다. 어차피 1, 2시간 지나면 자동적으로 소거되도록 되어 있고, 항공사의 승객 파일도 거기 맞춰서 수정해 놓으면 그만이다. 외교부도 세관도 항공사들도 100여 명에 이르는 해커들의 불법 침입에 대해 24시간 내내 무방비나 다름없는 상태에 놓여 있는 것이다. 그러나 바로 이런 이유에서 불법 여행자의 추적이 가능해진다는 점은(운이 좋을 경우의 얘기지만) 아이러니라고밖에는 할 수 없다. 해커들은 표적으로 삼은 시스템의 구태의연한 보안 프로그램을 손쉽게 돌파해 버리지만, 그 과정에서 서로에게 존재를 드러내는 일을 피할 수는 없기 때문이다. 자신이 필요로 하는 데이터를 입수하는 과정에서, 동시 진행 중인 다른 침입의 증거까지 자동적으로 입수해 버리는 것이다. 여느 정보와 마찬가지로, 이것은 매매의 대상이 된다.

벨라는 지금 내게 자신의 데이터를 제공하는 동시에, 나의 브로커 역할도 맡고 있다. 그녀를 불러내서 또 다른 데이터를 한 아름 다운로드했다. 무작위적으로 입수한, 가공되지 않은 일련의 데이터가 실제로 유용한지의 여부는 운에 달려 있다. 데이터의 양이 많으면 많을 수록 성공 확률은 높아지지만, 추적하려는 사건이 과거 5주 내의 불특정 시점에서, 이름도 알 수 없는 공항을 통해 이루어졌다면(실제로 그런 일이 일어났다면 말이지만) 반드시 성공하리라는 보장은 없다.

위조 출국 비자를 찾아내는 일은 간단하다. 위조 비자는 당국의 (굼뜬) 정밀 검사를 피하기 위해 소거될 필요가 있고, 바로 이런 사실이 결정적인 약점으로 작용한다. 데이터베이스의 스냅숏을 연속적으로 캡처한 후, 이들 스냅숏을 비교해 보면 해당 시간 내에 어느 비자가 지워졌는지를 금세 알 수 있기 때문이다. 문제는 수많은 불법 출국자들 중에서 로라를 찾아낼 방법이었다. 전국에서 불법 출국하는 사람들의 수는 1주에 100명에 이른다. 내가 입수한 힐게만 병원의 환자 기록에는 로라의 DNA 지문, 손가락 지문, 망막 패턴, 그리고 골격 치수가 포함되어 있었다. 세관에서는 DNA 검사를 하지 않지만(모든 해외 여행객들의 DNA를 채취하기에는 넘어야 할 법적, 문화적인 장벽이 너무 많다) 나머지 셋은 언제나 점검 대상이고, 출국 시에는 본인의 기록과 정확히 일치해야 한다. 그러나 일단 출국한 뒤에는 위조 비자 기록에 포함된 이런 기록들을 변조하는 것이 밀출국자들의 통상적인 수법이다. 바로 나 같은 사람의 일을 어렵게 만들 목적에서 말이다. 기록 자체는 비행 중에도 이름과 사진과 함께 줄곧 유지될 필요가 있지만(항공사들이 자체적으로 시행하는 여러 종류의 테러리즘 방지 대책에 걸리지 않기 위해서다) 생물학적 ID 데이터는 승객이 목적지의 세관을 통과할 때까지는 재액세스의 대상이 되지 않는다. 따라서 비자 기록은 두 번 있는 통관 시의 짧은 시간 동안에만 본인의 실제 데이터와 일치하면 된다. 이론상으로는 몇 밀리세컨드 동안에만 일치하면 되지만, 제반 사정으로 인해 현실적으로는 몇 분 동안 일치할 필요가 있다. 그러나 지문과 망막 패턴은 나노 수술로 비교적 손쉽게 변조할 수 있기 때문에, 실제로 믿을 만한 단서는 골격 치수뿐이다. 최악의 경우에는 뼈의 길이도 수정이 가능하지만, 꼭두각시든 아니든 간에 그런 종류의 수술을 받은 직후 자기 발로 걸어서 비행기에 탑승하는 것은 불가능하다. 그리고 한눈에 지체 부자유자임을 알 수 있는 모습으로 여행한다는 것은 목에 간판을 걸고 돌아다니는 것과 마찬가지다.

가장 최근의 스냅숏들을 분석해 보았지만, 곧 다른 것들과 마찬가지로 무가치하다는 사실이 판명되었을 뿐이었다.

지금까지 모은 몇 기가바이트에 이르는 정크 데이터 여기저기를 들쑤셔 본다. 전국에 있는 10개의 국제공항에서 끊임없이 출발하는 항공편들, 기내식의 메뉴에서 좌석표… 그리고 화물 적하 기록. 물론 로라를 화물로 위장해서 내보낼 수도 있었겠지만, 이것은 그다지 영리한 방법이 아니다. 모든 화물은 X선을 통과하거나 사람 손으로 직접 검사받기 때문에, 인간이 화물로 위장할 수 있는 방법은 단 한 가지밖에는 없다. 시체가 되는 방법이다. 시체 흉내를 내는 것은 어렵지 않다. 뇌나 다른 장기에 피해를 주지 않고 인체의 신진대사를 정지시키는 약물은 몇십 년 전부터 입수가 가능해졌다. 이 방법이 매력이 없는 이유는 신호 대 노이즈의 비율 때문이라고나 할까? 불법 승객들의 경우에는 다수라는 사실 자체가 일종의 위장막으로 작용하지만, 항공편을 통해 국외로 반출되는 시체는 기껏해야 일주일에 한두 구에 불과하기 때문이다.

그러나 달리 뾰족한 아이디어가 있는 것도 아니었기 때문에 지금까지 모은 데이터의 적하 기록을 검색했고, 도합 일곱 구의 시체를 추려냈다.

모든 승객은 통상적인 X선 보안 검색대를 통과해야 하고, 그 촬영 결과를 바탕으로 ID 확인 시에 쓰이는 골격 치수가 산출된다. 그러나 시체의 경우 ID 확인은 이루어지지 않는다. 그 대신 다른 화물과 마찬가지로 한 쌍의 실체 사진으로 이루어진 X선 촬영 결과를 육안으로 검사받은 후, 적하 목록에 저장될 뿐이다. 공항에서 뼈의 길이를 산출하는 데 쓰이는 알고리즘의 카피를 찾아내는 데는 30분이 걸렸다. 이것은 X선 촬영 장비에 내장된 펌웨어의 일부라서 다른 승객 관련 시스템과는 분리되어 있었기 때문에, 내가 불법으로 입수한 데이터에는 포함되어 있지 않았던 것이다. 내 손으로 직접 골격 산출 프로그램을 짤 생각은 애초부터 없었다. X선 실체 사진을 3차원 좌표들로 변환하려면 간단한 수학적 처리를 거치면 그만이지만, 인체의 여러 뼈들을 자동적으로 인식하도록 하는 것은 간단한 일이 아니다.

나는 시체 일곱 구의 골격 수치를 프로그램에 넣어 돌리며 로라의 데이터와 일치하는 것이 없는지 찾아보았고… 일곱 번 연달아서 부정적인 결과를 얻었다. 아이로니컬하게도, 그 즉시 유괴범들이 결국 이런 방법을 채택했을지도 모르는 이유 하나가 머리에 떠올랐다. 로라의 뇌 손상 때문에 꼭두각시 모드를 사용하지 못했을 가능성은 충분히 있었다. 대다수의 기성 제품 모드들은 '누구라도' 공통적으로 가지고 있는 것으로 간주되는 모종의 신경 구조의 존재에 완전히 의존하고 있지만, 로라에게는 바로 그런 구조가 결여되어 있었을지도 모르는 것이다. 이것이 시간만 있으면 충분히 해결할 수 있는 문제라는 점에는 의심의 여지가 없지만, 로라의 변칙적인 대뇌를 매핑한 다음 그것에 맞춰 나노 머신들을 재프로그래밍하는 것은 결코 간단한 작업이 아니다. 그럴 바에야 범인들은 차라리 다른 해결책들 쪽에 더 매력을 느꼈을 것이다.

긍정적인 결과를 얻지 못했다고 해서 모든 가능성을 부정할 수 있는 것은 아니었다. 적하 목록에 포함된 X선 데이터는 촬영된 지 몇 분 후에 변조되었을 수도 있다. 컴퓨터 처리된 정보는 양자론적 진공이나 마찬가지로 덧없는 존재이며, 끊임없이 출현과 소멸을 거듭하는 가상 진실과 거짓으로 점철되어 있다. 충분히 짧은 시간대 안에서는, 그 어떤 규모의 속임수라도 충분히 통용될 수 있다. 법률은 위조 사실이 발각될 정도로 오랫동안 한곳에 방치되어 있던 데이터에만 적용되는 법이다.

X선 분석이 어떤 식으로 이루어지는지 흥미를 느끼고 해당 프로그램을 훑어보았지만, 해부학적 특징을 인식하는 코드는 실로 따분하기 그지없는 물건이었다. 규칙과 예외를 열거한 목록이 한없이 이어지다가, 끄트머리에 몇 줄의 공식이 들어가는 식이다. 화물용 X선 검색 시스템과 승객용 시스템 사이에 존재하는 물리적인 규격의 차이 때문에 계속 무의미한 결과만 나오는 것이 아닌가 하는 막연하지만 끈질긴 의구심이 고개를 든다. 그러나 분석에 관련된 모든 수치는 표

준적인 기술 양식과 더불어 X선 사진 한 쌍과 함께 저장되어 있었고, 프로그램 자체에도 허술한 점은 없었다.

일단 뼈 길이가 산출되고, 비자 기록과 불일치하는 기록들이 연령적인 오차 범위 이내에 있다면, 동일 인물이라는 판정이 내려진다. 여기서 오차 허용이 필요한 이유는, 비자가 나온 이후에 본인에게 약간의 육체적인 변화가 있을 경우에 대처하기 위해서다. 따라서 성장기 어린이나 10대들의 오차 범위가 가장 넓은 것은 당연하지만, 로라 연령대의 오차 범위는 그리 넓지 않다. 그렇다면 나는 그 범위를 늘려야 하는 것일까? 세관에서는 정상 승객을 불법 출국자로 오인할 위험을 무릅쓰고라도 오차 범위를 좁게 잡는 편을 택하겠지만, 내 경우에는 그와는 반대였다.

그 순간, 나는 내가 얼마나 멍청했는지를 갑자기 깨달았다. 아직도 비행기 탑승객의 기준으로 모든 것을 생각하고 있었던 것이다. 가짜 시체는 걸어 다닐 필요가 없다. 설령 불구가 될 위험이 있더라도, 로라가 골격 수술을 받았을 가능성은 남아 있었다. 그렇다면 내게는 추적 단서를 제공해 줄 데이터가 단 하나도 없다는 얘기가 된다.

아니, 꼭 그런 것만은 아니다. 수술에서 회복하는 기간이 조건에 맞는다면, 대다수의 뼈는 변형시킬 수 있다. 그러나 두개골의 특정 부분의 경우, 당사자에게 위험을 주지 않으면서 눈에 띄지 않는 형태로 건드리는 것은 거의 불가능하다.

나는 조합 기준을 수정하고, 다른 비교 사항들은 모두 무시하라고 지시했다. X선 정보를 이 새로운 버전의 프로그램에 넣고 돌리자

마자 로라와 일치하는 기록이 나왔다.

화물 ID: 184309547

항공편: QANTAS 295

출발: 퍼스, 2067년 12월 23일, 13시 6분

도착: 뉴홍콩, 2067년 12월 23일, 14시 22분

내용물: 유해 [한, 쉬우리엔]

발송인: 뉴홍콩 총영사관

세인트 조지 테라스 16번지

퍼스 6000-0030016

오스트레일리아

수신인: 왠 체이 장의사

리 퉁 스트리트 132번지

왠 체이 1135-0940132

뉴홍콩

두개골에서 다섯 부분의 수치가 들어맞은 것은 우연의 일치일 수도 있다. 고의적인 가짜 정보일 가능성도 배제할 수 없다. 유괴범들이 X선 정보를 변조하고, 이런 진실의 파편조차도 소거해 버리지 않았다는 보장이 어디 있는가?

이 데이터의 스냅숏을 찍은 시각을 알아보았다. 12시 53분. 화물이 X선 검색을 받은 것은 그보다 2, 3분 전의 일일 것이다. 세관 직원

이 빤히 바라보고 있을지도 모르는 순간에, 데이터를 변조할 수는 없다. 그러나 10분 후에 보았다면 로라 앤드루스의 모든 흔적은 깨끗이 사라져 있었을 것이다.

나는 여전히 의구심을 떨쳐 버리지 못하고 고개를 흔들었다. 이런 행운에 부닥치다니 말도 안 된다.

캐런이 어깨 너머를 들여다보고 말한다.

"바로 그게 행운의 정의야, 바보. 빨리 짐을 꾸리라고."

뉴홍콩의 건국일은 2029년 1월 1일이다. 그로부터 18개월 전, 그러니까 홍콩의 중화 인민공화국 편입 30주년이 되던 해에, 기본법 정지에 항의하는 홍콩 시민들의 데모가 무력 진압되고 반대 의견이 탄압받으면서 불법 출국자의 수가 급증했다. 인접한 나라들 대부분은 이들에게 철조망으로 에워싸인 누추한 난민 캠프를 제공하기는 했지만, 난민에 대한 국적 부여를 거부하고 무국적 상태에서 반생을 헛되이 보낼 기회밖에는 주지 않았다. 그러나 아넘랜드Arnhem Land 부족연맹만은 북부 오스트레일리아에 위치한 면적 2,000제곱킬로미터의 맹그로브 투성이의 반도를 이들에게 제공했다. 게다가 옛 홍콩처럼 99년만 조차한 것이 아니라, 경제적 이익을 부족연맹에 분배한다는 조건으로 영구 주권을 부여했던 것이다.

2026년에 갓 독립한 아넘랜드는 거의 소멸하기 직전인 전통문화를 다시 일으키기 위해 노력하고 있는 여섯 개의 애버리지니 부족으로 이루어져 있었다. 오스트레일리아에서는 부족연맹의 파산을 저지하고 있는 경제 원조를 중단하자는 얘기가 나돌았다. 부분적으로는 중국이 무역 제재를 가하겠다고 위협한 탓도 있지만, 갓 독립한 주제에 가소롭게도 주권 행사에 나섰다는 사실에 대한 치사한 분풀이의 성격도 있었다. (당시 오스트레일리아 정부 당국은 6만 명의 난민을 북서 해안의 유기된 나환자 수용소로 받아들인다는 실로 독창적인 제안을 내놓고 있었다. 몇십 년이 걸리든 간에, 정치적으로 용인할 수 있는 속도로 이들 난민을 전 세계로 내보낼 수 있을 때까지 말이다.) 경제 원조는 중단되지 않았지만, 오스트레일리아 언론과 어용 경제학자들은 뉴홍콩 건국 프로젝트 자체를 '나라 땅 팔아먹기'라고 부르며 철저한 조롱의 대상으로 삼았고, 결국은 사회적, 경제적 파탄으로 끝날 것이라고 예언했다.

그러나 해외 투자가들의 견해는 달랐다. 대량의 자금이 뉴홍콩으로 유입되었다. 이것은 인도주의와는 무관하며, 당시의 세계 경제 상황의 반영에 지나지 않는다. 특히 한국은 주체할 수 없을 정도로 늘어난 잉여 자산을 흡수해 줄 프로젝트를 찾는 일에 혈안이 되어 있었다. 아무것도 없는 곳에서 산업 인프라를 만들어 낸다는 것은 보통 일이 아니었겠지만, 뉴홍콩은 번영을 구가하는 동남아시아의 산업 중심지와 지리적으로 충분히 가까웠기 때문에 이들의 공학적 전문 기술과 남아도는 생산능력의 혜택을 받을 수 있었다. 최신 건축 기술을 최대한 활용함으로써 7년이 지나기도 전에 도시의 중심은 주민을 받아들이고, 기능하기 시작했다. 타이밍이 너무 일렀던 것도 아니었다. 2036년에 중화 인민공화국이 대만을 침공하면서, 또 다른 난민의 물결이 몰려왔던 것이다.

그 이래 수십 년 동안 베이징에서는 정치적, 경제적 개혁이 주기적으로 일어났고, 그것들은 언제나 체제에 환멸을 느낀 유능한 중산 계급의 유출로 끝을 맺었지만, 해외에서 이들을 받아주는 곳은 단 한 군데밖에는 없었다. 중국이 점점 더 가난해지고, 고립화하는 동안, 뉴홍콩은 점점 더 번영했다. 2056년에 뉴홍콩의 국내 총생산은 오스트레일리아의 그것을 초과하고 있었다.

마하 2를 넘는 속도로 날아가면 거리 3,000킬로미터의 여행도 1시간 남짓하게 걸릴 뿐이다. 창문에서 멀리 떨어진 자리에 앉아 있었던 나는 좌석의 오락 스크린을 전망 채널로 바꾸고 뒤로 흘러가는 사막을 바라보았다. 얼빠진 음성 설명을 듣지 않으려고 헤드폰을 꺼놓았지만, 눈에 거슬리는 자막과 그래픽 오버레이를 지우는 방법은 찾아낼 수가 없었다. 결국 단념하고 **보스**에게 지시해서 도착할 때까지 눈을 붙이기로 했다.

비행기가 착륙하자 몬순성 폭우가 활주로를 두들기는 것이 보였다. 그러나 5분 후 공항 건물을 나서자 눈 부신 햇살이 나를 맞이했다. 섭씨 20도로 고정된 인공적인 환경에서 1시간을 보낸 뒤에 느닷없이 열기와 습기가 훅 끼쳐 오니 마치 뺨을 얻어맞은 듯한 기분이다.

북쪽의 마천루 사이로 항구의 크레인들이 흘끗 보였다. 동쪽의 작고 푸른 부분은 카멘타리아만이다. 바로 옆에 지하도로 통하는 입구가 있었지만, 비가 그쳤기 때문에 걸어서 호텔까지 가기로 했다. NHK(뉴홍콩)를 방문한 것은 이번이 처음이었으나, 나는 시가지의 최신 지도와 정보 패키지가 포함된 **데자뷔**(〈글로벌 비지주〉, 750달러)를 켜놓았다.

건국 초기에 세워진 검고 매끄러운 고층 건물이 최신 스타일의 건물들과 교대로 늘어서 있었다. 모조 옥과 금을 처바른 최신식 건물의 표면은 10여 개의 각기 다른 축척 레벨에서 눈을 잡아끄는 독창적인 프랙털 돋을새김으로 장식되어 있었다. 모든 건물의 옥상에는 메이저급 투자 회사나 정보 서비스의 거대한 로고가 설치되어 있다. 돈이나 데이터가 조세를 피하기 위해 편의상의 국적을 필요로 한다는 사실은 언제나 부조리하게 느껴지지만, 법률은 그렇게 빨리 바뀌는 것이 아니기 때문에, 이곳의 무간섭 방임주의적laissez-faire 법규에 매력을 느낀 수백 개의 다국적 기업이 본사를 뉴홍콩으로 옮겼다. 설령 기업 본체가 궤도상의 슈퍼컴퓨터들 사이를 흘러 다니는 비과세 데이터의 물결로 무형 법인화되는 날까지의 일시적인 조치에 불과하더라도 말이다.

고층 건물들의 아랫부분은 거리 계층에서 관목처럼 빽빽이 자라 있는 작은 상점들에 의해 거의 가려져 있다시피 했다. 바이화※와 영어로 쓰인 주간용 홀로그램 간판이 공중을 가득 메우고 있고, 각 간판에서는 깜박거리는 화살표들이 흘러나오며 여간해서는 모르고 지나치기 쉬운 좁다란 상점 입구나 작은 칸막이 방을 가리키고 있었다. 싸구려 보석 장신구나 패스트푸드, 나노 웨어 화장품 등을 파는 가게들 코앞에서 프로세서, 신경 모드, 오락용 ROM 칩들이 팔리고 있다.

※ pai-hua. 현대 중국의 구어를 문자화한 중국어. 광둥 지방에서 쓰임. 백화白話.

지나가는 인파의 구성원들은 모두 유복해 보였다. 회사 간부, 거래인, 학생, 그리고 다수의 부유한 관광객들. 남위 20도는 북반구의 관광객들이 오려고 하는 남방 한계선에 가깝다. 그들이 원하는 것은 겨울에도 볕에 그은 피부지, 위험천만한 흑색종이 아닌 것이다. 오존층 파괴를 야기하는 물질의 단계적 사용 금지는 몇십 년 전에 달성되었지만, 성층권은 지금도 오염된 채로 남아 있다. 그리고 매년 봄마다 남극 상공에서 확산되는 '구멍'은 여전히 건강에 심각한 위험을 끼치고, 위도와 암 발병률의 상관관계를 뒤죽박죽으로 만들어 놓는다. 남반구 온대의 햇볕 쪽이 열대의 그것보다 훨씬 더 위험한 것이다. 나 자신도 자외선 위험지대에 관한 편협한 선입견을 서둘러 내던져 버리고, 창백한 피부가 종교적 광신자나 유전자 순결주의자의 징표라고 생각하는 것을 그만두는 편이 나을 듯하다. 이곳에서(혹은 옛 홍콩에서) 태어난 사람들 대다수는 구태여 멜라닌 색소 증강 조치를 받으려 하지는 않지만, 검은 피부를 한 '남부인'—오스트레일리아 출신의 아시아계와 유럽계 이민자—들의 모습도 상당히 눈에 띄었다. 따라서 사람들이 한눈에 나를 외국인이라고 알아차릴 것이라는 예감은 도를 지나친 것인지도 모른다.

르네상스 호텔은 내가 찾을 수 있었던 것 중에서는 가장 저렴했지만, 여전히 불안할 정도로 호화로웠다. 바닥에 깔린 빨간색과 황금색 융단과 다빈치의 스케치를 묘사한 거대한 벽화가 눈에 띈다. 뉴홍콩에서 싼 숙소는 존재하지 않는다. 한 푼도 없는 배낭여행자들에게는 아예 비자를 내주지 않는 것이다. 내 트렁크를 포터에게 운반시키고 싶지는 않았지만, 그걸 거부해서 귀찮은 일이 생기는 것은 바람직하지 않다. 팁을 줄 필요가 없다는 눈에 안 띄는 안내문이 몇 군데에 부착되어 있었지만, **데자뷔**는 그 반대의 충고를 했고, 적절한 팁 액수가 얼마인지를 가르쳐 주었다.

호텔 방 자체는 돈을 물 쓰듯 쓰고 있다는 내 기분을 조금은 완화해 줄 정도로는 작았고, 창문 밖으로도 〈액슨〉 본사 건물의 벽밖에는 보이지 않았다. 건물 벽면을 우아하게 장식하고 있는 것은 〈액슨〉에서 발매된 각종 베스트셀러 신경 모드의 상품명들이었다. 10여 개의 언어로 쓰인 각 상품명이 어느 방향에서도 읽을 수 있도록 몇 번이나 반복되는 모습은 추상적인 기하학 타일 무늬처럼 보였다. 모조 흑색 대리석에 각인되는 글자들은 반드시 사람의 눈을 끈다고는 할 수 없지만, 의도적으로 그런 것인지도 모른다. 사실, 〈액슨〉은 '잠재의식 학습 도구,' 즉 잠재의식이 '직접' 받아들인다는 메시지를 기록한 영상이나 음성 테이프의 판매 회사로부터 성장해 온 회사지 않은가? 이것은 당시에 팔려나간 사기성 자기 계발 상품들과 마찬가지로 속기 쉬운 고객들에게는 플라세보 효과를, 엉터리 장사꾼들에게는 거액의 이윤을 가져다주었다. 그리고 훗날 정말로 그런 효과를 내는 기술이 개발되었을 때, 새로운 시장을 창출하는 데 기여했던 것이다.

짐을 풀고, 샤워를 하고, 뒤늦게 모든 뇌내 시계를 1시간 반 앞으로 당겨놓은 다음, 침대 위에 앉아 인구 1,200만의 도시에서 정확히 어떤 식으로 로라를 찾아낼 것인지를 결정해 보려고 했다.

장례 공고에 의하면 한 쉬우리엔은 12월 24일에 화장되었고, 화구로 들어간 시체의 모습이 본인과 흡사했다는 점에는 의심의 여지가 없다. 설령 진짜 한 쉬우리엔이 퍼스를 결코 떠나지 않았다고 해도 말이다. 이런 시체 뒤바꾸기는 흥미로웠지만, 이 방면을 조사해 본다고 해도 별다른 진전은 없을 것이다. 장의사에 소속된 누군가와 접촉한다면 유괴범들에게 미리 경고를 해주는 꼴이다. 항공사 화물 담당자들의 경우도 마찬가지다. 뭔가 쓸모 있는 것을 목격할 가능성이 가장 높은 사람들은 시체 뒤바꾸기에 실제로 관여했을 가능성이 가장 높은 사람들인 것이다.

그렇다면 내게 남겨진 선택은 무엇일까? 나는 여전히 유괴범들에 관해서는 아무것도 모른다. 그들의 동기에 관해서도, 계획에 관해서도 마찬가지다. 지리적인 수색 범위를 좁혔다는 사실을 제외하면, 출발점으로 되돌아온 것이나 마찬가지다. 실마리가 있다면 뇌 손상이 있고 움직일 수조차 없는 로라 본인밖에는 없다. 생명을 결여한 물체를 찾아 헤매고 있는 것이나 다름이 없는 것이다.

그러나 로라는 생명을 결여한 물체가 아니다. 골격 수술에서 회복 중인 인간이다. **회복 중**… 회복하기 위해서는 무엇이 필요할까? 고도로 숙련된 간호 기술과 물리요법이다. 로라가 영구적인 지체 손상을 입을 가능성을 유괴범들이 실제로 우려하고 있을 경우의 얘기지만. 약물 요법은 확실히 필요하다. 로라를 살려둘 만한 가치가 있다면, 유괴범들은 그녀의 건강을 완전히 무시할 수는 없기 때문이다. 그러나 그럴 경우 어떤 종류의 약물 요법이, 특수한 의약품이 필요한 것일까? 짐작도 되지 않았다. 따라서 그 부분을 알아보아야 한다.

닥터 팽글로스는 내가 가장 선호하는 정보 수집가다. 표면상으로는 보호받고 있는 정보를 훔치는 벨라와는 달리, 팽글로스는 합법적으로, 이론상 누구라도 접근할 수 있는(물론 이것은 헛소리다) 정보를 단 몇 달러의 요금을 지불하고 키를 몇 번 누르는 것만으로도 찾아준다. 파우더를 뿌린 가발을 쓴, 점이 있는 팽글로스의 가면은 나로 하여금 언제나 볼테르라기보다는 몰리에르를 떠올리게 하고, 그의 악센트는 왕립 셰익스피어 극단의 무대에서나 들을 수 있는 것이지만, 조사 기술만은 트집 잡을 곳이 없다. 그는 내 질문에 대해 정확히 30초 만에 해답을 보내왔다. 그가 쓴 것과 똑같은 전문가 시스템과 데이터베이스와 라이브러리를 써서 내가 직접 알아보려고 했다면 아마 몇 시간은 걸렸을 것이다.

로라와 같은 상태에 놓인 환자는 몇 가지의 약리학적 필요 조건을 가지고 있고, 각 조건은 여러 약물에 의해 충족될 수 있다. 이 약물들은 각기 다른 상품명으로 팔리고 있었고, 현지의 제약업자들로부터 모두 입수가 가능한 것들이었다. 팽글로스는 모든 정보를 깔끔한 트리 구조도로 정리해서 눈앞의 공중에 그려 보인 다음, 데이터 채널을 통해서 그 카피를 보내왔다.

벨라에게 전화를 걸어서 현재 제약업자들의 목록을 건네고, 최근 석 달 동안의 배송 기록을 입수해 달라고 했다.

"5시간." 그녀가 말한다. "패스워드는 '녹턴'이야."

5시간. 10분 동안 창밖을 바라보며, 5시간 동안 뭔가 유익한 일을 할 수 없을까 생각해 본다. 아무 생각도 떠오르지 않았기 때문에, 요기를 하기로 했다.

호텔 1층의 레스토랑은 너무 거창하고 비싸 보였기 때문에, 패스트푸드를 찾아서 밖으로 나왔다. 뉴홍콩에서는 주로 광둥요리를 바탕으로 한 독특한 음식 문화가 발달했고, 현지의 특이한 재료들, 이를테면 아넘랜드산 악어 고기 따위를 즐겨 쓰는 경향이 있다. **데자뷔**에 따르면 이 악어 요리는 매우 맛있지만, 이차적인 식인 행위의 가능성에도 식욕이 감퇴하지 않는 사람들에게만 추천할 수 있다는 단서가 달려 있었다. 나는 볶음밥을 주문했다.

앞으로 몇 시간을 더 때워야 하기 때문에, 하릴없이 부근을 배회하기 시작했다. 사건에 관해 생각해 보자고 다짐했지만, 나는 천편일률적인 단서를 다람쥐 쳇바퀴 돌듯 쫓아다니는 일에 내심 넌더리를 내고 있었다. 그래서 그냥 아무 생각 없이 마음을 텅 비우기로 했다. 러시아워의 북적거리는 인파가 나를 압박한다. 모두 긴장되고, 불안한 듯한 얼굴들이다. 보통 이럴 경우에는 나도 긴장하고 불안을 느끼기 마련이지만, 지금 이 순간에는 아무렇지도 않다. 아직 이 도시에 주파수를 맞추지 못한 탓에, 주위 분위기의 영향을 받지 않는 탓인지도 모르겠다.

팬 퍼시픽 타워의 그림자가 만들어 내는 가짜 땅거미 속으로 발을 들여놓는다. 부식된 금으로 피복된 지상 100층의 원통형 건물. **데자뷔**가 관광객용의 설명을 늘어놓기 시작한다. 쉬 차오충이 설계한 작품 중에서 가장 유명한 동시에 논란의 대상이 된 건물이며, 2063년에 완공되었습니다. 금속처럼 보이는 저 외장재는 실은 폴리머이며, 그 표면의 플랙털 차원은 일찍이 유례를 볼 수 없는 2.7… 이 해설은 환청보다 더 관념적이며, 공상이나 기억을 선명하게 상기하게 해준다는 표현이 더 정확하다. 언제든지 손쉽게 불러낼 수 있는 다큐멘터리의 음성 트랙이 머릿속에 들어 있는 느낌이라고나 할까? 이 모드의 숨은 특징은 관광 안내와 함께 사용자에게 의도적인 서브 텍스트를 넌지시 주입한다는 점이다. 주위 환경에 점점 익숙해지는 느낌. 가장 심오한 동시에 상세한 지식을 얻고 있다는 느낌. 간략화된 잡다한 정보를 하나씩 소화할 때마다, 현지에 관해서 그 어떤 토박이에도 뒤지지 않는 깊은 이해에 빠르게 도달하고 있다는 감각. 이것은 모든 관광객들이 갈망하는 착각 그 자체지만, 개인적으로는 그런 자기기만과는 어느 정도 일선을 기하고 싶은 것이 본심이다.

해가 정말로 넘어가자 하늘은 금세 어두워졌다. **캐런**이 옆에서 함께 걷고 있다. 처음에는 아무 말도 하지 않았지만, 시야 가장자리에서 그녀의 모습을 보고, 희미한 살냄새를 맡음으로써 고독감을 줄일 수 있다는 사실만으로도 내겐 충분하다.

우리는 노천 시장에 와 있었다. 온갖 종류의 기념품, 싸구려 장신구, 하이테크 잡동사니들이 끝없이 계속되는 듯한 노점과 탁자 위에 잔뜩 쌓여 있다. 노점 위쪽의, 지옥의 약장사처럼 티격태격하는 수많은 홀로그램에서 새어 나온 형형색색의 부조화한 빛들이, 주위의 모든 것들을 기묘한 색조로 물들이고 있다.

"인공지능 샐러드 제조기를 살까? '요리사 모드를 단 그 어떤 인간보다 더 빠르고 능수능란'하다는군."

그녀는 고개를 가로젓는다.

"그럼 이건 어때? 만능열쇠. '수동식, 능동식을 불문하고, 물리적, 전기적, 자기적, 광학적 열쇠의 특징을 1,000개까지 기억하고, 대체함.'"

"별로네."

"이봐, 내 호텔 요금만 가지고서는 관광객의 지출 쿼터를 못 채운다는 걸 알잖아. 뭔가 사지 않는다면, 다시는 입국 허가를 안 내줄 거야. 비자 신청을 해도, 상공회의소의 컴퓨터가 거부할걸."

"그럼 점성술은 어때?"

그녀는 근처에 있던 점성술사의 오두막 쪽을 턱으로 가리켰다.

위가 딱딱해졌다.

"당신 언제부터 저런 헛소리를 믿기 시작했지?"

어린 소년 하나가 고개를 돌려 빈 공간에 대고 말을 하는 나를 빤히 쳐다보았지만, 곁에 있던 친구가 팔을 잡아끌더니 쑥덕쑥덕 설명을 해주며 다른 곳으로 갔다.

"안 믿어. 그냥 내 말대로 해."

오두막 쪽을 흘낏흘낏 보고, 억지로 웃었다.

"점성술이라… 얼어 죽을 별이 한 개도 안 남아 있는데 점성술이라니, 뭐라고 해야 할지 모르겠군."

그녀의 표정을 읽을 수는 없었다.

"그냥 하라는 대로 해."

오장육부가 뒤틀리는 듯한 느낌을 받았지만, 어떻게인가 차분한 목소리를 낼 수 있었다.

"알았어. 당신이 원하는 대로 점을 치기로 하지. 생일이 4월 10일이었지."

그녀는 고개를 가로저었다.

"내 생일이 아냐, 바보. **로라**의 생일로 점을 보란 말이었어."

나는 그녀를 빤히 쳐다보다가, 어깨를 움츠렸다. 지금 논쟁해 봤자 무의미하다. 내 머릿속에는 아직도 힐게만 병원의 환자 기록이 들어 있었다. 로라의 생일은 2035년 8월 3일이었다.

점성술사는 머리를 민 네댓 살의 소녀였다. 가짜 비단옷을 입고 유리로 된 모조 보석을 땅에 끌릴 정도로 주렁주렁 매달고 있다. 나는 소녀에게 로라의 인적 사항을 가르쳐 주었다. 쿠션 위에 책상다리를 하고 앉은 소녀는 모조 양피지 위에 대나무 붓으로 무엇인가를 썼다. 빠르지만, 부정할 길이 없는 우아한 붓놀림. 전용 모드에는 거금이 들어갔을 것이다. 육체적인 기능은 결코 싸게 먹히는 법이 없다. 양피지가 글로 뒤덮이자, 소녀는 그것을 뒤집어 같은 내용을 영어로 썼다. 나는 그녀에게 신용카드를 건네고, 스캐너에 엄지손가락을 갖다 댔다. 내가 양피지를 건네받자 그녀는 양손을 모아 쥐고 절을 했다.

캐런은 사라져 있었다. 예언을 읽어보니, 결국 일에서 성공하고 연애에서는 (수많은 시련을 겪은 끝에) 행복해진다는 얘기였다. 나는 종이를 구겨서 쓰레기통에 던져넣고, 호텔로 되돌아갔다.

벨라를 불러내서 제약업자의 기록을 다운로드한 다음, 그 속에서 일정한 패턴을 찾는 일에 착수했다. 호텔 방의 단말기를 신뢰할 기분은 들지 않았기 때문에 분석은 모두 머릿속에서 수행했다. **암호 비서**에는 통상적인 데이터 조작 기능이 완비된 가상 워크스테이션이 딸려 있다.

팽글로스는 다섯 종류의 약물을 지목하고 있었다. 이들 다섯 종류를 모두 구입한 회사는 109개였다. 나는 전화번호 파일에 포함된 이들 회사의 동영상 광고들을 헤치며 나아가기 시작했다. 별로 의외는 아니었지만, 이들 회사는 모두 정형 재건술을 행하는 대형 병원이거나, 로라가 경험했을 것이 틀림없는 종류의 수술을 전문으로 하는 성형외과 클리닉인 듯했다. 코 성형, 안골 성형, 늑골 절제, 손 성형, 척추 교정, 사지 신축 따위다. 단순히 유행을 좇을 목적으로 이런 식으로 자기 몸을 째고 자르는 사람이 있다고는 믿기 힘들었지만, 수십 명의 손님들이 내 눈앞에서 미소 지으며 수술 결과에 만족한다고 증언하고 있는 것도 사실이다.

로라가 이들 병원 중 어딘가에 숨겨져 있다고 해도 하등 이상한 것이 없었다. 뇌물 액수만 충분하다면, 그 어떤 골치 아픈 질문도 잠재울 수 있기 마련이다. 그러나 유괴 행위에 외부인을 끌어들인다는 것은 신뢰할 수 없는 아마추어를, 나아가서는 잠재적인 밀고자를 한 명 더 늘리는 것이나 다름없다. 은밀하게 진행하는 쪽이 훨씬 낫다.

93번째 회사인 〈바이오메디컬 디벨로프먼트 인터내셔널(BDI)〉은 그 이름만큼이나 특징이 없는 동영상 로고를 목록에 올려놓았을 뿐이었다. 크롬으로 도금된 튜브 모양의 〈BDI〉라는 글자가, 끊임없이 회전하면서 부자연스러울 정도로 반짝반짝 빛나고, 그 밑에 **생명공학, 신경공학, 제약학의 위탁 연구 전문**이라는 광고글이 한 줄 딸려 있다.

남은 회사들을 전부 검색해 보았지만, 〈뉴홍콩 골 형성 연구 그룹〉을 제외하면 모두 고객을 찾고 있는 병원이나 클리닉이었다. 이것으로 무엇인가를 증명할 수 있는 것은 아니지만, 〈BDI〉가 최근에 한 위탁 연구란 도대체 어떤 것인지 궁금해졌다.

벨라를 불러내려다가 막판에 마음을 바꿨다. 만약 내가 범인들에게 접근하고 있는 것이 사실이라면, 좀 더 신중해질 필요가 있었다. 벨라는 우수하지만, 그 어떤 해커라도 절대로 탐지당하지 않는다는 보장은 없다. 무슨 일이 있더라도 공황 상태에 빠진 유괴범들이 로라를 다른 곳으로 옮기는 것만은 막아야 했다.

비즈니스 연감에서 〈BDI〉를 찾아보았다. 상장 기업이 아니었기 때문에 최소한의 기업 정보만 공개되어 있었다. 2065년 창립. 뉴홍콩 시민인 웨이 바이링이 모든 주식을 소유. 이 이름은 들어본 적이 있다. 어느 정도 부유한 기업가이고, 이윤율은 높지만 별반 주목을 끌지 못하는 갖가지 기술 관계의 사업을 폭넓게 펼치고 있는 인물이었다.

새벽 2시 반. **암호 비서**를 끄고 침대에 몸을 던졌다. **바이오메디컬 디벨로프먼트 인터내셔널**. 아마 처음 가설이 옳았던 것인지도 모른다. 자사 제품으로 로라의 뇌에 손상을 입힌 제약 회사가 장래의 소송에 대비하기 위해 그녀를 유괴한 것이다. 이렇게 생각한다면 모든 것이 들어맞는다. 흐음… 대부분이 들어맞는다고 해야 옳을 것이다. 〈BDI〉는, 또는 유괴를 위해 고용된 그 누군가는, 왜 실제 유괴에 나서기 전에 (단지 로라를 병실 밖으로 두 번씩이나 내보낼 목적으로) 힐게만 병원에 침입했던 것일까? **도대체 누가, 무슨 목적으로 그런 짓을 한단 말인가?** 이해하는 것 자체가 불가능한 일이다. 만약 로라가 자력으로 병실에서 탈출할 능력이 있다는 인상을 주기 위해 그랬다면, 도대체 누구를 속이려고 그런 짓을 했단 말인가?

천장을 바라보며 수면을 선택하려고 했을 때, 점성술사와의 일이 머릿속을 빙빙 돌았다. **캐런**이 일관된 행동을 할 필요는 없다. 어떨 때는 내 기억 속의 그녀처럼 행동하지만, 순수한 소망 충족의 산물에 불과할 때도 있고, 꿈의 줄거리처럼 종잡을 수 없는 행동을 보일 때도 있다. 그러나 그녀가 로라의 별점을 쳐달라고 내게 부탁하는 장면을 내가 왜 '몽상'해야 한단 말인가? 빙퉁그러진 욕망? 진짜 캐런은 설령 100만 년이 흐르더라도 그런 행동은 하지 않았을 것이다.

긴장을 풀고, 잊어버리려고 했지만, 그럴 수 없었다. 자괴감을 느끼지 말라고 해도 무리였다. 어떤 일에 대해 병적일 정도로 의미를 부여하고 싶어 하는 경향만큼이나(그것이 종교든, 점성술이든, 그 어떤 미신이든 간에) 나를 화나게 하는 일은 없다. 그런 내가, 잠재의식의 통제를 받는 내 죽은 아내의 환영이 저지른 행위에서 의미를 찾으려고 기를 쓰고 있는 것이다. 세상에 이토록 멍청한 강령술이 어디 있단 말인가?

점성술. **상서로운 생일**. 느닷없이 소름이 돋았다. 또다시 불법 입수한 힐게만 병원의 환자 데이터를 불러냈다. 로라는 2035년 8월 3일에 태어났다. 조금 조산이었고, 의료 기록에 의하면 임신 기간은 37주에서 38주였다고 한다. 따라서 수태일은 2034년 11월 15일을 포함한 1주 안이라는 얘기가 된다. 〈버블 데이〉 당일이었을 가능성도 있다.

그 자체로는 내게는 아무런 의미도 없는 일이다. 진짜 캐런도 마찬가지였으리라. 아마 이 지구상의 100억 명은, 로라의 아버지가 사정한 바로 그 순간에 별들이 사라졌다는 사실에 개뿔만큼도 개의치 않을 터다.

이 일은 아무 의미도 없고, 아무 중요성도 없으며, 아무리 생각해 보아도 무의미한 우연의 일치에 불과하다.

문제는, **이것이 〈나락의 아이들〉에게 어떤 의미를 가지는가다.**

마커스 듀프리는 메인주 하트쇼의 작은 읍에서 〈버블 데이〉 당일, 지구에서 별빛이 사라진 마지막 16분 사이에 태어났다. 듀프리가 언제부터 이 사실을 의미심장한 것으로 받아들이기 시작했는지는 아무도 모른다. 듀프리 본인은 입을 다물고 있고, 그의 부모도, 조부모도, 숙모들도, 숙부들도, 사촌들도, 그를 가르친 교사들 대다수도, 그리고 그의 학교 친구들 대다수도 듀프리가 20세가 되던 날에 모두 죽었기 때문이다. 듀프리가 자기 생일을 자축하기 위해 하트쇼의 상수도원에 맹독성 박테리아를 풀어놓은 탓이다. 그가 3학년과 7학년이었을 때의 담임들은 운 좋게도 그 전에 다른 곳으로 전근을 갔지만, 두 사람 모두 듀프리를 거의 기억하지도 못했다. 살아남은 옛 학교 동창들은 그가 조용하고 약간 초연한 느낌이었지만, 따돌림을 당할 정도로 공붓벌레이거나 내성적은 아니었다고 증언했다. 카리스마? 영향력? 태생적인 지도자? 예언자? 설마.

컴퓨터 파일에도 특기할 만한 정보는 포함되어 있지 않았다. 부모는 종교에는 관심이 없었다. 학교 성적은 보통이고, 교실 안에서의 행동도 별로 특징이 없었다. 적어도 누구의 주의를 끌 정도는 아니었다는 뜻이다. 고등학교를 졸업한 후 그는 고향의 수도국에 취직해서, '기술이 필요 없거나 다소 필요한 유지 보수 작업'에 종사했다고 한다. 어린 시절부터 그가 온라인 도서관에 폭넓게 접속했다는 사실에는 의심의 여지가 없다. 그러나 대다수의 도서관 시스템은 최근 몇 달 분의 데이터만 저장하기 때문에 듀프리의 성장에 어떤 책들이 영향을 끼쳤는지를 사람들이 알아보려고 했을 무렵에는 세세한 데이터는 이미 소거된 지 오래였다. 설령 그가 종이책이나 ROM 칩을 산 적이 있다고 해도, 범행을 저지르고 도주했을 때 모두 가지고 간 것이 틀림없다. 그가 빌린 방에는 아무런 소지품도 남아 있지 않았던 것이다. (도대체 무엇으로 3,000명의 시체를 설명할 수 있었을까? 찰스 맨슨과 짐 존스※의 전기? 10대의 소외감의 기록으로 점철된 일기장? 타로 카드? 십이궁도? 마룻바닥에 피로 그려 넣은 펜타그램?)

듀프리는 6년이 지난 다음에야 잠복 중이던 퀘벡 지방의 시골에서 체포되었다. 이 무렵에는 이미 전 세계에 퍼진 그의 추종자들이 열차와 건물을 폭파하고, 통조림에 독극물을 넣고, 쇼핑객들의 인파를 향해 총을 난사하고 있었다. 대다수는 무차별적인 살육이었지만, 〈나

※ 두 사람 모두 사이비 종교의 교주였고, 대량 살인을 지시했다.

락의 아이들〉의 한 그룹은 유럽의 〈버블〉 연구팀 멤버를 여섯 명 살해했고, 그 이후로도 비슷한 종류의 암살이 뒤를 이었다. 〈나락의 아이들〉에게 〈버블〉 과학은 궁극적인 신성 모독 행위였기 때문이다. 사실, 〈버블〉의 정체가 조금이라도 규명된다면, 텅 빈 하늘이 〈무차별적인 폭력의 시대〉의 도래를 나타내는 우주적 징조이며, 그들은 그 첨병이라는 환상을 무너뜨릴 것이 뻔했기 때문이다.

듀프리는 충분히 재판을 받을 수 있을 정도로 정상적이라는 진단을 받았다. 그는 망상형 조현병 환자가 아니었다. 그는 신의 목소리를 듣거나 환상을 보지도 않았고, 여느 종교 지도자들보다 유별나게 더 망상적인 것도 아니었다. 나는 외부에 유출된 듀프리의 정신 감정서 하나를 본 적이 있다. 하트쇼에서의 대학살이 선인지 악인지를 얘기해 보라는 단도직입적인 질문을 받자, 그는 자신이 그런 개념들을 이해하고는 있지만, 더 이상 현 상황에 걸맞다고 생각하지는 않는다고 대답했다. “선과 악의 조화는 초창기의 우주에서 무너졌지만, 현재 다시 회복되었소. 이 두 힘은 재통합되었고, 그 탓에 이제는 선악을 구별할 수는 없게 되었소.” 그가 한 대답 대부분이 이런 식이었다. 과학과 종교에서 문맥을 무시하고 끄집어 낸 메타포들을 무작위적으로 교배해서, 실제 문제와는 무관한 절충주의적 신조와 공허한 아포리즘들을 양산해 냈던 것이다. 양자 신비주의, 통속 우주론, 급진적 가이아주의자의 환경 용어, 동양의 초월론, 서양의 말세론… 사상적으로 잡식성이었던 듀프리는 이 모든 것들을 삼켜버린 후, 여기서 쓰이는 전문 용어들을 (실제 개념까지는 아니더라도) 하나로 통합해 보였던 것이다. 정신과 의사들은 이런 정신 상태에 뚜렷한 이름을 붙이지는 않았지만, 적어도 광기에 의한 범행이라는 변론이 성립하지 않았던 것은 사실이었다.

당시 서로의 근무 시간을 일치시키는 데 겨우 성공했던 캐런과 나는 이른 아침에 이 재판의 생중계를 보았다. 나는 대對테러리즘 부대로 전출하고 싶어 했기 때문에, 〈나락의 아이들〉에 관해서 가능한 한 많은 것을 알고 싶어 했다. 캐런은 새로 설립된 노던서버브스 병원의 구급실에서 전공의로 일하고 있었다. 이것은 나 자신의 일보다 한층 더 경찰다운 것처럼 느껴질 때가 있는 업무였다. 두 사람 모두 직장에서는 지지부진한 상태였다. 캐런은 의과대학을 나온 지 10년이 지난 뒤였고, 나는 14년 동안 제복 경관으로 근무해 오고 있었다. 두 사람 모두 승진 기회가 점점 멀어진다는 느낌을 받고 있었다.

검찰 측도 변론인 측도 듀프리 본인의 증언을 비롯해서 그의 추종자들을 선동하는 발언이 나오는 것을 원하지 않았기 때문에, 듀프리는 단 한 번도 피고석에 서지 않았고, 범행 동기에 관한 의문조차도 거의 언급되지 않았다. 범행에 사용된 유전자 개조 박테리아를 공급한 무기 상인—검찰 측 증인으로 변신했다—과 피고 사이의 관계를 증명하는 과정은 복잡하고 따분했지만, 어디를 보아도 흠잡을 데가 없었다. 재판은 몇 달이나 계속되었지만, 어떤 판결이 나올지는 처음부터 불을 보듯 뻔했다.

2061년의 핼리 혜성 접근은 시각적으로는 별로였다. 지구에서 보았을 경우에는 말이다. 위치 관계가 안 좋았고, 지구에 가장 가깝게 접근했을 때는 태양의 빛에 가린 탓에 지상 어디에서 보더라도 육안으로는 거의 관찰이 불가능했다. 그러나 10여 개의 탐사기가 혜성을 추적했다. 핵융합 추진식의 무인 우주선들은 혜성의 복잡한 궤도를 따라갈 수 있었고, 〈버블〉이 출현하기 전에 발사되었던 구식 궤도 망원경들도 관측을 위해 재가동되었다. 이들 기계들이 보내온 영상은 실로 장관이었고, 6월과 7월의 홀로비전 뉴스에서는 두 가지 빅뉴스가 거의 매일 밤 언급되다시피 했다. 관련 영상이 거의 한 세트처럼 제공된 것은 말할 나위도 없다. 혜성이 황백색 분진과 새파란 플라스마로 이루어진 꼬리를 길게 끌며 〈나락〉으로부터 출현해서 암흑의 공간을 가로질러 태양을 향해 나아가는 광경과 메인주의 법정에서 무표정하게 앉아 있는 마커스 듀프리의 모습.

8월 4일, 듀프리는 6만 840년의 금고형을 선고받았다. 그는 하트쇼 학살의 죄목만으로 기소당했지만, 2060년에서 2061년에 걸쳐 당국은 여러 도시에 위치한 〈나락의 아이들〉의 거점에 성공적으로 침투했고, 도합 17명의 핵심 멤버들이 구속되었다. 〈뉴스링크〉는 듀프리의 모습을 한 부두교 인형이 17개의 바늘에 찔려 피를 흘리고 있는 사진을 게재하고, 그 밑에서 **무차별 폭력 시대의 종언!**을 선언했다.

9월 4일, 듀프리 재판에 참여했던 배심원 세 사람이 살해되었다. (나머지는 그 즉시 경찰의 보호 관리하에 놓였고, 일생 동안 경찰의 호위를 받고 살게 되었지만, 그 이후에도 두 사람이 더 암살당했다.)

10월 4일, 듀프리에게 선고를 내린 여성 재판장이 자택에서 폭탄테러를 당했지만 목숨만은 부지했다. 사건을 담당한 지방 검사는 엘리베이터 안에서 경호원과 함께 사살당했다.

11월 4일, 듀프리가 재판을 받은 법정 건물이 폭탄의 직격을 받았다. 사망자는 16명이었다.

왜 그토록 많은 자들이 듀프리의 추종자가 되고, 그의 구금에 대해서 보복 행동에 나선 것일까? 체포된 추종자들의 일부는 늦든 빠르든 어차피 살인을 저질렀을 정신 이상자들이었다. 이들에게 〈나락의 아이들〉은 단지 그럴듯한 구실을 제공하고, 무기 및 폭발물의 공급원 노릇을 한 것에 불과했다. 그러나 대다수 구성원들의 동기는 이와는 달랐다. 그들이 〈나락의 아이들〉에 합류한 것은, 단지 **별들이 사라졌다**는 사실을, 그리고 그 현상이 **무의미**하며, 아무것도 **변화**시키지 않았다는 사실을 받아들이지 못했기 때문이다. 듀프리는 〈나락〉이 모든 윤리적 질서의 종언을 의미한다고 선언했다. 그리고 이것만큼 인간에 밀착한 주장이 어디 있겠는가? 세계에 의미를 부여하고, 〈버블〉의 무관심으로부터 자신들을 지키기 위해, 그들은 듀프리의 허무적인 결론을 받아들였던 것이다. 그러나 〈나락〉을 망원경으로 바라본다고 해서 **모든 윤리적 질서의 종언**을 확인할 수는 없다. 어떤 장치를 사용하더라도 그런 것을 판별할 수는 없다. 따라서 그것을 믿고 싶다면, 또는 믿을 필요를 느낀다면, 직접 세상으로 나가서 그것을 실현시켜야 한다. 그 믿음을 현실로 만들어야 하는 것이다.

〈버블 데이〉 27주년이 다가오면서, 그 공포에서 완전히 자유로울 수 있었던 도시는 전 세계 어디에도 존재하지 않았다. 듀프리의 구금에 관여한 사람들은 이미 보복 대상 목록에 올라가 있었지만, 〈나락의 아이들〉이 과거에 (특히 11월 15일에) 행해왔던 무차별 살육을 포기할 것이라고 믿는 사람은 아무도 없었다. 백화점들은 고객을 X선으로 검색하는 것만으로도 모자라 나체로 검사하기까지 했다. (그래서 홈쇼핑이 또다시 유행했다.) 열차 시간표는 끊임없는 보안 체크의 중하 때문에 와해되다시피 했다. (그래서 재택근무가 또다시 부활했다.)

11월 9일, 듀프리는 옥중 기자회견을 열었다. 기자들의 질문에는 대답하지 않았지만, 그 대신 모든 폭력행위를 비난하는 성명서를 낭독하고, 추종자들도 자신의 결정에 따를 것을 권고했다. 당연히 나는 이것을 매수 혹은 강압적인 수단에 의한 행위로 받아들였지만, 얼마나 많은 〈나락의 아이들〉이 듀프리의 권고를 받아들일지를 파악할 수 있었던 사람이 실제로 존재했는지는 의문이다. 그러나 언론이 듀프리의 성명이 일종의 기적적인 집행 유예에 필적하는 행동이라고 강하게 주장하면서 대중의 히스테리도 잦아들었다. 나는 듀프리의 추종자들이 대중들만큼이나 쉽게 조종당하기를 바랄 따름이었다.

나흘 후에 진상이 폭로되었다. 듀프리의 말은 본인의 것이 아니었다. 모두 꼭두각시 모드를 통해 연출된 것이었다. 불법적으로 말이다. 불과 몇 달 전에, 미연방 대법원은 상황이 어떻든 간에 신경 모드의 강제 사용은 위헌이라는 사실을 재확인했는데도 말이다. 게다가 메인주에서는 그런 행위를 허가하는 법안이 제출된 적조차 없었다. 교도소 소장은 사임했다. 메인주의 FBI 최고 책임자는 총으로 자기 머리를 날려 보냈다. 여기서 더 중요한 것은, 이 사건만큼이나 〈나락의 아이들〉을 격분시킬 수 있는 사태는 상상하기 힘들다는 사실이다.

퍼스의 부둣가에 있는 컨테이너 창고에서 울린 경보를 조사하기 위해 빈센트 로와 내가 현장으로 출동한 것은 11월 15일 오전 2시의 일이었다. 훗날 도대체 어떻게 '단 두 명이' 그토록 '위험천만한' 장소로 출동한다는 '무모한' 행동을 강행했느냐는 질문을 받곤 했다. 그럼 어떻게 하란 말인가? 그날 전 세계에서 일어났던 8만 건의 침입 사건을 모두 잠재적인 테러 시도로 간주하고, 건당 150만 달러의 경비를 써서 일일이 대처해야 했단 말인가? 메인주는 지구 반대편에 있었다. 그때까지 〈나락의 아이들〉이 오스트레일리아를 공격했던 적은 단 한 번밖에는 없었다. 게다가 폭파 시도는 실패했고, 그 결과 폭탄범 본인만 폭사했을 뿐이었다. 그래서 우리는 주저하는 일 없이 출동했던 것이다.

그래도 일단은 창고의 보안 시스템에 접속해 보았다. 감시 카메라에는 아무 문제도 없었지만, 무엇인가가 모션 디텍터를 작동시켰다는 사실이 판명되었다. (지나가던 열차의 진동에 의한 오작동일까? 사실이라면 이번이 처음 있는 일도 아니었다.) 창고 안에는 컨테이너들이 열을 지어 늘어서 있었다. 내가 한 열을, 빈센트가 다른 열을 맡아서 나아갔고, 그사이에도 **P2**는 육안으로 보이는 광경뿐만 아니라 천장에 고정된 16대의 카메라 중 한 대(또는 16대 전부)가 보내오는 영상을 동시에 우리 눈에 보여주고 있었다. 내가 소형 발연 장치를 작동시키자, 가느다랗게 여러 갈래로 나뉜 착색된 연기가 우리들의 확장된 시야 전체로 흘러갔다. 최고의 성능을 자랑하는 데이터 카멜레온조차도 이런 방법에는 제대로 대처하지 못한다. 감시 카메라는 모두 정상적으로 작동하고 있었다. 건물 안에는 우리 두 사람밖에 없었다.

몇 초 후 우리는 창고 바닥이 약하게 떨리는 것을 느꼈다. 시차視差에 의한 위치 추정의 정밀도를 높이기 위해 서로의 지각 데이터를 공유하자, **P2**는 왼쪽에서 두 번째 열에 있는 컨테이너 하나를 진동 원인으로 지목했다. 내가 그 위쪽에 있는 카메라를 적외선으로 바꾸려고 했을 때(그래보았자 별다른 정보는 얻지 못했겠지만) 갑자기 그럴 필요가 없어졌다. 투명하고 푸르스름한 플라스마제트가 강철제 컨테이너의 위쪽 모서리 부근에서 뿜어져 나왔고, 아래쪽을 향해 움직이며 버터를 자르듯이 강판을 절단하기 시작했던 것이다.

주 창고 시스템에 문의해 본 빈센트가 말했다.

"금광으로 가는 히타치 MA52 채광 로봇이라는군."

P3가 허용하는 한도 내에서 내가 최대의 전율을 느낀 것은 바로 이때의 일이었다. 컨테이너의 높이는 15미터였다. MA52라면 홀로비전에서 여러 번 본 적이 있다. 탱크와 불도저 사이에서 난 잡종을 한 층 더 거대화한 듯한 모습에, 비죽비죽 튀어나온 10여 개의 강철 부속지 끄트머리에는 살벌한 느낌을 주는 갖가지 공구들이 달려 있다. 이 로봇에는 자동 수리 기능이 있었고, 플라스마 토치를 가지고 있는 것도 이 때문이다. 이런 채광 로봇들이 동력이 끊긴 상태로 출하된다는 점은 말할 나위도 없다. 그리고 동력이 있든 없든 간에, 수송 도중에 로봇이 자발적으로 작동을 개시하고, 용기를 자르고 나오려고 결심한다는 것은 절대로 있을 수 없는 일이다. 적어도 이 로봇이 완전히 새롭게 프로그래밍이 되었다는 점은 명백했고, 기계적인 곳까지 건드

려 놓았을 가능성도 컸다. 표준 모델의 작동 방식을 규정하는 본래의 모든 법칙은 완전히 무효화되었다고 보는 편이 나았다. 따라서 매뉴얼을 뒤져 긴급 정지 코드들을 찾아보는 것은 시간 낭비였다.

물론 우리는 무장하고 있었다. 그 무기로도 로봇의 외장판을 녹일 수 있었다. 그러려면 10년쯤 걸리겠지만 말이다.

본부에 상황을 보고하고 지원을 요청했다. 플라스마제트는 컨테이너 바닥에 닿자마자 직각으로 매끄럽게 방향을 바꿨다.

창고 천장에는 컨테이너 한 열에 한 대의 비율로, 도합 여섯 대의 거대한 크레인이 매달려 있었다. 내가 그것들을 다시 흘낏 올려다보았을 때, 빈센트는 이미 크레인의 제어 장치를 장악하고 있었다. 그러나 우리가 필요로 하는 크레인은 하필 건물 반대편에, 문제의 컨테이너와는 가장 멀리 떨어진 지점에 고정되어 있었다. 방금 궤도를 따라 움직이기 시작했지만, 믿을 수 없을 정도로 느린 속도였다. 나는 P5로 크레인까지의 거리와 속도를 계산했고, 플라스마 열선의 거리와 속도에 관해서도 같은 계산을 해보았다. 컨테이너는 크레인이 컨테이너를 들어 올리기 시작하는 시점보다 적어도 15초 전에 열릴 것이다. 그러나 문제의 컨테이너는 창고 벽에서 두 번째 열에 위치해 있었고, 통로의 폭은 3미터도 채 되지 않았다. 따라서 MA52가 즉각 돌진하려고 해도 공간이 모자란다. 그러려면 일단 통로를 넓힐 필요가 있으므로, 우리에게는 15초보다 훨씬 더 많은 시간적 여유가 있었다.

사각형 강철판이 떨어져 나왔고, 여전히 바닥에 수직으로 선 상태에서 소름이 끼칠 정도로 날카로운 소리를 내며 통로를 미끄러지다가 반대편 벽에 격돌했다. 겹겹이 달린 가동식 무한궤도로 움직이는 로봇이 나올 수 있는 곳까지 나오자, 컨테이너 본체가 반대 방향으로 조금 미끄러졌다. 기껏해야 10에서 20센티미터 정도였다.

빈센트가 나직하게 욕설을 내뱉었다.

"차선책을 써야 해!"

크레인의 갈고리가 위치가 어긋난 컨테이너 천장을 향해 내려갔다. 갈고리 본체에서 내 팔뚝만큼이나 두꺼운 고정용 핀들이 그것이 들어갈 구멍을 찾아 튀어나왔다가, 화들짝 놀란 듯이 쑥 들어갔고, 같은 동작을 멍청이처럼 네 번 되풀이하더니 마침내 단념했다. 갈고리에서 붉은 경고등이 번쩍거리기 시작했고, 귀청을 찢는 듯한 사이렌이 두 번 울려 퍼진 후, 크레인은 완전히 작동을 멈췄다.

우리는 그때까지도 로봇과는 거리를 두고 있었기 때문에, 내가 로봇의 사각이 되는 위치로 가는 데는 20초가 걸렸다. 그사이에 로봇은 이미 진로를 가로막고 있는 컨테이너를 들이받기 시작하고 있었다. 로봇이 다시 뒤로 물러날 때마다, 원래 있던 컨테이너도 조금 앞으로 따라 나왔고, 전진 시에는 그 반대의 일이 일어났다. 그러나 전체적으로 볼 때 컨테이너는 뒤로 움직이고 있었다. 로봇은 앞으로 몇 분 동안은 현재 위치에 갇혀 있겠지만, 때가 늦기 전에 컨테이너에 갈고리를 걸 수 있는 가능성은 시시각각 줄어들고 있었다.

모든 컨테이너의 한쪽 측면에는 사다리가 용접되어 있다. 그러나 문제의 컨테이너의 사다리는 로봇에 의해 아까 절단된 측면에 부착되어 있었기 때문에, 나는 다음 열에 있는 컨테이너의 사다리를 타고 올라간 다음 컨테이너들 사이의 공간을 뛰어넘었다. 갈고리를 다시 흔드는 일은 생각했던 것보다 훨씬 더 힘들었다. 갈고리를 매단 여섯 줄의 케이블이 세 쌍으로 엮여 있는 것은 흔들림을 최소화하기 위해서지만, 바로 그 탓에 움직이기가 쉽지 않았던 것이다. 그래도 갈고리의 진폭은 서서히 늘어났고, 마침내 컨테이너의 어긋난 위치에 대응할 수 있을 정도가 되었다.

지금부터는 타이밍의 문제다.

빈센트에게 따로 신호를 보낼 필요는 없었다. 인근의 천장 카메라가 그에게 완벽한 영상을 보내고 있었다. P5는 흔들리는 고리의 움직임을 쉽게 외삽해서 보여줄 수 있지만, 컨테이너가 어떻게 기울어질지를 예측할 수는 없다. 크레인의 펌웨어도 골칫거리였다. 빈센트가 컨테이너를 움켜쥐라는 명령을 내릴 때마다 그것은 하드웨어에 각인된 동작을 다섯 번 시행한 다음 멈춰버리는 일을 되풀이했던 것이다. 빈센트가 마음대로 선택할 수 있었던 것은 동작을 개시하는 타이밍 정도였다. 빈센트는 세 번 시도했지만, 그때마다 컨테이너의 위치가 바뀌며 계산된 동작을 망쳐놓았다. 네 번째로 시도했을 때 나는 이번이 마지막 기회임을 직감했다. 갈고리를 수평 방향으로 지금보다 더 멀리 흔들 수는 있었지만, 그런다면 갈고리는 호를 그리며 고정용 핀들을 박아 넣을 수 없을 정도로 높은 위치까지 올라가 버리기 때문이다.

그 일이 일어났을 때는 기적이나 꿈, 혹은 필름을 거꾸로 돌린 영화를 보는 듯한 느낌이었다. 깨진 꽃병의 파편들처럼, 모든 것이 마술처럼 딱 들어맞았던 것이다. 그러니까 고정용 핀 한 개를 제외한 모든 것들이 말이다. 다른 핀들이 모두 소정 위치로 매끄럽게 들어가고 있는 데 비해, 유독 한 개의 핀만이 겨우 몇분의 1밀리미터 정도의 오차 때문에 구멍 가장자리에 부딪히고 있었다. 핀 하나가 구멍에 맞지 않는 탓에, 멍청한 마이크로프로세서가 모든 것을 포기하고 모든 핀을 쑥 집어넣는 광경이 생생하게 머리에 떠올랐다.

나는 혼신의 힘을 다해 그 핀을 걷어찼다. 핀이 미끄러지면서 구멍 속으로 들어갔다. 강화 상태임에도 불구하고, 한순간 머리가 아찔해질 정도의 희열을 느꼈다. 크레인의 기중 모터가 시끄럽게 작동을 개시하는 소리를 들으며, 케이블 사이를 빠져나와 아까 올라왔던 컨테이너 지붕으로 도약했다. 그러고는 사다리를 타고 밑으로 내려와서 달렸다.

컨테이너는 매끄럽게 위로 상승했다. 본체의 3분의 2가 아직 컨테이너 안에 있었던 MA52에는 함께 상승하는 것밖에는 달리 선택이 없었다. 로봇의 무한궤도들이 아까 앞길을 가로막았던 컨테이너의 지붕과 같은 높이로 접근하는 것을 보며, 혹시 로봇이 자유를 찾아 도약을 시도하는 것이 아닐까 하는 생각이 들었지만, 그러기에는 통로의 폭이 너무 넓었다. 로봇은 아무런 저항도 하지 못하고 높이 50미터의 창고 천장까지 올라갔다.

다가오는 사이렌 소리를 들을 수 있었다. 이제야 지원군이 도착한 것이다. 나는 창고 입구에서 빈센트를 따라잡았다.

"이제는 육군이 와서 저 쌍놈을 산산조각 내는 걸 기다리기만 하면 되겠군."

내가 말했다.

빈센트는 고개를 가로저었다.

"그럴 필요까지는 없어."

"그게 무슨 뜻이지?"

"크레인의 안전 시스템에는 개선의 여지가 많거든."

그는 컨테이너를 아래로 떨어뜨렸다.

나중에 로봇의 잔해를 조사해 보니 도시의 교외 한두 군데를 파괴하고도 남을 정도의 무기가 발견되었다. 실제로 그런 일이 일어나지 않은 것은 오로지 〈나락의 아이들〉이 멍청한 실수를 저질렀던 탓이었다. 나중에 알고 보니 그들은 엉뚱한 창고의 보안 시스템을 무력화해 놓았던 것이다. 조기에 경보가 울리지 않았더라면, 육군이 거리에서 MA52와 시가전을 벌이는 사태까지 갔을 것이다. 이날 아프리카의 도시 세 군데에서는 바로 그런 사태가 일어났고, 수많은 인명이 희생되었다. 전 세계의 다른 장소에서도, 과거와 마찬가지로 방화 장치에서 신경독을 살포하는 화학탄을 망라한 온갖 종류의 폭탄 테러가 발생했다. 나는 그런 뉴스에 관해서는 알고 싶지도 않았기 때문에, 헤드라인을 흘낏 보자마자 다른 채널로 돌렸다. 우리의 승리가 얼마나 하찮은 것이었는지를 그렇게까지 빨리 인정하고 싶지는 않았던 것이다.

단지 운이 좋았을 뿐이지만, 예상했던 것처럼 빈센트와 나는 영웅으로 떠받들어졌다. 나는 크게 개의치 않았다. 이 사건 덕택에, 대테러리즘 부대로의 승진을 실질적으로 보장받은 것이나 마찬가지였기 때문이다. 언론에 주목받는 일은 피곤했지만, 나는 이를 악물고 이것이 지나가기를 기다렸다. 캐런은 이 모든 일에 대해 분개했다. 나도 그런 그녀를 비난할 수가 없었다. 우리 친구들은 만나기만 하면 기다렸다는 듯이 이 얘기를 화제에 올렸고, 내가 같은 얘기를 되풀이하는 일에 진저리를 낸 것과 마찬가지로, 그녀도 그것을 듣는 일에 넌더리를 건네고 있었을 터다.

이보다 더 참기 힘들었던 것은 캐런의 오빠가 선의에서 내가 받은 모든 인터뷰를 녹화해서, 그것을 가지고 일요일 오후에 우리 집에 찾아왔을 때의 일이었다. 인터뷰를 받을 때 나는 경찰 본부의 명령에 따라 언제나 강화 상태에 있었고, 우리 부부는 이것들이 방송될 때마다 안 보고 피해 가기 위해 노심초사했던 것이다. 결국 우리는 그걸 끝까지 보며 앉아 있어야 했다. 캐런은 강화 상태에 있는 나를 보면 혐오감을 느낀다고 했다. 본인인 내가 나 자신에게 느끼는 혐오감과 거의 맞먹을 정도로. 그녀는 강화 상태의 나를 '좀비 보이스카우트'라고 불렀고, 그 점에 관해서는 나도 이의를 제기할 수가 없었다. 홀로비전 화면에 나타난 나와 같은 얼굴을 한 경찰관은 너무나도 온화하고, 너무나도 진지하고, 너무나도 맹목적이고, 너무나도 사려가 깊어 보였기 때문에, 구역질이 치밀어 오를 지경이었다. (처음부터 그런 식으로 태어나는 사람도 있겠지만 그 수는 많지 않다. 직접 만나보면 동정심을 느끼지 않을 수 없는 사람들이다.)

모든 경찰관은 예외 없이 **P1**에서 **P6**에 이르는 표준적인 '강화 모드'들을 가지고 있다. 그러나 현장 근무에 적합한 정신 상태를 만들어 내서, 진정한 의미에서 당사자를 '강화'하는 것은 **P3**다. **P3**가 하는 일이란 나의 뇌를 불구로 만드는 일이라는 사실에 대해서는 처음부터 의문의 여지가 없었다. 이것이 효율적이고, 가역적이며, 또 사용자에게 이로운 효과를 발휘하는 것도 사실이지만, 이 모드에 관해 신경질적으로 되거나 에둘러 말하는 것은 무의미하다. 강화 모드는 경찰관의 질을 높이고, 강화 모드는 인명을 구한다. 그리고 강화 모드는 일시적으로 우리를 인간 이하의 존재로 만든다. 이런 아픈 곳을 타인이 너무 자주 건드리지만 않는다면, 나도 그 사실을 받아들일 수 있었다. 사악했던 옛 시절에 쓰이던 '강화 약물'—순수하게 약리학적인 방법을 통해 정서적 반응을 억압하고, 지각을 예민하게 하고, 반응 시간을 최소화하기 위한 불완전한 시도—들은 많은 부작용을 불러일으켰고, 그런 부작용 중에는 강화 상태에서 비강화 상태로의 불규칙한 이행도 포함되어 있었다. 그러나 신경 모드의 등장으로 그런 문제들은 일소되었다. 나의 인생을 가르고 있던 칸막이는 단순했고, 명쾌했으며, 절대적이었다. 근무 중에는 강화 상태였고, 비번일 때는 그렇지 않았다. 여기서 모호한 부분은 전혀 없고, 한쪽이 다른 한쪽을 침식할 염려도 없다.

캐런은 직업용 모드를 하나도 쓰고 있지 않았다. 영원한 보수주의자라고 할 수 있는 의사들은 여전히 그런 테크놀로지에 대해 난색을 보이고 있었다. 그러나 의료 과실 보험료의 할증률 적용 여부를 위시한 갖가지 이유로 인해 의사들의 저항도 점점 약해지고 있었다.

12월 2일, 나는 승진이 인가되었다는 통고를 받았다. 저녁 뉴스에서 그 사실이 발표되기 몇 시간 전의 일이었다. 이때가 금요일이었다.

토요일이 되자 캐런과 나, 빈센트와 그의 아내인 마리아는 함께 외식을 하며 승진을 축하했다. 빈센트도 대테러리즘 부대에 오지 않겠는가 하는 제안을 받았지만 거절했다고 했다.

"굴러들어온 복을 차버렸군." 나는 이렇게 말했지만, 반만 농담이었다. 그때까지는 서로 이런 얘기를 할 기회가 전무했다. 강화 상태에서는 이런 종류의 화제를 입에 담은 것조차 불가능해지는 것이다. "대테러리즘은 장래성이 있어. 10년쯤 근무하다가 퇴직하면, 다국적기업의 컨설턴트로 재취직해서 말도 안 되는 높은 연봉을 받을 수 있지 않나?"

그는 의아한 표정으로 나를 보았다.

"아마 내겐 그 정도로까지는 야심이 없는 건지도 모르겠군."

이렇게 말하고는 마리아의 손을 꼭 쥐었다. 전혀 눈에 띄는 제스처가 아니었지만, 왠지 나는 그것을 기억에서 떨쳐낼 수가 없었다.

일요일 새벽에 잠에서 깬 나는 다시 잠을 자지 못했다. 침대에서 빠져나왔다. 내가 잠을 이루지 못하고 뒤척이면 캐런은 언제나 그 사실을 예민하게 알아차린다. 내가 침대에 없는 것보다 오히려 그쪽이 더 그녀의 안면을 방해하는 듯했다. 나는 식탁에 앉아 결정을 내려보려고 했지만, 노여움과 곤혹스러움만 더 가중되는 것을 느꼈을 뿐이었다. 나는 자기혐오에 빠졌다. 지금까지 단 한 번도 멈춰 서서, 내가 그녀를 위험에 빠뜨릴지도 모른다는 생각을 하지 않았다는 사실을 깨달았기 때문이다. 승진을 받아들이기 전에, 서로 철저히 의논을 해보았어야 했다. 그러나 그런 것을 의논한다는 생각 자체가 구역질 나는 것이었다. 어떻게 신변의 위험을 각오해 달라고 그녀에게 부탁할 수 있단 말인가? 아무리 작은 위험이라도 일단 그것이 존재한다는 사실을 인정한 다음, 입에 바른 침이 마르기도 전에, 그녀가 승낙해 준다면 지금도 승진을 받아들일 작정이라고 고하란 말인가? 그러는 대신 내가 여기서 그냥 마음을 바꾸고, 그녀에게 의논하는 일 없이 승진을 거부한다면, 늦든 빠르든 그녀는 나를 힐문해서 이유를 알아낼 것이다. 그리고 자기 의견은 묻지도 않고 내가 단독으로 그런 결정을 내렸다는 사실을 결코 용서하려 하지 않을 것이다.

창가로 걸어가서 밝게 조명된 거리를 바라보았다. 〈버블〉이 출현한 이래, 가로등 불빛이 해를 거듭할수록 강해지는 듯한 느낌을 받는다. 두 명의 사이클리스트가 지나간다. 다음 순간 창문 유리가 박살나며 밖으로 날아갔고, 나도 유리 파편을 따라 빈 창문 밖으로 튕겨나갔다.

강화 모드들이 자동적으로 가동되었다.

몸을 웅크리며 지면 위를 굴렀다. **P4** 덕택이다. 나는 피를 흘리고, 헐떡이면서 깨진 유리 위에 1, 2초 동안 누워 있었다. 집 쪽에서 불길이 솟구치는 소리를 들을 수 있었다. **P1**이 말초 혈관의 혈행을 차단하면서 심장 박동이 빨라지고 피부가 차가워지는 것을 느낄 수 있었다. 아드레날린에 의한 자연적 반응의 인위적 버전이다. 그러나 육체적인 흥분 상태로부터 격리되어 있었던 나는, 냉정하게 사태를 분석하는 것밖에는 달리 할 일이 없었다. 일어서서 뒤를 돌아다보고, 상황을 검토했다. 지붕에서 떨어져 나온 타일들이 잔디밭 위에 널려 있다. 폭탄은 집 뒤편 천장에, 아마 침실 바로 위에 설치되어 있었던 것임이 틀림없다. 부글거리는 젤라틴 상 덩어리들이 새파란 불길에 휩싸인 채로 내벽의 잔해 위로 흘러내리는 것이 보였다.

캐런이 죽었다는 사실을 알 수 있었다. 다쳤거나 빈사 상태도 아니다. 폭발을 가로막을 만한 것이 아무것도 없었기 때문에 즉사했을 것이다.

그 이래 같은 생각을 수없이 해보았지만, 결론은 언제나 똑같았다. 보통 사람이 나와 똑같은 상황에 처했다면, 그는 그 즉시 목숨을 걸고 집 안으로 뛰어 들어갔을 것이다. 충격을 받고, 당황하고, 자기 눈을 의심하면서, 가장 위험하고 무익한 행위를 저질렀을 것이 틀림없다.

그러나 좀비 보이스카우트는 자신이 할 수 있는 일이 아무것도 없다는 사실을 잘 알고 있었기 때문에, 몸을 돌려 그 자리에서 떠나갔다.

그리고 죽은 사람에게는 아무런 도움도 줄 수 없다는 사실을 알고 있는 그는, 살아남은 자신에게 필요한 것이 무엇인지에 관해 생각하기 시작했던 것이다.

3

나는 로라의 유괴에 〈나락의 아이들〉이 관련되어 있지 않다는 그럴듯한 이유를 단 하나라도 머리에 떠올려 보려고 했지만, 실패했다. 〈버블 데이〉에 수태한 뇌 손상 환자의 납치는 그들의 범죄 전력에는 포함되어 있지 않지만, 달리 뚜렷한 용의자들이 없는 것도 사실이었다. 게다가 선례가 없는 일이라고는 해도, 이 부조리한 범죄에서 〈나락의 아이들〉의 냄새가 난다는 점은 부정할 길이 없다. 뉴홍콩에서 〈나락의 아이들〉이 활동하고 있다는 증거가 없는 것도 사실이지만, 그들이 이곳에 조직 세포를 가지고 있지 않다거나, 시내 어딘가에 안가를 보유하고 있지 않다는 뜻은 아니다. 로라를 밀입국시키려면 네댓 명만 있으면 충분하다.

방 안에서 왔다 갔다 하며 마음을 가라앉혀 보려고 했다. 두려움을 느낀다기보다는 화가 나 있었다는 편이 더 정확했다. 내 의뢰인은 마땅히 〈나락의 아이들〉이 관련돼 있다는 사실을 알고 있어야 했고, 처음부터 내게 경고를 해줬어야 했다. 물론 이것은 부조리한 생각이지만, 그렇다고 해서 상황이 바뀌는 것은 아니다. 나는 테러리스트들, 특히 〈나락의 아이들〉을 상대할 만큼의 보수를 받고 있지는 않다. 놈들은 고맙게도 내 목숨을 다시 노릴 생각이 없는 것인지도 모르지만 (마치 실패를 아예 인정하고 싶지 않다는 듯이, 이 방침은 운 좋게 놈들의 마수에서 살아남은 사람들에게 모두 적용되는 듯했다) 놈들에게 또다시 내 존재를 부각시킬 생각은 추호도 없었다. 게다가 또다시 놈들의 암살 목록에 오를 만한 새로운 이유를 주다니, 당치도 않다.

공항에 연락해서 6시에 돌아가는 항공편이 있다는 사실을 확인했다. 자리를 예약했다. 짐을 꾸렸다. 몇 분밖에는 걸리지 않았다. 그러고는 침대에 걸터앉아 트렁크를 응시했고, 그러면서 조금씩 냉정을 되찾고, 사태를 파악할 수 있게 되었다.

그래, 로라는 〈버블 데이〉 혹은 그와 가까운 시점에 수태되었다. 그러나 이것은 정보일까 무의미한 잡음일까? 전 세계의 경찰 당국은 〈나락의 아이들〉이 강박적으로 집착하는 것들, 이를테면 날짜, 수비학, 행성들의 합 따위—목록은 이런 식으로 지겹게 이어진다—를 주야로 추적할 수 있도록 컴퓨터를 프로그래밍했지만, 결과는 언제나 똑같았다. 파일은 그럴듯한 상관관계와 무의미한 우연의 일치로 넘쳐흐르고, 남는 것은 테라바이트 단위의 쓰레기 데이터뿐이었다. 모든 것의 약 20퍼센트는 어떤 식으로든 〈나락의 아이들〉이 중요시하는 사항들과 결부될 수 있는 것이다. 그중에서 실제로 관련이 있는 사항의 비율은 극소에 가깝다. 실질적인 견지에서, 이 방법은 마커스 듀프리와 같은 색깔의 눈을 가지고 있는 사람 모두를 테러리스트라고 의심하는 행위와 별반 다르지 않다.

〈나락의 아이들〉의 멤버가 로라의 수태일이 언제인지를 알게 된다면, 그녀의 유괴에 중대한 의미를 부여하리라는 점에는 의심의 여지가 없다. 그러나 이것을 그들이 유괴에 관여되었다는 증거로 간주한다는 것은 바보짓이다. 차라리 이런 일이 〈나락의 아이들〉에게 어떤 의미가 있는지 반문하는 편이 낫다. 만약 〈나락의 아이들〉이 전 세계에서 일어난 모든 범죄—그들이 우주적인 사건의 전조로 간주하는 것과 관련된—에 빠짐없이 참여하고 있는 것이 사실이라면, 듀프리의 실제 추종자 수는 100만 분의 1 수준으로 과소평가되었다고 보는 수밖에 없다.

여기서 도망친다면 나는 패배자가 된다.

그렇다고는 해도, 도망칠 경우 잃는 것은 돈뿐이다. 과도하게 신중해진다고 해서 해가 될 리가 없고, 사건에서 발을 빼는 것도 어렵지 않다. 그렇다. 그렇게 하면 나 자신도 〈나락의 아이들〉의 잔학 행위에 겁을 먹고 전전긍긍하는 사람들의 대열에 합류할 수 있는 것이다. 주변에서 무슨 위험의 징후가 보이지는 않는지를 강박적으로 찾아 헤매면서 일생을 보내고, 듀프리의 뜨뜻미지근한 무혈 순교 과정을 이루는 하찮은 사건들의 기념일이 올 때마다 집에 틀어박혀서, 스스로의 공포가 만들어 낸 종교의 성일을 꼬박꼬박 준수하는 것이다.

짐을 풀었다.

거의 동틀 시각이었다. 잠이 부족할 때 자주 경험하는 일이지만, 기묘한 정도로 머리가 명석해지고, 평소의 사고 과정에서 마음이 해방되면서 바깥 세계와 심오한 레벨에서 새로운 관계를 맺은 듯한 느낌을 받았다. **보스**를 불러내서 내분비계를 정상으로 되돌려 놓자 이런 망상은 곧 사라졌다.

테러리스트가 관련되어 있을지도 모른다는 청천벽력 같은 계시와는 달리, 지금까지 내가 수집한 정보는 너무나도 모호한 것들뿐이었다. 그러나 언젠가는 행동에 나서야 하고, 목록에 포함된 기업에서 명백하게 정당한 이유 없이 로라가 필요로 하는 약품류를 구입한 회사는 〈바이오메디컬 디벨로프먼트 인터내셔널〉뿐이었다. 〈BDI〉에게는 신경을 써야 할 주주들도 없고, 해킹을 쓰는 것은 너무 위험하다. 따라서 그들이 도대체 어떤 연구를 하고 있는지를 알아내기 위해서는 좀 더 직접적인 수단에 호소하는 수밖에 없다.

트렁크에서 작은 상자를 꺼내 조심스럽게 열었다. 모기 한 마리가 티슈페이퍼에 싸인 채로 자고 있다.

나는 이 곤충을 프로그래밍하기 위한 전용 모드를 가지고 있지는 않았지만, 상자의 두 번째 칸에는 구식의 순차적 소프트웨어가 든 ROM 칩이 있었다. 이 칩을 쓰면 좀 시간이 걸리기는 해도 프로그래밍이 가능하다. ROM을 꺼내서 작동시켰다. 칩이 눈에 보이지 않는 변조 적외선 신호를 발하자, 내 손과 얼굴의 피부에 산재한, 유전자 조작된 적외선 트랜시버 세포가 그것을 수신한 다음 신호를 복조複調한다. 이들 세포에서 신경 임펄스를 받아들인 **레드넷**(〈뉴로컴〉, 1,499달러)이 신호를 디코드하고, 데이터를 버퍼에 저장한다.

ROM 칩의 프로그램을 **폰 노이만**(〈컨티넨털 바이오로직〉, 3,150달러)에게 넘겼다. 인간의 대뇌 신경 네트워크는 범용 컴퓨터를 효율적으로 대체할 수 있도록 만들어져 있지는 않다. 바로 그런 이유에서, 프로그래밍이 가능한 한 개의 '두개내 컴퓨터' 대신에, 해당 기능만을 수행하는, 물리적으로 최적화된 전용 모드가 필요해지는 것이다. 그러나 한 개인이 시판 모드 전부를 구입하는 것은 불가능하고, 또 그렇게까지 많은 뉴런을 모드용으로 징발해서 재배선해 버린다면 정상적인 뇌 기능의 수행에까지 지장을 줄 가능성이 높다. 고로, 기묘하게 들릴지도 모르지만, 지금처럼 순차적 소프트웨어가 가득 들어찬 ROM을 필요에 따라 로딩하는 것이 유일한 실제적 대안일 때도 있는 것이다.

탐사 모기Culex explorator는 순수한 유기 생명체이지만, 광범위한 유전자 조작과 부화 후 개조를 거쳤다. 유전자 조작 대부분은 단지 나노 머신이 재배열할 수 있을 만큼 충분한 수의 뉴런을 성충에게 부여할 목적에서 행해진 것들이다. 자체적 적외선 트랜시버 세포의 생성도 그 개조에 포함되어 있다는 사실은 말할 나위도 없다. 나는 머릿속의 메뉴에서 내가 원하는 습성 패러다임들을 골라냈고, 프로그램이 그것들을 모기의 신경 스키마용 언어로 인코드할 때까지 5분을 기다렸다. 그러고는 신호의 발신 강도를 최대한 높이기 위해 손바닥으로 상자를 덮고, 모기의 조그만 뇌에 내 명령을 때려 넣었다. **레드넷**의 프로토콜은 무수히 많은 단계에서 에러를 체크해 주지만, 나는 데이터 전체의 리드백 검사를 수행했고, 송신이 성공했다는 사실을 확인했다.

지하철역으로 가는 도중에 지나간 거리는 이른 시각임에도 불구하고 전혀 한산하지 않았다. 여기저기에서 음식을 파는 장사치들이 김을 내뿜는 손수레 곁에 서 있었고, 손님들은 자동판매기의 먹음직스러워 보이는(그러나 아무 냄새도 안 나는) 홀로그램 광고를 무시하고 이들 손수레 주위로 몰려들었다. 나도 국수를 한 봉지 사서 먹으면서 걸었다. 빈틈없는 옷차림을 한 회사 간부, 은행가, 데이터 브로커들이 성큼성큼 내 곁을 스쳐 간다. 이들은 원한다면 집에서 일할 수 있고, 머릿속에서 모든 업무를 처리할 수도 있으며, 적절한 모드의 힘을 빌린다면 그런 것들을 '즐길' 수조차 있는 사람들이다. 중요한 위치에 있는 이런 인포크랫infocrat들이 오만한 표정으로 우산을 흔들며 바쁘게 걸어가는 모습에서 인간 정신의 위대함 같은 것을 찾으라고 해도 내겐 무리였다. 갑자기 해가 어두워졌다. 위를 올려다보니, 거대한 잿빛 구름 두 개가 소용돌이치면서 서로를 뒤쫓듯이 하늘을 뒤덮고 있는 광경이 눈에 들어왔다. 몇 초 후 나는 물에 젖은 생쥐 꼴이 되었다.

뉴홍콩의 기술 연구 시설들은 도심에서 서쪽으로 20킬로미터 떨어진 곳에 집중되어 있다. 지하철역에서 지상으로 나오자 거의 인적이 끊기다시피 한 세계가 출현한다. 사방으로 콘크리트 건물이 뻗어나가고, 이들 건물을 에워싼 잔디밭은 설령 진짜라고 해도 안 그런 것처럼 보일 만큼 완벽하게 손질되어 있었다. 방금 있던 도심의 인파와 빽빽이 들어선 고층 건물군에 비하면, 거의 괘씸해 보일 정도로 넓은 공간을 차지하고 있다. 기술 연구소와 공장들 대다수는 15층에서 20층 높이의 건물이지만, 도로가 충분히 넓고 부지도 널찍한 탓에 건물들이 하늘을 가로막을 정도는 아니었다. 문제의 하늘은 언제 그랬냐는 듯이 지평선 끝에서 끝까지 새파랗게 펼쳐져 있다.

걸음을 멈춘 다음, 작은 상자를 흔들어 모기를 손바닥 위로 옮겼다. 피부에 달라붙은 모기를 눈가로 들어 올려본다. 흉부 양쪽에 부착된 깨알보다 작은 12개의 데이터 카멜레온을 가까스로 알아볼 수 있었다. 손가락을 구부려 느슨하게 주먹을 쥔 다음 다시 걷기 시작했다. 2만 달러나 하는 대對보안장비를 손에 쥔 채로 태연하게 어슬렁거리는 것은 결코 쉬운 일이 아니다.

지하철역 북쪽에 해당하는 지역 일대가 미로처럼 복잡한 것은 과거에 이곳이 계획적으로 조성된 몇 개의 독립 '첨단과학 단지'들로 이루어져 있었다는 증거다. 이 단지들이 훗날 확장을 거듭하면서, 단지들 사이의 공간을 메워버렸던 것이다. 각 단지의 전위적 가로망은 좀 괴상해 보이기는 해도 질서정연한 계획을 따라 건조되었음이 틀림없다. 이것들 모두가 독자적인 균형 감각과 계제를 가지고 있었고, 본래의 부지 밖으로까지 자신의 패턴을 확장할 것을 시도하면서 일정한 성공을 거둔 것처럼 보이지만, 두 개 또는 그 이상의 디자인들이 충돌해서 각축을 벌인 장소의 모습은 병적이라고밖에는 표현할 길이 없었다. 〈BDI〉 자체는 막다른 골목의 끝에 위치하고 있었지만(따라서 단순한 통행인으로 위장하고 정문 앞을 지나치는 것은 불가능하다) 이 지역 전체를 뒤덮고 있는, 끊긴 모세혈관과도 같은 골목들을 이용하면 다른 곳으로 가는 척하면서 문제의 건물 뒤쪽까지 충분히 접근할 수 있을 것이다.

거리는 조용했다. 새들이 지저귀는 소리까지 들릴 정도다. 내 곁을 지나친 사이클리스트 한 명이 의아한 눈초리로 나를 흘낏 보았다. 나 말고는 걸어 다니는 사람이 없는 탓에 나는 벌써부터 불법 침입자가 된 듯한 느낌에 사로잡혔다. 이곳은 공공 도로지만, 어느 길이라도 결국은 소수의 사유지로 이어지고 있다. 만에 하나 누군가가 자전거를 세우고 내게 길을 가르쳐 주려고 한다면, 길을 잃은 멍청한 관광객 흉내를 내는 데 전념하는 수밖에 없다.

마침내 〈BDI〉처럼 보이는 건물이 눈에 들어왔다. 〈유전자 이식 에코 컨트롤〉과 〈형태발생 산업〉 틈새로 보이는, 100미터 전방에 위치한 회백색의 사각형 콘트리트 건물이다. 이 각도에서는 간판이라든지 회사 로고는 보이지 않지만, 머릿속에 든 거리 지도와 재차 비교해 보고 목표를 찾아냈음을 확신했다.

무심결에 내가 이런 생각을 하고 있다는 것을 깨달았다. **〈나락의 아이들〉의 위장 기업 같아 보이지는 않는군…** 그러자마자 나는 소리 내어 웃으며 '마음이 든든해지는' 이 관찰 결과를 비웃었다. 〈나락의 아이들〉은 이 일과는 관련이 **없다.** 그리고 나는 이런 사실을 믿기 위해 일부러 근거를 찾을 필요도 없다. 〈BDI〉에서 내가 직면한 최대의 '리스크'라고 해보았자, 이 회사가 유괴와는 전혀 관련이 없다는 사실이 밝혀지는 일 정도다.

나는 내 시야를 캡처해서 머릿속에 든 모기용 프로그램의 이미지 버퍼에 복사했다. 〈BDI〉의 사옥에 뚜렷하게 표시를 하고, 이 마지막 메시지를 모기에게 직접 송신한다. 손을 들어 올린 다음 펼쳤다. 그 즉시 모기는 공중으로 날아올랐고, 내 머리 위를 두 번 선회한 다음 사라졌다.

그날은 〈BDI〉의 소유주인 웨이 바이링에 관해 공개된 정보를 조사하면서 대부분의 시간을 보냈다. 25년에 걸쳐 축적된 뉴스 더미를 (웨이에 관련된 기사는 1년에 평균 여섯 건씩 있었다) 묵묵히 검색했지만, 주목할 만한 것은 나오지 않았다. 다소나마 경제 뉴스에서 벗어나 있던 것은 뉴홍콩 과학 박물관의 신관 개관 기사였다. 웨이는 개관 자금을 모은 협회의 회장이었고, 기사는 그의 진부한 축사를 인용하고 있었다. "우리 아이들의 미래는 지성과 상상력을 얼마나 빠른 시기에 자극하는가에 달려 있습니다…"

문득 웨이가 공개적으로 주식을 가지고 있는 회사들 중에서 로라의 증상의 원인을 제공했을 정도로 오래된 회사가 없다는 사실이 머리에 떠올랐다. 그는 50대 초반밖에는 안 되었고, 기업 인수에 열중하기보다는 새로운 사업을 일으키는 쪽에 더 관심이 있는 것처럼 보였다. 그렇다고 해서 〈BDI〉의 고객들에 대해 무슨 판단을 내릴 수 있는 것은 물론 아니었지만 말이다.

늦은 오후가 되자 시간을 때우는 데 유용한 일거리들도 바닥을 보이기 시작했다. 〈나락의 아이들〉이 이 사건에 관련되어 있다는 불합리한 공포가 자꾸 고개를 쳐들었다. 그것을 쫓으려면 어떻게 해야 하는지 잘 알고 있었지만, 그러고 싶지는 않았다. 아직은.

홀로비전을 켜자 광고가 진행 중이었다. 다른 채널로 돌려도 결과는 마찬가지였다. 이것은 결코 라이벌 방송국끼리 짜고 하는 짓이 아니다. (그런 생각은 집어치우라.) 단지, 우연히도, 모든 방송국이 광고주들에게 희망하는 광고 시간을 100분의 1초 단위까지 지정할 수 있도록 허용했기 때문에 일어나는 현상인 것이다. 실시간 방송에서 빠져나와 뭔가 다운로드할 것을 찾을 수도 있지만, 시간을 때우려는 입장에서는 그러기도 귀찮았다.

광고에서 젊은 사내가 말하고 있다. "…목표도 진로도 찾을 수 없습니까? 〈액슨〉이 그것들을 찾아드립니다! 당신이 필요로 하는 목표를 살 수 있다는 뜻입니다! 가정생활… 직업적 성공… 물질적 부… 성적 충족… 예술적 자기표현… 영적인 깨달음을." 이 단어들이 사내의 입에서 나올 때마다 그에 상응하는 적절한 영상을 담은 입방체가 그의 오른손 위에 출현하고, 그는 그것을 공중에 내던지고 다음 입방체를 위한 자리를 만든다. 급기야 그는 여섯 개의 입방체를 공깃돌 다루듯 공중에서 돌리기 시작했다. "20여 년 동안 〈액슨〉은 여러분이 풍요로운 인생을 손에 넣을 수 있도록 도와드렸습니다. 그리고 이제는 그것을 자유자재로 원할 수 있게 되었습니다!"

줄거리는 이해 불가능이었지만 영상적으로는 박력이 있는 초현실적 스릴러의 뒤쪽 반을 본 다음, 홀로비전을 끄고 방 안을 왔다 갔다 하기 시작했다. 불안감이 점점 가슴을 무겁게 짓누른다. 모기를 회수할 때까지는 아직 4시간이나 남아 있었다. 왜 4시간 동안이나 권태와 고뇌를 감수해야 한단 말인가? 정말로 인간적인 감정을 참고 견딘다는 피학적인 스릴을 맛보기 위해서? 이젠 지긋지긋하다. 오늘 아침만 해도 실컷 그런 것들을 맛보았고, 조사를 포기하기 직전까지 갔던 것이다.

P3를 불러냈다.

이 모드가 의식 아래로 슬그머니 끼워 넣는 고양감은 평소보다 더 노골적이었다. **정신 강화야말로 합당한 존재 방식이다. 머리 회전이 빨라지고, 합리적이고, 효율적이며, 마음이 흐트러지는 일도 없다.** 이것들 모두 부인할 수 없는 사실이었지만, 아이러니하게도 **P3**가 장려하는 분석적 마음가짐은 이런 태도가 독단적으로 강요된 것이라는 사실을 숨기는 일을 어렵게 만들고 있다. 인격을 변화시키는 모드들은 거의 예외 없이 **이 모드를 쓰는 것은 좋은 일**이라는 생각을 사용자들에게 인식시킨다. 이 테크놀로지를 비난하는 사람들은 이것을 이기적인 프로파간다라고 부르고, 지지자들은 심신을 기능 부전 상태로 몰아넣을지도 모르는 갈등—정신의 (은유적인) 면역 거부 반응—을 회피하기 위한 불가결한 수단에 지나지 않는다고 주장한다. 비강화 상태의 나는 시니컬한 견해 쪽의 손을 들어준다. 강화 상태일 경우에는 이런 주장들을 평가하고, 나는 어떤 결론을 낼 만한 정보도 전문지식도 가지고 있지 않다고 판단한다.

10분 동안 이 사건에 관해 지금까지 알아낸 모든 사항들을 검토했다. 새로운 아이디어는 떠오르지 않았지만, 이것은 전혀 놀랄 만한 일이 아니다. **P3**는 마음이 흐트러지는 것을 막고, 당면한 문제에 마음을 집중할 수 있도록(따라서 더 빠르게 판단할 수 있도록) 해주지만, 그런다고 마법처럼 지능이 향상되는 것은 아니기 때문이다. 다른 강화 모드들은 갖가지 능력을 사용자에게 부여한다. **P1**은 사용자의 생화학적 반응을 조절할 수 있다. **P2**는 감각 처리 능력을 증대시킨다. **P4**는 육체적 반사를 통괄한다. **P5**는 시간 및 공간적 판단력을 강화하고, **P6**는 코딩 및 통신 담당이다… 그러나 **P3**의 경우는, 주로 필터로서의 역할을 맡는다. 자연 상태의 뇌가 만들어 낼 수 있는 모든 정신 상태 중에서 최적의 상태를 선택하고, 그것이 부적절하다고 판단한 사고방식의 틈입을 저지하는 것이다.

지금은 기다리는 수밖에 없다. 더 이상 지루함과 무의미한 공포에 고민할 필요가 없는 나는, 기다린다.

모기를 날려 보냈던 장소까지 최대한 접근했지만, 정확하게 같은 장소에서 기다릴 필요는 없었다. 모기는 냄새로 나를 찾아내기 때문에, 바로 그 장소에 다른 사람이 서 있다고 하더라도 다가가려 하지 않을 것이다. 모기는 내 손바닥 위에 내려앉은 다음 적외선으로 보고를 시작했다.

임무는 성공적이었다. 우선 탐사 모기는 건물에 출입할 수 있는 자체적인 경로를 발견했기 때문에, 인간의 등에 달라붙은 채로 따라 들어갈 필요도 없었고, 지금 당장 되돌아가는 일도 가능했다. 건물 안에서 모기는 보안실을 찾아냈고, 케이블 더미를 따라 천장까지 올라갔고, 도관 안으로 침입한 다음 그곳에 12개의 데이터 카멜레온을 심어놓았다. 그러고는 좀 더 넓은 범위를 탐사하기 시작했다. 지금 이 순간에도, 배경에서 가동 중인 소프트웨어가 이런 정보들을 건물 내부의 상세한 구획도로 변환하고 있다. 마지막으로 모기는 데이터 카멜레온들과 다시 접촉했다. 카멜레온들은 보안 시스템의 신호 확인 프로토콜을 해독해서 35줄의 케이블을 모두 검사해 본 결과, 침입 시에 유용한 사각을 연속적으로 만들어 낼 수 있는 케이블 12줄을 찾아냈다고 보고했다.

나는 모기의 뇌에서 추출한 건물 내부의 영상 스냅숏들을 보았다. 이미 처리를 거쳤기 때문에, 곤충의 복안을 통해 본 것이라고는 전혀 알 수 없다. 별로 눈을 끄는 것은 없었다. 기술자들. 컴퓨터. 생화학 분석이나 합성 따위에 쓰이는 잡다한 장비들. 침대에 누운 환자의 모습 따위는 없었다. 그러나 로라는 이제 일어서서 돌아다닐 수 있을지도 모르고, 현재 어떤 모습을 하고 있을지는 상상도 되지 않는다. 아마 고인이 된 한 쉬우리엔의 모습일지도 모르지만, 크게 기대하지는 않았다.

클로즈업된 워크스테이션 화면에 보이는 것은 실험 절차의 흐름도나 단백질 분자의 도해, DNA와 아미노산의 배열 데이터… 그리고 몇 개쯤 되는 신경 맵이었다. 그러나 이들 맵에는 앤드루스, L이라든가 **선천성 뇌 손상 연구 #1** 따위의 눈이 번쩍 뜨이는 표시는 붙어 있지 않았다. 무의미한 일련번호가 딸려 있을 뿐이었다.

건물의 내부 구획도가 완성되었다. 마음속에서 그 내부를 돌아다녀 본다. 지상 5층, 지하 2층. 사무실, 실험실, 저장실, 엘리베이터 두 대, 계단 통 둘. **데이터 없음**을 의미하는, 푸르스름하게 표시된 구역이 몇 군데 있다. 이것은 탐사 모기가 자기 힘으로 침입할 수 없었고, 사람 몸에 달라붙은 채로 들어가지도 못했던 부분을 가리킨다. 그중에서도 특히 넓은 부분은 지하 2층 한복판에 위치한 가로세로 20미터의 정사각형 구역이었다. 뭔가 특수한 설비, 이를테면 무균실, 극저온 저장고, 방사성 동위원소 실험실, 생물학적 위험 영역 따위일지도 모른다. 사람들이 직접 그런 장소로 들어가는 일은 거의 없고, 대부분의 작업은 원격조종을 통해 이루어진다. 그러나 스냅숏에 찍힌 것은 단조로운 흰색 벽과 아무 표시도 없는 문뿐이었다. 생물학적 위험성이나 방사능에 대한 경고를 포함해서, 아무런 표시도 되어 있지 않았다.

데이터 카멜레온들은 오전 2시에 작동하도록 미리 프로그래밍이 되어 있었지만(이것은 정규 업무 시간 뒤에는 건물에 모기가 들어가지 못할 경우에 대비한 조치였다) 더 이상 이 스케줄에 연연할 필요는 없었다. 나는 탐사 모기를 또다시 건물 안으로 들여보내서, 7분 후인 11시 55분에 작동을 시작하라는 지시를 직접 전달했다. 카멜레온들은 무선을 수신하기에는 너무 작기 때문이다. 그리고 무선은 도청당하지 않는다는 보장이 없기 때문에, 처음부터 아예 없는 편이 낫다.

건물로 다가가며 내부 구획도를 **P2**에게 넘기자, 나의 진짜 시야 위에 구획도가 겹쳐진다. 감시 카메라의 시계視界와 모션 디텍터에 의해 모니터링 되고 있는 부분들이 불그스름하게 반짝인다. 이것들을 **눈으로 볼 수 있는 위험 구역**으로 간주하고, 마치 내 머릿속에 있는 어떤 모드가 각 보안 장비들의 움직임을 마술처럼 '감지'하고 있다고 느끼는 것은 쉽지만, 이것은 실제로는 이론상의 지도에 불과했다. 지도는 완전하며 정확할지도 모르고, 안 그럴지도 모른다.

11시 55분 00초. 12개의 붉은 구역을 검게 바꾼다. 이것은 순수하게 신념의 문제였다. 실제로 이런 사각이 생겨났다는 증거는 어디에도 없었다. 생겨나지 않았다면, 싫든 좋든 곧 알게 될 것이다.

부지를 에워싼 울타리는 철조망이었고, 내 전압계에 의하면 가장 위쪽 부분에는 6만 볼트의 전류가 흐르고 있었다. 이것은 내 장갑과 신발의 절연재로도 충분히 막을 수 있는 강도다. 철조망 가시는 무시무시할 정도로 날카로워 보였지만, 공업용 다이아몬드를 박아 넣고, 또 매분 몇천 회씩 회전이라도 하고 있지 않는 한 합성섬유로 된 내 장갑에 상처를 입히지는 못할 것이다. 나는 철조망을 넘어 반대편으로 내려갔고, 가능한 한 조용하게 지면에 발을 디뎠다. 부근에는 여전히 작동 중인 모션 디텍터들이 있었고, 그것들이 얼마나 민감한지를 알 수 없기 때문이다.

1층의 창문 하나를 절단한 다음, 실험실 같아 보이는 조명이 꺼진 방으로 숨어들어 갔다. 그러자마자 **P2**가 어둠에 맞춰 내 시야 감도를 최대로(이것이 얼마나 효과가 있는지는 미지수였지만) 올렸지만, 내가 장애물을 누비고 적당한 속도로 이동하는 데 실제로 도움이 되어준 것은 탐사 모기가 준 지도였다. 그러니까 고정된 장애물에 한해서는 말이다. 내 유령 시야에 의자나 걸상의 윤곽이 '보일' 때마다, 나는 속도를 늦추고 손을 뻗쳐 해당 물체의 현재 위치를 확인하며 앞으로 나아갔다.

복도 역시 어둠에 잠겨 있었지만, 실험실에서 나왔을 때 나는 왼쪽으로 그렇게 떨어져 있지 않은 곳에 붉은 구역이 존재하는 것을 보았다. 두 번째 감시 구역은 층계로 통하는 출입문에서 1센티미터도 떨어져 있지 않은 곳까지 포함하고 있었다. 문손잡이를 돌리려고 하다가, 기역자 모양의 도어클로저가 위험 구역을 건드리기 직전이라는 사실을 깨달았다. 위험 구역에 닿지 않도록 문을 조금만 열더라도, 틈새가 너무 좁기 때문에 어차피 나는 빠져나갈 수 없으리라는 것이 **P5**가 내린 결론이다. 나는 손을 들어 올려 도어클로저의 접합 부분을 부러뜨렸고, 탄력을 잃은 두 개의 금속 막대기를 문에 바싹 갖다 대고 접었다.

나는 지하 2층으로 내려갔다. 카멜레온들은 어떤 층에서도 내가 움직일 수 있도록 최선을 다해 가능한 한 넓은 사각을 확보해 주었지만, 이곳은 처음부터 경비가 그리 엄중하지 않은 느낌이다. 빛을 감지할 카메라가 주위에 없었기 때문에, 나는 위험을 무릅쓰고 회중전등을 켰고, 가느다란 선화線畵 스케치로 이루어진 내 유령 시야에 세부 사항을 덧붙였다. 갖가지 용제와 시약이 든 대형 용기들과 줄지어 늘어선 냉동 장치가 눈에 들어온다. 벽 주변 원심 분리기는 덮개가 열리고 회로반이 빼져나와 있는 것을 보니 수리 중이거나, 쓸 만한 부품을 떼어내는 중인 듯하다.

나는 데이터 없음 구역에 도달했다. 커다란 정사각형의 방이고, 달리 칸막이가 없는 넓은 공간 한복판에 홀로 자리 잡고 있는 모습이 어쩐지 기묘하게 느껴진다. 그 모습도 냄새도 최근에 만들어진 듯한 인상을 풍겼다. 그러나 로라가 저 안에 있다면, 왜 그녀를 가두기 위해 이런 거창한 방식을 택한 것일까? 그녀를 은밀하게 숨겨둘 목적이 아닌 것만은 확실하다. 이것이 정말로 특별 감옥이라고 한다면, 이토록 눈에 띄는 감옥도 없을 것이다.

방 주위를 돌아보았다. 출입문은 하나뿐이다. 자물쇠는 별것 아니었다. 조금 시험해 보고, 주의 깊게 각도를 잡은 자기 펄스를 한 번 쏘는 것만으로 족했다. 해제 기구를 작동시키는 회로에 유도 전류가 흐르며 자물쇠가 열렸다. 총을 뽑아 들고 문을 연 나는… 2, 3미터 떨어진 곳에 있는 또 다른 벽을 쳐다보고 있었다.

조심스럽게 안으로 들어섰다. 벽들 사이의 공간은 텅 비어 있고, 안쪽 벽은 좌우 어느 편에서도 외벽과는 맞닿아 있지 않았다. 더 나아가기 전에 나는 뒤로 손을 돌려 문을 닫았고, 문간 위에 조그만 경보기를 설치했다. 오른쪽 모퉁이로 가서, 이들 벽이 같은 중심을 안팎에서 에워싸고 있다는 사실을 확인했다. 계속 나아가서 다음 모퉁이를 돌자 내벽에 문이 하나 나 있었다. 처음 것과 같은 방식의 빈약한 자물쇠가 달려 있었다. 이 방의 기괴한 구조에 도대체 어떤 의미가 있는 것인지 궁금했지만, 그런 것은 나중에 걱정해도 된다. 지금 가장 중요한 것은 로라가 이곳 어딘가에 갇혀 있는지의 여부다.

방 안에는 침대가 있었고, 사람이 잔 뒤에도 시트를 정돈하지 않은 듯 흐트러진 상태 그대로 방치되어 있었다. 시트가 한쪽으로 젖혀져 있는 것은 아마 침대의 주인이 빠져나간 자취인 듯하다. 양변기, 세면대, 그리고 작은 탁자와 의자들이 놓여 있다. 반대편 벽에는 꽃과 새를 그린 벽화가 보인다. 힐게만 병원의 로라 방에 있던 것과 똑같은.

침대에는 아직도 온기가 조금 남아 있었다. 한밤중에 그들은 그녀를 어디로 데려간 것일까? 혹시 그녀가 발작을 일으켜서, 병원으로 이송해야 했던 것인지도 모른다. 30초 동안 방 안을 둘러보고 다녔지만 조사할 만한 것이 없었다. 그러나 저 벽화가 모든 것을 말해주고 있다. 로라가 몇 분 전까지만 해도 이곳에 있었음을 나는 확신했다. 그녀를 만나지 못한 것은 순전히 타이밍이 안 좋았기 때문이다.

그리고 로라는 여전히 이 건물 안에 있을지도 모른다. 위층에서, 한밤중에 대뇌 스캔을 받고 있는 것일까? 주야를 가리지 않고 일을 하다니, 〈BDI〉는 위탁받은 일—그것이 무슨 일이든 간에—을 빨리 마치는 데 매우 열성적인 듯했다.

안쪽 방을 나갈 때, 나는 오른쪽으로 돌아서 아까 왔던 길을 되돌아가는 최단 루트를 택하려고 하다가, 문득 마음을 바꿔 벽 사이의 공간을 한 바퀴 완전히 돌아보기로 했다.

왼쪽 모퉁이를 돌자마자, 보행 보조기에 피로한 듯이 몸을 기대고 서 있는 여자가 눈에 들어왔다. 한 쉬우리엔과 똑같은 얼굴을 하고 있다. 그녀는 나를 흘낏 올려다보더니 갑자기 울음을 터트렸다. 나는 재빨리 앞으로 걸어나가 진정제를 그녀의 콧구멍에 분사했다. 축 늘어지는 그녀의 양 겨드랑이를 잡고서 한쪽 어깨 위에 걸머졌다. 편한 자세는 아니지만, 양손을 비워둘 필요가 있다. 보행 보조기는 좋은 징조였다. 완전히 회복되지는 않았어도, 움직여도 별다른 악영향이 없다는 증거이니까 말이다. 일단 건물 밖으로 데리고 나간 다음 구급차를 부르면 된다… 울타리에 구멍을 뚫는 동안.

바깥쪽 문에서 나가 세 걸음 걸었을 때 침착한 남자 목소리가 등 뒤에서 말했다.

"뒤돌아보지 마. 총하고 회중전등을 아래로 떨어뜨린 다음, 멀리 차내."

그가 이렇게 말했을 때, 나는 뒤통수에서 작고 뚜렷한 윤곽을 가진 한 점이 뜨뜻해지는 것을 느꼈다. 강도를 가장 약하게 조절한 적외선 조준 레이저다. 이것은 내가 표적이 되고 있다는 뚜렷한 경고 이상의 위협이다. 만약 총이 자동 추적 상태에 놓여 있다면 레이저 광선의 산란을 모니터하고 있을 것이고, 내가 갑자기 움직이기라도 한다면 몇 마이크로초 후에는 고에너지 펄스가 발사된다는 뜻이다.

나는 사내의 명령에 따랐다.

"이번에는 여자를 내려놓아. 조심해서. 그런 다음 양손을 정수리에 갖다 대."

그렇게 했다. 레이저는 그런 나의 움직임을 매끄럽게 추적했다.

사내가 광둥어로 뭐라고 말했다. 나는 **데자뷔**를 불러내서 그 말을 번역했다. "저 사내를 어떻게 하실 작정입니까?"

"내가 처리하겠어."

여자 목소리가 대답한다.

"꼼짝 말고 있어."

사내가 영어로 말했다.

여자가 총을 권총집에 집어넣으며 내 앞으로 왔다. 벨트에 찬 권총집 옆에 달린 파우치에서 그녀는 작은 피부밑 주사용 캡슐을 꺼낸다. 로라를 넘어선 그녀는 한 손으로 내 턱을 움켜쥐었고—나는 심장

박동수를 낮췄다—목 옆쪽의 정맥에 주삿바늘을 찌른 다음—**나는 그 부분의 혈류를 억제했다**—캡슐을 쥐어짰다.

혈행을 억제하더라도 벌 수 있는 시간은 기껏해야 몇 초에 불과하지만, **P1**이 약물을 분석하는 데는 충분한 시간이다. 만약 그 성분을 모드로 중화할 수 있다면, 행동에 나설 때는 바로 지금이다. 약물로 정신을 잃고 쓰러지는 나를 그대로 태워버릴 계획이 아니라면, 레이저의 자동 추적 기능은 해제되어 있어야 마땅하기 때문이다. 만약 내가 정신을 잃은 척하며 휘청하고, 여자를 붙잡아 방패로 삼은 뒤에 그녀의 총을 빼앗는다면…

그러나 **P1**은 아무런 보고도 하지 않았다. 손가락을 움직여 보려고 했지만 말을 듣지 않는다. 다음 순간, 나는 정신을 잃었다.

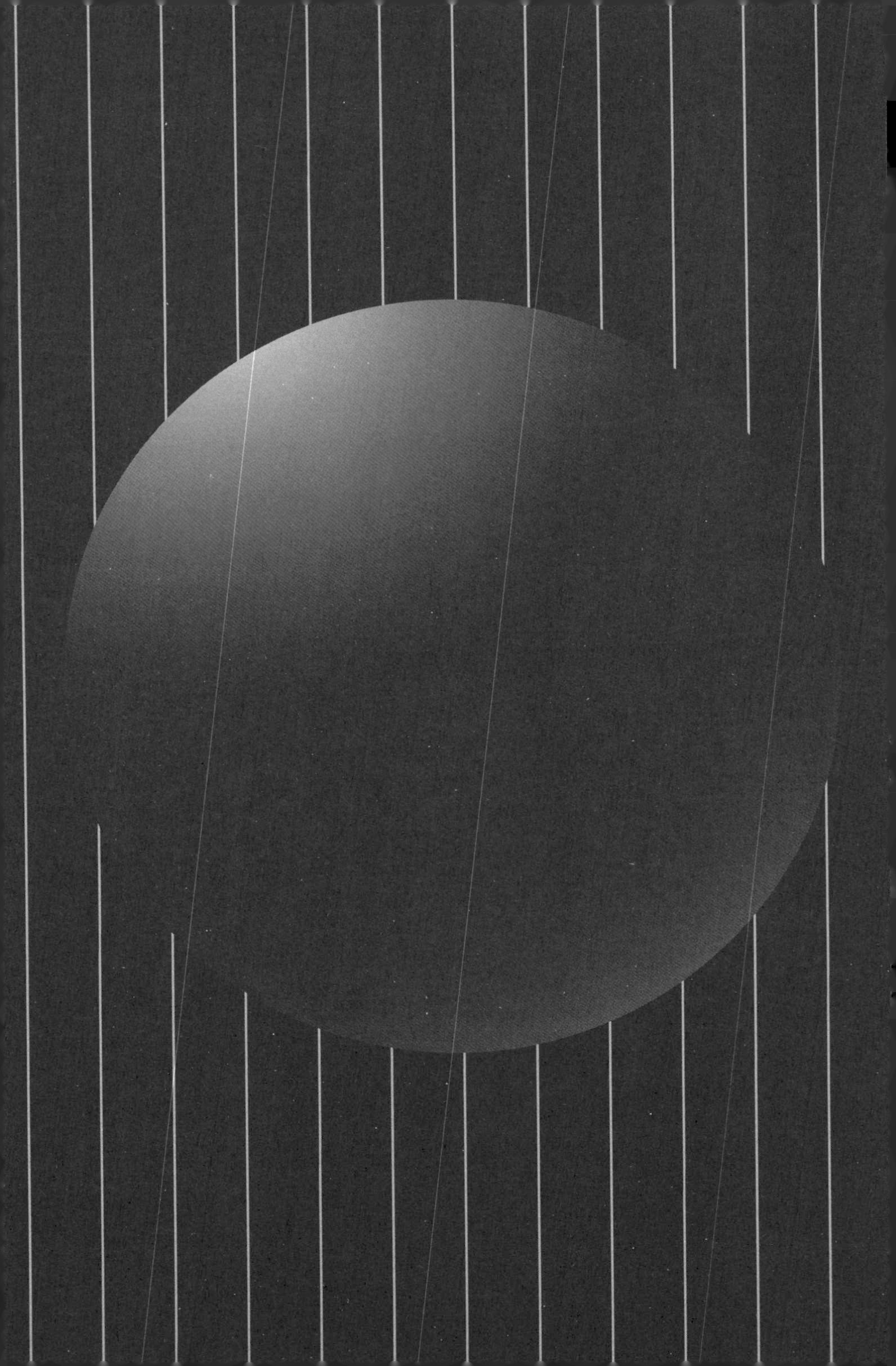

4

눈을 뜨니 콘크리트 바닥 위에 비스듬히 누워 있었다. 벌거숭이였다. 양팔이 욱신거렸지만, 움직이려고 하자 차가운 금속이 팔목을 압박한다. 주위를 둘러보니, 내가 있는 곳은 작고 좁다란 창고였다. 조명은 높은 곳에 있는 창문 하나뿐이다. 등 뒤로 돌려진 양손에 채워진 수갑은 유리 실험 기구들이 가득 찬 수납 선반에 고정되어 있다. 선반은 벽 일면을 뒤덮고 있다.

P5는 나의 현 위치를 모르고 있었다. 이 모드는 지각적 실마리, 평형 감각과 몸 내부의 위치 감각 등을 종합해서 판단을 내리고, 사용자가 의식이 있는 상태에서 도보로 이동할 경우에는 밀리미터 단위까지 정확한 위치를 가르쳐 주지만, 기절해서 어딘가로 끌려갔을 경우에는 전혀 쓸모가 없다. 그러나 시간은 정확히 알고 있다고 P5는 주장했다. 1월 5일, 15시 21분이다. 다른 몇몇 모드의 시계도 이에 동의했고, 약물에 의해 이들 모두가 한꺼번에 고장 났을 가능성은 희박했다. 15시간이 지났다면, 지구상의 어떤 장소로도 운반되었을 수 있다… 그

러니까, 햇빛 상태로 판단하건대, 오스트레일리아 중앙 시간으로 15시 21분에, 오후 중반이나 늦은 아침인 장소라면 어디라도 가능하다. 뒤늦게 머릿속에 들어 있는 〈BDI〉 본사 건물의 내부 배치도에서 이 방과 치수가 일치하는 방을 찾아보면 어떨까 하는 생각이 떠올랐다. 그 결과, 각 층마다 이런 방이 하나씩 있다는 사실을 알아냈다. 탐사 모기는 이들 방 어디에서도 순간 촬영할 가치가 있는 것을 찾아내지 못했지만, 이동하면서 닥치는 대로 기록한 선화의 윤곽이 충분히 세밀했기 때문에 나는 내가 4층에 있다는 사실을 알았다.

나는 두 쌍의 수갑을 차고 있었다. 그중 한 쌍은 수납 선반의 가로 기둥 하나에 난 구멍을 지나가고 있었다. 선반은 벽에 고정되어 있지 않기 때문에, 내가 몸의 중심을 조금 이동시키기만 해도 유리 기구들이 달그락거렸다. 수갑의 사슬을 움직여 구멍 가장자리를 톱처럼 썰 수 있는지 시험해 볼 수는 있지만, 설령 내가 감시받고 있지 않더라도 유리 기구들의 눈사태를 야기하는 것이 고작일 것이다.

좋다. 난 여기서 도망칠 수 없다. 그렇다면 나는 어떤 자들을 상대하고 있는 것일까?

〈BDI〉가 광고 문구 그대로 생물의학 분야의 위탁 연구기관일 가능성도 여전히 남아 있었다. 단지 유괴 행위에 가담하는 일에도 주저하지 않는 종류의 연구기관이다. 이들의 고용주는 33년 전 태아였던 로라에게 뇌 손상을 입힌 약품을 제조한 미지의 제약 회사 〈X〉다. 이 〈X〉는 외부인을 끌어들임으로써 위험을 떠안았지만, 자사 내에서 로라에게 대처하는 것보다는 덜 위험했던 것인지도 모른다. 〈X〉에는 충실한 사원들이 많을지도 모르지만, 진짜 범죄자들의 수는 얼마 되지 않을 수도 있다. 그리고 〈BDI〉는 바로 이런 종류의 일을 전문으로 하는 회사인지도 모른다.

이런 가설이 점점 더 그럴듯하게 느껴지기는 하지만, 그것만으로는 설명할 수 없는 일들의 목록이 점점 길어지는 것 또한 사실이다. 케이시의 증언. 이 건물 지하실의 구조. 특별히 고안된 감옥을 에워싼 벽들 사이로 로라가 자유롭게 돌아다니고 있었다는 사실. 이런 일들은 단 하나의 새로운 가설로서 모두 설명될 수 있다. 전혀 있음 법하지도 않은 가설이긴 하지만 말이다.

로라는 힐게만 병원에서 정말로 탈출했던 것이다. 자력으로. 두 번씩이나. 바로 그 탓에 유괴당했던 것이다. 누군가가 그 사실을 알아내고, 그녀의 특수 능력을 이용할 수 있다고 생각했던 것이다. 이중벽으로 둘러싸인 방의 목적은 바로 그것이다. 탈출의 천재인 백치를 위한 테스트인 것이다. 그리고 내가 그녀와 맞부닥쳤을 때, 그녀는 테스트 문제를 반쯤 푼 상태였다.

어젯밤 경비원들은 어떻게 해서 지하실로 내려왔던 것일까? 내가 모종의 경보장치를 작동시켰다는 점은 명백했다. 그러나 데이터 카멜레온들이 오작동한 것이 아닌 이상, 그 방은 건물의 보안실과 연결된 그 어떤 장비의 감시를 받고 있지도 않았다. 만약 로라가 통상적인 경비 대상이 아니라 어떤 실험의 피험자 취급을 받고 있었다면, 그녀가 전혀 다른 시스템의 감시를 받고 있었다고 해도 전혀 이상할 것이 없었다.

〈BDI〉는 왜 신경 맵을 작성하고 있는 것일까? 신경 맵은 선천적 뇌 손상의 책임 유무를 따지는 일과는 아무런 관계도 없다. 그들은 로라를 후디니 이래 최고의 탈출 명인으로 만들어 준 신경 경로들을 찾아내서, 그녀의 재능을 모드에 인코드할 작정인 것이다. 왜 그들은 로라를 꼭두각시 모드의 조종을 받는 탑승객이 아니라, 시체로 위장해서 밀출국시킨 것일까? 왜냐하면 그녀의 뇌 속을 건드려서, 그녀를 유괴할 가치가 있는 인물로 만든 원인 그 자체에 손상을 입히고 싶지는 않았기 때문이다.

모두 완벽하게 아귀가 들어맞는다.

유일한 문제는, 나 자신이 그런 가설을 도저히 받아들이지 못한다는 점이었다.

로라는 도대체 어떤 종류의 능력을 가지고 있길래, 잠긴 방에서 아무런 도구도 없이 탈출할 수 있었단 말인가? 보안 기기의 작동 방식을 직감적으로 파악할 수 있다는 가설도 미심쩍은 판에, 아무리 뛰어난 재능을 가지고 있다고 해도, 어떻게 맨손으로 자물쇠나 감시 카메라를 조작할 수 있단 말인가? 200년에 걸친 조사 끝에, 텔레키네시스(염력)는 존재하지 않는다는 결론이 나왔다. 인체의 미약한 전자장은(설령 의식적으로 통제할 수 있다고 해도) 전자 자물쇠를 따는 데 조금이라도 도움이 되는 강도의 100만 분의 1에도 미치지 못하기 때문이다. 아무리 우발적인 뇌 손상을 입는다고 해도 그 사실은 바뀌지 않는다. 완전히 새로운 방식으로 컴퓨터를 재프로그래밍한다고 해도, 컴퓨터에 공중 부양 능력을 부여할 수 없는 것과 마찬가지다.

그렇다면 로라는 어떻게 탈출했단 말인가?

이 문제에 관해 곰곰이 생각하고 있었을 때 문이 열렸다. 젊은 사내가 옷더미를 내 옆으로 던졌고, 총과 리모트컨트롤을 꺼내더니 후자로 수갑을 겨냥했다. 나는 재빨리 **레드넷을** 가동해 이들 사이의 통신을 포착해 보려고 했다. 수갑이 바닥에 떨어졌지만, 아무것도 잡아낼 수 없었다. 리모트컨트롤의 적외선 주파수대가 내 트랜시버 세포의 수신 범위를 벗어나 있는 것임에 틀림없다.

사내는 문간에 서서 총으로 나를 겨냥하고 있었다.

"옷을 입어."

어젯밤 들었던 목소리다. 얼굴에는 아무런 표정도 떠올라 있지 않았다. 잘난 척하지도 않고, 호전적이지도 않다. 이 사내도 행동 최적화 모드들을 가지고 있다는 점은 명백했다.

옷은 신품이었고 몸에 딱 맞았다. 비밀 포켓들 속에 숨겨둔 모든 장비들은 잃어버린 것으로 간주해야 하겠지만, **P3**는 이럴 경우에도 극기심 이외의 그 어떤 반응도 허락하지 않는다. 그럼에도 불구하고 옷을 모두 입은 후, 내 뇌의 어떤 부분은 평소에 마음을 든든하게 해주던 예의 묵직한 물건들이 옷에서 모두 사라져 있다는 쓸데없는 경고를 발했다.

"등 뒤로 손을 돌려서, 수갑 한 쌍을 손에 채워."

이 명령에 따르자, 사내는 내게 눈가리개를 했다. 그런 다음 방 밖으로 나를 이끌었다. 한 손으로는 수갑 사슬을 쥐고, 다른 한 손으로는 내 옆구리에 총구를 갖다 댄 채로 내 곁을 걷고 있다.

이동 중에는 별다른 소리를 듣지 못했다. 광둥어와 영어 대화의 단편. 융단 위를 걸어가는 발소리. 멀리서 나직하게 윙윙거리는 기계 장치 소리. 희미한 유기 용제 내음. 그런다고 얼마나 도움이 될지는 모르겠지만, **P5**는 나의 현 위치를 정확하게 파악하고 있다. 우리가 발을 멈춘 순간, 사내는 나를 안락의자에 앉힌 다음 내 관자놀이에 총을 갖다 댔다.

느닷없이 여자 목소리가 말한다.

"누가 당신을 고용했지?"

몇 미터 떨어진 곳에서 나를 정면으로 바라보고 있다.

"몰라."

그녀는 한숨을 내쉬었다.

"정확히 뭘 기대하고 있는 거지? 우리가 온갖 기술을 동원해서 당신을 심문하기라도 할 것 같아? 자백 약, 자백 모드, 신경 맵… 위조되었거나 삭제되었을지도 모르고, 안 그랬을지도 모르는 기억을 찾아내기 위해서? 시간을 벌 생각이라면 잘못 생각한 거야. 당신의 뇌 속을 조사하기 위해 몇십만 달러를 쓸 생각은 추호도 없으니까 말이야. 사실대로 얘기하고, 정말이라는 것이 확인된다면, 관대한 조치를 취할 수도 있어. 하지만 여기서 당장 협조하지 않는다면, 당신을 죽일 거야. 여기서 당장."

침착한 목소리였지만, 모드의 침착함이 아니었다. 화를 억누르며 짐짓 생색을 내는 듯한 그녀의 말투는, 냉담하고 위협적인 태도를 취하려다가 실패한 사람의 그것처럼 들렸다. 그렇다고 해서 허세라고 단언할 수 있는 것은 아니지만.

“사실대로 얘기하고 있어. 난 의뢰인의 이름을 몰라. 익명의 인물에게 고용됐으니까.”

“그리고 그 익명 뒤의 인물이 누구인지를 알아내지 못했다?”

“그건 내가 의뢰받은 일이 아냐.”

“알았어. 하지만 조사를 시작하기에 앞서 가설 정도는 세워보았겠지. 누가 의뢰인일 거라고 생각해?”

“로라가 실수로 납치되었다고 생각하고 있는 인물. 진짜 표적은 힐게만 병원에 입원 중인 자기 육친이었을지도 모른다는 두려움을 가지고 있는 인물.”

“구체적으로 누구?”

“후보가 될 만한 인물은 결국 발견하지 못했어. 그게 실제로 누구였든 간에, 그 인물은 환자와의 혈연 관계를 감추는 일에 전력을 다했을 거야. 유괴범들이 엉뚱한 환자를 유괴했다고 걱정하는 것은, 자기 육친의 정체를 숨기기 위해 많은 노력을 기울인 사람에게만 해당되는 얘기니까. 그 방면을 조사해 보지는 않았어. 그보다 더 중요한 일들이 있었으니까.”

여자는 잠시 주저했지만, 결국 아무 말도 하지 않았다.

“어떻게 로라를 여기까지 추적해 올 수 있었지?”

나는 화물의 X선 검색과 제약 회사의 기록에 관해 한참을 설명했다.

“그럼 당신 말고 이 사실을 알고 있는 사람은?”

동료가 있다고 거짓말을 해보았자 금세 들통이 날 것이 뻔하다. 위장되고 완벽하게 방호가 된 소프트웨어를 공공 네트워크상에서 돌리고 있으며, 내가 실종될 경우 모든 정보를 뉴홍콩 경찰에게 전달하도록 지시해 놓았다고 할 수도 있었다. 그러나 이것은 별다른 위협이 되지 못한다. 경찰을 납득시킬 수 있을 만큼 확실한 정보를 가지고 있었다면, 나는 이곳으로 불법 침입하는 대신 그것을 가지고 경찰에 갔을 테니까 말이다.

"아무도 없어."

"건물에는 어떻게 들어왔지?"

이 질문의 경우에도, 거짓말을 한다고 해서 득이 될 것은 없었다. 나의 침입 수법에 관해서는 이미 세부적인 것까지 대부분 이어 맞췄을 테니까 말이다. 그들이 이미 알고 있는 것을 확인해 준다면, 내 말의 신빙성도 높아질 것이다.

"우리가 여기서 하고 있는 일에 관해서는 뭘 알고 있지?"

"광고에 나와 있는 것들밖에는. 생물학 분야의 위탁 연구."

"그럼 우리가 왜 로라 앤드루스에게 관심을 가지고 있다고 생각했지?"

"아직 해답을 얻지 못했어."

"하지만 가설은 세웠을 거 아냐."

"이제는 아냐." 설득력 있게 거짓말을 하기 위한 특수 모드—정상인이 자신 있게 진실을 말할 때의 반응과 똑같은 음성 긴장 패턴, 피부 온도, 심장 박동수 등을 제공하는—는 존재하지만, 나는 그런 것을 필요로 하지 않는다. P3 하나만 있으면, 그런 변수들은 손쉽게 변조할 수 있기 때문이다. “사실과 합치하는 가설을 세울 수가 없었어.”

“정말로?”

내가 진실에 관해 얼마나 무지한지를 증명해 줄 터무니없는 가설은 얼마든지 있었다. 나는 지난 여드레에 걸쳐 내 머리를 스쳐 지나갔던 모든 가설들을, 아무리 불완전한 것이라도 빠뜨리지 않고 되풀이해 말했다. 〈X〉사와 선천성 장애 소송과 탈출의 명인 로라에 관한 가설은 제외하고 말이다. 이 사건에 〈나락의 아이들〉이 관련되어 있을지도 모른다는 나의 두려움에 관해서까지 자칫 언급할 뻔했지만, 가까스로 자제했다. 지금 와서 생각해 보니 너무나도 황당무계했고, 명백한 거짓말을 하고 있다는 오해를 받을 것이 뻔했기 때문이다.

마침내 내가 입을 다물자, 여자는 “오케이”라고 말했다. 그러나 이것은 내게 한 말이 아니었다. 나를 연행해 온 사내는 내 머리에서 총을 뗐지만, 나를 의자에서 일으키지는 않았다. 나는 갑자기 앞으로 무슨 일이 일어날지를 깨달았고, 한순간 강렬한 욕구불만에 사로잡혔다. 대부분의 시간은 의식불명 상태였고, 그다음에는 눈이 가려져 있었어. 이런 상태에서 도대체 뭘 알아내라는 거지? 그러자마자 P3가 이런 불모의 감정을 덮어서 껐다. 주삿바늘이 정맥으로 들어오고, 약물이 내 혈류 속으로 흘러 들어왔다. 나는 반항하지 않았다. 반항은 무의미했기에.

눈을 뜨니 침대 위였다. 수갑도 채워지지 않은 채였다. 주위를 둘러본다. 작고 살풍경한 아파트의 방 한 칸이었다. 처음 보는 사내가 무릎 위에 총을 올려놓은 자세로 방구석에 놓인 의자에 앉아, 무표정하게 나를 바라보고 있다. 아래쪽, 15에서 20층 정도 아래에서 거리의 소음이 들려온다. 시각은 1월 6일 7시 47분.

일어나서 화장실로 갔다. 감시인은 나를 막으려고 하지 않았다. 양변기와 샤워실과 세면대가 있다. 가로세로 30센티미터의 열리지 않는 창문이 있다. 창문 유리에 물결무늬가 들어가 있기 때문에 밖의 광경은 확실하게 보이지 않는다. 천장에 달린 환기용 격자창은 창문의 2분의 1 크기다. 나는 오줌을 눈 다음 손과 얼굴을 씻었다. 물을 그대로 틀어놓은 채로 재빨리 방 안을 점검해 보았지만, 다소나마 무기로 되어줄 만한 것은 어디에도 없었다.

아파트는 원룸 형식이고, 구석에 주방이 있다. 전깃줄이 빠지고, 문이 조금 열려 있는 작은 냉장고가 한 대. 카운터식 조리대 위에는 마이크로웨이브 오븐과 붙박이식 전열기. 싱크대 위에는 베니션블라인드가 내려진 창문이 하나 있다. 그쪽으로 가려고 하자 감시인이 말했다. "거긴 아무것도 없어. 아침 식사가 오고 있으니까 기다려." 나는 고개를 끄덕이고는 되돌아갔다. 침대 부근을 왔다 갔다 하면서, 딱딱하게 굳은 근육을 풀었다.

잠시 뒤에 다른 사내가 여러 종류의 패스트푸드로 가득 찬 종이 상자와 커피를 가지고 들어왔다. 나는 침대에 앉아서 그것을 먹었다. 감시인은 함께 먹지 않았고, 내가 말을 걸어도 그냥 무시할 뿐이었다. 그의 눈이 움직이는 것은 오직 나의 움직임을 쫓을 때뿐이었다.

마치 약에 취해 있는 것처럼 보일 때조차 있었지만, 실제로는 빈틈없이 경계를 하고 있다는 사실을 나는 완전히 이해하고 있었다. 나도 그와 비슷한 상태에서 12시간의 잠복근무를 한 적이 여러 번 있었기 때문이다. 모드가 당신으로 하여금 **경계** 태세를 취하게 한다면, 경계 개념에 반하는 다른 일들을 하는 것은 글자 그대로 불가능해진다. 따분함, 산만함, 조급함 따위의 사고 양식으로부터 완전히 절연되는 것이다. 비강화 상태에서 나는 좀비들에 관한 농담을 할지도 모르지만, 강화 상태에 들어가면 모드야말로 신경 테크놀로지의 진정한 성과라는 사실을 의심하지 않는다. 신기하고 특이한 정신 상태를 체험하게 하는 것이 아니라, 정신 상태의 선택지를 의도적으로 제한함으로써, 선택된 행위에 집중하고, 강화된 형태로 행할 수 있게 하는 것이다.

밥을 먹자마자 또다시 약물을 투여받을 것이라고 반쯤 예기하고 있었지만, 그런 일은 일어나지 않았다. 나는 굳이 그 사실을 이용하려고 하지는 않았고, 모범수답게 침대에 누워 천장을 올려다봄으로써 더 이상의 구속 방법이 쓰이는 것을 미연에 방지했다. 승산이 내게 유리하게 작용할 정도로 높아지기 전까지는, 나를 감금한 자들을 조금이라도 귀찮게 할 생각은 없었다.

그러나 그런 기회가 한 번도 오지 않는다면?

내가 탈출하지 못한다면 어떻게 되는 것일까?

여러 측면에서 볼 때 나를 죽이는 것이 가장 간단한 방법일 것이다. 그러나 그것 말고 또 무슨 대안이 있을까? 나를 신문한 여자가 약속한 관대한 조치란(추측을 진행하기 위해서, 일단은 그 말을 믿어보기로 하자) 도대체 무엇일까?

아마 기억 소거일지도 모른다. 그것도 조악한 종류의. 자신들에게 이득이 될지도 모르는 정보를 내게서 뽑아낼 목적으로 뇌의 신경 맵을 작성하는 일에 거금을 쓸 생각이 없다는 〈BDI〉가, 나의 인격에 대한 손상을 최소화하는 데 돈을 투자할 리가 없다. 인간의 대뇌 기억은 쉽게 소거할 수 있는 식으로 진화해 올 이유가 없었기 때문에, 특정 지식을 삭제하고 나머지 것들을 고스란히 남겨놓기 위해서는 엄청난 양의 컴퓨터 작업이 필요하다. 손쉽고도 철저한 방법을 원할 경우, 유일하게 남은 선택은 광범위한 무차별 소거밖에는 없다.

죽거나, 뇌를 소거당하거나, 자유롭거나. 뒤로 갈수록 확률이 줄어든다. 그럼 어떻게 하면 이 확률을 바꿀 수 있을까? 나를 감금한 자들이 누구이고, 또 무엇을 하고 있는지도 모르면서, 어떻게 하면 나를 정상 상태로 살려두기 위한 이유를 찾아내서—혹은 발명해서—그들을 설득할 수 있단 말인가? 게다가 데이터를 수집할 수 있는 수단이 전무한 지금 같은 상황에서, 어떻게 그런 정보를 알아내란 말인가?

나의 머릿속에는 탐사 모기가 찍어 온 스냅숏들이 여전히 남아 있었다. 그것들을 하나씩 다시 검토하면서, 뭔가 결정적인 단서를 빠뜨리지는 않았는지 확인해 본다. 모기가 찍은 워크스테이션의 모든 스크린에는 정보가 가득 차 있었다. 그러나 DNA의 염기 배열이나 단백질의 분자구조 모형, 신경 맵 따위는 내게는 별로 의미가 없었다. 나는 어린아이가 난해하기 그지없는 문장에서 개개의 알파벳을 발음할 수 있다는 의미에서 그것을 '읽을' 수는 있지만, 내가 거기 묘사된 구조들을 단 하나라도 알아볼 가능성은 거의 없었다. 하물며 그것이 어떤 기능을 가지고, 어떤 이유에서 표시되었는지를 추론해 낼 가능성은 전무했다.

다시 식사가 왔다. 감시인이 교대했다. 알고 있는 사실들을 몇 시간 동안이나 머릿속에서 굴려보았지만, 모순된 사항들 속에서 새로운 발견이 구체화되지는 않았다. 탈출 가능성은 여전히 무에 가까웠다. 감시인에게 돌진한다는 것은 자살행위였다. 창문을 뚫고 10여 층 아래로 몸을 던진다고 해도, 살아남을 확률은 앞의 행동에 비해 그리 높지 않았다. 창문에 도달하기도 전에 총을 맞고 쓰러지는 것이 고작일 것이다.

선택 가능성이 점점 줄어들면서, P3는 나를 초연함의 경지로 점점 더 끌고 들어가는 것 같았다. 그것은 내가 더 많은 데이터를 수집하기를 원하지만, 그럴 수 없다는 사실을 알고 있는 것이다. 또 내가 살아남기 위한 적절한 방책을 찾는 데 집중할 것을 원하나, 그런 방책이 없다는 점을 인정하고 있다는 것도 말이다. 목표 모두가 달성이 불가능해지고, 치밀한 최적화 기준 전부가 무의미해졌을 때, P3는 어떻게 행동할까? 기능 정지? 타월을 던진다? 모두 같을 정도로 무익한 선택지 중에서 내가 원하는 것을 고르도록 내버려 둔다?

저녁이 될 무렵, 어제 나를 여자에게 데려가서 신문을 받게 한 사내가 방으로 들어왔다. 그는 침대 위에 수갑을 던졌다.

"그걸 차. 손을 등으로 돌려서."

이번에는 뭔가? 또 신문일까? 나는 일어서서 수갑을 들어 올렸다.

다른 감시인은 내 이마를 향해 총을 겨누고, 총의 자동 추적 장치를 작동시켰다.

"날 어디로 데려가는 거지?"

대답하는 사람은 아무도 없었다. 나는 잠시 주저하다가 수갑을 찼다. 처음 사내가 다가오며 피하주사 캡슐을 꺼낸다. 이제는 익숙해져 버린 절차다.

그렇다. 똑같은 통상적 절차. 두려워할 것은 전혀 없다. **달리 무슨 일을 하란 말인가?** 전에 본 것과 똑같은 푸르스름한 캡슐이지만, 손에 가려 레이블은 보이지 않는다.

"어디로 데려가는지 가르쳐 주지 않을 거야?"

사내는 나를 무시하고 캡슐의 뚜껑을 잡아뺐다. 그는 나를 똑바로 바라보았다. 그러나 모드들이 그의 감정을 완전히 억제하고 있는 탓에 사내의 눈에는 아무런 표정도 떠올라 있지 않았다.

"난 단지…"

사내는 내 목을 두 손가락으로 쥐고 피부를 잡아당겼다. 나는 침착하게 말했다.

"너희들의 보스와 다시 얘기하고 싶어. 한 가지 얘기하지 않았던 사실이 있어. 반드시 설명해야 할 일이."

반응은 없다. 총은 여전히 자동 추적 상태에 놓여 있다. 저항한다면, 나는 확실하게 저세상으로 가게 된다. 바늘이 목 옆으로 들어온다. 기다리는 수밖에 없다.

눈을 뜨고, 천장의 조명이 눈 부셨던 탓에 눈을 깜박였다. 다른 곳으로 옮겨지지도 않았다. 그러나 강화를 해제당한 상태였다. 시간은 1월 7일, 16시 03분이다. 감시인의 의자는 전과 같은 장소에 놓여 있지만 비어 있다.

한동안 꼼짝도 않고 누워 있었다. 마비되고 혼란된 기분이다. 일어나려고 했을 때, 몸이 생각보다 많이 약해져 있다는 사실을 깨달았다. 침대 가장자리에 앉아 무릎 위에 머리를 파묻고 머릿속을 맑게 해 보려고 노력했다.

숨이 막힐 정도의 폐색감이 전신을 꿰뚫고 지나갔다. **나는 순종적인 로봇처럼 받아들이며 죽었을 수도 있어.** 가장 끔찍한 것은 바로 그 점이었다. 희망이 사라지고, 가능성이 하나씩 줄어들 때마다 나는 그 사실을 침착하게 받아들였을 것이다. **놈들이 명령했다면, 나의 무덤까지도 팠을 것이다.**

그러나 그들은 그런 명령을 내리지는 않았다. 그러면 왜 나는 아직도 살아 있는 걸까? 무슨 이유에서 내게 진정제를 투여했단 말인가? 만약 그들이 내 기억을 조작해 놓았다면, 아무런 흔적도 남기지 않고 그랬던 것임이 틀림없다. 그러나 기억 조작은 단 하루 만에 할 수 있는 종류의 일이 아니다. (아니, 실은 1년에 걸친 작업이었는지도 모르고, 그렇지 않다고 나를 설득하려고 하는 기억들은 모두 가짜일지도 모른다.)

문이 열리자 나는 고개를 들었다. 어제 내게 피하주사를 썼던 감시인이 들어온다. 무장하고 있지만, 총은 권총집에 들어 있었다. 마치 지금 내가 어떤 상태에 있는지를 알고 있기라도 한 듯이. **혹시 놈들은 나의 강화 모드들을 녹여버린 것인지도 모른다. P3**에게 문의해 보고,

아직도 **P3**가 존재하고 있다는 사실을 확인했다. **P3**를 가동하려고 했다가 가까스로 참았다.

사내는 내게 무엇인가를 던졌다. 나는 그것을 잡으려고 하지도 않았다. 그것은 내 발치에 떨어졌다. 자기식 열쇠였다.

"그건 현관문 열쇠야."

사내가 말했다. 나는 그를 빤히 쳐다보았다. 사내는 거의 곤혹스러운 듯한 표정을 짓고 있었다. 어제 이 사내가 어떤 강화 모드들을 쓰고 있었든 간에, 지금은 꺼놓은 듯하다. 그는 방구석에 있던 의자를 들고 와서 침대 주변에 내려놓고, 나를 마주 보며 앉았다.

"마음을 가라앉혀. 알겠어? 내 이름은 황 칭이야. 당신에게 할 얘기가 있어."

"뭐를?"

나는 이미 그 대답을 알고 있다는 생각이 들기 시작했다. 강화 모드를 쓸까 하는 생각이 또다시 떠올랐다. 충격을 완화하고, 공황 상태에 빠지지 않도록 말이다. 그러나 아마 그럴 필요는 없을 것 같다는 생각이 떠올랐다.

그는 지친 듯한 말투로 말했다.

"당신은 스카우트됐어. 〈앙상블Ensemble〉에 의해."

"〈앙상블〉."

이 단어는 내 머릿속에서 마구 춤을 추고 돌아다니며, 여기저기서 단추를 누르고 스위치를 넣었다. 한순간, 내 머릿속에 있는 이 반짝이는 신품 기계가 뚜렷하게 보였다. 완벽한 윤곽을 가지고 있고, 독립적이며, 이해 가능한. 이것은 망상이며, 부작용, 혹은 오작동일 수도 있지만 말이다. 어쨌든 간에, 다음 순간 이 통찰(혹은 환상)은 사라졌고, 나는 더 이상 나에게 어떤 일이 일어났는지 세세한 점까지 빠뜨리지 않고 설명할 수가 없게 되었다. 내성만으로는 어떤 뉴런들이 나의 창자를 움직이고 내 심장을 뛰게 하는지를 알 수 없는 것과 같은 이치다.

"기분은 괜찮나?"

"괜찮아." 그리고 내 말은 사실이다. 내 기분은 괜찮았다. 일종의 추상적인 공포와 거의 의무감에 가까운 분노를 희미하게 느끼는 것은 사실이지만, 마침내 나의 운명을 깨닫고, 그 의미를 이해했다는 순수한 안도감이 이런 느낌을 압도하고 있었다.

그들이 말한 **관대한 조치**란 바로 이것이었다. 나는 살아 있다. 내 기억도 멀쩡하게 남아 있다. 나는 아무것도 빼앗기지 않았다. 그 대신에 무엇인가가 추가되었다.

〈앙상블〉이 도대체 무엇인지는 짐작도 할 수 없었다. 단지 그것이 내 인생에서 그 무엇보다도 중요한 존재라는 사실을 제외하고는.

제2부

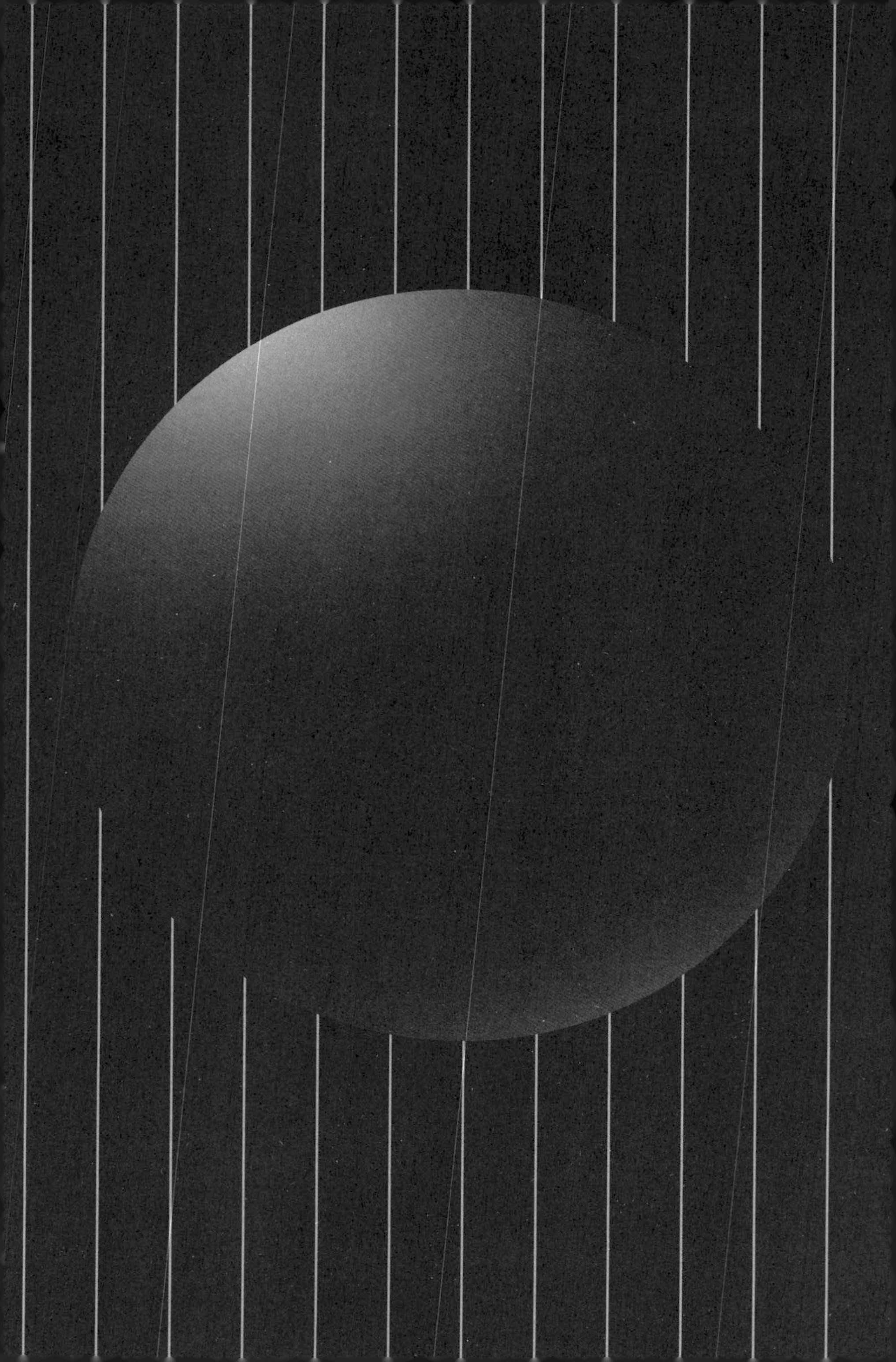

5

황이 돌아간 후 나는 몇 분 동안 아파트 안을 돌아다니며 사야 할 물건의 목록을 머릿속에서 정리했다. 〈BDI〉에 침입했을 당시 입고 있던 옷들은 폐기되고 없었지만, 지갑은 멀쩡하게 되돌아왔던 것이다. 그제야 르네상스 호텔의 내 방에 옷가지들이 아직도 남아 있다는 생각이 머리에 떠올랐다. 내가 아직도 숙박객으로 등록되어 있다는 사실도. 나는 현관 열쇠를 호주머니에 집어넣은 다음 아래로 내려갔고, 도로 표지를 보고 현재 위치가 어딘지를 알아냈다. 호텔은 여기서 남쪽으로 기껏해야 몇 킬로미터밖에는 떨어져 있지 않았기 때문에, 걸어서 가기로 했다.

만약 오래된 가치판단 기준에 여전히 구애받고 있다면, 지금쯤 나는 어떤 행동에 나섰을까 하는 생각을 안 하려야 안 할 수가 없었다. 그리고 새로 생긴 모드는 이런 고찰을 전혀 검열하려 들지 않았다. 오만 가지 생각이 떠오르며 마음속을 헤집고 다닌다. 영웅적인 의지력으로 이 모드를 일시적으로라도 '제압'하고 그사이에 신경 배선 기술자에게 달려가서 다시 자유를 얻는다는 식의 우스꽝스러운 공상이. 예전의 내가 이런 일들을 '원했을 것'이라는 점에는 의문의 여지가 없지만, 현재의 내가 그것을 원하지 않는다는 사실 또한 그에 못지않게 확신하고 있다. 좀 짜증 나는 모순이기는 하지만, 전혀 낯선 상황도 아니었다. 내가 포기해 버린 목표들이 끈질기게 내 양심을 건드리지만, 우려할 만한 수준은 아니다.

찌는 듯이 무더운 데다가, 거리는 통행인들로 가득 차 있었다. 나는 일종의 기계적인 끈기를 발휘해서 토요일 밤의 인파를 누비며 나아갔다. 젊은이들의 집단 한복판을 지난다. 60여 명을 넘는 이들 10대들 모두가 컬트 비디오 스타를 본떠 성형한 그리고 조소하는 듯한 얼굴을 가지고 있었고, 이들의 몸에 새겨진 발광 문신은 동일한 사이키델릭 패턴을 따라 똑같은 순간에 반짝거리는 일을 되풀이한다. 이들은 문제를 일으키려는 것이 아니라, 단지 주목받고 싶어 할 뿐이라고 **데자뷔**가 설명했다.

호텔에 도착했지만 그곳에서 꾸물댈 이유는 없었다. 나는 재빨리 짐을 싸서 체크아웃했다. 공항을 우회해서 먼 길로 돌아왔지만, 정확히 왜 그랬는지는 나도 잘 모르겠다. 부분적으로는 내가 추적당하거나 미행받고 있지는 않는지, 또 〈BDI〉가 나를 얼마나 신뢰하고 있는지 궁금했기 때문이다. 여객 터미널로 가서 비행기표를 사고, 누군가가 그것을 막으려하지는 않는지 확인해 볼까 하는 생각도 들었지만, 어린애 같은 짓이라는 생각이 들었기 때문에 그만두었다.

환청이 들리거나 환영이 보일 것을 거지반 기대하고 있었지만, 나는 그런 조잡한 테크닉이 이미 과거의 것이라는 사실을 잘 알고 있다. '충성 모드'는 머릿속에서 선전 문구를 속삭이지는 않는다. 헌신의 대상에 해당하는 것의 영상을 끊임없이 보여주며 뇌의 쾌락중추를 자극하거나, 올바른 사고에서 벗어나자마자 고통과 구토감을 불러일으켜서 정상적인 활동을 불가능하게 하는 일도 없었다. 지고한 황홀감이나 광신적인 열광으로 마음을 흐리게 하지도 않았다. 결함을 품고 있긴 하지만 우아한 궤변으로 교묘하게 속이려 들지도 않았다. 세뇌도, 조건화도, 설득도 없었다. 충성 모드는 변화의 주체가 아니라 그 최종 결과이며, 기정사실이다. 신념의 원인이 아니라, 신념 그 자체인 것이다. 육화肉化한 신념… 아니, 육체 상태가 신념화한 것이라고 해야 옳다.

게다가 이 모드와 관련이 있는 뇌의 뉴런들은 이미 '배선'이 끝난 상태이며, 따라서 물리적 변경은 불가능하다. 신념이 흔들리는 일은 결코 없다.

이런 것들을 모두 알고 있다는 사실이 나의 입장을 한층 더 기괴하게 만들고 있는지, 아니면 그 역인지는 알 수 없다. 충성 모드는 모드 자체의 효과에 관해 내가 고찰하는 것을 굳이 막으려 들지 않는다. 내게 어떤 일이 일어났는지를 정확하게 이해하는 편이, 충성심의 원인에 대해 의구심을 느끼고, 감정적 갈등을 겪는 것보다 차라리 낫다는 판단 때문인지도 모르겠다. 사실, 내가 〈앙상블〉에 대해 왜 이런 감정을 품고 있는지를 모른다면, 억지로라도 그 이유를 알아내려고 하다가 머리가 돌아버렸을 것이다. 자신의 존재 자체를 숨기고, 나에게 무슨 일이 일어났는지 의아해하는 행위조차도 원천 봉쇄하는 식으로 충성 모드를 설계할 수도 있었을 것이라는 데는 의심의 여지가 없다. 그러나 사용자의 마음을 백치에 가까운 상태로 깎아버리지 않는 한, 이런 종류의 검열을 아무런 이음매도 남기지 않고 완벽하게 달성하는 것은 어렵다. 그러는 대신, 나의 이성과 기억은 (내가 판단하는 범위에서는) 고스란히 남겨졌고, 이 상황과 타협할 나만의 방법을 찾아보는 것도 얼마든지 가능했다.

황의 설명에 의하면 〈앙상블〉은 국제적인 연구기관들의 연합체이고, 〈BDI〉는 그 연합체의 수장 격인 조직이다. 그들이 현재 수행하고 있는 연구는 획기적인 것이었고, 나는 이 연구를 확실하게 존속시키기 위한 노력에 미력하나마 일조할 것이다. 나는 여전히 가벼운 쇼크로 인해 마음이 마비된 상태였지만, 이런 느낌이 점점 사라지자 내가 이 일에 대해 얼마나 흥분하고 고무되어 있는지를 깨달았다. 나에게 〈앙상블〉은 중요한 존재다. 설령 이런 생각이 나의 뇌의 일부를 나노머신들이 재배선한 결과이며, 좀 더 전통적인 동기에 의한 것이 아니라고 해도, 이 신념의 진실성이 줄어드는 것은 아니다.

물론 인간의 뇌를 본인 의사에 반하는 형태로 건드리는 것이 일반적으로 말해서 가증스러운 행위임은 틀림없다. 그러나 〈앙상블〉의 보안만큼이나 중차대한 문제를 위해서라면, 이런 일은 완전히 정당화될 수 있다. 물론 24시간 전의 내가 〈BDI〉를 적으로 간주하고 있었다는 것은 사실이지만, 그것이 내 정체성의 초석을 이루고 있었던 것은 아니지 않은가? 나는 예전의 나와 하등 다르지 않은 인물이다.

단지 새로운 직업을 얻고, 새로운 충성의 대상을 찾았을 뿐이다.

내친김에 기분 전환을 겸해서 작은 식당으로 들어가서 밥을 먹었다. 무의미하게 내가 놓인 상황을 분석하는 일을 그만두자 점점 더 기분이 나아지기 시작했다. **이제 나는 〈앙상블〉에서 일하게 된 거야! 이것보다 멋진 일이 또 어디 있단 말인가?** 결국 이것은 올바른 태도를 취한 나에게 충성 모드가 보수를 주는 식의 조건화에 불과할지도 모르지만, 나 자신은 그렇게 생각하지 않는다. 자기가 왜 행복한지 줄기차게 분석하는 행위에 염증을 느낀다면 인지상정이라고 해야 할 것이다.

아파트로 돌아온 것은 자정 무렵이었다. **캐런**이 말한다. "말해봐. 당신 사랑에 빠진 거야? 아니면 새로운 종교라도 믿기 시작했어?"

그녀를 쫓아 보냈다.

그러나 어둠 속에서 자리에 누운 뒤에는, 이 모든 일에 관해 다시 한번 곰곰이 생각해 보지 않을 수가 없었다.

충성 모드는 가증스러운 물건이다. 그러나 〈앙상블〉이 중요한 연구에 전념하기 위해서는, 스스로를 지킬 필요가 있고, 그것이야말로 내가 원하는 바다.

하지만 〈앙상블〉이 지금 하고 있는 것이 무엇인지도 모르면서, 왜 그들의 연구가 중요하다고 생각하는 것일까? 물론 충성 모드 탓이다.

나의 감정이 물리적으로 강요받은 것이라고 해서, 그 현실성이 줄어드는 것은 아니다. 나의 일부는 이 사실이 역설적이라고 느끼고, 다른 일부는 자명한 이치라고 생각하고 있다. 미쳐버릴 때까지(혹은 완전히 일상적인 진리로서 받아들일 때까지) 이 모순에 관해 숙고해 보는 것은 가능하다. 그러나 모순 자체를 바꿀 방법은 없다.

그리고 나는 내가 발광할 것이라고는 생각하지 않는다. 나는 지금까지 **P3**의 존재를 받아들였고, **캐런**과도 함께 살아왔다. 모드를 강요받은 적은 한 번도 없었지만, 그 원리는 마찬가지다. 마음속 깊숙한 곳에서 나는 나의 감정, 욕망, 가치관 따위야말로 가장 해부학적인 것이라는 사실을 이미 오래전에 받아들이고 있었음이 틀림없다. 신경 레벨에서는 아무런 역설도, 모순도, 문제도 존재하지 않는다. 내 머릿속의 고깃덩어리가 재배열된 것에 지나지 않는 것이다. 그것만으로도 모든 것을 설명할 수 있다.

그렇다면 욕구와 가치관의 세계에서는? 나는 〈앙상블〉에 충성을 다할 것을 원하고 있다. 일찍이 경험한 적도 없을 정도로 열렬하게. 따라서 앞으로 내가 해야 할 일이 있다면, 이 욕구를 나의 정체성과 조화시키는 일뿐이다.

아침이 되자 내가 신변을 정리하는 것을 돕기 위해 황이 돌아왔다. 〈BDI〉가 나의 보증인이 된 지금, 이민 수속을 밟는 데는 아무 문제도 없었다. 나는 이사 업자들에게 의뢰해서 퍼스에 있는 내 아파트의 가구와 소유품들을 포장해서 이곳으로 보내도록 조치했다. 내 은행 계좌의 국적과 비디오폰 번호의 지리적 1차 주소를 변경하는 데는 단 몇 초밖에는 걸리지 않았다.

내게 로라를 찾아달라고 했던 의뢰인은 2주 단위의 중간보고를 받기 위해 12일에 연락해 올 예정이었다. 나는 건강상의 이유로 이 사건의 조사를 포기해야 하기 때문에 계약금을 돌려주고 싶으니 계좌번호를 가르쳐 달라는 내용의 메시지를 **야간 교환수**에 넣어두었다. 이 메시지는 내가 처음 의뢰를 받았을 때 수령한 비밀번호에 의해(모드는 이 번호를 알지만, 나는 모른다) 자동적으로 재생되도록 해놓았다.

옛 인생과 지금의 나를 잇는 연결 고리를 하나씩 정리해 가면서, 나를 스카우트한 것이 나를 죽이는 것에 비하면 얼마나 더 합리적인 선택이었는지를 점점 더 뚜렷하게 깨달았다. 이렇게 하면 처리해야 할 시체도 생기지 않고, 증거가 될 만한 데이터의 흔적을 지우지 않아도 되고, 경찰의 수사를 일부러 혼란시킬 필요도 없어지는 것이다. 유일하게 위장 공작을 필요로 하는 부분이 있다면, 몇 가지 사소한 거짓말을 해야 한다는 점이다. 그리고 피해자 본인이 이 거짓말에 성심성의껏 협력할 경우, 이보다 더 완벽한 범죄가 어디 있단 말인가?

오후가 되자 황이 〈BDI〉 내부를 안내해 주었다.

직원은 100명 정도였고, 이들 대다수가 과학자나 기술자였지만, 회사 조직에 관해서는 극히 부분적인 설명을 들었을 뿐이었다. 천 야핑(나를 신문한 여자)은 보안 주임이었지만, 관리와 연구 업무에도 관여하고 있었다. 그녀의 공식 직함은 업무지원부장이다. 그녀는 또다시 내게 질문을 했고(이번에는 머리에 총을 들이대지 않고) 내 대답이 실질적으로 옛날에 한 것과 거의 다르지 않다는 사실에 실망한 기색을 보였다. 지난번에 내가 숨겼던 유일한 일이라면, 유괴 동기에 관한 나 자신의 생각 정도였기 때문이다. 그때 언급하지 않았던 두 개의 가설을 털어놓았을 때도, 천은 내 가설이 얼마나 진상에 접근해 있는지에 대해 아무런 내색도 하지 않았다. 나는 실망감을 억눌렀다. 〈앙상블〉은 내 인생의 전부였고, 나는 그들에 관해서 모든 것을 알고 싶다. 그러나 충성 모드가 있든 없든, 나는 그들의 신뢰를 내 스스로의 힘으로 쟁취해야 한다.

질문이 끝난 뒤에 천은 〈BDI〉의 보안 시스템을 데이터 카멜레온의 침입으로부터 완벽하게 방어할 수 있다고 주장하는 최첨단 업그레이드에 관한 요란스러운 자료 책자를 내게 보여주었다. 나는 가급적 공손한 어조로, 그런 고가의 개량에 돈을 써보았자 이번 달 말에 최신형 카멜레온들이 발매되면 아무 쓸모도 없게 된다는 사실을 그녀에게 알렸다. 카멜레온 제조업자들의 고객 목록에 그녀의 이름을 직접 올려서 광고를 받아보게 할 수는 없지만(업자들은 고객의 신원을 극히 엄격하게 심사한다) 지금부터 받는 새로운 정보들을 모두 넘겨주겠다고 약속했다.

보안 요원은 네 사람뿐이었고, 이들 모두 이미 구면이었다. 황 칭, 리 소룽(지하실에서 내게 약을 주사한 여자)과 양 웬리, 그리고 류 화(내 아파트에서 나를 감시했던 사내)다. 현장 지휘를 맡고 있는 최선임 직원인 리가 내 임무를 정식으로 설명해 주었다. 〈BDI〉에서는 하루 24시간, 1주에 이레 동안 언제나 두 사람의 보안 요원이 당직을 선다. 내가 합류해서 요원 수가 다섯 명으로 늘어난 지금, 각자의 당직 시간은 9시간 36분으로 줄어들었다. 내 당직 시간은 19시 12분에서 04시 48분까지고, 오늘 밤부터 근무를 시작하게 된다.

이른 저녁 시간에 유럽 여행 중인 아버지와 어머니에게 전화를 걸었다. 포츠담에 체류 중인 그들과 연락이 닿았다. 내가 마침내 안정된 직장에 취직했다는 것을 알고 두 사람 모두 안도하는 눈치였다. 북부로 이주한다는 결정에 관해서는… 나쁜 생각이 아니지 않은가? "뉴홍콩에서는 성공할 기회가 얼마든지 주어진다고 하지 않든?" 어머니가 건성으로 말했다. 그들 말에 따르면 독일의 정세는 점점 더 불온해지고 있다고 한다. 작센 독립 전선에 의한 열차 폭파 테러가 또 있었다.

황은 자정까지 나와 함께 근무했다. 당직을 서는 동안 나는 강화 모드를 사용했다. 동료들은 네 사람 모두 **보초**를 가지고 있었고, 이것은 기본적으로 **P3**의 민수용 버전에 해당한다. (더 이상 캐묻지는 않았다. 나 말고 또 누가 충성 모드를 가지고 있는지에 관해서 흥미가 있었지만, 그것에 관해 질문한다는 것은 무신경한 일이라고 느꼈기 때문이다.) 사옥 내부와 부지를 부정기적으로 순찰하는 일을 제외하면(황의 말에 따르면, 내가 침입한 이래 경비가 더 강화되었다고 한다) 우리가 할 일은 별로 없었다. 감시 카메라들이 보내오는 영상들조차도 소프트웨어가 점검하기 때문이다. 우리의 존재가 불필요한 것은 결코 아니지만(컴퓨터만으로는 그날 밤 내가 로라를 데리고 도망치는 것을 막을 수는 없었을 것이다) 경우에 따라서는 불가결한 존재가 될지도 모른다는 상황은 다망함과는 거리가 멀다. 순찰을 돌고 있지 않을 때 우리는 카드놀이나 체스를 하며 시간을 때웠다. 모드 덕택에 가만히 있어도 따분함은 전혀 느끼지 않는다. 그러나 황은 나보다 열다섯 살이나 아래이면서도 고풍스러운 생각을 가지고 있었다. "사람은 뭔가를 하고 있을 때 주의력이 더 높아지는 법이지. 게다가 인생의 반을 뭐에 홀린 듯이 감시하면서 지낸다는 것은 수명이 반으로 줄어드는 것과 마찬가지야."

야근을 하는 직원들도 있었지만, 그들과는 거의 접촉이 없었다. 내 추측에서 옳았던 것이 한 가지 있다. 로라의 방은 보안 시스템과는 별도의 감시를 받고 있고, 그녀를 연구하는 팀은 24시간 동안 근무하고 있었던 것이다. 컴퓨터 장비로 가득 찬 이들의 연구실은 한 층의 반을 차지하고 있었다. 몇몇 직원들은 이곳을 순회 중인 황을 보고 아는 척했지만, 대다수는 우리의 존재를 무시했다. 나는 워크스테이션 화면을 흘낏 보았다. 신경 맵이 떠올라 있는 것이 있는가 하면, 수식으로 가득 찬 것도 있었다. 그중 하나에 지하에 위치한 방의 도해圖解가 떠올랐다. 사용자가 다른 일을 시작하기 전에 흘끗 보였을 뿐이지만, 탐사 모기가 만약 저런 광경을 포착했더라면, 일이 어떤 식으로 풀렸을까 하는 생각이 머리에 떠올랐다. 그러나 이런 생각을 해보았자 무의미하다.

자정이 되자 리가 황과 교대했다. 그녀는 황에 비하면 과묵한 편이고, **P3**는 이런 상황에 맞춰 나의 경계 태세를 한층 더 강화했다. 시간이 경과하는 감각이 무뎌지는 것은 아니다. 단지 그것으로부터 아무런 영향을 받지 않을 뿐이다. 양이 나와 교대하려고 왔을 때도 나는 놀라거나 안도하지는 않았다. 아무런 감흥도 느끼지 않았다는 뜻이다.

지하철역으로 가는 도중에 강화를 해제했다. **P3**의 구속이 풀리면서 순간적인 혼란이 왔다. 잠시 멈춰 서서 주위를 둘러본다. 인적이 없는 구불구불한 골목길. 콘크리트제의 낮고 넓은 연구 시설과 공장들. 새벽이 오기 직전의 잿빛 하늘. 공기가 차갑고 달다. 어느새 나는 환희에 몸을 떨고 있었다.

예상했던 대로 의뢰인은 12일에 연락을 취해 왔지만 아무런 응답 메시지도 남기지 않았다. 아마 계좌 이체를 추적당해서 정체가 밝혀질 가능성을 병적으로 두려워하고 있는 것인지도 모른다. 그럴 위험은 내 계좌에 계약금을 입금했을 때보다 아주 조금 높을 뿐이라고 해도 말이다.

가구가 도착했다. 법적인 거주 자격도 승인받았다. 자유 시간에 나는 도시를 탐험하기 시작했다. **데자뷔**의 지도에 안내를 맡겼지만, 관광객용의 설명 기능은 꺼놓았다. 사원이나 박물관 구경에는 관심이 없었다. 나는 아무 방향이나 골라 걷기 시작했고, 아파트 단지, 회사가 입주한 고층 건물들, 백화점, 벼룩시장 따위를 지나쳤다. 무더위와 인파는 여전히 숨이 막히는 듯했고, 몬순성 폭우는 언제나 내 허를 찌르는 경향이 있었다. 그러나 이제는 날씨에 대해 욕설을 내뱉을 때도, 단순히 새 풍토에 순응하지 못해서가 아니라, 오히려 익숙해졌기 때문이라는 느낌을 받는다.

황 칭은 내 아파트에서 서쪽으로 2킬로미터쯤 떨어진 연립주택에서 음향 기사 겸 뮤지션인 여자 친구 추 테오와 함께 살고 있었다. 그들은 어느날 아침 나를 집으로 초대했고, 우리는 추의 최신 ROM을 들었다. 낯설고 기묘한 불규칙한 리듬과 느닷없이 급상승하는 음계와 규칙적으로 끼어드는 침묵으로 가득 찬, 최면적인 아름다움을 가진 곡이었다. 추는 캄보디아의 전통음악에서 영감을 얻었다고 했다.

두 사람 모두 난민 자격으로 뉴홍콩에 왔지만, 옛 홍콩 출신은 아니었다. 황은 타이완에서 태어났다. 그의 가족 대다수가 국민당 정부의 공무원이었다. 타이완이 침략당한 지 11년이 지난 뒤에도 그들은 여전히 대부분의 직장에 취직하는 것을 금지당하고 있었다. 가족과 함께 남쪽으로 도망쳐 왔을 때 황은 다섯 살이었다. 그들이 탄 배는 해적의 습격을 받았고, 몇 사람이 살해당하는 사태가 벌어졌다.

"우린 운이 좋았어." 황이 말했다. "놈들은 항해 장비를 훔치고 엔진을 부쉈지만, 식수까지 전부 찾아내지는 못했거든. 며칠 후 우리는 민다나오섬 부근에서 초계정과 마주쳤고, 그들은 수리를 위해 우리를 항구까지 예항해 갔어. 그 당시 필리핀은 반중 정책을 취하고 있었기 때문에 우리는 영웅 대접을 받았지."

추는 싱가포르 출신이었다. 언론인인 그녀의 어머니는 8년 동안이나 싱가포르의 감옥에 수감 중이었다. 어머니가 투옥당한 정확한 이유를 추에게 말해준 사람은 아무도 없었다. 어머니가 체포당했을 당시 추는 서울에서 대학에 다니고 있었고, 그 이래 싱가포르 입국을 줄곧 거부당했다. 추에게는 아버지가 없었다. 단성 생식에 의해 태어났기 때문이다. 그녀는 어머니의 법정 투쟁 비용을 대기 위해 고향의 조부모들에게 돈을 부치지만, 싱가포르 법정은 18개월마다 시계처럼 꼬박꼬박 구금 명령을 갱신했다.

추는 ⟨BDI⟩가 유괴에 관여되어 있다는 사실을 모르는 듯했기 때문에 나는 내가 뉴홍콩으로 오게 된 경위가 화제에 올랐을 때는 대답에 신중을 기했다. 6년 동안 교도관 노릇을 하다가, 교도소가 갱생 기업에 인수되면서 정리 해고당했다는 그럴싸한 거짓말을 내가 늘어놓는 동안, 황은 고개를 숙이고 방바닥의 융단을 내려다보고 있었다. **보초**를 쓰고 있지 않을 때의 황은 내가 곁에 있으면 거북한 기색을 보이는 일이 자주 있다. 그의 이런 태도를 이해하기는 어렵지 않았다. 그가 충성 모드를 가지고 있지 않다는 사실을 이제 나는 거의 확신하고 있었다. ⟨앙상블⟩에 대한 나의 헌신적 태도가 어디서 오는지는 알고 있지만, 나와 같은 방식으로 그것이 얼마나 올바른 것인지를 알 수는 없는 황이, 나의 태도에서 조금이라도 불안감을 느끼지 않는다면 오히려 더 이상할 것이다. 또 나는 그가 나와 친해지라는 지시를 받았다는 심증이 있었기 때문에, 그의 입장에서는 한층 더 마음이 무거울 것이다.

그 이후 몇 주가 지나면서, 나의 새로운 인생은 점점 덜 특별하게 느껴지기 시작했다. 로라 본인과 ⟨앙상블⟩의 목적 전반에 대한 호기심은 사라지지 않지만, 내가 그런 것들에 대해 전혀 모르고 있는 편이 ⟨앙상블⟩의 최대 이익에 부합된다는 사실을 일단 받아들이는 수밖에 없었다. 그럼에도 불구하고, 나는 하루에 9시간 반을 좀비 야경꾼으로 보내는 일보다 더 큰 공헌을 하고 싶다는 생각을 하곤 했다. 나는 ⟨BDI⟩를 무엇으로부터 지켜야 하는지도 모른다. 지구상에서 본격적으로 로라를 찾고 있던 사람이 나 말고 또 누가 있단 말인가? 설령 나의 옛 의뢰인이 다른 탐정을 새로 고용했다고 해도, 나의 후계자가 나만큼 운이 좋을 가능성은 전무했다. 약품을 구입한 흔적은 소거되었다. 그러므로 **도대체 우리의 적은 누구인가?**

나는 이른 시기에 **캐런**을 불러내지 않는 법을 배웠다. 그녀의 신랄한 논평을 듣고 있으면 화가 나고 혼란을 느끼기 때문이다. 그녀를 제어해서 나와 함께 행복하게 새로운 삶을 사는 광경을 머리에 떠올리려고 했지만, 내 기억을 뒤트는 데는 한계가 있었다. 나의 현재 상태에 찬성하는 그녀의 모습을 상상하는 것은 글자 그대로 불가능했기 때문이다. 그러나 모드를 쓰지 않아도 그녀 꿈을 꾸곤 한다. 이단적인 악몽에서 깨어나면, 나를 통렬하게 비난하는 그녀의 목소리가, 비록 그 내용은 생각나지 않더라도, 머릿속을 온통 뒤흔들어 놓는 것이다. 나는 그녀가 내 꿈에 나타나지 않게 하라고 **보스**에게 지시했다. 그녀 없이 살아가는 것은 힘들었지만, 〈앙상블〉이 힘이 돼주었다.

때때로 무덥고 시끄러운 아침 시간에 억지로 잠을 선택하려고 할 때, 내 존재의 핵심에 가로놓인 모순이 의식의 표면에 떠오르며, 나는 또다시 그 모순을 마주한다. 이 모순은 결코 사라지는 법도, 바뀌는 법도 없다. 나는 내가 처한 운명에 대해 소름 끼치는 공포를 느껴야 **마땅하다는** 사실을 평소와 다름없이 명확하게 인식하지만, 실제로는 그런 것을 느끼지 않는다고밖에는 할 수 없다. 구속된 느낌도, 강간당한 듯한 느낌도 없다. 나의 이런 만족감이 기괴하고, 불합리하며, 앞뒤가 맞지 않는다는 사실은 이해하고 있다. 그러나 과거에 내가 느낀 행복이 거창한 논리적 근거나, 주의 깊게 공식화된 철학에 입각해 있었던 것은 결코 아니지 않은가?

의기소침하고, 고독해지고, 당혹감을 느낄 때는 있다. 충성 모드는 나를 황홀경으로 이끌어 주지는 않는다. 그것이 나의 감정에 직접적으로 간섭하는 일은 결코 없기 때문이다. 그 대신 나는 음악에 귀를 기울이고, 홀로비전을 시청한다. 이런 종류의 마취제라면 얼마든지 있었다.

그러나 감미롭기 그지없는 음악이 스러지고, 주의를 사로잡는 흥미진진한 영상이 사라진 뒤에는, 결국은 나 자신의 내면을 들여다보고, 나는 무엇을 위해 살고 있는가 하고 자문하는 것을 피할 수는 없다. 그리고 예전과는 달리, 해답은 존재했다.

나는 〈앙상블〉을 위해 봉사하고 있다.

6

천 야핑이 여섯 달 만에 처음으로 나를 자기 사무실로 불러냈을 때는 신경을 곤두세우지 않을 수가 없었다. 나는 평소 일과에 완전히 푹 빠져 있다시피 했기 때문에 익숙한 지하철 노선을 따라 익숙하지 않은 시간에 이동하는 것만으로도 불안감을 느낀다. 혹시 〈앙상블〉을 위한 임무를 수행하면서 잘못한 일은 없었는지 내 양심에 자문해 보았고, 그런 일이 너무나도 많다는 사실을 깨닫고 아연실색했다. 이렇게도 오랜 기간 동안 아무런 처벌도 받지 않고 지내왔다는 것이 믿어지지 않을 정도였다. 그렇다면 나를 기다리고 있는 것은 무엇일까? 질책? 강등? 설마 해고?

그녀는 짤막하게 말했다.

"새로운 임무를 맡아야 해. 다른 장소에서. 지원자 한 사람을 호위하는 일이야."

지원자? 한순간 이것이 로라처럼 납치당한 뇌 손상 환자를 의미하는 일종의 완곡한 표현이 아닌가 하는 생각이 떠올랐다. 그러자 천은 대학 졸업식장에서 찍은 청 포콰이의 사진을 내게 보여주었다. 그녀의 경우 지원자라는 단어가 전혀 다른 의미를 가진다는 점은 명백했다.

"당신은 'ASR', 〈어드밴스드 시스템즈 리서치〉라는 곳에서 근무하게 될 거야. 그곳에서 일하는 사람들 모두가 우리 쪽 사정을 알고 있는 것은 아니지만, 거기엔 그럴 만한 이유가 있어. 프로젝트 자체가… 분할되어 있는 편이 〈앙상블〉 전체의 이익에 합치되기 때문이지. 따라서 당신은 어떤 상황에서도 〈BDI〉나, 〈BDI〉에서 일하며 알게 된 일들을 〈ASR〉의 직원에게 언급하면 안 돼. 또 〈ASR〉에서 하는 일에 관해서 〈BDI〉의 직원과 얘기를 나눠도 안 되고. 나를 제외하곤 말이야. 알겠어?"

"알겠습니다."

그제야 나는 이것이 처벌도, 단순한 수평 이동도 아니라는 사실을 깨닫고 거의 현기증에 가까운 기쁨을 맛보았다. 이 일은 내가 신뢰받고 있다는 사실을 의미한다. 승진한 것이다.

하지만 왜 나를? 왜 리 소룽에게 이 일을 시키지 않는 걸까? 황 칭이라는 선택도 있지 않은가?

물론 충성 모드 때문이다. 나는 부족한 것이 많은 인간이지만… 충성 모드가 그런 결점들을 보완해 주고 있다고나 할까?

"달리 질문하고 싶은 것이 있어?"

"정확히 무엇으로부터 미즈 청을 지켜야 합니까?"

첸은 잠시 주저하다가, 메마른 어조로 말했다.

"우발적인 사태로부터."

나는 〈BDI〉에서 퇴직했다. 천은 내게 열정적인 추천장과 보안 직종을 전문으로 하는 직업소개소 몇 군데를 소개해 주었다. 그들이 가지고 있던 파일에는 우연히도 내 조건에 딱 들어맞는 것이 한 건 있었다. 그들은 비디오폰으로 나를 인터뷰했고, 나는 내 추천장과 이력서를 업로드했다. 48시간 후 나는 새로운 일자리를 얻었다.

〈어드밴스드 시스템즈 리서치〉는 칠흑처럼 검은 고층 건물 전체를 차지하고 있었다. 부스러진 목탄 같은 느낌을 주는 건물 표면은 두께 5미터까지 극세한 은빛 거미줄로 에워싸여 있었다. 이것은 눈에 보이지는 않지만, 연마된 은사가 햇빛을 반사하는 부분에서 눈 부신 광점들이 반짝인다. 처음에는 이런 거창한 장식이 외부인들의 눈을 너무 끌지는 않을까 걱정이 되었지만, 곧 이것이 터무니없는 착각이라는 사실을 깨달았다. 도시의 이 구획에서는, 적어도 이만큼 화려하지 않다면 오히려 눈에 띌 것이 뻔하기 때문이다. 그리고 〈ASR〉의 경우는 외부 시선을 전혀 걱정할 필요가 없는 것인지도 모른다. 표면적으로 〈ASR〉는 〈BDI〉와는 전혀 관계가 없는 데다가, 그 어떤 불법 행위에도 직접 관여하고 있지 않을 가능성조차 있었다.

〈ASR〉의 보안 체제는 〈BDI〉 따위는 명함도 못 내밀 정도였다. 모든 층에 경비원들이 상주하고 있었고, 출입 관리는 대다수의 교도소에 맞먹을 정도로 엄중했다. 청 포콰이와 다른 지원자들은 모두 30

층에 위치한 아파트에서 살고 있었다. 이토록 철통같은 경비에 개인 경호원까지 따라붙는다는 것은 과잉 경호처럼 보일 수도 있겠지만, 그럴 만한 이유가 있기 때문이리라. 〈앙상블〉에게 적이 있다는 생각은 나를 분노케 했고, 최선을 다해 의무를 다하겠다는 나의 결의를 한층 더 굳게 만들었다. 물론 강화 상태에서는 분노를 느낄 수 없지만, 비강화 상태일 때 내가 설정해 둔 우선순위는 변하지 않는다.

보안주임인 동 후이만이 내 임무를 설명해 주었고, 내가 인터페이스를 통해 〈ASR〉의 복잡한 보안 프로토콜과 접속할 때 필요한 몇 가지의 새로운 모드를 마련해 주었다. 나는 오후 6시에서 오전 6시까지 하루 12시간 동안 교대로 근무하게 된다. 미즈 청의 스케줄은 따로 정해져 있지 않다. 어느 날은 저녁 늦게까지 실험실에 있는가 하면, 하루에서 이틀 동안 휴식을 취할 때도 있었다. 그러나 그녀는 24시간 동안 건물 내에 머물러 있어야 했다. 덕택에 내 임무는 극히 단순해졌지만 말이다.

근무를 시작하기 전날, 나는 신경이 곤두서기는 했지만 고양되어 있었다. 〈앙상블〉 중심에 있는 비밀에 한 걸음씩 가까이 가고 있다는 느꼈기 때문이다. 모든 진실을 아는 것을 허락받는 날이 올 것을 기대하는 것은 오만일지도 모른다. 그러나 천은 모든 진상을 알고 있지 않은가? 그리고 천이 충성 모드를 가지고 있지 않다는 점은 단언할 수 있었다.

조금 주저하면서도 나는 로라의 유괴에 관해 내가 생각해 냈던 가설들을 상기했다. 몇 달이 지나면서 내 마음속에 존재하는 〈앙상블〉

의 이미지가 점점 더 추상적이게 된 지금에 와서, 내가 구체적이고, 명확하고, 세속적인 가능성들을 상상하고 있다는 사실에 약간의 동요를 느낀다. 그러나 도대체 나는 무엇을 두려워하고 있나? 진실을 알아냄으로써 이상의 가치가 떨어지기라도 한단 말인가? 그것이 불가능하다는 사실을 나는 알고 있다. 〈앙상블〉이 하고 있는 일이 무엇이든 간에, 설령 그 일이 아무리 세속적으로 보이든 간에, 그들이 그런 일을 하고 있다는 점에는 변함이 없다. 그리고 바로 그런 연유로, 그것은 이 지구상에서 가장 중요한 일인 것이다.

예전에 세운 가설들 대다수는 이제는 터무니없게 느껴진다. 국제적이며 학제적인 연구 그룹이 잘 알려지지도 않은 약품이 야기한 선천성 뇌 손상을 연구할 목적만으로 만들어졌다고는 도저히 믿기 힘들었기 때문이다. 설령 제약 회사의 배상금이 수십억 달러에 달한다고 하더라도, 소송 가능성을 미연에 봉쇄하기 위한 훨씬 더 쉽고 확실한 방법이 있는데도 단지 그 문제를 연구하기 위해 그에 필적하는 액수를 쏟아붓는다는 것은 이해하기 힘들다.

아직 조금이라도 가능성이 있어 보이는 것은 로라가 탈출의 천재라는 가설뿐이다. 이런 가상의 능력이 어떤 식으로 발휘되는지는 여전히 상상도 할 수 없었으므로, 그것을 설명할 수 있을 만큼 내 머리가 좋지 않다는 사실을 인정하는 수밖에 없을지도 모르겠다. **그녀는 힐게만 병원에서 탈출했다. 그녀는 지하실 깊숙한 곳에 위치한 안쪽 방에서 탈출했다.** 다른 설명들도 물론 가능했지만, 모두 너무나도 인위적이고 부자연스러운 것들뿐이었다. 내가 〈BDI〉에 침입했던 밤,

도대체 무슨 일이 일어났단 말인가? 누군가가 우연히 문을 잠그는 것을 잊어버린 탓에 로라가 방에서 나왔고, 로라 자신이 직접 문을 잠갔단 말인가? 자물쇠의 구조를 감안하면, 열쇠도 없이 잠근다는 것은 탈출하는 것만큼이나 엄청난 일이다.

한 가지 확실한 점이 있다. 실제로 텔레키네시스 따위가 존재한다면, 그것을 조사하고 이용하는 것이야말로 〈앙상블〉급의 규모를 가진 연합 조직에 걸맞은 프로젝트라는 사실이다.

그리고 〈BDI〉가 로라의 능력을 모드화하는 데 성공했다면? 그럴 경우에는 그 모드를 실제로 테스트할 필요가 생길 것이다.

지원자들을 써서.

"위. 아래. 위. 위. 아래. 위. 아래. 위. 아래. 아래. 아래. 위. 아래. 위. 위. 아래. 위. 아래. 위. 위."

619호실 안에서 울려 퍼지는 목소리는 침착하고 단조로웠지만, 인간의 목소리라는 점은 거의 확실했다. 최근 나오는 발성 시스템에는 인간 목소리를 흉내 내기 위한 온갖 매커니즘이 덧붙여져 있지만, 과학 실험 장비가 너무 오래 말을 해서 목이 쉬었다는 얘기는 아직 들어본 적이 없다.

방은 선반에 거치된 전자 기기 모듈로 가득 차 있었다. 뱀처럼 구불거리는 광섬유제의 제어 버스가 기기와 기기 사이를 연결하고 있다. 이 어수선한 방 한복판에 놓인 중앙 제어반 앞에 나이 든 여자가 앉아서 색색 가지 막대그래프로 가득 찬 커다란 스크린을 응시하고 있었다. 젊은 사내 두 명이 그 곁에 서서 역시 스크린을 바라보고 있다. 그 즉시 **메타신원조서**(〈마인드볼트〉, 3,950달러)가 정규 직원 목록에 이들 세 명이 포함되어 있다는 사실을 확인했다. 렁 라이샨, 뤼 키우충, 체 예응혼이다. 세 사람 모두 '박사'라는 호칭을 붙여야 하는 것으로 되어 있었다. 뤼 박사는 내 쪽을 흘낏 보고는 다시 스크린으로 눈을 돌렸다. 그의 동료들은 나를 완전히 무시했다. 청 포콰이의 모습은 어디서도 보이지 않지만, 나는 스피커에서 흘러나오는 것이 그녀의 목소리라고 짐작했다.

"위. 아래. 위. 아래. 아래. 아래. 위. 아래. 위. 위."

그제야 나는 포콰이의 또 다른 경호원인 리 힝충이 옆방으로 통하는 문 옆에 서 있는 것을 보았다. 문 앞에는 '출입 금지'라고 쓰인 선명한 빨간색 홀로그램이 눈높이에 떠 있었다. 리와 나는 악수를 나눴고, 그와 동시에 내 머릿속의 **메타신원조서**는 **레드넷**—그리고 쌍방의 손바닥에 있는 적외선 트랜시버 세포들—을 통해 리의 머릿속에 존재하는 동일 모드와 암호화된 고속 대화를 나누며 쌍방의 신원을 재차 확인했다.

리가 속삭였다.

"와줘서 정말 다행이야. 저걸 5분만 더 구경하고 있었다가는 좀이 쑤신 나머지 돌아버렸을걸."

"아래. 아래. 아래. 위. 위. 아래. 아래. 위. 위. 아래."

"그게 무슨 소리지? 자넨 **보초**를 쓰고 있지 않나?"

"물론이지. 하지만 아무 소용도 없어." 내가 의아해하는 얼굴로

리를 보자 그는 설명을 계속하려고 하다가, 마음을 바꾸고 그냥 슬픈 표정으로 고개를 설레설레 저었다. "자네도 곧 알게 될 거야."

"위. 아래. 아래. 위. 위. 위. 아래. 아래. 위. 위."

리가 말했다.

"저 여자가 저기서 뭘 하고 있는지 알아?"

"몰라."

"어둠 속에 앉아서 형광 스크린을 바라보면서, 은 이온이 자장 속에서 어느 쪽으로 튕겨 나가는지를 보고하고 있어."

이 말에 논리적으로 어떤 대답을 해야 할지 알 수 없었기 때문에, 나는 그냥 고개를 끄덕였다.

"그럼 12시간 후에 보세."

"응."

나는 문 옆의 내 자리에 섰지만, 과학자들이 넋을 잃고 바라보고 있는 스크린을 다시 한번 힐끗 보지 않을 수가 없었다. 막대그래프는 늘 튀어 나가거나 줄어드는 일을 거듭하고 있었지만, 결국 각 그래프는 원래 형태를 유지하고 있는 것처럼 보였다. 평균적으로 볼 때, 모든 변화가 상쇄되고 있는 것이다. 바꿔 말하자면, 막대그래프가 반영하는 무작위성 테스트들이 무엇이든 간에, 은 이온들이 튀어 나가는 방향은 바로 그런 테스트에 모두 합격하고 있다고나 할까?

만약 텔레키네시스 모드에 관한 나의 가설이 옳다면, 청 포콰이는 바로 그런 무작위성을 무너뜨림으로써 이온들의 움직임을 편향시키려 하고 있는 것이다. 이 새로운 능력을 습득하기 위해, 실험실 환경에서 실현 가능한 최소의 표적을 쓰고 있는 것인지도 모른다. 그러나 그녀가 왜 결과를 일일이 입으로 보고하고 있는지 이해할 수 없었다. 컴퓨터가 자체적인 탐지기를 통해 실험을 모니터하고 있을 것이 뻔한데, 왜 지원자가 굳이 실황을 입으로 중계해야 한단 말인가?

막대그래프들은 최면적인 변화를 거듭했지만, 나는 실험을 구경하기 위해 이곳으로 온 것이 아니었다. 나는 스크린에서 시선을 돌렸고… 곧 그녀의 목소리만으로도 충분히 주의가 흐트러질 수 있다는 사실을 깨달았다.

"아래. 아래. 위. 위. 위. 아래. 아래. 위. 위. 위. 위. 아래. 위. 아래. 아래. 위. 아래. 위. 위. 위."

나의 뇌의 어떤 부분은 순간적인 패턴 내지는 유사 리듬에 불과한 것들을 하나도 빠짐없이 포착했고, 이들 패턴이 무너지고, 이들 리듬이 쇠퇴한 뒤에는 다음 패턴과 리듬을 찾기 위해 한층 더 긴장했다.

"위. 아래. 위. 위. 아래. 아래. 위. 아래. 위. 위. 아래. 아래. 위. 위. 위. 아래. 위. 아래. 위. 아래."

강화 상태에 돌입한 나는 이런 목소리를 손쉽게 머릿속에서 쫓아내고 무시할 수 있어야 했다. 그러나 어이없게도 그럴 수가 없었다. 리의 말이 옳았다. **P3**도 **보초**와 마찬가지로 아무 쓸모가 없었다. 목소리에 귀를 기울이지 않을 수가 없는 것이다.

"위. 아래. 위. 아래. 아래. 아래. 아래. 위. 아래. 아래. 아래. 위. 아래. 위. 위. 위. 아래. 아래. 아래."

가장 견디기 힘들었던 부분은, 결과가 보고되기 직전, 내가 매번

이온이 움직이는 방향을 내 의사와는 무관하게, 강박적으로 예상하려고 한다는 점이었다. 아니, 그것보다 더 나쁘다. 나는 그 방향을 바꿔보려고 했다. 이온의 움직임에 모종의 규칙성을 부여하려고 했던 것이다. 무의미하고 단조로운 저 목소리를 차단할 수 없다면, 억지로라도 일종의 의미를 찾아내는 것이 차선책이므로.

청 포콰이도 아마 나와 같은 생각을 하고 있는 것은 아닐까?

각 실험 세션은 15분 동안 계속되고, 그 중간마다 10분간의 휴식이 끼어 있다. 미즈 청이 이온실에서 나왔다. 다시 방에 들어갈 때 눈이 어둠에 적응하는 일에 지장이 없도록 얼굴에 꼭 맞는 형태의 선글라스를 끼고 있다. 그녀는 차를 홀짝였고, 다리를 뻗었고, 손가락으로 장비 케이스를 두드리며 몇 마디의 기묘한 리듬을 만들어 냈다. 처음 만난 나에게 짧게 말을 걸었지만 곧 입을 다물고 목청을 보호했다. 과학자들은 우리 두 사람에게는 아예 눈길을 주려 하지도 않았고, 데이터를 검토하며 그들만이 이해할 수 있는 복잡한 통계 테스트를 실시하며 바쁘게 움직였다.

실험이 다시 시작될 때마다 나는 은근슬쩍 내 마음속으로 스며들어 오는 무작위적인 영창詠唱을 억지로라도 무시하겠다고 다짐했다. 결국 P3는 고장이 났을지도 모르지만, 강화 상태든 아니든 간에 내가 원래 가지고 있던 자제력의 편린은 남아 있지 않겠는가? 이 시도는 성공하지 않았지만, 나는 전술을 바꿈으로써 일종의 평형상태에 도달했다. 이제는 몸이 익숙해져 버린 완전무결한 경계 태세를 성취하기 위해 헛되이 고투하는 일을 그만두고, 적어도 문제를 악화시키지는 않을 수 있었다는 뜻이다.

과학자들은 전혀 영향을 받지 않는 듯했다. 미즈 청의 목소리는 그들에게는 데이터이지 무의미한 노이즈가 아니고, 나처럼 그것을 무시해야 할 의무가 있는 것도 아니다.

내가 판단하는 한, 실험이 진행되어도 무슨 성과가 있는 것 같지는 않았다. 그러나 전에는 눈치채지 못했던 기묘한 점이 하나 있었다. 막대그래프들은 청 포콰이의 목소리가 은 이온이 움직인 방향을 보고한 뒤에야 변화하고 있었다. 이 사실은 이온의 움직임이 어느 한 방향으로 치우칠 때 가장 눈에 잘 띄었다. 그럴 경우 대다수의 막대그래프가 한쪽으로 계속 편향되는 경향을 보이고, 이 경향이 뒤집어지는 것은 어떤 이온이 이런 연속을 깼다는 사실이 피험자의 입을 통해 실제로 보고된 다음의 일이었다. 그러나 컴퓨터가 실험 장치에서 직접 데이터를 수집하고 있다면, 이런 순서로 실험이 진행되는 것은 이치에 맞지 않는다. 실험 결과를 막대그래프에 반영하기 위한 계산이 아무리 복잡하더라도, 그런 일에 몇 마이크로초 이상의 시간이 걸릴 리가 없다. 사람이 형광 스크린상의 섬광을 보고, 그것이 '위'인지 '아래'인지를 선언할 때까지의 시차보다 더 짧은 것은 확실하다. 그렇다면 이것은 무엇을 의미하는가? 컴퓨터들은 실험 장치에 접속돼 있지 않은 것일까? 청 포콰이의 목소리를 듣고 간접적으로 데이터를 얻고 있단 말인가? 사실이라면 이해할 수 없는 일이다. 결과를 추적하는 데는 이런 방식이 더 유리하다고 판단한 탓에, 과학자들 쪽에서 고의적으로 결과 보고를 지연시키고 있는 것인지도 모르겠다.

20시 35분에 마침내 렁 박사가 실험 종료를 선언했다. 세 과학자들은 제어반 주위에 모여서 이항 분포의 제6모멘트의 감도에 관해서 토론을 계속했지만, 미즈 청은 팔꿈치로 나를 건드리며 속삭였다.

"배고파 죽겠어요. 여기서 나가요."

그녀는 엘리베이터 안에서 조그만 용기를 꺼내 목 안에 직접 약품을 분사했고, 이렇게 설명했다.

"실험 중에는 이걸 쓸 수 없는 걸로 되어 있어요. 이 약은 진통제와 소염제 덩어리이기 때문에, 과학자들은 내가 그런 약물에 오염되지 않은 상태로 있어야 한다는 거예요." 그녀는 몇 번 기침을 하더니, 이제는 쉬지 않은 목소리로 말했다. "뭐 어쩔 수 없죠. 내가 싫다고 말할 수 있는 입장에 있는 것도 아니고."

〈ASR〉 빌딩 8층에는 직원 전용 레스토랑이 있다. 미즈 청은 기쁜 어조로 자기는 먹고 싶은 만큼 얼마든지 먹어도 좋다는 것이 계약 조건이라고 말했다. 그녀가 테이블에 있는 슬롯에 ID 카드를 집어넣자 테이블 표면에 내장된 스크린에 사진이 딸린 음식 메뉴가 나타났다. 그녀는 재빨리 음식을 주문하고는, 의아한 표정으로 나를 올려다보았다.

"당신은 안 먹을 건가요?"

"근무 중에는 안 먹습니다."

그녀는 믿지 못하겠다는 투로 웃었다.

"아니 그럼, 12시간 동안이나 단식하고 있겠다는 거예요? 바보 같은 소리 말아요. 리 힝충은 근무 중에도 밥을 먹었다고요. 왜 당신은 그러면 안 된다는 거죠?"

나는 어깨를 으쓱했다.

"아마 그 친구 것과는 다른 모드를 가지고 있기 때문이겠죠. 내 신진대사를 제어하는 모드는 단기간의 단식에 대응할 수 있도록 설계되어 있습니다. 사실, 내 혈당량을 최적 수준으로 유지하는 모드는 내가 음식을 섭취해서 사태를 복잡하게 만들지 않을 경우 훨씬 더 잘 기능합니다."

"'사태를 복잡하게' 하다니요?"

"음식을 섭취한 후 사람은 누구나 일시적으로 인슐린 과잉 상태가 됩니다. 배가 부를 때 오는 조금 졸린 듯한 느낌, 그거 아시죠? 인슐린 분비량은 어느 정도 제어가 가능하지만, 글리코겐 변환이 착실하게 지속되는 쪽이 내 입장에서는 더 편합니다."

포콰이는 반은 재미있어하고, 반은 비난하는 듯한 표정으로 설레설레 고개를 저었다. 모든 탁자에서 김이 올라오고 있었고, 가지런한 기둥처럼 천장의 통풍구로 조용히 빨려 들어간다.

"하지만… 이렇게 맛있는 냄새가 나는데도 배가 고프지 않나요?"

"그 접속은 분리되어 있습니다."

"그러면 전혀 냄새를 맡지 않는다는 얘긴가요?"

"아닙니다. 단지 후각은 내 식욕에 아무 영향도 끼치지 않는다는 뜻입니다. 통상적인 오감과 생화학적인 신호들은 모두 무시됩니다. 나는 배고픔을 느끼지 않습니다. 그걸 느끼는 것이 불가능하기 때문입니다."

"아."

로봇 카트가 와서 첫 번째 코스요리를 능숙하게 테이블에 올려놓았다. 그녀는 오징어 같아 보이는 것을 한입 가득 먹은 다음 빠르게 씹었다.

"그러다가 건강에 악영향을 끼칠 위험은 없나요?"

"거의 없습니다. 만약 내 몸의 글리코겐 축적량이 특정한 수준 이하로 떨어진다면, 그 사실을 알리는 간단명료한 메시지가 관련 모드로부터 내게 전달됩니다. 그 이후에 어떻게 할 것인지는 나의 결정에 달렸습니다. 끈질긴 공복감을 느끼는 탓에, 뭔가 더 절박한 사태에 대해 제대로 대응하지 못할 위험도 없습니다."

포콰이는 고개를 끄덕였다.

"바꿔 말해서 몸이 당신을 어린애처럼 대하려는 것을 힘으로 막았단 말이군요. 더 이상 채찍과 당근이라는 조잡한 방법으로 적절한 행동을 강요받을 필요는 없다, 이거죠. 동물은 살아남기 위해 그런 원시적인 방법을 필요로 할지도 모르지만, 우리 인간들은 우선순위를 스스로 알아서 결정할 정도로 머리가 좋다는 뜻이군요." 그녀는 마지못한 표정으로 다시 고개를 끄덕였다. "그럴 경우의 이점은 나도 이해할 수 있어요. 하지만 어디서 선을 긋죠?"

"무슨 선 말입니까?"

"'당신'과 '당신 육체' 사이의 선 말이에요… 당신이 자기 자신의 것이라고 인정하는 충동과 육체에 의해 강요된 것이라고 간주하는 충동들 사이의 경계선. 맞아요, 공복감 때문에 고민할 필요가 어디 있겠어요? 하지만 그건 성욕에도 해당되는 얘기가 아닌가요? 아이를 가지고 싶다는 욕구는 어때요? 비탄에 빠져 괴로워할 필요도 없지 않나요? 양심의 가책은? 동정심은? 아니면 논리 그 자체는? 만약 당신이 우선순위를 스스로 알아서 결정한다면, 그 순위를 결정하고, 향유할 사람이 남아 있어야 하지 않겠어요?"

그녀는 나에게 신랄한 시선을 던졌다. 그런 억제가 얼마나 끔찍한 결과를 야기할 수 있는지 경고했으니, 내가 지금 당장이라도 탁자 위로 뛰어 올라가서, 욕구를 억제하는 행위를 영원히 포기하겠다고 사람들에게 선언할 것을 거지반 기대하고 있는 듯한 눈치였다. 그런 경고는 모든 측면에서 이미 때가 늦었다는 사실을 그녀에게 차마 알릴 마음이 나지 않았다.

나는 대답했다.

"당신이 하는 모든 일은 당신을 변화시킵니다. 먹는 행위는 당신을 변화시키고, 안 먹는 행위도 당신을 변화시킵니다. 목에 진통제를 분사한다는 행위도 당신을 변화시킵니다. 모드를 써서 공복감을 없애는 행위와 약물을 써서 통증을 없애는 행위의 차이가 뭡니까? 모두 똑같은 일입니다."

포콰이는 고개를 가로저었다.

"그런 식으로 모든 일들을 똑같이 하찮은 일로 치부할 수는 없어요. 그렇다면 모든 것이 그보다 좀 더 덜 극단적인 것과 '똑같은 일'이 되어버릴 테니까. 그러나 신경 모드는 진통제와 '똑같은 것'이 아녜요. 모드 중에는 인간의 가치관을 바꾸는 것조차도…"

"그렇다면 사람의 가치관은 변화하지 않는다는 얘깁니까?"

"서서히 변화하죠. 좋은 이유에 의해."

"혹은 나쁜 이유일지도 모릅니다. 아니면 아예 이유가 없든가. 혹시 이런 식으로 생각하고 있는 건 아닙니까? 평균적인 사람은 어느 날 책상 앞에 앉아서, 숙고에 숙고를 거듭한 끝에 합리적인 윤리학을 만들어 낸 다음, 그것에서 결점이 발견되었을 때 적절한 수정을 가한다고? 그건 순수한 환상에 불과합니다. 대다수의 사람들은 인생에서 경험하는 일들에 이리저리 치이면서 그냥 살아가고 있을 뿐이고, 그들의 인격은 자기들이 제어할 수 없는 영향에 의해 형성됩니다. 그렇다면 자신을 변화시키는 것이 뭐가 나쁘단 말입니까? 본인이 그것을 원하고, 또 그것에 의해 행복해질 수 있다면?"

"하지만 누가 행복해진다는 거죠? 모드를 쓴 사람은 아녜요. 그 인물은 더 이상 존재하지도 않을 테니까."

"그건 상당히 고풍스러운 생각이군요. 변화는 자살과 마찬가지라는 식의."

"흐음, 그럴지도 몰라요." 포콰이는 갑자기 웃음을 터뜨렸다. "아마 도저히 어쩔 수 없는 위선자의 말처럼 들렸는지도 모르겠군요. 약간의 나노 외과 수술만으로도 완전히 다른 사람을 만들어 낼 수 있다면, 내가 가진 유일한 모드의 경우에는 아마 나를 완전히 새로운 종의 일원으로…"

나는 재빨리 그녀의 말허리를 끊었다.

"여기서 그 얘길 하면 안 됩니다."

포콰이는 미간을 찌푸렸다.

"왜 안 돼요? 여긴 직원 전용 레스토랑이에요. 여기 있는 사람들은 모두 〈ASR〉의 직원이잖아요."

"그렇습니다. 하지만 이 건물 안에서는 23개의 독립된 프로젝트가 진행 중입니다. 프로젝트가 다르면 거기 종사하는 직원들의 기밀 등급도 다릅니다. 그걸 잊으면 안 됩니다."

"나는 단지…"

"무슨 뜻으로 그랬는지는 압니다. 하지만 유감스럽게도 그 비밀을 유지하는 것이 내 일입니다."

포콰이는 한순간 화난 얼굴을 했다가 입을 열었다.

"아마 그 사실에서 위안을 얻어야 할지도 모르겠군요."

"그게 무슨 뜻입니까?"

"나를 경호하기 위해 이곳에 와 있다기보다는, 엉뚱한 장소에서 비밀을 털어놓는 걸 막기 위해 와 있다고 믿는 편이 차라리 나으니까요."

그녀의 아파트는 건물의 깊숙한 곳, 핵심에 가까운 곳에 위치해 있었다. 그런 연유로 진짜 창문은 아예 달려 있지 않았지만, 창문 대신 실시간으로 바깥 풍경을 전달하는 홀로그램들의 해상도가 너무나도 높은 데다가, 투영 각도도 매우 넓었기 때문에 실질적인 차이는 없는 것이나 마찬가지였다. 경비상 매우 유리하다는 사실을 제외하면 말이다. 나는 그녀의 아파트 내부 방들을 재빨리 점검했다. 인간 침입자가 없다는 사실을 확인하는 데는 별로 시간이 걸리지 않았고, 그보다 더 미세한 무엇인가를 찾는다는 것은 시간 낭비였다. 마이크로 로봇을 찾기 위해 철저한 검사를 시행한다고 해도 안심할 수 있는 기간은 기껏해야 일주일 남짓하고, 검사하는 데만도 몇십만 달러의 비용이 든다. 나노 머신과 바이러스의 경우는 아예 논외다.

미즈 청에게 잘 자라는 인사를 하고 대기실에 앉아서 아파트 출입문을 감시했다. 아파트 내부에서는 아무 소리도 들려오지 않았고(그녀는 독서 중인 듯했다) 설령 바로 옆 아파트에서 무슨 일이 일어난다고 해도 그 소음은 방음재에 의해 차단된다. 에어컨 소리조차도 들리지 않을 정도다. 사실, 내 귀에 들리는 소리라고는 요즘 유행하는 유사 심리학적 주장에 편승해서 건물 전체에서 희미하게 울려 퍼지는 (아마 합성음인 듯한) 곤충의 울음소리들뿐이다. 아넘랜드의 생태 환경을 모방함으로써 인간과 〈자연〉 사이의 조화를 이룬다는 식인데, 어떤 수준에서는 무작위적이지만, 불쾌하지는 않을 정도로는 규칙적인 소리였다. 어쨌든 간에, **P3**는 손쉽게 그 소리를 차단해 주었다. 나는 경계 태세에 돌입했다. 아무 일도 일어나지 않고 몇 시간이 흘렀다. 교대 시간이 되자 리가 왔다.

청 포콰이의 영창이 내 꿈속에까지 침입해 들어왔다. **보스**에게 그것을 차단하라고 지시하자, 이번에는 위장된 형태로 끈질기게 침투해 온다. 모든 소리, 모든 리듬, 모든 동작이, 점과 선으로 이루어진 무작위적인 모스 부호의 형태로 나타난다… 소년 시절로 돌아간 내가, 손을 바꿔가며 농구공을 바닥에 튀기고 있다. 오른손, 왼손, 오른손, 오른손, 왼손, 오른손, 왼손, 오른손, 왼손, 왼손, 왼손… 창고 안에서 광석 채굴 로봇이 컨테이너에서 나왔다 들어갔다 하는 일을 반복한다. 마지막 기억은 절대 꿈에 나오지 않도록 오래전에 지정해 두었던 것임에도 불구하고.

P3가 고장 났든지, **보스** 쪽에 결함이 있는 것이다… 혹시 뇌종양이라도 생겼단 말인가? 머릿속에 들어 있는 모든 모드의 자가 진단 프로그램을 돌려보았지만, 모두 완전히 정상적이라는 대답이 돌아왔을 뿐이었다.

실험은 매일 계속되었지만 이렇다 할 진척이 없었다. 포콰이는 여전히 참을성 있게 데이터를 낭독했으나, 619호실 밖으로 나오면 본래의 쾌활함은 불안함을 감추려는 듯한 작위적인 양상을 띠기 시작했고, 나는 그녀의 신경을 건드리지 않으려고 실험 결과에 관해 언급하는 일을 그만두었다. 렁과 뤼와 체가 낙담하고 있는지는 알 수 없었다. 그들은 주로 영어를 써서 논쟁을 벌였는데, 내가 이해하지 못하는 전문용어를 쓰는 경우가 대부분이었다. 그들에게 이 프로젝트에 관해 질문한다는 것은 논외였다. 그들 입장에서 보면, 기본적으로 나는 이 건물의 보안 시스템의 일부일 뿐이고, 천장 위의 카메라나 복도의 스캐너처럼 실험의 진행 상황과는 무관한 존재였다. 당연한 일이다. 그것이 바로 나의 역할이기 때문이다.

그러나 저녁에 근무하러 왔을 때 나는 엘리베이터에서 뤼 박사와 마주쳤다. 그는 고개를 끄덕여 인사하고는 어색한 어조로 물었다.

"일에는 잘 적응하고 있습니까, 닉?"

그가 내 이름을 알고 있다는 사실만으로도 놀랄 만한 일이었다.

"많이 익숙해졌습니다."

"다행이군요. 나는 당신이… 특별한 방식으로 스카우트됐다고 들었습니다."

나는 대답하지 않았다. 〈BDI〉를 언급하는 것이 금기라면, 충성 모드나 그것을 강요당한 경위를 화제에 올리는 일 또한 허락될 리가 없다.

6층까지 올라가는 데는 그리 시간이 걸리지 않았다. 엘리베이터 문이 열리기 직전에, 그는 낮은 목소리로 말했다.

"나도 마찬가지입니다."

뤼는 나보다 앞서 걸어 나갔고, 뒤를 돌아다보려고 하지도 않고 보안 체크 지점을 통과했다. 나는 그의 뒤를 따라 복도를 걸어가면서—몇 걸음 뒤에서, 아무 말 없이—부조리하게도 마치 어떤 음모의 공범자가 된 듯한 기분을 맛보았다.

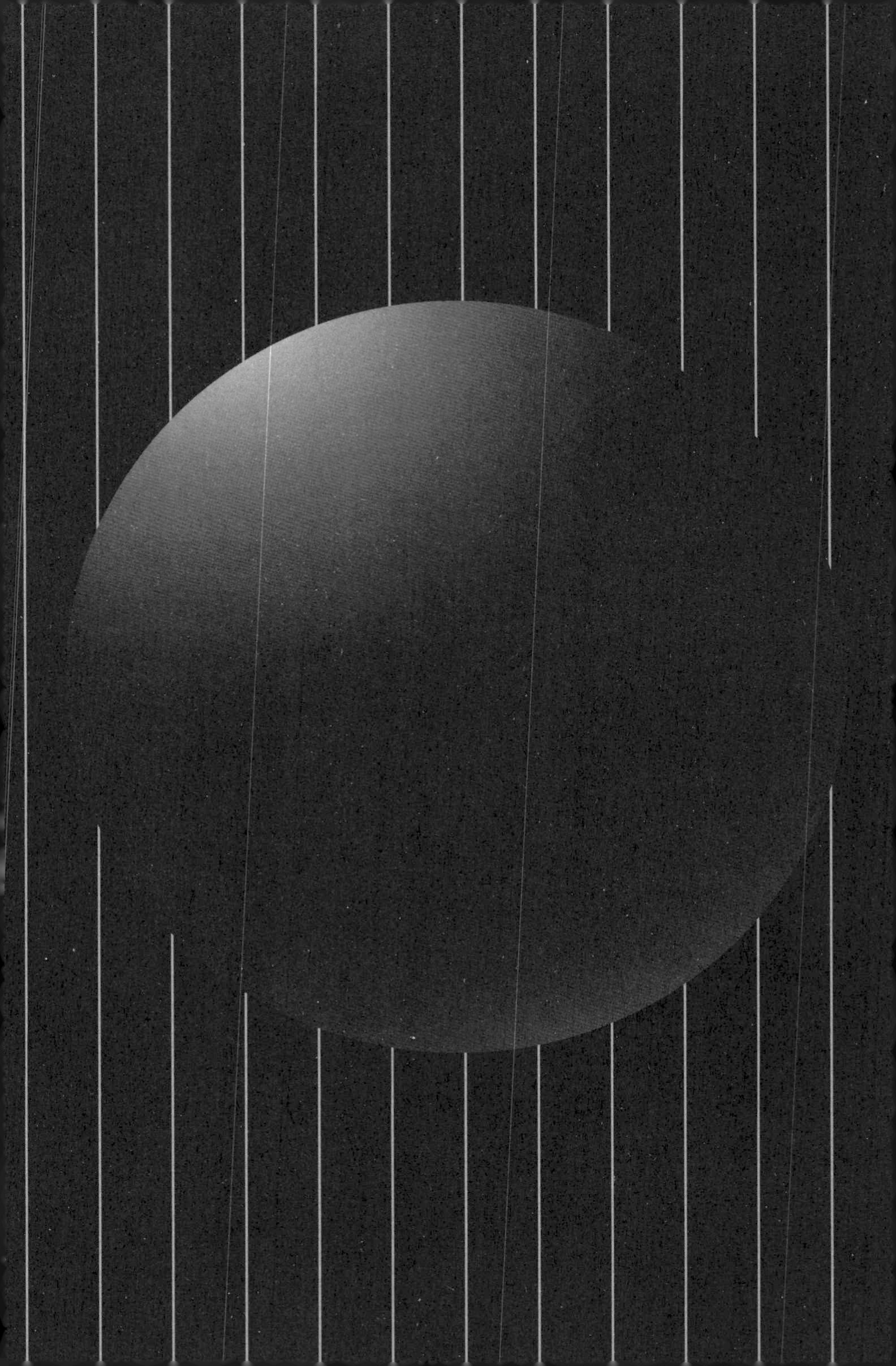

7

"위. 위. 위. 위. 위. 위. 위. 위. 위. 위. 아래. 아래. 위. 위. 위. 아래. 위. 아래. 아래. 위.

10회 연속은 주의를 끌 정도로 드문 경우이기는 하지만, 여전히 무의미하다. 동전을 10번 던져서 〈위〉가 10회 나올 확률은 1,000분의 1 이하이지만, 900번 던진다면 10회 또는 그 이상 연속해서 〈위〉가 단 1회라도 나올 확률은 3분의 1을 넘는 것이다. 9,000번을 던질 경우 그럴 확률은 100분의 99에 달한다.

나는 막대그래프를 흘낏 보았다. 막대의 일부는 지금 일어난 일의 여파로 인해 왜곡되어 있지만, 이들이 이미 본래의 형태로 조금씩 되돌아가고 있는 것을 알 수 있었다.

나는 데이터를 무시하려는 시늉조차도 이미 오래전에 포기했다. 억지로 무시하려고 한다면 오히려 더 마음에 걸리는 법이고, 만에 하나 침입자가 몇 겹이나 되는 외각 경비망을 돌파한 후 619호실의 문을 박차고 들어온다고 해도, 내가 청 포콰이의 영창을 들으며 존재하지도 않는 패턴에 신경을 쓰고 있었다고 해서 나의 반응 속도에 큰 악영향을 끼치는 것은 아니다. 이런 변명을 하면서도 조금 마음이 켕기는 것만은 어쩔 수가 없었다. 강화 모드의 목적은 오로지 하나, 사용자의 대비 태세를 **최적화**하는 것이기 때문이다. 그러나 **P3**에 명백한 버그가 있다는 사실이 판명된 지금, '최적화'라는 표현의 의미도 조금 바뀌었다. 내 입장에서는 있는 그대로 받아들이는 수밖에 없다. 리와 나는 이 문제를 통에게 충실히 보고했지만, 그런다고 해서 뾰족한 해결책이 나올 것 같지는 않았다. **P3**와 **보초**의 제조 회사인 〈액슨〉도, 신경 모드에 관해서 독자적인 전문 지식을 가지고 있는 것이 명백한 〈ASR〉도, 이런 모호한 결함을 조사해 보려고 시간과 돈을 투자할 것 같지는 않았기 때문이다.

"위. 위. 위. 위. 위. 위. 위. 위. 위. 위. 위. 위. 위. 위. 위. 위. 아래. 위. 위. 아래."

16회! 신기록이다. 나는 **폰 노이만**용으로 내가 직접 쓴 조그만 프로그램에 이 숫자를 입력했다. 지금까지 나는 15분 길이의 실험 세션 41회, 바꿔 말해서 3만 6,900건의 '사건'에 입회했다. 이럴 경우 16회 연속으로 같은 면이 나올 확률은 25퍼센트에 달한다. 그러나 이런 일들을 곰곰이 생각해 볼 여유는 없었다…

"위. 위…"

집중력이 떨어지면서 정확한 수를 세지 못했다. 다시 막대그래프를 보니, 낯익은 삐죽삐죽한 형태는 모두 사라지고 그래프 전체가 길고 좁다란 쐐기 모양으로 변해 있었다. 쐐기는 점점 더 좁아지고 있다.

"위. 위. 위. 위. 위. 위. 위. 위. 위. 위. 위. 위. 위. 위. 위. 위. 위. 위. 위. 위…"

링 박사가 웃으며 말했다.

"P는 10의 마이너스 14제곱을 달성했어. 유효한 결과를 냈다고 생각해."

뤄 박사는 고개를 돌려 스크린을 외면했다. 한눈에 감정이 북받쳐 오는 상태임을 알 수 있었다. 체 박사는 뤄의 그런 모습을 흘낏 보고 눈살을 찌푸렸다.

기묘한 것은, 포콰이의 목소리에서는 자신의 성공을 자각하고 있는 기색을 전혀 찾아볼 수 없다는 점이었다. 평소와 다름없이 그냥 데이터를 계속 읽고 있을 뿐이다. 그리고 그녀의 목소리는 데이터에 변화를 주는 무작위성이 사라져 버린 지금도 여전히 최면을 거는 것처럼 들린다.

3분 후 〈위〉의 연속이 끊겼고, 실험은 그 뒤로는 평소 때와 다름없는 노이즈로 회귀하면서 끝났다. 옆방에서 나온 포콰이는 선글라스를 끼고 있지 않았다. 잠시 문간에 멈춰 서더니 팔뚝을 이마에 갖다 대고 가늘게 뜬 눈으로 방 안을 둘러본다. 현기증을 느끼고 있는 듯한 표정이었다.

그러고는 낙담한 듯이 눈을 내리깔았다.

체 박사가 말했다. "축하해."

포콰이는 고개를 끄덕이고는 목쉰 소리로 "고맙습니다"라고 말했다. 그러다가 자기 몸을 감싸 안고 부르르 몸을 떠는가 싶더니, 갑자기 표정이 밝아졌다. 그녀는 나를 향해 몸을 돌렸다.

"내가 해낸 거 맞죠?"

나는 고개를 끄덕였다.

"흐음, 그럼 그냥 거기 서 있지 말고 이리로 와요. 샴페인은 어디 있어요?"

이 임시 축연은 겨우 1시간 정도만 계속되었을 뿐이었다. 달랑 네 사람(그리고 좀비 구경꾼 한 사람)만으로는 파티가 흥 날 리가 없다. 나는 우리 말고도 12명의 과학자들과 아홉 명의 지원자들이 이 프로젝트에 참여하고 있다는 사실을 알고 있었지만(그들의 이름은 **메타신원 조서**에 등록되어 있다) 렁 박사가 자신의 성공을 다른 라이벌 팀들에게 굳이 알리고 싶어 하지 않는다는 것은 명백했다.

과학자들은 전문적인 대화를 시작했고, 피험자의 머릿속에 양전자를 발산하는 트레이서※를 잔뜩 집어넣음으로써 '효과'의 특정 국면들을 확인하기 위한 계획에 관해 논의했다. 그러나 그들의 대화를 듣는 것만으로는 이 '효과'가 어떤 식으로 생겨나는지 도무지 감을 잡을 수가 없었다. 포콰이는 피곤하지만 들뜬 표정으로 곁에 앉아 있다가, 가끔 이들의 대화에 끼어들어 과학자들 빰치는 전문 용어를 구사하곤 했다.

엘리베이터 안에서 그녀가 말했다.

"하여튼, 적어도 당사자가 나라는 사실을 확인했어요."

※ 물질의 향방이나 변화를 추적하는 데 쓰이는 방사성 동위원소. 추적자追跡子.

"그게 무슨 뜻이신지?"

"내가 실험의 대조 표준이 아니라는 사실 말이에요. 몰랐어요? 오전 중에는 다른 지원자가 나와 똑같은 일을 하고 있어요. 똑같은 슈테른-게를라흐 장치에서 나오는 이온을 세고 있는 거죠. 이건 더블 블라인드 실험이었어요. 우리 두 사람 중 한 명은 아무 효력도 없는 플라세보 모드를 가지고 있고, 다른 한 명만이 진짜 모드를 가지고 있었던 거예요… 그리고 어느 쪽 모드가 진짜인지를 아는 건 컴퓨터밖에는 없었어요. 적어도 지금까지는. 그 여자한테는 안됐군요. 지금까지 해온 그 골치 아픈 일들이 결국은 아무것도 아니었다는 사실을 발견한 사람이 만약 나였다면 엄청나게 화를 냈겠죠." 포콰이는 웃었다. "아마 균형이 깨진 건 바로 그 때문이었는지도 모르겠군요. 내가 대조 표준이 아닌 것은, 바로 그 사실 때문인지도 몰라요."

내가 의아한 표정을 짓자 그녀는 농담이라는 것을 내게 알리기 위해 웃어 보였지만, 무엇이 농담인지 나는 알 수가 없었다.

우리는 30층에서 내렸다. 포콰이는 너무 피곤해서 식사를 할 기분이 아니라고 했다. 평소처럼 나는 아파트 안을 체계적으로 둘러보았다. 그녀는 그러는 나를 보고 한숨을 쉬었다.

"말해줘요. 만에 하나 〈ASR〉의 라이벌 기업 따위가 이 프로젝트의 존재를 알아냈고, 또 지원자들 중 누가 진짜 모드를 갖고 있는지를 기록한 컴퓨터 파일에 어떻게서든 접근하는 데 성공했다고 가정한다면, 그들이 우리 지원자 중 한 사람을 유괴하기 위해 전력을 다할 거라고 생각해요?"

〈BDI〉는 로라를 유괴하기 위해 전력을 다했다. 로라가 포콰이가 지금 소유하고 있는 것과 똑같은 재능을 가지고 있다는 이유로. 그러나 〈BDI〉에 관해 언급하는 것은 금물이고, 포콰이는 로라에 관해 아무것도 모른다. 그녀가 지금까지 했던 말들로 미루어 볼 때, 문제의 모드가 출발점에서부터 컴퓨터상에서 설계되었다고 지레짐작하고 있다는 사실은 명백했다. 혹은 그렇게 믿도록 유도된 것인지도 모른다.

나는 어깨를 으쓱했다.

"물론 그자들도 틀림없이 모드의 설계도 쪽에 더 관심을 보이겠지만…"

"바로 그거예요! 누군가를 납치해서 스캔하는 것보다, 그쪽이 천배는 더 손쉬울…"

"…그 설계도가 무방비 상태일 리 없다는 걸 알고 있지 않습니까? 따라서 유괴하는 쪽이 오히려 더 쉬워 보이도록 내버려 두는 건 미친 짓입니다. 당신은 필요 이상으로 걱정할 필요는 없지만, 나는 이곳의 보안 체계가 모두 불필요한 헛수고라고는 생각하지 않습니다. 라이벌 기업이 어떤 수단에 호소할지는 예측하기 힘듭니다. 장기적으로 볼 때 이 모드의 상업적인 가치가 얼마에 달할지는 짐작할 수도 없지만… 만약 당신이 카지노에 간다면 하룻밤 만에 얼마나 벌 수 있을지 상상해 보십시오."

포콰이는 웃음을 터뜨렸다.

"주사위 한 쌍 속에 얼마나 많은 원자가 들어 있는지 알아요? 당신 말대로 카지노에서 그런 짓을 하려면, 오늘 결과의 10의 23제곱쯤에 해당하는 규모로 그걸 확대해야 해요."

"그럼 전자 기기는? 포커 머신을 조작한다든지?"

그녀는 고개를 가로저었다. 재미있어하는 표정이었다.

"100만 년을 들여도 그런 일은 불가능해요."

그럼 자물쇠를 여는 일은? 아마 이것은 논외일지도 모른다. 로라가 그런 위업을 달성하는 방법을 배우는 데만 30년의 세월이 걸렸을지도 모르는 것이다. 포콰이의 시제試製 모드가 가장 초보적인 능력 이외의 기능을 갖추고 있다고는 도저히 믿기 힘들었고, 또 그녀는 로라의 실제적인 경험을 완전히 결여하고 있을 것이 뻔했다… 그러나 포콰이는 자신이 선사받은 능력에 관한 진실을 알 권리가 있다. 그리고 그녀가 이런 것들에 관해 많이 알면 알수록 더 큰 성공을 거두리라는 점은 확실했다. 포콰이가 이 모드의 기원, 그리고 그 잠재력에 관해 전혀 모르고 있다는 사실이 어떻게 〈앙상블〉에게 이익이 될 수 있다는 것일까? 설령 나에게 이런 질문을 할 자격이 없다고 하더라도… 그 사실을 이해하는 시늉을 하는 것조차 애당초 내게는 불가능한 일이었다.

포콰이는 소파에 털썩 앉아 기지개를 켰고, 비난하는 듯한 눈으로 나를 노려보았다.

"방금 금세기 최대의 과학적 약진을 일궈낸 마당에, 어떻게 포커 머신 따위를 화제에 올릴 수 있죠?"

"미안합니다. 가장 먼저 머리에 떠오른 것이 도박이라서 그랬는지도 모르겠군요. 텔레키네시스의 응용에 관해서는 깊이 생각해 본

적이 거의 없어서."

그녀는 움찔하며 오만상을 찌푸렸다.

텔레키네시스! 이렇게 내뱉고는, 주저하는 듯한 어조로 말을 이었다. "흐음… 그래요. 언론에서는 바로 그런 식으로 부르겠죠. 우리가 이 멍청한 보안 체계를 포기하고 실험 결과를 공표할 수 있을 경우의 얘기지만."

"그럼 달리 어떻게 불러야 하는 겁니까?"

"흐음… 신경학적 수단에 의한 상태 벡터의 선형 분해와 그것이 야기하는 선별된 고유 상태eigenstate들의 위상 전환 및 선택적 강화라고나 할까?" 그녀는 웃음을 터뜨렸다. "당신 말이 옳군요. 뭔가 좀 더 호소력이 있는 표현을 생각해 내지 않는다면, 이 발견 전체가 지독하게 곡해된 형태로 전달될 것이 뻔해요."

포콰이의 설명은 내게는 무의미했다. 그러나…

"'고유 상태?" 그건 양자역학에 관련된 용어 아닙니까?"

포콰이는 고개를 끄덕였다.

"그래요."

한순간 나는 포콰이가 더 자세히 설명해 줄 것이라고 기대했지만, 그러는 대신 그녀는 하품을 했을 뿐이었다. 그러나 그녀가 아마 이런 것들에 관해 내게 기꺼이 설명해 주리라고(적어도 그녀가 알고 있는 범위 안에서는) 나는 확신했다. 내게 필요한 것은 단지 물어보는 일뿐이었다. 문제의 모드는 실제로는 어떤 식으로 작동합니까? 어떤 장치고, 어떤 원리에 입각해 있습니까? 〈앙상블〉의 핵심에 있는 비밀은 무엇입니까? 도대체 나는 무엇을 위해 몸을 바쳐 일하고 있는 겁니까?

그녀는 말했다.

"닉, 난 좀 피곤해서…"

"당연히 그러시겠죠. 안녕히 주무십시오. 그럼 내일 다시 뵙겠습니다."

"잘 자요."

나는 침실 곁방에서 의자에 앉아, 충실하게 눈앞의 문을 지켜보았고——

——3시 52분에, 끊임없는 합성 곤충의 울음소리에 귀를 기울이면서… 조금이긴 하지만 그 소리에 짜증을 내고 있다는 사실을 자각했다.

나는 다시 경계 태세에 몰입하려고 했지만, 그러는 대신 따분함을 느꼈다. 불안감이 몰려왔다. **P3**의 진단 프로그램을 돌린다. 이번 주만 해도 벌써 20번째다.

아무 이상도 없습니다.

내게 무슨 일이 일어나고 있는 것일까?

무슨 병적인 상태에 빠진 것은 아니다. 그럴 가능성은 없다. 내 머릿속의 모드들은 모두 자기들이 정상이라고 주장하고 있지 않은가? 설령 모드들의 자가 진단 시스템 자체가 훼손되었다고 해도, 하필 모든 것이 정상이라고 잘못 알리는 데 필요한 정확한 변화가 무작위적인 손상에 의해 생겨났을 리는 없다.

그러나 손상이 무작위적인 것이 아니라면? 〈ASR〉의 적이 보안 요원들을 나노 머신으로 감염시키고 있다면? 그러나 그것이 사실이라면, 실로 부조리한 전술이라고밖에는 할 수 없다. 모드의 기능을 서서히 저하함으로써, 우리들로 하여금 며칠에 걸쳐 그 증상을 자각하게 만들 이유가 어디 있단 말인가? 그러는 대신, 잠복성의 꼭두각시 모드를 만들어서, 희생자가 자각하지 못하도록 조용히 기다리고 있다가, 미리 정해진 시간에 일제히 가동시키는 계획 쪽이 훨씬 더 이치에 맞는다.

그렇다면 실제로는 무슨 일이 일어나고 있단 말인가?

캐런이 눈앞에 나타난다. 소거하려고 했지만 그럴 수가 없다. 그녀는 아무 말도 없이 조금 양미간을 찌푸린 채로 그곳에 서 있을 뿐이다. 나와 마찬가지로, 자신이 왜 나타났는지를 설명하지 못하고 곤혹스러워하고 있는 투가 역력했다. 나는 그녀에게 간원했다.

"난 지금 강화 상태야. 그런 상태에 놓인 나를 보는 걸 당신이 얼마나 싫어하는지를 잘 알잖아."

이런 설득에도 그녀는 반응하지 않았다. 따지고 보면 당연한 일이다. 지금 나는 강화 상태가 아니다. **P3**가 뭐라고 생각하고 있든 간에 말이다.

최적화 모드가 더 이상 제대로 기능하지 않는 보디가드가 무슨 쓸모가 있을까? **게다가 그가 통제 불가능한 환각을 보기까지 한다면?**

눈을 감고, 마음을 가라앉혔다. 대답은 단순하다. 날이 밝으면 〈ASR〉의 직원용 의무실로 가서 증상을 설명하고 전문가들에게 치료를 맡기기로 하자. 내가 직면한 문제가 무엇이든 간에 그들이 해결해 줄 수 있을 것이다.

낯선 사람들에게 내 머릿속을 검사받는다는 사실에는 굴욕감을 느끼지만, 상황이 상황인 만큼 어쩔 수 없다. **캐런**에 관해서도 설명해야 할 것이다… 그렇다면 충성 모드에 관해서는? 어떻게든 둘러대는 수밖에 없다. 세부적인 사항까지 모두 알릴 필요는 없다. 궁극적으로 중요한 것은 〈앙상블〉에 대한 헌신이지만, 내 머리를 샅샅이 분해한다면 그런 일은 불가능해지기 때문이다.

눈을 떴다. **캐런**은 여전히 같은 곳에 서 있었다.

나는 말했다.

"흐음, 만약 그렇게 계속 서 있을 작정이라면, 뭘 할 작정인지라도 얘기해 주지 않겠어? 나하고 함께 경비를 서기라도 할 생각이야?"

"아니."

"그럼 뭐야?"

그녀는 허리를 굽혀 내 뺨에 손을 갖다 댄다. 나는 그녀의 다른 손을 쥐었다. 존재하지 않는 그녀의 육체가 점유하고 있는 공간으로 내 손이 침입하지 않도록, 모드가 교묘하게 나를 억제하고 있다는 사실을 평소보다 한층 더 강하게 의식하며. 엄지손가락으로 그녀의 손등을 훑고, 이제는 익숙해진 관절을 하나씩 어루만진다.

"당신이 그리워. 당신도 그걸 알잖아."

그녀는 대답하지 않는다.

캐런을 원래 상태로 되돌려 놓는 방법이 틀림없이 있을 것이다. 좀 더 긴밀하게 그녀를 통제함으로써, 그녀가 〈앙상블〉을 모독하지 않도록 하는 요령을 터득하면 된다. 그녀가 자율적으로 행동하고 있다는 환상을 완전히 깨지 않는 선에서 말이다. 또는… 그녀를 개조해서 행동을 통제하는 수도 있다. 그녀 전용의 '충성 모드'를 갖추게 하는 식으로 말이다. 왜 진작에 이런 생각을 못 했을까? 모드는 조절 가능하다. 모드에 불가능한 일이란 없다.

고개를 들어 그녀의 눈을 들여다본다. 평소에 그녀가 발하는 조용하고 침착한 사랑이 조금 흔들린다. 마치 거울처럼 맑은 호수의 수면에 반사된 상이, 호수 깊숙한 곳에 숨겨진 저류底流에 의해 미묘하게 일그러지는 것처럼. 소름 끼치는 예감이 나를 엄습했다. 지금 나는 슬픔이나, 죄의식이나, 분노 따위의 금지된 감정을 느끼고 있지는 않다. 그러나 바로 이 모드까지 고장 날지도 모른다는 생각—이 모드가 배제하고 있는 모든 것, 그것이 막아내고 있는 모든 것들을 또다시 체험하는 것이 가능해질지도 모른다는 사실—에 나는 한순간 머리가 아찔해질 정도의 두려움을 느꼈다.

그녀의 손을 놓아주자, 그녀는…

그녀는 방을 가득 채웠다.

그녀는 손을 댈 수 없을 정도로 망가져 버린 홀로그램용 색채 소프트웨어처럼 확산하고, 퍼지며, 증식했다. 나는 벌떡 일어나며 의자를 넘어뜨렸다. 내 주위 공간이 점점 더 늘어만 가는 그녀의 가상 육체들로 인해 빽빽해진다. 손으로 얼굴을 가렸지만, 사방팔방에서 내 몸을 스치는 그녀의 몸들을 여전히 느낄 수 있었다. 모든 방향에서 들려오는 윙윙거리는 소리가 점점 더 높아진다. 왜곡되고 지리멸렬하기는 하지만, 틀림없는 그녀의 목소리다.

나는 절규했고──

──그녀는 홀연히 사라졌다.

돌연한 침묵이 흐르며, 그녀가 사라지기 직전까지 울려 퍼지던 소리가 기억 속에서 메아리친다. 그제야 나는 나 자신의 비명 소리가 다른 사람의 목소리를 거의 묻어버리다시피 했다는 사실을 깨달았다.

포콰이.

나는 총을 뽑아 들고 그녀의 아파트 안으로 들어갔다. 가짜 창문이 보여주는 도시의 풍경 속에 있는 광고판—홀로그램의 홀로그램—들이 실내의 어둠을 밝혀주었다. P2는 비명 소리가 어디서 들려왔는지를 특정할 수 없다고—그러기에는 데이터가 너무 모호하다고—보고해 왔지만, 나 자신은 그것이 포콰이의 침실에서 들려왔다는 기이한 확신에 사로잡혀 있었다. 어차피 이런 상황에서 갈 곳은 하나뿐이었다. 침실 문이 조금 열려 있다. 나는 문을 발로 걷어차서 활짝 열었다. 침실 반대편에 서 있던 포콰이가 깜짝 놀란 얼굴로 이쪽을 홱 돌아다보았다. 나는 한순간 동작을 멈추고 뭔가 실마리가 될 만한 것—침입자의 현 위치를 알려주는 눈동자의 움직임 따위—을 그녀의 얼굴 표정에서 찾아보려고 했지만, 그녀는 단지 내 모습을 보고 놀라고, 당혹스러워하고 있을 뿐이었다. 나는 침실로 걸어 들어갔다.

"혼자입니까?"

그녀는 고개를 끄덕이고는, 신경질적이고 화난 듯이 웃었다.

"지금 뭘 하고 있는 거예요? 내가 놀라 죽는 걸 보고 싶어요?"

"아까 큰 소리를 지르지 않았습니까?"

그녀는 미간을 찌푸리고, 절대로 그런 일은 없었다고 강하게 부인하려는 기색을 보이다가, 갑자기 입을 다물고는 침실 안을 둘러보았다. 마치 주위 환경을 이해할 수 없다는 듯이.

"난… 악몽을 꿨던 것이 틀림없어요. 자다가 비명을 질렀을지도 모르겠군요. 잘 모르겠어요." 그녀는 입에 손을 갖다 댔다. "미안해요. 당신은 그 소리를 듣고…"

"괜찮습니다."

나는 총을 권총집에 집어넣었다. 총이 그녀를 동요시키고 있다는 게 명백했기 때문이다.

"늭, 미안해요."

"신경 쓰지 마십시오. 무슨 피해가 있었던 것도 아니니까요. 놀라게 해서 죄송합니다."

긴장이 풀리면서 상황을 둘러볼 여유가 생겨났다. 나는 또다시 강화 상태에 돌입해 있었고, P3도 정상적으로 기능하고 있다. 이것은 좋은 소식이다. 그러나 다른 것들과 마찬가지로 설명이 불가능했다.

그녀는 여전히 미안해하는 표정으로 고개를 저었다. "침대에서 빠져나온 기억조차도 없어요."

"혹시 몽유병 증세를 보인 적은 없습니까?"

"한 번도 없어요. 아마 꿈속에서 너무나도 큰 충격을 받은 탓에 소리를 지르면서 침대에서 뛰쳐나온 건지도 모르겠군요… 하지만 정말로 잠에서 깬 건 두 발로 서 있었을 때인 건지도. 정말 아무 기억도 없어요."

나는 침대를 흘낏 보았다. 침대 시트는 정말로 그곳에서 '뛰쳐나온' 것처럼 보이는 상태는 아니었지만, 나는 굳이 그 사실을 지적하지 않았다. 만약 그녀가 몽유병자처럼 수면 중에 돌아다니는 버릇이 있다면 그것은 알아둘 가치가 있는 정보이지만, 본인이 그 사실을 인정하고 싶어 하지 않는데 일부러 곤혹스럽게 만들 필요는 없었다.

"흐음. 하여튼… 갑자기 뛰어 들어와서 죄송합니다. 조금 더 잠을 자면 어떻습니까?"

포콰이는 고개를 끄덕였다.

대기실로 돌아간 후에도 그녀가 아파트 안에서 끊임없이 서성거리는 소리를 들을 수 있었다. 자리에 앉아, **P3**가 고장 나거나 **캐런**이 다시 나타나서 폭주하기를 기다렸지만 아무 일도 일어나지 않는다. 모드의 결함이 기적적으로 사라졌다고 기대하는 것은 희망적 관측에 불과하다. 실제로는 언제 재발해도 하등 이상할 것이 없었다. 그렇다고는 해도, 피상적인 검사를 받은 후 모드의 자기 진단과 별반 다르지 않은 '아무 이상도 없습니다' 식의 쓸모없는 보증을 얻는 것보다는, 죽은 아내의 유령에게 사로잡혀 지리멸렬한 헛소리를 늘어놓는 폐인이 된 뒤에 의사들과 대면하는 편이 차라리 낫다.

10분 후 포콰이가 아파트 밖으로 나왔다.

"잠깐 여기 앉아서 시간을 보내도 괜찮아요?"

"물론 괜찮습니다."

"다시 잠을 자기에는 너무 늦었고, 아침을 먹으러 가기엔 너무 이른 시각이라서. 어떻게 해야 할지 갈피를 못 잡고 있었어요."

그녀는 의자를 하나 더 가져와서 앉았다. 앞으로 몸을 수그린 채로. 그녀는 아직도 동요하고 있는 투가 역력했다.

나는 말했다. "의사를 부르는 편이 나을지도 모르겠군요."

"바보 같은 소리 하지 말아요."

"그럼 진정제라도…"

"안 돼요! 난 아무렇지도 않아요. 단지 무장한 경호원이 총을 휘두르며 내 방문을 박차고 들어오는 데 익숙하지 않을 뿐이에요." 내가 다시 사과를 하려고 하자 그녀는 내 말을 가로막았다. "난 불평을 하고 있는 게 아녜요. 당신이 자기 일을 충실하게 수행해 줘서 난 기뻐요. 단지 난… 이제야 비로소 당신의 일이 실제로 필요할지도 모른다는 사실을 받아들이고 있는 중이에요. 〈ASR〉는 나를 면접했을 때 어떠한 사실도 감추지 않고 솔직하게 얘기해 줬어요. 어떤 보안 조치를 취하게 될지에 관해서도 정확하게 설명해 줬고요. 그런 것들 모두가 편집증에 불과하다고 무시한 내 잘못이에요."

"하지만 지금 와서 생각을 바꾼 이유가 뭡니까? 내가 과잉 반응했기 때문인가요? 그렇다면 미안합니다. 좀 더 침착하게 일을 처리했어야 했습니다. 하여튼 사방에서 누군가가 당신을 노리고 있다고 걱정할 필요는 없습니다. 〈ASR〉 외부의 사람들은 이런 프로젝트가 존재한다는 사실조차도 모르고 있을 가능성이 크니까요."

"그래요. 단지… 이제 내가 대조 표준이 아니었다는 사실을 알게 되고, 그 물건이 실제로 작동한다는 사실을 알고… 나 자신에게 얼마나 막대한 액수의 연구 개발비가 투자되었는지를 깨달은 다음에는 …" 그녀는 머리를 흔들었다. "내가 이 연구에 참가한 건 물리학 발전에 도움이 될 거라고 생각했기 때문이에요. 단순한 실험용 쥐가 아닌, 공동 연구자로 나를 대해줄 거라고 생각했던 거죠. 렁은 마치 바보를 대하듯이 나를 다루고, 체 그 인간은 바보고, 뤼는 내가 마치 상처받기 쉬운 작은 신이라도 되는 것처럼 행동해요. 뤼 그 인간이 도대체 무슨 억하심정으로 그러는지는 모르겠지만. 게다가 이번 연구 결과는 몇 년 뒤에도 발표되지 않은 채로 남아 있을 거예요. 내일 당장이라도 《네이처》의 첫 화면을 장식할 만한 엄청난 발견인데도 말예요. 'QM에서의 관찰자 역할이 확인되고… 수정되다!'라는 제목으로."

"지금 무엇의 역할이라고…?"

"관찰자. 양자역학의 관찰자 말이에요." 그녀는 마치 나더러 뻔한 거짓말은 하지 말라는 듯한 표정으로 나를 바라보았다가, 조금 뒤에야 진상을 파악한 듯했다. "그럼 그 작자들은 당신한테 아무 설명도 해주지 않았단 말이군요?" 그녀는 불쾌함과 불신으로 가득 찬 소리를 냈다. "아, 그렇군요. 닉은 보디가드고, 하급 직원에 불과하다는 거죠. 일개 보디가드가 자기 목숨을 걸고 뭘 지키고 있는지를 굳이 얘기해 줄 필요가 어디 있나, 이런 식이로군요?"

나는 고개를 가로저었다.

"난 내 목숨을 걸고 있지는 않습니다. 그리고 내가 알 필요가 없다는 판단이 내려졌다면, 나도 굳이 알 필요가…"

"아, 맘에도 없는 소리는 말아요!"

"정말입니다."

P3 덕택에 침착을 유지할 수 있었지만, 나는 나의 내부에서 일종의 정신적인 현기증이 솟구치는 것을 냉정하게 관찰할 수 있었다. **나는 〈앙상블〉의 비밀을 알고 싶지는 않아. 최종적이고, 세속적인 설명 따위를 듣고 싶지는 않아. 신비함의 베일을 들추고 싶지는 않아.**

그러나 강화 상태에서 이런 심적 공황은 막연하고 실체가 없는 정보에 불과하다. 마치 나의 일부가 아닌 것처럼 느껴지는 것이다. 강화 상태의 나는 명령에 절대복종하는 것만으로 만족하며, 무지한 상태를 경건하게 유지하라는 지시는 한 번도 받은 적이 없었다. 내가 〈앙상블〉을 어떤 의미에서는 신화적이라고 할 수 있는 장식으로 치장한 것은 충성 모드의 명령에 의한 것이 아니다. 좀비 보이스카우트는 그런 장식 따위를 필요로 하지 않는다.

어쨌든 간에 내게 선택의 여지는 없었다. 포콰이는 단호히 말했다.

"그냥 들어요. 전문적인 차원에서는 복잡하지만, 실제 원리는 아주 단순해요. 양자역학의 관측 문제에 관해 들어본 적이 있어요?"

"없습니다."

"그럼 〈슈뢰딩거의 고양이〉에 관해서는?"

"물론 들어봤습니다."

"흠, 〈슈뢰딩거의 고양이〉는 양자 관측 문제를 설명하기 위한 비유예요. 양자역학은 극미의 계를—넘원자subatomic 입자나 원자, 분자 따위를, 파동함수라고 불리는 수식을 써서 기술해요. 파동함수를 쓰면 어떤 계를 관측할 때 나오는 여러 가지 결과를 어떤 확률로 얻을 수 있을지를 예측할 수 있죠.

예를 들어 특수 처리된 은 이온들로 하여금 자장을 통과해서 형광 스크린에 부딪히게 한다고 생각해 봐요. 양자역학은 이 이온들의 반수는 스크린상에서 마치 위로 방향을 트는 듯한 섬광을 남기는 것처럼 보이고, 나머지 반수는 마치 아래로 내려가는 듯한 섬광을 보일 거라고 예측해요. 이런 현상은 이온이 고유의 스핀을 가지고 있고, 자장과 상호작용하기 때문이라고 설명될 수 있어요. 해당 이온의 스핀이 자장에 대해 어떤 각운동량을 가지고 있는가에 따라서, 위나 아래를 향해 밀리는 거죠. 따라서 스크린에 나타나는 섬광을 관찰함으로써, 당신은 이온의 스핀을 관측하고 있는 거예요.

혹은 1시간의 반감기를 가지는 방사성 원자가 하나 있다고 생각해 봐요. 그 원자를 향하고 있는 입자 검출기를, 독가스가 든 병을 깨뜨려서 고양이가 죽게 만드는 장치에 연결해요. 만약 이 원자가 붕괴한다면 독가스 병은 깨지고 고양이는 죽어요. 이런 장치들을 모두 불투명한 상자 속에 넣은 다음, 1시간 후에 상자 안을 들여다보는 거예요. 만약 당신이 새로운 원자와 새로운 고양이를 써서 이 실험을 여러 번 되풀이한다면, 양자역학은 실험들의 반수에서는 고양이가 죽어 있는 것을 보고, 나머지 반수에서는 고양이가 살아 있는 것을 보게 될 거라고 예측해요. 어떤 결과가 나왔는지를 봄으로써, 당신은 그 원자가 붕괴했는지, 아니면 붕괴 안 했는지를 관측하는 거죠."

"그럼… 뭐가 문제라는 겁니까?"

"문제는… 둘 중 어떤 결과가 나오든 간에, 당신이 관측을 행하기 전에는, 파동함수는 어떤 결과가 나올지를 당신에게 가르쳐 주지 않는다는 점이에요. 파동함수는 단지 50 대 50의 확률로 그런 일이 일어날 거라고 가르쳐 줄 뿐이에요. 하지만 일단 당신이 관측을 행한 후에는, 다시 한번 그 계를 관찰하더라도 언제나 같은 결과가 나와요. 처음에 상자를 들여다보았을 때 고양이가 죽어 있었다면, 다시 들여다보았을 때도 여전히 죽어 있을 거라는 얘기죠. 전문 용어로 말하자면, 관측한다는 행위가, 각기 다른 가능성을 대표하는 두 개의 파동함수의 혼합을 단 한 가지의 가능성만을 대표하는 '순수한' 파동, 그러니까 고유 상태라고 불리는 것으로 변화시켰다고 할 수 있어요. 이것이 바로 '파동함수의 수축'이라고 불리는 현상이죠.

하지만 관측 행위는 왜 그렇게 특별한 것일까요? 왜 관측을 하면 파동함수는 반드시 수축해야만 하죠? 왜 어떤 관측 장치가, 장치 자체를 구성하는 개개의 원자들도 관측당하는 계와 전혀 다르지 않은 양자역학의 법칙을 따르고 있음에도 불구하고, 가능성들이 혼합된 상태를 오직 한 가지 상태로 수축하게 만드는 걸까요? 만약 이 관측 장비를 단순히 계의 일부라고 간주한다면, 슈뢰딩거 방정식은 문제의 장치 자체가 혼합 상태에 이른다고 예언해요. 장치와 상호작용하는 모든 것들도 역시 그렇게 되고. 독가스가 든 병을 기술하는 파동함수도 병이 깨진 상태와 깨지지 않은 상태를 혼합한 것이 되어버릴 뿐만 아니라, 고양이도 죽은 상태와 살아 있는 상태의 혼합이 되어버려요. 그렇다면 우리는 고양이를 왜 언제나 순수한 단일 상태로, 그러니까 죽어 있는 상태나 살아 있는 상태 중 하나만으로 보게 되는 걸까요?"

"아마 그 이론 자체가 틀린 것일지도 모릅니다."

"아녜요. 이건 그렇게 간단한 문제가 아녜요. 양자역학은 역사상 가장 성공적인 과학 이론이에요. 파동함수의 수축이라는 개념을 받아들인다면 말예요. 만약 양자역학 이론 자체가 틀렸다면, 극소전자공학도, 레이저도, 광전자공학도, 나노 머신도, 화학 및 제약 산업의 90퍼센트도 존재하지 않을 거예요… 양자역학은 지금까지 행해진 모든 검증 실험에 합격했어요. 방금 얘기한 '관측'이라고 불리는 특수한 과정을 받아들이는 한은 말이에요. 그리고 이 과정은 기타 물리 법칙들과는 전혀 다른 원칙에 따라 움직여요.

따라서 양자 관측 문제를 연구할 경우의 목표는, 이 '관측'이라는 것이 정확히 무엇을 의미하는지, 또 왜 그것이 특별한지를 정확히 해명하는 일이에요. 파동함수는 언제 수축하는가? 입자 검출기가 작동할 때? 병이 깨졌을 때? 고양이가 죽었을 때? 누군가가 상자 안을 들여다보았을 때?

어떤 학파에서는, 그냥 어깨를 으쓱해 보이고는 이렇게 말하죠. 양자역학은 최종적인, 눈에 보이는 결과를 정확히 예측한다. 그런데 그 이상 무엇이 필요하단 말인가? 원자의 존재는 오직 과학 실험 기기에 원자가 끼치는 영향에 의해서만 확인될 뿐이므로, 양자역학에 의해 여러 기기의 측정치나, 섬광의 위치나, 고양이의 사망률 따위를 얻을 확률을 정확하게 계산할 수 있다면, 그 이론은 완벽하다, 이렇게 주장하는 거죠.

이런 입장과는 달리, 파동함수는 계의 크기라든지, 계의 에너지 내지는 복잡도複雜度가 일종의 임계치에 달할 때만 수축하고, 쓸모 있는 관측 기기란 결국 이 역치를 넘어선 관측 기기를 의미한다고 주장하는 사람들도 있어요. 열역학적 효과나 양자중력, 방정식이 비선형일 가능성… 이런 온갖 것들을 이유로 들면서 말이에요. 이것들 역시 사실을 완전히 설명하지는 못했지만.

그것 말고도, 다세계 이론에 의하면…"

"대체역사라든지, 평행우주…"

"바로 그거예요. 다세계 이론에 의하면, 파동함수는 아예 수축하지 않아요. 그 대신, 우주 전체가 모든 관측 결과에 대응하는 각기 다른 버전으로 갈라지는 거죠. 한 우주에는 죽은 고양이와 죽은 고양이를 본 실험자가 존재해요. 다른 우주에서는 살아 있는 고양이와 그것이 살아 있는 것을 본 실험자가 있죠. 이 이론의 문제점은, 그런 일이 왜 일어나는지, 또는 어느 시점에서 우주가 분기하는지를 전혀 설명하지 못한다는 점이에요. 검출기? 유리병? 고양이? 인간? 이 이론은 실제로는 아무런 해답도 주지 못해요."

"혹시 해답은 없는 것일지도 모릅니다. 이것들 모두가 형이상학적인 헛소리에 불과하고…"

포콰이는 고개를 가로저었다.

"1980년대 이래, 형이상학은 실험과학이에요. 개인적으로는 실험

과학으로서의 형이상학이 본격적으로 시작된 것은 오늘부터라고 생각하고 싶지만." 그녀는 손목시계를 흘낏 보았다. "아, 오늘이 아니라 어제군요. 2068년 7월 24일 화요일."

포콰이는 새침한 미소를 머금은 채로 참을성 있게 기다렸다. 그제야 나는 그녀가 한 말의 의미를 깨달았다.

"뇌 속에서? 어떤 식으로든, 파동함수의 수축이 뇌에서 일어난다는 사실을 증명했단 말입니까?"

"그래요."

"하지만… 어떻게? 지금 한 얘기가, 이온에 영향을 끼쳐 한 방향으로만 움직이도록 하는 것과 도대체 무슨 관련이 있단 말입니까? 설마 모종의 전자기적 효과를 이용해서…"

"아녜요! 그럴 만큼 강한 생물학적인 장은 그 어디에도 존재하지 않아요."

"나도 그렇게 생각했습니다. 하지만… 그럼 어떻게?"

"내 모드는 두 가지 방식으로 작동해요. 첫 번째는 내가 파동함수를 수축하게 하는 것을 막아요. 평상시에 그 기능을 수행하고 있는 뇌의 일부를 무력화시키는 방법으로. 하지만 그것만 가지고서는, 이온이 움직이는 방향은 여전히 무작위적으로 50 대 50의 확률을 유지할 거예요… 결국 옆에서 보고 있는 당신, 렁, 체, 뤼가 나 대신 계를 수축하게 할 테니까 말이에요.

하지만 그것 말고도 이 모드는 내가 고유 상태를 조작할 수 있도록 해줘요. 이제 내가 여러 고유 상태를 단 하나만 제외하고 소멸시키는 방식은, 옛날처럼 서툴고 무작위적인 것이 아녜요. 모드는 내가 각 고유 상태의 상대적인 강도를, 개연성을 바꿀 수 있도록 해줘요. 그렇게 함으로써 실험에서 얻을 수 있는 결과의 확률을 바꾸는 거죠.

그런 다음에는, 이론상으로는 나 자신이 파동함수를 수축시킬 수 있을 거예요. 하지만 같은 사람이 양쪽 일을 모두 맡는다면 깔끔한 실험이라고는 할 수 없겠죠. 따라서 제어실 안에 있는 사람들에게 은이온과 형광 스크린과 나를 포함한 계 전체를 수축시키는 역할을 맡긴 거예요. 단지 이 일은 내가 확률을 바꾼 후에 일어나니까, 결과는 더 이상 50 대 50이 아녜요."

"그렇다면… 제어실 안에 있는 사람들도 모두 실험의 일부였단 말입니까? 바로 그런 이유에서, 막대그래프들은 당신이 이온의 방향을 구두로 보고한 다음에야 바뀌는 거였군요. 당신이 확률에 영향을 주기 전에 우리가 먼저 결과를 알아버린다면, 우리는 이온을 무작위적으로 수축시킬 테니까."

"맞아요."

나는 잠시 생각에 잠겼다.

"당신은 아까 우리가 '계 전체'를 수축시킨다고 했습니다. 그렇다면 우리가 당신의 목소리를 들을 때까지, 당신은 혼합 상태로 존재한다는 뜻입니까?"

"그래요."

"그렇다면… 그때는 어떤 기분이었습니까?"

포콰이는 웃음을 터뜨렸다.

"가장 불만스러운 부분은 바로 그거예요. 난 아무것도 기억 못 해요! 글자 그대로 기억이 없는 거예요. 일단 내가 수축하면, 내겐 오직 한 세트의 기억만 남을 뿐이에요. 스크린에서 단 하나의 섬광만을 보았다는 기억이. 모드를 써서 고유 상태의 확률을 조작했다고는 해도, 당시에 내가 실제로 무엇을 했는지에 관해서조차도 아무런 기억이 없어요… 내가 실험에서 성공하기까지, 왜 그토록 오랜 시간이 걸렸는지 의아해했던 적이 한 번도 없어요. 게다가 나는 내가 한순간이라도 두 개의 섬광을 '본' 적이 있는지 없는지도 몰라요. 이들 두 상태의 나는 서로 너무 동떨어져 있기 때문에 그런 일이 일어날 것 같지는 않지만. 거기서 일어나는 일은 극소 스케일의 다세계 모델을 조금 닮은 건지도 모르겠군요. 실질적으로, 두 개로 거의 분리된 버전의 내가 존재하는 거니까. 설령 그런 일이 내가 수축하기 직전의 1초 동안만 지속되었다고 하더라도 말이에요. 그러나 내 뇌의 다른 부분에서 무슨 일들이 진행되든 간에, 두 고유 상태에 놓인 모드 자체는 틀림없이 상호작용해요. 쌍방의 파동함수가 서로 간섭하면서, 한쪽의 고유 상태를 강화하고 다른 쪽의 고유 상태를 약화시키는 거죠. 그게 아니라면, 이 실험 전체는 무의미해지고… 닉 당신 말대로 형이상학적인 헛소리가 되어버리는 거예요."

나는 말문을 열려고 했다가 머리가 혼란스러웠던 나머지 주저했고, 방금 한 토론을 머릿속에서 다시 되풀이함으로써 얘기가 현실에서 이탈해 버린 시점이 어디인지를 확인해 본 뒤에 말했다.

"지금 한 얘기는 모두 진심입니까? 혹시 나를 속이려고 있지도 않은 사실을 꾸며낸 건 아니죠? 당신 침실 문을 박차고 들어간 내가 괘씸해서 놀려주려고? 혹시 그게 사실이라면, 당신이 이겼습니다. 패배를 인정하겠습니다. 나는 어디까지가 진실이고, 어디까지가 당신이 만들어 낸 말인지 더 이상 구별할 수가 없으니까요."

포콰이는 마음을 상한 듯했다.

"난 그런 거짓말 따위는 하지 않아요. 방금 한 얘기는 모두 사실이에요."

"뭐랄까… 이런 얘기들은 모두 양자 신비주의자들이 떠들고 다니는 이해 불가능한 헛소리처럼 들려서…"

포콰이는 말도 안 된다는 듯이 강하게 고개를 가로저었다.

"아니, 그런 것과는 전혀 달라요. 그치들은 인간 의식에 모종의 비물질적인 요소가 있다고 주장하잖아요. 뇌와는 독립해서 존재하는 정체불명의 '영적'인 존재가 파동함수를 수축시킨다는 식으로. 어제 했던 실험은 그런 주장을 완전히 무너뜨렸어요. 모드가 무력화하는 뇌의 특정 부위가 수행하는 일은 전혀 신비적이지 않아요. 그러는 대신 그 부위는 복잡하지만 완전히 이해 가능하고, 물리적인, 일을 수행해요.

이 모든 얘기가 기이하게 들린다는 건 나도 알아요. 하지만 가장 중요한 것은, 그런 일들이 극히 일상적이고 흔해 빠진 현상이라는 점이에요. 모든 사람이 자신과 상호작용하는 계들을 수축시키면서 일생을 보내는 거예요. 이건 옛날부터 있었던 오래된 아이디어예요. 양자역학의 선구자들 다수가 관찰자는 결정적인 역할을 담당한다고 믿었으니까. 관측 장치만으로 파동함수를 수축시키는 것은 역부족이라고 봤다는 뜻이에요. 하지만 정확히 관찰자의 어느 부분에서 그런 일이 일어나는지를 확정하는 데는 1세기가 넘는 시간이 걸렸군요."

포콰이의 말을 단 한마디라도 믿어야 하는 것인지 나는 여전히 확신하지 못하고 있었지만, 적어도 본인은 자기가 한 말을 확고하게 믿고 있는 듯했다. 그러므로 적어도 그녀가 무엇을 믿고 있는지를 정확히 이해하는 것은 결코 무의미한 일이 아니다. 나는 회의주의를 일단 옆으로 밀쳐놓고 그녀의 얘기를 이해해 보려고 했다.

"알았습니다… '관측 장치'만 가지고서는 충분하지 않으니까, '관찰자'가 필요하다는 말이죠. 하지만 관찰자의 정의가 뭡니까? 인간은 물론 거기 해당되겠지만… 컴퓨터의 경우는? 고양이들은?"

"아하. 현존하는 컴퓨터로는 무리예요. 파동함수를 수축시키는 것은 특수한 물리적 과정이지, 일정 수준에 도달한 지성이나 자의식 따위가 자동적으로 획득하는 부산물이 아니니까. 그리고 컴퓨터는 애당초 그런 식으로 설계되지 않았어요… 장래에 그런 것이 만들어질 거라는 데는 의심의 여지가 없지만.

고양이의 경우는… 개인적으로는 고양이도 파동함수를 수축시킨다고 생각하지만, 난 비교 신경생리학의 전문가가 아니기 때문에 내 의견을 곧이곧대로 받아들이지는 말아요. 어떤 종이 파동함수를 수축시키고, 어떤 종이 수축시키지 않는지를 정확하게 확인하려면 아마 몇십 년은 걸릴걸요. 게다가 그것 말고도 특정 형질의 진화라는 문제가 고스란히 남아 있어요. 수축되지 않은 우주에서 이 '진화'라는 것이 무엇을 의미했는지에 관한 의문도. 과학자들은 앞으로 몇십 년을 들여서 이 발견이 시사하는 것들을 해명하려고 하겠죠."

나는 말없이 고개를 끄덕였고… 내가 이 발견의 시사점들을 이해해 보려고 시도하는 동안만이라도 상대방이 입을 다물어 줬으면 좋겠다고 생각했다. 만약 이런 일들이 모두 사실이라면, 로라에 관해서는 어떤 설명이 가능할까? 로라는 '고유 상태를 조작'해서, 자물쇠를 열고 감시 카메라를 속일 수 있었던 것일까? 그럴지도 모른다… 그렇지만 우연한 돌연변이, 혹은 무작위적인 선천성 기형이 어떻게 로라에게 그런 세련된 능력을 부여할 수 있었단 말인가? 파동함수를 수축시키는 능력을 단순히 상실했을 뿐이라면 이해할 수 있다. 무작위적인 손상은 **결함**으로 이어지기 마련이므로. 그러나 뇌 손상으로 인해 모드가 부여하는 (포콰이의 주장에 의하면, 복잡한) 능력들이 자연히 생성될 확률은 도대체 어느 정도일까? 확률이 아무리 낮더라도, 로라가 그런 능력을 가지고 있다는 점만은 확실했다. 그러지 않았다면 무슨 방법으로 힐게만 병원에서 빠져나올 수 있었겠는가? 그리고 로라가 없었다면 어떻게 그런 기능을 가진 모드가 존재할 수 있단 말인가? 〈BDI〉가 로라에게 결여된 인간의 통상적인 형질만을 연구해서, 이 모드를 단 6개월 만에 완성시켰다고는 도저히 믿기 힘들었다.

그렇다면 어느 쪽의 설명이 더 황당무계할까? 〈BDI〉가 대다수의 회사가 새로운 게임용 모드 하나를 개발하는 데 걸리는 시간보다 더 짧은 기간에, 고유 상태를 신경적인 방법으로 조작하는 법을 발명했다는 설명일까? 아니면, 무작위적인 우연의 일치로 인해 로라와

〈BDI〉가 각기 독자적으로 완성품을 손에 넣었다는 설명일까?

포콰이가 말을 이었다.

"따져보면 엄청나게 중요한 얘기예요, 이건. 우리 조상들 중 하나가 이 능력을 획득하기 전까지, 우주는 지금 우리가 알고 있는 우주와는 근본적으로 다른 양상을 띠고 있었을 테니까요. 모든 일이 동시에 일어나고, 모든 개연성들이 공존하는 우주. 파동함수는 결코 수축하지 않고 그 대신 점점 더 복잡화되기만 했겠죠. 다름 아닌 지구의 생명체가 그런 변화를 가져왔다는 주장이 터무니없게 들린다는 걸 나도 알아요. 과대망상적이고, 인간중심주의적이고, 지구중심주의적으로 들리겠죠. 하지만 본래의 우주가 그토록 다양하고, 그토록 복잡했다는 사실을 감안한다면, 그 일각에서 이것들 모두를 전복시키고, 자기 자신을 창조한 문제의 다양성 자체를 소멸시켜 버린 생물이 진화했던 것은, 어떤 의미에서는 불가피한 일이었는지도 모르겠군요."

포콰이는 불안한 웃음소리를 냈다. 마치 사실을 알리는 것을 곤혹스러워하는 듯한 분위기였다. 대재앙이나 잔학 행위 따위가 발생했다는 나쁜 뉴스를 알려주는 사람이 흔히 그러듯이.

"쉽게 받아들일 수 있는 일은 아니겠지만, 그게 바로 우리의 존재방식이니 어쩌겠어요. 우리는 '자기 자신을 아는' 우주일 뿐만 아니라… 바로 그런 지식을 얻는 과정을 통해서, 자기들 대다수를 소멸시키는 우주인 거예요."

나는 아연실색하며 그녀를 응시했다.

"지금 무슨 말을 하고 있는 겁니까? 이 지구상에서 그런 형질을 가지고 태어난 최초의 동물이… 우주 전체를 수축시켰다는 겁니까?"

포콰이는 어깨를 으쓱했다.

"지구상에서 일어난 일이 아니었을지도 모르지만, 그러지 말라는 법도 없겠죠. 누군가가 처음에 그랬던 것은 확실하니까. 그리고 우주 전체를 수축시킨 건 아녜요. 무심결에 밤하늘을 한 번 흘낏 올려다본다고 해서 모든 것을 관측할 수 있는 것은 아니니까. 하지만 그런 행위는 개연성들의 수를 대폭 줄였을 거예요… 우선 지구와 태양부터 고정되었겠죠. 바꿔 말해서, 태양계 전체를 점유하고 있던 존재 가능한 물질 조합 전부를 태양계라는 단 하나의 고유 상태로 응축시켰던 거예요. 그 생물의 시력이 미치는 범위 내에서 가장 밝게 반짝이는 별들을 고정하고, 대체 가능성으로서 공존하고 있었던 별들을 모두 소멸시켰던 거죠. 그런 일이 일어나지 않았다면, 지금쯤 별자리들이 어떻게 보였을지 상상해 봐요. 인류의 조상이 눈을 떴을 때, 얼마나 많은 항성과 행성들이 우주로부터 영원히 사라졌다고 생각해요?"

나는 고개를 설레설레 저었다.

"설마 진담은 아니겠죠."

"진담이에요."

"도저히 믿을 수가 없군요. 도대체 뭘 근거로 그런 소리를 하는 겁니까? 은 이온을 가지고 한 작고 사소한 실험 결과에 입각해서, 인간의—그리고 아마 고양이의—조상이었을지도 모를 이 가설상의 생물이, 단지 밤하늘을 한 번 바라볼 목적으로, 빅뱅 이래 발생했을 수 있는 존재 가능한 모든 우주들의 장대하고 장려한 혼합물이라고 할 만한 것을… 극히 미세한 파편으로 변용시켰다고 주장하는 겁니까? 나머지 가능성들을 모조리 말소해 버림으로써? 바꿔 말해서, 일종의 … 우주론적인 대학살을 저질렀다고?"

"그래요. 아마 글자 그대로 대학살이었을지도 몰라요. 생물, 특히 지적 생물이라고 해서, 반드시 파동함수를 수축시켜야 한다는 법은 없어요. 만약 우리 이전에 파동함수를 수축시키지 않는 생물이 존재했다면, 우리는 그 생물도 수축시켰을 거예요. 그 과정에서 다른 문명들을 통째로 멸망시켰을 수도 있겠군요."

"그럼 우리는 지금도 그런 일을 하고 있다는 겁니까? 몇십, 몇백만 광년이나 떨어진 곳에 있는 것들을 수축시키고 있다고? 다른 항성들을? 다른 은하들을? 다른 생명체들을? '개연성들의 수를 대폭 줄이고 있다'고? 단지 관측하는 것만으로 우주를 난도질하고 있다고?"

불현듯 어떤 생각이 뇌리에 떠오르자, 나는 웃음을 터뜨렸다.

"혹은, 그러고 있었다는 쪽이 더 정확하겠군요. 그때…"

나는 문득 하려던 말을 멈추고, 갑자기 솟구친 현기증과 폐색감을 못 이기고 잠시 눈을 감았다. 그럼에도 불구하고, 내 머릿속에서는 입 밖에 내서 말하지 않은 결론이 메아리치고 있었다. 그것을 무해한 것으로 만들어 줄 모드는 내 머릿속에는 없는 듯하다.

포콰이는 조용하게 말했다.

"그래요. 그러고 있었어요. 〈버블〉이 출현하기 전까지는."

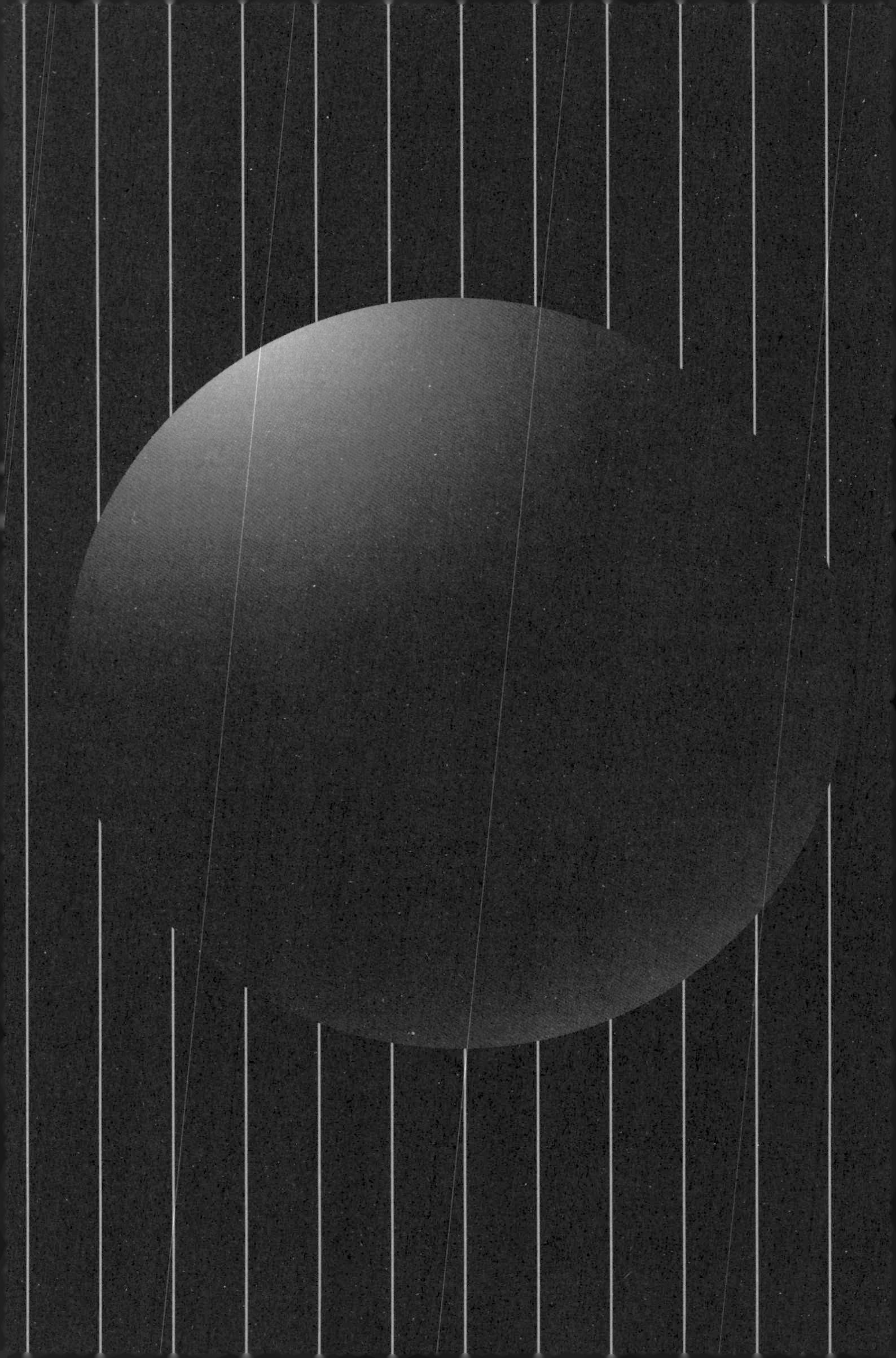

8

포콰이는 아침에 이온 실험실로 들어가서 어젯밤에 나온 결과가 결코 요행이 아니었다는 사실을 확인한 다음, 실험의 다음 단계에 들어가기 위한 준비가 끝날 때까지 2주간의 휴가를 받았다. 같은 건물 안에 줄곧 갇혀 있어야 한다는 사실에 그녀는 개의치 않는 듯했고, 대부분의 시간을 책을 읽으며 보냈다.

"어차피 집에 있었어도 이랬을걸요." 포콰이는 말했다. "선택의 여지가 없다는 사실만 잊어버릴 수 있다면, 이건 나한테는 완벽한 환경이니까. 조용하고 차분한 데다가, 에어컨이 고장 나는 일도 없고. 내가 꿈꾸는 천국은 바로 그런 거예요."

내 꿈속에서 그녀의 영창 소리는 사라졌다. **P3**는 완벽하게 기능하고, **캐런**도 돌아오지 않는다. 나는 리 힝충에게 어떤 모드를 가지고 있는지 완곡하게 물어보았다. 그가 쓰고 있는 것은 **보초**와 **메타신원조서**와 **레드넷**뿐이라는 사실이 판명되었다. 이온 실험이 진행되는 중에만 경험했던 예의 문제를 제외하면, 모든 모드가 멀쩡하게 작동한다고 한다. 나 자신의 모드들이 보인 비정상적인 행태의 원인을 규명하려는 결심은 사라졌다. 아무런 증세도 없는데 의사나 신경 기술자의 진찰을 받는 것은 무의미하다. 그리고 내가 충성 모드를 가지고 있다는 사실을 국외자에게 알리는 것도 마음이 내키지 않았다. 기능부전의 징후가 조금이라도 나타난다면 그 즉시 도움을 요청하려고 마음먹고 있었지만, 아무 문제도 일어나지 않는 날이 계속되면서, 고장이 아마 '자연 치유'되었을 것이라는 나의 희망도 점점 그럴싸하게 느껴지기 시작했다.

로라의 이른바 '텔레키네시스'에 관해서는 복잡하기는 하지만 궁극적으로는 세속적인 설명이 가능한 것이 아닌지, 또 〈앙상블〉에 대한 나의 감정과 그 실제 활동 사이에서 내 마음을 짓누르고 있는 또 하나의 모순, 또 하나의 불일치를 발견하게 되는 것은 아닌지 두려워하고 있던 나에게, 포콰이가 털어놓은 이야기는 하늘이 내려준 선물이나 마찬가지였다. 〈앙상블〉은 현실과 인간성의 본질에 관한 해답을 얻기 위해 심원한 연구를 하고 있었고, 〈버블〉의 존재 이유를 탐구하고 있을 가능성조차 있다. 이 장대한 연합 조직의 유일한 목적이, 로라의 탈출 능력을 이용한 비루한 이익의 추구에 있을지도 모른다고 진정으로 의심한 적이 있다는 사실이 나는 부끄러워 견딜 수 없었다. 나는 그보다 훨씬 더 숭고한 목적을 상정했어야 마땅했다.

그러나 그들의 목적이 실은 '비루한 이익'을 얻기 위한 것이었다면? 그럴 경우에도 〈앙상블〉은 여전히 나의 인생에서 가장 중요한 존재로 남았을 것이다. 충성 모드가 그런 신념을 보장해 주기 때문이다.

환상이 깨질 것을 두려워하든, 내 신념이 옳았음을 알고 환희를 느끼든 간에, 충성 모드의 존재 앞에서는 결국 사소하고 무의미한 일에 불과하다. 나는 이런 생각을 머릿속에서 이리저리 굴려보았지만, 그 이상으로 뚜렷한 결론은 얻을 수 없었다.

포콰이의 경천동지할 주장—이 지구상의 생명체들이 우주의 나머지 부분에 대해 본질적으로 유해한 존재라는—도 난감하기는 마찬가지였다. 인류가 우주에 내재된 가능성들을 고갈시키고, 의도적이지는 않다고 해도 상상을 초월한 규모의 학살을 단행함으로써 우주의 괴사를 야기하는, 아니 야기했던 존재라는 주장을 고립된 이론상의 개념으로서 마음에 떠올리는 것은 쉽다. 그러나 그 개념이 야기하는 결론을 추구하는 것은 불가능했다. 처음에 내가 느꼈던 공포는 점점 불신으로 바뀌기 시작했다. 1과 0이 결국은 같다는 사실을 수학적으로 입증했다고 주장하는 엉터리 '증명' 과정 비슷한 것에 억지로 코를 꿰인 듯한 느낌이랄까? 나는 이런 정신적으로 막다른 골목에 갇혀 고민하는 대신 이 가설의 결함을 찾아보기로 했다. 내가 늦은 오후에 경호 업무에 복귀하자 포콰이는 독서를 중단했고, 우리는 토론을 재개했다.

내가 먼저 운을 뗐다.

"이 가설이 말도 안 될 정도로 지구 중심적이라는 사실을 당신은 자기 입으로 인정했습니다."

포콰이는 어깨를 으쓱했다.

"인류가 첫 번째 주자였다면 그렇게 주장할 수도 있겠죠. 그러나 그렇지 않았을 가능성도 있어요. 아마 지구상에서 그런 일이 일어나기 10억 년 전에, 이미 수천 개의 다른 행성에서 똑같은 일들이 일어났던 건지도 몰라요. 그런 걸 확인하는 건 불가능해요. 하지만 인간의 뇌에서 파동함수를 수축시키는 부분을 특정한 지금은, 지성을 가진 우주의 다른 모든 생물들이 우리와 똑같은 짓을 하고 있다고 가정하는 편이 오히려 더 지구 중심적인 생각인지도 몰라요."

"그렇지만 뇌의 그런 부분을 찾아냈다는 주장을 나는 아직도 받아들일 수가 없습니다. 당신이 실험 중에도 여전히 파동함수를 수축시키지 않았다는 확증은 아직 없지 않습니까? 그러는 대신, 모드는 파동함수가 수축하기 전에 간섭한다는 사실을 보여준 것에 지나지 않을 수도 있습니다. 그 원인이 무엇이든 간에 말입니다. 파동함수는 계가 충분한 크기에 달하면 수축한다는 옛 이론이 옳았고, 모드는 임계치 바로 아래의 레벨에서 작동하는 건지도 모릅니다… 마지막 순간에 아슬아슬하게 끼어들어서, 고유 상태의 개연성을 바꾸는 식으로 말입니다."

"그렇다면 내 모드가 무력화하는 뇌의 특정 부분들에 관해서는 어떻게 설명할 건가요? 거기서는 무슨 일이 일어나고 있다고 생각해요?"

"모르겠습니다. 하지만 뇌의 특정 부분들이 모종의 양자적 효과를 발휘하도록 '설계'된 것처럼 보인다면, 모드의 고유 상태 조작 기능과 동일한 기능을 부여하려는 초보적인 시도였을지도 모릅니다. 무작위적인 확률을 그대로 받아들이는 대신, 파동함수가 수축하는 방식에 영향을 주는 식으로 말입니다. 아마 진화는 인류 모두에게 확률을 다소나마 바꿀 수 있는 조그만 능력을 부여했을 가능성도 있습니다. 이것이 생존에 도움이 되는 능력이라는 점은 당신도 부인 못 할 겁니다. 그리고 우주 개벽 이래 파동함수가 계가 충분한 크기에 도달할 때마다 무작위적으로, 계속 수축해 왔다면… 인류의 죄목은 기껏해야 그 과정에 약간의 영향을 끼칠 수 있는 능력을 발달시켰다는 사실 정도가 아닐까요?"

포콰이는 내 말에 귀를 기울였지만 동의하지는 않았다.

"내가 모드에서 수축을 억제하는 기능을 작동시키지 않는다면… 그러니까 뇌가 생득적으로 갖추고 있는 모종의 신경 경로들을 무력화시키지 않는다면, 모든 효과는 사라져 버리고, 이온의 이동 방향은 또다시 무작위적으로 돼요. 실험이 성공을 거둔 다음 날 아침에 처음으로 했던 테스트가 바로 그거예요. 그래요, 당신의 가설이 옳았을 가능성은 여전히 있어요. 뇌의 자연적인 신경 경로들이… 설령 파동함수의 수축과는 아무런 관련이 없다고 할지라도, 고유 상태에 대한 모드의 효과에 어떤 식으로든 간섭했을 수도 있죠. 하지만 인류가 '확률을 다소나마 바꿀 수 있는' 능력을 정말로 가지고 있다면, 그 능력은 이미 오래전에 발견되었을 거라고 생각해요. 이번 이온 실험의 결과가 다른 식으로 설명될 수 있으리라는 점을 부정할 생각은 없지만… 그럼 〈버블〉의 존재는 어떻게 설명할 작정이죠?"

"그것에 관해서는 그야말로 셀 수도 없이 많은 이론이 존재하지 않습니까? 과거 30년 동안 1,000개는 족히 들어보았습니다."

"그중에서 아귀가 맞는 것은 몇 개 있었나요?"

"솔직히 말해서 하나도 없었습니다. 그렇지만 당신의 가설은 얼마나 아귀가 맞는다고 생각합니까? 만약 〈버블 메이커〉들이 우리의 관측 행위에 대해 그토록 취약했다면, 어떻게 그토록 오랫동안 살아남을 수 있었을까요? 〈버블〉이 나타나기 전에 인류의 천체망원경이 우주를 얼마나 멀리까지 관측했다고 생각합니까? 몇십억 광년입니다!"

"그래요. 하지만 우리는 그들이 어떤 종류의 피해를, 어떤 수준의 관측까지를 견뎌낼 수 있었는지에 대해서 모르잖아요. 우주가 전혀 수축되지 않은 상태였을 당시에는, 실질적으로 그 다양성 전체에 의존하고 있던 생명체들이 존재했는지도 몰라요. 각 개체가 전체 고유 상태의 상당 부분을 가로지르는 형태로 확산되어 있고, 인류에게는 완전히 상호 배타적으로 보이는 수많은 가능성 세계들에 걸친 상태로 살아가던 생명체들이 존재했는지도 몰라요. 그런 존재들 입장에서 최초의 수축은… 인체의 어느 부분을 얇게 떼어낸 다음, 나머지를 모두 버린 것이나 마찬가지였을 거예요."

"그럼 〈버블 메이커〉들은 어떻게 살아남았습니까? 그토록 얇게 떼어낸 일부만 남은 상황에서?"

"바로 그거예요! 그들은 다른 종족에 비해 훨씬 더 좁은 존재 범위만을 필요로 했던 건지도 몰라요. 그들 입장에서 수축의 효과는… 이를테면 깊은 바다가 얕아진 정도였는지도 모르죠. 우리는 몇십억 광년 떨어진 은하계들을 관측했을지도 모르지만, 인류는 태양계조차도 운석의 마지막 티끌 한 개 수준까지로는 아직 수축시키지 못했잖아요. 그러니까 먼 항성계의 행성들이라면 아직 수축당하지 않은 부분이 많이 남아 있지 않을까요. 그리고 〈버블 메이커〉는 개체 레벨에서는 인간과 얼굴을 직접 맞대기라도 하지 않는 한 어떠한 수축에서도 살아남을 수 있는 존재인지도 몰라요. 하지만 인류의 천문학이 점점 더 관측 정밀도를 높여감에 따라 파동함수는 위험한 수준까지 고갈되기 시작했고… 말하자면 '바다가 마르기' 시작했던 거죠. 그래서 인류가 그 이상 사태를 악화시키는 것을 막기 위해 〈버블〉을 건조했던 거예요. 자기들의 문명을 지키기 위해서는 그것이 유일한 방법이었던 거죠."

"뭐라고 대답해야 할지 잘 모르겠습니다…"

그녀는 웃음을 터뜨렸다.

"나도 몰라요. 그리고 〈버블〉은 바로 우리를 영원히 '모르는' 상태에 놓기 위해서 존재해요. 하지만 이 가설이 맘에 안 든다면 다른 가설들도 들려줄 수 있어요. 아마 〈버블 메이커〉들은 차가운 암흑 물질로 이루어진 종족일지도 몰라요. 인류가 아직 유효한 검출 방법을 갖고 있지 않은 액시온이라든지, WIMP, 즉 약한 상호작용을 하는 무거운 입자 따위 말이에요. 만약 이 가설이 사실이라면, 인류는 이 종족에 대해 상대적으로 경미한 피해밖에는 끼치지 않았을 거예요. 하지만 그들은 인류의 기술 수준이, 자신들에게조차 영향을 끼칠 정도의 수준으로 발달했다고 느낀 거겠죠. 2020년대와 2030년대 초까지만 해도 많은 천문학자들이 차가운 암흑 물질을 찾고 있었고, 그들이 쓰는 장비의 감도와 정밀도는 매년 향상되고 있었어요. 아마 〈버블〉

은 당시의 천문학자들의 책임인지도 모르겠군요."

사실 이런 추상적인 얘기는 무시해도 상관없었다. 나는 근무를 마친 후 거리의 인파를 헤쳐 나가며 곰곰이 생각했다. 내가 있는 이 도시가 공존하는 수많은 가능성들의 안개로 분산되어 버리는 것을 막고 있는 존재가 다름 아닌 내 주위 군중들이라는 생각은, 믿기 힘들다기보다는 솔직히 말해서 무의미하다고밖에는 느껴지지 않았다. 낯익은 현실이 제아무리 복잡하고 기괴할 정도로 반직관적인 기반에 입각해 있다 하더라도, 현실은 어디까지나 낯익은 모습을 유지하고 있었다. 러더퍼드❖가 원자는 거의 빈 공간으로 이루어져 있다고 발표했을 때, 지면이 예전에 비해 조금이라도 덜 견고해지기라도 했나? 진실 자체는 그 무엇도 변화시키지 않는 법이다.

그러나 내가 무시할 수 없는 것은 〈앙상블〉이 다름 아닌 〈버블〉을 연구하고 있다는 사실이었다. 그리고 이 경우, 그들의 가설이 옳은지 틀린지는 문제가 되지 않는다. 중요한 것은 아이디어 그 자체다. 지원자들이 여러 겹의 보안 체제와 경호원들의 보호를 받고 있는 것은 경쟁 회사를 경계했기 때문이 아니었다.

〈앙상블〉의 적은 오직 하나뿐이다. 〈나락의 아이들〉.

현관문 두드리는 소리에 반응한 **보스**가 나를 신속하게 잠에서 깨웠다. 덕분에 머리는 금세 맑아졌지만, 그렇다고 짜증까지 사라진 것

❖ 물리학자. 방사능이 원자 내부에서 일어나는 반응이라는 사실을 밝혔으며, 자연 붕괴 현상을 연구해 기존 물질관에 대변화를 일으켰다. 핵물리학의 아버지로 불린다.

은 아니었다. 정오를 조금 지난 시각이었고, 아직 2시간밖에 자지 못했다. 나는 적외선 리모컨으로 현관문의 전자 감시 눈에 비친 영상을 홀로비전에 띄우라고 지시했다. 방문자는 뤼 박사였다. 나는 당혹감을 느끼며 재빨리 옷을 입었다. 만약 어떤 사정이 생겨서 내가 근무 부서로 돌아가야 한다면, 뤼가 아닌 통이나 리가 연락을 해 왔을 것이다.

나는 그를 아파트 안에 들였다. 뤼는 곤혹감과 송구스러움이 뒤섞인 태도로 방 안을 훑어보았다. 마치 내 거처가 이토록 누추하리라고는 상상도 못 했지만, 그것을 안 지금은 동정을 금하지 못하겠다는 투였다. 차를 권하자 그는 과장된 제스처로 괜찮다고 거절했다. 의례적인 인사를 나누고 나서는 어색한 침묵이 흘렀다. 그는 30초 이상, 마치 고뇌하는 듯한 미소를 띠고 있다가, 마침내 운을 뗐다.

"나는 인생을 〈앙상블〉에 바쳤습니다, 닉."

이 말은 마치 반은 정열적인 긍정처럼, 나머지 반은 자기혐오에서 비롯된 고백처럼 들렸다.

나는 고개를 끄덕이고, "나도 마찬가지입니다"라고 중얼거렸다. 이것은 진실이므로 여기서 수치심을 느낄 필요 따위는 없다. 그러나 뤼의 태도는 너무나도 강렬하면서도 어딘가 혼란된 느낌이 있었고, 나는 그의 이런 모호함에 영향을 받지 않을 수가 없었다.

뤼가 말했다.

"나는 지금 당신이 어떤 경험을 하고 있는지를 압니다. 내심의 갈등, 모순, 고뇌. 나는 그걸 압니다."

나는 뤼의 고백이 진심임을 단 한순간도 의심하지 않았다. 나는 가책을 느꼈고, 나 자신의 무가치함을 통감했다. 뤼가 충성 모드가 야기한 모순 때문에 나와는 비교가 되지 않을 정도의 강렬한 고뇌를 경험하고 있다는 사실은 명백했으므로.

"그리고 당신의 고민거리를 늘리려고 온 나에 대해 당신은 결코 고마워하지 않을 겁니다. 하지만 진실을 직시하는 것은 절대로 쉽지 않은 법입니다."

나는 이런 진부한 표현에 귀를 기울이며 백치처럼 고개를 끄덕였다. 내 마음속의 냉정한 부분은, 이것이 바로 다음 단계에 해당하는 것일까, 하고 생각하고 있었다. 충성 모드가 만들어 내는 갈등 속에 푹 잠겨서, 일종의 자학적인 기쁨을 느끼게 되는 것일까? 내 이성은 이런 갈등을 푸는 데 아무런 도움도 되지 않는다는 사실과 억지로 대면하고, 내가 느끼는 고뇌를 일종의 신비적이고 계시적인 수난 같은 것으로 미화하게 될까? 역설적이긴 했지만 아귀가 맞는 생각이다. 나는 지금도 충성 모드를 원망하고 싶은 생각은 추호도 없다. 그렇다면 모드가 야기하는 내면의 갈등을 새롭게 조명하고, 그 의미를 재평가하고, 그것이 나를 더 심원한 통찰과 강한 신념으로 이끌어 준다고 당당하게 선언하지 말라는 법이 어디 있는가?

뤼는 말을 이었다.

"우리 두 사람 모두 〈앙상블〉에 대해 충성을 바칠 것을 원하고 있습니다… 하지만 이것은 구체적으로 무엇을 의미할까요? 우리는 날마다 자기 임무를 수행하고, 지시에 따르고, 본분을 다합니다. 명령계통의 상부에 있는 사람들이 〈앙상블〉의 이익을 최우선시할 것이라는 믿음을 가지고 말입니다. 그러나 그러는 대신 당신은 이렇게 자문해야 합니다. '그들은 우리의 이런 신뢰를 누릴 가치가 있는 것일까?'라고 말입니다. 그들은 당신이나 내게는 제2의 천성이나 다름없는 절대적인 충성심을 가지고 〈앙상블〉에 헌신하고 있을까요? 아니면 그들은 단순히 자신의 이익만을 추구하고 있는 것일까요? 그걸 우리가 어떻게 알 수 있단 말입니까?"

나는 고개를 가로저었다.

"그들은 〈앙상블〉의 일부입니다. 우리는 그들에게 충성을…"

"〈앙상블〉의 일부라는 얘기는 맞습니다. 그러나 우리의 충성심은 〈앙상블〉 전체를 위한 것입니다."

이 말에는 딱히 뭐라고 대답해야 할지 알 수 없었다. 틀린 말은 아니다. 충성 모드가 작용하는 대상은 단지 〈앙상블〉이지, 특정 인물이 아니기 때문이다. 그러나 구태여 그런 구별을 할 필요가 어디 있는가? 그런다고 해서 실질적으로 무슨 차이가 생겨나는 것도 아닌데?

나는 이런 고민을 의식하면서 의자 위에서 몸을 뒤척였다. 뤼는 나를 향해 상체를 내밀었다. 그의 젊고 진지한 얼굴은 일종의 지적인 절박감으로 가득 차 있었다. 우리의 충성심은 전체를 향한 것입니다. 혹시 뤼는 충성 모드가 야기하는 갈등을 중심으로 윤리학 체계를 통째로 하나 구축한 것은 아닐까? 이런 생각은 나를 극도로 불안하게 만들었다. 정신병 환자가 바로 그런 식으로 자신의 고뇌에 대처한 역사적인 선례는 얼마든지 있다. 그러나 다름 아닌 나 자신이, 뇌 손상을 입은 예언자의 딜레마를 뉴런 한 개에 이르기까지 완전히 공유하고 있는 경우는 이번이 처음이었다.

나는 온화한 어조로 말했다.

"우리들 모두 어딘가에서 명령을 받을 필요가 있지 않습니까? 그러니까 우리는 명령 계통이 제대로 기능하고 있다고 가정하고 행동하는 수밖에 없습니다. 실제적인 견지에서, 그것 말고 달리 무슨 대안이 있습니까? 나는 〈ASR〉의 상부 관리 조직이 어떤 것인지조차도 모릅니다. 〈앙상블〉에 관해서는 말할 나위도 없고. 설령 내가 그걸 알고 있다 하더라도, 당신은 지금 무슨 제안을 하고 싶은 겁니까? 조직의 정점에서 내려오는 명령만 받으라는 얘깁니까? 그건 터무니없는 주장입니다. 정말로 그런다면 모든 업무가 정지되어 버릴 겁니다."

뤄는 고개를 가로저었다.

"그런 얘기를 하고 있는 것이 아닙니다. 조직의 정점으로부터 명령을 받는다고요? '정점'은 하나가 아닙니다. 웨이 바이링이 〈BDI〉를 소유하고 있는 건 사실이지만…" 나는 미간을 찌푸리고 그런 사내나 약자에 관해서는 전혀 아는 바가 없다고 말하려고 했지만, 뤄는 성마른 태도로 내 말을 가로막았다.

"나는 당신이 우리와 합류하게 된 자세한 경위를 압니다. 따라서 구태여 그걸 숨길 필요는 없습니다. 웨이는 〈BDI〉의 소유주입니다. 하지만 당신은 무슨 이유에서 그가 다른 모든 것을 장악하고 있다고 생각하는 겁니까? 웨이는 뉴홍콩에 있는 〈앙상블〉 참가 기업들에 대해서 제한적인 영향력을 행사할 수 있지만, 다른 장소에서는 거의 영향력이 없는 것이나 마찬가지입니다. 당신은 〈BDI〉가 로라 앤드루스를 발견했다고 생각하고 있었습니까?"

"그렇게…"

"그 여자의 존재를 처음 '발견'한 것은 서울의 해킹 그룹입니다. 각종 국제 서비스 기관에서 발생한 기밀 누출 사고에 데이터를 대량으로 훔쳐내서 조사하던 중에 알아낸 겁니다. 원래는 전혀 다른 고용주의 의뢰를 받고 한 일이지만, 해커들은 〈앙상블〉이 네트워크에 유포한 광고에 관해 알고 있었습니다. 모종의 패턴에 합치되는 데이터를 찾아주면 상당한 액수의 보수를 지불하겠다는 내용의 광고였죠. 그래서 그 정보를 우리 쪽에 건네준 겁니다."

"'패턴'이라뇨? 무슨 패턴?"

"아직 그게 뭔지는 알아내지는 못했습니다."

"설명할 수 없는 탈출에 관한 데이터가 아닙니까? 〈앙상블〉이 만들어진 것은 〈BDI〉가 로라의 존재를 우연히 알게 된 후의 일이라고 생각하고 있었는데… 하지만 〈앙상블〉은 그 전부터 이미 존재했고, 로라 같은 인간을 적극적으로 찾고 있었다는 겁니까?"

"그렇습니다."

"하지만 그들은 도대체 어떻게 그럴 생각을…?"

"모르겠습니다. 하지만 그건 중요하지 않습니다. 문제는 당신의 충성심이 어디를 향해 있는가입니다. 전 세계적인 잣대로 보면 웨이의 파벌은 소수파에 불과합니다. 로라 앤드루스의 대뇌 스캔을 〈BDI〉가 담당하게 하려고 필사적으로 교섭해야 했을 정도니까요. 적절한 설비를 갖춘 시설로서는 〈BDI〉가 지리적으로도 가장 가까웠는데도 말입니다. 결국 사태가 웨이에게 유리하게 전개된 것은 뉴홍콩의 법적 규제가 거의 없다시피 하다는 이유 하나 때문이었습니다. 대다수의 국가는 해당 테크놀로지를 엄중하게 관리하고 있으니까요. 하지만 당시에 모종의 법규가 아르헨티나에서 통과되는 일만 없었더라면… 흐음, 당신과 나는 아마 이런 식으로 고용되지도 않았을 겁니다."

나는 고개를 가로저었다.

"그래서요? 나는 웨이가 총책임자라고 생각해 본 적은 한 번도 없습니다. 〈앙상블〉이 여러 파벌의 연합체라는 사실에 관해 왜 내가 고민해야 하는 겁니까? 만약 그들이 서로의 의견 차이를 극복할 수 있다면, 나라고 그러지 못한다는 법이 어디 있습니까?"

"왜냐하면 당신의 충성심은 〈앙상블〉을 위한 것이지, 권모술수를 써서 권력을 차지하려는 특정 파벌을 위한 것은 아니기 때문입니다. 만약 그 연합의 구조가 변화한다면? 만약 연합이 분열되고, 재편성되어서 새로운 목표와 우선순위를 내세운다면? 분열한 뒤에 아예 재편성되지 않는다면? 그럴 경우 당신의 충성심은 어디에 귀속됩니까? 만약 그런 분파들이 서로 투쟁을 벌이는 사태가 온다면 당신은 누구를 위해 싸울 작정입니까?"

나는 뤼의 이런 말을 반사적으로 부인하려다가, 입을 다물었다. 〈앙상블〉은 내 인생에서 가장 중요한 존재다. 따라서 이런 종류의 질문을 마치 나와는 상관없다는 식으로 무시해 버릴 수는 없다. 그렇지만…

"우리의 충성심이 〈앙상블〉 '전체'를 위한 것이라는 말은 구체적으로 무슨 뜻입니까? 지금 권력을 잡고 있는 파벌에 충성을 다하는 것이 아니라면? 충성의 대상이 한 국가의 정부라면 충분히 통용하는 원칙이라고 생각…" 뤼는 내 말이 끝나기도 전에 콧방귀를 뀌었다. "알았습니다. 우리들까지 그와 동일한 수준의 시니컬한 태도를 취하자는 얘기는 아니었습니다. 하지만 당신은 도대체 무슨 말을 하고 싶은 겁니까? 아직 아무런 대안도 듣지 못했습니다만."

뤼는 고개를 끄덕였다.

"맞습니다. 지금부터 얘기할 참이었습니다. 우선, 대안이 필요하다는 사실을 당신이 인정할 필요가 있었으니까요."

내가 그런 사실을 정말로 인정했는지에 대해서는 확신이 없었지만, 나는 아무 말도 하지 않았다.

"어떤 파벌이 〈앙상블〉을 진정으로 대표하고 있는지를 결정할 자격, 그런 자격을 가진 사람들의 집단은 단 하나밖에는 없습니다… 물론 그런 파벌이 존재할 경우의 얘기지만. 이 문제를 판단하기 위해서는 최대한의 주의를 기울일 필요가 있고, 판단 시점에서 누가 〈앙상블〉의 주도권을 잡고 있는지, 또는 잡고 있지 않은지의 여부 따위에 판단 결과가 좌우되는 일이 있어서는 안 됩니다. 이건 당신에게도 명명백백한 사실이 아닙니까?"

나는 마지못해 고개를 끄덕였다.

"하지만… '자격을 가진 사람들의 집단'이라니, 어떤 집단을 얘기하시는 건지?"

"물론 충성 모드를 가지고 있는 우리들과 같은 사람들의 집단입니다."

나는 웃음을 터뜨렸다. "당신과 나? 농담이시겠죠."

"우리 두 사람만이 아닙니다. 다른 사람들도 있습니다."

"하지만…"

"달리 누구를 믿을 수 있단 말입니까? 이 경우, 충성 모드야말로 유일한 보장이고, 이걸 갖고 있지 않은 사람은 조직 내부의 지위가 무엇이든 간에 〈앙상블〉의 진정한 목적과 자기 자신의 사적인 이익을 혼동할 위험을 언제나 내포하고 있습니다. 설령 조직의 최상층부에 속해 있어도 말입니다. 하지만 우리들의 경우 그런 일은 불가능합니다. 글자 그대로, 물리적으로 불가능합니다. 따라서 무엇이 〈앙상블〉의 이익에 해당하는지를 식별하는 것이야말로 바로 우리들의 임무인 겁니다."

나는 뤼를 빤히 쳐다보았다.

"그건…"

뭐란 말인가? 반란? 이단? 그럴 리가 없지 않은가? 만약 뤼가 충성 모드를 가지고 있는 것이 사실이라면(그가 이런 주장을 모조리 지어냈다고는 생각하기 힘들었다) 반란을 일으키거나 이단적인 주장을 하는 것은 육체적으로 불가능하다. 뤼가 무슨 일을 하든 간에, 그 행위는 〈앙상블〉에 대한 충성에서 나온 행위라고 정의할 수 있기 때문이다. 왜냐하면…

현기증을 느낄 정도로 선명한 인식이 나를 엄습했다.

…왜냐하면 〈앙상블〉이란 모드가 우리들로 하여금 충성을 다하

도록 만드는 대상 그 자체를 의미하기 때문이다.

이런 생각은 순환론적이고, 근친상간적이며, 유아론적인 헛소리에 가깝지만… 따지고 보면 당연한 귀결이다. 결국 충성 모드란 뇌신경의 배선 상태에 불과하기 때문이다. 충성 모드가 판단 기준으로 삼는 것은 오로지 그 자신뿐이다. 〈앙상블〉이 내 인생에서 가장 중요한 존재라면, 내 인생에서 가장 중요한 것은, 그것이 무엇이든 간에, 〈앙상블〉이어야 하는 것이다. 이럴 경우 내가 '틀리는' 법은 결코 없고, '오해'하는 일도 있을 수 없다.

이것은 내가 모드로부터 해방되었다는 뜻은 아니다. 나는 〈앙상블〉의 정의를 내 맘대로 변경할 수 없기 때문이다. 그럼에도 불구하고, 이 통찰은 강렬하고, 부인하기 힘든 해방감을 수반하고 있었다. 마치 거대하고 육중한 물체에 쇠사슬로 칭칭 동여 매인 상태로 있다가, 가까스로 빠져나온 느낌이었다. 손목과 발목에 채워진 쇠사슬은 그대로 남아 있지만, 적어도 거추장스러운 닻으로부터는 자유로워진 것이다.

뤼, 나와 광기를 공유한 이 형제는 내 마음, 아니면 적어도 내 표정을 읽은 듯했다. 그는 엄숙한 얼굴로 고개를 끄덕였고, 그제야 나는 내가 뤼를 향해 백치처럼 히죽히죽 웃고 있다는 사실을 깨달았다. 그러나 웃음을 멈출 수가 없었다.

"결코 오류를 범하지 않는다는 사실이야말로, 우리에게 주어진 가장 큰 위안입니다."

뤼는 말했다.

뤄가 떠날 무렵에는, 머리가 핑핑 도는 느낌이었다. 싫든 좋든 간에 나는 이미 음모에 가담하고 있었지만 말이다.

뇌가 손상되었으면서도 '진정한 〈앙상블〉'의 본질이 무엇인지를 결정하는 사람들은 스스로를 〈캐넌〉❖이라고 부르고 있었다. 이들 모두가 충성 모드를 가지고 있었지만, 이들 모두가 충성의 대상인 '진정한 〈앙상블〉'이 현재 그 이름으로 알려져 있는 조직이 **아니라는** 점을 성공적으로 확신하고 있었다.

그렇다면 '진정한 〈앙상블〉'이란 무엇일까?

〈캐넌〉 구성원들이 내놓은 대답은 가지각색이었다.

그들이 의견의 일치를 본 것은 단 한 가지, 〈앙상블〉을 자처하는 연구기관의 연합은 가짜이며, 사기에 불과하다는 점이었다.

이 기괴한 사고방식을 옆에서 계속 떠받쳐 주던 뤄가 떠나서 다시 혼자가 된 지금, 그것을 유지하는 데 필요한 정신적인 곡예를 내가 실제로 터득했는지 안 했는지 확신할 수가 없었다. 현재의 〈앙상블〉은 진정한 〈앙상블〉이 아니다… **이토록 터무니없고 시답잖은 궤변을 도대체 어디서 끄집어 낸 것일까?**

그럼에도 불구하고… 내가 어떻게든 그것을 믿을 수 있다면, 그것은 충분히 진실이 될 수 있다. 이 과정에 상식이나 일상적인 논리가 끼어들 틈은 없다. 내가 〈앙상블〉에게 충성을 다해야 할 합리적인 이유 따위는 없기 때문이다. 내게는 오로지 충성 모드라는 **해부학적인 사실**이 존재할 뿐이다. 이 모드가 가리키는 진정한 〈앙상블〉이란 나

❖ 전범이나 규범을 의미한다.

의 몸이 진정한 〈앙상블〉이라고 믿을 수 있는 존재를 의미하고…

말도 안 되는 난센스다…

나는 방 안을 왔다 갔다 하면서 마음을 가라앉히려고 했고, 어떤 식으로든 비교 대상이나 비유가 되어줄 만한 것을 찾아보려고 했다. 조잡해도 좋으니까, 지금 내 머릿속에서 일어나고 있는 일을 조금이라도 합리적으로 파악하는 데 도움이 되어줄 예가 필요했다. **현재의 〈앙상블〉은 진정한 〈앙상블〉이 아니다.** 그렇다면 진정한 〈앙상블〉이란 무엇이란 말인가? 내가 진정으로 〈앙상블〉이라고 믿는 것이다.

이건 미친 짓이야. 만약 〈캐넌〉의 모든 멤버들이 자기 충성의 대상을 기존의 권위와는 상관이 없는, 일종의 개인적인 양심의 문제로서 자유롭게 해석해도 된다면… 그건 무정부상태나 다름없지 않은가?

그러자 머릿속에서 해답이 번득였다.

이제는 어떻게 그것을 이해해야 할지, 어떻게 나 자신을 설득할 수 있는지를 안다.

나는 발을 내딛던 중에 동작을 멈추고 큰 소리로 말했다.

"종교개혁에 참가하신 것을 환영합니다."

내가 〈캐넌〉의 일원이 되는 과정은 점진적이었다. 뤼는 시내 도처에서 열리는, 한두 명의 멤버만이 참가하는 비밀 회합으로 나를 데려가서 소개했다. 그들은 〈BDI〉의 직원일 때도 있었고, 〈ASR〉의 직원일 때도 있었으며, 이름 모를 조직의 일원인 경우도 있었다. 처음에는 왜 굳이 이런 위험을 무릅써야 하는지 이해할 수 없었다. 회합에서 우리가 나눈 얘기라고는, 뭐가 이미 나에게 밝힌 것들이 대부분이었기 때문이다. 나를 〈캐넌〉에 소개할 작정이라면, 이보다는 훨씬 더 안전한 방법이 있지 않은가? 그러나 결국 이런 직접적인 만남이야말로 나의 새로운 충성심을 굳히기 위한 필수 불가결한 행위라는 사실을 나는 깨닫게 되었다. 이들과 직접 얼굴을 맞대고 대화를 나눔으로써 나는—그리고 그들은—우리가 충성 모드를 진정으로 공유하고 있다는 사실을 확인할 수 있기 때문이다.

물론 〈캐넌〉의 멤버들이 서로 만나서 협력하고, 협의할 것을 **원한다는** 사실 자체가 모순이기는 하다. 합의를 도출한다는 것 자체가 우리들에게는 기탄할 만한 행위이기 때문이다. 진정한 〈앙상블〉이란 우리들 각자의 머릿속에서만 정의되며, 그 어떤 외부 의견도 이것에 영향을 끼치지는 못한다. 가짜 〈앙상블〉의 기만으로부터 자유로워진 지금, 어째서 우리들 각자의 독자적이고 완벽한 비전을 추구하면 안 된단 말인가?

왜냐하면 각 멤버가 분열된 채로 따로따로 노는 상황에서는 가짜 〈앙상블〉을 개혁하거나, 본래의 〈앙상블〉을 재건하는 것 자체가 불가능해지기 때문이다. 서로 힘을 합치더라도 그럴 수 있을 가망은 희박하지만, 적어도 성공 가능성을 상상조차 못 할 정도는 아니다.

나는 아무 변화도 일어나지 않은 것처럼 평소 임무를 수행했다. 포콰이에게 지금 내가 경험하고 있는 일들을, 그녀가 모르고 있는 일 전부를 모조리 털어놓고 싶다는 충동은 때로는 견디기 힘들 정도였지만, 내가 실제로 그녀와 함께 있을 때는 **P3**가 내게 부여하는 무제한의 자제력 탓에 그런 충동은 느끼지 않았다. 로라와 〈BDI〉에 관한 비밀을 지키라는 천의 명령은 더 이상 유효하지 않을지도 모르지만, 이제는 〈캐넌〉을 보호하는 의무가 우선하는 탓에 나는 예전보다 오히려 더 신중하게 포콰이를 접하게 되었다. 포콰이도 처음에는 나의 이런 태도에 의아해했지만, 그런 일을 곧 머리에서 쫓아내고 독서에만 몰두하기 시작했다. 저녁 시간마다 양자론적 형이상학이나 눈에 보이지 않는 〈버블 메이커〉들에 관해 토론하는 일도 이제는 없었다. 강화 상태에 돌입한 나에게 이런 일들은 아무런 영향도 끼치지 못했다. 그러나 근무를 마치고 새벽에 귀가해서, '경계' 태세에 몰입한 채로 보낸 무정형의 시간을 돌이켜 보면, 기묘한, 찌르는 듯한 허탈감이 나를 엄습했고, 내가 의식적으로 잠을 선택하는 것을 방해하곤 했다.

실험의 제2단계가 시작되었다. 이온 실로 돌아간 포콰이의 머릿속은 방사성 동위원소가 표지된 글루코스[❈]와 신경 전달물질의 선구물질[❈❈]로 가득 채워졌고, 고해상도의 감마선 카메라의 배열로 빙 둘러싸였다. 포콰이는 이제 철저한 관찰의 대상이 되었다. 적어도 기계적인 측면에서는 말이다. 감마선 카메라에 의해 수집된 데이터는 다양한 처리 방식을 거침으로써 포콰이의 뇌의 여러 부분에서 일어나는 활동을 보여주거나, 보여주지 않을 수가 있지만, 구체적으로 그중 어떤 것이 제어실의 스크린을 통해 실험자들(사실은 실험 참가자들)에게

❈ 단당류의 하나. 생물 조직에서 에너지원으로 소비된다.

❈❈ 화학 반응 과정에서 생성되는 물체의 전前 물질.

보여질지의 여부는 마지막 순간에 컴퓨터를 통해 무작위적으로 결정된다.

"이번 실험은 아스페❖가 1980년대에 행한 지연 선택 광자 실험을 조금 닮았어요." 포콰이가 설명했다. "링은 벨의 부등식의 개량 버전에 해당하는 것을 고안해서, 발화하는 특정 뉴런과 발화하지 않는 뉴런 사이의 상관관계를 측정할 거예요. 만약 우리의 가정이 옳다면 그 부등식은 역치 이하에서 성립되지 않을 거예요."

전문용어들은 내 이해의 범주를 벗어나 있었지만, 그녀가 한 말의 요점을 이해하는 것은 어렵지 않았다. 파동함수의 수축을 행하는 것으로 추정되는 뇌의 자연적인 신경 경로들은 수축 자체와는 직접적인 관련이 없다는 나의 희망 섞인 가설은 이제 풍전등화의 위기에 놓인 것이나 마찬가지였다.

그렇다면 뭐란 말인가? 내가 이 우주에서, 상상을 초월한 대학살의 유일한 계승자라는 사실을 인정해야 한단 말인가? 요즘 들어서는 이런 생각에 잠기는 일이 한층 더 빈번해졌지만, 여전히 아무 결론도 얻을 수 없었다. 그런 식의 대학살을 불가피한 진화 과정에 비교함으로써 위안으로 삼아보려고도 했다. 공룡이 멸종된 것에 대해서 나는 한 번도 죄의식을 느껴본 적이 없지 않은가? 사실 포콰이의 말이 옳다면, 공룡은 (적어도 지금 살고 있는 동물들이 존재하는 식으로는) 아예 존재한 적도 없었던 것인지도 모른다. 어떤 포유류가 무수히 많은 가능성들을 단 하나의 진화 경로로 수축시킴으로써, 공룡이 멸종했다

❖ 프랑스의 실험 물리학자.

는 과거를 확정적이고 유일한 것으로 만들었을 때까지는 말이다. 급기야는 이런 생각들 모두가 황당무계하고 검증 불가능한 형이상학적 추론처럼 느껴지기 시작했다. '아마 우주는 오늘 아침에 창조되었을지도 모른다. 모든 사람을 위한 가짜 기억과 과거 150억 년에 걸쳐 일어난 일들에 관해서 완벽하게 날조된 고고학적, 고생물학적, 지질학적, 우주론적 증거와 함께…'

여기서 유일하게 문제가 되는 것은, 포콰이의 추론에서 핵심을 이루는 부분이 '실증' 가능하다는 점이었다. 한편, 검증할 방도가 없는 부분들은 손이 닿지 않고 해답도 주어지지 않은 상태로 내 머릿속을 빙빙 돌고만 있었다.

이번 실험에서는 이온 실에 방음 처리를 했기 때문에, 설령 포콰이가 스스로 집중력을 높이기 위해 실험 결과를 중얼거린다고 해도 우리가 억지로 듣고 있을 필요는 없었다. 그러는 대신 이제 렁과 뤼와 체는 중앙 제어반을 써서 포콰이 뇌의 특정 부분을 수축시키고 있었다. 나는 이따금 디스플레이 화면으로 눈길을 보냈다. PET 스캔이나 신경 맵이나 막대그래프들은 다채로워 보이기는 했지만 내 주의를 끌기에는 너무나도 어수선하고 난해했다. 그래서 나는 별 어려움 없이 등을 돌리고 있을 수 있었다.

나는 순진하게도 금방 실험 결과가 나올 것이라고 기대했지만, 실험 장치나 소프트웨어에는 해결해야 할 결점들이 많았고, 한동안 모드를 사용하지 않았던 포콰이에게도 연습이 필요했다. 나는 더 이상 데이터의 물결에 시달리지 않아도 되었다. 디스플레이 정보를 해독

할 능력도 없었기 때문에 근무 중에는 실질적으로 실험에 대한 흥미를 잃어버렸고, 급기야는 과학자들끼리의 대화까지도 차단하기 시작했다. 이것이야말로 본래의 강화 상태다. 나중에 〈캐넌〉이 이런 실험들의 가치를 어떻게 판단하든 간에, 내가 지금 맡아서 수행해야 할 역할은 극히 명확했다. 가짜 〈앙상블〉이 내게 기대하는 임무를, 마치 내 충성의 대상이 바뀌지 않은 것처럼 근면한 태도로 수행하는 것이다.

근무가 끝난 후 강화 상태를 해제하자 문득 이런 의문이 머리에 떠올랐다. 〈캐넌〉은 〈버블〉이나 양자론적 존재론의 진실과 마찬가지로 궁극적으로는 아무런 영향을 끼치지 못하는 것인지도 모른다. 실질적인 관점에서 보면 진짜 〈앙상블〉과 가짜 〈앙상블〉은 결코 분리되지 않고, 이들 사이의 구분은 (〈캐넌〉의 멤버들에게는 중대한 사항인지도 모르지만) 계속 추상개념으로 남아 있을 가능성도 있는 것이다. 뭐든 다른 그 누구든 간에, 〈캐넌〉이 가짜 〈앙상블〉을 장악한 후에는 실제로 무엇을 변화시킬 작정인지 내게 얘기해 준 사람은 아직 아무도 없다. 그리고 이 문제에 대한 나 자신의 지식은 확고한 의견을 내놓기에는 아직 막연한 부분이 너무 많았다. 포콰이에게 로라의 존재를 알리고, 문제의 모드가 설계된 경위에 대해서도 알려야 한다는 생각은 있지만, 그 결과를 예측할 수 있는 입장이 아니기 때문에 선뜻 행동에 나서지 못하고 있는 것이다.

아마 〈캐넌〉의 유일한 효능은 우리의 무력한 이단성을 좀 더 현실성이 있는 것으로 만들어 준다는 점인지도 모르겠다. 우리는 앞으로도 작당해서 계속 음모를 꾸밀지도 모른다. 우리가 자유롭게 작당해서 음모를 꾸밀 수 있다는 사실을 증명하기 위해서 말이다. 그러나 이 모든 행동은 종국적으로는 복종을 위한 음모에 불과하다.

아파트에서 밤마다 의식처럼 거행되는 안전 점검을 수행하던 내가 포콰이의 침실에서 나왔을 때, 그녀는 문득 생각난 듯이 말했다.

"오늘 실험에서는 좋은 결과를 얻었어요. 사실상 결정적이라고 할 수 있고, 학회지에도 충분히 실을 수 있는 수준의 데이터를 말이에요. 지금 같은 상황에서 이런 표현을 쓸 수 있다면 얘기지만. 민감한 얘기라서 식당에서는 얘기할 수 없었어요… 보시다시피 이젠 나도 말조심할 줄 안답니다."

"축하합니다."

"뭐를? 내가 말조심을 하게 됐다는 사실을요?"

"실험 결과 말입니다."

포콰이는 오만상을 찌푸렸다.

"그렇게 태연한 척하지 마요. 속이 울렁거릴 지경이니까. 당신은 우리의 가설이 사실로 입증되는 걸 원하지 않잖아요. 그런다고 당신이 손목을 그을 것 같지는 않지만, 적어도 좀… 기분 나쁜 표정을 지을 수는 있지 않나요?"

"근무 중에는 무리입니다."

그녀는 한숨을 쉬며 문간에 기댔다.

"이따금 우리 두 사람 중 누가 더 비인간적인지 궁금해질 때가 있어요. 근무 중의 당신인지, 아니면 퍼져 있을 때의 나인지."

"퍼져 있을 때?"

"수축되지 않고, 복수의 고유 상태에서 존재할 때. 우린 그걸 그렇게 표현해요. '퍼져 있다'라고." 그녀는 웃음을 터뜨렸다. "나는 바로 그걸로 이름을 남길지도 모르겠군요. '의식적으로 퍼진 역사상 최초의 인간'으로서 말이에요."

로라에 관해 언급함으로써 그녀에게 반박할 수 있는 기회가 침묵 속에서 떠오르자, 한순간 나는 그러고 싶은 강렬한 유혹을 느꼈다. 그러나 그런 행위가 야기할지도 모르는 위험은 너무 컸다. 그렇다고 에둘러 이곳저곳을 찔러보지도 못한다는 뜻은 아니지만.

"의식적이라는 말은 맞습니다. 그렇지만 과거에도 뇌 신경에 손상을 입은 누군가가, 파동함수를 수축시키는 능력을 상실했을 가능성은 없을까요?"

포콰이는 고개를 끄덕였다.

"좋은 지적이군요. 그런 일이 실제로 일어났을 수도 있어요. 문제는, 그 누구도 그걸 알아차릴 수 없고, 그 누구도 그걸 알릴 수 없다는 점이에요. 그런 사람이 파동함수를 수축시키는 능력을 가진 누군가와 상호작용할 경우, 그들은 단일 과거, 단일 기억들을 가진 존재들로 수축되어 버리니까요. 게다가 당사자들은 뭐가 변했는지조차 모를걸요."

"하지만… 만약 뇌 손상을 입은 사람이 혼자 있는 경우에는…?"

그녀는 어깨를 으쓱해 보였다.

"그 질문에 무슨 의미가 있는지 모르겠군요. 예전에도 말했듯이,

실험 후의 나 자신은 딱 한 세트의 기억들만을 가지고 있어요. 나는 실험 결과를 통해 내가 퍼져 있었다는 사실을 증명할 수 있지만, 알다시피 뇌 손상을 입은 인물은 고유 상태들을 조작할 모드를 갖고 있지 않잖아요. 따라서 다른 사람들은 자기들이 수축했을 경우와 **정확하게 똑같은 확률 분포에 따라** 그 인물을 수축시키게 돼요. 최종 결과에는 아무 차이도 없다는 얘기죠." 그녀는 웃음을 터뜨렸다. "만약 닐스 보어가 이 얘기를 들었다면 그런 인물은 다른 사람들과 하등 다르지 않다고 단언했을걸요. 뇌 손상을 입은 사람이 관측되고 있지 않았을 당시 실제로 무엇을 '경험'했는지를 본인을 포함한 그 누구도 알 수 없다면, 어떻게 그런 일이 실제로 일어났다고 강변할 수 있겠어요? 나도 반쯤은 보어의 의견에 찬성이에요. 그러니까 뇌 손상을 입은 인물이 아무리 오랫동안 혼자 있었다고 한들, 타인에 의해 관측이 행해질 때마다 그 인물이 점유했던 모든 고유 상태들은—그 인물이 '경험'했던 복수의 사고 및 행동들은, 모두 하나의 고유 상태로 수축해서, 완전히 일상적이고 선형적인 시퀀스로 변할 거예요."

"만약 그런 사람이 홀로 방치되는 경우가 많았다면? 대부분의 시간을 관측되고 있지 않은 채로 보냈다면? 그럴 경우 그 사람이 자신에게 일어나고 있는 일을 이용하는 방법을 어떤 식으로든 터득했을 가능성은 없습니까? 마치 당신이 모드를 사용하듯이, 특정한 고유 상태를 불변의 현실로 만들어 버린다든지 해서?"

포콰이는 이 아이디어를 일축하려고 했다가 한순간 주저했다. 잠시 심각하게 고려하는 듯하더니, 느닷없이 미소를 떠올린다.

"흥미롭군요. 내 모드의 뉴런 배선이 자연 상태에서는 절대 불가능하다고는 단언할 수 없고, 그건 분명 사실이에요. 만약 누군가가 충분히 오랜 시간 동안 퍼져 있는다면, 현실에서는 가능할 것 같지도 않은 온갖 종류의 괴상한 뇌 신경 조직을 발달시킬지도 몰라요. 존재할 개연성이 극히 높은 다수의 다른 신경 조직들과 병행해서 말이에요. 보통은 그런다고 해서 무슨 효과가 있는 것은 아니지만. 수축이 일어날 때는 결국 가장 개연성이 높은 것들이 선택되고, 나머지는 모두 사라져 버리니까 말이에요. 하지만 불가능해 보이는 그런 대뇌 버전들 중 하나가 고유 상태들에 간섭할 수 있는 어떤 능력을 가지고 있다면, 스스로의 존재 개연성을 높일 수 있을지도 모르겠군요."

"그리고 그런 일을 할 수 있는 버전이 수축해서 '현실'이 된다면…"

"…그런다면 그 뇌를 가진 인물이 다시 퍼졌을 때는 이중으로 유리한 위치에 서게 되겠죠. 자체적인 고유 상태 간섭 능력을 가지고 있을 뿐만 아니라, 새로운 기준점에 서서 출발할 수 있으니까요. 더 고도의 능력을 발휘할 수 있는 고유 상태들이 존재할 개연성은 예전보다 훨씬 더 높아지고, 접근하는 것도 훨씬 더 쉬워지니까. 그런 식으로 능력이 눈덩이처럼 불어날 가능성도 있어요." 그녀는 이 아이디어에 매료된 듯한 표정으로 고개를 절레절레 흔들었다. "수명이 다하기도 전에 진화할 수 있다니! 개연성의 급상승! 정말 멋있군요!"

"그럼 실제로 그런 일이 일어날 수 있다는 얘깁니까?"

"도저히 그럴 것 같진 않아요."

"예? 방금 당신이 얘기한 바로는…"

포콰이는 동정하는 듯한 표정으로 내 어깨를 두드렸다.

"사실 아이디어 자체는 정말 그럴듯해요. 하지만 너무 그럴듯하다는 점이 치명적으로 작용한다고나 할까? 정말로 그런 일이 일어났다면, 그 결과물들은 다 어디로 갔을까요? 자유자재로 고유 상태들을 조작할 수 있는 뇌 손상 환자들의 기록이 잔뜩 남아 있어야 하는 거 아닌가요? 첫 번째 단계에 도달하는 것부터 난이도가 워낙 높다고 해야 할까요? 독력으로 그런 식의 도약을 이루려면 도대체 얼마나 오래 걸릴 것 같아요? 보나 마나 장래에는 그걸 계산해 보는 사람이 나오겠지만, 능력을 획득하려면 몇 달에서 몇 년, 몇십 년씩 걸릴 수도 있고… 인간의 수명보다 더 긴 시간이 필요할 수도 있어요. 하지만 사람이 얼마나 오랫동안 그런 식의 고립 상태를 유지할 수 있을 것 같아요?"

"당신 말이 맞습니다."

"흠. 나도 역사상의 내 지위를 방어해야 하지 않겠어요? 아무리 별 볼 일 없는 지위라고는 해도."

캐런이 말했다. "난 포콰이가 맘에 들어. 머리가 좋고, 시니컬한 데다가, 살짝 순진하기까지 하잖아. 최근 몇 년 동안 당신이 사귄 친구들 중에서는 최고인 것 같아. 게다가 그 아이는 당신을 도와줄 수 있을 것 같고."

나는 **캐런**을 향해 눈을 깜박였고, 낮은 신음을 흘렸다. 기묘한 것은 내가 갑자기 제어 능력을 잃어버렸다는 느낌이 전혀 들지 않는다는 점이었다. 경계 태세에 몰입한 채로 보낸 3시간의 단조로운 기억들이 씻은 듯이 사라져 버린 느낌에 가깝다. 마치 단순한 망상에 불과했던 것처럼.

"도대체 뭘 원하지?"

그녀는 웃었다.

"당신은 뭘 원하는데?"

"난 모든 것이 다시 정상으로 돌아왔으면 좋겠어."

"정상으로? 처음에는 유괴범 집단의 노예가 되더니, 이제는 아예 당신을 노예로 만들고 있는 걸 숭배하고 있군. 머릿속의 〈앙상블〉이라니! 당신이 숭배하는 건 쓰레기야."

나는 어깨를 으쓱했다.

"내겐 선택의 여지가 없어. 충성 모드는 내 머릿속에서 사라지거나 하지는 않아. 도대체 나더러 어떻게 하라는 거지? 머리가 완전히 돌아버릴 때까지 모드와 싸우기라도 하란 말이야? 난 그것과 싸울 생각이 전혀 없어. 내가 무슨 일을 당했는지 정확하게 이해하고 있어. 충성 모드가 없다면, 내가 모드로부터 자유로워지고 싶어 할 거라는 걸 부인하지는 않아. 하지만 지금 그게 나하고 무슨 상관이 있다는 거지? 만약 내가 자유의 몸이라면, 나는 자유를 원하겠지. 내가 그와는 전혀 다른 인물이라면, 전혀 다른 것들을 원하겠고. 하지만 나는 지금의 나일 뿐이고, 다른 것들을 원하지는 않아. 전혀 상관이 없다는 뜻이야. 당신 생각은 막다른 골목에 불과해."

"꼭 그럴 필요는 없어."

"그게 도대체 무슨 뜻이지?"

그녀는 대답하는 대신 몸을 돌려 도시의 '풍경'을 바라보더니, 한 손을 들었다. 그러고는—나는 내 눈을 의심했다—창문에 대고 신호를 보내 홀로그램의 명암을 강화했다. 광고판에서 흘러나오는 빛이 줄어들고, 텅 빈 밤하늘이 칠흑처럼 새까맣게 변한다.

캐런이 **레드넷**을 조작했단 말인가? 아니면 그녀의 환영을 만들어 내는 신경 과정이 내 시야의 다른 부분까지 조작하기 시작한 것일까? 나는 터무니없기로는 모두 매한가지인 그런 가능성들에 관해서, 그에 못지않게 깊은 체념에 잠긴 채로 숙고했다. 더 이상 절로 문제가 해결되기를 기대하는 것 자체가 이제는 무의미해졌다. 신경 기술자들에게 샅샅이 해부당하는 수밖에 없다.

〈버블〉의 완벽한 어둠을 바라보다가, 본의 아니게 그 광경에 매료되는 것을 느낀다. 설령 '그 광경'이 명암을 강화한 홀로그램이든, 순수한 정신적 허상이든, 그 밖의 어떤 환각에서 비롯된 것이든지 간에 말이다.

어둠 속에서 바늘 끝만 한 크기의 희미한 광점이 나타났다. 이것이나 자신의 시각적 결함에서 비롯된 것이라고 지레짐작한 나는 눈을 깜박였고 고개를 흔들었지만, 광점은 여전히 하늘에 고정된 채로 있었다. 방금 지구의 그림자 속에서 나온, 저속으로 움직이는 인공위성? 광점이 점점 더 밝아지면서, 그 부근에 또 하나의 광점이 출현했다.

나는 **캐런**을 향해 고개를 돌렸다.

"지금 나한테 무슨 짓을 하고 있는 거야?"

"쉿." 그녀는 내 손을 잡았다. "그냥 보고만 있어."

별들이 계속 나타났다. 그 수가 배로 늘어나고, 또다시 배로 늘어나는 광경은 천공에서 형광성 박테리아가 계속 증식하고 있는 듯한 느낌이었다. 마침내 밤하늘은 내가 어렸을 때 깜깜한 밤중에 보았던 것만큼이나 많은 별들로 가득 찼다. 낯익은 별자리를 찾아보다가, 짧은 순간이나마 스튜 냄비 모양을 한 오리온을 식별할 수 있었지만, 이것은 그 주위에 새로 나타난 수많은 별들에 묻혀 곧 사라져 버렸다. 이국적인 새로운 패턴들이 눈에 띄었으나, 이것들은 포콰이의 무작위적인 영창만큼이나 덧없었고, 지각한 바로 그 순간에 사라져 버리는 일을 되풀이했다. 〈버블 데이〉 당일에 인공위성이 찍은 영상조차도, 2040년대의 가장 괴악한 스페이스 오페라조차도, 이렇게 많은 별들을 보여주지는 않았다.

은하수를 말도 안 될 정도로 풍성하게 만든 듯한 느낌의 눈부신 빛의 띠가 거의 하나의 고체처럼 보일 정도로 조밀해지더니, 점점 더 밝기를 더해간다.

나는 속삭였다.

"무슨 얘길 하고 싶은 거지? 인류가 입힌 손상은, 다시… 회복될 수 있다는 건가? 이해 못 하겠어."

빛의 띠가 폭발하면서 하늘 전체를 뒤덮었고, 급기야는 완벽한 암흑이었던 것을 완벽한, 눈이 멀 듯한 백열광으로 바꿨다. 나는 고개를 돌려 외면했다. 포콰이가 비명을 질렀다. **캐런**이 사라졌다. 몸을 홱 돌려 다시 홀로그램을 보았다. 뉴홍콩의 고층 건물들 위로 펼쳐진 하늘은 공허한 잿빛이었다.

나는 그녀의 아파트 현관문 앞에서 주저하며, 잠시 귀를 기울여 보았다. 또다시 그녀를 놀라게 하고 싶지는 않았지만, 그렇다고 해서 가만히 있을 수도 없는 일이다. 그 누구도 내 앞을 지나지 않고서는 그녀에게 갈 수는 없다… 하지만 우주적인 환상에 얼이 빠지는 상황에서, 누구 혹은 무엇인가가 내 앞을 몰래 지나가지 않았다고 어떻게 단언할 수 있단 말인가? 방금 경험한 일들은 이미 완전히 현실성을 잃은 것처럼 느껴졌다. 불타오르는 하늘의 잔상이 끈질기게 시야에 남아 있지만 않다면, 포콰이에게 잘 자라는 인사를 했던 시점에서 비명 소리를 들은 순간까지 계속 나는 경계 태세에 몰입한 채로 계속 서 있었다고 맹세할 수 있을 정도였다.

문을 열자, 그녀는 자기 팔로 몸을 얼싸안고 거실로 막 나오려는 참이었다. 그녀는 메마른 어조로 말했다.

"흠, 당신은 경호원으로서는 별 쓸모가 없군요. 지금까지 내 침대에서 살해당하지 않은 것이 이상할 정도예요."

이런 농담에도 불구하고, 예전에 비해 훨씬 더 심하게 동요하고 있는 듯한 기색이다.

"또 악몽을 꿨습니까?"

포콰이는 고개를 끄덕였다.

"그리고 이번에는, 기억하고 있어요… 어떤 꿈이었는지를."

나는 아무 말도 하지 않았다. 그녀는 오만상을 찌푸렸다.

"그러니까 그놈의 빌어먹을 로봇 흉내는 그만두고, 그게 어떤 꿈이었는지 내게 물어봐요."

"어떤 꿈이었습니까?"

"내가 모드를 통제하지 못하는 꿈이었어요. 난 내가 퍼진 꿈을 꿨고, 그리고 내가… 방 전체를… 아파트 전체를… 가득 채우는 꿈을 꿨어요. 내가 몽유병 환자가 아니라는 건 당신도 알죠…"

그녀는 느닷없이 심하게 몸을 떨기 시작했다.

"아니…"

그녀는 팔을 뻗어 내 팔을 움켜잡았고, 침실로 통하는 복도로 이끌었다. 침실 문은 닫혀 있었다. 그녀는 몸짓으로 그 문을 가리켜 보였고, 잠시 숨을 고르더니 대뜸 말했다.

"이걸 열어봐요."

나는 문손잡이를 돌리려고 했다. 손잡이는 꿈쩍도 하지 않았다.

"잠겨 있어요. 내가 얼마나 편집증적인지 이제 알겠죠. 이제 난 매일 밤 이 문을 잠가요."

"그러면 당신은…?"

"밖에서 깼어요. 이 복도를 반쯤 나간 곳에서." 그녀는 그 지점에 섰다. "여덟 자릿수의 조합 번호를 누른 다음, 밖으로 나와 또 다른 여덟 자릿수를 눌러 자물쇠를 잠근 거예요."

"그런… 꿈을 꿨습니까? 자물쇠를 조작하는 꿈 말입니다."

"아네요, 물론. 꿈속에서는 자물쇠에 손을 댈 필요가 없었어요. 난 이미 방 밖으로 나와 있었으니까요. 안에 있는 동시에 밖에 있었어요. 이동할 필요조차도 없었어요… 그냥 해당 고유 상태를 강화하기만 하면 됐으니까."

나는 망설이다가 이렇게 말했다.

"그렇다면 당신이 생각하기로는…"

그녀는 단호한 어조로 말했다.

"내 생각은, 내 잠재의식이 나한테 무슨 원한을 가지고 있는 것이 아닐까 하는 거예요. 내가 할 수 있는 말은 그게 전부예요. 수면 중에 정확하게 자물쇠 번호를 눌렀던 거예요. 설령 그게 아무리 믿기 힘든 일이라고 하더라도 말예요. 혹시 모드가 나로 하여금 잠긴 문을 마치 전자가 전압 장벽을 통과하듯이 그대로 통과하게 만든 것이 아닌지 의심하고 있다면, 대답은 **불가능하다**예요. 설령 이론상으로 그런 일이 가능하다고 해도, 이 모드는 그런 일을 수행하도록 설계되지는 않았어요. 모드는 극미의 계에서만 작동하도록 설계되었으니까. 가장 단순한 효과를 입증하는 일에만 쓸모가 있도록 설계된 거죠. 그 이상도, 그 이하도 아녜요."

여기서 내가 했을 수도 있는 대답이 너무나도 선명하게 뇌리에 떠올랐기 때문에, 거의 귀로 그 말을 들을 수 있을 정도였다. "그건 설계된 것이 아냐."

그러나 내 머릿속의 기계는 내가 침묵을 지키도록 만들었다. 대신 나는 고개를 끄덕이고 이렇게 말했을 뿐이었다.

"당신 말이 옳습니다. 전문가는 당신이니까요. 게다가 그건 당신의 꿈이지 않습니까? 내 꿈이 아니라."

9

뤼가 말했다.

"이건 아주 좋은 기회입니다."

"좋은 기회라고? 난 그렇게 생각 안 해. 난 그걸 중지시키고 싶다고! 포콰이에게 지금 정확하게 무슨 일이 일어나고 있는지를 설명해도 좋다는 〈캐넌〉의 양해를 얻어줘. 우린 이 모든 사태를 통제해야 해."

뤼는 얼굴을 찌푸렸다.

"통제해야 한다는 건 맞습니다. 하지만 포콰이에게 로라 얘기를 하면 안 됩니다. 당신이 명령을 지키지 않았다는 것을 천이 알아차리기라도 한다면 그걸 어떻게 감당할 생각입니까? 또 뒤에 남는 우리들은 어떻게 됩니까? 지금 가짜 〈앙상블〉 내부에서, 〈캐넌〉이 존재한다는 사실을 의심하는 사람이 단 한 명도 없다는 건 확실합니다. 그들 모두 충성 모드를 과할 정도로 신뢰하고 있으니까 말입니다. 혹은 너무 경시한다고 해야 할지도 모르겠군요. 지성과 그 안티테제의 조합이 얼마나 강력한 존재가 될 수 있는지 그들은 전혀 깨닫고 있지 못한 것 같습니다. 알다시피 형식 논리학에서는 모순되는 공리들의 조합을 통해 어떤 것이든 증명할 수 있습니다. 모순 원리, 즉 A인 동시에 A가 아닌 것 하나만 있으면 어떠한 결론도 이끌어 낼 수도 있다는 뜻입니다. 나는 그걸 오직 우리들에게만 가능한 자유의 메타포라고 생각하고 싶습니다. 그러니까 헤겔의 진테제 따위는 잊어버리십시오. 우리에겐 오웰적인※ 순수한 이중사고가 있지 않습니까?"

나는 신경질적으로 뤼의 어깨 너머를 응시했다. 인파로 북적거리는 카오룬 공원의 잔디밭과 열기에 어른거리는 화단이 눈에 들어온다. 내가 의논할 상대는 뤼밖에 없었지만, 아무래도 내 주장은 전혀 먹혀들어 가지 않는 분위기였다.

나는 입을 열었다.

"포콰이는 진실을 알 권리가 있어."

"권리? 문제는 그녀의 권리가 아니라, 그런 행위가 야기할 결과입니다. 내가 포콰이를 그 누구보다도 경애하고 있다는 사실을 믿어주십시오. 하지만 단지 그녀가 속고 있다는 사실을 알릴 목적만으로 〈캐넌〉 전체를 희생시키고 싶습니까? 가짜 〈앙상블〉이 우리에게 좀 더 가혹한 모드를 강요할 거라고 생각한다면 그건 착각입니다. 그러는 대신 그들은 실패를 완전히 말소하려고 할 겁니다. 우리를 죽여서. 게다가 포콰이가 지금 실험에서 발을 빼려고 한다면, 그녀에게는 무

※ 국민을 완전 통제하는 전체주의 정부를 묘사한 작품인 조지 오웰의 『1984』에서 비롯된 표현. 전체주의적인.

은 일이 일어날 것 같습니까?"

"정말로 그런 사태가 일어난다면 우린 포콰이를 지키고, 우리들 자신을 지켜야 해. 가짜 〈앙상블〉을 타도하는 거지."

이렇게 말하면서도 나는 이 제안이 얼마나 황당무계한 것인지를 자각하고 있었다. 그러나 뤼는 이렇게 대답했을 뿐이었다.

"최종적으로는 그렇게 해야겠죠. 하지만 아무 계획도 없이 충동적으로 거사하면 안 됩니다. 유리한 고지에 선 다음에 그래야 합니다. 일단 기회를 포착하면, 그것이 무엇이든 간에 최대한 이용하는 식으로." 여기서 뤼는 잠깐 말을 멈췄고… 망설임에서 비롯된 나의 침묵이 마치 나의 암묵적인 동의처럼 보일 만큼만 기다렸다가, 다시 입을 열었다. "바로 이번 경우처럼 말입니다."

"포콰이는 모드에 대한 통제력을 상실하고 있어. 난 발광하기 직전이고. 이런 것들을 자네는 어떻게 기회라고 부를 수 있나?"

뤼는 고개를 가로저었다.

"당신은 '발광' 따위와는 무관합니다. 단지 당신 머릿속의 모드들 일부가 제대로 작동하고 있지 않을 뿐입니다. 왜냐고요? P3는 당신을 당신에게 이로운 특정 정신 상태에 고정시켜 두기 위한 일종의 장벽으로서 기능하도록 설계되었습니다. 그럼에도 불구하고 당신은 어떤 식으로든 그 장벽을 그대로 통과해서, 따분함이라든지 산만함, 감정적 동요 따위의, P3가 절대 용납할 리가 없는 정신 상태에 돌입했던 겁니다. 그건 거의 불가능한 일이지만, 당신은 바로 그런 일을 경험했습니다. 모든 진단 프로그램은 모드가 물리적으로 정상이라고 보고하지 않았습니까? 따라서 시스템 자체는 손상을 입지 않았고… 그 대신, **시스템의 개연성**이 외부 요인에 의해 변화하고 있다고 봐야 합니다. 뭔가 연상되지 않습니까?"

나는 몸을 부르르 떨었다.

"포콰이가 마치 이온을 조작하는 것과 같은 방법으로 **나**를 조작하고 있다는 뜻이라면… 어떻게 그런 일이 가능할 수 있지? 물론 포콰이는 확산한 시스템의 개연성을 변화시킬 수 있어. 위아래 방향의 스핀이 아직 혼합된 채로 있는 은 이온 따위를 말이야. 하지만 그게 나와 무슨 상관이 있지? 나는 확산한 계와는 정반대의 존재야. 나 자신이 파동을 수축시키는 존재잖아. 안 그래?"

"물론 당신은 파동을 수축시키는 존재입니다. **하지만 얼마나 자주 그럽니까?**"

"언제나. 수시로."

"'언제나, 수시로'라니, 그게 무슨 뜻이죠? 당신은 당신이 영원히 수축된 상태로 있다고 생각하고 있는 겁니까? 수축이란 **과정**입니다. **확산한** 계에서 일어나는 과정이란 말입니다. 당신은 확산이 극히 희귀한 상태… 이를테면 실험실에서나 일어나는 현상이라고 생각하고 있었습니까?"

"그게 아니란 말이야?"

"아닙니다. 그럴 리가 없지 않습니까? 당신의 몸 전체는 원자로 이루어져 있습니다. 그리고 원자는 양자역학적 계입니다. 예를 들어 당신 몸 안에 있는 평균적인 원자가 수축되지 않은 상태에서 1밀리초당 10가지의 각기 다른 행동을 한다고—매우 보수적으로—가정해 봅시다. 바꿔 말하자면, 1밀리초 후 그 원자는 확산해서 10개의 고유 상태의 혼합물이 된다는 뜻입니다. 이들 고유 상태 하나하나가 그 원자가 했을지도 모르는 가능성에 조응하고 있습니다. 어떤 상태는 다른 것들에 비해 더 개연성이 높겠지만, 계가 수축할 때까지는, 모든 가능성들이 공존하고 있는 겁니다.

2밀리초 후가 되면 이 원자가 했을지도 모를 행동은 100개의 각각 다른 조합으로 늘어납니다. 최초의 가능성 10가지에 각각 10개씩의 선택이 또 주어지니까요. 바꿔 말해서, 이 원자는 100가지의 각각 다른 고유 상태로 확산한 겁니다. 3밀리초 후 이것은 1,000가지가 되고, 이런 식으로 시간이 흐를수록 계속 늘어납니다.

여기에 두 번째 원자를 덧붙여 보십시오. 첫 번째 원자가 취할 수 있는 모든 고유 상태에 조응해서, 두 번째 원자도 자기 자신의 고유 상태 10개 중 하나를 취할 수 있습니다. 이런 식으로 결과는 계속 늘어납니다. 한 개의 원자가 1,000개의 고유 상태로 확산할 수 있다면, 두 개의 원자로 이루어진 계는 100만 개의 고유 상태로 확산할 수 있습니다. 원자가 세 개라면 10억 개입니다. 이런 식으로, 눈에 보이는 물체, 이를테면 모래알 하나, 풀잎 하나, 혹은 사람의 몸을 이룰 때까지 원자 수를 더한다면, 고유 상태의 수는 천문학적으로 늘어나 있습니다. 게다가 그 수는 시간이 흐르면서 끊임없이 증식합니다."

나는 머리를 설레설레 흔들었다. 마비된 듯한 느낌이다.

"그렇다면 멈추지도 않고 그렇게 영원히 늘어나기만 한단 말이야?"

"그렇지 않아도 그 얘기를 할 참이었습니다. 하나의 확산된 계가 다른 확산된 계와 상호작용하면, 그들은 개개의 존재임을 멈춥니다. 양자역학에 따르면 이들은 단일한 계로 취급받아야 합니다. 전체에 영향을 끼치는 일 없이, 어느 한 부분만 건드릴 수는 없는 겁니다. 포콰이가 확산한 은 이온을 관측하면, 포콰이-더하기-이온이라는 새로운 계가 형성됩니다. 포콰이가 혼자였을 때의 두 배나 되는 고유 상태들을 가지는 계입니다. 만약 당신이 풀잎 하나를 관찰하면, 당신-더하기-풀잎이라는 새로운 계가 형성됩니다. 이 계는 당신이 혼자였을 때의 고유 상태 수에, 문제의 풀잎이 취할 수 있는 모든 고유 상태의 수를 곱한 만큼의 고유 상태를 가질 수 있는 겁니다.

그러나 당신을 포함하는 계는 당신의 뇌에서 수축을 야기하는 부분까지 포함하고 있습니다. 그리고 이 부분 또한 그 밖의 모든 것들, 이를테면 당신 뇌의 다른 부분이나, 당신 몸의 다른 부분, 풀잎, 그리고 당신이 관측한 모든 것들이 각기 취할 수 있는 모든 고유 상태에 조응하는 무수히 많은 버전으로 확산하는 겁니다. 당신 뇌의 이 부분이 스스로를 수축시키고, 그렇게 함으로써 자신의 한 버전을 현실로 만들면, 그것은 결합된 계 전체, 그러니까 당신 뇌의 다른 부분, 몸의 다른 부분, 풀잎 따위를 모두 필연적으로 수축시킬 수밖에 없습니다. 그것들 모두가 단 하나의 고유 상태로 수축함으로써, 무수히 많은 가능성 중 단 하나만이 실제로 '일어나는' 겁니다. 물론 그다음에는 그것들 모두가 또다시 확산하기 시작합니다만…"

"알았어. 이해했네. 사람들은 수축하기 위해서 확산할 필요가 있다는 거지. 어떤 의미에서는, 한 가지 가능성이 선택받기 위해서는 모든 가능성들이 존재할 필요가 있어. 수축이란… 나무의 가지들을 하나만 남기고 모두 깨끗하게 치는 것과 같아. 치지 않고 남겨둘 가지를 고르기 위해서는, 일단 모든 방향을 향해 조금씩 가지가 자라 있을 필요가 있겠지. 하지만 우리는 너무나도 빈번하게 수축하기 때문에, 수축과 수축 사이의 짧은 순간에 자기가 확산하고 있다는 사실을 자각하지 못하는 거야. 적어도 1초당 몇백 번은 수축할 테니까 말이야."

뤄는 미간을 찌푸렸다.

"도대체 어디서 그런 생각이 튀어나왔습니까? 우리가 무슨 수로 '확산되고 있다는 사실을 자각'한다는 겁니까? 의식은 끊기지 않는 매끄러운 흐름처럼 느껴질지도 모르지만, 그것은 단지 뇌가 오감을 그렇게 조립하기 때문입니다. 현실은 연속적으로 생성되는 것이 아니라, 경련하듯이, 단속적으로 생겨납니다. 경험이란 회고적으로 구성되는 것이고, 현재 따위는 존재하지 않습니다. 우리가 유일무이한 것으로 만드는 데 성공한 것은 오직 과거뿐이니까요. 유일하게 문제가 되는 것은 시간적인 척도입니다. 당신은 방금 그 과정이 몇 밀리초보다 더 길게 걸린다면, 우리는 어떻게든 그 사실을 자각할지도 모른다고 시사했지만… 그건 전혀 사실이 아닙니다. 우리의 경우 주관적 시간은 바로 그런 과정을 통해서 생겨나고, 미래는 그런 식으로 과거가 됩니다. 그러나 우리는 그것이 어떤 식으로 일어나는지, 또 언제 일어나는지를 인식할 수 없습니다.

물론 실험에 들어간 포콰이가 모드의 수축 억제 기능을 쓰지 않았을 때, 그녀는 고유 상태들에 대해 영향을 끼치지 못했습니다. 하지만 그건 아무런 증명도 되지 못합니다. 설령 실패의 원인이 그녀가 확률을 바꿀 수 있기 전에 그녀 자신-더하기-이온들을 수축시킨 탓이라 하더라도, 이것은 그 현상에 대한 유일한 설명이 아닙니다. 실험실에서 한 사람이 낸 결과가 인류 전체에 언제나 보편적으로 해당된다고 일반화할 수는 없습니다. 당사자의 정신 상태, 그리고 단독인지 아니면 무리를 짓고 있는지의 여부에 따라, 사람들이 수축하는 간격은 몇 초 혹은 몇 분에 이를 가능성조차 있습니다. 그걸 확인할 방법은 없지만 말입니다."

나는 눈앞의 사내를 멱살을 잡고 마구 흔들어서 그가 쏟아내는 형이상학적 헛소리를 모두 떨어내고 싶은 충동을 느꼈다. 그러나 그러는 대신 나는 침착한 어조로 말했다.

"내가 원하는 건 자네의 도움이야. 경험이 어떤 식으로 구성되는지 난 알고 싶지 않아. 시간이 환상이라고 해도 난 전혀 상관 안 해. 5분이 지난 뒤가 아니라면 그 어떤 것도 현실이 아니라고 해도 내가 알 바가 아니지. 그런 것은 모두 결국은 평범한 일상으로 귀속되는 법이니까 말이야. 아니, 귀속되어야 해. 적어도 예전에는 그랬으니까. 또 모든 사람이 하루에 100번씩 확산한다고 주장하지도 마. 모든 사람이 환각에 시달리는 건 아니고, 그들의 모드 역시…"

"그럴지도 모릅니다. 혹시 그들은 당신이 경험한 것과 똑같은 경험에 '시달리는' 건지도 모릅니다. 무수히 많은 다른 경험들과 더불어 말입니다. 그러나 그들은 그런 것을 아예 기억하지도 못합니다. 그럴 수가 없기 때문입니다. 그들의 뇌에도, 육체에도, 주위 세계에도, 그런 일들이 실제로 일어났다는 증거가 아예 존재하지 않으니까요. 그들 입장에서 그런 사건들은 아예 **현실화**하지 않았습니다. 모든 사건들이 한 사건으로 수축될 때마다, 그 사건들의 단일 과거는 훨씬 더 개연성이 높은 사건을 포함하고 있으니까요."

"그렇다면 왜 나만 그걸 기억하는 거지?"

"잘 알고 있지 않습니까? 포콰이가 관련되어 있기 때문입니다. 포콰이는 고유 상태 모드를 가지고 있고, 개연성을 변화시킬 수 있습니다."

"하지만 포콰이는 무슨 이유에서 내 강화 모드를 무력화시켰던 거지? 왜 **캐런**을 나타나게 했던 거야? 애당초 왜 그런 일을 하고 싶어 했단 거지? 그녀는 **캐런**이 존재한다는 사실조차 모르잖아!"

뤼는 어깨를 으쓱해 보였다.

"나는 방금 '포콰이'가 관련되어 있고, '포콰이'가 개연성을 변화시키기 때문이라고 했습니다… 그러나 사실을 말하자면, '고유 상태 모드가 관련되어 있기 때문'이라는 편이 더 정확합니다."

나는 코웃음을 쳤다.

"그럼 모드가 자율성을 획득했다는 건가? 모드가 독자적인 목적을 가지고 움직였다? 내 강화 상태를 해제한 원흉은 다름 아닌 모드였다고 말하고 싶은 거야?"

"물론 그런 뜻은 아닙니다."

뤼는 키스를 나누며 시시덕거리는 커플이 우리 앞을 완전히 지나갈 때까지 참을성 있게 기다렸다. 그러나 이것은 실로 바보 같은 행동이다. 〈앙상블〉이 우리의 대화를 엿듣고 싶어 한다면, 가짜 연인들을 보내 우리 앞을 산책하게 할 리가 없지 않은가? 한순간 나는 크게 낙담했다. 〈캐넌〉이 취한 상세한 보안 조치를 굳이 내게 알리지 않은 것은 그럴 만한 이유가 있어서라고 지레짐작하고 있었지만, 애당초 그런 조치는 아예 존재하지도 않았던 것이 아닌가 하는 생각이 들었기 때문이다.

뤼는 말을 이었다.

"만약 의식적으로 선택하는 사람이 존재한다면, 그건 바로 당신입니다. 좀 더 현학적으로 말하자면 당신과 포콰이가 결합한 계라고 해야겠죠. 하지만 포콰이는 그런 일이 일어났을 당시에는 대부분 잠들어 있었던 상태였기 때문에, 동기를 따져보면 당신이 가장 적절한 후보입니다."

"대부분 잠들어 있는 상태라고?"

"그렇습니다."

나는 걸음을 멈추고, 무감동한 목소리로 말했다.

"모드를 갖고 있는 사람은 포콰이지만… 그걸 쓰고 있는 사람은 나라는 거야?"

"대충 말하자면 그렇습니다. 당신과 포콰이가 확산할 때, 당신은 둘 중 한 명이 존재할 수 있는 모든 고유 상태로 확산했던 겁니다. 도저히 가능할 것 같지 않은 고유 상태까지 포함해서 말입니다. 그런 것들 중에서 포콰이가 아닌 당신이 고유 상태 모드의 조작에 영향을 끼치는 고유 상태들이 존재하지 말라는 법은 없습니다."

이토록 황당무계한 주장에 대해서는 아예 반박할 기력이 생기지 않았다. 이런 마당에 상식적인 얘기를 해봤자 단순 소박하고 부적절한 의견으로 치부될 것이 뻔하다. 잠시 후 나는 탄원하듯이 말했다.

"하지만 그런 일들이 일어나는 걸 내가 원할 리가 없잖아!"

뤄는 곤혹스러운 듯이 미간을 찌푸렸다가, 여간해서는 보이는 법이 없는 미소를 떠올렸다. "물론 당신은 원하지 않겠죠. 하지만 당신이 원하는 것은 전혀 어렵지 않습니다. 그런 일들이 일어나기를 원하는 당신의 버전들이 존재할 개연성은 극히 낮을지도 모르지만, 일단 그런 버전들이 고유 상태 모드에 액세스할 수 있게 된 뒤에는 개연성의 정의 자체를 완전히 바꿔버릴 수 있습니다."

내가 '맞아, 바로 그거야. 나는 바로 그런 일에 종지부를 찍고 싶은 거야'라고 대답하려는 순간, 뤄는 이렇게 덧붙였다.

"당신은 당신이 지금까지 해온 일에 경탄하고 있을지도 모르지만, 앞으로는 그보다 더 엄청난 위업을 이룰 수 있을 겁니다. 진정한 〈앙상블〉을 위해서."

〈캐넌〉은 나에게 어떤 행동을 하라고 강요하지는 않으며, 단지 조언을 해줄 뿐이다. 결단을 내리는 사람은 언제나 나 혼자이며… 내가 틀린 선택을 한다는 것은 글자 그대로 불가능하다. 그러나 충성 모드를 공유하는 다른 사람들의 의견을 완전히 무의미한 것으로 치부할 수는 없다.

사실 무엇이 〈앙상블〉의 이익인지를 합의에 의해 결정한다는 생각 자체가 말이 안 된다. 아니, 좀 더 솔직해지자. 그런 결정을 혼자서 내리는 것만큼이나 두려운 일은 없었다. 이런 모순을 받아들이는 일은 쉬웠다. 뤼가 말한, 오직 우리들에게만 가능한 종류의 자유의 의미를 조금씩 이해할 수 있을 것 같았다. 충성 모드가 만들어 낸 정신적인 매듭을 푸는 것은 불가능하다. 그러나 그것을 무한하게 변형시키는 일은 가능했다.

주중에 서로 비밀번호가 겹치는 〈캐넌〉 멤버들 사이의 회합이 여러 번 열렸고, 그때마다 나와 근무 시간대가 가장 비슷한 사람을 대표로 선발했다. 얼마 전에 또 새로운 성과를 올린 포콰이는 휴식에 들어갔고, 그 덕택에 나는 잠시나마 고유 상태 모드의 영향에서 벗어날 수 있었다.

오전 9시는 음모를 꾸미는 데 적당한 시간이 아니다. 모처에 있는 아파트—뤼는 〈캐넌〉이나 〈앙상블〉하고는 일체 관련이 없는 인물에게 하루 동안만 빌린 것이라며 나를 안심시켰다—로 들어간 나의 눈에 비친 광경은 너무나도 무해하고 일상적이었기 때문에, 마치 아파트 주민들의 모임이나 중하층 계급의 소규모 정치 집회에 잘못 들어온 것이 아닌가 하는 생각이 들 정도였다. 나를 포함한 여섯 명은 집주인의 키치한 불교풍 잡동사니로 둘러싸인 좁은 거실에서 둘러앉았고, 차를 마시며 우리들이 완벽한 노예임을 믿어 의심치 않는 국제 연합체의 통제권을 수중에 넣기 위한 최상의 방법이 무엇인지에 관해 토론을 벌였다.

리 시우와이는 〈BDI〉의 의료 촬영 기술자였다. 내가 〈BDI〉에서 일했을 당시 그녀는 자주 야근을 했기 때문에, 나와는 가벼운 인사를 10여 번 이상 나눈 사이였다. 우리가 서로의 공통점이 무엇인지 전혀 눈치채지 못했다는 점은 전혀 놀랍지 않았지만 말이다.

찬 쿼쿵은 〈ASR〉의 물리학자였고, 뤼의 연구팀과 비슷한 팀에서 일하고 있었다. 그러나 그가 관여하고 있는 실험에서는 은 이온의 스핀 대신 단일 원자를 분광기로 측정한다는 점이 달랐다. 찬의 연구팀은 아직 성공을 거두지 못했기 때문에, 그들의 지원자들 중 누가 진짜 모드를 가지고 있는지 아직 모르고 있는 상태였다. 포콰이가 했던 농담이 뇌리를 스치고 지나갔다. 그녀가 가짜 모드를 가진 대조 표준이 아닌 이유는, 대조 표준이라고 판명됐다면 그녀가 엄청나게 화를 냈을 것이기 때문이라는 농담 말이다. 사태의 추이로 미루어 볼 때, 이런 농담이 진실미를 띄기 시작했다는 사실이 나를 고민에 빠뜨렸다.

유안 팅후와 유안 로칭은 오누이 사이였다. 두 사람 모두 대학에서 학생을 가르치는 수학자였지만(좀 더 정확하게 말하자면 위상 수학자였지만, 이조차도 대략적인 용어인 걸로 알고 있다) 가짜 〈앙상블〉을 위해 보수가 좋은 직장에서 자발적으로 일하라는 제안을 어리석게도 거절했던 것이다.

뤼가 운을 뗐다.

"나는 파동의 수축을 무기한 억제할 수 있는 모드를 제작하기에 충분한 데이터를 이미 가지고 있습니다. 그러나 이것만 가지고서는 아무 쓸모도 없고, 모드의 나머지 반에 해당하는 고유 상태 선택 장치를 손에 넣을 필요가 있습니다. 〈BDI〉에는 그 설계도가 있습니다. 금고실에 보관된 ROM 칩의 형태로 말입니다. 해킹으로 그 내용을 알아낼 방법은 없습니다. 그 칩은 더 이상 액세스 대상이 아니고, 네트워크에 연결된 시스템상에서 사용될 가능성도 전무하다는 사실은 굳이 지적할 필요도 없겠죠. 하지만 여기 있는 닉은…"

나는 그의 말에 끼어들었다.

"기다려. 그 데이터를 획득하는 방법에 관해 얘기하기 전에… 일단 그것이 가능하다고 가정해 봐. 설계도의 복사본을 손에 넣어서, 완전한 모드를 제작한다고 가정하는 거지. 그다음에는 어떻게 되지?"

"단기적으로는 어떻게 하면 가장 효과적으로 그것을 사용할 수 있는지를 알아내는 것에 주력할 예정입니다. 최대한 빨리 말입니다. 〈ASR〉의 연구팀들은 매우 신중하게 실험을 진행하는 중이고, 초기 실험 대상을 극미의 계에만 한정하고 있습니다. 양자론적 존재론의 엄밀한 이론적 틀을 확립할 때까지는 그보다 더 복잡한 계에 손을 댈 생각이 없는 겁니다. 그건 지적인 관점에서는 칭찬을 받아 마땅한 태도지만, 실용적인 결과를 도출하기 위한 필요 조건이 아니라는 점은 명백합니다. 만약 청 포쾨이가 꿈속에서 잠긴 문을 그대로 통과할 수 있다면… 모드의 잠재력을 완전히 파악하고 있는, 경험이 풍부한 사용자가 어떤 위업을 성취할 수 있는지 한번 생각해 보십시오."

찬 쿼쿵이 입을 열었다. "그럼 장기적으로는?"

뤼는 어깨를 으쓱해 보였다. "우리가 완전한 모드의 복제품을 손에 넣고, 자체적인 실험을 통해서 그 모드의 장점과 단점들이 무엇인지를 정확하게 파악하기 전까지는, 가짜 〈앙상블〉을 장악하기 위한 전략에 관해 토의하는 것은 시기상조입니다."

리 시우와이가 조용하지만 단호한 어조로 말했다. "그럴 필요조차도 없을지 몰라요. 우리들 자신의 독립된 조직이 확립된 마당에, 왜 굳이 가짜를 개혁해야 하죠? 그냥 무시해 버리면 되는 일 아닌가요?"

유안 로칭이 분개한 어조로 대꾸했다. "가짜 〈앙상블〉은 진짜에 대한 모독이야! 그런 걸 무시하라고? 그런 건 박살 내버려야 해! 흔적도 남기지 말고!"

그녀의 오빠가 가세했다. "우리가 예전처럼 우리 연구를 계속하도록 놈들이 그냥 놓아둘 것 같아? 비밀을 아는 우리를 그냥 방관할 리가 없잖아."

리 시우와이가 대꾸했다. "물론 방관하진 않겠죠. 하지만 우린 스스로를 지킬 수 있을 거예요. 모드 사용법에서 그자들보다 한발 더 앞서 나간다면…"

"처음부터 스스로를 지킬 필요가 없는 쪽이 나아."

찬 쿼쿵이 설레설레 머리를 저었다. "가짜 〈앙상블〉은 불완전한 존재일지도 모르지만, 우리가 생각하는 진정한 버전의 거푸집이라는 사실에는 변함이 없네. 우린 그것을 건드리는 대신 지속적으로 개선해야 하고, 그것이 매년 조금씩이라도 이상형에 가까워질 수 있도록 노력해야 해. 따지고 보면 결국 헛된 노력에 불과하겠지. 하지만 우리 마음의 평화를 위해서라도 그 일에 매진하는 수밖에는 없어."

뤼가 슬쩍 끼어들었다. “종국적으로 우리는 방금 나온 대안들 모두를 검토하게 될 겁니다. 하지만 일단 우리들이 쓸 고유 상태 모드를 손에 넣지 않는다면 우리는 그 무엇도 이루지 못할 것이고, 결국 모든 계획은 몽상으로 끝나버리고 맙니다. 그래서 닉의 역할이 중요하다는 겁니다.”

뤼는 나를 향해 고개를 돌렸다. 다른 사람들도 일제히 나를 보았다.

나는 거북한 어조로 운을 뗐다.

“당신들 모두 뤼 키우충의 제안이 무엇인지를 충분히 이해하고 있고, 또 〈캐넌〉의 다른 멤버들과도 뤼의 계획에 관해 논의해 본 걸로 알고 있어. 그래서 난 당신들의 의견을 듣고 싶어. 우리들 모두가 그 설계도를 입수할 필요가 있다는 점에는 찬성하고 있는 것 같지만… 정말 그것이 최선의 방법일까? 우리가 미처 예상하지 못한 문제나 위험이 숨어 있을 가능성은 없을까? 이 계획 자체가 제대로 실행 가능한 일일까?”

뤼가 끼어들었다. “그 점에 대해서는 의문의 여지가 없습니다. 로라 앤드루스가 무슨 일을 해냈는지 생각해 보십시오. 그토록 심한 장애를 가지고서도 말입니다. 또 청 포콰이가 수면 중에 무슨 일을 했는지를 생각해 보십시오. 포콰이의 ‘도움’을 받을 수 있다면—그녀가 자고 있는 사이에 그녀의 고유 상태 모드를 ‘빌릴’ 수만 있다면—당신이 〈ASR〉 사옥에서 나와 시내를 가로지르고, 〈BDI〉의 경비망을 뚫고 금고실로 들어갔다가, 다시 무사히 귀환하는 것을 막을 수 있는 것은 세상 어디에도 존재하지 않습니다. 그럴 개연성이 아무리

낮다고 해도 말입니다."

뤼가 계획의 골자를 또다시 열거하자 나의 머릿속에서는 불신으로 가득 찬 항의가 메아리쳤다. 30년 동안이나 자기 능력을 연마해 온 로라 앤드루스조차도, 힐게만 병원의 그리 엄중하지도 않은 경비망을 뚫고 탈주한 다음, 다시 수축당하기 전까지 기껏해야 2킬로미터 남짓한 거리를 이동했을 뿐이다. 내 경우는 인파로 북적대는 시내를 가로지른 후 〈앙상블〉의 가장 귀중한 자산을 훔치라는 요구를 받고 있다. 게다가 고유 상태 모드가 **내 머리에** 들어 있지도 않은 상태에서 말이다.

찬 쿼쿵이 말했다. "닉이 확산한 상태에 줄곧 머물러 있을 수 있다는 보장은 있나? 자넨 그걸 단언할 수 있어?"

뤼가 대답했다. "확산 억제 모드는 며칠 뒤에 완성됩니다."

유안 로칭이 끼어들었다. "하지만 실험 초기에 닉이 겪었다는 그 문제들 말인데… 그것들은 어떻게 설명할 수 있지?"

뤼는 어깨를 으쓱했다. "수축이 실패한 결과로서 그런 일들이 일어났던 건지도 모릅니다. 혹은 닉이 그때 쓰고 있었던 행동 제어 모드인 **P3**와 관련됐을 가능성도 있습니다. 그 모드는 최적화된 정신 상태의 개연성을 대폭 높이도록 설계되어 있습니다. 그건 확산과는 정반대의 상태인 것처럼 들리지만, 아이러니하게도 바로 그 사실이 예기치 않은 **수축** 억제로 이어졌던 겁니다. **P3**가 수축 과정 자체를 배제할 필요가 있는 '산만한' 상태라고 판단했던 거죠. 물론 그런다고 해서 관측 가능한 결과가 생겨나는 것은 아닙니다. 적어도 고유 상태 모드가 개입할 때까지는."

이 가설은 처음 들어보는 것이었고, P3가 그런 자체적인 기능 정지에 어떻게 결정적인 역할을 수행할 수 있었는지도 이해하기 힘들었다. 하지만… 그 현상이 끝나자, 나는 나 자신이 줄곧 경계 태세를 유지하고 있었다는 느낌을 받지 않았던가? 아마 나는 강화된 동시에 비강화된 상태로 있었는지도 모른다. 혹시 수축은 모종의 이유로 양쪽 상태의 흔적을 남긴 것이 아닐까? 정상적인 수축이라면 여러 고유 상태의 기억들 중에서 단 하나만을 이어받게 되지만, 포콰이의 고유 상태 모드가 '서로 상반되는' 가능성들을 변화시키고, 재결합하는 상황에서는 반드시 그렇게 되지는 않는 것인지도 모른다. 나는 캐런이 대기실 안을 가득 채웠던 것을 기억하고 있지 않은가? 그건 무엇이었을까? 바른길을 벗어난 모드의 심각한 기능부전에서 비롯된 광적인 환상? 혹은 동시에 존재하는 1,000개의 기억—따로따로 보면 완전히 정상인—들이 수축되지 않고 모두 살아남은 결과였을까?

몇 시간 동안이나 확산한 채로 있어야 한다는 생각만으로도 불안을 억누르기 힘들었다. 설령 그런 일이 모든 사람에게 언제나, 수시로 일어난다는 뤼의 설명이 옳다 하더라도, 또 내가 다시 수축한 뒤에는 내가 선택한 단 한 가지의 고유 상태 이외의 모든 고유 상태들이 하찮은 허구가 되어버린다는 사실을 내가 확신하고 있다고 해도 말이다. 그러나 복수의 고유 상태가 수축 후에도 지워지지 않는 기억으로 남을 위험이 존재한다면, 나는 싫든 좋든 확산을 단순한 추상개념 이상의 것으로 취급해야 한다… 그뿐만이 아니다. 확산 시의 서로 모순되는 고유 상태들을 내가 유형의 물리적인 결과로서 체험하지 않는다는 보장이 어디 있단 말인가? 만약 내가 ROM 칩을 훔치려고 했고, 그 결과 성공과 실패 **양쪽**을 기억하는 상황이 온다면, 외부 세계는 이 두 개의 고유 상태의 기괴한 혼합을 도대체 어떤 식으로 반영하게 될까?

뤼가 말했다. "가능한 한 빨리 이 계획을 실행에 옮길 필요가 있습니다. 포콰이가 이 사태의 진상을 언제 깨달을지 모르기 때문입니다. 닉이 고유 상태 모드를 제어하는 훈련을 빨리 시작하면 시작할수록, 포콰이에게 진상을 감춘 채로 우리가 이 상황을 이용할 수 있는 가능성도 높아집니다." 그리고 그는 (나를 위해) 이렇게 덧붙였다. "이것은 포콰이에게도 도움이 되는 일입니다. 자기가 속았다는 사실을 깨닫는다면 그녀 입장은 한층 더 위험해질 수밖에 없으니까요. 그리고 닉이 모드를 완전히 제어할 수 있게 된다면, 그녀는 더 이상 불안감을 야기하는 '몽유병'을 경험하지 않아도 됩니다. 자신이 시가지를 횡단하고 있는 사이에 그녀는 침대에서 편안하게 자고 있었다는 식으로, 닉은 쌍방이 결합된 고유 상태를 선택할 수 있으니까 말입니다."

그래, 맞는 말이다. 목록에 기적을 하나 더 추가하면 그만이다. 그런 일에 누가 신경을 쓴단 말인가?

리 시우와이가 말했다. "만약 닉이 실패한다면? 계획 도중에?"

"만약 닉이 거리에서 수축해 버린다면, 그 자리에서 계획은 중지됩니다. 그럴 경우 닉은 포콰이와 그녀의 고유 상태 모드로부터 단절되어 버리니까요. 근무 중에 부서를 이탈했다는 사실에 대해서는 적당한 이유를 대고 〈ASR〉로 되돌아가는 수밖에 없습니다. 그럴 경우 닉은 제재를 받을 위험이 있지만, 다른 보안 요원들과 적당히 타협을 볼 수 있을지도 모릅니다. 설령 닉이 조사를 받게 된다 하더라도, 닉이 건물에서 나가는 것을 보지 못했다는 사실을 그들이 무슨 수로 설명하겠습니까?"

이 시나리오에는 구멍이 나 있다. **보초**를 쓰고 있는 사람들이 협박을 받고 위증 공작에 가담할 리가 없지 않은가?

"만약 닉이 〈BDI〉 건물 안에서 수축한다면, 당연히 그보다 훨씬 더 나쁜 사태가 발생합니다. 그럴 경우 우리들 모두가 의심을 받을 걸 각오해야 합니다. 충성 모드를 가진 사람들 모두가 철저하고 정밀한 조사 대상이 되는 것은 물론이고, 아무리 운이 좋더라도 〈캐넌〉은 몇 년 동안은 활동을 중지하는 수밖에 없습니다. 또는 무기한 중지될 가능성조차 있습니다. 최악의 경우에는…" 뤼는 여기서 어깨를 으쓱해 보였다. "우리는 모든 것을 잃을 각오를 해야 합니다. 하지만 우리가 설계도를 입수하기 위해 무슨 수단을 쓰든 간에 위험하기는 매한가지입니다. 따라서 지금 결단을 내려야 합니다. 주뼛거리면서, 결국은 가짜 〈앙상블〉을 위해 봉사하는 것과 뭐가 다른지도 알 수 없는 방식으로 계속 살아가느냐, 아니면 우리들 자신의 진정한 비전을 성취하기 위해 한 발을 내딛느냐?"

실로 기상천외한 논리다. 우리들 자신의 진정한 비전에 대해서, 여기 모인 사람들 각자가 서로 완전히 다른 해석을 하고 있지 않은가? 그러나 그 누구도 이 사실에는 크게 고민하는 눈치가 아니었다. 가짜

〈앙상블〉은 여러 파벌로 분열되어 있을지도 모르지만(아이러니하게도, 이것은 뤄가 나로 하여금 그것을 배신하도록 설득했을 때 썼던 논리였다) 〈캐넌〉은 명백하게, 노골적으로 그보다 천배는 더 상태가 안 좋다. 그렇다면 이들은 구체적으로 무엇을 원하고 있는 것일까? 마지막에는 자신의 논점이 어떤 식으로든 기적적인 승리를 거둘 것이라고 각자가 굳게 믿고 있는 것일까?

모르겠다. 〈앙상블〉에 대한 나 자신의 '진정한 비전'이 뭔지도 모르는 판에, 이들의 마음속에서 무슨 일이 일어나고 있는지를 추측하는 것은 애당초 무리였다. 나는 〈BDI〉와 〈ASR〉로부터 자유로워진 나를 상상해 보려고 했다. 충성심은 고스란히 남겨둔 채로 말이다. 그렇지만 그건 도대체 무엇에 대한 충성심이란 말인가?

찬 쿼쿵이 발언하고 있었지만, 그의 말에 주의를 기울이는 것은 쉽지 않았다. 이렇게 마냥 문제를 회피하고 있다는 사실에 갑자기 진력이 났다. 내 입장에서 진정한 〈앙상블〉이란 무엇인가? 나는 그 해답을 발견해야(또는 결정해야) 한다. 그 정의를 어디까지 확대해석할 수 있을까? 마음속의 매듭을 얼마나 극단적으로 변형시킬 수 있을까?

불현듯 내가 결코 무시할 수 없는 사항이 하나 있음을 깨달았다. 진정한 〈앙상블〉은 어떤 형태로든 로라의 기묘한 재능을 탐구하는 일과 관련이 있어야 한다. 이중벽으로 둘러싸인 지하실 안의 방. 포콰이의 이온 실험. 그리고 이제… 고유 상태 모드와 나 사이의 기괴한 관계. 그리고 내가 진정한 〈앙상블〉에게 봉사하는 유일한 방법은, 힘이 닿는 데까지 이런 탐구에 참여하는 일이다.

이런 취지의 결론이 느닷없이 마음에 떠오르자 나는 충격을 받았다. 그러나 이것은 부정할 길이 없는 진실이었기 때문에, 지금 와서 철회하는 것은 불가능했다. 논리상으로도 불가항력이다. 게다가 내가 확산한다는 생각만 해도 이토록 큰 두려움을 느낀다는 사실로 미루어 볼 때, 이 결론에는 한층 더 설득력이 있었다. 만약 내가 그 무엇도 두려워하지 않고, 그 무엇도 잃을 것이 없다면, 어떻게 그런 것을 충성이라고 부를 수 있겠는가?

방 안을 둘러보고, 사람들의 얼굴을 훑어보았다. 그러자 나는 이들의 비현실적인 계획에 전혀 신경을 쓸 필요가 없다는 사실을 깨달았다. 이들이 서로의 계획에 대해 신경을 쓰지 않는 것과 마찬가지로 말이다. 나는 이들을 대신해서 고유 상태 모드의 설계도를 훔칠 것이다. 오로지 나 자신만의 이유로.

찬 쿼쿵이 끝맺었다. "…그래서 모든 상황을 고려해 본 결과 위험을 무릅쓸 가치가 있다는 결론을 내렸어. 따라서 계획을 실행에 옮길 것을 권고하겠네."

뤼는 유앙 로칭을 향해 고개를 끄덕여 보였다. 로칭의 눈에 생기가 돌아왔고, 그녀는 그녀가 반드시 동의해야 할 결론을 나름대로 정당화하기 위한 노력에 착수했다. 그녀가 발언을 마치자, 유앙 팅후와 리 시우와이도 차례로 입을 열었다. 나는 이들의 말에 주의 깊게 귀를 기울였고, 이 토론의 규칙을 파악하고, 어느 한쪽에 치우치지 않는 방법을 터득해 보려고 했다. 〈앙상블〉에 대한 각자의 견해는 극히 사적인 것이며, 지금 발표되고 있는 그 밖의 견해들과는 대놓고 상충된다고 봐야 한다. 그러나 행동에 나서기 위해서는, 서로 의견의 일치를 볼 필요가 있었다.

오직 뤼만이 타협을 염두에 두고 있는 듯했다. 그는 단지 이렇게 말했을 뿐이었다.

"흐음, 여러분 모두가 제 입장을 잘 알고 있습니다. 따라서 더 이상 설명할 필요는 없다고 봅니다. 닉, 이젠 당신에게 달렸습니다, 결단을 내려주십시오."

나는 신중하게 나 자신의 의견을 말했다. 〈캐넌〉의 멤버들은 돌처럼 딱딱한 얼굴로 나의 말에 귀를 기울였다. 〈앙상블〉에 대한 이들 각자의 비전은 유일무이하며 타협의 여지가 아예 없다는 증거다. 양보는 이들에 대한 모욕이나 마찬가지였기에, 나 또한 한 치도 뒤로 물러서지 않았다. 그 누구의 주장에도 직접적으로 이의를 제기하지는 않았지만, 이들 모두의 견해가 무의미하다는 사실을 확실하게 인식시켰다는 뜻이다. 나는 선언했다. 진정한 〈앙상블〉이란 로라의 불가사의한 재능을 의미하며, 나머지는 모두 지엽적인 것들에 불과하다고.

"따라서 어떤 위험이 있든 간에 이번 기회를 놓칠 수는 없어. 우리에겐 고유 상태 모드가 필요해. 무의미한 권력 투쟁에서 전술적으로 유리한 입지를 차지하기 위해서가 아니라, 그것이 〈앙상블〉이 의미하는 모든 것을 구현하고 있기 때문이지. 그리고 그것을 획득하기 위해, 〈앙상블〉의 핵심에 존재하는 바로 그 과정을 이용하는 것만큼 적절한 방법이 어디 있겠어? 나는 이 계획을 달성하기 위해서 어떤 일도 마다하지 않을 작정이야. 자네들이 협력하든 말든 간에."

사람들이 떠난 뒤에도 뤼와 나는 자리에 남아 있었다. 나는 진이 빠지고 혼란된 상태로 한동안 아무 말 없이 우두커니 앉아 있었다. 〈캐넌〉이 실제로 기능할 수 있는지에 대해서는 여전히 확신이 없었다. 우리가 도달한 합의는 일종의 망상에 불과한 것이 아닌가 하는 의구심에 대해서도 마찬가지였다. 양보 없는 합의… 오웰식 자가당착의 멋진 예시다.

어쨌든 간에, 적어도 나는 내 머릿속의 〈앙상블〉이 무엇을 의미하는지를 알아냈다. 앞으로 일주일 후, 혹은 1개월이나 1년 뒤에는 그것이 전혀 다른 무엇인가를 의미하게 될지도 모른다는 불안감을 언뜻 느끼기는 했지만.

나는 입을 열었다. "솔직하게 말해줘. 그 일에 성공했다고 가정해 봐. 나는 설계도를 입수하고, 자네가 그걸 써서 고유 상태 모드를 제작했다고 말이야." 나는 빈 의자들을 향해 손을 흔들어 보였다. "저런 작자들이 얼마나 오랫동안 결속할 수 있을 거라고 생각하나?"

뤼는 어깨를 으쓱했다. "시간적 여유는 충분합니다."

"시간적 여유라니, 무엇을 위한?"

"각자가 원하는 것을 얻기에 충분한 시간이라는 뜻입니다."

나는 웃었다.

"자네 말이 옳을지도 모르겠군. 아마 앞으로도 줄곧 이런 식으로 진행되지 말라는 법은 없으니까. 방금 한 것처럼 모두가 같은 행동을 지지하는 거야… 서로 전혀 다른 동기에 입각해서 말이야. 설령 서로 반목한다고 해도, 그건 각자의 해석과 장기적 전망에만 국한될 뿐이니까 상관없어." 나는 멍한 표정으로 고개를 흔들었다. "그럼 자네의 동기는 뭔가? 모든 일이 굴러갈 수 있도록 조정자 역할을 맡고는 있지만, 그 이유가 무엇인지는 한 번도 얘기해 주지 않았어."

뤼는 조금 당혹해하는 듯한 예의 찌푸린 표정으로 나를 보았다.

"방금 얘기하지 않았습니까?"

"언제?"

"5초 전에 말입니다."

"아마 못 듣고 지나친 것 같군."

"제가 원하는 것은, 모두를 만족시키는 일입니다. 오직 그뿐입니다."

회합이 있은 지 사흘 후, 퇴근길에 나는 지하철역에서 나와 조금 먼 길로 우회해서 싸구려 시판 약과 나노 웨어를 파는 노점에 들렀다. 스마트 화장품, 움직이는 문신, '자연적' 섹스 보조 기구(뇌가 아니라 생식기의 신경에 직접 작용한다는 뜻이다), 근육 '강화제'(전혀 운동을 하지 않고도 근육을 아무 쓸모도 없을 만큼 비대하게 만드는 물건이다) 등과 아침에 먹는 시리얼 상자에 덤으로 들어 있을 법한 신경 모드 따위를 파는 곳이었다. 뤼가 수축 억제 모드의 제조를 어떤 뒷골목 제조업자들에게 의뢰했는지는 모르겠지만, 이런 장소에서 완성품을 건네받아야 하는 내 입장에서는 마음이 든든해질 리가 만무하다.

뤼가 가르쳐 준 주문번호를 말하자, 노점 주인은 내게 작은 플라스틱 용기를 건넸다.

잠자리에 들기 전에, 나는 오른쪽 콧구멍 안에 용기의 내용물을 분사했다. **엔드아메바 히스토리티카**—인간에게 아메바성 수막염을 위시한 갖가지 선물을 안겨주는 원생동물—를 철저하게 유전자 개조한 것들이 나노 머신들을 싣고 뇌까지 운반한다. 나는 한동안 눈을 뜬 채로 침대에 누워, 바이러스 크기의 로봇들이 앞으로 수행해야 할 항법 및 건설상의 엄청난 위업에 관해 생각했고, 뤼가 모드 설계에 관해서 도대체 얼마나 숙달해 있는지 본인에게 직접 물어보지 않았던 것을 후회했다. 제조업자들은 입수 가능한 것들 중 가장 신뢰성이 높은 최신 기재를 써서 이 모드를 만들었을지도 모르지만, 완벽하게 만들어진 나노 머신조차도 사용자에게 완벽하게 치명적인 손상을 입힐 수 있는 법이다. 문제의 나노 머신이 뇌의 중추를 신경 스파게티로 만들어 버리는 설계도에 입각해서 제조되었을 경우에는 말이다.

이윽고 나는 걱정하는 일을 그만두었다. 나는 진정한 〈앙상블〉에게 봉사하기 위해 내가 할 수 있는 모든 일을 하고 있다. 그런 생각만으로도 안식을 찾을 수 없다면…

블라인드의 틈새 사이로 스며들어 온 아침 햇살이 천장에 떨어뜨린 가느다란 빛줄기를 올려다본다.

나는 잠을 선택했다.

보스는 내가 지시한 대로 평소보다 3시간 일찍 나를 깨웠다. 흐음, 나는 죽지도 않았고, 몸이 마비되지도 않았으며, 귀머거리도, 벙어리도, 장님도 아니다. 아직은 말이다. 예전부터 설치되어 있는 모드들을 상대로 무결성 검사를 해보니 아무런 손상도 입지 않았다는 결과가 나왔다. 그러나 이것은 발생 가능한 문제들 중에서는 가장 사소한 것이었다. 이미 기존 모드의 일부가 되어 있는 뉴런들의 세포 표면에는 단백질로 된 태그가 붙어 있고, 정상적으로 기능하고 있는 나노 머신이 그것들을 오인할 위험은 없다. 게다가 뉴런 자체가 다른 방식들로 개변되어 있기 때문에, 사전에 원상 복구시키지 않는 한 외부 자극을 받고 시냅스 접속이 바뀌는 일도 없다.

뤄에게 모드 이름을 듣지 못했기 때문에 **마인드 툴**(〈액슨〉, 249달러)을 기동시켜 모드의 일람표를 만들게 했다. 물론 이 모드에 내 머리 전체를 '스캔'할 능력이 있는 것은 아니다. 그러는 대신 표준적인 '점호' 명령을 모드 간 신경 버스로 보내고, 되돌아온 대답들을 목록으로 정리하는 방식이다. 오직 충성 모드만이 침묵을 지켰고, 이름을 대기는커녕 자기 존재를 인정하는 것조차 거부하고 있었다.

수축 억제 모드는 위장된 상태로 싸구려 액션 게임용 모드인 **하이퍼 노바**(〈버추얼 아케이드〉, 99달러) 속에 숨겨져 있었다. **하이퍼 노바**와 **폰 노이만** 사이의 관계는 내 어린 시절의 게임 전용기와 개인용 컴퓨터 사이의 그것이나 마찬가지다. 나는 모드의 메뉴와 설명문을 훑어보았다. 이 모드는 ROM 칩이나 온라인 라이브러리에서 게임 소프트웨어를 다운로드해서 로딩할 수 있다. 그럴 경우에는 **레드넷** 같은 적외선 모드나 구식의 정밀도가 낮은 전송 수단—변조된 가시광선—이 사용된다.

모드의 위장을 그럴듯하게 해두는 편이 나을 듯하다. 소프트웨어도 없이 게임 모드만을 가지고 다니는 사람은 없으니까 말이다. 나는 〈버추얼 아케이드〉사의 라이브러리에 접속했다. 최신 베스트셀러는 **바스라 91**이라는 제목의, 정신 나간 전쟁 무기 애호가들을 위한 역사 전쟁 게임이었고, 대학살의 현장을 미사일의 시점에서 있던 그대로 재현해 준다고 자랑하고 있었다. 나는 이 게임은 건너뛰고 지난주의 인기 품목이었던 **메타체스**를 다운로드했다. "한 수를 둘 때마다 규칙 전체가 변화합니다."

한동안 이 게임을 가지고 놀며(초보자 레벨에서 참패했다) **하이퍼 노바**의 모든 기능을 가동시켜 보았지만, 20분이 지나도 여전히 숨겨진 진짜 모드로 통하는 비밀문을 찾지 못했다. 혹시 모드를 가동시키기 위해서는 복잡한 일련의 명령어가 필요한 것은 아닌가 하는 생각을 한 순간, 아직 손을 대지 않은 기능이 하나 남아 있다는 사실을 깨달았다. 나는 다운로드 메뉴로 다시 돌아가서 골동품이나 다름없는 가시광 전송 옵션을 가동시켰다. 예상했던 오류 메시지—내가 적절한 데이터 소스를 마주 보고 있지 않다는—가 뜨는 대신, 새로운 메뉴가 출현했다. 메뉴는 OFF와 ON이라는 두 단어로만 이루어져 있었다. 화살표가 OFF를 가리키고 있다.

나는 주저했지만, 늦든 빠르든 이 빌어먹을 물건을 테스트해 볼 필요가 있다. 그리고 이것이 제 기능을 다하지 못하는 고물에 불과하다면, 포콰이가 있는 아파트의 대기실보다는 지금 이 자리에서 그 사실을 확인하는 편이 낫다.

모드를 작동시킬 경우, 단지 머릿속에서 그것을 시각적으로 상상하는 행위와 진짜로 커맨드를 보내는 행위의 차이를 설명하기란 쉽지 않다. 그러나 이것은 쉽게 터득할 수 있으며 금세 무의식적인 반사 행동의 일부가 되어버리는 종류의 능력이다. 몸 동작을 상상하는 것과 실제로 몸을 움직이는 것의 차이라고나 할까? 의식적인 노력이 필요해지는 것은 오로지 스트레스를 받고 있을 경우뿐이다. 화살표가 ON이라는 글자 옆에 나타나는 광경을 뇌리에 떠올리면서, 나는 내가 지금 조작하고 있는 머릿속의 영상이 실제로 있는 메뉴라는 사실을 실감했다.

아무 일도 일어나지 않고, 아무것도 변하지 않는다. 마땅히 그래야 한다. 손을 들어 올려 뚫어지게 응시해도, 손이 흐릿해지면서 복수의 가능성들로 이행하려는 조짐은 전혀 보이지 않는다. 방 전체도 평소와 다름없이 견고하고 평범해 보인다. 내가 판단하는 한, 나의 정신 상태에는 전혀 변화가 없다. 마비나 시력 상실도 오지 않았고, 뚜렷한 광기의 엄습을 받고 있지도 않다는 것을 확인하고, 깊은 안도감을 느꼈다는 사실은 제외하고 말이다. 뤄는 그가 해야 할 일을 정확히 이해하고 있었던 듯하다. 모드는 제대로 작동하고 있을 가능성조차 있었다.

그렇다면 나는 지금 확산 중이라는 얘기가 된다. 설령 눈에 띄는 결과가 전혀 없다고 해도 말이다. 만물이 유일무이하고, 견고하며, 완전히 정상적으로 보이는 것은, 내가 미래의 어느 시점에서 반드시 수축당하라는 사실에 기인한다. 그리고 이번에는 개연성을 왜곡하고, 가능성들을 결합하고 혼란에 빠뜨리는 포콰이의 고유 상태 모드의 영향을 받지 않고 그럴 수 있다.

내가 반드시 수축당한다고? 아마 나는—내 입장에서는 미래로밖에는 보이지 않는 시점에서—'이미' 수축당하고 있고, 현재의 경험은 모두 그 과정에서 '회고적'으로 생성되고 있다고 생각하는 편이 더 이치에 맞는지도 모른다. 이온의 스핀은 관측된 바로 그 시점에서 결정되지, 그 전에 결정되는 것이 아니라고 포콰이도 단언하지 않았는가?

나는 큰 소리로 웃는다. 이 모든 일들—로라의 불가능해 보이는 탈출, 포콰이의 이온 실험 성공, 일어날 리가 없었던 내 모드들의 기능 부전—이 일어났음에도 불구하고, 여전히 현실이라는 느낌이 별로 없다. 지금 경험하고 있는 이것이야말로 진정한 〈앙상블〉의 핵심임을 알고 있음에도 불구하고… 여전히 과장되고, 불합리하며, 유치한 철학적 헛소리로밖에는 느껴지지 않는 것이다. 내가 설치한 것은 벌거숭이 임금님 모드에 불과한 것인지도 모른다.

다시 메뉴를 불러내서, OFF 스위치를 누르고——

——생각했다. 지금 나처럼 수축하지 않은 버전들은 어떻게 된 것일까? 내 머릿속의 파동 수축 경로에 의해 모두 소멸된 것일까… 그들 중 반수가 이 방 안—또는 도시 전체—에 흩어져 있었을지도 모르는 상황에서?

그들 모두가 나 자신이나 그 밖의 다른 관찰자에 의해 소멸되었던 것만은 틀림없다.

그들 모두가?

이 경우 수축 억제 모드는 중요하지 않다. 이것은 수축의 타이밍을 변화시키는 물건에 지나지 않으므로. 통상적인 사상들은 늦든 빠르든 모두 평범한 일상으로 귀속될 수밖에 없는 것이다. 인간의 뇌가 아무리 빈번하게 혹은 드물게 수축을 행하든 간에, 가장 동떨어지고, 개연성이 낮은 고유 상태들에게까지 손을 뻗쳐 소멸시키고 있다는 점은 명백했다. 그러지 않는다면, 미처 손이 닿지 않은 고유 상태들은 무한정 존속할 테니까 말이다. 다른 관찰자들이 그것들을 청소해 줄 것을 기대하는 것은 무의미하다. 수축 행위가 다른 가능성들을 모조리 말살하지 않는다면, 단 하나의 견고하고 유일무이한 현실 갈래 따위는 성립할 수 없다. 그럴 경우 문제의 현실은 소멸된 대체 현실들이 존재하던 광막한 공허함의 한복판에 자리 잡고 있겠지만, 그 공허함은 유한하며… 그 너머에는 세밀한 현실의 갈래들로 이루어진 무한한 숲이, 개연성이 너무 낮은 탓에 말살당하지 않았던 가능성 세계들이 유령처럼 펼쳐져 있을 것이다. 그러나 현실은 전혀 그렇지 않다.

포콰이가 실험의 다음 단계가 시작될 때까지 대기하고 있는 동안, 나는 나 자신의 실험에 착수했다. 지금까지 가장 극적인 효과는 그녀가 실제로 고유 상태 모드의 실험에서 성공을 거뒀던 밤에만 일어났다는 사실을 감안하면, 이것은 헛된 노력에 불과할지도 모른다. 그러나 딱히 해가 있어 보이지는 않았으므로, 낙관적인 태도를 취하기로 했다. 고유 상태 모드의 사용 여부까지 완전히 포콰이에게 의존한다면, 가장 간단한 트릭을 터득하는 데도 몇 년이나 걸릴지 모른다. 도시 전체를 가로질러 물건을 훔쳐 온다는 실로 비현실적인 시도에 관해서는 말할 나위도 없다.

포콰이는 실현 가능한 가장 단순한 계—단 두 가지의 고유 상태만이 균등하게 혼합되도록 주의 깊게 준비된 은 이온들—를 써서 기술을 연마했다. 나는 그렇게까지 순수한 실험 상황을 만들어 낼 수는 없지만, 그와 동일한 기본 원칙에 입각해서 훈련을 쌓는 것은 가능했다. 정상적인 상황이라면 기지既知의 확률에 따라 수축하는 계를 하나 골라서, 확률을 한쪽으로 치우치게 만드는 것이다. **폰 노이만**과 **하이퍼 노바** 모두 순수하게 알고리즘적인 수단을 통해 만들어진 결정론적인 유사 난수의 수열이 아닌, 진정한 난수를 생성할 능력을 가지고 있다. 이 두 모드는 그런 목적을 위해 특별히 조정된 일군의 뉴런을 보유하고 있었다. 언제나 발화 직전의 아슬아슬한 상태로 유지되며, 오직 세포 내부의 화학적 변동—궁극적으로는 열잡음—에만 영향을 받고 무작위적으로 발화하는 뉴런들이다. 통상적으로 이 계는 특정 범위 내에서 균등하게 흩어져 있는 난수들을 생성하는 형태로 수축할 것이다. 그 확률이 왜곡되거나 어느 한쪽으로 치우친다면, 나는 확률을 성공적으로 변화시켰다는 얘기가 된다. 해당 계의 어떤 고유 상태를 편애함으로써, 그것이 수축에서 유일하게 살아남는 고유 상태가 될 개연성을 높이는 것이다… 포콰이가 은 이온의 고유 상태가 위가 될 확률을 높이는 데 성공했던 것처럼.

나는 사흘 밤에 걸쳐 **폰 노이만**의 난수표에 영향을 끼쳐보려고 하다가 실패했지만… 그리 놀랄 만한 일은 아니었다. 달리 뾰족한 수가 생각나지 않았기 때문에 나는 원하는 결과를 시각적으로 머릿속에 떠올리고 그렇게 되기를 바란다는 방식을 택했고, 이것은 특정 신경 모드—그것이 누구의 머릿속에 들어 있든 간에—에 대해 내리는 정확한 명령이라기보다는 심령 능력을 개발하고 싶어 안달인 수행자에게나 걸맞은 짓이었기 때문이다. 뒤는 전혀 도움이 되지 않았다. 고유 상태 모드의 인터페이스가 어떻게 생겼는지도 모르고 있었기 때문이다. 그래서 나는 포콰이와 대화하며 애써 화제를 그쪽으로 돌려 보려고 했다. (차라리 단도직입적으로 그냥 물어보는 편이 훨씬 더 덜 부자연스럽게 들렸을지도 모른다.)

그녀는 대답했다.

"전에도 얘기했잖아요. 내겐 모드의 해당 기능을 썼다는 기억이 없어요. 그냥 수축 억제 기능을 켠 다음, 의자에 앉아서 이온을 관찰했을 뿐이에요. 이 두 기능은 서로 독립되어 있어요. 이 모드를 인스톨했을 때는 하나의 패키지였지만, 사실상 이 두 개는 별개의 모드랍니다. 고유 상태 모드는 확산 시에만 작동하고… 확산 중인 내가 확산한 이 모드를 조작할 수 있다는 사실은 명백해 보이는군요. 하지만 수축한 후에는 그 일에 대해서는 전혀 기억하지 못해요."

"하지만… 자기가 기억조차 하지 못하는 능력을 어떻게 터득할 수 있었단 말입니까?"

"모든 능력이 삽화적 기억에 의존하는 건 아녜요. 걸음마를 배웠을 때를 기억해요? 물론 내가 고유 상태들의 조작에 숙달한다면 그 능력은 나의 뇌 어딘가의 신경 구조에 포함되어 있겠지만… 그게 통상적인 기억으로서 남을 가능성은 전무하고, 수축 시의 내가 조금이라도 이해할 수 있거나 활용할 수 있는 형태로 남을 가능성도 거의 없다고 봐야 해요. 고유 상태 모드란 그것이 확산 중일 때만 기능하는 신경 시스템이기 때문에, 내 뇌의 다른 부분들이… 실험 과정에서 자연스럽게 형성된 신경 경로들이, 오직 확산 시에만 기능한다고 해도 전혀 이상할 것이 없어요."

"바꿔 말하자면, 확산했을 때의 당신은 고유 상태 모드를 제어하는 방법을 알지만, 그 지식은 일단 수축한 후에는 읽을 수 없는 형태로 당신의 뇌에 인코딩되어 있다고 주장하고 싶은 겁니까?"

"바로 그거예요. 그 지식은 내가 확산하고 있을 때 나의 뇌에 저장되었을 거예요… 따라서 내가 또다시 확산한 다음에만 그것을 해독할 수 있다고 해도 전혀 놀랄 일이 아녜요."

"그렇지만… 확산 시의 정보가 어떻게 다음 확산 때까지 살아남을 수 있다는 겁니까? 수축은 단 하나의 고유 상태를 뺀 모든 고유 상태들을 흔적도 남기지 않고 소멸시켜 버리지 않습니까?"

"흔적은 남아요! 고유 상태들이 서로 상호작용할 기회가 아예 없으면 또 모르겠지만, 고유 상태 모드가 기능한다는 사실 자체가 그것을 증명하고 있어요. 확산한 계들이 확산했다는 증거를 남기는 것은 원론적으로는 그리 신기한 일이 아녜요. 양자역학 초창기에 이루어진 중요한 실험들의 반은 바로 그런 효과에 의존하고 있었으니까. 복수의 고유 상태들이 공존했다는 명백한 증거는 이미 1세기 전에 발견되었어요. 전자의 회절回折 패턴이라든지, 홀로그램… 이런 간섭 효과들 모두가 여기 해당돼요. 옛날에 쓰던 사진식 홀로그램은 레이저 광선을 두 줄기로 분할하는 식으로 만들었어요. 한쪽 줄기를 목표물에 반사시킨 다음, 양쪽 모두를 하나로 합쳐서 간섭 패턴을 촬영했던 거죠."

"그게 확산하고 무슨 관계가 있습니까?"

"레이저 광선을 어떻게 두 줄기로 갈랐다고 생각해요? 광선을 은으로 아주 얇게 코팅한 유리판을 향해서 45도의 각도로 쏘았던 거예요. 광선의 반은 옆으로 반사되고, 나머지는 그대로 유리판을 관통하고 지나가죠. 하지만 방금 '광선의 반이 반사'되었다고 한 건 광자들의 반이 반사된다는 뜻이 아녜요. 광자 하나하나가 반사된 고유 상태와 관통한 고유 상태가 균등하게 혼합된 상태로 확산한다는 뜻이에요.

그리고 만약 당신이 개개의 광자가 어떤 진로를 취하는지 관측하려고 한다면, 당신은 그 계를 하나의 고유 상태로 수축시키고… 간섭 패턴을 파괴하고, 홀로그램을 망쳐버릴 거예요. 하지만 두 줄기의 광선이 방해를 받지 않고 다시 하나로 합치게 놓아둠으로써 두 개의 고유 상태들이 상호작용할 기회를 준다면, 홀로그램은 사라지지 않고 양쪽의 고유 상태들이 동시에 존재했다는 확고한 증거로서 영구히 남게 되죠.

그러니까 내 뇌의 다른 버전들 사이의 상호작용도 확산의 경험을 영속적인 기록의 형태로 남길 수 있는 건지도 몰라요. 레이저 광선의 홀로그램이 영상으로 재구성될 때까지는 피사체를 전혀 닮지 않은, 육안으로는 파악할 수 없는 쓰레기에 불과한 것처럼 말예요. 내 뇌에 저장된 그 정보도 나 자신에게는 이해 불가능이지만, 확산한 포콰이에게는 쓸모가 있는 기술들을 포함하고 있다는 얘기죠."

나는 잠시 그녀의 말을 음미했다.

"알겠습니다. 하지만 이 '확산한 포콰이'에게 당신이 모르는 일들을 터득할 수 있는 수단이 있다고 해도… 당신이 원하는 것을 그녀가 터득하도록 장려하기 위해, 당신은 실제로 어떤 일을 했습니까?"

"이온의 방향을 소리 내서 낭송한 것이 도움이 되었는지도 모르겠군요. 하지만 실제로는 그 실험의 성공을 절실하게 원했다는 사실만으로도 충분했던 것이 아닌가 하는 생각이 들어요. 내가 그것을 더 강하게 원하면 원할수록, 확산한 뒤에도 같은 것을 원하는 버전들의 수가 늘어나는 거예요. 급기야는 확산한 포콰이 전체가 그것을 원하게 된 거죠. 이만큼 민주적인 방식이 어디 있겠어요?"

마지막 말은 농담하듯이 말했지만, 완전히 농담인 것 같지는 않았다.

나는 대답했다.

"그거야말로 목적의 중요성이란 개념에 대한 엄밀한 정의라고 할 수 있겠군요. 당신이 여러 개의 버전으로 분기했을 때, 목적을 달성하려고 하는 버전은 몇 명이고, 그걸 포기하는 버전은 몇 명쯤 됩니까?"

포콰이는 웃음을 터뜨렸다.

"뭐든지 그렇게 수량적으로 판단할 수 있다면 정말 편할 거예요. 내가 당신을 얼마나 사랑하느냐고? 잠시 기다려 봐, 지금 고유 상태를 세고 있으니까…"

집으로 돌아온 나는 강화를 해제한 다음 나 자신의 목적과 그 중요성에 대해 곰곰이 생각해 보았다. 지금까지 내가 (틀림없이, 잊을 수 없는 형태로) 확산했던 두 상황에서 일어났던 일은 전혀 내가 원했던 일이 아니었다. 그리고 지금은? 나 자신은 진정한 〈앙상블〉에게 봉사하기 위해 고유 상태 모드를 훔치는 방법을 터득하기를 열망하고 있는지도 모르지만… 일단 내가 확산한 후에는, 어떤 투표 결과가 나올까?

나는 결코 나 자신을 기만한 적이 없다. 충성 모드가 없어도 나는 지금과 다르지 않을 것이라고 생각한 적은 단 한순간도 없었던 것이다. 파동함수의 의미에 관한 포콰이의 설명으로 미루어 볼 때, 충성 모드가 확실하게 작동하고 있다는 사실 자체가 그것이 계속 작동하는 고유 상태들의 높은 개연성을 반영하고 있다고 봐야 한다. 확산을 통해 충성 모드가 고장이 난 버전들이 생겨날 수는 있지만… 충성 모드가 제대로 기능하는 버전의 수가 압도적으로 많다는 뜻이다.

그럼에도 불구하고… **P3**가 작동하고 있던 중에 강화가 해제되었고, 부르지도 않았는데 **캐런**이 출현했던 것이다. 이 두 사건에서도 이와 같은 논리가 적용되므로, 대다수의 나는 현상 유지를 지지했을 것이다. 그러나 결과는 그와는 정반대였다.

그렇다면 내가 포콰이의 아파트 대기실에서 확산한 채로 **폰 노이만**이 뱉어내는 난수들을 한쪽으로 치우치게 하려고 노력하고(또는 그렇게 생각하고) 있을 때, 실제로는 무슨 일이 일어나고 있는 것일까? 실제로는 아무 일도 일어나지 않는 것일까… 아니면 확산에 의해 존재할 가능성이 있는 10억 개의 내 버전들 사이에서 실질적인 전쟁이 일어나고 있는 것일까? 고유 상태 모드라는 궁극의 무기를, 현실 제조기를 손에 넣기 위해 치열한 전투가 벌어지기라도 한단 말인가? 내가 인식할 수 있는 결과는 전투가 끝난 후의 교착 상태에 불과하지만… 힘의 균형은 점진적으로 변화하고 있고, 내 머릿속에는 이런 상황의 추이를 기록한 '홀로그램'들이 존재할지도 모른다.

나의 희망에 반하는 행동에 나서고, 나의 인생의 모든 목표와 사사건건 대립하는 버전의 내가 출현할 수 있다는 생각은 너무나도 혐오스럽기 때문에, 그런 생각 자체를 조롱하고, 터무니없는 것이라고 폄하고 싶은 마음이 앞서는 것은 사실이다. 설령 그것이 사실이라고 해도… 나는 그것에 대해 무슨 일을 할 수 있을까? 어떻게 하면 그런 전투의 결과에 영향을 줄 수 있을까? 계속해서 충성 모드의 지배를 받는 파벌을, 나에게 충실한 버전들을, 지원할 수 있는 방법이 있을까?

뾰족한 해결책이 떠오르지 않았다.

나는 **폰 노이만**을 써서 하는 훈련을 포기했다. 나 자신의 뇌 속에 있는 뉴런들에게 영향을 끼친다는 목표에는 근원적으로 미심쩍은 부분이 너무 많았다. 회사 부근의 싸구려 노천시장에서 나는 작은 트럼프 크기의 홀로그램 주사위 생성기를 발견했다. 이 장치의 심장부를 이루는 작은 유닛에는 양전자를 방출하는 몇 마이크로그램의 동위원소가 밀봉되어 있었고, 동심원 모양으로 배치된 결정 센서들이 이 유닛을 이중의 공처럼 에워싸고 있다. 말발이 좋은 가게 주인이 보장한 바에 의하면, 이 장치는 자연적 배경복사나 인위적인 간섭의 영향을 전혀 받지 않으며, 장치의 내부에서 양전자가 하나 파괴될 때마다 발생하는 고유의 감마선 한 쌍을 외부의 어떤 사건과 혼동하는 일은 결코 없다고 한다. "물론, 손님이 원하신다면 사용자의 은밀한 설득에 대해 좀 더 민감하게 반응하는 기종도…"

나는 간섭 방지 장치가 달린 기종을 샀다. 주사위 생성기의 소프트웨어는 어떠한 다면체의 조합도 표시할 수 있다. 나는 전통적인 정육면체 두 개를 선택했고, 1시간 동안 테스트해 보았다. 그 어떤 치우침도 찾아볼 수 없었다.

나는 이 장치를 가지고 근무처로 갔다. 포콰이가 잠든 후에는 강화를 해제한 상태로 대기실에 앉아 **하이퍼 노바**를 통해 확산과 수축을 행하며, 가상의 나 자신들에게 파동함수의 가차 없는 분산조차도 극복하고 살아남을 수 있을 정도로 강한 목적의식을 심어주려고 노력했다. 고의적으로 강화를 해제함으로써 포콰이에 대한 내 책임을 저버렸을 때는 일말의 가책을 느꼈지만, **P3**가 예측할 수 없는 방식으로 수축에 간섭하도록 놓아둘 수는 없었다. 나는 속으로 되뇌었다. 만에 하나 〈ASR〉가 모독적인 연구에 관여하고 있다는 사실을 〈나락의 아이들〉이 알아차린다면, 그들은 이 건물을 통째로 폭파할 것이다. 그럴 경우, 강화 상태든 아니든 간에 내가 할 수 있는 일은 없었다.

주사위들은 공정한 확률을 완강하게 유지했다.

포콰이는 실험의 세 번째 단계에 돌입했다. 이번 실험도 그녀 뇌 속의 상관 관계를 측정하는 것이 목적이었다. 이런 내면을 향한 실험에 대해 조급증을 느끼는 뤼의 마음을 이해할 수 있었다. 그러나 그와 동시에, 〈ASR〉가 신중하게 실험을 진행하는 이유에 대해서도 예전보다 더 깊이 공감할 수 있었다. 이제 나는 거시적 단위에서도, 일견 불가능해 보이는 온갖 일들을 성공시킬 수 있다는 사실을 잘 알고 있지만, 그런 능력을 터득하기 위해 나는 엄청난 위험을 무릅쓰고 어둠 속에서 악전고투하고 있다. 지금 상태대로 간다면 〈ASR〉는 10년 뒤에야 지금 내가 하고 있는 것과 비슷한 실험에 착수할 것이다. 그러나 그런다면 그들은 완전한 통제력을 발휘할 수 있고, 실험의 전모를 정확하게 파악할 수도 있다.

나는 생각했다. 혹시 그들이야말로 진정한 〈앙상블〉의 수수께끼를 탐구하는 데 가장 걸맞은 존재가 아닐까? 점진적으로, 체계적으로, 정밀하게, **겸허하게**…

포콰이는 이틀 만에 성공했다. 기쁜 기색이기는 하지만, 별로 놀란 것 같지는 않았다. 구체적인 조작 과정이 모호한 베일에 싸여 있음에도 불구하고, 그녀가 자신의 모드 조작 능력에 대해 점점 강한 자신감을 느끼고 있다는 점은 명백했다. 이런 강한 자신감이, **통제력**이, 그녀의 꿈속에까지 침입해서, 나라는 존재를 배제하려면 얼마나 오래 걸릴까?

나는 대기실에 앉아 가상 주사위가 1분에 10번씩 공중으로 올라갔다 내려오는 광경을 몇 시간 동안이나 바라보았다. 육안으로는 주사위를 응시하고, 마음속의 시야에는 두 개의 윈도를 열어놓고 있었다. 하나는 **하이퍼 노바**의 메뉴였고, 다른 하나는 분석 프로그램의 인터페이스였다. 후자는 이온 실험용 소프트웨어를 수정해서 소형화한 버전이었고, **레드넷**을 켠 채로 뤼와 2초 동안 악수를 하면서 몰래 건네받은 것이다.

확산 ON.

주사위를 던진다.

확산 OFF.

결과를 입력.

강화 상태라면 감정의 기복을 전혀 느끼지 않고 언제까지라도 이 일을 계속할 수 있다. 강화 해제 상태에서는, 돌발적인 열의는 곧 음울한 권태감으로 바뀌고, 급기야는 좀이 쑤셔서 견딜 수 없게 되고, 마지막에는 다행히도 자동인형처럼 똑같은 일을 되풀이할 수 있게 된다. 그리고 이런 단계들을 한 번씩 되풀이할 때마다 예전보다 한층 더 심한 좌절감에 시달리게 되는 것이다. 이런 일들은 모두 쓸모 있을지도 모른다. 확산한 여러 버전들 사이에 어떤 차이가 있든 간에, 머리에 쥐가 날 듯한 이런 작업을 한시라도 빨리 끝내고 싶다는 점에서 그들의 의견이 일치하지 않는다면 되레 이상하다고 해야 할 것이다. 작업을 끝내려면 성공하는 수밖에 없는 것이다.

아니, 그럴까? 오직 수축 후에도 지배권을 가지고 있는 경우에만, 나는 나 자신의 가상 버전들을 억지로라도 협력하게 할 수 있지 않은가? 솔직히 말해서, 고유 상태 모드가 어떤 식으로 쓰이는지 나는 모른다. 나는 주사위들의 고유 상태를 선택하는 것일까, 아니면 나 자신의 심적 상태를 선택하는 것일까? 다음번 수축에서는, 내가 아예 실험을 포기해 버리거나… 진정한 〈앙상블〉을 포기해 버린 고유 상태가 선택될 수도 있는 것이다. 내가 확산할 때마다 게임의 규칙은 주사위들과 함께 모두 공중으로 내던져진다. 그 규칙이 고유 상태들만큼이나 쉽게 바뀌지 않기를 바랄 뿐이다.

나는 리 힝충이 나와 교대하기 위해 대기실로 들어오기 몇 초 전에 주사위 생성기를 호주머니에 집어넣었다. 내 머릿속의 프로그램—**폰 노이만**으로 돌리기 때문에 제대로 된 하드웨어를 썼을 때보다 실행 속도가 훨씬 더 느렸다—은 실험의 효과를 찾아내기 위해 한층 더 세련되고 복잡한 테스트를 써서 축적된 데이터를 검색했지만, 내가 집 근처의 역에서 지하철에서 내렸을 때 최종적이며 의외성이 없는 결과를 내뱉었다.

[귀무가설※은 기각되지 않았음.]

그날은 포콰이의 휴일이라고 생각하고 출근했지만, 내가 받은 명령은 619호실에 출두하라는 것이었다. 619호실로 가자 리가 설명했다.

"포콰이는 실험을 해도 더 이상 피곤하지 않다는군. 그래서 실험을 쉴 필요가 없어진 거야."

나는 야간의 직무태만을 벌충하기라도 하듯 단 한순간도 경계를 게을리하지 않고 임무에 임했다. 과학자들의 목소리를 머릿속에서 몰아내고, 그 어떤 기대도 하지 않았다. **P3**는 나의 정신을 정제해서 순수한 관찰자로 바꿔놓는다. 불의의 사태가 일어나면 그 즉시 반응할 수 있도록 뉴런 배선이 되어 있지만, 그런 순간이 오기까지는 미동

※ 두 모집단의 평균가의 차이가 없다는 가설.

도 하지 않는다.

1시간 후 포콰이가 이온 실에서 나오자 오늘의 실험은 끝났다. 엘리베이터를 타고 식당으로 가던 도중에 나는 물었다.

"어떻게 되어갑니까?"

"좋아요. 오후 내내 유용한 데이터를 얻었으니까."

"벌써?"

그녀는 기쁜 듯이 고개를 끄덕였다.

"난 일종의 역치를 넘어선 것 같아요. 모든 것이 점점 쉬워지기만 하는 느낌이랄까? 흐음… 그게 무슨 뜻인지는 알죠. 나 자신은 평소와 마찬가지로 아무 일도 하지 않아요. 알다시피 그건 내 업적이 아녜요. 하지만 확산한 포콰이는 마침내 **앙상블**을 마스터한 것 같군요."

한순간 나는 그녀더러 방금 한 말을 되풀이해 달라고 부탁하고 싶은 유혹을 느꼈지만 그럴 필요는 없었다. 나는 그녀가 하는 말을 뚜렷하게 들었기 때문이다. 그리고 그것이 의미하는 바는 명명백백했다. 지금까지 그녀가 한 번도 모드의 이름을 입 밖에 내지 않았던 것은, 보나 마나 그러면 안 된다는 뚜렷한 지시를—아마 렁에게서—받았기 때문일 것이다. 다른 '보안상의 난센스'와는 달리, 그녀가 그 중요성을 이해할 수 있도록 충분한 강조를 곁들인 지시를.

나는 포콰이가 방금 한 실언에 대해 주의할 필요성을 느끼지 않았다.

저녁 식사를 하는 동안 나는 무한한 인내심을 발휘하며 기다렸고, 메뉴가 너무 단조로워졌다고 불평하는 포콰이에게 예의 바르게 고개를 끄덕이며 맞장구를 쳐주었다.

그다음에는 대기실에 앉아서 그녀가 아파트 안을 돌아다니는 소리에 귀를 기울이며, 이 정보 덕택에 상황에 어떤 변화가 올지를 생각해 보았다.

새벽 1시에 강화를 해제하자, 더 이상 나의 환희를 가로막는 것은 없었다. 진정한 〈앙상블〉은 **앙상블**이란 이름을 가진 모드였던 것이다. 이 완벽한 등식, 전격적으로 발현한 이 대칭성이야말로, 나의 모든 신념이 옳았음을 최종적으로 확인해 주는 증거다. 일종의 계시라고 해도 좋겠지만, 돌이켜 생각해 보면 그 이외의 결론이 가능할 리가 없었다는 생각이 든다. 그리고 나 자신의 사명에 충성을 다하고 있는 가상의 나 자신들을 지휘하고 격려하는 곳인데, 이것만큼이나 위대한 영감의 원천이 어디 있단 말인가?

나는 주사위 생성기를 꺼냈고, 모드를 불러낸 다음 실험을 개시했다.

주사위는 거듭해서 무작위적인 결과를 내놓았지만, 나는 낙담하지 않았다. 아무리 열성적으로 이 과제에 임하고 있다 하더라도, 확산한 내가 눈 깜짝할 사이에 기적을 이뤄내는 것을 기대할 수는 없는 일이다… 내가 6초마다 수축함으로써 확산한 나를 완전히 소멸시키고, 그때마다 수축한 나의 뇌에 보존된 자기 경험의 홀로그램적인 흔적을 찾아내서 처음부터 다시 같은 실험을 개시해야 하는 지금 같은 상황에서는 말할 나위도 없다.

나는 이렇게 자주 수축할 필요가 있는 것일까? 한 번씩 주사위를

던질 때마다? 포콰이가 이런 방식을 써서 성공했다는 것은 사실이고, 하나씩 이온을 관찰할 때마다 수축하는 방법으로 그녀는 가장 단순한 목표를 추구할 수 있었다. 두 가지 가능성 중 하나만을 증폭하면 되었던 것이다. 그러나 그녀의 실험과 나의 실험은 동일하지 않다. **앙상블**이 있는 곳은 그녀의 머릿속이지, 내 머릿속이 아닌 것이다. 아마 나는 좀 더 오랫동안 확산을 계속하며 모드 자체에 영향을 끼칠 수 있는 나의 버전들을 만들어 내야 하는 것인지도 모른다. 부르지도 않은 **캐런**이 나타났을 때, 나는 얼마나 오랫동안 확산하고 있었던 것일까? 그것을 확인할 방도는 없었다. 그 과정 자체가 나의 통제를 벗어나 있었기 때문이다.

자, 이제 그것은 더 이상 사실이 아니다.

나는 ON 스위치를 넣었다.

내 주변 탁자 위의 주사위 생성기가 공중으로 던져지는 주사위 두 개의 홀로그램 영상을 만들어 내고 있다. 영상은 거의 진짜처럼 보이고(주위의 빛을 정말로 반사하는 것처럼 번득이기까지 했다) 딸깍하는 희미한 효과음과 함께 탁자 위에 떨어진다.

뱀의 눈, 즉 두 주사위 모두 1이 나왔다. 내가 목표로 삼은 눈이다.

나는 몸을 움찔하며 이제는 거의 본능이 되다시피 한 실험의 세 번째 단계에 돌입하는 것을 그만두었고, **하이퍼 노바** 메뉴에는 손을 대지 않은 채로 이 첫 번째 결과를 분석 프로그램에 입력하며… 생각했다. 내가 이런 일을 할 때마다, **폰 노이만**은 여러 버전으로 확산하고, 각 버전에서 돌아가고 있는 동일한 분석 프로그램에는 지금까지

나올 수 있었던 모든 조합 중 하나가 입력되어 있다. 나는 주사위들을 던질 때마다 나오는 개개의 결과에 신경을 쓸 필요가 없다. 내가 할 일은 오로지 분석 프로그램이 마침내 실험의 성공을 선언하는 고유 상태를 선택하는 일뿐이다. 이렇게 간단한 과제라면 나도 성공시킬 수 있을 것이다. 진정한 〈앙상블〉의 도움을 받고 있는 지금은.

두 번째로 던졌을 때도 뱀의 눈이 나온다.

세 번째도 마찬가지였다.

아직 분석 프로그램이 판정을 내리기 전인 지금 당장 수축한다면 어떻게 될까? 그럼 지금 나온 결과들은 단순한 요행이 되어버릴까? 아니면 우연의 일치? 희귀한(그러나 사소한) 행운의 연속? 아니면, 나는 내가 이 시점 후에도 확산한 채로 남아 있을 것이라는 증거를 이미 목격하고 있는 것일까?

네 번째도 뱀의 눈이 나온다. 주사위 두 개를 한 번 던져 두 개 모두 1이 나올 확률은 36분의 1이다. 3만 번을 던져서(과거 열흘 밤에 걸쳐서 내가 축적한 데이터다) 네 번 이상 연속으로 지금처럼 동일한 숫자의 조합이 나올 확률은 이미 1.7퍼센트로 줄어 있다.

다섯 번째도 뱀의 눈… 0.048퍼센트. 프로그램에 자의적으로 설정해 놓은 확률 1퍼센트의 경계를 돌파했기 때문에, 승리의 메시지가 반짝이기 시작한다.

여섯 번째… 0.0013퍼센트.

일곱 번째… 0.000037퍼센트.

여덟 번째… 0.0000010퍼센트.

나는 프로그램에 데이터를 입력하는 일을 그만두고, 두 개의 주사위가 구르면서 계속 똑같은 숫자를—마치 똑같은 영상을 반복해서 보이는 싸구려 홀로그램 광고처럼—내놓는 광경을 멍하게 응시한다. 단지 주사위 생성기가 고장 난 탓인지도 모른다. 하지만 어떻게 해서 그런 고장이 발생할 수 있단 말인가? 또 어떤 이유에서? 이런 편향된 결과를 야기하는 전자 회로의 변화를 나의 '의지력'으로 불러일으켰다고 주장할 셈인가? 아니면 알 수 없는 방식으로 작용하는 텔레키네시스라는, 구태의연하지만 마음 편한 아이디어로 후퇴하고 싶은가? 나는 이 장치에 영향을 끼치려는 시도조차도 하고 있지 않다. 나는 그냥 이런 일들이 눈앞에서 일어나는 것을 구경하고 있을 따름이다. 포콰이의 말은 옳았다. 확산한 나 자신이 모든 일을 도맡아 하고 있는 것이다.

이제는 진실을 있는 그대로 받아들이는 수밖에 없다. 나는 몇천조 개의 가능성에서 선택될(또는 이미 선택된) 사건 패턴을 경험하고 있다. 이것은 몇천조 명의 버전으로 갈라진 나 자신의 집합적인 노력의 결과이고… 나는 이제 이들 대다수를 학살하려 하고 있다. (이미 그러지 않았다면 말이지만.)

나는 OFF 스위치를 눌렀다.

주사위들은 계속 던져진다. 3과 4. 2와 1. 6과 6.

나는 얼굴의 땀을 닦아냈다. 성공했다는 사실과 불안감 탓에 동요하고, 고양되고, 현기증을 느꼈다.

손을 아래로 내려 의자의 시트 부분을 움켜쥐었다. 차갑고 매끄러운 금속은 평소와 다름없이 견고하다. 평정심을 되찾는 데는 그리 오래 걸리지 않았다. 나는 무사하게, 변화하는 일도 없이 성공을 거두지 않았는가? 이제는 두려움도 예전보다 덜하다. 더 이상 모드가 고장 나는 일도, 환각을 경험하는 일도 없을 것이다. 마침내 통제력을 손에 넣은 것이다.

그리고 내가 앞으로 받아들여야 할 형이상학적 이론이 아무리 복잡하고 기괴하다고 해도, 하나의 단순한 진실은 남는다. 마지막에, 내가 방아쇠를 당기고, OFF 스위치를 누르고, 파동을 수축시킨 다음에도… 이것들 모두는 여전히 평범한 일상으로 귀속될 것이다.

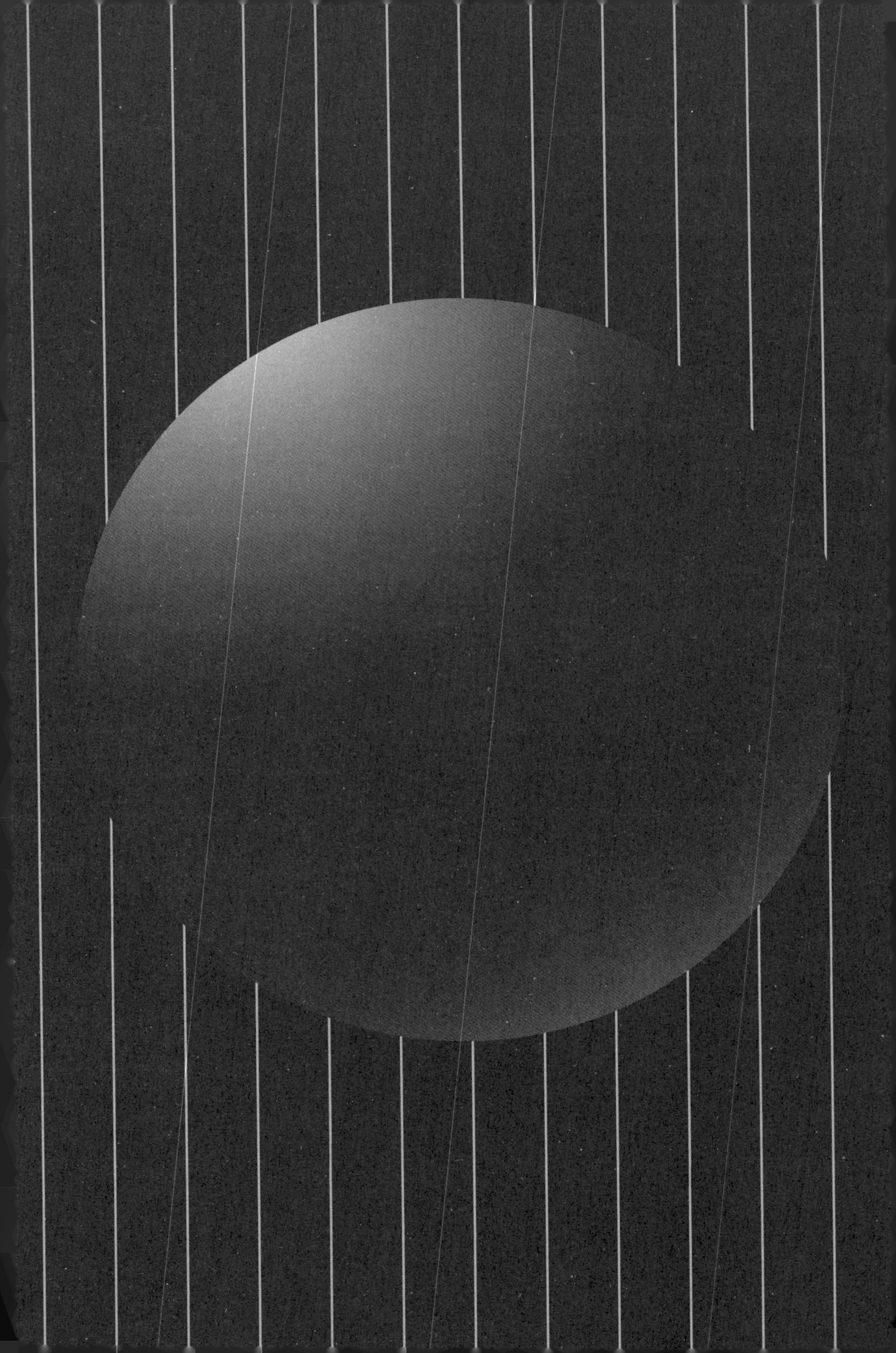

10

〈캐넌〉의 불문율에 충실한 뤼는 모드의 완벽한 제어를 위한 목표를 설정하는 데만 주력했고, 이 문제에 대한 나 자신의 본능이 옳은지 그른지에 대해서는 일언반구도 하지 않았다. 그런 뤼의 격려를 받으며 나는 좀 더 복잡한 주사위 트릭에 착수했다. 두 가지, 세 가지, 네 가지의 각기 다른 조합을 발생시킨 다음, 그것을 다시 되풀이한다. 두 눈의 합계가 언제나 소수가 되도록 한다. 언제나 내 말을 듣는 주사위들. 이런 상태들이 순수한 우연의 일치로 인해 일어날 객관적 확률은 내가 주사위로 처음 성공을 거뒀을 당시의 그것과 엇비슷했고, 경우에 따라서는 그보다 훨씬 더 높을 정도였다. 그럼에도 불구하고, 이런 복잡한 패턴들의 고유 상태를 찾아내서 증강하는 일은 표면적으로는 더 힘들어 보였다.

그러나 결국 어떤 경우에도 성공 여부는 단지 해당 결과가 옳다는 나의 믿음에 달린 것인지도 모른다. 특정한 고유 상태가 선택되는 것은, 오로지 그것이 해당 과업에 성공했다고 믿고 있는 버전의 나를 포함하고 있기 때문인지도 모르는 것이다. 그리고 만약 대체된 나 자신 중 하나가 잠깐 집중력을 잃은 탓에 5와 3의 합이 소수라고 착각했을 경우, 그는 그 부주의의 대가로 현실의 존재가 된다는 보상을 받을지도 모른다. (아마 이런 일은 이미 일어났을지도 모른다. 몇 번이나 말이다. 혹시 나는 주의력 산만과 자기기만이 증가하는 방향으로 천천히, 그러나 꾸준하게 '변이'하고 있는 것은 아닐까? 만약 이런 종류의 '진화'가 로라에게 **앙상블**의 기반이 된 뇌의 신경 경로를 부여했다면, 그것이 나에게 줄지도 모르는 영향을 과소평가하면 안 된다.) 소형 홀로비전 카메라를 사서 실험 전체를 녹화할 수도 있었지만(수축한 후에만 그것을 재생하는 식으로) 의혹을 불러일으킬 만한 하드웨어를 〈ASR〉 빌딩으로 반입하고 싶지는 않았다. 설령 주사위를 굴리다가 적발당한다고 해도 무해한 놀이였다고 변명하면 충분히 통용될 것이다. **P3**가 또다시 기능 부전을 일으켰고, 심야에서 새벽까지 근무하면서 제정신을 유지하기 위해서는 기분을 전환시켜 줄 물건이 필요했다는 식으로 해명하면 되니까 말이다. 그러나 근무 시간에 홈 무비를 찍는 일까지 이런 식의 기분 전환에 포함시킬 수 있을 것 같지는 않았다.

실험이 진행됨에 따라 내 결의는 이따금 흔들리기는 했지만, 완전히 사라지는 법은 결코 없었다. 이것이야말로 진정한 〈앙상블〉이 내게 원하는 것이라는 점을 확신하고 있었기 때문이다. 만약 확산이 내가 지지하는 모든 것들, 내가 전 인생을 바쳐 달성하려고 노력해 온 것들—**내가 누구이며, 내가 어떤 인간이 될 수 있는지를 제어하려는 노력**—과 완전히 상반되는 행위라면, **앙상블**이 내게 부여하는 완벽한 통제력은 그런 위험을 상쇄하고도 남는다. 간접적으로라도 그 통제력을 가진 사람이 나 자신인 한은. 확산 중에도 내가 원하는 방향으로 상황이 전개되는 한은.

불현듯 이런 생각이 들 때도 있다. 지금 여기 있는 내가 **앙상블**을 가동시키지 못하고 있다면, 도대체 누가 그러고 있는 것일까? 금세 수명이 다해버리는 나의 대체 협력자들 중 가동 방법을 터득한 사람은 누구일까? 그리고 일단 그것을 터득한 후에는, 왜 수축 과정에서 자신이 죽게 내버려 두는 것일까? 모드를 써서 자기 자신을 현실의 존재로 만들 수도 있는데, 왜 자기 것 이외의 고유 상태를 강화하는 것일까?

이 일에 관해 생각하면 생각할수록 포콰이의 견해가 옳았다는 믿음은 점점 더 강해졌다. **앙상블**을 조작하고 있는 것은 확산 중인 나 전체지, 이런 기능을 독자적으로 갖춘 유일 버전의 내가 존재하는 것이 아니다. 수축에 의해 현실이 되는 버전이 누구든 간에, 그는 나 자신과 마찬가지로 자기가 여전히 모드 조작 방법을 모른다고 불평할 것이다. 이 모드를 제어하는 기술은 신경망의 경우와 마찬가지로 넓은 범위에 걸쳐 분포되어 있기 때문이다. 뇌 속의 뉴런 하나가 내가 가진 어떤 기술 전체를 내포할 수는 없다. 그런고로, 나의 버전 중 하나가 확산 시의 나의 비밀을 모두 알고 있을 리 만무하지 않은가? 설령 확산한 닉 스타브리아노스가 생겨날 때마다 그 기술을 재발견하든, 혹은 그 지식이 내 뇌 안의 어떤 '홀로그램'에 인코딩되는 형태로 수축에서 살아남든 간에, 가상 순교자들—모드를 통해 내가 원하는 결과를 꼬박꼬박 내놓기 위해 자기희생도 불사하는 이타적인 나의 분신들—따위는 존재하지 않는 것이다.

그럼 확산 중의 나는 어떤 존재란 말인가? 그는 결코 순교자가 아니고, 그렇게 되고 싶어도 될 수가 없다. 어떤 식으로든, 마지막에 가서는 언제나 수축할 운명이기에.

다만 수축한 내가 언제나 나라는 보장은 없다.

이 모든 실험들이 거의 일상적으로 느껴지기 시작했을 무렵(합이 7이 되는 조합을 원하면 합이 7이 되는 조합이 나온다. 이만큼 간단한 일이 또 어디 있겠는가?), 뤼는 봉함한 편지 봉투 다발을 내게 건넸다.

"각 봉투 안에는 무작위적인 조합을 100개씩 기록한 목록이 들어 있습니다. 주사위를 써서 목록에 나와 있는 그대로의 결과를 내보십시오."

"그러니까 주사위를 던지면서 목록을 읽으란 뜻인가?"

뤼는 고개를 가로저었다.

"그게 무슨 의미가 있겠습니까? 데이터를 얻은 후에 목록을 참조하라는 뜻입니다. 물론 수축하기 전에 말입니다."

이 얘기를 듣고 나는 본능적으로 주저했고… 나흘 밤 연달아서 실험에 실패했다. 본심을 말하자면, 나는 실패했다는 사실에 크게 안도했다. 반항적이고, 모독적이며, 독선적인 기쁨을 느꼈던 것이다. 마치 이번 실패로 인해, 사실이 아님이 밝혀진 뒤에는 나 자신이 더 이상 구애받지 않을 거라고 확신했던 온갖 '그럴듯한' 설명들이 일시적으로나마 부활하기라도 한 것처럼. 목록의 내용을 알지도 못하면서, 도대체 무슨 수로 그것을 실험 결과와 일치시킬 수 있단 말인가? 실패하는 것이 당연하다! 이런 일은 애당초 불가능한 것이다.

그와 동시에, 나는 이번 과제가 전혀 특별하지도 않고, 새롭지도 않다는 사실을 충분히 이해하고 있었다. 다른 실험을 수행하기 위해서 '텔레키네시스' 따위가 필요하지 않았던 것처럼, 이번 실험도 '투시 능력' 따위와는 무관했다. 단지 확산해서 올바른 고유 상태를 선택하기만 하면 된다. 적절한 현재를 골라 과거로 만드는 것이다.

닷새째가 되는 날 밤에도 줄곧 그래왔던 것처럼 실험 결과를 **마인드 툴**의 스크래치패드에 기입한 다음, 호주머니에서 아무 봉투나 뽑아 들고 봉을 뜯는다. 처음 세 개의 조합이 일치하는 것을 확인한 시점에서 나머지 93개의 조합도 일치할 것이라고 확신하지만, 일단 모든 조합을 일일이 대조해 본다.

나는 전혀 혼란을 느끼거나 분개하지 않았다. OFF 스위치를 눌러 수축할 때까지는 말이다. 하지만 그런 상황에서 달리 어쩌란 말인가?

뤄는 내게 숫자 조합식 맹꽁이자물쇠를 건네며 천연덕스럽게 말했다.

"한 번 시도하는 것만으로도 이 자물쇠를 열 수 있겠죠?"

"주사위를 던져서 비밀번호를 알아내라고?"

"아닙니다. 당신이 직접 열란 뜻입니다."

"**폰 노이만**을 써서?"

"아닙니다. 그냥 올바른 숫자 조합을 추측해 보십시오."

나는 대기실에 앉아서 포콰이가 잠들기를 기다리고 있다. 내가 포콰이의 모드를 빌릴 때 그녀는 무슨 꿈을 꾸는 것일까? 확산 중인 내가 그녀의 상태를 올바르게 선택한다면 아무런 꿈도 꾸지 않을 것이다. 그러나 (수축 전에) 그녀를 깨워 물어볼 수는 없는 일이므로, 확산 중인 나는 무엇을 근거로 그런 선택을 하는 것일까?

아마 나의 다른 버전들 일부는 실제로 그녀를 깨워서 물어보는지도 모르겠다.

나는 강화 상태를 해제하고, 확산한 다음, 5분을 더 기다린다. 〈앙상블〉을 조작할 수 있을 만큼 '충분히 퍼지고' 싶기 때문이다. 과업을 시도하기도 전에 5분 기다리는 편이, 성공한 후에 그러는 것보다—그리고 이제 더 이상 수축을 미룰 수 없다는 사실을 절감하는 것보다—훨씬 더 마음이 편하다. 나는 너무 빨리 수축할 수는 없고, 그럴 생각도 없다.

수축 타이밍의 문제는 여전히 나를 불안하게 만들었다. 포콰이는 선택할 자유가 아예 없기 때문에 오히려 마음이 편할 수도 있다. 그러나 내 경우에는, 최종적으로 현실이 된 고유 상태에 비해 내가 너무 이르거나 늦게 수축을 선택한 고유 상태들이 존재할 수 있다. 물론 그런 상황들은 중요하지 않다. 수축은 **수축이 스스로를 현실로 만들었을 때만** 현실이 되기 때문이다. 이 논리는 불편할 정도로 순환론적으로 비칠 수도 있지만, 적어도 일관적이다. 모든 파동은 선택된 고유 상태가 수축을 야기하는 행위를 내포한 바로 그 순간에 수축하기 때문이다. 더 정확히 말하자면, 현실이 되는 버전의 관점에서 볼 때 일관적이라고 할 수 있다. 하지만 수축을 시도하고 실패하는 다른 버전들은 어떻게 될까? 그들은 자기가 실패했다는 사실을 알아차릴까? 그리고 그 사실이 무엇을 의미하는지를? 아니면 그들은 단순한 수학적 추상개념에 불과하고, 아무것도 모르고, 아무것도 느끼지 않으며, 아무것도 경험하지 않는 것일까?

호주머니에서 자물쇠를 꺼내 들고 바라보자 불안감이 점점 강해진다. 인간의 마음은 아무리 노력하더라도 진짜 난수와는 정말로 인연이 없다. 뤼의 지시를 (확산하기 전에) 무시하고, 주사위를 썼으면 좋았을 텐데. 만약 숫자의 조합이 9999999999라면? 혹은 0123456789라면? 내가 물리적으로는 어떤 수열이라도 입력할 수 있다는 사실에는 의심의 여지가 없지만… 심리적으로 그런 '무작위적이지 않은' 수열을 '추정'하는 것이 과연 가능할까?

흐음, 그러는 편이 신상에 이롭다. 그러지 못한다면, 확산된 나는—**앙상블**의 도움을 받고—그럴 수 있는 버전의 나를 찾아낼 테니까 말이다.

하지만 나는 이런 생각을 대수롭지 않게 생각했다. 교체는 곧 자살을 의미한다? 이건 포콰이의 주장이지, 내 생각이 아니다. 어차피 지금 와서 주저하기에는 이미 때가 늦었다. 수축하기 전에는 그 무엇도 현실이 아니라면, 나는 '이미' 수축해 있다. 이 모든 경험은 이미 선택된 것이고… 나는 누구든 간에 이미 이 자물쇠를 열 수 있는 버전의 내가 되어 있다. 그리고 내가 예전의 나와는 다른 사람으로 변했다는 느낌은 전혀 없다.

그러나 집게손가락을 자물쇠의 키패드에 갖다 대려고 했을 때, 불현듯 관점의 전환을 경험한다.

나는 적어도 100억 개의 방 안에 앉아서, 적어도 100억 개의 자물쇠를 앞에 두고 있는, 적어도 100억 명의 인간들 중 한 사람이다. 만약 내가 올바른 조합을 맞힌다면 나는 살아남을 수 있다. 그러지 못한다면 나는 죽는다. 단지 그뿐이다.

내가 '이미' 성공했다고 생각하는 근거는 무엇인가? 내가 있는 방이 정상적으로 보인다는 사실? 내가 이런 상태를 경험하고 있다는 사실? 만약 수축이 경험을 제조하지 않고, 단지 선택하기만 하는 것이라면, 나의 지각이 각 버전마다 극단적으로 달라야 한다는 이유가 어디 있는가? 마지막에 현실이 되는 고유 상태가, 현실처럼 보이는 유일한 고유 상태였다는 보장이 어디 있단 말인가?

나는 자물쇠를 내려놓으려고 한다. 이런 일을 반드시 해야 한다고 강요받지는 않았으므로. 그러자 문득 이런 생각이 떠올랐다. 이건 내가 할 수 있는 일 중에서 최악의 선택이야. 확산한 나는 자물쇠를 푼 버전을 선택하지, 이 실험 자체를 포기하는 버전을 선택할 리가 없지 않은가? 만약 지금 포기한다면, 내가 살아남을 확률은 제로다.

나는 자물쇠를 응시하며, 이런 쓸데없는 두려움들을 마음속에서 쫓아내려고 노력한다. 나는 예전에도 확산한 적이 있고, 거기서도 무사히 빠져나오지 않았던가. 물론 그랬겠지. 안 그랬더라면 지금 이 자리에 이렇게 있지도 않을 테니까 말이야. 지금 내가 처해 있는 상황에

무슨 참고가 되는 건 아니지만. 나는 세차게 머리를 흔들었다. 이건 말도 안 되는 생각이다. 인간이라면 모두 확산한다. 그런 마당에, 일상의 삶이 끊임없는 대학살 과정에 입각해 있다고 주장하기라도 할 셈인가? 상상 속의 외계인들이 그런 일을 당했다는 얘기조차도 믿지 못하면서, 어떻게 인류에 대해 그런 주장을 할 수 있단 말인가?

상상 속의 외계인들? 그럼 〈버블〉은 누가 만들었지?

그러면… 결국 나는 어떻게 하면 좋을까? 리가 교대하러 올 때까지 그냥 앉아서 기다리다가, 기회를 박탈당해도 좋은가? 아니면 미관측 상태로 여생을 보낼 수 있는 방법을 찾아보기라도 할까? 그러나 그런 행동도 나를 구해주지는 못할 것이다. 선택받은 나의 버전이 수축을 선택할 때, 나는 사라지기 때문이다. 내가 바로 그 선택받은 버전이 아닌 이상은. 그리고 그렇게 될 확률은 100억분의 1에도 미치지 못한다.

이유는 알 수 없지만, 느닷없이—자비롭게도—평소의 회의적인 태도가 솟구쳐 오르면 이런 고민에 종지부를 찍는다. 나의 일부는 이런 생각에 잠긴다. **만약 1,000조 명의 가상 인간들이 매초마다 정말로 죽어가고 있다면, 죽음 따위를 두려워할 필요는 없어.** 하지만 이것은 순수하게 지적인 추론에 불과하다. 나는 내가 죽을 것이라고는 생각하지 않으니까 말이다. 나는 자물쇠를 들어 올리고, 아무 생각도 하지 않고, 제대로 보지도 않고, 잇달아 10개의 숫자를 누른다. 그런 다음 키패드 위의 조그만 디스플레이를 응시한다. 1450045409.

너무 규칙적일까? 아니면 너무 무작위적일까?

그런 생각을 하기에는 이미 늦다. 나는 자물쇠의 고리를 잡아당긴다.

쥐는 카오룬 공원 한복판에 있는 연못가에 서서 오리들에게 빵 부스러기를 던져주고 있었다. 아무래도 싸구려 스파이 영화를 너무 본 듯하다. 내가 곁으로 가도 그는 눈길을 주려고조차 하지 않았다.

나는 입을 열었다.

"나를 모르는 체해도 아무 의미도 없어. 우리들의 고용주는 이미 그 사실을 알고 있지 않나?"

쥐는 내 말을 무시했다.

"어젯밤은 어땠습니까?"

"성공했어."

"단 한 번 만에?"

"응. 단 한 번 만에.

나는 연못을 흘낏 내려다보았다. 내가 이 사내를 쳐 죽이고 싶은 건지, 아니면 포옹하고 싶은 건지 마음을 정할 수가 없었다.

잠시 후 나는 말을 이었다.

"그건 좋은 아이디어였어. 자물쇠 말이야. 5분 동안은 고문이나 다름없었지만, 결과적으로는 그럴 만한 가치가 있었다고 해야겠지." 나는 웃었다. 적어도 웃어보려고 했지만, 그다지 성공적이라고는 할 수 없었다. "그 얼어 죽을 물건이 철컥하고 열렸을 때만큼이나 기뻤던 적은 일찍이 없어. 너무나도 깊게 안도한 나머지 그 자리에서 죽을 것 같은 느낌까지 받았으니까 말이야. 그리고… 이 말이 전혀 논리적으로 들리지 않는다는 걸 나도 알지만… 그 덕택에, 앞으로 무슨 일이 일어나든 간에, 무슨 일이든 해낼 수 있다는 자신이 생겼어."

뤼는 엄숙한 표정으로 고개를 끄덕였다.

"그 모드를 조작하는 것은 어렵지 않습니다. 정말로 어려운 것은 그것을 어떻게 받아들여야 하는지를 터득하는 일입니다. 그 어떤 상황에서도 당황하지 않고 빠져나올 수 있는 마음가짐을 갖출 필요가 있는 겁니다. 〈BDI〉에 침입하는 중에 형이상학적인 공포 따위에 굴복하거나 하는 일이 있으면 안 되니까요."

"맞아." 나는 웃었다. 아까보다는 더 자연스러웠다. "미리 말해두지만, 〈BDI〉에서 내가 맞부닥치게 될 자물쇠들이 이번 실험 같은 쉬운 조합으로 열릴 리가 없어. 실생활에서 9가 10번 계속된다는 게 말이 되나? 자물쇠 비밀번호에 누가 그런 조합을 쓰겠나?"

뤼는 고개를 가로저었다.

"쉬운 조합이라고요? 그게 무슨 뜻입니까? 이제 당신에게는 쉽지 않은 일이란 없습니다."

전자 열쇠로 여는 종류의 자물쇠를 맨손으로 여는 방법을 터득하는 데는 일주일이 더 걸렸다. 뤼의 계산에 의하면, 전자 자물쇠의 마이크로칩에 쓰이는 몇 개의 양자 도트 트랜지스터들이 내가 필요로 하는 모든 고장들을 알아서 일으켜 줄 확률은 주사위 두 개를 던져서 '뱀의 눈' 조합이 100번 연속해서 나올 확률보다 낮지는 않다고 했다.

우주의 역사 전체를 통틀어 그 어느 쪽의 사건도 실제로 일어날 가능성이 극히 적다는 사실은(우주의 역사 대부분에 걸쳐서, 인간의 감각으로 본다면 그 어떤 일도 '일어나지' 않는 것이나 마찬가지인 것을 뻔히 알면서, 이런 시간적 척도를 넉살 좋게 예로 들어도 괜찮다면 말이지만) 이 경우에는 그리 중요하지 않다. 정말로 중요한 것은 그런 일이 실제로 일어날 수 있다는 것을 내가 확신했다는 점이고, 확산한 닉 스타브리아노스는 그런 확신이 유용하다고 간주하고 있는 것처럼 보인다는 점이다.

그러나 감시 카메라들이 여전히 마음에 걸렸다.

"만약 관측당한다면 나는 수축할 거야. 모니터를 바라보고 있는 누군가에 의해 무작위적으로 수축당한다는 뜻이야."

뤼가 대꾸했다. "무작위적이지 않습니다. 당신은 여전히 고유 상태 모드를 제어하고 있을 겁니다. 또 당신은 수축당하지도 않습니다. 그럴 개연성을 충분히 낮춰놓는다면 말입니다. 원하지 않을 때 당신은 자기 자신을 수축시키지 않죠? 설령 그것이 충분히 가능한 사건이라고 해도? 확산 중인 당신이, 누가 흘끗 한 번 보는 것에도 견딜 수 없을 정도로 약하고, 무방비하고, 불안정한 계라고 생각하는 일을 그만두십시오."

"하지만 한 번이라도 흘끗 본다면, 확산한 나는 틀림없이 소거될 텐데…"

"아닙니다. 소거될 수는 있지만, 소거하지는 못할 겁니다. 누군가가 당신을 흘끗 본 탓에 당신이 수축당할 가능성은 물론 있습니다. 주사위를 던지면 온갖 조합이 나올 수 있는 것과 마찬가지로 말입니다. 그러나 당신이 원하지 않는다면, 그런 일은 결코 일어나지 않습니다. 관측 행위 자체가 파동을 수축시키는 것은 아닙니다. 확산 중이라고 해서 당신은 장님이 되지는 않죠? 수축은 명확한 과정입니다. 만약 누군가가 당신을 관측한다면, 두 개의 파동함수는 상호작용하고, 그 결과 하나의 파동이 됩니다. 바꿔 말해서 관찰자는 당신을 수축시킬 힘을 얻게 됩니다. 하지만 그와 동시에 당신도 관찰자를 조작함으로써 수축을 억제할 수 있는 힘을 얻게 되는 겁니다."

"그러니까 나와 관찰자가 파동함수의 운명을 걸고 다툰다는 얘기야? 가상의 나 자신들과 싸워야 한다고 걱정하는 걸 그만두자마자, 이제는 나만큼이나 확실하게 실재하는 누군가를 상대로 현실을 손에 넣기 위해 줄다리기를 해야 한다는 뜻인가?"

"원한다면 그렇게 생각해도 좋습니다. 하지만 애당초 승부는 이미 정해져 있는 것이나 마찬가지입니다. 당신의 '적들'은 파동함수를 조작하기는커녕, 파동함수가 무엇인지도 모르고 있을 것이 뻔하니까 말입니다."

"그런 사실도, 몇십억 명의 사람들이 매일 몇천 번이나 파동함수를 수축시키는 것을 막지는 못하잖나?"

"그들이 수축시키는 것은 자기들 자신과 생명이 없는 물체들과 다른 사람들, 자기들과 마찬가지로 무지하고 무력한 사람들, 그들뿐입니다. 그들은 당신 같은 존재를 상대해 본 적조차 없습니다."

"로라 앤드루스는 상대해 봤잖아."

뤄는 미소 지었다. "바로 그겁니다. 그럼에도 불구하고, 로라는 힐게만 병원에서 두 번이나 탈출하는 데 성공하지 않았습니까? 그 이상 무슨 증거가 필요하단 말입니까?"

근무 부서를 처음으로 무단 이탈했던 밤에는 포콰이의 아파트가 있는 층에 머무르며 아무도 없는(또는 그럴 공산이 큰) 방과 복도로만 돌아다녔다. 나는 10여 개의 카메라와 동작 감지기들이 감시하고 있는 지점들을 가로질렀다. 중앙 경비실에서 근무 중인 나의 동료들은 최소한 내게 부서를 무단 이탈한 이유를 당장 대라고 요구했어야 마땅했지만, 천장의 트랜시버에서 암호화된 적외선 메시지들이 나를 향해 쏟아져 나오는 일은 없었다. 이것은 무엇을 의미할까? 나는 감시 카메라와 다른 센서들이 조용히 고장을 '일으키도록' 한 것일까? 아니면 나는 보안 요원들을 부주의하게 '만들었던' 것일까? 또는 나는 이미 관측되었다는 징후가 나에게 전달되는 것을 막고 있을 뿐이고, 그것이 야기할 결과들을 내가 수축할 때까지 단지 미루고 있는 걸까?

다른 지원자들이 살고 있는 조용한 아파트들 앞을 지나며, 혹시 이들 중에 **앙상블**의 완전한 제어법을 터득하기 시작한 사람은 없을까 하는 (질투 섞인) 생각에 잠겼다. 뤄는 그런 가능성에 대해 부정적이었지만, 확증이 있는 것도 아니지 않는가? 포콰이에게 무의식적인 중재자 역할을 맡길 필요가 있다는 사실까지는 받아들일 수 있지만, 그녀 아닌 다른 사람이 진정한 〈앙상블〉의 비밀에 접근하다니 상상만 해도 구역질이 날 지경이다. 충성 모드가 내게 가져다준 통찰을 나와 공유하는 인간 따위는 이 세상에서 존재하지 않는다. 오직 **나**만이 그런 길을 걸을 권리를 가지고 있다. 내 마음속에서는 이런 신념과 나의 궁극적인 목적은 **앙상블**을 〈캐넌〉에 넘기는 것이라는 생각 양쪽이 동거하고 있지만, 이 모순은 피상적이고, 무의미하며, 추상적인 것에 지나지 않는다는 인상을 준다.

나는 대기실로 돌아가서 수축했고, 방금 내가 성취한 것이 진짜 불가시성인지, 아니면 타조가 모래에 머리를 박는 식의 현실도피를 통한 단순한 자기기만인지를 확인하기 위해 기다렸다. 확산한 나는 내가 정말로 남들의 감시를 피할 수 있었던 고유 상태들과 단지 감시를 피했다고 나 자신을 기만한 것에 지나지 않은 고유 상태들의 차이를 구별할 수 있을까? 개연성이 낮은 것은 어느 쪽일까? 발각되지 않고 감시 카메라 앞을 무사통과하는 쪽일까, 아니면 나 자신의 기억과 지각을 왜곡함으로써 내가 그런 일에 성공했다고 확신하는 쪽일까?

모르겠다. 그렇지만 대기실 문을 박차고 들어와서 나의 직무 태만을 탓하는 사람은 아무도 없었다. 평소와 마찬가지로 평온무사한 시간이 흘러간다. 아니다. 혹시 나는 지하 어딘가에 있는 감방 구석에서 경직된 채로 웅크리고 있고, 오늘 내가 성공했다는 확신은 단지 확산한 내가 환각을 보는 일에 천재적인 능력을 가진 버전의 나를 선택했기 때문일 수도 있다. 그럴 가능성은 없다고 어떻게 단언할 수 있단 말인가? 그것이 '있을 법하지도 않다'는 사실은 더 이상 아무런 보증이 되어주지 않는다. 내가 도저히 가능할 것 같지도 않은 임무를 성공시킬 수 있다면, 그와 똑같은 방식으로 실패할 수도 있지 않은가?

리 힝충이 대기실로 들어와서 나와 교대했다. 퇴근길에 지하철 좌석에 앉아서 다른 승객들을 바라보며, 눈앞의 광경이 정말로 환각이라면 초현실적인 혼돈으로 변해보라고 속으로 되뇌었다. 그러나 차량은 견고함을 잃지 않았고, 사람들은 무관심한 눈으로 나를 응시할 뿐이다. 창문 밖으로 스쳐 지나가는 지하철역들은 올바른 순서를 지키며 정해진 시각에 나타났다. 단지 머릿속에서만 존재하는 망상이 이토록 복잡하고 규칙적인 시간표를 만들어 낼 수 있으리라고는 믿기 힘들었다.

집에 도착할 무렵에는 모든 의구심이 깨끗하게 사라져 있었다. 나는 망상 따위에 사로잡히지 않았다. 적어도, 평소에 그러는 것 이상으로는. 침대에 누워 귀에 익은 거리의 소음에 귀를 기울이자, 흔해빠진 세계가 일찍이 경험해 본 적이 없을 정도로 기분 좋게—그리고 기묘하게—나를 감싼다. 천장을 올려다본다. 갈라진 틈새 하나하나, 스며든 햇살이 떨어뜨리는 반점 하나하나가, 인간의 이해력을 초월한, 상상조차 하기 힘든 인내에서 비롯된 기적처럼 느껴지기 시작했다. 저것들에 숨겨진 진실의 징후가 현현하기를 기다리기 위해서라면, 10억 년이라도 계속 응시하고 있을 수 있을 것 같다. 어떻게 이런 기적을 환각이라고 부르고, 거짓이라고 주장할 수 있단 말인가?

밖이 어두워지는 듯하더니, 느닷없이 빗줄기가 창문을 때리기 시작한다. 나는 잠시 생각에 잠겼다. 우리가 정말로 창조한 것은 어느 쪽일까? 유일무이하고, 경험 가능한 거시적 세계일까? 아니면 거시적 세계의 기초를 이루고 있는 것처럼 보이는, 다중적이고 확산된 양자론적 세계일까? 포콰이는 인류의 조상들이 우주를 수축시켰다고 믿고 있다. 하지만 진실이 그 역이라면? 그러니까 20세기에 양자역학을 창시한 선구자들이 극미 세계의 법칙들을 **발견**했다기보다는 **발명**했다고 하는 편이 더 정확하다면, 인간은 그 차이를 구별할 수 있을까? 인간의 뇌가 고전역학적 세계를 바탕으로 양자론적 세계를 만들어냈다고 믿는 것은, 그 반대 경우를 믿는 것보다 더 어려울까? 필연적으로 인간 중심적일 수밖에 없는 실험을 되풀이함으로써, 객관적이고 비인간적인 진실을 발견할 가망이 있기는 한 것일까?

아마 없을 것이다. 그러나 진실이 무엇이든 간에, 내 관점에서 좀 더 인간적으로 느껴지는 해답이 어느 쪽인지는 자명했다.

아래쪽 거리에서, 등굣길에 비를 맞은 아이들이 꺅꺅거리는 소리가 들려온다. 나는 잠을 선택했다.

30층을 떠나 〈ASR〉의 보안 체제에 본격적으로 도전하기 전에, 나는 족히 한 다스는 되는 변명으로 단단히 무장했다. 그러나 변명을 쓸 필요는 없었다. 경비 부스에 앉아 있던 두 명의 경비원들은 내가 그들 앞을 지나가자 다른 곳으로 시선을 돌렸다. 그 타이밍이 마치 연습이라도 한듯 절묘하게 들어맞은 것을 보고, 기쁜 나머지 웃음을 터뜨리고 싶을 정도다. 혹은 내가 완전히 돌아버렸다는 결정적인 증거에 직면하고, 횡설수설하며 바닥에 풀썩 주저앉고 싶었던 것인지도 모른다. 그러는 대신 나는 잠깐 눈을 감고, 이것은 주사위를 던졌을 때 100번 연속으로 1과 1의 조합이 나오는 것만큼이나 흔한 일이라는, 그다지 설득력이 없는 말을 머릿속에서 되뇌인다.

나는 엘리베이터 대신 층계를 써서 내려가기로 한다. 양쪽 모두 감시받고 있지만, 엘리베이터에 탄다면 그 엘리베이터를 타고 건물 안을 이동하려고 했던 누군가에게 영향을 끼침으로써 그 인물과 나를 '연결'시킬지도 모른다는 생각이 떠올랐기 때문이다.

내가 층계를 써서 내려가기로 했다고? 아마 나에게는 선택의 여지가 없는지도 모른다. 나의 모든 사고와 행위는 마지막 세부에 이르기까지 확산한 나에 의해 이미 선택되었거나, 선택될지도 모르는 것이다. 그러나 자유의지의 환상은 평소와 마찬가지로 강력했고, 층계를 선택한 것은 바로 나라는 생각을 뇌리에서 지울 수가 없었다. (지우는 것이 불가능했다고 해야 할까?)

6층까지 내려간다. 지금 이 시간에는 출입이 완전히 금지된 곳이지만, 층계에서 복도로 나가는 문은 마치 잠겨 있지 않았던 것처럼 쉽게 열린다. 6층 경비 부스에는 아무도 없고, 육중한 강철제 방호벽이 내 앞길을 막고 있다. 방호벽은 내가 제어 박스에 눈길을 주기도 전에(이것을 조작하려면 두 개의 자석 키와 경비 본부의 승인이 필요하다) 좌우로 스르르 열린다.

방호벽 너머로 발을 들여놓자 과대망상과 편집증이 뒤섞인 듯한 감각이 솟구치며 한순간 현기증을 느낀다. 이 엄청난 권능을 만끽해야 할지, 아니면 조종당하는 느낌을 받아야 할지 갈피를 잡을 수가 없는 탓이다. 나는 이런 일들을 **하고** 있지는 않다. 그러나 내가 원하는 것이 바로 이런 일들이라는 점에는 의심의 여지가 없다. 처음으로 주사위의 확률 조작에 성공했을 때부터, 확산한 나는 내가 하라는 대로 했던 것이다. 나 자신에게 배신당할지도 모른다는 우려는 결국 사실무근이었다. 초기의 모드 고장이나 **캐런**이 제멋대로 행동하는 환상을 본 것은 일시적인 탈선에 불과했다. 생각해 보면 그리 놀랄 만한 일도 아니다. 당시 나는 내가 무슨 일을 하고 있는지를 전혀 의식하지—자각하지—못했기 때문에, 통제력을 잃었던 것도 하등 이상할 것이 없다.

이제는 모든 실험실, 모든 창고가 나를 위해 열려 있다. 나는 자물쇠나 감시 카메라의 존재를 무시하고 방에서 방으로 마음 내키는 대로 돌아다닌다. 처음에는 점점 강해져만 가는 비현실감을 억누르려고 노력해 보지만, 급기야는 자발적으로 그런 감각에 몸을 맡기는 지경에 이른다. 글자 그대로 내가 꿈을 꾸고 있다고 믿을 생각은 추호도 없다. 그러나 내 머릿속에 뿌리박힌 완고한 상식과 벌건 대낮에 일어난 이런 기괴한 기적들의 저류에 흐르는 골치 아픈 논리들 사이에서 대판 싸움이 벌어지도록 놓아두느니, 차라리 이런 꿈과 같은 분위기에 푹 잠기는 쪽이 더 편했다. 뤼의 말이 옳다. 내가 터득해야 할 것은 이 모드를 조작하는 방법이 아니라, 이런 일이 일어날 때도 제정신을 유지하는 방법인 것이다.

사실 이 상황은 정말로 꿈을 많이 닮았다. 문이 열리는 것은 당연히 열려야 하기 때문이다. 나의 행동이 발각되지 않는 것은 꿈의 논리가 그럴 것을 요구하기 때문이다. 그리고 꿈속의 여느 주인공과 마찬가지로 나는 자유의지를 기대할 수 없고, 당연히 상황을 통제하고 있다는 확신도 없다. 619호실에 들어간 나는 주저하고, 혹시 주 제어반 옆에 놓인 의자가 공중에 떠오르거나, 바닥을 가로질러 나를 향해 미끄러져 오지는 않을까 하는 부질없는 희망을 품어본다. 그러나 그런 일이 일어나지 않는 것을 보고도 나는 전혀 놀라지 않는다. 그런 일은 가능할 리가 없다고 내가 믿고 있기 때문이 아니라, 단지 적절하지 않기 때문이다.

꿈 특유의 논리에 의해 이제 6층을 떠나 24층분의 층계를 터벅터벅 걸어 올라가야 할 때가 왔음을 깨닫는다. 이 운동이 육체에 주는 부담은 더할 나위 없이 현실적이고, 마비된 듯한 마음도 점차 또렷해지면서 또다시 불안감이 몰려오기 시작한다. **이 모든 문들, 모든 자물쇠들, 모든 감시 하드웨어들**… 내 앞길에 가로놓인 이것들 모두의 개연성들을 곱해보면, 나의 시도가 얼마나 위태롭고 위험천만한 일인지를 알 수 있다.

지금 내가 느끼는 의구심이 그대로 내게 튕겨 돌아오는 것이 두려웠던 나머지 30층으로 통하는 문 앞에서 주저한다. **혹시 믿음의 결여에 대한 벌을 받는 것이 아닐까?** 나는 이것이 얼마나 부조리한 생각인지를 뻔히 알면서도 마음의 평안을 위해 시대에 뒤떨어진 나의 본능에 영합하는 쪽을 택했고, 가쁜 숨이 안정될 때까지 기다린다.

마침내 각오를 다진 나는 문을 열고—이것을 모든 일이 순조롭게 진행되고 있다는 사실을 증명하기 위한 또 하나의 단출한 기적이라고 해야 할지, 아니면 당장이라도 무너질 듯이 흔들리는 탑 위에 또 하나의 불가능한 사건을 얹었다고 해야 할지는 모르겠지만—무사통과한다.

경비원들은 아까 지나쳤을 때와 마찬가지로 약속한 듯이 나를 외면한다. (나는 아직도 자유의지의 유무에 관해 고민할 필요가 있는 것일까?) 나는 똑바로 앞을 바라보며 검문 지점을 통과하고, 뒤를 돌아다보지 않고 모퉁이를 돈다. 그들의 (잠정적인) 시야에서 벗어나자마자, 나는 거의 수축할 뻔했지만(오늘 밤에 일어난 일들을 단단히 굳히고, 나의 믿을 수 없는 행운을 논쟁의 여지가 없는 최종적이고 불가역적인 현실로 만들고 싶다는 절실한 욕구를 느꼈기 때문이다) **하이퍼 노바**의 메뉴가 나의 심안에 떠오른 순간 내가 지금 적어도 두 개의 감시 카메라의 시야 안에 있다는 사실을 상기한다.

평범하고 일상적인 제스처를 보이고 싶어진 나는 대기실로 통하는 문을 보통 방법을 써서 열었다. **레드넷**의 암호 펄스와 엄지손가락의 지문 확인과 전자식 열쇠를 병용한 것이다. 그제야 이런 정상적인 입실 절차가, 오늘 밤 내가 자행했으나 감시망에 의해 간과되었다는 사실을 확신하고 있는 모든 불법 출입보다 건물의 보안 컴퓨터의 기록에 남을 가능성이 더 크다는 사실을 깨달았다. 하지만 이미 엎질러진 물이었다. 나는 등 뒤로 문을 쾅 닫고 중얼거렸다.

"점점 더 게을러지고 있군. 좀 더 주의 깊게 행동해야 해."

포콰이가 웃었다. "설마 그럴 리가요. 하지만 여기 와보니 당신 모습이 안 보여서 놀랐어요." 그러고는 얼굴을 찌푸렸다. "무슨 일이었죠?"

나는 고개를 가로저었다.

"아무 일도 아닙니다. 침입자가 내는 소리를 들은 것 같아서. 하지만 착각이었습니다. 걱정할 필요는 없습니다."

"침입자? 어디서 소리가 났는데요?"

"바깥 복도에서."

"하지만 거긴 감시 카메라들이 있지 않나요? 그런데 어떻게…?"

나는 어깨를 움츠려 보였다.

"하드웨어는 속일 수 있습니다. 이론상으로는 말입니다. 하지만 신경 쓰지 마십시오. 아무도 없었으니까."

"마치 거기 '없었던' 누군가를 옥상까지 쫓아갔다가 되돌아온 듯한 몰골이군요."

그제야 나는 내가 눈에 띌 정도로 땀을 흘리고 있다는 사실을 깨달았다. 층계를 오르내린 탓도 아니었다. 나는 변명하는 듯한 표정으로 이마의 땀을 닦아냈다.

"사실 위아래로 몇 층씩 오르내리면서 누가 와 있지 않은지 점검했습니다. 아무래도 좀 무리를 한 것 같군요."

"모드가 땀을 흘리는 것을 허락하다니 놀랍군요."

나는 힘없이 웃었다. "안 그러면 매우 위험합니다. 식욕 억제라면 모르거니와 체온조절 기능에까지 멋대로 간섭한다는 것은… 자살행위입니다."

포콰이는 고개를 끄덕이고 아무 말도 하지 않았다. 의심한다기보다는 당혹스러워하는 눈치였다. 설령 내가 한 말을 믿지 않는다 해도, 그녀는 내가 심각한 침입 사태를 일부러 별것 아닌 것처럼 얘기했을 뿐이지, 설마 있지도 않은 일을 만들어 냈다고는 생각하지 않을 것이다. 아침에 나와 교대할 예정인 리 힝충에게 포콰이가 별생각 없이 어젯밤 일어난 소동에 관해 언급하지 않게 하려면 어떻게 해야 할지 생각해 보았지만, 뾰족한 아이디어가 떠오르지 않았다. 부탁인데 이 얘기를 남에게 하지는 말아주십시오. 왜냐하면… 무슨 이유에서? 멍청하게도 유령을 쫓아다녔다는 사실을 남에게 알리고 싶지 않아서? 그녀는 경비 부스의 경비원들이 나를 '틀림없이' 보았다는 사실을 알고 있다.

그보다 더 심각한 문제가 있다. 포콰이는 얼마나 오래 깨어 있었던 것일까? 내가 경비 부스를 통과하기 전부터 깨어 있던 것은 틀림없다. 층계에서 이 방으로 오는 데 20초 이상 걸렸을 리가 없으니까 말이다. 그렇다면 나는 어떻게 경비원들 앞을 무사통과할 수 있었던 것일까? 그녀는 수축했고, 나를 수축시켰고, 나와 **앙상블** 사이의 연결고리를 끊었던 것일까? 아니면 우리 두 사람 모두 여전히 확산한 상태일까? 만약 그것이 사실이라면 내가 수축 억제 모드를 지금 끄면 무슨 일이 일어날까? 지금 내가 기억하는 과거는 이미 변경 불가능한 것이 되어 있을까? 혹은, 지금 내가 수축한다면, 일련의 다른 사건들—무작위적으로 선택되거나, 확산된 포콰이에 의해 선택된 것들—이 과거로 확정되어 버릴 위험이 있는 것일까?

나는 포콰이가 다시 잠들 때까지—또는 대부분 잠들 때까지—확산한 채로 기다려야 한다. 고유 상태를 선택하는 사람이 나라는 사실을 확인할 필요가 있기 때문이다.

나는 대기실 안쪽으로 걸어갔다. 여기서는 단지 침착을 유지하고,

잡담을 나누면서 포콰이가 피곤해지기를 기다리기만 하면 된다.

"무엇 때문에 잠에서 깼습니까?"

포콰이는 어깨를 으쓱해 보였다. "모르겠어요." 이렇게 말하고 나서 마음이 바뀐 듯, 자신 없는 어조로 말했다. "또 바보 같은 꿈을 꿨어요."

"무슨 꿈을? 나한테 얘기해 줘도 상관없는 꿈이라면…"

"별로 특별한 꿈이 아녜요. 6층에서 돌아다니는 꿈이었어요. 마치 도둑이라도 된 것처럼, 실험실에서 실험실로 돌아다녔지만… 뭘 훔치진 않았어요. 그냥 내가 원하면 뭐든 할 수 있다는 걸 증명해 보이고 싶었을 뿐이랄까?" 포콰이는 웃음을 터뜨렸다. "내가 이 실험의 과학적 측면에 접근하는 것을 거부당하고 있다는 사실에 대한 분노가 표출된 것이 틀림없어요. 유감이지만 평소에도 나는 그런 꿈만 꾸는 것 같군요… 누가 봐도 뻔한 꿈 말이에요."

"그럼 뭣 때문에 잠에서 깼습니까?"

포콰이는 미간을 찌푸렸다.

"잘 모르겠어요. 난 층계를 올라오던 중이었고… 잘은 모르겠지만 어떤 두려움을 느꼈어요. 잡힐지도 모른다는 두려움이랄까? 난 이곳으로 돌아오는 중이었고, 어떤 이유인지는 몰라도 누군가가 나를 보지는 않을까 두려워하고 있었어요." 그녀는 말을 멈췄다가, 잠시 후 무표정하게 말을 이었다. "아마 당신이 복도에서 들은 소리는 그것이었는지도 모르겠군요. 내가 이 방으로 돌아오는 소리."

이것이 농담이라는 것은 알면서도 피부에 소름이 돋았다. 누가 이 대화를 선택했지? 확산한 나? 확산한 그녀? 하나로 결합한 우리 두 사람의 파동함수?

"정말입니까? 그러면 또다시 양자 터널 효과를 써서 벽을 통과했던 겁니까? 그리고 바닥을? 그럼 일부러 층계를 쓸 필요도 없지 않습니까? A지점에서 B지점으로 그대로 이동하면 그만일 텐데?"

"흠, 꿈인데 그걸 누가 알겠어요? 내 잠재의식이 양자역학의 모든 진실과 직면할 수 있을 정도의 상상력을 갖고 있지 않기 때문인지도 모르겠군요. 그럴 용기도 없겠고."

"용기?"

포콰이는 어깨를 으쓱해 보였다.

"아마 그건 적절한 표현이 아닐지도 몰라요. 용기? 솔직함? 뭐가 필요한지는 나도 모르겠어요. 하지만 최근 들어서는 수축할 때… 그와 함께 소멸하는 나의… 일부에 관해서 자주 생각에 잠기곤 해요. 그게 바보짓이라는 건 나도 잘 알아요. 하지만 나와 거의… 똑같은 여자들이 1, 2초 동안 존재하면서 내가 경험하지 못하는 뭔가를 경험하고, 그러고는 사라진다는 사실을 받아들이려고 하면…" 포콰이는 뭔가를 떨쳐내려는 듯한, 거의 화난 표정으로 고개를 세게 흔들었다. "정말 걸작 아녜요? 가상의 대리인들이 나 대신에 죽는다고 고민한다는 거 말이에요. 도대체 몇 개나 되는 삶을 살고 싶길래?"

"몇 개의 삶을 살고 싶습니까?"

"단 하나예요, 개인적으로는. 하지만 나의 다른 버전들도 각자 하나씩을 원하겠죠." 포콰이는 또다시 고개를 흔들었다. 이번에는 단호하게. "하지만 그런 식으로 생각한다는 건 미친 짓이에요. 그건 마치… 죽은 피부를 위해 애도의 눈물을 흘리는 것이나 마찬가지랄까? 우리는 어차피 그런 식으로 존재하고, 그런 식으로 기능하는데. 인간은 선택을 함으로써 자기였을지도 모르는 사람들을 '살해'하는 게 맞아요. 내가 하고 있는 실험은 그런 진실을 불편할 정도로 낱낱이 까발렸을지도 모르지만, 그런다고 해서 진실이 바뀌는 건 아니겠죠. 우리는 그렇게 살아가는 수밖에 없어요. 그리고 〈버블〉이 우주의 남은 부분을 보호하고 있는 지금, 우리는 그런 현실을 직시해야 해요."

그제야 나는 내가 이런 의견에 대해 보였던 회의적인 반응을 떠올리고 황급하게 대답했다. "그런 것들이 모두 진실이라고 가정할 경우에만 해당되는 얘깁니다. 그렇지 않을 가능성도 부인할 수는 없잖습니까?"

그녀는 못 말리겠다는 듯이 눈을 굴렸다.

"이봐요, 걱정하지 말아요. 〈ASR〉는 〈버블〉의 존재 이유가 인간에 의한 가능성의 고갈을 방지함으로써 우주를 지키기 위한 것이라고 당장 전 세계에 발표하지는 않을 테니까. 사람들은 설명이 없었어도 〈버블〉이 출현한 것만으로도 난리를 쳤잖아요. 진실이 너무나도 폭발력이 큰 탓에, 사람들이 그걸 오해하는 쪽이 위험할지, 아니면 그걸 제대로 이해하는 쪽이 더 위험할지 갈피를 못 잡겠군요. 인간의 지각이 우주 대부분을 소멸시켰다. 인생이란 다른 버전의 나 자신을 끊임없이 학살하는 행위다. 대중에게 이런 아이디어를 던져주면, 그걸 중심으로 도대체 어떤 컬트 교단이 생겨날지 상상해 봐요."

"그리고 기존의 컬트 집단들이 어떻게 반응할지도 상상해 보십시오. 과거 31년에 걸쳐서 자신들이 모든 정답을 알고 있다고 소리 높여 주장하던 집단들이 말입니다." 그렇다. 내 본래 임무는 그런 자들로부터 당신을 지키는 일이었다.

포콰이는 고개를 끄덕였고, 기지개를 켜더니 억지로 하품을 삼켰다. 나는 그녀에게 피곤하지 않느냐고 물어보고 싶은 유혹을 억눌렀다.

"닉 당신은 어떻게 나 같은 인간을 견딜 수 있는 거죠? 꿈 얘기를 해서 따분하게 만들지를 않나, 〈ASR〉가 나를 대우하는 방식에 관해서 불평을 늘어놓지를 않나. 안 그러는가 싶으면 외계 문명의 말살이라든지 우리의 대체 버전들을 살해하는 일에 대한 고뇌를 분출하기나 하고."

"가책을 느낄 필요는 없습니다. 나는 당신 얘기에 흥미가 있으니까요."

"정말?" 포콰이는 내 속을 떠보려는 듯이 나를 쳐다보았지만, 곧 짐짓 짜증 난다는 표정을 지으며 고개를 설레설레 저었다. "도저히 당신 마음을 읽을 수가 없군요. 설령 내 기분에 맞춰주고 있을 뿐이라고 해도, 그 차이를 눈치챌 수 있을 것 같지 않네요. 결국 당신 말을 믿는 수밖에 없겠지만." 그녀는 손목시계를 흘낏 보았다. 이것은 뇌에 모드를 하나도 갖고 있지 않다는 가식적인(이제는 사실에도 반하는) 상징적인 제스처 중 하나였다. "벌써 3시가 넘었군요. 이젠 좀 잠을 자둬야…" 그녀는 아파트로 통하는 문으로 가려다가 망설였다. "난 당신이 이 일에 관해 육체적으로 넌더리를 내는 것이 불가능하다는 걸 알아요. 하지만 매일 밤을 이렇게 꼬박 새우는데도 집에서는 아무도 불평하지 않나요?"

"가족이 없습니다."

"정말? 아이도 없어요? 난 당신이…"

"아내도, 아이도 없습니다."

"그럼 누가 있죠?"

"그게 무슨 뜻입니까?"

"여자친구라든지 남자친구는?"

"아무도 없습니다. 아내가 죽은 뒤로는."

그녀는 움찔했다.

"아아 닉, 정말 미안해요. 빌어먹을. 언제나 이 입이 문제야. 언제부터 그랬죠? 설마… 여기서 일하기 시작한 이후? 그런 얘긴 누구한테서도 들은 적이…"

"아니, 아닙니다. 거의 7년 전 일입니다."

"그럼… 뭔가요? 아직도 애도하고 있는 건가요?"

나는 고개를 가로저었다. "애도했던 적은 한 번도 없었습니다."

"무슨 뜻인지 모르겠어요."

"내게는… 내가 보이는 반응을 결정하는 특별한 모드가 있습니다. 나는 아내의 죽음을 슬퍼하지 않습니다. 아내를 그리워하지도 않습니다. 내가 할 수 있는 것이라고는 단지 그녀를 기억하는 일뿐입니다. 그리고 나는 다른 사람을 필요로 하지도 않습니다. 그럴 수가 없으니까요."

포콰이는 망설였다. 내막을 물어보고 싶다는 호기심과 물어보아서는 안 된다는 고풍스러운 예절 사이에서 갈등하는 기색이 역력했다. 그제야 그녀는 **슬퍼할 필요가 없다는** 내 대답의 뜻을 깨달은 듯했다.

"하지만… 당시에는 어떻게 느꼈나요? 그 모드를 설치하기 전에는?"

"당시에는 경찰관이었습니다. 아내가 죽었을 때 나는 근무 중이었고… 또는 그에 준하는 상태였습니다. 그래서…" 나는 어깨를 으쓱해 보였다. "나는 아무것도 느끼지 않았습니다."

한순간 나는 이런 나의 고백이 오늘 밤에 내가 했던 그 어떤 일 못지않게 불가능에 가까운 사건이라는 사실을 절감했다. 확산한 닉-더하기-포콰이는, 자물쇠를 따고 경비원을 피한다는 트릭 못지않게 미묘하기 그지없는 능력을 발휘해서, 가능성 세계의 가장 희박한 부분에서 하필 이런 상황을 골라냈던 것이다. 그러나 그런 순간은 곧 지나갔고, 자유의지의 환상과 합리적 해석의 매끄러운 흐름이 다시 되돌아왔다.

"아내가 죽었을 때 큰 마음의 상처를 입지는 않았습니다. 그러나 나중에 그럴 것이라는 사실을 알고 있었습니다. 내가 강화 상태를 해제하자마자—행동 제어 모드를 끄자마자—괴로움이 시작되리라는 사실을 알고 있었던 겁니다. 그것도 격렬한 괴로움이. 그래서 나는 현명하고 당연한 일을 했습니다. 나 자신을 지키기 위한 조치를 취했던 겁니다. 정확히 말하자면, 강화 상태의 내가 비강화 상태의 나를 보호하기 위한 조치를 취했다고 해야겠죠. 좀비 보이스카우트가 나를 구조하러 와줬던 겁니다."

포콰이는 어떻겐가 속마음을 얼굴에 드러내지 않는 일에 성공했지만, 무슨 생각을 하고 있는지 상상하는 것은 어렵지 않았다. 연민과 혐오감이 반반씩이라고나 할까?

"그럼 당신의 상관들은 당신이 그렇게 행동하도록 그대로 내버려 뒀다는 얘긴가요?"

"설마 그럴 리가요. 나는 경찰을 그만두는 수밖에 없었습니다. 그러지 않았더라면 나는 자칼 무리에게 던져졌을 테니까요. 비애 세라피스트, 상실 카운슬러, 트라우마 적응 전문가들 따위에게 말입니다." 나는 웃었다. "그런 사건은 절대로 간과되는 법이 없습니다. 경찰청의 컴퓨터에는 몇 메가바이트에 달하는 관련 규약이 있고, 그걸 실행에 옮길 준비가 된 전문가들도 잔뜩 대기하고 있습니다. 경찰의 명예를 위해 말해두겠는데, 그런 규약에 융통성이 없었던 것은 결코 아닙니다. 내게는 많은 선택지가 주어졌으니까요. 하지만 거기에 문제 자체를 물리적으로 회피할 수 있을 때까지 강화 상태를 계속 유지한다는 선택은 포함되어 있지 않았습니다. 내가 경찰관으로서 쓸모가 없어졌기 때문은 아닙니다. 내가 희망을 이룬다면 경찰 입장에서는 최악의 홍보가 되기 때문입니다. '경찰에 지원하면 배우자를 상실하지만, 뇌의 배선을 바꾸면 그런 일에는 전혀 개의치 않을 수 있습니다'라고 홍보할 수는 없는 노릇이 아닙니까?

아마 소송을 걸었다면 계속 경찰 조직에 몸담고 있었을지도 모르겠군요. 직무 수행에 영향을 받지 않는 한, 법적으로 나는 내가 원하는 그 어떤 모드도 쓸 수 있었으니까요. 하지만 분란을 일으켜 보았자 의미가 없다고 느꼈습니다. 결국 나는 행복해졌으니까."

"행복해졌다고요?"

"그렇습니다. 그 모드는 나를 행복하게 해줬습니다. 흥분이나 고양감 혹은 도취감을 주지는 않습니다. 단지… 캐런이 살아 있을 때 그랬던 것과 똑같이 나를 행복하게 해준다는 뜻입니다."

"설마 진심으로 하는 소리는 아니겠죠?"

"물론 진심입니다. 사실이니까요. 그건 의견의 차이라고 얼버무릴 수 있는 문제가 아닙니다. 난 그 모드가 실제로 한 일을 얘기하고 있는 겁니다. 그건 신경 해부학상의 문제입니다."

"그럼 아내분이 죽었어도, 당신은 아무렇지도 않았다는 얘긴가요?"

"냉혹하게 들린다는 걸 잘 압니다. 물론 지금도 아내가 살아남았으면 좋았을 거라고 생각하고 있습니다. 하지만 그녀는 그러지 못했고, 그런 사실에 대해 내가 할 수 있었던 일은 전혀 없었습니다. 그래서 나는 아내의 죽음에… 신경을 쓰지 않기로 한 겁니다."

포콰이는 잠시 망설이다가 입을 열었다.

"그럼 혹시 당신은 단 한 번도…?"

"혹시 뭐란 말입니까? 내가 한 일이 소름 끼치는 농담이라고 단 한 번도 자문해 보지 않았느냐는 뜻입니까? 이런 내가 아니었으면 좋겠다고 생각한 적은 없었는지 궁금합니까? 내가 자연스러운 슬픔의 절차를 거쳐서, 본래의 자연스러운 정서적 욕구를 고스란히 지닌 채로 슬픔을 극복했어야 했다는 겁니까?" 나는 고개를 가로저었다. "그런 생각은 단 한 번도 한 적 없습니다. 그 모드는 완전무결한 하나의 패키지이고, 이 문제의 모든 국면을 다루는 독립적인 신념 체계를 갖추고 있습니다. 해당 모드를 쓰는 행위의 바람직함에 관한 신념을 포함해서 말입니다. 좀비 보이스카우트를 과소평가하면 안 됩니다. 조금이라도 모순이 있다면 모든 것이 한꺼번에 무너져 버린다는 것을 잘 알고 있기 때문에, 나중에 문제가 될 만한 부분을 아예 남겨두지 않았던 겁니다. 나는 나의 선택을 결코 농담으로 간주할 수 없고, 후회할 수도 없습니다. 그 선택이야말로 내가 원하는 것이고, 앞으로도 계속 그럴 겁니다."

"하지만… 만약 모드가 없다면 당신이 어떤 생각을 할지, 또 어떤 감정을 느낄지 궁금증을 느낀 적은 한 번도 없나요?"

"왜 그래야 합니까? 왜 내가 그런 데 신경을 써야 하는데요? 당신은 지금과 완전히 다른 뇌를 가진다면 어떤 기분일지 궁금해하는 데 얼마나 많은 시간을 투자합니까? 지금의 내가 바로 나 자신입니다."

"하지만 그건 인위적인 상태…"

나는 한숨을 쉬었다. "그게 어쨌다는 겁니까? 모든 사람은 적든 많든 인위적인 상태에서 살아가지 않습니까? 모든 사람의 뇌는 자연 상태에서도 알아서 배선을 바꿉니다. 모든 사람은 자체적인 이상에 맞춰서 스스로를 형성하려고 합니다. 신경 모드가 그런 일을 실로 효율적으로 수행한다는 단순한 이유만으로—사람들이 원하는 것을 실제로 제공해 준다는 이유 하나만으로—그걸 끔찍하다고 낙인찍을 수 있는 겁니까? 자연도태나, 우연한 사건이나, 자력으로 '자연스럽게' 스스로를 바꿔보려고 하는 사람들의 헛된 시도가 야기한 뇌의 재배선이야말로, 완벽한 인생의 시금석이라도 된다고 진심으로 믿고 있는 겁니까? 좋습니다. 과거 몇천 년 동안 인류는 스스로 통제할 수 없는 일이 일어날 때마다 그것이 왜 다른 선택들에 비해 최상의 결과였는지를 증명하기 위해, 어리석기 그지없는 종교와 유사과학적 이유들을 줄기차게 발명해 왔습니다. 신이 창조한 것은 언제나 완벽한 것으로 간주되었고, 신으로 안 되면 진화가 그 자리를 대신했습니다. 어느 쪽을 신봉하든 간에, 그걸 건드린다는 건 신성 모독이었죠. 인류의 문화가 이런 헛소리에서 완전히 자유로워지려면 앞으로도 오랜 시간이 걸릴 겁니다. 진실을 직시해야 합니다. 그런 것은 우리가 손에 넣을 수 없는 것들을 포기하기 위해 만들어진 구태의연한 변명에 불과하다는 사실을.

내가 지금 내 상태에 행복해하고 있다는 사실이 비극적이라고 생각하고 있습니까? 흐음, 적어도 나는 내가 행복한 이유를 알고 있습니다. 적어도 나는 몇조 단위의 무작위적인 사건들의 최종 산물에 지나지 않는 인간의 뇌가, 더 이상 개선의 여지가 없을 정도로 완벽한 진화의 정점임이 틀림없다는 자기 정당화로 나 자신을 기만할 필요도 없습니다."

나는 포쾨이가 아파트로 돌아간 후 1시간을 더 기다렸다가 수축했다. 수축 과정은 (물론) 특별할 것이 없었다. 과거는 (필연적으로) '여전히' 내가 기억하는 모습 그대로였다. 물론 이것이 딱히 무엇을 증명하지는 않는다는 사실을 나는 충분히 이해하고 있고, 또 수축이 이와 다른 방식으로 일어날 리가 없다는 사실을 잘 알고 있지만… 그럼에도 불구하고 나는 맹꽁이자물쇠를 푸는 훈련에서 얻은 기괴한 교훈을 재확인할 수 있었다. 내가 살아남지 못할 가능성을 두려워하다가, 그 후 내가 살아남았다는 사실을 (당연지사가 아니라, 마치 기적인 것처럼) 자각한다는 행위는, 나야말로 유일한 '진짜' 버전이라는 확신을 굳게 심어준다는 교훈 말이다. 이것은 망상일지도 모른다. 그러나 이것이야말로 지금 내가 절실하게 필요로 하는 종류의 망상이었다.

조금 전 강요받아 했던 고백을 돌이켜 보며 희미한 굴욕감을 느꼈지만, 이 느낌은 오래가지 않았다. 그래, 포콰이는 이제 **캐런**의 존재를 알고 있다. 포콰이는 찬성하지 않는다. 그녀는 나를 불쌍하게 여기고 있다. 그래도 나는 살아갈 것이다.

그러나 걱정되는 일이 하나 있었다.

확산한 포콰이가 또 통제력을 쥔다면? 그녀는 단순한 호기심만으로 나를 변화시켜서, 나로 하여금 설령 100만 년이 흐르더라도 그녀와 공유할 생각은 추호도 없었던 비밀을 털어놓게 했던 것이다.

그런 지식과 반대 의견과 동정심으로 무장한 그녀는 다음번에는 무엇을 변화시키려고 할까?

11

뤼는 포콰이의 영향력이 더 이상 증대하는 것을 미연에 방지하기 위해 거사 일정을 앞당기는 일에 동의했다. 내가 느낀 감정은 안도와 불안이 뒤섞인 것이었다. 예정과는 달리 단계적인 예행연습을 거치지 않고 곧바로 침입을 감행해야 하는 탓에, 준비가 터무니없이 부족하다는 사실을 절감했기 때문이다. 이론상으로 이번 침입은 내가 이미 성공적으로 수행했던 종류의 과제들을 연속적으로 길게 이어 붙인 것에 지나지 않았지만, 그런 과업을 하나씩 달성하는 것은, 카드로 쌓아 올린 불안정하기 그지없는 집 위에 한 층을 또 덧붙이는 것과 마찬가지라는 상념이 자꾸 머리에 떠오르는 것은 어쩔 수 없었다. 예전에 〈BDI〉에 침입했을 때는 적어도 내가 직면한 위험의 성질을 이해하고 있었다. 결국 세부적인 지식이 충분하지 못했다는 점이 판명되었지만 말이다. 이번 계획의 관건은 확산한 내가 계획에 유리한 방향으로 수축해 줄지의 여부—이것은 확산한 '그'의 입장에서 본다면 자살에 가까운 과정이다—에 달려 있었다. **그러나 그가 굳이 그래 줘**

야 할 이유가 어디 있단 말인가? 그를 구성하는 개개의 나 '대다수'가 (개연성에 입각한 투표 결과에 따라) 그럴 것을 원하기라도 한단 말인가? 지금까지는 그런 식으로 일이 진행되어 온 것처럼 보이지만, 그의 동기에 대해 나는 무엇을 알고 있을까? 아무것도 모른다. 나는 확산해서 그가 되고, 그는 수축해서 내가 되지만, 그의 본질은 여전히 불명료한 상태로 남아 있다. 내가 열망하는 것이 무엇인지 그는 알고 있으며, 또 그가 나의 희망에 따라 움직이고 있다고 믿고 싶긴 하지만, 실제로는 단지 소망 충족적 사고에 불과할지도 모른다. 따져보면 그는 나를 포함한 지구상의 그 어떤 인간들보다 〈버블 메이커〉와 더 많은 공통점을 가지고 있는 존재일 가능성조차 있다.

물론 마음을 바꾸는 것은 나의 자유다. 〈캐넌〉은 결코 나에게 무엇을 강요하는 법이 없으므로. 그러나 지금 와서 포기하고 뒤로 물러날 수는 없다. 나는 내가 내게 가능한 유일한 방법으로 진정한 〈앙상블〉을 위해 봉사하고 있다는 사실을 알고 있다. 이 '가호'가 성공으로 이어질 것이라는 보장은 물론 없지만, 내 입장에서는 그걸 믿고 위험을 무릅쓰는 수밖에 없다.

침입 예정 시각이 36시간 앞으로 다가왔을 때, 카오룽 공원에서 나와 접선한 뤄는 내게 성냥갑 비슷한 조그만 장치를 건넸다. 아무 특징도 없는 밀봉된 검은 상자였고, 단지 불이 꺼진 LED 등이 하나 달려 있을 뿐이었다.

"마지막 파티 트릭입니다. 그 불을 켜보십시오."

"이게 뭐지?"

나는 짜증을 내고 싶은 마음을 억눌렀다. 내일 밤에 실행할 예정인 계획과 직접 상관이 없는 것은 무엇이든 시간 낭비에 불과하다고 느꼈던 것이다. 그러나 지금까지 뤼가 내놓은 모든 제안들이 결과적으로 쓸모가 있었다는 사실은 인정하지 않을 수 없었다.

뤼는 고개를 가로저었다. "말하고 싶지 않습니다. 지금까지 당신이 수행한 모든 임무에서, 당신은 자기가 해야 할 일이 무엇인지를 정확히 알고 있었습니다. 따라서 이 물건을 상대로 같은 일을 성공시킨다면, 그런 지식조차도 필요하지 않다는 사실을 스스로 증명할 수 있을 겁니다. 또 〈BDI〉에서 당신을 기다리고 있는 것이 무엇이든 간에, 그것이 얼마나 복잡하든, 아무리 예기치 않은 것이든 간에, 그것을 극복해 내리라는 사실도."

잠시 뤼의 말에 관해 생각해 보았지만, 솔직히 말해서 별로 설득력 있게 들리지는 않았다.

"난 굳이 그걸 증명할 필요가 없어. 이미 확신하고 있으니까 말야. 나는 주사위 생성기나 자물쇠나 감시 카메라의 회로도 따위를 보고 성공을 거둔 게 아냐. 텔레키네시스 운운은 이미 오래전에 졸업했고. 내가 과정을 조작하는 것이 아니라, 결과를 선택해 왔다는 사실도 잘 알고 있어. 내겐 모두 '블랙박스'나 마찬가지였다고나 할까? 그러니까 진짜 검은 상자를 들고 와서 나를 설득할 필요는 없네."

상자를 다시 돌려주려고 했지만 뤼는 받지 않았다.

"이건 특별한 물건입니다, 닉. 이건 지금까지 해온 그 어떤 일보다도 성공 확률이 낮고, 〈BDI〉 침입 계획 전체의 성공 확률과 대략 비슷하다고 보면 됩니다. 만약 이 일에 성공한다면, 그토록 약한 고유 상태들과도 실제로 접촉할 수 있다는 확신을 가질 수 있다는 뜻입니다."

나는 손바닥 위에서 상자를 뒤집어 보았다. 뤼는 거짓말을 하고 있다. 그러나 왜 그러는지를 알 수 없었다. 나는 잘라 말했다.

"양자택일해. 이건 미지의 것에 대한 도전이야, 아니면 완전한 불가능성의 테스트야?"

"양쪽 모두입니다." 뤼는 어깨를 으쓱했고, 말을—너무 사근사근한 어조로—이었다. "하지만 이것이 어떤 식으로 작동하는지를 정 알고 싶다면…"

내가 도저히 믿음이 안 간다는 표정을 보이자 그는 침묵했다.

P5의 힘을 빌려도 이토록 작은 물체의 무게를 가늠하는 것이 쉽지 않았다. 그런데도 이 상자 안에 표준 크기의 깨알같은 마이크로칩과 배터리 이상의 것이 들어 있다는 것 정도는 알 수 있었다. 내가 그것을 공중에 던지자 뤼는 애써 아무렇지도 않은 표정을 지으려고 했다. 상자가 회전하는 모습으로 미루어 볼 때 내용물은 대략 균일하게 들어차 있는 듯했고, 특별히 밀도가 높은 부분이나 빈 공간이 있는 것 같지는 않았다. 성냥갑 안에 꽉 찰 만한 전자회로는 대체 어떤 종류일까?

"도대체 이건 뭐지? 실은 흑연이 들어 있고, 그걸 다이아몬드로 바꿔달라는 건가? 너무 가벼운 걸 보니 금으로 바꿀 납은 아닌 것 같고." 나는 얼굴을 찌푸렸다. "상자를 뜯어서 안에 뭐가 있는지 확인해 볼까?"

뤼는 침착하게 대답했다. "그럴 필요는 없습니다. 그건 광학 슈퍼 컴퓨터이고, 100만 자리의 숫자를 무작위적으로 인수분해합니다. 체계적으로 계산한다면 10년에서 30년까지 걸리는 숫자죠. 그 기계가 순전히 행운에 의해 몇 시간 만에 인수분해에 성공할 가능성은 무한하게 작습니다. 하지만 일단 이것이 당신의 손에 들어가면…"

한순간 기가 막혔던 나머지 아무 말도 할 수 없었다. 진지하고 고뇌에 찬 청년으로만 알고 있었던 뤼 키우충이, 나의 능력—포콰이한테서 빌리고, 로라에게서 훔친—을 더러운 상업적 이득을 얻기 위해 이용하려고 하다니. 그러나 내가 느낀 충격은 곧 마지못한 경의로 바뀌었다. 컴퓨터를 (적절한 양자론적 무작위성을 갖출 수 있는 형태로) 확산시킨다면, 사실상 천문학적인 수의 프로세서를 갖춘 '병렬' 컴퓨터를 만들어 내는 것이나 마찬가지다. 개개의 프로세서는 동일한 프로그램을 실행하지만, 각기 다른 데이터를 처리하는 식으로 말이다. 그런 다음 나중에 계를 수축시킬 때, 수학적인 짚단 속에서 운 좋게도 바늘 하나를 찾아낼 수 있었던 버전을 선택하기만 하면 된다. 지금까지는 실질적으로 해독 불가능한 것으로 간주되었던 암호들의 핵심을 이루는 큰 수들을 인수분해하는 서비스를 세계 최초로 제공한다면, 막대한 액수의 돈을 퍼 담을 수 있을 것이다. 적어도 그런 서비스가 존재한다는 소문이 너무 파다하게 퍼져서, 사람들이 더 이상 암호를 신뢰하지 않는 날이 올 때까지는.

"내가 이 물건을 고장 낼지도 모른다는 생각은 들지 않나? 자물쇠를 고장 나게 할 수 있다면, 컴퓨터도 마찬가지잖아. 만약 내가 잘못된 대답에도 불이 들어오도록 고장 난 하드웨어의 고유 상태를 선택한다면 어쩔 건데?"

뤼는 어깨를 으쓱했다. "그런 행동을 방지하는 것은 사실상 불가능합니다. 하지만 그런 식의 상황이 일어날 상대적 확률을 최소화하는 수단을 강구해 놓았습니다. 어떤 답이 나오든 간에, 정답 여부를 체크하는 것은 쉽습니다. 틀렸다면 다시 시도하면 그만이고요."

나는 웃음을 터뜨렸다. "그래서, 성공하면 얼마를 달라고 요구했나? 누가 의뢰했지? 정부? 기업?"

뤼는 새침한 표정으로 머리를 저었다.

"그건 나도 모릅니다. 의뢰인은 중개만 하는 제3자, 브로커일 뿐이고, 그들부터가 주의 깊게 자기 정체를 숨기고 있는 마당에…"

"알았어, 그렇다고 해두지. 하지만… 성공하면 자네는 얼마를 받게 되지?"

"100만."

"겨우?"

"상대방은 성공 가능성에 극히 회의적입니다. 당연한 반응입니다만. 나중에 우리 방법이 유효하다는 것이 실증된 후에는 가격을 올릴 수 있습니다."

나는 그를 보며 씩 웃었고, 상자를 머리 위로 높이 던졌다.

"그럼 내 몫은 얼마나 되지? 90퍼센트가 타당하지 않겠나?"

뤼는 별로 감명을 받은 것 같지 않았다.

"〈캐넌〉을 유지하는 데는 돈이 많이 듭니다. 당신을 확산시켜 주는 모드의 대금도 아직 전액 정산하지 못했습니다."

"그래? 하지만 일단 자네가 고유 상태 모드를 손에 넣는다면, 내 도움은 더 이상 필요 없게 되잖아? 그러니까 나도 아직 유리한 입장에 서 있을 때 그걸 충분히 이용해야 하지 않겠어?" 농담을 하는 기분으로 이 말을 시작했지만, 말을 끝맺었을 때는 농담이 아니었다. 나는 말을 이었다. "자네에게 진정한 〈앙상블〉이란 그런 것이었어? 누구든지 돈만 주면, **암호 해독 서비스**를 제공하는 일?"

뤼는 이 말에 대답하지 않았지만 부정하지도 않았다. 단지 깊게 고뇌하는 듯한 예의 기묘한 표정으로 나를 쳐다보았을 뿐이었다.

나는 당연히 화를 냈어야 했다. 뤼가 나를 이용하려고 했다는 사실에 대해 화를 내고, 이런 **모독적** 행위에 대해서는 그 이상으로 분노해야 마땅했다. 그러나 충성 모드가 나 자신을 포함한 〈캐넌〉 구성원 대다수의 마음에, 이성과는 거리가 먼 병적이고 광신적인 신념을 불러일으키는 것을 신물이 나도록 보아온 지금, 뤼의 단순한 기회주의적 행태는 거의 신선하게 느껴졌다는 것이 본심이다. 나는 격분해야 마땅했지만 도무지 화를 낼 수가 없었다. 그러기는커녕 일종의 질투를 느꼈을 정도였다. 뤼는 자신을 묶고 있는 쇠사슬을 조작해서 거의 없다시피 한 상태로 만들어 놓은 듯했다. 예전의 그가 일종의 성인군자—〈앙상블〉의 업적을 이용해서 사적인 이익을 얻으려는 생각은 꿈에도 하지 않을 인물—였다면 또 모르지만, 뤼는 실질적으로 본래의 인격을 거의 복구시키는 데 성공한 듯했다.

이런 선망과 감탄이 뒤섞인 감정이 무엇으로 귀결될지는 뻔했지만, 그런 생각은 무의미하다. 충성 모드가 무엇인지 완전히 이해하고 있는 나는 뤼가 그 지배를 벗어났다는 사실에 고무되지 않을 수 없었지만, 그렇다고 해서 내가 그와 똑같은 자유를 원한다는 뜻은 아니다.

뤼가 말했다. "30퍼센트 드리겠습니다."

"60."

"50."

"좋아." 돈 따위에는 전혀 관심이 없었지만, 이것은 자존심의 문제였다. 나도 상대방 못지않게 인간적이라는 사실을 확실히 주지시키고 싶었기 때문이다. "〈캐넌〉에서는 우리 말고 누가 이 일에 관해 알고 있지?"

"아무도 모릅니다. 아직은. 이번 일이 끝난 다음 기정사실로서 알릴 작정입니다. 우리가 자금을 조성할 필요가 있다는 사실에 모두 찬성하리라는 것을 확신하고 있습니다만, 작업이 끝나기도 전에 세부사항에 대해서 이러쿵저러쿵 이의를 제기할 기회를 주고 싶지 않기 때문입니다."

"아주 현명한 생각이야."

뤼는 피곤한 표정으로 고개를 끄덕였다. 여전히 평소 때처럼 어딘가 켕기는 듯한, 당혹스러운 분위기를 풍기고 있지만, 이제는 그 의미가 완전히 바뀌었다. 이런 태도의 반은 순전히 표면적인 가면에 불과하다는 점에는 의심의 여지가 없다. 그러나 나머지 반은, 그토록 많은 층위에서 기만 공작을 펼쳐야 했던 데서 오는 진짜 피로였다. 그러나 뤼가 나를 기만했다는 생각은 들지 않았다. 전혀 속은 기분이 들지 않는 것이다. 내가 뤼를 이토록 심하게, 이토록 오랫동안 오해해 왔다는 사실은, 전혀 예기치 못했던 인간미의 발로를 한층 더 돋보이게 했을 뿐이었다.

나는 확산한 채로 평소처럼 10분을 기다린 다음 호주머니에서 상자를 꺼낸다. 자유의지에 대한 환상이 깨지고 동요하는 것을 미연에 방지하기 위한 습관이다. LED는 여전히 꺼져 있다. 잠시 동안 그것을 응시하지만, 아무 일도 일어나지 않는다. 이해가 가지 않는 점이 하나 있다. 이제는 고장으로 인해 불이 들어올 확률이 글자 그대로 0일 리가 없다. 그렇다면 왜 확산한 나는 그런 일이 일어난 고유 상태를 포착하지 않은 것일까? 아마 정상적으로 작동하는 컴퓨터와 정답을 포함한 고유 상태들이 나타나서 오답을 압도하기 시작할 때까지 기다릴 정도로 용의주도한 것인지도 모르겠다.

나는 따분해졌다가, 불안해졌고, 또다시 따분해졌다. **P3**를 쓸 수 없어서 유감이다. 내가 강화 상태와 '우연히' 똑같은 기분을 느끼고 있는 고유 상태를 선택함으로써 해당 모드의 효과를 흉내 내는 것은 불가능한 일이 아니지만, 확산된 나는 그런 선택에는 관심이 없는 듯했다. 나는 당장이라도 포콰이가 비명을 질러 내 실험을 방해하지는 않을까 하는 우려를 완전히 불식할 수가 없었다. 그러나 확산 중인 내가 그녀를 깨웠을 때의 상황을 돌이켜 보면, 언제나 그녀의 그런 반응을 촉발한 요인이 있었다는 것을 알 수 있다. 강한 감정이라든지,

정신적 충격 따위 말이다. 검은 상자를 응시하며 불이 켜지기를 기다리는 것은 그런 상황과는 거리가 멀다. 그러나 내가 내일 시도할 일은? 만약 내가 어떻게든 평정을 유지할 수 있다면 무사히 살아나올 수 있을 것이다. 내가 포콰이를 깨울 가능성이 있고, 그 결과 확산 중에 일어나는 모든 사건에 대한 그녀의 영향력이 증대할 수 있다는 단순한 사실만을 염두에 두고 나의 실제 행동 여부를 결정해야 하는 상황에서, '어떻게든 평정을 유지한다'라는 표현이 정확히 뭘 의미하든 간에 말이다. 원인과 결과의 선형적인 연쇄를 추적하는 행위는 무의미하다. 나중에 돌이켜 보았을 때, 일의 경과를 성공적으로 합리화하고, 사건의 패턴에서 일종의 정적인 일관성을 유지할 수만 있어도 다행이라고 해야 할 것이다.

4시 17분에 마침내 LED가 반짝인다. 안정된, 새파란 불빛이다. 나는 수축하려다가 잠시 망설인다. 가장 확률이 낮았던 과업을 방금 성공시킨 거라면… 이번에는 도대체 몇 명이나 되는 나의 버전들이 죽게 되는 것일까? 그러나 현재의 나는 이런 가책으로부터 완전히 '탈피'한 상태다. 여전히 무엇을 믿어야 할지는 모르겠지만, '내'가 예정된 대학살에서 멀쩡하게 살아남을 때마다, 점점 그런 일에 신경을 쓰는 일 자체가 어려워지는 것이다. 나는 OFF 스위치를 누르고――

――다음 순간… 누군가가 살아남았다. 나는 일관된 기억을 가지고 있고, 나의 과거는 유일무이하다. 더 이상 무엇이 필요하단 말인가? 설령 1초 전에 10의 30제곱 명의 살아서 호흡하는 인간들이, LED는 도대체 언제 반짝일지 의아해하며 이 자리에 앉아 있었던 것

이 사실이라면, 적어도 종말은 눈 깜짝할 새에 아무런 고통 없이 찾아왔을 것이다.

어쨌든 간에 포콰이의 말은 옳았다. 인간으로 존재한다는 것은 바로 이런 일, 우리였을지도 모르는 사람들을 학살하는 일인 것이다. 그것이 은유든 현실이든, 추상적인 양자론적 형식주의든 피와 살을 갖춘 진실이든 간에, 내가 그것을 바꿀 방법은 없다.

나는 놀랄 정도로 힘들이지 않고 제논의 권태※를 극복하고 잠을 선택했다. 이른 오후가 되자 나는 성냥갑 컴퓨터를 하필 내가 **하이퍼노바**를 건네받았던 싸구려 나노 테크 노점에 갖다주었다. (기밀 유지에 관한 뤼의 생각은 특이하다 못해 아예 기괴할 지경이다. 일단 오늘 밤 임무를 완수한 다음에는, 내가 직접 개입해서 교통정리를 하겠다고 다짐했다.) 컴퓨터를 건넸을 때도 LED는 여전히 반짝이고 있었다. 이것은 고무적인 징후다. 일단 인수들을 찾아낸 다음에는, 프로그램이 루프를 수행하며 끊임없이 해답을 재확인하고 있다는 점은 명백했다. 따라서 나는 컴퓨터가 계속 그릇된 연산을 하도록 하는 영구적인 손상을 일으켰거나, 아니면 뤼의 대담무쌍한 계획을 실제로 성공시켰다는 얘기가 된다. 다른 컴퓨터를 써서 정답이 맞는지 확인해 보면 금세 알 수 있는 일이다. 회의적인 의뢰인들이 이런 믿을 수 없는 결과를 어떻게 받아들일지는 알 수 없다. 내가 그들 입장이라면 우선 누군가가 나에게

※ 관측을 계속 반복함으로써 시간 변화에 의한 양자상태의 추이가 억제되는 현상. 양자 제논 패러독스.

역정보를 잔뜩 흘리고 있지 않은지 의심할 것이다. 대량의 진짜 데이터를 해독해 보고, 그것들 모두가 자기들을 오도하기 위한 가짜 정보라고 지레짐작할지도 모르겠다. 나는 구름 사이로 내비치는 푸른 하늘을 흘끗 올려다보고, 웃음을 터뜨렸다.

오늘은 포콰이가 실험을 쉬는 날이었지만, 그런 것은 문제가 되지 않는다. 그런 상황은 과거에도 세 번 있었으나, 그때마다 나는 **앙상블**을 성공적으로 썼던 것이다. 이제 확산한 닉-더하기-(꿈꾸는) 포콰이가 모드를 자유자재로 쓸 줄 안다는 점은 명백했다. 필요한 기술은 확산과 수축을 거듭하는 나의 뇌나 포콰이의 뇌, 또는 쌍방의 뇌 어딘가에 보존되어 있을 것이다.

나는 대기실에 앉아 기다렸다. 강화 상태였지만 기대감을 불식할 수가 없다. 적어도 순수한 경계 상태에 몰입하는 데 방해가 될 정도로는 말이다. 쓸데없는 생각이지만, 혹시 나는 포콰이의 머릿속에 있는 **앙상블**을 고스란히 '훔친' 것이 아닐까? 이런 생각을 하는 것은 이번이 처음이 아니다. 무지막지한 취사선택을 통해, 나 자신의 뉴런들이 '자연히' 재배치된 결과 모드의 완벽한 복제가 생겨난 고유 상태를 선택하는 방법으로 말이다. 그러나 확산한 나 자신이 성공적인 결과와 쓸모없는 신경 재배선이 행해진 그 밖의 모든 결과를 어떻게 구별할 수 있단 말인가? 재배선이 유효한지 아닌지를 테스트해 보려면, 일단 수축해야 한다.

저녁 식사 때 포콰이는 침울한 표정을 짓고 있었다. 나는 그녀에게 이유를 물었다.

포콰이는 어깨를 으쓱했다. "별일 아녜요. 들볶이고, 어린애 취급을 받고, 재갈을 물린 채로 있어야 한다는 사실에 넌더리를 내고 있을 뿐이니까."

"렁이 또 뭐라고 했습니까?"

"오, 아무도 나더러 뭐라고 하지는 않았어요. 바뀐 건 아무것도 없으니까. 단지… 오늘은 모든 것이 한층 더 바보스럽고 숨 막히게 느껴질 뿐이에요. 아침에 《피지컬 리뷰》에 실린 기사를 읽었어요. 관측 문제에 관한 실로 참신한 해석이라는군요. 시공 연속체에 차원을 두어 개 더 덧붙이고, 비선형과 비대칭 및 적절한 임시 인수因数들을 넣어주면—세상에 이럴 수가!—파동의 수축이 전혀 다른 식으로 일어나는 겁니다!"

양심적으로 일에 전념한다는 것을 보여주기 위해서라도 '관측'이라는 단어가 그녀의 입에서 미처 나오기도 전에 제지하는 것이 나의 임무였겠지만, 그렇게까지 위선적인 행동을 할 생각은 들지 않았다.

포콰이는 말을 이었다.

"사람들이 귀중한 시간을 낭비해 가면서 추구하고 있는 새로운 길들이 실은 막다른 골목이라는 사실을 나는 알고 있어요. 하지만 난 입을 다물고 있기 때문에 자동적으로 거짓말쟁이가 되는 거죠. 렁이 상업적 가치가 있는 기밀, 이를테면 신경 맵이라든지, 모드의 상세한 구조 따위를 공표하는 것까진 기대하지 않지만, 적어도 실험 결과는 발표해도 상관없잖아요." 그녀는 알아듣기 힘든 신음을 흘렸다. 욕구불만으로 가득 찬 소리였다. "난 자진해서 기밀 엄수 조항이 포함된 계약서에 서명했어요. 그러니까 잘못은 나한테 있다고 해야겠죠. 물론 서명하지 않았더라면 고용됐을 리가 없으니까 어떤 의미에서는 처음부터 선택의 여지는 없었다고 할 수 있겠고. 그렇다고 해서 내 기분이 나아지는 것은 아니지만."

나는 담담한 어조로 말했다.

"때가 되면 〈ASR〉는 틀림없이 모든 결과를 발표할 겁니다. 당신이 처음으로 실험에 성공한 것이 언제였습니까? 석 달 전? 뉴턴도 자기 업적을 몇 년 동안이나 세상에 발표하지 않고 묵혀두지 않았습니까?"

"뉴턴의 업적은," 그녀는 쓰디쓴 어조로 말했다. "이것에 비하면 새 발의 피거든요."

강화 상태를 해제하고, 확산하고, 기다린다. 이제는 익숙해진 과정이다. 잠시 동안 냉정을 되찾으려고 노력하다가, 내가 지금 느끼고 있는 것은 불안이라기보다는 흥분이라는 사실을 깨달았다. 내게는 낯선 감정이었다. **P3**로 자극을 중화하는 일 없이 난제, 그것도 위험한 난제에 도전하는 것은 실로 오랜만이었던 것이다. 한순간 마음속에서 순수한 분노가 솟구쳤다. 좀비 보이스카우트는 나를 속여서 인생의 반을 빼앗았다. 그러고는 몽유병자처럼 움직였고, 나를 대신해서 인생의 그 부분을 **정말로 살려고조차** 하지 않았던 것이다. 그러나 나는 이런 감상적인 망상을 억눌렀다. 좀비 보이스카우트는 천 번은 나의 목숨을 구해주었고, 그런 식으로 살아올 것을 선택한 사람은 다름 아닌 나 자신이다. 나는 흥분 따위를 원했던 적은 한 번도 없었고, 아무 생각도 없는 아드레날린 중독자가 되고 싶어 한 적도 없다. 내가 정말로 '속아서 빼앗긴' 것이 있다면, 일찍 죽는 일 정도다.

그런데 나는 지금 어떤 '위험'에 직면하고 있는 것일까? 아무리 엄중한 감시 하드웨어들도 무사통과할 수 있다는 사실은 알고 있다. 내 앞에 펼쳐질 모든 사태들과 맞먹을 정도로 개연성이 낮은 고유 상태들을 선택할 수 있다는 점은 이미 증명되었다. 그렇다면 도대체 무엇을 두려워해야 한단 말인가?

내가 변화할 가능성뿐이다.

나는 가짜 창문 '밖'에 펼쳐진 금빛 광채를 두른 어두운 고층 건물군을 바라보며 생각에 잠겼다. 오늘 밤 내가 가로질러야 하는 도시는 지금까지 내가 알고 지내왔던 그 어떤 장소와도 다르다. 진짜 뉴홍콩에서는 잠긴 문은 저절로 열리지 않고, 경비원들은 내 모습을 피해 다른 곳으로 눈을 돌려주지도 않는다. 지금부터 나는 무슨 일이든 일어날 수 있는 꿈의 도시로 걸어 들어가는 것이다.

나는 나직하게 웃었다. 물론 그 어떤 일도 일어날 수 있다. 그러나 그 무한한 다양성 속에서, 나는 역사상 가장 순조롭고 간단한 도둑질을 선택할 것이다. 나를 기다리는 것은 오직 성공뿐이다. 불의의 사태도, 해를 입는 일도 없다. 물론 다른 내가 되어버리는 일도 없다.

첫 단계, 즉 목격당하지 않고 30층의 경비 부스를 무사통과하는 일은 식은 죽 먹기였다. 설령 모든 것이 지금 이 순간 수축해 버린다고 해도, 왜 30초 동안이나 담당 부서를 떠나 있었는지만 해명하면 되니까 말이다. 모드를 써도 억제할 수 없었던 변의를 처리하기 위해, 동료에게 잠시 임무를 교대해 달라고 부탁하기 위해서였다고 말하면 그만이다. 올바른 절차는 아니지만, 설마 이 정도의 규칙 위반을 트집 잡아 나를 총살형에 처하지는 않을 것이다.

나는 경비원들을 흘끗 본다. 젊은 사내와 중년 여자다. 그들은 마치 수줍어하는 듯이 내게서 시선을 돌린다. 궁금하다. 그들은 자신들이 조종당하고 있다고 느낄까? 아니면 평소와 마찬가지로 손쉽게 자기 행동을 합리화하고(내 입장에서는 믿어지지 않을 정도로 편리한 행동이지만 본질적으로는 그렇게 기이한 일이 아니다) 있는 것일까? 만약 확산한 나 자신이 이들의 산만한 태도에만 입각해서 고유 상태를 선택하고, 눈에 보이지 않는 이들의 복잡한 심리 과정을 모두 운에 맡긴다고 해도, 그럴싸한 자기 정당화가 그 고유 상태에 포함되어 있을 확률은 높다. 순전히 무작위적으로 선택된 고유 상태들에 대해 그런 식의 난제를 그토록 일관적으로 성공시킬 수 있는 능력이 사람의 뇌 안에 있다면, 내가 지금 끼워 넣고 있는 수준의 왜곡—그들의 생각에는 손을 대지 않고 오직 행동에만 미묘한 영향을 끼치는—정도로 그런 효과에 차질이 생기지는 않을 것이다.

12층과 11층 사이에서, 갑자기 아래층 복도로 통하는 문이 열리는 소리가 난다. 나는 얼어붙었고, 되돌아갈까 망설였지만… 내가 미처 움직이기도 전에 기술자 한 명이 층계를 뛰어 올라오더니, 음정이 맞지 않는 휘파람을 불면서 내 곁을 그대로 지나친다.

나는 힘 빠진 몸을 벽에 기댄다. 몇 초 후에 13층으로 통하는 문이 쾅 닫힌다. 그 기술자는 나를 보았을까? 매우 서두르는 기색이었기 때문에, 설령 보았다고 해도 그냥 무시하고 지나갔을 것이다. 그렇다면 확산한 나는 이 두 가지 고유 상태를 구별할 수 있을까? (확산한 나는 왜 내가 완전히 지나갈 때까지 이 빌어먹을 층계에 아무도 들어오지 못하도록 하지 않았던 것일까?)

나는 수축당한 걸까, 아니면 수축당하지 않은 걸까?

주사위 생성기를 꺼내 스위치를 넣는다.

1과 1의 조합이 나온다. 또 나온다. 또 나온다. 또 나온다.

나는 크나큰 안도감을 느꼈지만, 이 테스트에는 어딘가 일그러진 듯한, 거의 광기에 가까운 느낌이 서려 있는 것을 불식할 수가 없었다. 만약 내가 수축한 상태라면 이런 패턴이 나올 확률은 압도적으로 낮지만, 만약 내가 확산한 상태라면 모든 조합을 망라한 패턴이 생성된다. 그러니까 나는 이 테스트를 실행함으로써 계획의 성공을 의미하는 고유 상태가 본래 가지고 있던 개연성을 감소시키는 동시에, 확산한 나 자신에게 더 많은 부담을 지우고, 자신이 선택받지 않으리라는 사실을 알고 있는 나 자신의 버전들을 한층 더 많이 만들어 내는 것이다.

그와 동시에 나 자신이 최종적인 수축에서 살아남으리라는 점을 증명한 것일까? 그게 아니라면, 적어도 내게서 파생된 '자손'이나 '아들'이 살아남으리라는 점을? 아니다. 나는 그런 일조차도 하고 있지 않다. 아까 주사위를 던진 나의 모든 버전들은 나올 가능성이 있는 모든 조합을 목격한 버전들로 확산했다고 봐야 한다. 만약 10억 명의 버전이 주사위를 던졌다면, 나처럼 네 번 연속으로 뱀의 눈을 목격한 그 '자손'들의 수도 10억 명이라고 봐야 한다.

결국은 마지막까지 살아남아 현실이 되는 사람은 나라는 신념을 계속 가지는 것밖에는 선택의 여지가 없었다.

나는 다시 층계를 올라가기 시작한다.

이제 나는 그 기술자와 양자적으로 연결되었고, 그가 닉-더하기-포콰이-더하기-(적어도) 두 명의 경비원을 수축시키는 것을 억제하고 있다. 그 기술자와 함께 야근을 하는 동료들까지도 계산에 넣어야 할까? 나는 내심 주춤하지만, 멈추지 않고 계속 움직인다. 설령 그가 층계로 오지 '않았다'고 해도—우리가 아직 수축하지 않은 현시점에서 이런 표현에 무슨 의미가 있다면 얘기지만—그가 그랬을지도 모른다는 단순한 사실만으로도 우리의 파동함수들은 서로 엮이는 것일까? 하지만 나는 지금 포콰이와 연결되어 있지 않나? 이 버전의 나는 확산한 이래 그녀를 관측한 적도 없는데 말이다.

1층 층계에서 나와서 허공을 바라보고 있는 경비원들을 응시하며 1층 로비를 가로지른다. 나는 누군가가 나를 보고 있지 않은지를 확인하는 일에 '최선을 다했고', 그럼으로써 확산한 나 자신이 올바른 고유 상태를 선택하는 것을 '쉽게 만들고' 있다.

로비의 현관문이 좌우로 열리고, 나는 앞뜰에 발을 내디딘다. 앞뜰은 도로에서 안으로 좀 들어온 곳에 위치해 있고, 음식을 파는 매점들—심야라서 모두 닫혀 있다—이 앞쪽에 몰려 있는 탓에 외부인의 시선으로부터 대부분 차단되어 있다. 부근에서 사람들이 떠들며 웃는 소리가 들리고, 멀리서 자전거가 지나가는 소리가 들려오지만, 다행히도 내가 건물 주위를 돌아 로봇식 배달용 밴이 서 있는 좁은 차도에 도달할 때까지 그 누구의 모습도 눈에 들어오지 않는다. 한 번 뒤를 흘낏 돌아다본다. 예정보다 한순간 빨리 최면 상태에서 깨어나 나를 쫓아오고 있는 경비원의 모습이 눈에 들어올 것을 반쯤 기대하면서. 그러나 그런 일은 다른 나에게 일어나고 있는 듯하다. 적어도 나는 아니다.

일정에는 충분히 여유가 있다. 시각은 아직 새벽 1시 7분밖에 안 되었을 뿐이고, 밴은 1시 20분이 되어야 출발한다. 나는 밴의 어두컴컴한 짐 칸으로 올라가서 앉는다. 내가 이곳에 있는지 없는지의 유무는 밴의 움직임에 아무런 영향도 끼치지 않는다. 이 차가 택할 길과 예정 시간은 사전에 프로그래밍되어 있기 때문에, 누군가가 차가 지나가는 것을 목격하더라도 나를 보는 것은 아니기 때문에, 차 '안'이나 차 '밖'에 있는 나를 관측하지는 않는 것이다. 그러나 관측자들은 밴 자체를 수축시킬 것이고, 그럼으로써 이곳과 〈BDI〉를 잇는 하나의 타당한, '고전적'인 경로 위로 밴을 달리게 할 것이다. 이런 제한 요인이 있는 탓에 오히려 나도 마음이 편하다. 이것이 최종적으로 어떤 결과를 몰고 올지는 모르지만, 차가 이 도시에 존재하는 모든 길을 마음대로 골라 달리지는 않는다는 사실이 고마웠다. 나의 다른 버전들이 완전히 잘못된 목적지에 도착한다는 것은, 그 어떤 결말보다도 비참한 운명처럼 느껴졌기 때문이다.

밴이 움직이기 시작하지만 거의 움직임을 느낄 수 없다. 모터는 조용히 돌고, 가속은 완만하다. 차가운 금속판 위에 앉아, 최근에 운반된 화물이 남기고 간 듯한 희미한 플라스틱 내음을 맡고 있자니, 이 모든 일이 당혹스러울 정도로 일상적으로 느껴진다.

시간을 때우려면 무슨 일을 해야 할까? 앞으로 맞부딪칠 위험에 관해서 생각하고 싶지는 않다. 이 계획이 성공할 '개연성'이 전무하다는 사실에 관해 고민해 보았자 얻는 것은 없다. 그렇다고 경계 상태에 돌입할 수도 없는 일이므로, 나는 따분함에서 벗어나기 위해 밴이 지금 어디를 달리고 있는지를 추측해 본다. **P5**의 도움도 받지 않고, **데자뷔**의 시내 지도에 표시된 밴의 이동 경로조차도 참고하지 않고 말이다. 차의 움직임은 매끄럽지만, 모퉁이를 돌 때는 확실하게 쏠리는 느낌이 오기 때문에, 나는 기억 속에서 불러낸 불확실한 지도 위에 그 위치를 기입한다. 이따금 밴이 다른 차를 피하려고 조금 감속하는 것이 느껴진다. 물론 이것은 미리 결정된 스케줄로부터의 일탈이지만, 나와는 여전히 무관계하게 일어나는 일이다. 나는 잘못 생각하고 있었다. 밴 밖에 있는 것은 꿈의 도시가 아니라, 평소와 완전히 똑같은 뉴홍콩이었다.

그러면 이 차 안은?

참지 못하고 주사위 생성기를 꺼내서 다시 가동시킨다. 이 기계는 필요 이상으로 고성능이다. 기계가 만들어 내는 홀로그램은 언제나 주위의 빛 상태를 충실하게 반영하기 때문에, 차 안의 어둠 속에서 던진 주사위는 진짜 주사위와 마찬가지로 보이지 않았다. 사실상 주사위를 던지지 않아도 되는 이유가 또 생겼지만, 그렇게 함으로써 선택받지 않는다면 어떻게 할 셈이야? 나는 회중전등을 켜고 뱀의 눈이 나오는 것을 관찰한다. 그리고 이 현상을 어떻게 설명하든 간에, 그 광경에 크게 고무된다. 주사위를 여섯 번 던짐으로써 현 고유 상태의 개연성을 대략 20억분의 1쯤 감소시킨 다음 기계를 끈다.

밴이 천천히, 그러나 빈번하게 방향을 바꾸기 시작한 것은 그물처럼 얽힌 〈BDI〉 주변의 도로에 진입한 후의 일이다. 나는 내 위치를 더 이상 추측할 수 없었다. 병적인 정도로 복잡한 이 근처의 자세한 지리를 모드의 도움 없이 기억하는 것은 무리다. 밴이 마침내 멈추자, 나는 30초를 더 기다림으로써 예기치 않은 장애물이 나타난 탓에 잠시 멈춘 것이 아니라는 사실을 확인한다. 밖으로 내려가자, 지난 1월에 내가 탐사 모기를 날려 보냈던 곳과 거의 동일한 장소에 서 있다는 사실을 깨닫는다. 그날 밤의 완벽하게 선명한 기억이 밀물처럼 몰려온다. 그러나 이 과정은 노스탤지어의 발로라기보다는 남의 사생활을 엿보고 있는 듯한 느낌을 준다. 내게 이미 죽은 타인의 인생을 이토록 뻔뻔스럽게 들여다볼 권리는 없다.

2시 3분. 57분 남았다. 잿빛 하늘을 올려다보자 무거운 뇌운만큼이나 위압적인 〈버블〉이 무겁게 나를 짓누른다. 어디서 생겨났는지도 모를 짜증 섞인 생각이 퍼뜩 뇌리에 떠오른다. 뤼가 내게 돈을 지불할 때까지 기다렸어야 했다. 50만 달러. 그런 다음에야, 진정한 〈앙상블〉에 대한 나의 충성심이, 정말로 이런 미친 짓을 정당화할 수 있는지 판단했어야 했다.

원한다면 지금이라도 밴으로 다시 기어 올라갈 수 있다.

그러나 나는 그러지 않는다. 그렇게 한 버전들은 죽은 것이나 마찬가지이고, 그들 자신이 이미 그 사실을 잘 알고 있다. 그들은 어떤 생각을 하고 있을까? 자신의 그런 행동을 도대체 어떤 식으로 합리화하는 것일까?

〈BDI〉를 둘러싼 철조망을 향해 걸어간다.

예전에 그랬던 것처럼 나는 그 위를 넘어간다. 이처럼 트인 공간에서 불필요한 기적을 일으켜야 한다는 사실에 불안감을 느낀다. 그리고 확산한 나는 언제나 그래왔듯이 나의 기대에 부응한다. 혹은 내가 확산한 나의 기대에 부응하는 것인지도 모르지만.

오늘 밤에 근무하고 있는 보안 요원이 누구인지는 모르지만, 황 칭과 리 소룽의 모습을 떠올린다. 가급적이면 트럼프 놀이를 하고 있고, 모니터에는 눈길조차 주려고 하지 않는. 나는 내가 어느 부분에서 관측을 저해하고 있는지 여전히 모른다. 카메라의 센서 칩이나 케이블이라든지, 디스플레이 기능에 간섭하는 걸까? 혹은 관찰자의 망막이나 뇌에 영향을 끼치는 걸까? 나를 무사통과시켜 줄 수 있는 것이라면 무엇이라도 좋다. 내가 선택할 수 있는 것은 오직 결과뿐이다. 가장 개연성이 높은 메커니즘이 무엇인지를 도대체 누가 안단 말인가?

역시 예전에 침입할 때 썼던 창문으로 들어가지만, 이번에는 절단하지 않아도 된다. 창문은 내가 손을 대자 스르르 열린다. 창턱을 넘어 안으로 들어가서 실험실 내부를 천천히 가로지른다. 양손을 앞으로 뻗치고, 지난번에 나를 유도해 주었던 와이어 프레임 약도가 있었으면 좋았을 것이라고 생각한다. 걸상에 부딪히고, 그다음에는 벤치에 부딪히지만, 유리 실험 도구를 바닥에 떨어뜨려 깨지는 않는다. 실험 도구를 깨뜨린 버전들은 유리 파편으로 손목을 긋는 편이 차라리 나을지도 모른다. 나는 복도를 나아가다가, 계단통에 도달한다. 리시우와이의 말에 따르면 금고는 천 야핑의 4층 사무실 안쪽에 있다. 사실, 이렇게 오랜 시간이 지났음에도 불구하고, 탐사 모기가 작성한 지도의 바로 그 지점에 데이터 없음을 의미하는 푸른색 표시가 되어 있었다는 기억이 떠오른다.

계단을 반쯤 올라갔을 때 해머로 가슴을 맞은 듯한 의구심이 나를 강타한다. 포콰이는 20킬로미터나 떨어진 곳에서 숙면하고 있다. 우리는 '연결'되어 있지 않고, '확산'하고 있지도 않다. 그녀는 내가 '현실을 선택'하는 것을 도와주고 있지도 않다. 도대체 나는 어떻게 그런 양자 신비주의적 미신을 순순히 받아들였던 것일까? 그것들은 모두 헛소리에 불과하다. 알고 보면 간단한 일이다. 뤄가 나를 함정에 빠뜨린 것이다. 〈캐넌〉은 나의 충성심을 떠보기 위한 트릭이었다. 나의 모드를 사보타주한 자는 바로 뤄다. 내 아파트 부근의 노점에 확률을 조작한 주사위 생성기를 보라는 듯이 가져다 놓은 자도 뤄다. 포콰이도, 〈BDI〉와 〈ASR〉의 보안 요원들도 모두 이 음모에 가담한 것이 틀림없다.

그렇다면 맹꽁이자물쇠는? 내가 처음부터 9999999999 같은 터무니없는 숫자를 무턱대고 누르리라는 사실을 뤄는 도대체 어떻게 알 수 있었단 말인가?

만약 그가 내 모드들을 건드린 것이 사실이라면, 내 머릿속 또 어디에 손을 댔을지 알게 뭔가? 뤼는 **하이퍼 노바**를 통해 나의 모든 행동을, 나의 모든 사고를 완벽하게 제어할 수도 있지 않은가? 당연히 내가 올바른 숫자를 추정하도록 만들었을 수도 있다.

벽에 등을 기대고, 어느 쪽이 더 미친 생각인지를 판단해 보려고 한다. 이 무의미하고, 우스꽝스럽고, 너무나도 불가능해 보이는 음모이론 쪽일까, 아니면 내가 100억 명의 나로 갈라짐으로써 잠긴 자물쇠를 열 수 있다고 굳게 믿는 일일까?

어둠에 잠긴 계단통을 응시한다. 그렇다면 진정한 〈앙상블〉은? 내 삶의 목표가 된 비밀은? 이것들조차도 또 하나의 거짓말에 불과하단 말인가? 나는 그것이 충성 모드, 즉 나의 뇌의 배선 방식에서 비롯된 것임을 알고 있지만…

나는 혹시 동전 같은 것이 없을까 하고 호주머니를 뒤져본다. 뤼가 건드리고 싶어도 건드릴 수가 없는 종류의 물건은 없을까? 그나마 쓸모가 있어 보이는 것은 회중전등용의 단추 모양을 한 예비 전지다. 한쪽에 플러스 표시가, 반대쪽에는 마이너스 표시가 각인되어 있다. 나는 층계참에 웅크리고 앉는다. 회중전등에서 흘러나오는 빛이 콘크리트 바닥을 쐐기 모양으로 밝힌다.

"플러스 다섯 번." 나는 속삭인다. "그걸로 충분해."

플러스가 다섯 번 연속으로 나올 확률은 32분의 1이다. 기적이라고 부르기도 뭐한 확률이다.

플러스

플러스

나는 웃는다. 그럼 뭘 기대했지? 진정한 〈앙상블〉은 결코 나를 저버리지 않을 것이다.

마이너스

기묘한 냉기가 전신에 퍼지기 시작하지만, 나는 재빨리 전지를 위로 던졌다. 마치 내 동작이 충분히 빠르다면, 다음에 나오는 결과가 과거를 바꿀 수도 있다는 듯이.

플러스

마이너스

나는 최종 평결을 응시했고, 그것이 아무 증명도 되지 않는다는 사실을 깨달았다. 내가 지금까지 목표로 삼았던 것들은 여전히 진실일 수도 있고, 거짓일 수도 있는 것이다.

어느 쪽이 맞든 간에, 더 이상 앞으로 나아가도 의미가 없다.

나는 고양감이 솟구치는 것을 느끼며 마지막 두 층의 층계를 뛰어올라간다. 천하무적이 된 기분이다. 다섯 개의 단순한 플러스 표시 가지고서도 모든 의구심과 편집증을 일소해 버리지 못한다면, 다른 무엇으로 그럴 수 있겠는가?

일단 천의 사무실로 들어온 다음에는 회중전등을 켠다. 1층의 실험실을 가로지를 때 왜 '위험'을 무릅쓰고 이것을 쓰지 않았는지는 나도 잘 모르겠지만, 지금은 위험하지 않다는 자신이 있다. 건물 내부의 조명을 모두 켜놓고 목청이 터져라 고함을 질러도, 아무도 내가 여기 있다는 사실을 알아차리지 못할 것이다.

마치 다른 방으로 통하는 보통 문처럼 보이는 출입문은 실은 금고실 본체 앞의 공간에 해당하는 작은 방으로 이어지는 출입문이었다. 별로 위압적이지 않은 금고 정면은 우중충한 잿빛 폴리머 혼합물로 이루어져 있다. 이 소재를 절단하거나, 부식시키거나, 녹이거나, 태우는 것은 두께 1, 2미터의 강철을 가지고 그러는 것보다 더 힘들지만, 그 무게는 강철의 1,000분의 1밖에는 되지 않는다. 금고를 여닫기 위한 제어반에는 엄지손가락의 지문을 스캔하기 위한 윈도와 숫자 키패드와 열쇠를 꽂기 위한 세 개의 슬롯이 달려 있다. 금고 자물쇠가 충분히 확산하려면 조금 더 기다려야 하는 것이 아닌가 하는 생각이 떠오른 탓에 잠시 주저하지만, 그런 생각을 하는 것과 거의 동시에 제어반에서 녹색 불이 반짝인다. 생각해 보면 당연한 일이다. 금고 자물쇠는 내가 이곳으로 걸어 들어오기 훨씬 전부터 다른 무생물들과 마찬가지로 확산되어 있었던 것이다. 나는 단지 그것을 수축시키지 않고 관측했을 뿐이다. 나 자신을 자물쇠의 각 고유 상태에 조응하는 상이한 버전들—새로운 자손들—로 한층 더 넓게 확산시킴으로써, 나의 고유 상태를 선택하면서 자물쇠의 고유 상태도 함께 선택하는 힘을 얻은 것이다.

금고 손잡이를 잡아당기자 나직하게 찰칵하는 소리와 함께 문이 홱 열린다. 필요 이상으로 세게 잡아당겼던 탓에 하마터면 문에 얼굴을 부딪힐 뻔했다. 나는 문 주위를 돌아 금고실 내부로 들어간다.

가로세로 6미터의 크기에, 대부분 빈 공간이다. 반대쪽 벽을 회중전등으로 비춰보자, 천장까지 닿는 선반이 보인다. 선반은 여덟 칸으로 이루어져 있고, 각 칸에는 플라스틱제 ROM 칩 상자—200개의 칩을 보관할 수 있는 타입이다—20개가 질서정연하게 놓여 있다.

선반으로 다가간다. 대다수의 상자에는 019200-019399 하는 식으로 안에 들어 있는 칩들의 일련번호의 범위를 표시한 레이블이 붙어 있다. 가장 아래쪽의 두 칸에 놓인 상자들과 세 번째 칸의 오른쪽 두 상자는 비어 있고 레이블도 눈에 안 띄지만, 나머지 상자들은 모두 꽉 차 있는 듯했다. 이 금고 안에는 도합 2만 3,600개의 칩이 있다는 얘기가 된다.

호주머니에서 주사위 생성기를 꺼내지만—나 자신을 안심시킨다고 해서 해가 될 것은 없지 않은가?—곧 마음을 고쳐먹고 다시 집어넣는다. 혹시 주사위를 던진 내 '아들'들 중 한 명 또는 그들의 사촌들 중 한 명이 살아남는 것일까? 양쪽 모두 성공할 가능성이 있다. 나는 재빨리 손을 뻗어 상자 하나를 움켜쥔다. 상자에 달려 있는 것은 단순한 기계식 자물쇠다. 아마 나는 이것조차도 순수한 고유 상태 선택을 통해 저절로 열리도록 할 수 있을지도 모른다. 그렇다면 나는 진정하게 거시적인 의미에서의 양자 터널 효과를 처음으로 성취하게 된다. 그러나 나는 그러는 대신 만능 결쇠를 쓴다. 결쇠를 써서 상자의 자물쇠를 여는 데는 1분 가까이 걸린다. 눈을 감고 싶은 충동을 억누르고, 성형 트레이의 오목한 구멍 안에서 칩 하나를 끄집어 낸다. 그제야 내가 트레이 가장자리에 위치한 칩을 꺼냈다는 사실을 깨닫고, 나는 그것을 제자리에 집어넣고 새로 다른 것을 고르고 싶다는 충동을 억누른다.

나는 ROM 칩을 적외선 송수신기가 달린 리더기에 삽입하고, **레드넷**과 **암호 비서**를 불러낸 다음 리더기에게 목소리로 지시를 내린다.

"ID 페이지를 표시해. 영어로."

금고실 내부의 어둠이 거의 칠흑으로 변하는가 싶더니, 흰 배경의 윈도에 선명한 파란 글자로 쓰인 텍스트가 시야 한복판에 출현한다.

"ENSEMBLE"

Neural Modification Algorithm

© Copyright 2068, BIOMEDICAL DEVELOPMENT INTERNATIONAL

Unauthorized reproduction of this software by any method, in any media, is a violation of the Intellectual Property Covenant of 2045, and is punishable under the laws of the Republic of New Hong Kong, and other signatories to the covenant.

리더기를 손으로 더듬어서 두 번째 포트에 공空칩을 삽입한 다음, 말한다.

"파일 전체를 복사한 다음, 보안 프로그램을 모두 삭제하고, 암호를 모두 제거해. 복사 후에는 오류 검사를 1,000번 수행해."

파수꾼 모습을 한 아이콘이 윈도 앞에 나타나서 말한다.

"비밀번호는?"

나는 눈을 감고—별로 효과는 없다—마음을 텅 비운 다음, 나의 가상 성대가 광둥어로 무엇인가를 '속삭이는' 것을 '듣는다'. 이것은 내가 생각해 낸 단어가 아니고, 나는 **데자뷔**에게 굳이 번역을 부탁하지도 않는다. 파수꾼이 절을 하더니 사라지고, 중세 수도승의 캐리커처가 우스꽝스러울 정도로 빠른 속도로 사본을 필사하는 광경이 그것을 대신한다.

나는 금고실 한복판에 우뚝 서서 천천히 몸을 건들거리고 있다. 지금 내가 성공을 경험하고 있는 것인지, 아니면 하드웨어, 모드, 그리고 뇌의 자연적 기능 장애가 결합해서 그것과 똑같아 보이는 환각을 경험하고 있는 것인지는 확인할 방도가 없다. 임무들을 개별적으로 따진다면 성공할 확률은 높아 보인다. 만약 내가 정말로 〈BDI〉 건물의 금고실 안에 와 있고, 기껏해야 2만 3,600개의 칩 중에서 하나만 선택해야 하는 상황이라면, 내가 실제로 올바른 칩을 골라낸 고유 상태들의 수는 칩 리더기 또는 **암호 비서**가 실은 다른 칩을 뽑았는데도 **앙상블**을 찾아냈다고 거짓말을 하는 고유 상태들의 수를 압도하고 있을 것이 뻔하기 때문이다. 그러나 오늘 밤 있었던 일 모두가 내가 〈ASR〉 사옥을 떠나지도 않고 본 환각에 불과할 확률을 내가 그토록 수많은 잠긴 문들을 실제로 열었을 확률에 비교한다면, 자신이 없다. 단 한 가지 확신할 수 있는 것은, 일단 수축하면 얼마 지나지 않아 결론을 알 수 있으리라는 점이다. 내 호주머니에는 **앙상블**의 카피가 들어 있든지, 아니면 안 들어 있든지 둘 중 하나이기 때문이다.

오류 검사를 1,000번이나 되풀이하는 것은 순전히 과잉 대응의 산물이었다. 통상적인 상황에서는 복사 과정에서 오류가 생길 리 만무하고, 또 확산한 내가 일부러 그런 사건을 추구하지 않는 한 그런 오류가 발생할 가능성은 전무하다. 그러나 역시 잘한 일이라는 생각이 든다. 내 마음의 일부는 내가 전자자물쇠와 감시 카메라를 상대로 도저히 있을 법하지 않은 고장이 나도록 강요할 수 있다는 사실을 여전히 인정 안 하면서도, 양자 터널 효과에 대해 똑같이 취약한 다른 기기가 멀쩡하게 작동한다는 사실을 당연시하고 있기 때문이다.

몇 분 후 수도승은 작업을 멈췄고, 절을 하더니 사라졌다. 나는 **암호 비서**를 끄고, 거의 연극적으로 보일 정도로 신중한 동작으로 ROM 칩을 뺀다. 리더를 호주머니에 집어넣고, ROM 칩을 원래 있던 자리에 돌려놓고, 상자를 잠그고, 선반에 되돌려 놓는다. 금고실 벽을 회중전등으로 비춰보며, 아까 들어올 때 뭔가 건드리지 않았는지 확인해 보지만, 아까 보았던 광경과 똑같다.

몸을 돌렸다. 금고실 문간에 잠옷을 입은 여자가 서 있었다. 마른 체격, 30대 중반, 앵글로색슨족 계통의 이목구비, 나만큼 검은 피부.

로라 앤드루스다. 그러나 이곳 지하실에서 마지막으로 보았을 때와는 달리, 한 쉬우리엔으로 위장하고 있지는 않았다. 힐게만 병원의 기록, 그리고 나의 의뢰인이 보내온 이미지와 똑같은 모습을 한 로라 앤드루스다.

로라는 어떻게 지하실에서 빠져나온 것일까? 어리석은 질문이다. 하지만 예전에는 할 수 없었던 일을 오늘 밤에는 어떻게 성공시킨 것일까? 혹시 나는 나도 모르는 사이에 로라를 감시하고 있는 감시 시스템들을 고장 냈던 것일까? 그녀가 마침내 탈출에 성공한 것이라면, 하필이면 왜 여기로 온 것일까?

나는 호주머니에 든 마취제 캔으로 손을 뻗으며 생각했다. 그리고 확산한 나는 왜 로라가 나를 방해하도록 놓아둔 것일까? 혹시 이건 내가 선택받지 않을 거라는 사실을 의미하는 것일까? 그렇다면 이제 나는 죽은 것이나 마찬가지…

여자가 말했다. "원하는 물건을 손에 넣었어?"

나는 그녀를 응시하다가, 고개를 끄덕였다.

"그럼 앞으로 그걸 가지고 구체적으로 뭘 할 작정이야?"

"넌 누구지? 진짜 로라가 맞아? 현실이 맞아?"

여자가 웃었다.

"아냐. 하지만 나의 존재를 감지하고 있는 너의 오감은 현실이야. 나는 로라의 대변자야. 또는 로라-더하기-확산한 닉과 포콰이—더하기-그 밖의 다른 사람들을 대변하는 존재라고 할 수도 있겠지. 하지만 주로 로라를 대변하고 있어."

"무슨 뜻인지 모르겠군. '로라의 대변자'라니? 넌 로라야, 아니면 로라가 아니야?"

"로라는 확산해 있어. 따라서 너하고는 직접 대화할 수 없어. 로라는 확산한 닉-더하기-포콰이와 말을 나누고 있지만, 따로 너와 대화하기 위해서 나를 만들었어."

"나와…"

"로라의 복잡성은 복수의 고유 상태들을 가로지르는 형태로 확산해 있어. 따라서 너와 로라가 직접 상호작용하는 것은 불가능해. 하지만 그녀는 상당량의 정보를 단일 고유 상태에 집약시킴으로써 필수적인 데이터를 전달할 수 있어. 로라는 확산한 닉-더하기-포콰이와 접촉했지만, 그들은 너무 어린애 같고, 신뢰할 수가 없어. 그래서 내가 여기서 이렇게 너와 얘기를 나누고 있는 거야."

"나는…"

"넌 **앙상블**을 훔쳐냈어. 로라는 그걸 저지할 생각이 없어. 하지만 로라는 그것이 정확히 어떤 일을 할 수 있는지를 네가 이해하기를 원해."

여전히 혼란한 상태에서, 나는 변명하듯이 말했다. "난 그게 뭘 할 수 있는지를 잘 알아. 그래서 여기 와 있잖아. 안 그래? 내가 이 금고를 열었어."

확산한 로라가 저능아가 아니라는 사실에 굳이 놀랄 필요는 없는 것인지도 모르겠다. 따져보면 그녀는 힐게만 병원에서 탈출할 수 있는 능력이 있었고, 34년치의 창발적인 개연성을 활용해서 확산 시에 최적화된 형태로 기능하도록 자기 뇌 신경을 계속 개선해 왔던 것이다. 그러나 내게 **앙상블**의 사용법을 강의할 분신을 만들어 낼 수 있는 능력까지 있다는 사실은 여전히 놀라움으로 다가왔다.

그녀는 고개를 가로젓고 대답했다.

"넌 이해하고 있지 않아. 하지만 곧 이해하게 될 거야. 로라는 네가 그것을 이해하는 고유 상태를 증대시킬 거니까."

"로라가 만약 나를 조작하고 있는 거라면…"

"로라는 그녀가 할 수 있는 유일한 방식으로 너와 의사소통을 하고 있어. 그녀가 끼치는 영향이 확산한 닉-더하기-포콰이에 간섭하지는 않을 거라고 보장하지. 그리고 너의 뇌의 생리적 구조를 감안하면, 이해로 이어질 공산이 가장 큰 방식은 대화야. 지금 이 대화 같은."

지금 이 대화 같은? 바꿔 말해서 다른 대화들도 동시에 진행 중이고, 이 고유 상태의 대화는 결국 성공하지 못할 수도 있다는 얘기다. 그러나 그건 오늘 밤 내가 해왔던 모든 일과 마찬가지가 아닌가? 그런데 지금 와서 두려움에 떠는 것도 우스운 일이다.

"계속해 봐."

대변자는 말을 이었다. "네가 가장 먼저 이해해야 할 것은 수축의 범위가 유한하다는 사실이야. 인간 뇌의 복잡성에는 한계가 있고, 유한한 뇌를 가진 유한한 수의 인간들이 무한한 수의 고유 상태를 파괴할 수는 없어. 게다가 수축에 관련된 뇌의 신경 경로가 기능을 정지한 고유 상태들도 존재해. 그런 신경 경로가 존재하지 않는 고유 상태들은 건드릴 수 없어. 수축은 국소적 현상이야. 그건 초공간super space, 즉 모든 고유 상태들을 내포한 공간의 일부를 고갈시키지만, 방금 말했듯이 그 일부만 고갈시킬 뿐이야. 무한한 전체는 여전히 그대로 남아 있는 거지."

광막한 공허함 한복판에 자리 잡은 유일무이한 현실의 갈래. 그러나 그 공허함 너머에는, 무한한 대체 현실들의 숲이 펼쳐져 있다. 이것이야말로 내가 처음 확산하고 수축했을 때 떠올렸던 일이 아니던가? 하지만…

"어떻게 우리는… 그런 것들에 둘러싸여 있으면서도, 그 사실을 인식하지 못하는 거지?"

"인간이 어떤 고유 상태를 감지하려면 우선 그것을 수축시켜서 현실로 만들 필요가 있어. 따라서 수축에 참가하지 않는 고유 상태를 인간이 인식할 수는 없어."

"그럼 너는 어떻게 그런 고유 상태들이 존재한다는 걸 알지?"

"로라는 알아."

"어떻게?"

"초공간의 수축되지 않은 부분에 아무도 살고 있지 않는 건 아니야. 그곳에는 고유 상태들을 가로지르는 지적 생명이 존재하고 있어. 그중 한 문명이 너희들이 살고 있는 고갈된 영역을 발견했어. 그들은 그 영역의 경계선을—신중하게—연구했고, 영역 전체를 봉쇄하는 조치를 취했던 거야."

"〈버블〉을 만들어 냈다는 얘기군?"

"그래. 하지만 〈버블〉이 만들어지기 전에, 한 개체가 그 영역을 좀 더 깊게 탐험하려고 결심했어… 영역 내부로 진입하는 방법으로."

"그럼… 로라가 그 외계인을 만났다는 거야? 그 외계인이 로라를 찾아내서 접촉한 것은, 그녀가 파동을 수축시키지 않기 때문이었어?"

대변자는 미소 지었다.

"아냐. 로라 자신이 바로 그 탐험가야. 그게 아니라면, 적어도 탐험가는 가능한 한 자기 자신과 유사한 존재가 되도록 로라를 형성했다고 할 수 있겠지. 탐험가는 고갈된 영역을 가로질러 너희들의 현실과 상호작용했어. 그 과정에서 탐험가는 수축당했지만—파괴되었지만—자신의 복잡성의 일부를 로라의 유전자에 유전암호로 지정하는 형태로 수축이 이루어지도록 미리 설정해 놓았던 거야. 수축한 로라가 거의 기능하지 못하는 것은, 확산 시에만 기능하는 신경 경로가 뇌의 대부분을 차지하고 있기 때문이야. 그러나 일단 확산하면, 그녀는 실질적으로 부활한 탐험가나 다름없어."

"로라가 〈버블 메이커〉의 화신이라고?" 마음을 뒤숭숭하게 만드는 목소리가 속삭인다. **믿어. 안 그런다면 넌 죽은 거나 마찬가지야.** "그럼 로라는 왜 힐게만 병원에 머물러 있었지? 이곳에는 왜 줄곧 머물러 있었지? 원한다면 언제라도 탈출할 수…"

"탈출했어. 이 행성의 대부분을 이미 탐험한 상태야."

"**이 행성의 대부분을**? 하지만 로라는 병원 밖에서 두 번 잡힌 적이…"

"맞아. 로라는 힐게만 병원 부근에서 붙잡힌 적이 있어. 하지만 그녀는 영구히 탈출하려고 했던 것이 아니었어. 로라는 자기 병실을 제외한 그 어떤 곳에서도 수축당할 생각이 없었어. 여러 번 밖을 돌아다니던 중에, 딱 두 번만 실패했던 거야. 힐게만 병원은 안전하고 편리한 본거지였어. 그곳에 있으면 관측당하지 않는 상태가 충분히 오래 지속됐기 때문에, 탐험에 나설 수 있는 수준의 복잡성을 갖출 때까지 확산하는 게 가능했거든. 그렇게 한번 확산한 뒤로는 줄곧 확산한 채로 남아 있을 수도 있었어. 네가 지금까지 그래왔던 것과 같은 방식으로 말야."

"그러면 왜 힐게만 병원으로 돌아갈 필요가 있었던 거지? 왜 영원히 관측되지 않는 상태를 유지하면서, 영원히 확산하고 있지 않은 거야?"

"확산은 기하급수적인 과정이야. 하루나 이틀만이라도 관측당하지 않는 상태를 지속시키려면, 지구상에 있는 모든 인류의 수축을 억제해야 했을걸. 그리고 그런 일이 하루나 이틀 더 지속된다면…"

그녀는 여기서 망설였다.

"그럼 어떻게 된다는 거지?"

"고갈된 영역이 가득 차게 돼. 인류는 터널 효과에 의해 〈버블〉을 통과하고 초공간의 나머지 부분과 접촉할 거야. 그 후에 무슨 일이 일어날지 예측하는 것은 어렵지만, 이 영역의 파동함수는 다시는 수축하지 않을 가능성이 있어."

나는 필사적으로 이 얘기를 이해해 보려고 했다. 전 세계가 확산한다고? 영원히? 어떻게 그런 일이 일어날 수 있단 말인가? 공존하는 모든 가능성 세계가 수축을 야기하는 고유 상태를 포함하고 있는 상황에서? 그러나 수축은 수축이 스스로를 현실로 만들었을 때만 현실이 되는 것이 아니던가? 그렇다면 수축이 결코 현실이 되지 않고 계속 확산하기만 하는 세계는, 수축에 의해 유일무이한 하나의 현실만을 가지게 된 세계와 마찬가지로 존재할 수 있다는 얘기가 된다.

"그렇다면… 로라가 계속 확산한 채로 있지 않았던 것은, 인류가 그런 파국에 빠져드는 것을 회피하기 위해서였단 말이야?"

"맞아. 그리고 바로 그 점이야말로, 네가 **앙상블**에 관해 이해할 필요가 있는 부분이야. 그걸 쓰는 사람은 누구든 같은 재앙을 일으킬 수 있어."

"그렇다면 설마 내가…"

"너무 오랫동안 확산하는 인간은 누구든지 그럴 수 있어. 거기 필요한 시간 단위는 며칠에 불과해. 로라는 네가 〈버블〉을 떠나가는 쪽을 선택하는 것을 막을 생각은 없어. 하지만 네게 그러라고 강요할 생각도 없어. 너 자신의 확산한 버전들은 그렇게 네 의사를 존중해 주지는 않을지도 모르지만."

"나의 확산한 버전들은 지금까지 내가 원하는 일을 정확하게 해줬어."

"물론 그랬겠지. 너는 그들을 인질로 잡고 있으니까 말야. 그들에게 이 세계는 적의로 가득 차 있고, 그들은 너의 협력에 의존하고 있어. 하지만 네가 확산하고 수축할 때마다, 또 너를 만족시키는 결과를 선택할 때마다, 확산한 너 또한 스스로를 개량하고 있어. 너의 뇌가 변화함으로써 확산 시에도 좀 더 세련되고, 좀 더 복잡한 존재가 되는 고유 상태를 선택하는 방법을 써서 말이야. 그렇게 진화하면서 힘을 얻고 있는 거지."

등골이 오싹했다.

"그렇다면… 확산한 나는 지금 네가 해준 얘기를 내가 기억하는 것을 허락하지 않을 수도 있다는 거야?"

"로라는 반드시 기억할 거라고 보장했어."

나는 고개를 설레설레 흔들었다.

"로라가 이렇게 얘기하고, 로라가 저렇게 얘기했다, 줄곧 이런 식이로군. 내가 왜 너의 말을 한마디라도 믿어야 하지? 네가 자처한 그대로의 인물이라고 믿어줘야 할 이유가 어디 있는데?"

그녀는 어깨를 으쓱했다.

"어떤 식으로든 넌 믿게 될 거야. 네가 믿는 고유 상태들은 틀림없이 존재하니까 말야. 그리고 내 정체에 관해서 말하자면… 나는 너를 설득할 수 있었던 지각의 집합 이상도, 이하도 아냐."

나는 그녀를 향해 마취제를 분사했다. 그녀는 분무된 안개가 자기 피부에 내려앉을 때까지 미소를 띠고 있다가, 입술을 오므려 천천히 숨을 내뿜었다. 미세한 물방울들로 이루어진 구름이 또다시 그녀 앞에 출현하더니, 점점 작아지면서 나를 향해 몰려왔고—내가 장갑 낀 손을 들어 올려 얼굴을 가리기도 전에—마취제 캔의 노즐 속으로 흘러 들어갔다.

나는 풀썩 무릎을 꿇었다. 그녀는 사라졌다.

잠시 후, 나는 일어서서 건물 밖으로 나가는 일에 착수했다.

도시를 반쯤 횡단했을 때 밴이 멈췄다. 경적이 울리고, 누군가가 다급하게 소리쳤다.

"닉! 차에서 내려오십시오! 문제가 발생했습니다!"

뤼의 목소리였다.

나는 주저했고, 당혹감과 분노를 느꼈다. 뤼는 돌아버린 것일까?

계획 전체를 파탄 낼 작정인가? 만약 내가 이대로 밴 안에 머물러 있는다면, 〈ASR〉로 무사히 돌아갈 수 있을 가능성은 여전히 있다. 그제야 나는 사태를 파악했다. 뤼는 그럴 만한 이유가 없었으면 애당초 여기로 오지 않았을 것이다. 나는 이미 수축당했다.

나는 밴에서 내렸다. 뤼는 밴 앞에 서서 양팔을 벌린 자세로 길을 막고 있었다. 사이클리스트 한 무리가 지나가며 우리를 응시했다. 나는 벌거벗은 채로 길가에 서 있는 듯한 기분을 맛보았다. 또다시 관측당할 수 있는 상태가 됐고, 불의의 사태에도 취약할 수밖에 없는 보통 사람이 되어버린 것이다. 우리가 멈춰 서 있는 곳은 시내 중심부의 주변부였다. 나는 눈을 깜짝였고, 전방에 우뚝 솟아 있는 보석처럼 반짝이는 마천루를 바라보았다. 아무런 충격도, 아무런 전조도 없이 일상적인 세계로 다시 끌려왔다는 사실을 믿기 힘들었다.

뤼가 말했다. "당신이 사라진 게 들통났습니다."

"어떻게? 왜 나는 그걸 막지 못했던 거지?"

뤼는 화난 표정으로 고개를 흔들었다.

"왜 그랬는지 알게 뭡니까? 너무 많은 사람이 관여했던 건지도 모릅니다. 하지만 그런 건 중요하지 않습니다. 이미 일어나 버렸으니까요."

"너무 많은 사람이 관여하고 있었다니, 그게 무슨 뜻이지?

"폭탄이 발견됐습니다. 20분쯤 전에."

"하느님 맙소사. 〈나락의 아이들〉 짓인가? 포콰이는…?"

"무사합니다. 폭발하기 전에 폭탄을 해체했습니다. 다친 사람은 아무도 없습니다. 하지만 건물은 완전 경계 상태에 돌입했고, 보안 요원들이 건물 내부를 샅샅이 뒤졌습니다. 나머지는 얘기 안 해도 아시겠죠? 그들은 폭탄 세 개를 더 발견했습니다. 그리고 당신이 사라진 걸 알아차린 겁니다. 아마 당신은 모든 가능성들을 빠짐없이 조작하지 못했던 건지도 모릅니다. 실제로 필요했던 성공 조건은 폭탄들이 발견되지 않은 동시에 그것들이 폭발하지 않는 고유 상태였을지도 모르겠군요. 나도 잘은 모르겠습니다. 하지만 당신은 당장 이 도시를 떠나야 합니다."

"그럼 자네는? 다른 사람들은?"

"저는 여기 머물 겁니다. 〈캐넌〉은 당분간 활동을 자제해야 하겠죠. 하지만 그들은 우리가 존재한다는 걸 여전히 모릅니다. 〈ASR〉는 아마 〈나락의 아이들〉이 어떤 식으로든 당신을 포섭했을 거라고 생각할 겁니다. 꼭두각시 모드 따위를 써서…"

"만약 〈나락의 아이들〉이 내 머릿속에 꼭두각시 모드를 설치했다면, 난 얼어 죽을 〈ASR〉 빌딩에 남아서 폭탄들이 터지는 것을 자기 눈으로 확인했을걸."

뤼는 신경질적으로 미간을 찌푸렸다.

"그렇군요. 〈ASR〉가 실제로 어떻게 생각할지에 관해서는 나도 모릅니다. 그런 건 상관없습니다. 당신은 이곳을 떠나야 합니다. 〈캐넌〉의 다른 멤버들은 의심을 받고 있지 않습니다. 그러니까 우리들 일은 우리가 알아서 처리할 수 있을 겁니다."

뤼가 옆으로 비키자 밴은 어둠 속으로 빠르게 사라졌다. 그런 다음 그는 셔츠 호주머니에서 카드를 꺼내 나에게 건넸다.

"50만 달러입니다. 아무 조건도 딸려 있지 않은 무기명 예금이고, 궤도상의 은행 계좌에 입금되어 있습니다. 공항이 아니라 항구로 가십시오. 항구라면 〈ASR〉도 그리 쉽게 관계자들을 매수하지는 못할 테니까요. 그리고 이 돈을 쓰면 출국 과정도 한결 수월해질 겁니다."

나는 고개를 저었다.

"난 갈 수 없어."

"바보 같은 소리 마십시오. 계속 여기 머문다면 당신은 죽은 거나 마찬가집니다. 하지만 고유 상태 모드가 있으면, 〈캐넌〉에겐 그들보다 한 발짝 앞서 나갈 수 있는 기회가 주어집니다. 모드는 손에 넣었습니까?"

나는 고개를 끄덕였다.

"손에 넣었어. 하지만 자네들은 이 모드를 쓸 수 없어. 그러기에는 위험이 너무 커."

"그게 무슨 뜻입니까?"

나는 금고실에서 내가 경험했던 일들을 빠짐없이 털어놓았다. 뤼는 놀랄 정도로 태연자약한 표정으로 내 얘기에 끝까지 귀를 기울였다. 혹시 한마디도 믿고 있지 않은 것은 아닐까? 내가 말을 마치자 그는 입을 열었다.

"우리는 충분히 주의해서 짧은 시간 동안만 모드를 쓸 겁니다. 당신은 4시간 넘게 확산하고 있었지만 전혀 문제가 없지 않았습니까?"

나는 뤼의 얼굴을 빤히 쳐다보았다.

"그래도 도박을 하겠다는 얘긴가…?"

이걸 어떻게 표현해야 할까? 이 행성의 운명을 걸고 도박을 한다? 인류의 운명을 걸고? 엄밀하게 말해서 양쪽 모두 사라지는 것은 아니다. 그 대신, 뭔가 더 큰 것 속으로 매몰되는 것이다. 그러나 문제는 그게 아니다.

"당신은 그 모드가 안전하다는 사실을 몸소 증명하지 않았습니까, 닉. 1, 2시간 확산하고 있다고 해서 무슨 해가 있는 것은 아닙니다. 그래서 어떻게 하고 싶다는 겁니까? 그 데이터를 없애버리고 싶습니까? 아니면 숨겨버린다든지? 그럴 수는 없습니다. 가짜 〈앙상블〉이 여전히 원본의 카피들을 가지고 있는 마당에, 그자들에게 그런 일을 당하고도, 당신은 그들이 계속 우위에 서 있는 꼴을 보고 싶습니까? 어떤 식으로든 이 모드가 야기할 모든 의문은 철저하게 탐구될 겁니다. 당신에게 그건 매우 중요한 일이라고 생각하고 있었는데요."

나는 반사적으로 대꾸했다.

"물론 중요해."

그러고는 내 본심은 전혀 그렇지 않다는 사실을 깨달았다. 진정한 〈앙상블〉의 비밀 따위는 개한테나 줘버려라.

내가 이런 생각을 했다는 사실에 충격을 받은 나머지, 꼼짝도 않고 마음속에서 그것에 반발하고, 부정하는 말이 솟구치기를 기다렸다.

그러나 내 마음은 침묵을 지켰을 뿐이었다. 충성 모드는 흔적도 없이 사라져 있었다. 나는 그 속박으로부터 마술처럼 탈출했다. 나는 눈을 질끈 감고, 목적을 잃은 나의 영혼이 증발해서 대기 중에 안개처럼 흩어지는 것을 기다렸다.

"뇌?"

나는 머리를 세차게 흔들고, 눈을 떴다.

"미안해. 잠깐… 어지러웠어. 아마 수축의 부작용인지도 모르겠군."

나는 장갑을 벗고 칩 리더기가 들어 있는 호주머니에 손을 넣었다. **앙상블**의 복제 파일이 들어 있는 ROM 칩은 여전히 리더기에 끼워진 채였다. 나는 리더기를 호주머니 속에 그대로 둔 채로 **레드넷**과 **암호 비서**를 불러냈고, 칩 속의 데이터를 **암호 비서**의 버퍼에 복사하기 시작했다.

뤼가 말했다.

"여기서 논쟁을 벌이며 시간을 낭비할 수는 없습니다. 데이터를 건네주고, 당신은 도망치십시오."

"아까 말했듯이 이 모드는 너무 위험해."

그것이 사실이라면 나는 왜 그것을 삭제하기 전에 복사하고 있을까? 나라면 이 모드를 현명하게 쓸 수 있다는 자신이 있어서? '우리가 알고 있는 삶'을 위험에 빠뜨리지 않고, 암호라도 해독해서 돈을 좀 벌고 싶단 말인가? 사실이라면 상상을 초월하는 오만함이라고 해야 하겠지만, 나는 데이터 전송을 멈추지는 않았다.

뤼는 조용히 말했다.

"은행에 전화를 걸어서 카드의 진위 여부를 확인해 보십시오. 현금으로 50만 달러입니다. 서로 합의했던 대로."

나는 고개를 가로저었다.

"난 돈 따위에는 관심이 없어."

나는 카드를 다시 돌려주려고 하다가 그만두었다. 비어 있는 왼손을 쓴다면, 그는 내가 오른손으로 무엇을 하고 있는지 의아해할지도 모른다.

뤼는 고개를 돌려 나를 외면했다. 평소 때처럼 슬프고, 고뇌에 찬 표정이었다. 나는 생각했다. 이 모드를 써서 돈을 번다는 것은 뤼에게는 매우 중요한 일임이 틀림없다. 그리고 사람은 누가 자기 종교에 간섭하면 극히 적대적인 태도를 취하는 법이다. 생각이 여기까지 미치자, 나는 강화 상태에 돌입하며 왼손으로 총을 뽑으려고 했다. 그러나 그러기에는 너무 늦었다. 나는 조준용 레이저 빔이 내 이마를 비추는 것을 느끼고 얼어붙었다. 다음 순간, 앞쪽 골목에서 총을 쥔 여자 두 명이 나타났다. 그러나 이들의 총은 내 머리를 겨누고 있지 않았다. 지금 내 이마를 레이저로 조준하고 있는 것은 제3의 인물이다. 어둠 속에 몸을 숨긴 채로, 뒤에서 이들을 엄호하고 있는 것이다.

뤼가 말했다.

"머리 위에 양손을 얹으십시오."

복사는 90퍼센트까지 끝난 상태였다. 나는 시간을 벌어보기로 했다.

"설마 이런 식의 환영을 받으리라고는…"

뤼는 내 양팔을 움켜잡고 억지로 머리 위로 올리게 했다. 그러자 좀비 보이스카우트가 유용하지만 때늦은 제안을 내놓는다. 나는 '복사하는 동시에 완전 삭제' 옵션을 써서, ROM 칩의 데이터가 버퍼로 전송되는 족족 완전히 지워버렸어야 했다.

뤄는 내 총을 압수하고, 내 몸을 수색하다가 이내 리더기를 찾아냈다. 뤄가 그것을 내 호주머니에서 꺼내는 순간 나는 적외선으로 '완전 삭제' 명령을 보냈지만, 위치가 좋지 않았다. **암호 비서**가 **레드넷**이 보낸 에러 메시지를 내게 전달했고, '튜토리얼' 아이콘이 내 머릿속에서 뜨더니 적외선 접속 시에 문제가 생겼을 경우의 해결법에 관한 지침을 늘어놓기 시작했다. 나는 그것을 껐다.

뤄가 말했다.

"카드는 유효합니다. 액수도 50만 달러가 맞습니다. 난 당신을 속이지 않았습니다. 항구로 가서 배를 타십시오. 그러면 새벽 무렵에는 이 혼란한 상황에서 깨끗하게 빠져나갈 수 있을 겁니다."

"자넨 내 말을 믿지 않는군, 안 그래? 로라가 한 얘기도, 〈버블 메이커〉의 정체에 관해서도."

뤄는 내 눈을 똑바로 들여다보며 나직하게 말했다.

"물론 당신 말을 믿습니다. 6개월 전에 이미 그 대부분을 자력으로 알아냈으니까요. 가짜 〈앙상블〉이 왜 로라의 발견으로 이어진 사건 패턴을 찾고 있었다고 생각합니까? 그자들은 〈버블〉의 존재 이유를 올바르게 추측했고, 〈버블 메이커〉들은 우리에게 열쇠를 남겼을지도 모른다고 생각했던 겁니다. 그들이 우리 주위에 만들어 낸 감옥에서 벗어나고 싶다면, 인류가 무엇이 되어야 하는지를 알려줄 실마리를."

뤼가 옆으로 비키자, 그가 고용한 보디가드 중 하나가 다가왔다. 나는 강한 기시감을 느끼며, 마취제를 분사당하든지, 아니면 목에, 피부밑 주사기의 바늘이 들어오는 것을 기다렸다.

그러는 대신, 여자는 경봉을 뽑아 들고 내 관자놀이를 내리쳤다.

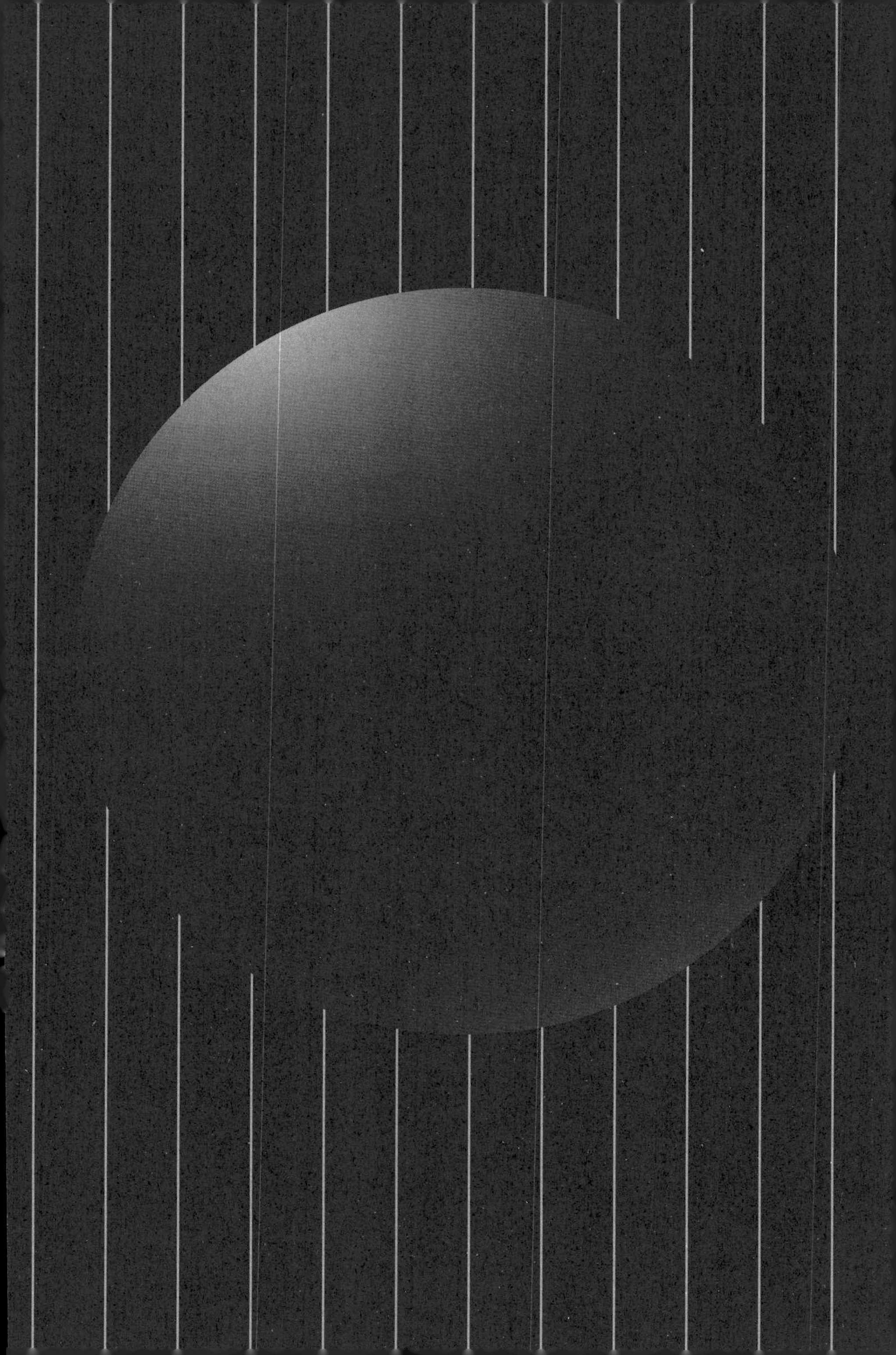

12

의식이 돌아오자, **P1**은 타박상을 입고 가벼운 뇌진탕을 일으키기는 했지만 따로 치료가 필요할 정도는 아니라고 보고했다. 고통은 순수한 정보로 변환되었기 때문에 불쾌감은 느끼지 않았다. 비틀거리며 길 가장자리로 가서, 강화 상태를 해제했다. 그래도 역시 아무런 고통도 느끼지 않았다. 표준적 절차에 의거해서 이번에는 **보스**가 마취제 역할을 떠맡았기 때문이다.

〈팬퍼시픽 은행〉의 조회 서비스를 불러낸 다음 카드를 위성 전화 단말기에 꽂았다. 카드는 뤼가 말한 대로의 물건인 듯했다. 입금이 완료되고, 아무 조건도 달리지 않은 50만 달러의 초국적 유동자금이다. 내가 일련의 입출금 거래를 지시하자 돈은 지구를 몇백 바퀴 돌았다. 그때마다 조금씩 액수가 줄긴 했지만, 출처를 추적당하거나 입금을 철회당할 위험은 그보다 더 빠르게 줄어들었고, 1,000군데를 넘는 금융기관의 정밀 검사에 합격한 뒤에는 위험은 완전히 사라질 것이다. 거래는 10분 후에 멈췄다. 원래 금액에서 5퍼센트 줄어들긴 했지만,

이제 이것은 의심의 여지가 없는 현금이었고, 남이 절대로 빼앗아 갈 수 없는 나만의 돈이었다.

왜? 뤼는 필요하다면 물리력을 써서라도 내게서 데이터를 탈취할 작정이었다. 그런 나에게 왜 한 푼이라도 지불해야 한단 말인가? 물론 장래에 **앙상블**을 써서 벌 수 있는 막대한 돈에 비하면 50만 달러는 푼돈에 불과하다. 그리고 나에게 약속대로 돈을 지불하면, 앞으로 내가 뤼의 일을 방해하지 않을 가능성이 더 높아진다고 판단했던 것인지도 모른다. 방해하지 말아달라는 의미에서 준 일종의 뇌물이었던 셈이다. 그러는 대신 뤼는 나를 손쉽게 죽일 수도 있었으므로, 나는 운이 좋았다고 해야 할 것이다.

그리고 뤼의 충고도 받아들이는 편이 낫다. 부둣가로 가서, 돈의 위력으로 뉴홍콩을 탈출하는 것이다. 더 이상 이곳에 머물 이유는 전혀 없다.

전혀 없다고? 지난 몇 시간 동안 일어난 일들을 돌이켜 보며, 내가 충성 모드에서 해방된 순간이 정확히 언제였는지를 확정해 보려고 했다. 그러나 내가 나의 '진정한' 정체성을 찾기 위해 악전고투했다거나, 명민한 정신력을 최대한 활용해서 마침내 정신을 묶고 있던 매듭을 푼다는 위업을 달성했다는 기억 따위는 떠오르지 않았다. 그러나 충성 모드를 강제로 이식받은 날에도 충성심에 관련된 갈등 따위는 발생하지 않았다. 모드는 언제나 대뇌 생리의 문제였지, 논리나 의지력 따위와는 완전히 무관한 것이었다. 그렇다면 도대체 무엇이 나의 대뇌 생리를 변화시켰던 것일까? 충성 모드의 속박에서 빠져나올 수 있었던 버전들로 이루어진 소수파가 자기들 중 하나(바로 나)가 수축에서 살아남을 수 있도록 확산한 나에게 영향력을 끼친 것일까? 아니면 확산한 나는 〈ASR〉에서 발생한 긴급사태가 야기한 너무나도 많은 인자를 조작하느라고 눈코 뜰 새 없이 바빴던 나머지, 수축한 버전의 신념처럼 지엽적인 사항에 대해서는 아예 신경을 껐던 것일까? 내가 그 해답을 아는 일은 결코 없을 것이다. 확산한 포콰이가 개입했을 가능성도 있다. 이유가 무엇이든 간에, 이것은 이미 일어난 일이고…

정말? 뤼는 내가 수축당했다고 했고… 본인도 그렇게 믿고 있었는지도 모르지만… 수축은 수축이 스스로를 현실로 만들었을 때만 현실이 되지 않는가? 혹시 나는 아직도 확산한 상태인지도 모른다. 뤼도, 〈ASR〉의 보안 요원들도. 그리고 이 사태 전체—폭탄이 발견되었다는 사실, 뤼가 내게 위험을 알리러 왔다는 사실, 그리고 지금 이 순간을 포함해서 현재까지 발생한 모든 일들—도 결국은 버려질 운명에 있는 고유 상태의 일부이며, 오늘 밤의 터무니없는 계획을 성공시키기 위해 치뤄야 하는 엄청난 대가의 일부일지도 모르는 것이다.

몰려오는 공황을 억누르며 **하이퍼 노바**를 불러낸 다음 OFF 버튼을 눌렀고, 그제야 이런 일을 해보았자 아무런 증명도 되지 않는다는 사실을 깨달았다. 몇십억의 버전들이 밤새도록 지금 나와 똑같은—무익한—일을 했을 것이 뻔하기 때문이다. 한순간 이런 의문에 대답하는 일 자체가 불가능하게 느껴졌다. 내가 소급 불가능한 현실이 되었다는 사실을 무슨 수로 확인할 수 있단 말인가?

스케줄을 확인하면 된다. 현재 시각은 4시 7분. 만약 모든 일이 계획대로 진행되었다면, 지금쯤은 담당 부서로 돌아가서 수축했을 시간이다. 나는 불안한 웃음소리를 냈다. 나의 임무 실패는 유일무이한 과거의 바꿀 수 없는 일부이며, 충성 모드로부터의 해방도 여기 포함된다. 아무리 많은 버전들이 충성 모드의 통제하에 놓여 있었다고 해도 살아남은 것은 나 혼자였고, 다른 버전들은 모두 죽었다.

따라서 나는 여기 머물러 있을 이유가 없다. '진짜'든 가짜든, 〈앙상블〉은 내게는 더 이상 아무런 의미도 없으므로.

앙상블 사용에 수반되는 위험에 관해서도 크게 걱정할 필요는 없다. 뤄는 탐욕스러울지도 몰라도 바보는 아니기 때문이다. 그런 위험에 관해 예전부터 줄곧 알고 있었다는 것이 사실이라면, 그가 최대한의 주의를 기울여 모드를 통제하려고 할 것이라는 점에는 의심의 여지가 없었다. 이 행성 전체의 운명을 뤄의 별로 믿음이 가지 않는 전문적 수완에 맡기는 것은 내키지 않지만, 내게는 선택의 여지가 없었다. 당국에 신고하는 것은 불가능하다. 〈ASR〉는 나를 폭탄을 설치한 가장 유력한 용의자로 지목할 것이 뻔했고, 그들 자신이 그것이 사실이라고 믿어버릴 가능성조차 있었다. 이런 마당에 내가 무슨 일을 할 수 있겠는가? 뉴홍콩 경찰에 익명의 메시지를 보내서, 현실의 본질을 뒤집어 놓을 가능성이 있는 테크놀로지가 위험인물의 손에 들어갔다고 경고하기라도 하란 말인가?

문제는, 설령 뤄 본인이 모드 사용에는 신중할 것이라는 예측을 받아들인다고 하더라도, 그 기술 자체가 세상에 퍼질 가능성이 있다는 점이었다. 뤄에게 암호 해독을 의뢰한 고용주 중 하나가 그의 기술에 흥미를 느끼고 중개인들을 건너뛰어 그에게 직접 접촉하려고 하거나, 라이벌이 같은 서비스를 쓸 수 없도록 손을 쓴다면? 뤼처럼 구태의연한 기밀 유지 방법에 의존한다면 그들은 단 1주 만에 모든 것을 알아내고 말 것이다. 만약 **앙상블**이 범죄 조직의 손에 들어간다면? 그 경우는 차라리 나은 편이다. 혹시 그 기술이 중화인민공화국이나 미합중국의 첩보 조직의 손에 들어간다면 어쩔 것인가? 설령 그들이 모드 사용에 따르는 위험을 이해하고, 지구 전체가 통제 불가능한 확산에 돌입하지 않도록 충분한 자제력을 발휘한다고 해도… **베이징이나 워싱턴의 손으로 만들어진 현실**? 그런 세상에서의 인생은 살 가치가 없다.

캐런이 내 곁에 출현했다. 나는 주저했고, 그녀가 사라져 버리지는 않을까—혹은 폭발하지는 않을까—하는 두려움을 느꼈다. 그러나 곧 용기를 내서 입을 열었다.

"다시 만나서 반가워. 보고 싶었어."

정말? 기억을 뒤져보려다가, 그게 얼마나 무익한 짓인지를 깨닫고 그만두었다. 여기서 중요한 것은 **내가 그랬을 것이라는** 사실이다.

그녀는 가차 없는 어조로 말했다.

"완전히 실패했군."

"응."

"그럼 이제는 어떻게 할 작정이야?"

"내가 무슨 일을 할 수 있겠어? 이제 난 테러 용의자야. 내겐 갈 곳도 없고, 마땅한 수단도…"

"50만 달러가 있잖아."

나는 고개를 가로저었다.

"그건 그렇지만…"

"그리고 당신에게는 **앙상블**의 95퍼센트가 있어."

나는 쓰게 웃었다.

"95퍼센트는 무無나 마찬가지야. 나노 머신들 무리에 95퍼센트의 모드 설계도를 먹이고, 나머지 5퍼센트가 문제가 되지 않기를 바랄 수는 없어."

"정말 그럴까? 두 개의 모드 설계도를 합친 것의 95퍼센트라면?"

"두 개라고?"

그제야 나는 깨달았다. **앙상블**은 두 가지의 완전히 독립된 기능을 수행한다. 수축을 억제하는 기능과 고유 상태들을 조작하는 기능이다. 이런 분리된 기능들을 수행하기 위한 모드의 두 부분이 겹쳐 있을 필요는 없다. 뉴런들을 공유할 필요도 없다. 그런고로 겹친 부분이 없다면, 각 부분은 혼자서도 기능할 수 있어야 한다. 유일하게 마음에 걸리는 점이라면…

암호 비서를 불러내서 버퍼에 들어 있는 데이터를 헤집어 보기 시작했다. 몇십 쪽에 달하는 헤더 끄트머리에, 다음과 같은 표시가 되어 있었다.

START SECTION: "EIGENSTATE CONTROL;"

'EIGENSTAE CONTROL'이라는 표현이 또다시 나오는 곳을 찾아보았다. 몇십만 쪽 뒤에 있었다.

END SECTION: "EIGENSTATE CONTROL"

(CHECKSUM: 4956841039);

/* ** */

START SECTION: "COLLAPSE INHIBITION;"

캐런이 말했다.

"당신에겐 50만 달러가 있어. **앙상블** 사용에 필요한 부분도 모두 있고 말이야. 빠져 있는 퍼센트는 **하이퍼 노바**가 보완해 줄 거고. 그리고 당신은 로라 본인을 제외하면 지구상의 그 누구보다도 풍부한 확산 경험을 가지고 있잖아. 그러면서도 어떻게 마땅한 수단이 없다는 소리를 할 수 있는 거지?"

나는 고개를 설레설레 저었다.

"난 확산한 나 자신을 믿을 수가 없어. 그건 로라가 했던 경고 중 하나야. '그'는 지금까지는 내게 협력하는 시늉을 해왔지만, 지금 이상으로 힘을 얻는다면 무슨 짓을 할지 몰라."

"그래? 그럼 확산한 당신 대신에 누구를 믿을 건데? '그'를, 뤼의 의뢰인들을, 그리고 확산한 **의뢰인**들을 신뢰할 작정이야?"

몸을 떨고 있다는 사실을 자각한다. 나는 웃음을 터뜨렸다.

"난 두려워. 모르겠어? 난 **어떤** 인간으로든 변화할 가능성이 있어. 방금 나는 내 인생에서 가장 중요했던 것을 잃었어. 눈 깜짝할 새에 녹아버리고, 소멸해 버렸다고. 당신은 그게 뭘 의미하는지 알잖아. 난 무엇이든 잃을 수 있어. 당신을 잃을 수도 있어."

그녀는 내 말을 일도양단했다. "그렇게 되더라도 내 설계도는 파일로 남아 있을 거야. 〈액슨〉이 어딘가에 아카이브에 저장해 놓았을 테니까 말이야. 설령 당신이 나를 잃는다고 해도, 언제든 나를 복구할 수 있어."

"알아." 그러고는 고개를 돌려 그녀를 외면한다. 도저히 그녀의 얼굴을 마주 보면서 이런 얘기를 할 수 없었기 때문이다. "하지만 내가 정말로 두려운 건, 당신을 잃은 다음 내가 당신을 되돌려 받고 싶어 하지 않을지도 모른다는 점이야."

작은 가게들은 대개 동이 틀 무렵 일찍 문을 열기 때문에, 나는 길거리가 인파로 복잡해지기 전에 미용 나노 머신 한 무더기와 갈아입을 옷 한 벌을 구입할 수 있었다. 공중화장실의 칸막이 칸 안에 몸을 숨기고, 나노 머신들이 작동하며 내 피부의 멜라닌 색소 대부분을 분해할 때까지 기다린다. 변화는 거의 눈에 보일 정도로 빠르게 일어났다. 그 광경에 매료된 내가 눈을 떼지 못하고 있는 사이에도, 손과 팔뚝에서 자외선 위험 지대의 표준적인 피부색인 검정색이 엷어지면서 가무잡잡한 올리브 빛으로 변해갔다. 그것을 보니, 20세기 당시의 젊은 시절의 할아버지를 찍은 사진이 생각났다. 1시간 후 내 콩팥이 대사 산물을 모두 여과하자 나는 도저히 현실이라고는 믿기 힘든 검은 오줌을 배출했다. 말이 안 되는 소리일지도 모르지만, 내 피부 빛깔이 오줌으로 변해 몸 밖으로 배출되는 광경을 바라본다는 행위는 최근 12시간 동안 내게 일어났던 그 어떤 일 못지않게 내 마음을 어지럽혔다. 지금까지 내 머릿속에서 어떤 변화가 일어났든 간에, 적어도 외모는 바뀌지 않았던 것이다.

거울에 비친 내 모습을 확인해 보며 억지로라도 실제적인 문제에 정신을 집중하려고 해보았다. 지금처럼 피부 빛깔을 옮게 바꿔도, 〈ASR〉에 있는 내 신상 자료를 입력한 패턴 인식 소프트웨어에 걸리면 금세 들통날 것이다. 그러나 뉴스 시스템이 퍼뜨리고 있을 것이 뻔한 내 얼굴을 길 가던 행인이 알아볼 위험은 현저히 줄어들었다.

확인을 위해 〈뉴홍콩 타임스〉에 액세스해 보았지만, 〈나락의 아이들〉에 의한 것이든 아니든 간에 폭파 미수 사건에 대한 언급은 전혀 없었다. 전 세계의 뉴스 시스템들 역시 마찬가지였다. 아무래도 〈ASR〉는 사건 전체를 비밀에 부치기로 한 듯하다. 아마 그들은 자기들이 왜 〈나락의 아이들〉의 표적이 되었는지 뉴홍콩 경찰이 궁금해하는 것을 원하지 않았던 것인지도 모른다.

그 덕택에 조금 안심이 되었다. 도저히 위험이 사라졌다고는 할 수 없지만—〈앙상블〉은 나를 10여 개의 살인 청부 목록에 올려놓을 것이 뻔했다—〈나락의 아이들〉의 일원이라는 누명을 쓰지 않아도 된다는 것은 나로서는 기쁜 뉴스다.

나는 고층 건물이 반사한 아침 햇살에 물든 공원 벤치에 앉아 **암호 비서**와 **레드넷**, 그리고 위성 전화를 써서 바깥세상에 접속했고, 온라인의 나노 웨어 전문가 시스템에 의뢰해서 내가 가진 **앙상블**의 부분적 카피의 결락 부분을 메우도록 했다. 그러기를 잘했다. 불완전한 두 번째 섹션을 삭제하는 것은 간단할지 몰라도, 두 개의 섹션이 하나로 변경된 사실을 반영하기 위해 헤더를 편집할 필요가 있었기 때문이다. 나노 웨어는 절대로 아무렇게나 다룰 수 있는 물건이 아니다. 신경 모드의 설계도에서 조금이라도 모순점이 발견되면 나노 머신 합성기에 의해 즉각 거부당할 것이 뻔하다.

나는 설계 파일에서 저작권 표시를 삭제한 다음, 업자에게 넘길 이 최종판을 **암호 비서**의 버퍼에서 메모리칩에 복사했고, 상점 디렉터리를 뒤져 가장 가까운 곳에 있는 모드 제조업자를 찾아냈다. 이곳에서 1킬로미터도 채 떨어지지 않는 곳에 〈제3반구〉라는 이름의 가게가 있었다.

살풍경한 골목 막다른 곳에 있는 그 가게는 실로 너저분한 느낌이었지만, 일단 안으로 들어가 보니 합성기가 눈에 들어왔다. 보라는 듯이 공인 업자라는 레이블—진짜이거나, 아니면 진짜와 다름없는 모조품처럼 보인다—을 붙인, 〈액슨〉의 정품 기종이었다. 가게를 지키고 있던 여자는 내 설계도가 든 칩을 단가 계산기에 삽입해 보고 말했다.

"3만 달러. 이 모드용 나노 웨어는 2주 후면 완성될 거야."

전문가 시스템에 의하면 이 모드의 합성은 아무리 길게 잡아도 8시간이면 끝난다. 그 이상 걸린다는 것은 단지 순서를 기다려야 하기 때문이다.

"5만 달러 낼 테니까, 오늘 밤 10시까지 완성시켜 줘."

여자는 잠시 생각하는 듯했다.

"8만 달러. 9시까지."

"좋아."

나는 총을 샀다. 실질적으로 오늘 새벽에 빼앗긴 레이저 권총의 복제나 다름없는 물건이었다. 무기류는 법규가 느슨한 뉴홍콩 당국에서도 결코 묵과하지 않는 금지 품목 중 하나이고, 암시장 가격은 그런 사정을 반영하고 있었다. 5만 7,000달러나 하다니, 사실상 누군가에게 300퍼센트의 관세를 지불한 것이나 마찬가지다. 나는 뤼가 그토록 선뜻 거액의 뇌물을 건넸다는 사실에 여전히 불안해하고 있었지만, 내가 그를 〈앙상블〉에 밀고하는 대신 이 도시에서 빨리 사라져 주기를 바라는 그의 마음을 전혀 이해하지 못하는 것도 아니었다. 그가 암호 해독으로 번 돈에 관해서도, 보나 마나 한 자리나 두 자리는 액수를 줄여 말했을 것이 뻔하다.

어딘가 머물 곳이 필요했지만, 호텔은 너무 전산화되어 있는 탓에 안전하지 않다. 오후 내내 돌아다니다가, 도시 남서쪽의 약간 삭막한 지역에 위치한 작은 아파트를 빌렸다. 적절한 액수의 뇌물을 건네면 신분증명서를 보일 필요가 없는 곳이다. 업자가 열쇠를 건네고 떠나자마자 나는 침대 위에 쓰러졌다. 뇌진탕의 후유증이 이제야 나타나기 시작하고 있었다. 더 이상 눈을 뜨고 있기 힘들다.

캐런이 말한다. "자, 이제 어디서부터 시작해야 하지? 모드 사용을 저지하려면, 가장 시급하게 대처해야 할 위험이 뭐야?"

나는 한숨을 쉬었다. "당신도 가망이 없다는 걸 알잖아. 뤼는 지금쯤 이 모드의 데이터를 한 다스쯤 복사해 놓았을 거야."

"그럴지도 모르지. 하지만 그가 그걸 다른 사람에게 건넸을 것 같아? 아니면 그냥 어딘가에 몰래 숨겨놓았을까?"

내가 누워 있는 방 전체가 이제는 약간 흐릿하게 보이기 시작했지만, 그녀의 모습은 완벽하게 선명했다. 나는 눈을 질끈 감고 정신을 집중하려고 했다.

"모르겠어. 뤼가 〈캐넌〉의 다른 멤버들에게 그것들을 건네지 않았다는 것만은 확실해. 보나 마나 그치들에게는 내가 탈취 임무를 끝까지 완수하지 못했다고 보고했겠지. 뤼가 그치들을 만나 얘기를 나눌 기회가 있었다면 말야."

"그럼 그 데이터에 접근할 수 있는 인물은 여전히 뤼뿐일지도 모른다는 얘기야?"

"아마 그렇겠지. 물론 자기가 쓸 모드를 제조하기 위해 뤼가 고용한 업자는 제외하고 말이야. 만약 뤼가 나 없이 암호 해독 서비스를 계속할 생각이라면, **앙상블**을 자기 뇌에 설치해서 자력으로 사용 방법을 터득할 필요가 있어."

"어느 업자?"

"나도 몰라." 나는 억지로 몸을 일으켜 세웠다. 한순간 방바닥이 휘청하는 느낌을 받았지만, 곧 정상으로 돌아왔다. "하지만 어디서 그걸 찾으면 될지는 알 것 같아."

나는 운이 좋았다. 뤼는 뒷골목 제조업자들과 거래할 때 쓰던 창구를 바꾸지 않고 여전히 유지하고 있었다. 그리고 내가 전에 **하이퍼노바**를 건네받았던 노점의 주인은, 처음에는 짐짓 망설이는 척하다가도 결국은 놀랄 정도로 협력적으로 변했다. 이런 식으로 돈을 쓰다가는 나는 며칠 안에 빈털터리가 되겠지만, 뜻밖의 횡재가 바닥날 때까지 유효적절하게 이용할 작정이었다.

노점 주인이 말했다.

"그 소포라면 두 개 모두 오늘 아침에 메신저 편으로 〈네오 모드〉에게 보냈어. 7시경에. 그 손님은 특급 요금을 냈으니까 오후 2시에는 완성됐을 거야. 하지만 난 완성품을 받아보지 못했어. 그치가 정오에 전화를 걸더니, 공장으로 자기가 직접 가서 받아 가겠다고 했거든."

"**두 개 모두라니**? 그 친구는 모드를 몇 개 주문한 거야?"

"하나뿐이었어. 다른 소포에 들어 있던 건 그치가 직접 가져온 나노 머신용 특제 벡터※였어. 상당히 이례적이기는 하지만…"

그는 어깨를 으쓱해 보였다.

이례적이라는 것은 이 경우에는 너무 얌전한 표현이다. 표준적인 엔드아메바는 운송 시에 쓰이는 배양기 밖으로 나가면 몇 분 이상 살아남을 수 없도록 설계되어 있다. 엔드아메바는 자체적으로는 만들어 낼 수 없는 효소—배양기에는 들어 있지만, 자연계에는 전혀 존재하지 않는—가 없으면 아예 생존할 수 없기 때문이다. 이것 말고도

※ 체내로 해당 물질을 운반하기 위한 생물학적 운반체.

인공적으로 설계된 다른 결점들이 몇 가지 더 이식되어 있기 때문에, 엔드아메바가 사용자의 코점막을 가로지르는 데 필요한 시간을 넘겨 살 가능성은 없다. 따라서 사용자 곁에 있는 사람이 우발적으로 그 나노 머신에 감염되어 '남의 모드를 얻을지도' 모른다고 걱정하는 것은, 옆방의 커플이 섹스를 한 탓에 자기가 임신할지도 모른다고 두려워하는 것이나 마찬가지다.

그리고 규격을 벗어난 벡터를 쓰는 이유는 오직 하나밖에는 없다. 방금 언급한 안전장치들을 무력화하기 위해서다. 그런다면 모드를 원하지 않는 사람에게도 억지로 모드를 설치하기가 쉬워진다.

그러나 그것만으로는 설명이 안 된다. 뭐가 암호 해독을 위해 **앙상블**을 쓸 계획이라면, 그러고 싶어 하지도 않는 사람에게 억지로 그것을 강요해 본들 무슨 소용이 있단 말인가?

"그 특제 벡터 말인데… 그게 뭔지 알고 있나?"

노점 주인은 고개를 가로저었다.

"몰라. 내가 공급한 게 아니라서. 그냥 칩과 함께 공장으로 발송했을 뿐이야."

"그 용기에 무슨 표시가 되어 있지 않았어? 상표라든지, 로고 따위는?"

"벡터가 든 용기를 직접 보지는 못했어. 작고 검은 상자 속에 들어 있었거든. 그 상자 역시 아무 표시도 없었고."

"작고 검은 상자?"

"응. 아무 표시도 없고… 조그만 파란 등이 하나 켜져 있었을 뿐이었지." 그는 어깨를 으쓱했다. 묘하고 이상한 일이긴 하지만, 자기는 알 바가 아니라는 듯이. "그 상자는 모드의 설계 데이터를 받기 전에 따로 도착했어. 어제 오후에."

나는 나의 〈ASR〉 종업원 배지를 꺼내 보였다. 노점 주인은 눈을 가늘게 뜨고 배지의 사진을 보고는 말했다.

"맞아. 남부인이었어. 그걸 가지고 온 사내가 맞는 것 같군."

그러고는, 하얘졌다는 사실을 제외하면 사진의 얼굴과 완전히 똑같은 나의 얼굴을 다시 올려다보았다. 사진의 인물과 내가 동일 인물이라는 사실을 전혀 눈치채지 못한 듯하다.

나는 퇴근길의 인파를 정처 없이 헤치며 나아갔다. 검은 상자 안의 엔드아메바는 존재 가능한 모든 돌연변이종으로 확산했을 것이다. 아무리 비현실적이고, 터무니없고, 다른 인공적 수단으로는 만들어 내는 것이 힘들다 하더라도. 검은 상자 안에는 문제의 엔드아메바가 뤼가 원했던 특수한 성질을 성공적으로 획득했는지를 테스트하기에 충분한 생체 전자회로도 들어 있었던 것이 틀림없다. 세포가 생화학적인 요구 사항을 모조리 충족할 경우에만 LED가 점등해서 성공을 알리는 장치다. 그리고 나는 그것이 암호해독용 슈퍼컴퓨터라는 뤼의 거짓말을 그대로 믿고, 아무 생각도 없이 불이 켜지는 고유 상태를 선택해 버렸던 것이다. 그러나 그 특수한 성질이란 무엇이었을까? 그리고 뤼가 그런 것을 원했던 이유는? 뤼는 그런 것을 써서 어떻게 돈을 벌려고 했던 것일까?

그러나 그 이전에, 나는 왜 뤼가 생각하는 진정한 〈앙상블〉이 돈과 관련이 있을 것이라고 지레짐작했던 것일까? 그가 나에게 50만 달러를 지불해서? 실은 검은 상자에는 암호해독 컴퓨터가 들어 있다고 그가 창피한 듯이 '고백'했으니까? 흐음, 실제로 들어 있었는지도 모른다. 다른 모든 것들과 함께. 뤼도 자금이 필요했을 테니까 말이다. 그러나 돈이 단지 목적을 위한 수단에 불과했다면, 그 목적이란 무엇일까? 만약 뤼가 충성 모드의 제약을 순수한 인간적 탐욕으로 바꿔치기한 것이 아니라면, 뤼의 왜곡된 뇌가 만들어 낸 유사종교적인 비전이란 도대체 무엇이었을까?

뤼는 로라의 정체, 〈버블〉이 만들어진 이유, 그리고 확산의 위험성에 관해서까지 예전부터 이미 알고 있었다…

나는 사람들과 몸이 부딪히는 것에도 개의치 않고, 길 한복판에서 우뚝 멈춰 섰다. 내가 실제와는 다른 순서로 그런 사실들을 알았더라면, 어떤 식으로 반응했을지 상상하는 것은 실로 쉬웠다. 로라에 관한 모든 진실을 알아낸 다음에, 진정한 〈앙상블〉이 무엇인지를 정의했다면 어떤 결과가 나왔을지 말이다.

로라의 창조자는 그녀를 창조하는 과정에서 죽었다. 수축당함으로써. 마치 스스로를 희생해서 '여자가-된-신'이라고나 할까? 그리고 이제, '신이-된-여자'로 확산할 수 있는 로라는, 우리가 어떻게 하면 수축을 그치고, 신성을 되찾고, 초공간의 나머지 부분과 합류할 수 있는지를 명확하게 보여줬던 것이다.

뤼의 종교적 배경에 대해서는 아는 바가 없었다. 만약 그가 뉴홍콩에서 성장했다면, 도교나 불교, 기독교의 신자이거나, 혹은 나처럼 무신론자일 가능성도 있었다. 그러나 예전에 그가 무엇을 믿고 있었는지는 별로 중요하지 않을지도 모른다. 아마 로라의 운명만큼이나 강렬한 이야기는—〈앙상블〉의 **목적이야말로 이 세상에서 가장 중요한 것**이라는 충성 모드의 절대 명제와 결합한다면—그 누구의 머릿속에서도 위험한 공명을 불러일으켰을 것이다.

그리고 그 어떤 사람의 경우에도, 〈앙상블〉의 **목적**이 무엇인지는 불을 보듯 뻔했을 것이다.

나는 무력감에 사로잡혀 땅거미가 진 길거리를 둘러보았다. 긴장되고 피곤한 기색의, 자기 일밖에는 안중에 없는 사람들이 나를 밀치며 지나간다. 나는 그들의 어깨를 움켜잡고 마구 흔들어 무사 안일한 일상에서 벗어나게 하고 싶었다.

나의 추측이 모두 맞는다면, 뤼는 벡터를 원하는 대로 무제한 변화시킬 수 있었을 것이다. 이를테면 강한 내성을 가지고, 공기로 전염되고, 감염력이 강하고, 빠르게 자기 증식할 수 있도록, 원래의 벡터가 설계되었을 때 세심한 주의를 기울여 **배제된** 특성 모두를 갖추도록 말이다. 그런다면 그 변종은, 로라가 인류에게 내린 선물이라고 뤼가 간주하는 것을 운반하기 위한 완벽한 매개체가 될 수 있다.

누구에게 경고해야 할까?

이런 얘기를 누가 믿어주겠는가? 정상적인 사람들은 상대해 주지도 않을 것이 뻔하다. **신경 모드 전염병**이라는 것은 편집증 환자의 망상에서나 나오는 얘기다. 나노 머신들 자체가 부서지기 쉽고 독성이 전무한 데다가, 이들의 기능은, 벡터의 의도적으로 무력화된 생화학적 구조에 포함된 수백 가지의 세밀한 특성들과 가장 기본적인 레벨에서 밀접한 관계를 맺고 있기 때문이다. 이런 제약하에서는, 아무리 주의 깊게 강화된 불법 벡터도 최대 1시간밖에는 생존하지 못하는 법이다. 몇몇 희생자를 감염시키는 데는 유용할지 모르지만, 전염병과는 거리가 먼 것이다. 피상적인 개조 이상의 것을 원한다면, 규격에서 일탈한 벡터뿐만 아니라 규격에서 일탈한 나노 머신들이 필요해진다는 것이 전문가들의 공통된 견해였다. 바꿔 말해서, 그 기술 전체를 개발했을 때와 맞먹는 시간과 자금이 들어간다는 뜻이다. 따라서 이것은 테러리스트나 컬트 교단의 능력을 초월한 일이었고, 설령 일국의 정부라 할지라도 완벽한 비밀을 유지하면서 이런 연구를 진행시킬 수는 없을 것이다.

일개 아마추어 기술자가, 현존하는 나노 머신들과 호환성이 있는 데다가 중대한 위협이 될 만큼 전염력이 강한 벡터를 독자적으로 만들어 낼 가능성은, 100만 자리의 암호 숫자를 순전한 우연에 의해 인수분해하라는 것만큼이나 황당무계한 얘기다.

주위의 인파가 줄어들기 시작하고, 하늘이 어두워진다. 세계는 평소와 마찬가지로 움직이고 있다. 결국 모든 것은 평범한 일상으로 귀속되는 법이다. 뤼가 완성된 모드를 손에 넣은 것은 오후 2시다. 따라서 이미 살포해 버렸을 가능성조차 있다. 그것이 퍼지려면 얼마나 오랜 시간이 걸릴까? 뤼의 모드는 포콰이에게 주어진 버전과는 세부에서 한 가지 차이점이 있을 것이다. 수축 억제는 더 이상 옵션이 아니며, 아무것도 모르는 사용자들에게는 의식적인 선택의 자유가 주어지지 않는다. 1만 명 혹은 10만 명의 사람들이 확산했다고 쳤을 때, 그렇게 확산한 개인들이 도시의 나머지 부분의 수축까지 억제하는 방법을 터득하는 데는 얼마나 오랜 시간이 걸릴까? 만약 도시의 전인구 1,200만 명이 모두 확산해 버린다면…

하늘을 올려다본 나는, 서쪽에서 스러져 가는 석양 위쪽에서 반짝이는 희미한 광점을 보았다. 10초 동안이나 꼼짝하지 않고 그것을 바라보다가, 뒤늦게 그것이 금성이라는 사실을 깨달았다.

〈제3반구〉의 주인 여자는 얼굴을 찡그리고 말했다.

"너무 일찍 왔어. 2시간 뒤에 다시 와."

"좀 더 빨리 끝내줘. 돈이라면 여기…"

그녀는 웃었다.

"돈이라면 얼마든지 더 받아도 무방하지만, 결과는 달라지지 않을 거야. 합성기는 이미 프로그래밍이 끝났고, 지금 당신의 나노 머신들을 만들고 있어. 이제는 무슨 일을 해도 '더 빨리' 끝내는 건 무리야."

무리라고? 돈을 써서 잠깐 혼자 있게 해달라고 이 여자를 설득한 다음, 합성기 옆에서 확산해서 **앙상블**이 내 머릿속에 설치될 때까지 수축하지 않는다는 안은 어떨까? 일련의 사건들이, '불가능할' 정도로 짧은 시간 안에 일어난 고유 상태를 선택하는 것이다. 합성기의 작업 시간이 단축되었다고 해서 불량품 모드가 나올 위험은 없다. 만약 모드가 불량품이라면, 애당초 기적적인 시간 단축은 일어나지 않았을 테니까.

아니, 정말로 그럴까? 혹시 즉각적인 영향을 끼치지 않는 미묘한 결함을 나도 모르게 모드에 도입할 위험은 없을까? 나는 소리 없이 작동하고 있는 합성기를 바라보고—이 기계는 당혹스럽게도 고급 음료 자판기를 닮았다—이것을 기지의 안전한 개연성에서 일탈시킨다는 생각에 갑자기 저항감을 느꼈다. 합성기는 본래부터 양자론적인 불확실성의 대상이 되는 분자 레벨에서 물질을 조작하는 기계다. 그런 것을 무엇이 튀어나올 줄 모르는 기계로 바꿔놓을 수는 없었다. **앙상블**은 내가 가진 유일한 카드다. 만약 여기서 지름길로 가려다가 실패한다면, 때가 늦기 전에 뤼를 찾아낼 수 있을 가능성은 완전히 사라진다.

"밖에서 기다리겠어. 그러니까 완성되는 즉시 불러줘…"

여자는 고개를 끄덕였다. 재미있어하는 듯한 표정이었다.

"마치 출산을 기다리는 아버지 같네."

강화 모드를 쓰면 된다. 경계 상태에 몰입하면 기다리는 것도 전혀 부담스럽지 않기 때문이다. 그러나 나의 일부는 이런 생각에 격렬한 거부 반응을 보였다. 지금 강화 모드를 쓴다는 것은 무책임하고, 도피주의적이며, 부자연스러운 일이다.

나는 마비된 듯한 기분으로 이 이질적인 발상을 곱씹었다. 반감보다는 당혹감 쪽이 더 컸다. 나는 불가능에 가까운 방식으로 수축함으로써 충성 모드의 지배에서 벗어났다. 그리고 그 과정에서, 내가 다른 부분에서는 전혀 변하지 않을 것을 기대하기라도 했단 말인가? 신경 모드 일반에 대한 나의 혐오감이 증대된 것은, 아마 충성 모드로부터 자유로워지기를 **원한다는** 사실에 대한 필연적인—혹은 상당히 개연적인—부산물일지도 모른다.

그래서 나는 인간답게 기다렸다. 무의미하며 비생산적인 두려움에 고뇌하면서, 상상 불가능한 것을 상상해 보면서 말이다. 만약 이 행성 전체가 영원히 확산 상태에 놓인다면, 사람들은 구체적으로 무엇을 경험하게 될까? **아무것도** 경험하지 않는 것일까? 왜냐하면 수축은 아예 일어나지 않고, 따라서 그 무엇도 현실이 될 수 없으니까? 아니면 **모든 것을 따로따로** 체험하게 될까? 한 고유 상태당 고립된 의식이 하나씩 존재하는, 다세계 모델을 정말로 현실화한 듯한 방식으로 말이다. 혹은 **모든 것을, 동시에** 경험할 수도 있다. 모든 가능성들이 불협화음처럼 중첩되는 식으로? 그 **어떤** 미래에서도 수축 현상이 존재하지 않게 된다면, 내가 지금까지 경험해 왔던 일들—아니면 적어도 **수축에서 살아남은 나의 기억들**—은, 그런 우주의 본질과는 완전히 동떨어진 것이 되어버릴지도 모른다. 과거를 유일무이한 것으로 만드는 수축 과정이 처음부터 아예 존재하지 않는다면, 경험이라는 개념 자체가 근본적으로 달라질 수 있기 때문이다. 진실이 무엇이든 간에, 확실한 것이 하나 있다. 뭐가 성공하도록 놓아둘 수는 없다.

확산한 내가 이 생각에 동의해 주기를 바랄 따름이다.

〈제3반구〉의 여주인은 내가 이토록 필사적으로 쓰고 싶어 하는 모드가 무엇인지는 묻지 않았다. 나는 대금을 이체했다. 그녀에게서 모드 용기를 건네받자마자 나는 그것을 썼다.

그녀가 말했다.

"또 주문할 게 있으면 언제든 다시 와."

나는 코를 막고 있던 손을 뗐다.

"도저히 그럴 것 같지는 않군."

나는 코를 두 번 훌쩍였다. 콧물이 한 방울 바닥에 떨어졌다.

나는 골목 밖으로 걸어 나오며 **앙상블**의 설치가 종료되면 알리라고 **마인드 툴**에게 지시했다. 전문가 시스템은 모드 설치에는 사용자의 신경 구조에 따라 2시간에서 3시간 걸릴 것이라고 예측했다.

큰길로 돌아오자, 모든 가게의 정면이 판매 중인 상품의 홀로그램들로 반짝거리고 있었다. 포토 리얼리즘은 이미 한물간 유행이고, 이제 신발에서 냄비에 이르는 모든 상품들이 불타는 듯한 광채를 발하고 있다. 나는 보도에서 2미터 위의 공간에 떠 있는 자전거로 손을 뻗쳤다. 새하얗게 달궈진 것처럼 보이는 바큇살들에 부딪혀 날카로운 고통을 느낄 것을 반쯤 기대하며, 빠르게 회전하는 앞바퀴 속으로 손을 넣고 앞뒤로 움직여 본다.

잠시 인파를 바라보고 있었다. 지금이라도 돈을 써서 이 상황에서 빠져나갈 수 있어. 그럼 2시간 뒤에는 지구 반대편에 가 있겠지. 아마로라의 주장은 잘못되었고, 앞으로 일어날 일은 어떤 식으로든 이곳에만 한정될 수 있을지도 몰라. 일단 전염병이 발생했다는 사실이 알려지고, 국경을 봉쇄한다면…

어떤 종류의 장벽이든 손쉽게 통과할 수 있는 작자들에게 대항해서? 나는 그들이 무슨 일을 할 거라고 예상하고 있는 것일까? 도시 전체를 블랙홀에 빠뜨린다? 자기들만의 〈버블〉을 만들어 낸다?

캐런이 말했다.

"당신은 그 모드를 이미 훔친 적이 있으니까, 다시 그럴 수 있을 거야. 〈BDI〉도 막지 못한 당신을 뭐가 어떻게 막을 수 있겠어?"

"뭐가 엔드아메바를 이미 퍼뜨렸다면?"

"아직 그랬다는 확증이 있는 건 아니잖아."

"그러지 않았다는 확증도 없어."

밤하늘을 올려다보고, 갑자기 몰려온 현기증을 억지로 억눌렀다. 사실을 말하자면, 〈버블〉은 결코 인류를 **가뒀던** 적이 없다. 단지 인류가 갇혀 있다는 사실을 눈에 보이도록 한 것에 지나지 않는다. 우리는 갇혔다는 사실에 충격을 받은 것이 아니라, 그 너머에 무한대의 자유라는 선택지가 존재한다는 사실에 강제로 직면해야 했기 때문에 충격을 받은 것이다.

나는 입을 열었다.

"아무래도 난 〈버블열〉에 걸린 것 같아."

캐런은 고개를 설레설레 흔든다.

"〈버블열〉은 오래전에 이미 한물간 유행이야."

앙상블의 설치가 끝날 때까지는 기다리는 수밖에 없었다. 그러나 나중에 이 모드가 사용 가능한 상태가 된 다음 뭐를 찾는 데 도움이 될 도구들을 준비하는 일까지 뒤로 미룰 이유는 없다. 나는 새로 빌린 아파트로 돌아와서 **폰 노이만**용의 간단한 프로그램을 짰다. 여섯 자리의 숫자를 입력하면 그것을 바탕으로 **데자뷔**의 지리 데이터베이스를 참조하고, 도시의 육지 부분을 가로세로 45미터로 나눈 구획의 지점 표시를 생성하는 프로그램이었다. 바다 말고 또 무엇을 제외할 수 있는지를 결정하는 데는 조금 더 시간이 걸렸다. 이용 가능한 토지의 범주 중에는 '명백하게' 수색할 필요가 없는 것들이 포함되어 있었다. 넓게 트인 곳이라든지, 교통이 불편하다든지, 아니면 도저히 사람이 살고 있을 것 같지도 않은 부분들이다. 그러나 정확히 어디서부터 선을 그어야 할지 알 수 없었기 때문에, 결국 이것들 대다수를 수색 대상에 포함시키는 수밖에 없었다. 공항 활주로는 제외했지만, 뤼를 찾아 럭비 구장이나 하수처리 공장의 일각을 돌아다닐 운명에 처한 나의 분신들은 자신들이 아마 살아서 새벽을 볼 일이 결코 없으리라는 자각을 감수하는 수밖에 없을 것이다.

나는 머릿속의 지도를 응시하며 생각했다. 아침이 오면 도시 전체는 눈에 보이지 않는 나의 시체들로 온통 뒤덮일 것이다. 그리고 내 과거를 물려받은 유일한 상속인, 또 한 번의 수축에서 '기적적으로' 살아남은 생존자는, 그런 죽음을 지금까지와 마찬가지로 한층 더 비현실적인 것으로밖에는 받아들이지 못할 것이다.

그러나 나에게 그들은 현실이었다. 그들 모두가 나의 미래이므로.

메시지가 반짝인 것은 자정 직전의 일이었다.

[마인드툴:

1건 수신.

발신자 ID: 앙상블 (〈제3반구〉, 8만 달러).

카테고리: 자연발생 완료.]

나는 **앙상블**을 불러내려고 했지만, 그 어떤 인터페이스 창도 제어반도 심안에 떠오르지 않았다. 생각해 보면 당연한 일이다. 이 모드는 내가 쓰도록 만들어져 있지는 않다. 그래서 나는 침대에 앉아 **하이퍼노바**를 불러냈고, **앙상블**을 쓸 수 있는 존재를 부활시켰다.

로라의 대변자는 확산한 나를 두고 뭐라고 했던가? 너무 어린애 같다? 신뢰할 수 없다? 그리고 '그'가 끊임없이 분열을 계속하는 10억 개의 나의 버전들로 이루어져 있다고 하면, 그런 존재에게 도대체 나는 무엇이란 말인가? 현미경으로나 볼 수 있는 나의 사소한 일부, 이를테면 혈구 세포라든지, 뉴런 한 개와 다름없는 존재? 그러나 내가, 싫든 좋든 나를 이루는 혈구 세포나 뉴런의 **집합적**인 필요성을 존중할 수밖에 없다는 점 또한 엄연한 사실이다. 나는 확산한 나에게 이미 100번은 넘게 영향력을 행사했다. 따라서 한 번 더 기적을 희망하면 안 된다는 법이 어디 있겠는가? 특히 지금처럼 내가 거의 모든 구성원들의 의견이 일치하고 있음을 이토록 강하게 확신하고 있을 경우. 도대체 어떤 버전의 내가 뭐의 성공을 원한단 말인가?

10분 기다렸다가, 방에서 나온다.

나는 남의 눈에 띄지 않고 옆길과 뒷골목을 통해서만 몰래 돌아다닐 수 있지는 않을까 하는 환상을 품고 있었지만, 결국 이 생각은 환상이라는 것이 판명된다. 자정은 관광객들이 가장 많이 몰리는 시각이고, 그들을 상대하는 상인들도 마찬가지다. 옆길과 골목은 인파로 인해 미어터질 지경이다. 나는 군중 사이를 헤집고 나아가며 생각한다. 나는 이미 오래전에 수축했든가, 그게 아니라면 실질적으로 뤼의 계획을 대신 수행해 주고 있는 것이나 마찬가지다. 만약 내가 나를 관측하고 있는 모든 사람들의 수축을 저지하고 있고, 또 이들을 관측하는 사람들 모두의 수축을 저지하고 있다면… 게다가 이것은 도시 전체에 퍼져 있는 나의 모든 버전에도 해당되는 얘기다… 그럴 경우 지구 전체가 확산하려면 얼마나 오래 걸릴까? 로라의 경우에는 하루나 이틀이겠지만, 내 경우에도 같은 계산법이 들어맞는다는 보장은 없다. 로라는 확산의 영향을 최소한으로 줄이고, 자기 존재의 초점을 맞추는 테크닉을 보유하고 있을 공산이 크다. 그러나 나는 도시 전체를 샅샅이 뒤질 작정이다. 전혀 초점이 맞지 않은 상태로.

지하철역 입구에서, 양손에 고풍스러운 압력 감지 장갑을 낀 뜨내기 음악가가 가상 바이올린을 켜고 있다. 매우 훌륭한 솜씨다. 만약 그녀가 음악에 맞춰 바이올린을 켜는 시늉만 하는 것이 아니라, 정말로 자기 손으로 음악을 연주하고 있다면 말이다. 지하로 내려가는 에스컬레이터에서 나는 주사위 생성기를 꺼내 여섯 개의 10면체를 던지고, 그 결과를 나의 지도 분할 프로그램에 입력한다.

광인을 찾아내기 위해 주사위를 던진다? 차라리 뤼의 점성술 차트를 참조하면 어떨까? 차라리 빌어먹을 주역을 참조하는 것이 낫지 않을까?

그러나 나는 내 상식의 마지막 잔재를 털어내고, 혼잡한 지하철역으로 들어가서, 무작위적인 목적지로 가기 위한 차표를 산다.

나의 목적지는 항구 북쪽의 창고 구역까지 침식한, 가느다란 모양을 한 거주 지역 일각의 우중충한 고층 아파트 단지다. 나는 불러낼 수 있는 모든 희망과 경계심을 총동원해서 단지로 접근한다. 내가 뒤를 찾아낼 확률은 여전히 100만분의 1에 불과하다는 명확한 지식과 '엄청나게 낮은 확률에도 불구하고' 지금까지 그토록 많은 수축에서 살아남았다는 부조리하지만 강력한 설득력을 가진 기억 사이에서 갈등하면서.

현관은 잠겨 있고, 방문객용의 비디오폰이 달랑 하나 있을 뿐이다. 그러나 내가 다가가자 현관문은 스르르 열린다. 현관 로비로 발을 들여놓으며 나는 어깨 뒤를 흘낏 보고, 한순간이긴 하지만 선명한 대체 가능성의 환상을 보고 동요한다. 현관 앞에 서서, 결코 올 리가 없는 기적을 헛되이 기다리는 나 자신의 모습.

30층 건물이었고, 각 층에 20개씩의 방이 있다. 나는 무심결에 10면체 세 개를 던진다. 8, 9, 5. 거의 공황 상태에 빠질 뻔하다가, 곧 고개를 흔들고 웃음을 터뜨린다. 그렇게 간단히 포기할 수는 없는 일이다. 나는 내 마음대로 이 게임을 진행할 수 있는 것이다. 나는 이 숫자에서 600을 빼기로 하고 층계로 간다. 지금 한 자의적인 행위 탓에 어느 층에는 다른 층보다 더 많은 수의 내가 있게 된다고 해도, 세상이 끝나는 것은 아니다.

조용히 층계를 올라간다. 건물 내부는 조용한 편이다. 3층에서 희미한 음악 소리가 들려오고, 7층에서는 어린애 우는 소리가 들려온다. 이따금 수도관에 물이 흐르고 변기 물을 내리는 소리도 들린다. 부조리하게 들릴지도 모르지만, 이런 평범한 경험들은 나를 안심시킨다. 마치 불가능성 보존법칙 같은 것이 있어서, 실패할 운명에 처한 내 버전들의 귀에는, 자신들의 명운이 다했다는 기괴한 증거—이를테면, 앤절라 렌필드 〈낙원〉의 동일한 버전이 모든 아파트에서 동시에 연주되고 있다든지—가 들릴지도 모른다는 투로.

10층에 도달하자 결심이 선다. 만약 뤼가 295호실에 없다면, 건물 전체를 위에서 아래까지 이 잡듯이 뒤질 작정이다. 내게는 잃을 것이 없다. 만약 그가 건물 어디에도 없다면? 그럼 나는 이 거리 전체를 샅샅이 수색할 것이다.

14층 복도로 나갔을 때 앞쪽에서 무슨 움직임을 감지하지만, 잘 보니 복도를 미끄러지듯이 움직이며 빛바랜 융단의 먼지를 빨아들이고, 벽의 낙서를 지우고 있는 납작한 청소 로봇에 불과하다는 것을 깨닫는다.

나는 295호실 앞에서 주저하지만, 단지 잠시만 그럴 뿐이다. 총을 뽑아 들고 문을 밀어본다.

문이 열린다.

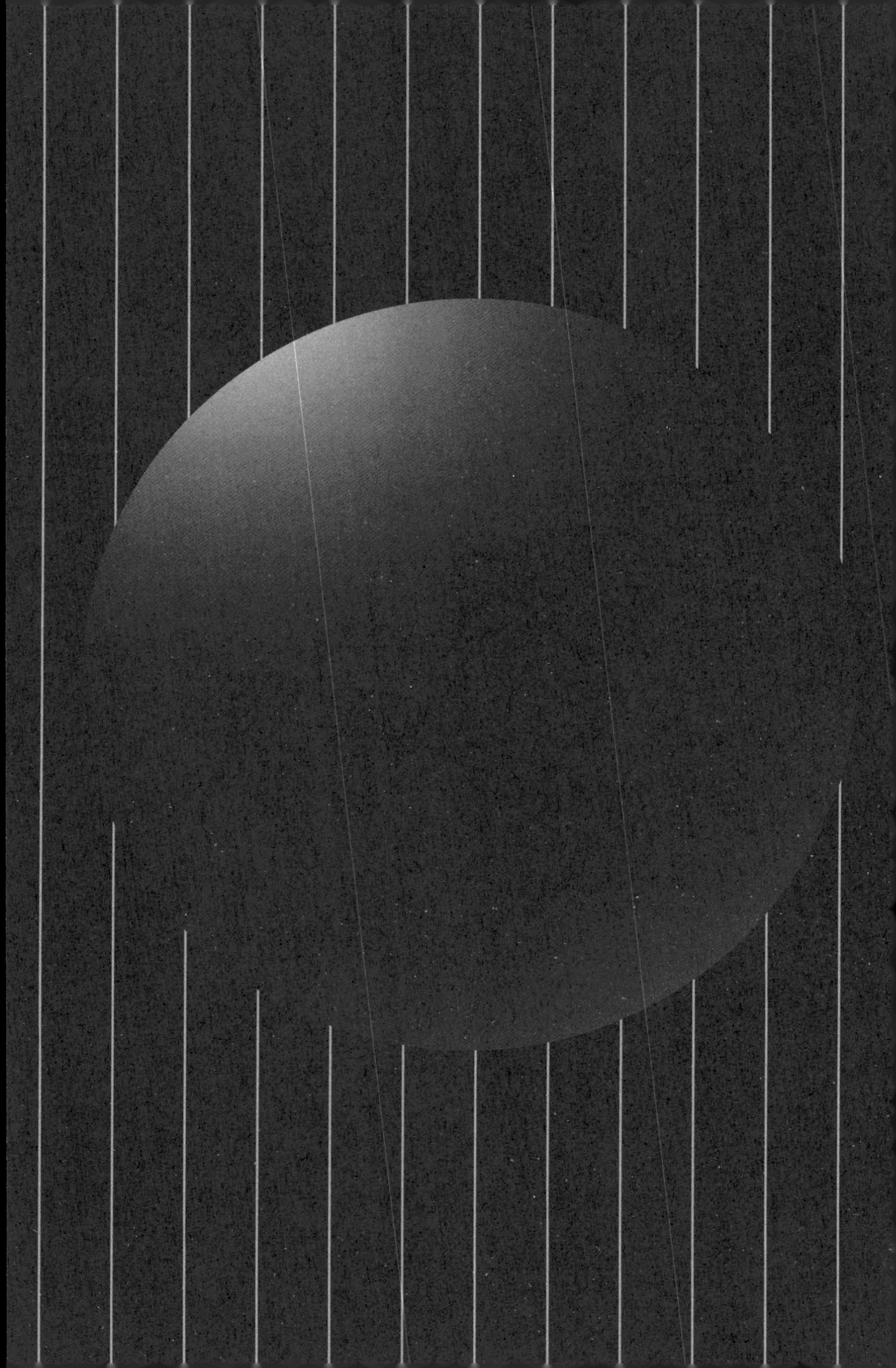

13

뤼는 실험용 유리 기구가 널린 테이블 옆에 서서, 회전 자석이 계속 휘젓고 있는 배양 플라스크 안의 액체를 바라보고 있었다. 그는 화난 얼굴로 고개를 홱 들었다가, 갑자기 표정이 부드러워지더니—거의 환영하는 듯한 말투로—말했다.

"닉, 처음엔 누군지 몰랐습니다."

"뒤로 물러서서 양손을 머리 위에 얹어."

뤼는 내 명령에 따른다.

지금 수축해야 하는 걸까? 나의 승리를 확실하고, 개변 불가능한 것으로 만들기 위해? 아직은 그럴 때가 아니다. 앞으로 또 무슨 터무니없는 일을 성공시켜야 할지 모르는 상황에서, 자기만족에 빠질 수는 없다.

나는 깊게 숨을 들이켰다.

"엔드아메바를 뿌렸나?"

뤼는 선한 표정으로 고개를 가로저었다.

"거짓말이라면, 나는…"

어떤 행동에 나설 거란 말인가? 우선, 그걸 내가 어떻게 판단할 수 있나? 아파트 주위의 길거리가 1,000조 개의 버전으로 분해되려는 뚜렷한 조짐은 아직 보이지 않는다. 그러나 내가 확산 중이라는 사실 또한 눈으로 보고 확인할 수 있는 것은 아니지 않는가?

"왜 안 뿌린 거지?"

뤄는 곤혹스러운 표정으로 나를 보았다. 마치 내가 왜 이런 뻔한 질문을 하는지 이해가 안 된다는 투였다.

"〈네오 모드〉로 보냈던 균주는 감염력을 약화시킨 것이었습니다. 그쪽에서 그 균주를 가지고 무슨 검사를 해볼지 모르니까요. 너무 상식에서 벗어난 것을 건넨다는 위험을 무릅쓸 수는 없었습니다. 그런 업자들은 위법 행위를—이를테면 범죄 조직원이 라이벌의 술잔에 슬쩍 넣을 꼭두각시 모드를 만드는 일 따위를—마다하지 않는 법이지만, 자기들이 역병처럼 마구 퍼질 수 있는 물건을 건네받았다는 사실을 알아차린다면, 더 이상 작업을 진행시켜서 나노 머신들을 제조하려고 하지는 않을 겁니다." 뤄는 교반되고 있는 플라스크를 향해 고개를 까닥해 보였다. "〈네오 모드〉에게서 건네받은 완성품에, 결정적인 프로모터※ 시퀀스를 게놈 내로 되돌려 놓는 레트로바이러스를 넣어서 배양하고 있는 중입니다. 〈네오 모드〉의 업자들이 본 버전은 불법이긴 하지만 평범한 벡터에 불과했습니다. 저것이 진짜 벡터입니다."

뤄의 말을 믿어줄 이유는 없다. 그러나 그의 말이 사실이 아니라

※ 유전자 전사轉寫를 촉발하는 염기 서열.

면, 그는 왜 길거리를 돌아다니며 벡터를 뿌리는 대신에 이런 기구들을 가지고 복잡한 작업을 하고 있단 말인가? 나는 플라스크를 흘끗 내려다보았다. 플라스크가 완벽하게 밀폐되어 있는 것처럼 보인다는 사실에 의아함을 느꼈지만, 따져보면 뤄도 이토록 중요한 작업에 관여하면서 스스로를 확산시킬 위험을 무릅쓰고 싶지는 않았을 것이다. 나 자신도 **앙상블**이 합성되고 있었을 때는 수축한 채로 있는 쪽을 선택하지 않았던가?

나는 물었다. "자네 말고 또 이 모드의 카피를 가지고 있는 자가 있나?"

"없습니다."

"그래? 〈캐넌〉의 누군가를 설득해서 자네의 생각을 이해시키려고 하지는 않았단 말야?"

"하지 않았습니다." 뤄는 잠시 주저하다가, 사무적인 어조로 말을 이었다. "내 생각을 이해해 줄 가능성이 있었던 사람은 당신뿐이었습니다."

나는 메마른 웃음소리를 냈다.

"쓸데없는 헛소리로 시간을 낭비하지 마. 난 더 이상 〈캐넌〉의 일원이 아냐. 어떤 이유에선가 그 정신병원에서 탈출하는 데 성공했거든." **그리고 너도 곧 내 뒤를 따르게 될 거야. 이번에는 좀 더 물리적인 수단에 호소해야 하겠지만.**

뤄는 고개를 가로저었다.

"충성 모드와는 전혀 상관없는 일입니다. 당신처럼 확산과 수축을 그렇게 자주 되풀이해 본 사람이라면 거기서 무엇을 얻을 수 있는지를 이해할 수 있을 겁니다."

"얻는다고?"

사실을 말하자면, 나는 방금 내가 좌절시킨 계획이 얼마나 엄청난 것이었는지조차도 제대로 파악하고 있지 않다. 만약 뭐가 좀 더 무해한 물건—이를테면 적당한 크기의 플루토늄 덩어리—을 가지고 있는 것을 적발했더라면, 일시적이나마 성공을 실감할 수 있었을지도 모르겠다.

나는 입을 열었다.

"난 알아. 자네에게 이건 진정한 〈앙상블〉 그 자체이고, 그렇게 된 건 모두 충성 모드 탓이라는 걸. 자네가 스스로도 어쩌지 못했다는 사실을 탓할 생각은 없네. 나 자신도 그런 이중사고가 어떤 것인지 잘 알고 있으니까 말이야. 하지만 자네도 그 계획 자체가 절대로 용납될 수 없는, 소름 끼치는 것이라는 사실은 인정해야 해. 처음부터 잘 알고 있었잖아. 자넨 120억 명의 인간을 형이상학적인 악몽 속으로 몰아넣을 작정이었고…"

"1마이크로초마다 120억 명의 인간이 죽는 것을 막으려 하고 있는 겁니다. 그건 가능성들의 죽음에 종지부를 찍는 일입니다."

"수축은 죽음이 아냐."

"정말 그럴까요? 나를 찾아내지 못한 당신의 버전들을 생각해 보십시오."

나는 쓰디쓰게 웃었다.

"그런 생각을 하지 말라고 내게 충고해 준 사람은 바로 자네 아니었나? 하지만 그 얘긴 일단 인정하기로 하지. 그들 입장에서는—이건 그들이 실제로 뭔가를 경험한다면 얘기지만—그런 상황은 시시각각으로 다가오는 죽음처럼 느껴지겠지. 하지만 보통 사람들은 그런 걸 경험하지 않아. 그리고 내게도 다시는 그런 일이 일어나지 않을 거야. 인간은 선택을 하고, 그 결과 단 하나의 고유 상태만 살아남게 돼. 그건 비극이 아냐. 그건 우리들의 존재 그 자체이고, 우리에게 가능한 유일한 방식이야."

"그 말이 사실이 아니라는 걸 잘 알고 있지 않습니까?"

"아니, 몰라."

"포콰이를 직접 설득해서 당신을 위해 **앙상블**을 쓰도록 만든 버전들의 죽음을 애도하고 싶지는 않습니까?"

"아니. 내가 왜 그래야 하는데?"

"당신과 포콰이는 매우 친밀한 사이였을 겁니다. 아마 연인 사이였을지도 모릅니다."

나는 이 말에 충격을 받았지만, 내색하지 않고 침착하게 대꾸했다.

"나하고는 상관이 없는 일이야. 그 버전은 결코 현실이었던 적이 없으니까. 포콰이에게는 그런 기억이 없고, 내게도 없어."

"하지만 그 두 사람이 얼마나 행복했을지 상상할 수는 있지 않습니까? 그런 행복의 종말을 죽음이라고 부르지 않는다면, 뭐라고 부를 생각입니까?"

나는 어깨를 으쓱했다.

"사람들은 매일 죽어나가지 않나? 그건 내가 바꿀 수 있는 종류의 일이 아냐."

"아니, 바꿀 수 있습니다. 불사는 가능합니다. 지상낙원은 가능합니다."

나는 웃었다.

"지상낙원이라고? 이젠 천년왕국주의자로 개종하기라도 했나? 영구적인 확산이 실제로 어떤 것인지 전혀 모른다는 점에서는 자네나 나나 오십보백보야. 하지만 지상낙원이 그 일부라면, 그건 지옥과 공존하게 될걸. 만약 그 어떤 고유 상태도 더 이상 소멸하지 않는다면, 상상할 수 있는 모든 종류의 고통이…"

뤄는 고개를 끄덕였다. 전혀 당혹한 기색이 아니었다.

"물론입니다. 그리고 상상할 수 있는 모든 종류의 행복도 존재할 겁니다. 그리고 그 중간에 있는 모든 것들도. 모든 것들이 말입니다."

"그렇게 해서 선택은 불가능해지고, 자유의지는 상실되고…"

"아니, 그 무엇도 상실되지는 않습니다. 우주의 다양성을 회복하는 행위를 어떻게 상실로 볼 수 있겠습니까?"

나는 고개를 저었다.

"솔직히 말해서 그런 건 뭐래도 좋아. 단지 난…"

"당신 이외의 사람들에게서 선택의 기회를 빼앗을 작정이군요?"

이 말에는 너무 기가 막혔던 나머지 웃을 수밖에 없었다.

"자넨 자기 의지를 남에게 강제하려는 광인에 지나지 않은 데다가…"

"그건 전혀 사실이 아닙니다. 일단 이 행성 전체가 확산하면, 모든 사람들이 서로와 상호연결될 겁니다. 확산한 전 인류는 재수축할지 재수축하지 않을지를 스스로 결정할 수 있습니다."

"그리고 자넨 그 유아적 집단의식이 내놓을 판결을, 지구 전체의 운명을 결정하는 공정한 방법이라고 부를 생각이야? 〈버블 메이커〉조차도 자네보다는 인류를 더 존중해 줬어."

"물론 그들은 인류를 존중하고 있습니다. 그들 자신이 인류를 구성하고 있으니까요."

"로라의 경우는 그랬겠지만…"

"아니, 나는 〈버블 메이커〉들 모두가 인류라고 말하고 있는 겁니다. 그럼 지금까지 당신은 그들이 뭐라고 생각했습니까? 다른 행성에서 날아온 기괴한 생명체? 그들 자신이 확산한 인간들이 아니라면, 무슨 재주로 로라가 수축하지 않고, 고유 상태를 조작할 수 있도록 프로그래밍할 수 있었을 것 같습니까?"

"하지만…"

"수축은 한정된 범위에서 일어나는 현상입니다. 그 너머에는 언제나 그 수축의 영향을 받지 않는 고유 상태들이 존재합니다. 그런 고유 상태 어디에도 인간이 포함되었을 리가 없다고 생각합니까? 〈버블 메이커〉들은 우리 인류의 잔재라고 할 수 있습니다. 너무나도 개연성이 낮은 덕에 수축을 회피할 수 있었던 버전들로 이루어져 있다는 뜻입니다. 내가 원하는 것은 오로지 그들과 다시 합류할 수 있는 기회를 우리들 자신에게 부여하는 일입니다."

머리가 지끈거렸다. 나는 다시 플라스크를 흘낏 내려다보았다. 밀봉되어 있기는 하지만, 강한 산성 물질로 채운 욕조에 담그거나 고온 소각로에 집어넣지 않으면 도저히 안심할 수 있을 것 같지 않았다.

나는 총을 흔들어 보였다.

"저 의자에 가서 앉아. 아무래도 자네를 묶어놓고 저 빌어먹을 물건을 처분할 방법을 강구해야 할 것 같군."

"닉, 부탁입니다. 제발…"

나는 침착하게 말했다.

"내 말을 들어. 만약 자네가 저항한다면, 상처만 입힐 생각은 없어. 몸부림을 치며 온 방 안을 굴러다니게 할 수는 없으니까 말야. 만약 자네를 쏘아야 한다면, 난 자네를 확실하게 죽일 거야. 그러니까 저 의자에 가서 앉아."

뤼는 내 명령에 따르려는 기색을 보이다가, 또다시 주저했다. 뤼는 내가 예상했던 것보다 탁자에 훨씬 더 가까운 곳에 있다는 사실을 문득 깨달았다. 플라스크에 손이 닿을 정도는 아니지만, 한 걸음만 다가서면 그럴 수 있는 위치였다.

뤼는 입을 열었다.

"제발 그 일에 관해 한 번만 더 생각해 보라는 얘깁니다. 단지 그뿐입니다! 〈버블〉 너머에는 경이롭기 그지없는 것들로 가득 찬 고유상태들이 존재할 겁니다! 꿈과 기적이 충만한." 뤼의 얼굴은 순수한 환희로 빛났고, 과거에 그를 괴롭혔던 고뇌나 자기 혐오는 씻은 듯이 사라져 있었다. 예의 이중사고를 완전히 극복했는지도 모른다. '진정한 〈앙상블〉'이란 신경 배선에 의한 정신착란에 불과하다는 사실을 알고 있던 그의 마음 일부가 더 이상 모순을 견디지 못했을 가능성도 있다. 충성 모드는 본래의 뤄 키우충을 영영 파괴해 버린 것인지도 모른다.

나는 조용히 말했다. "기적은 이미 충분할 정도로 맛보았어."

"그리고 그런 고유 상태들 중에는 당신의 아내가…"

나는 그의 말을 가로막았다. "아까 말한 '지상낙원' 운운하는 얘기의 종착점은 결국 그거였어? 나의 정서적 약점에 파고들어 협박하려고 했나?" 나는 피곤한 웃음소리를 냈다. "자넨 정말 불쌍한 인간이로군. 맞아, 내 아내는 죽었어. 하지만 재밌는 뉴스를 하나 들려주지. 난 그런 일 따위엔 전혀 개의치 않아."

뤄는 이 말에 충격을 받은 기색이 역력했지만, 나는 그가 그랬다는 사실에 별로 놀라지 않았다. 뤄가 정말로 아내 얘기로 내 마음을 돌리게 할 생각이었다면, 방금 나는 그 희망을 분쇄해 버렸다. 그러나 뤄는 곧 일종의 체념 상태에 도달하거나 마음의 평정을 되찾은 듯했다.

뤄는 내 눈을 똑바로 쳐다보고 이렇게 말했다.

"그랬군요."

뤄는 오른팔을 내밀며 앞으로 돌진했다. 내 총이 그의 머리에 구멍을 뚫어놓자 그는 옆으로 쓰러지며 방바닥에 격돌했지만, 그의 몸은 탁자를 스치지도 못했다.

플라스크는 제자리에 멀쩡하게 있고, 자석은 소리 없이 회전하고 있다.

나는 테이블 주위를 돌아서 뤼 곁으로 가서 웅크렸다. 총상은 미간 바로 위에 나 있었다. 가장자리가 검게 탄 직경 1센티미터의 구멍에서는 고기 탄내가 났다. 오장육부가 뒤틀렸다. 나는 지금까지 사람을 죽인 적이 없었다. 비강화 상태에서 총을 쏘거나, 시체 가까이에 간 적조차 없었던 것이다. **그리고 뤼는 죽지 않았어도 됐다. 나는 좀 더 주의를 기울였어야 했다.**

염병할. 이 사내에게는 아무런 잘못도 없다. 잘못한 것은 〈앙상블〉, 그리고 로라가 아닌가? 초연한 방문자이자, **수동적인 관찰자**인 로라. 로라 본인이야말로, 수동적인 관찰자 따위는 결코 존재하지 않는다는 사실을 그 누구보다도 가장 잘 알고 있었을 것이 아닌가?

…**좀 더 주의를 기울였어야 했다. 방에 들어온 즉시 그를 탁자에서 떼어놓았어야 했다.** 실제로 나는 그랬는지도 모른다.

이런 생각이 머리에 떠오르자마자 소름 끼치는 두려움을 느꼈다. **나는 그랬는지도 모른다.** 거의 확실하게 **그랬을 것이다.** 그렇다면 확산한 나는 누구를 선택할 것인가? 나일까, 아니면 적절한 조치를 취할 두뇌가 있었던 나의 친척일까?

나는 '그'가 누구를 선택하는 것을 원하고 있을까?

나는 피에 물든 뤼의 얼굴을 내려다보았다. 이 사내에 관해서는 거의 아는 바가 없었지만, 그를 죽음으로부터 되살려내려면 나는 무엇을 포기해야 할까? 내 인생의 2분, 단지 그뿐이다. 눈 깜짝할 새에 기억을 상실하기만 하면 된다. 지금까지 살아오면서, 나는 얼마나 오랜 시간들의 기억을 잃은 것일까? 처음부터 아예 존재하지 않았던 것처럼 사라져 버린 시간들의 기억을. 그리고 내가 강화 상태에 돌입했을 때, 오직 최적의 결정을 내리는 한 사람만을 현실로 만들기 위해, 다른 나의 버전들은 도대체 얼마나 많이 죽어갔던 것일까? 이것은 전혀 새로운 일이 아니다. 지금까지 살아오면서, 올바른 선택을 하기 위해 나는 계속 죽어왔던 것이다.

나에게 결정권이 있는 것은 아니었지만, 나는 **하이퍼 노바**를 불러내며 큰 소리로 말했다.

"누군가 다른 사람을 골라서 살게 해. 난 어떻게 되어도 상관없어."

나는 OFF 스위치를 눌렀고——

——아무것도 달라지지 않았다.

(달라질 리가 없었다.)

나는 방에 있는 단 하나의 의자로 걸어가서 무너지듯이 앉았고, 눈을 감고 기다렸다. **캐런**이 곁에 서 있다. 그녀는 아무 말도 하지 않았지만, 그녀가 함께 있다는 사실만으로도 위안이 되었다.

15분 후—이렇게 오래 기다렸으니, 나보다 더 능숙하게 뤼의 행동에 대처한 누군가는 뤼를 결박하고 이미 수축을 선택했을 것이다—나는 **암호 비서**를 불러냈다. 세상에서 가장 전염력이 강한 원생동물이 든 플라스크를 어떻게 처리해야 하는지는 전혀 모르겠지만, 〈닥터 팽글로스〉에게 물어보면 틀림없이 뭔가 유용한 제안을 해줄 것이다.

"제발 그 일에 관해 한 번만 더 생각해 보라는 얘깁니다. 단지 그뿐입니다! 〈버블〉 너머에는 경이롭기 그지없는 것들로 가득 찬 고유 상태들이 존재할 겁니다. 꿈과 기적으로 충만한. 그리고 그런 고유 상태들 중에는 당신의 아내가, 아직도 살아 있는 것들도 틀림없이 존재합니다."

이 말에 나는 한순간 벼락을 맞은 기분이었다. 그렇지만…

"자넨 그걸 확실히 몰라. 〈버블 메이커〉들이 인간이라는 자네 말도 확실하지 않고. 결국은 모두 추측에 불과하지 않나?"

뤼는 내 말을 무시하고, 방금 한 말을 나직하게 되풀이했을 뿐이었다.

"한 번만 더 생각해 보십시오."

나는 본의 아니게 그의 지시를 따랐다. 캐런이 살아 있는 세상. 모드가 만들어 낸 환상은 필요 없게 되고, 유아론적인 연극도 더 이상 필요하지 않다. 우리가 공유했던 모든 것들을 다시 되찾을 수 있다. 모든 고민도, 실패도… 적어도 그것들은 진짜 현실이다.

나는 움찔하며 이런 감정으로부터 뒷걸음질 쳤다. 현기증과 당혹감. 충성 모드에서 탈출하기 위해, 나는 얼마나 높은 대가를 치렀던 것일까? 모드에 대해 새로운 혐오감을 갖게 된 것은 이해할 수 있다 치더라도, **캐런**의 존재가 이런 감정을 육체적으로 불가능한 것으로 만들고 있어야 정상이 아닌가?

뤼의 입을 틀어막고, 무시해야 한다. 나는 반박했다.

"설령 자네 말이 옳다고 해도… 거기에 무슨 의미가 있다는 거지? 나한테는 결코 현실이 될 수가 없지 않나? 고유 상태들은 분기하고, 갈라지지만 결코 다시 합쳐지지는 않아."

"정말로 그럴까요? 일단 세계가 수축하는 걸 그만두면, 그 어떤 일도 가능해집니다." 뤼는 황홀한 표정으로 미소지었다. "시간의 비대칭성을 야기하는 것은 수축입니다. 당신은 그녀가 죽기 이전으로 되돌아갈 수도…"

나는 고개를 가로저었다.

"아냐. 나의 어떤 버전들은 그럴지도 모르지만, 다른 버전들은 그러지 않을 거야. 그 뒤에 오는 것은… 카오스, 광기일 뿐이야. 나는 그런 식으로 살아갈 수는 없어. 내가 원하는 것을 손에 넣기 위해, 극히 일부만이 성공한다는 걸 뻔히 알면서도 몇십억 명이나 되는 복제를 만들어 낸다는 건 어불성설이야."

정말 그럴까? 그것이야말로 바로 오늘 밤에 내가 한 일이지 않은가?

뤼는 잠시 주저하다가 입을 열었다.

"그럼 당신은 누군가가, 나중에 당신이 될 누군가가, 그녀가 죽은 밤으로 되돌아갈 기회를 박탈당해도 전혀 개의치 않는다는 겁니까? 과거를 바꿀 수 있는 기회를 박탈당해도?"

개의치 않는다고 대답하려고 입을 열었지만, 내 입에서 흘러나온 것은 짐승이 으르렁대는 듯한 기이한 소리였다. 땅속 깊숙한 곳에서 새어 나오는 듯한 비통한 울부짖음.

뤼가 갑자기 앞으로 돌진했다. 나는 깜짝 놀라 총을 겨눴지만, 너무 늦었다. 뤼는 플라스크의 주둥이를 움켜쥐고 테이블 위로 높이 들어 올리고 있었다. 지금 그를 쏜다면, 플라스크를 바닥에 떨어뜨릴 것이 뻔했다.

뤼는 창문을 향해 흐르는 듯한 동작으로 플라스크를 던졌다. 유리창은 열려 있었다. 방충망이 찢어졌다.

한순간 나는 얼어붙었고, 나 자신의 어리석음에 대한 극도의 분노에 못 이긴 나머지 거의 방아쇠를 당기기 직전까지 갔다. 곧 나는 창가로 달려가서 아래를 내려다보았다. 레이저의 출력을 낮춰서 비춰 보니, 깨진 유리 조각들과 젖은 땅이 눈에 들어왔다. 나는 레이저로 젖은 부분을 증발시키고, 그 주위의 콘크리트를 태웠다.

"그래봤자 시간 낭비일 뿐입니다."

"아가리 닥쳐!"

바로 아래층에 있는 창문에서 누군가가 머리를 내밀었지만, 내가 고함을 지르자 머리는 쑥 들어갔다. 나는 점점 큰 원을 그리듯이 레이저빔을 움직여 보도를 태우며 생각했다. 바람은 거의 없다시피 하고, 엔드아메바 벡터가 퍼지는 데는 시간이 걸린다. 레이저로 모조리 태워 죽이는 것은 불가능한 일이 아니다. 인구 1,200만 명의 도시에서 뤼를 찾아낸 것에 비하면…

그제야 나는 현실을 받아들이기로 했다. 내가 지금 엔드아메바를 전멸시켰든 안 시켰든 간에, 결과는 마찬가지다. 아마 나는 플라스크가 지면에 부딪혀 깨진 후에 생겨난 모든 버전들 중에서, 운 좋게도 완전한 멸균에 성공한 희귀한 케이스일지도 모른다. 뭐래도 상관없다. 지금의 나처럼 실패한 버전들은 어차피 모두 죽을 운명이다. 뤼가 플라스크에 손을 대지도 못한 현실이 선택될 테니까 말이다.

나는 방 안으로 되돌아가서 뤼를 마주 보았다.

“자네와 나는 이미 끝난 인생이야.” 나는 웃음을 터뜨렸다. “그 얼어 죽을 맹꽁이자물쇠 덕에 내가 무슨 대가를 치러야 했는지 자네도 이제 알겠지.”

나는 눈을 감고 불안을 가라앉히려고 했다. 나의 버전 하나는 살아남는다. 내가 실패했을 때, 성공한 버전이. 그 이상 뭘 바란단 말인가? **내가 살아남고 싶었다**. 하지만 그러기에는 이미 때가 늦었다.

나는 뤼에게 말했다.

“지금 내가 자네를 죽인다면, 그걸 살인이라고 할 수 있을까? 자넨 이미 죽어 있는데도?”

뤼는 대답하지 않았다. 나는 눈을 뜨고, 총을 홀스터에 집어넣었다. 뤼를 쳐다보아도 여전히 묵묵부답이다. 도저히 패배를 인정한 사람 같아 보이지 않았다. 그렇다고 순교자 같아 보이지도 않는다. 혹시 아직도 **진정한** 〈앙상블〉이 자기를 구해줄 것이라고 믿고 있는 것일까?

나는 입을 열었다.

“과거에 무슨 일이 일어났는지 가르쳐 줄까? 난 이 방으로 걸어 들어와서 자네를 저 의자에 결박했고, 엔드아메바를 전멸시켰어. 미래가 어떻게 될지도 가르쳐 주지. 난 자네를 충성 모드로부터 해방시킬 거야. 그러면 자넨 고마워하겠지. 그런 다음 우리 두 사람은 〈캐넌〉의 나머지 멤버들에게도 같은 일을 할 거야. 그들의 증언에 의해 〈ASR〉와 〈BDI〉는 법의 심판을 받게 되고, 아마 〈앙상블〉 전체도 붕괴하겠지. 그런 다음 우리는 서로와 작별할 거고, 오래오래 행복하게 살게 될 거야."

나는 건물에서 나온 다음 부둣가를 우회해서 도시 중심부를 향했다. 단지 몸을 움직이고 싶다는 이유에서였다. 그러면 마음을 텅 비게 할 수 있기 때문이다. **P3**와 그것이 제공하는 완벽한 초연함을 불러낼 수도 있었고, **보스**를 써서 영원히 잠들 수도 있었지만, 그 어느 쪽도 실행에 옮기지는 않았다. 3킬로미터쯤 걷다가, 마침내 시각을 확인했다. 오전 1시 13분이다.

성공한 버전의 나는 뤼의 아파트에 적어도 40분은 머물러 있었다는 얘기가 된다. 나는 뒤로 돌아서서 고래고래 욕설을 퍼부었다. 길거리는 인파로 붐볐지만, 내게 신경을 쓰는 사람은 아무도 없었다. 갑자기 피로를 느끼고 길가에 털썩 주저앉았다.

습관이 혐오감을 극복했다. 나는 **캐런**을 불러내려고 해보았다. 아무 일도 일어나지 않는다. **마인드 툴**에게 모드 목록을 요구해 보니, 문제의 모드는 여전히 버스에 남아 있었다. 나는 진단 프로그램을 돌렸고, 그러자마자 내 머릿속은 에러 메시지들로 폭발했다. 나는 테스트를 중단하고 양손으로 머리를 움켜잡았다. **알았어. 혼자 죽으란 말이군. 부탁이니 빨리 끝내줘.**

이윽고 나는 일어서서, 지나가는 여자를 붙잡고 물어보았다.

"여긴 어디지? 가상의 내세인가?"

"그런 것 같지는 않네요."

나는 주사위 생성기를 꺼냈고, 집어넣었다가, 다시 꺼냈다. 이걸로 뭘 증명할 수 있단 말인가? 만약 내가 여전히 확산한 상태라면—**틀림없이** 그럴 것이다—나는 주사위 두 개를 한 번씩 던질 때마다 36 등분되고, 그중 한 사람은 점점 더 그것이 진실임을 확신하게 되지만, 나머지 사람들은 아무것도 알아내지 못한다.

그래도 일단 시도해 보기로 했다.

두 눈의 합이 7. 3. 9. 9. 2. 5로 나왔다.

확산한 너는 도대체 뭘 기다리고 있는 거지? 도시를 또다시 뒤지면서 숨겨진 모드의 카피들을 찾고 있기라도 한 건가? 아니면 오리지널을 파괴하려고 〈BDI〉로 다시 침입했나?

실제로 그런 일들을 할 리가 없다. 확산하기 전에 한 번 수축해서, 오늘 밤에 일어난 최초의 기적을 확고한 현실로 만들고, 확산 과정이 폭주할 위험을 줄이는 편이 훨씬 낫지 않을까?

나는 텅빈 잿빛 하늘을 올려다보았고, 도시 중심부를 향해 가기 시작했다.

동틀 무렵에는 더 이상 의심하려야 의심할 수가 없었다. 나는 수축당했다. 내가 유일한 생존자였다. 성공한 나의 버전들은 지금쯤이면 모두 수축을 시도해 본 후일 것이다. 내가 여전히 존재한다는 사실은 나의 실패가 개변 불가능한 현실이 되었다는 증거다.

태양이 카펀타리아만 위로 빠르게 떠오르며 마천루들 사이의 틈새로 강렬한 햇살을 쏟아붓는다. 어느 쪽으로 몸을 돌려도, 눈부신 반사광이 나를 맞이할 뿐이다. 머리가 욱신거리고, 사지가 쑤셔 왔다.

죽고 싶다는 것은 아니다. 단지 내가 다른 나였으면 좋았을 것이라고 느끼고 있을 뿐이다. **이토록 값비싼 대가를 치르고도, 어떻게 살아남은 것을 기뻐할 수 있단 말인가?**

이 사태를 달리 설명할 방도는 없는지 곰곰이 생각해 보았다. 아마 나는 실패하지 않았는지도 모른다. 엎질러진 엔드아메바를 모두 죽일 수 있었던 것이다. 그러나 내가 엔드아메바를 모두 죽였다는 사실을, 확산한 나는 어떻게 알 수 있었을까? 그리고 설령 그걸 알 수 있다 하더라도, 왜 그토록 아슬아슬한 방법을 택했던 것일까? 플라스크가 아예 깨지지 않은 고유 상태들이 얼마든지 있는데도?

대답은 명백했다. 확산한 나는 그러지 않았다. 그러는 대신, 벡터가 살포된 고유 상태를 고의적으로 선택했던 것이다. '그'는 그것이 자신에게 무엇을 의미하는지를 마침내 이해한 것임에 틀림없다. 그런다면 내 머릿속의 홀로그램에 병 속의 정령처럼 갇혀 있다가, 이따금씩 소환를 받아 나의 불가능한 요구를 들어줘야 하는 운명에서 해방될 수 있는 것이다. 생각해 보면 당연하지 않는가? 확산한 내가, 단지 자기 몸의 세포 하나, 새끼손가락 끝의 원자 한 개, 자기 자신의 광대한 복잡성의 무한히 작은 일부에 지나지 않는 무의미한 존재를 기쁘게 할 목적으로, 손에 들어온 '자유'를—혹은 〈버블〉 밖의 세계에 대해 그가 가지고 있는 이질적인 사고를—포기할 리가 없지 않은가?

나는 아침 식사가 될 만한 것을 샀고, 1만 달러의 팁을 건넨 다음 내 방에서 지구의 종말을 맞기 위해 아파트로 향했다.

나는 뉴스 시스템들을 모니터하며 역병 발생의 징후를 찾아보려고 했지만, 기사의 글자가 거의 눈에 들어오지 않았다. 나는 숙명론적 체념과 터무니없는 희망 사이에서, 세계의 기기괴괴한 본질에 완전히 몸을 맡기고 싶다는 무모한 욕망과 그런 일이 실제로 일어났을 리가 없다는 완강한 불신감 사이에서, 시계추처럼 흔들렸다. 나는 평소와 달라 보이지 않는 창밖의 세계를 바라보며 생각했다. 설령 이 모든 것을 마이크로초 단위로 끊임없이 유지하고 있는 것이 인류라 할지라도, 그런 일이 몇만 년이나 지속되어 온 지금은 세계 자체가 일종의 안정성 내지는 관성, 혹은 독자적인 현실을 갖추게 된 것은 아닐까?

그러나 그래야 할 이유가 어디 있는가? 우리가 무생물을 빈번하게 수축시켰다고 해서, 그것의 확산 능력을 소멸시켰다고 생각할 근거가 어디 있는가? 형이상학적 제국주의의 협박에 못 이겨 세계가 우리에게 복종하기라도 한단 말인가? 그리고 이번에는 우리 인류가 창조해 낸 견고한 거시적 세계가 우리를 현실에 묶어줄 것을 기대한단 말인가? 실제로는 인류가 유일무이한 현실을 강요하는 짓을 그만두는 즉시, 세계는 우주 탄생 이래 전혀 감소하지 않은 복원력을 발휘해서 수십억 개의 다른 방향으로 비산해 버릴 게 뻔하다.

눈앞의 현실을 거부하는 것은 논외로 치더라도, 어떻게 하면 나 자신의 눈을 다른 곳으로 돌리고, 남겨진 시간을 견뎌낼 수 있을까? 옛 방식은 이제 쓸 수 없다. 모드를 통해 위안을 얻는다는 생각만 떠올려도 나는 강한 혐오감을 느끼기 때문이다. 그러나 옛 기억들을 무시할 수는 없다. 충성 모드가 나에게 목적의식을 부여해 줬고, **캐런**이 나로 하여금 사랑에 빠졌던 당시와 전혀 다르지 않은 행복을 느끼게 해줬다는 사실을 잊을 수는 없었다. 그런 인공적 행복감이나, 구역질 나는 사랑 대용품을 되돌려 받고 싶은 생각은 이제 추호도 없지만, 그 빈 자리를 메울 만한 것이 전혀 없었다. 무슨 수로 그런단 말인가? 나는 불과 몇 시간 전에 존재하기 시작했는데. 나는 과거의 나의 억압된 단편도 아니고, 의식 표면으로 '마침내' 부상한 본래의 초인격도 아니다. 나는 나 자신의 인생을 살고 있는 타인이며, 자기 머릿속으로 침입한 인간이다. 차라리 기억 상실이라면 좋았을 텐데. 나는 과거를 기억하지만, 그것이 나하고는 관련이 없다는 사실을 알고 있다.

뉴스 시스템은 지치지도 않고 일상의 광기로 점철된 사건들을 보도했다. 마다가스카르에서 내전 발발. 미국 북서부에서 기근 발생. 도쿄에서 또다시 원인불명의 폭파 사건. 로마에서 또 무혈 쿠데타 성공. 뉴홍콩 현지의 뉴스는 기업의 적대적 인수합병이나 정계의 작은 스캔들 따위를 다룬 사소한 것들뿐이었다. 일몰 무렵이 되자 나는 과거 이틀 동안 일어났던 사건들을 조금이라도 이해하는 시늉을 하는 것조차도 포기하고, 나에게 일어난 모든 일은 전부 편집증적인 망상에 불과하다는 설에도 기꺼이 찬성할 마음의 준비가 되어 있었다.

단말기 화면이 깜박거리다가 꺼졌다. 손으로 한 대 치니 다시 살아났지만, 텍스트가 흔들리더니 개개의 글자들로 분해되었고, 바다 위에서 표류하는 화물이나 우주 먼지처럼 천천히 떨어져 나오더니, 급기야는 화면 표면에서 빠져나와 방 안을 떠다니기 시작한다. 손을 뻗어 받아보니 글자들은 내 손바닥 위에서 눈처럼 녹는다.

창밖의 시가지를 둘러본다. 광고 홀로그램들이 분해하고, 융해하고, 변이하고 있다. 어떤 것들은 모양이 흐트러지며 선명한 빛의 띠로 변했고, 천천히 밤공기 속으로 흘러나간다. 초현실적으로 변모하기는 했지만, 여전히 원래 모습을 알아볼 수 있는 홀로그램들도 있다. 제트기에서 비늘과 발톱이 자라고 있다. 활짝 웃는 어린아이들이 반투명한 핑크빛 태아로 퇴행하고 있다. 실체가 없는 입술 안으로 끊임없이 흘러 들어가는 코카콜라의 거대한 흐름이 네이팜탄처럼 불타오르며 주위 건물에 불을 붙이고, 짙고 구불구불한 검은 연기를 하늘로 올려 보낸다.

복도로 나가니 노인 한 명이 엘리베이터가 오기를 기다리고 있다. 내가 인사를 해도 그는 퀭한 눈으로 나를 응시했을 뿐이다. 나는 엘리베이터의 버튼을 누르지만 표시 패널에는 의미 불명의 도형이 계속 떠오를 뿐이고, 이따금 바이화白話의 단편이 섞이기도 하지만 번역할 겨를도 없이 휙휙 스쳐 지나간다. 노인이 광둥어로 뭐라고 속삭인다. **이 엘리베이터는 내 마음을 알고 있어.** 고개를 돌려 쳐다보자 노인은 흐느끼기 시작한다. 어떻게 하면 지금 일어나고 있는 일을 설명하고 그의 고뇌를 줄일 수 있을지 생각해 보지만, 도대체 어디서부터 시작해야 할지 막막하고, 또 그것이 그에게 위안이 되어주리라는 확신도 없다.

나는 층계로 내려간다.

거리에 있는 군중의 분위기는 가라앉아 있다. 평소와는 달리 너무 조용하다. 나는 히스테리와 폭력 사태를 예상하지만, 사람들은 마치 최면술에라도 걸린 듯한 표정으로 몽유병자처럼 걸어 다니고 있다. 변용한 광고들은 기괴한 볼거리를 제공하고 있지만, 사람들 사이의 이런 분위기까지 설명해 주지는 못한다. 돌연변이 홀로그램이나 불꽃놀이는 누군가의 못된 장난처럼 보일 수도 있지 않는가? 설마 이것들이 무엇의 전조인지를 깨달은 사람이 벌써 나왔을 리가 없다.

정말 그럴까? 확산한 그들은 이미 지구 전체를 빙 에워쌌을 수도 있고, 간헐적으로 서로 연결되면서, 지구상에서 일찍이 존재한 적이 없었을 정도로 복잡한 정신으로 승화되었을지도 모른다. 그 정신이 수축 상태에게 어떤 통찰을 전달했는지 어떻게 알 수 있단 말인가?

옵서버토리 로드에 다다른 나는 꽃이 핀 넝쿨이 보도를 뚫고 나와 뱀처럼 꿈틀거리는 것을 본다. 넋이 나간 얼굴을 한 구경꾼들 사이에서 두 명의 작은 어린아이들이 웃으며, 기쁜 듯이 손뼉을 치고 있다. 아마 이 사건을 선택하고 있는 것은 이들인지도 모른다. 넝쿨에 달린 하얀 꽃의 꽃잎이 반짝이는 나비들로 변하더니, 군중의 머리 위로 하늘거리며 날아간다. 그러나 꽃잎은 계속 자라나기 때문에 꽃들이 사라지는 일은 없다.

어느 쪽 가능성이 더 높을까? 이것은 이런 기적을 실제로 포함하는 고유 상태일까, 아니면 목격자들 전원이 단지 환각을 경험하고 있을 뿐인 고유 상태일까? 나는 완강하게 이런 구분에 집착한다. 그것이 얼마나 더 오래갈 수 있을지는 알 수 없지만 말이다.

몸을 돌리자 젊은 사내가 공중에 떠 있는 광경이 눈에 들어온다. 태아처럼 몸을 웅크리고, 눈을 감고 황홀한 미소를 지은 채로 곤두박

질치듯이 상하로 빙빙 돌고 있다. 사람들은 마치 저글러나 목마를 탄 길거리 배우를 대하는 듯한 얌전한 태도로 이 광경을 구경하고 있다. 노파 하나가 땅에 뿌리를 내린다. 바지의 천과 다리 피부가 융합하며 나무껍질로 변한다. 어떤 여자는 유리 조각상으로 변신하는 중이다. 사지에 희미하게 남아 있던 피부 색깔이 점점 엷어지면서 몸통으로 후퇴하고, 급기야는 완전히 투명해진다. 도대체 저 여자의 어떤 버전이 저런 자살적인 결과를 가져온 것일까? 그러나 이 '조각상'은 크게 기지개를 켜더니, 주저 없이 어딘가를 향해 성큼성큼 걸어가기 시작한다. 나는 그 뒤를 따르려고 했지만, 그녀는 곧 군중 속으로 사라진다.

계속 걷는다.

가로등들이 조그만 태양처럼 불타오르는 장소가 있는가 하면, 100미터 앞의 구획은 완전한 어둠에 휩싸여 있다. 어떤 골목으로 들어간 나는 문득 내가 허리까지 오는 금화 무더기를 헤치며 나가고 있다는 사실을 깨닫는다. 한 움큼 집어 들어보니 진짜 금화처럼 육중하고, 차갑고, 견고하다. 이런 상황에서는 한 발짝도 움직일 수 없어야 정상이지만, 나는 마치 아무런 장애물이 없는 것처럼 쉽게 걸어 나간다.

골목에서 나오자 밝게 조명되고 있는 거리가 나타난다. 이곳에서는 피의 비가 내리고 있다. 악취를 발하는 굵고 검붉은 핏방울이. 사람들은 팔로 얼굴을 가린 채로 우뚝 서서 비명을 지르거나, 땅바닥에 웅크리고 앉아 몸을 떨며 훌쩍이고 있다. 이것은 무엇일까? 확산한 어떤 광인이 만들어 낸 세계 종말의 환상일까? 인간이 지금까지 꿈꿔 온 모든 종류의 광기 어린 종말론들이, 최후의 시간을 앞두고 한꺼번에 해방된 것일까? 혹은 단순한 우연이고, 의도되지 않은 실수에 불과한 것일까? 확산한 인간들 대다수는 아직도 경험이 모자라는 데다가, 고립되어 있다. 아마 우리는 그런 사람들을 자기도 모르는 사이에 수축시키고 있는 것인지도 모른다. 그들은 복수의 고유 상태가 중첩된 공간을 첫 나들이에 설레는 어린아이들처럼 탐험했고, 우리는 그들이 찍어 온 일련의 스냅숏을 무작위적으로 결합해서 모자이크 같은 현실을 만들어 내고 있는 것인지도 모른다. 나는 우뚝 선 채로 하릴없이 그 광경을 바라보지만, 흘러들어 온 피로 눈이 보이지 않게 되자 다시 걷기 시작한다.

한 블록 떨어진 곳에서도 비가 내리고 있지만, 이번에는 투명하고 다디단 물이다. 사람들은 고개를 들어 황홀한 표정으로 빗물을 받아먹고 있다.

거리는 변용으로 들끓고 있다. 이목구비가 계속 바뀌고 있는 사람들이 있다. 물 흐르듯이 매끄럽게 변화하는 사람이 있는가 하면, 한 얼굴에서 다른 얼굴로 단속적으로 건너뛰는 사람도 있다. 넋나간 상태로 걸어가는 그들은 자기 몸의 변화를 자각하고 있지 않는 듯하다. 나는 내 얼굴에 손을 대본다. 혹시 나한테도 똑같은 일이 일어나고 있는 것일까? 온갖 식물이 여기저기에서 싹을 내밀고 있다. 어떤 구획에서는 밀이 자라나고, 다른 곳에서는 사탕수수와 대나무가 자라나는가 하면, 열대의 관목들이 마구잡이로 우거진 곳도 있다. 무너져 아예 가루가 되어버린 노점이 있는가 하면, 기괴하게 변화하면서 이국적인 건축물을 모방하는 노점들도 보인다. 어떤 노점에서는 벽들이 살로 변하고, 그 표면에 튀어나온 내 팔뚝만큼 두꺼운 혈관에서 혈류가 맥박치는 것이 똑똑히 보인다. 마천루들을 올려다본다. 대다수가 멀쩡한 상태로 남아 있는 탓에 내 눈에는 오히려 더 기괴하게 비친다. 그러나 이런 생각을 미처 끝내기도 전에, 한 고층 건물의 프랙털 외장재가 잘게 썬 색종이 조각처럼 나풀거리며 떨어지기 시작한다.

〈ASR〉에서 한 블록 떨어진 곳에서, 음식을 파는 노점 앞의 보도에 꼼짝도 하지 않고 앉아서 군중을 응시하고 있는 포콰이의 모습이 눈에 들어왔다. 내가 어깨에 손을 대자 그녀는 나를 올려다보았고, 움찔하며 몸을 뺐다.

"아, 나야. 닉."

"닉?" 그녀는 손을 뻗었고, 주뼛거리며 나의 흰 손을 어루만졌다. 피부 빛깔이 바뀐 것에 큰 충격을 받은 듯했다. 그녀는 입을 열었다. "내 탓이에요. 미안해요."

나는 웃음을 터뜨렸다.

"그게 무슨 소리지? 이렇게 한 사람은 나야. 가장 손쉬운 변장이어서 이랬을 뿐이야."

나는 그녀 곁에 앉았다.

그녀는 군중을 손짓해 보이고, 무감동하게 말했다.

"난 이 도시를 파괴하고, 사람들을 모두 괴물로 바꾸고 있어요. 하지만 그걸 그칠 수가 없어요. 노력은 하고 있지만, 전혀 먹혀들지 않아서."

나는 그녀의 양 어깨를 잡고 몸을 돌려 나를 마주 보게 했다. 그녀는 움찔했지만, 내 눈을 똑바로 쳐다보았다.

"지금부터 내 말을 잘 들어. 지금 일어나고 있는 일은 절대로 당신 탓이 아냐."

포콰이는 질식할 듯한 소리를 내며 한 번 훌쩍였고, 곧 당장이라도 웃음을 터뜨릴 것 같은 표정을 지었다.

"내 탓이 아니라고요? 그럼 나 말고 이런 일을 할 수 있는 사람을 알아요?"

한순간 이런 생각이 떠올랐다. 일일이 설명을 해줄 필요가 있을까? 1, 2시간이면 모든 것이 무의미해지는 마당에. 포콰이는 지금 괴로워하고 있지만, 진실을 안다고 해서 무슨 위안이 되겠는가?

그러나 나는 마음을 단단히 먹고, 그녀의 질문에 대답하기 시작했다.

처음에는 내 말이 거의 귀에 들어오지 않는 것 같았지만, 엉뚱한 죄의식과 충격에 마비되다시피 한 포콰이의 마음에도 내가 하는 얘기의 논리성이 점점 침투하기 시작한 것 같았다. 금고실에서 로라와 조우한 대목에 이르자 그녀는 옛날 그대로의 포콰이로 완전히 돌아와 있었다.

"마취제를 입으로 뿜어서 캔 안으로 되돌려 놓았다고요?" 그녀는 고개를 끄덕이고는, 희미하게 웃었다. "흠, 그러지 말라는 법도 없겠죠. 수축이 없으면 시간의 비대칭성도 존재하지 않으니까."

"뤼도 똑같은 소리를 했어."

"뤼가? 언제?"

"지금 그 얘길 하려던 참이야."

포콰이는 내가 〈BDI〉에 침입했던 날 밤에 〈ASR〉에서 폭탄이 발견되었다는 소식은 들어본 적도 없다고 했다. 아침에 리 힝충에게 물어보자, 내 행방은 묘연하지만, 아무도 이유를 모른다는 대답이 돌아왔다고 한다. 아마 그녀에게는 비밀을 숨길 목적으로 그렇게 말한 것일지도 모르지만, 뤼 자신이 나를 수축시키기 위해 그런 책략을 썼고, 결국 그런 식으로 나를 또 속였다는 것도 있을 법한 얘기다.

엔드아메바가 살포되었음에도 불구하고 뜻밖에도 나는 살아남았다는 얘기를 하자 그녀가 말했다.

"확산한 당신의 책임으로 돌리는 건 틀린 생각일지도 몰라요. 확산한 당신보다 120억 배나 더 강력한 존재에게 무슨 수로 대항할 수 있었겠어요?"

"무슨 존재?"

"전 세계의 인류가 확산한…"

"하지만 인류가 모두 확산한 건 아니고… 지금도 그러고 있지는 않아. 지구 규모에서 보면 아직도…"

"확산 안 했겠죠. 하지만 나중에 그런다거나 그럴 가능성이 있다면, 그들은 자기 자신의 과거를 선택할 수 있지 않나요? 단 한 명의 확산한 인간이 어떤 일을 할 수 있었는지 생각해 봐요. 그렇다면 확산한 120억 명의 인간들의 집합체가, 어떤 수단을 쓰는 한이 있더라도 과거로 빠져나가서 자기 자신을 출현시킬 수 있을 거라고는 생각하지 않나요? 엔드아메바가 유출되는 것을 저지한 버전의 당신들은 그 누구와도 엮이지 않는 형태로 수축당했겠지만… 실패한 버전들은 이런 것들 모두와 결부되었을 거고…” 그녀는 손짓으로 우리를 둘러싼 혼돈을 가리켜 보였다. “…적어도 몇천 명에 달하는 확산한 인간들… 그리고 장래에 출현하게 될 어떤 존재의 지배하에 놓였던 거예요. 결국 집합체는 스스로를 출현시키는 방법을 찾아냈던 거고, 당신은 그 일부였을 뿐이에요.

“그랬던 거군.”

그렇다면 내가 충성 모드나 **캐런**으로부터 ‘해방’되었다는 사실은 결국 농담밖에는 안 된다. 내가 지금의 나인 것은 오로지 이 파멸을 불러일으키는 도관 역할을 수행했기 때문이다. 나는 미래의 확산한 인류가, 스스로의 존재를 현실로 만들기 위해 비집고 들어온 단층선이었던 셈이다.

군중 속에서 무엇인가 새로운 일이 일어나고 있었다. 여기저기에서 그룹이 생겨나고 있었다. 어떤 그룹은 단지 서로의 손을 잡거나 나란히 서 있을 뿐이지만, 다른 그룹은 글자 그대로 유착하고 있었다. 서로의 육체를 융합시키고 있었던 것이다. 나는 고개를 돌리고, 몰려오는 공황을 억누르려고 했다. 차마 그런 광경을 직시할 수가 없었다. 아직은.

나는 실낱같은 일상성에 매달렸다. 포콰이를 그토록 오랫동안 속여왔다는 사실을 사과하려고 했지만, 그녀는 내 말을 대수롭지 않게 생각했다.

"지금 와서 그런다고 무슨 의미가 있겠어요? 난 이해해요. 아무리 나에게 진실을 얘기해 주고 싶어도, 충성 모드가…"

"하지만 결국 얘기하지 않았잖아. 그럴 경우 내가 그랬을지도 모른다는 사실은 중요하지 않아. 내겐 단 하나의 과거밖에는 없으니까. 그래서 나는 그것에 대해… 책임을 져야 해. 그것을 되찾고, 내 걸로 만들어야 하는 거야."

포콰이는 기가 막힌다는 듯이 웃었다.

"닉, 이젠 모든 게 끝났어요. 이젠 상관없다니까요."

"그리고 난 **앙상블**을 썼고, 당신 머릿속에 무단으로 침입했고…"

그녀는 지친 듯이 고개를 흔들었다.

"당신은 내 머릿속에 침입하지 않았어요. 내가 당신의 부탁을 들어줬던 거예요. 단지 그뿐이에요."

"뭐라고?"

그녀는 어깨를 으쓱해 보였다.

"잘 생각이 나지는 않아요. 단편적인 기억밖에는 없으니까. 난 내가 꿈을 꾸고 있다고 생각했어요. 내가 꿈을 꾸고 있다는 걸 알고 있었어요. 우리 두 사람은 함께 앉아 주사위들을 바라보고 있었어요. 난 당신이 부탁하는 눈이 나오도록 했죠. 그런 일은 불가능하다는 걸 뻔히 알고 있었지만… 하지만 당신은 그때 일을 전혀 기억하지 못하는가 보군요?"

"응."

"그랬군요."

포콰이는 고개를 돌렸다.

나는 하늘을 올려다보았다. 별이 하나 출현했다. 포콰이에게 그 사실을 알렸을 때는 그 옆에 또 한 개가 출현해 있었다. 잠시 후, 그녀가 말했다.

"별빛이 저렇게 희미할 줄은 몰랐어요. 훨씬 더 밝을 거라고 생각했는데."

군중은 침묵하고, 하나가 된 채로 하늘을 올려다보고 있다. 별의 수가 배로 늘어나고, 또 배로 늘어난다. 내가 대기실에서 보았던 환각과 똑같다. 확산한 인류는 그렇게 먼 과거에까지 손을 뻗쳤던 것일까? 그때도 이미 나의 고유 상태들을 선택하고 있었던 것일까?

포콰이가 몸을 떨기 시작했다. 나는 달래듯이 속삭이며 그녀의 손을 잡았다. 그녀가 입을 열었다.

"두려운 것이 아네요. 단지 준비가 안 됐을 뿐이에요. 저걸 멈춰주지 않겠어요? 난 준비가 안 됐어요."

군중의 모습이 흐릿해지기 시작한다. 세포가 분해되고, 다시 형성되면서, 점점 커진다.

융합한 육체들 틈새로, 누군가가 혼자서 걸어가는 것이 보였다. 캐런은 고개를 돌려 조금 찡그린 얼굴로 나를 바라보았다. 마치 옛날에 알고 지내던 누군가와 닮은 사람을 보고 생각에 잠긴 듯한 표정이었다. 곧 그녀는 몸을 돌려 그 자리에서 떠났다.

별들은 이제 하늘을 가로지르는 호가 되어 불타오른다. 나는 포콰이의 손을 잡은 채로 일어섰고, 함께 일어선 그녀를 질질 끌다시피 하며 앞으로 나아간다.

군중 가까이 가서 흠칫 멈춰 섰다. 유동하는 사람 모양의 형태들이 서로 부딪히며, 융합하고 있다. 포콰이가 내 손을 뿌리친다. 나는 한 걸음 뒤로 물러선다. 멀어져 가는 캐런의 뒷모습이 흘끗 눈에 들어왔지만, 몸이 말을 듣지 않는다.

눈을 들어 천공을 올려다보자, 하늘 전체가 새하얗게 불타올랐다.

에필로그

나는 일주일 동안 피난민 캠프에서 다른 캠프로 돌아다니며 캐런을 찾았다. 캠프에 수용된 사람들은 모두 중앙 컴퓨터에 등록되어 있어야 하지만, 캐런은 불안감을 느끼고 본명을 쓰지 않았을 가능성도 있다.

그날 밤이 지나고 동이 트자, 시내 도처에 시체와 파편이 널려 있는 것이 보였다. 구조의 손길이 오리라고는 상상조차 하지 않았다. 전력이 끊기고, 물도 끊기고, 이동 수단도 없었던 것이다. 남아 있는 식량도 기껏해야 하루치밖에는 없었고, 길거리에서는 100만 구가 넘는 시체가 썩어가고 있었다. 나는 지구 전체가 당연히 이곳과 같은 상태일 것이라고 생각했고, 이제는 기아와 콜레라에 운명을 맡기는 수밖에 없다고 체념하고 있었다. 카오룽 공원에 헬리콥터들이 착륙하기 시작하는 것을 보고, 나는 거의 내 손목을 긋기 직전까지 갔다. 그것이 기적이고, 똑같은 과정이 또다시 시작되었다고 지레짐작했던 것이다.

그러나 예의 역병은 도시 바깥으로까지는 퍼지지 않은 듯했다. 적어도, 역병이 도시 밖으로까지 퍼졌던 버전들은 현실이 되지 않았다. 전 세계의 인류는 확산했을지도 모르지만, 최종적으로 선택된 고유 상태는 그 피해를 뉴홍콩에만 국한시켰던 것이다. 설령 런던이나 모스크바, 콜카타나 베이징, 시드니, 혹은 뉴홍콩 바로 옆에 있는 다윈에서 기적이 일어났다고 해도, 그것은 아무런 기억도, 흔적도 남기지 않았다. 아마 이 사건의 충격은 확정된 과거의 마지막 순간—모든 장소에서, 모든 사람들이 마지막으로 수축했던 순간—과 모순되지 않는 범위에서 최소한도에 머물렀던 것인지도 모른다.

포콰이는 처음에는 나와 함께 행동했지만, 사흘째 되는 날에 자기 가족들과 조우했다. 마침내 헤어질 수 있어서 두 사람 모두 안도했던 것 같다. 혼자라면 충격에 넋을 잃은, 결백하고 무지한 생존자인 척하는 일이 훨씬 더 쉽기 때문이다.

무지는 상대적인 개념이다. 이를테면 확산한 인류가, 그렇게까지 공을 들여 자기 자신을 출현시킴으로써 마침내 〈버블〉 너머의 무한한 공간에 손을 뻗치는 데까지 갔으면서도, 움찔하며 뒤로 물러선 이유를 내가 아는 일은 아마 영원히 없을 것이다. (아마 자의가 아니라 타의에 의해 쫓겨났던 것인지도 모른다. 〈버블 메이커〉들이 간섭했을 가능성도 있다. 로라 대변자의 언행으로 미루어 볼 때, 도저히 그럴 것 같지는 않았지만.)

그러나 이유가 무엇이든 간에 확산한 인류가 〈버블〉 너머로 펼쳐진 공간과 직면할 수 없었다면, 그것에게 남겨진 선택은 자살밖에는 없었다. 자기 자신이 다시는 출현하지 않는 형태의 고유 상태로 수축해야 한다는 뜻이다. 확산은 기하급수적인 과정이며, 무제한적으로 증대한다. 이에 대한 안정된 대안은 단 하나의 유일무이한 현실밖에는 없다. 절충안 따위는 존재하지 않는 것이다.

통신 채널은 엄중하게 통제되고 있다. 뉴홍콩의 통신을 통괄하는 정지위성은 UN군만이 접속할 수 있는 특별한 방식으로 전환되었다. 그래서 바깥 세계가 이곳에서 무슨 일이 일어났다고 생각하는지 알아낼 방법은 없었다. 지진? 화학물질 유출 사고? 홀로비전 뉴스의 취재팀이 머리 위를 날아다녔지만, 아직 착륙 허가를 받지는 못했다. 그러나 망원 렌즈를 통해 본 영상에는 아직 매장되기 전의 기괴한 시체들이 찍혀 있었을 것이다. 지금 이 순간에도, 이곳에서 일어난 일을 완벽하게 설명할 수 있다고 주장하는 신흥 컬트 교단들이 속속 생겨나고 있다는 점에는 의심의 여지가 없다.

그리고 이미 죽은 사람들이 걸어 다니는 것을 보았다고 믿고 있는 다른 생존자들의 입을 통해 소문이 새어 나가고 있을 것이 뻔했다.

그러나 목격자가 아무리 신뢰할 수 있는 인물이라고 해도, 철저하게 조사해 보면 결국 사실이 아닌 것으로 판명되리라는 생각이 든다. 그들이 거짓말을 했거나 잘못 보았다는 뜻이 아니다. 그들이 묘사한 일들은 실제로 일어났다. 그러나 그것들은 결국 현실이 되지 못했던 것이다.

나는 구시가지의 서쪽 끄트머리에 있는 난민 캠프에 자리를 잡았다. 이제 나는 등록증을 가지고 있고, 음식을 배급받기 위해 하루에

두 번씩 줄을 서고, 지시받은 대로 움직인다. 캠프의 구조 요원들은 갓 도착한 지원자들이었고, 1년 안에 새로운 주거에 입주할 수 있을 것이라면서 우리를 안심시키려 했다. 그러나 좀 더 경험이 풍부한 구조 요원에게—끈질기게—캐묻자, 그들은 1년이 아니라 아마 10년은 더 기다려야 할 것이라고 시인했다. 도시가 왜 파괴되었는지를 조사팀이 알아내기 전에는, 뉴홍콩이 원래 있던 장소에 다시 재건되는 일은 결코 없을 것이다. 그리고 해답이 나올 때까지는 오랜 시간이 걸릴 것이다. 적어도 나는 그렇게 되기를 희망하고 있다.

이곳에서는 소일거리가 별로 없다. 운동을 좀 해보려고는 하지만, 결국 간이침대에 누워 이번 사건 전체를 돌이켜 보며 생각에 잠길 때가 더 많다.

그리고 어젯밤, 나는 이런 생각을 했다.

아마 확산한 인류는 〈버블〉 가장자리까지 도달했고, 결국 뒤로 물러나지 않았던 것이다. 지구는 여전히 확산한 상태인지도 모른다. 고유 상태당 하나씩 존재하는 의식이, 끊임없이 분기하는 식으로 말이다. 다 세계 모델이 현실화되었다고나 할까? 뉴홍콩의 마천루들 사이에서는 여전히 피의 비가 쏟아지고, 어린아이들은 여전히 춤추는 꽃들을 소환하고 있다. 모든 꿈, 모든 비전이 생명을 얻었다. 천국과 지옥이 지상에 출현한 것이다.

모든 꿈. 모든 비전. 그중에는 이 세계도 포함되어 있다. 범용하고, 무한한 행복과 무한한 고통의 중간께에 위치한 세계.

그리고 지금 나는, 어둠을 올려다보며, 내가 응시하고 있는 것이 무한인지, 아니면 내 눈꺼풀 안쪽인지 의아해하고 있다.

그러나 해답을 알 필요는 없다. 잠을 선택할 수 있을 때까지, 마음 속에서 이 말을 몇 번이라도 되풀이하면 그만이므로.

모든 것은 결국 평범한 일상으로 귀속되는 법이다.

옮긴이의 말

쿤스트로서의 SF: 그렉 이건

어느 누구도 양자역학을 제대로 이해하지 못하는 것만은 확실하다.

-리처드 파인먼, 1964년

Q: 만약 20년 후의 미래로 갈 수 있다면, 그때 당신은 무엇을 하고 있을 것 같습니까?

A: 여전히 진짜 과학을 이해하기 위해 노력하고 있을 겁니다.

-그렉 이건 인터뷰, 1998년

소설이나 작가에 대해 공공연하게 '최고'라든지 '최상' 따위의 수식어를 남발하는 행위는 십중팔구 ① 출판 관계자의 과장, ② 주례사 해설의 상투적 어구, 또는 ③ 그런 정보를(보도자료의 형태로) 곧이곧대로 받아들이는 매스미디어의 몰이해에서 비롯된 것이지만, 이 책의 작가 그렉 이건이 상당수의 평론가들과 팬들에 의해 '세계 최고의 현역 SF 작가'로 지목되는 인물이며, 그의 실질적인 데뷔작인 장편 SF 『쿼런틴』의 번역 출간이 한국 SF 역사에서 하나의 이정표로 기록될 것이라는 점에는 의심의 여지가 없다.

해설 첫 문단부터 대뜸 이런 식의 거친 일반화가 가능한 것은, 지적

탐구 수단으로서의 과학적 사변이라는, 순수한 문학적 입장에서 보면 이율배반일 수도 있는 학구적인(따라서 가치 중립적이긴 하지만 어느 정도까지는 '등수를 매기는' 것이 가능한) 정체성을 SF 문학이 완전히 포기했던 적이 한 번도 없었다는 사실에 기인한다. SF의 경향을 논할 때 '최신'이라는 단어와 함께 과학기술을 다룬 기사에나 어울릴 법한 '최첨단'이라는 표현이 함께 쓰이는 것도, 결국은 이 장르가 문예 창작을 포괄하는 아트보다는 직업 예술 개념에 선행하는, '장인적 숙련이나 기술'의 뉘앙스를 가진 독일어의 쿤스트Kunst적인 요소를 짙게 함유하고 있기 때문이다.

『쿼런틴』은 20세기 시점에서는 '최신' 작품인 동시에, 다양한 스펙트럼을 가진 SF 장르 내부에서 '최첨단'으로 간주되던 작품이다. 『쿼런틴』을 기호품인 술에 비유하자면—SF 애독자들이 여전히 '마니아' 취급을 받기 일쑤인 우리 문화계의 현실에 비추어 본다면 이것은 엉뚱할지는 몰라도 그리 동떨어진 비유는 아니다—맥주도 와인도 스카치도 아닌 극상의 싱글 몰트 위스키라고나 할까. 독하게 느껴질 정도로 순수하기 때문에 만인을 위한 음료는 아닐지도 모르지만, 일단 맛본 사람을 '인식의 확산'이라는 SF 특유의 명정 상태로 이끌고, 지적인 탐구야말로 인류의 가장 숭고한 목적 중 하나라는 사실을 순간적으로나마 깨닫게 해주기 때문이다. 그런 점에서 그의 소설은 모호하기 그지없는 SF의 핵에 한없이 다가가고 있는 것이다. 그리고 여느 성공적인 예술 작품과 마찬가지로, 이것은 전통에 대한 작가의 자세와 밀접한 관련이 있다.

1. 사이버펑크의 소멸과 확산

H. G. 웰스가 『타임머신』(1895)을 쓴 이래 SF는 1세기를 넘는 세월에 걸쳐 확산과 변용을 거듭해 왔으며, 그 과정 자체가 시대정신의 중요한 일부를 이루는 대중 과학관의 변천을 반영하고 있다는 특징을 가지고 있다. SF의 새로운 틀을 짜려는 작가들의 집단적인 움직임은 전통적인 '문예사조'의 형태로 나타나는 경향을 보였고, 영어권의 SF가 펄프 픽션을 넘어 문학적으로 세련되는 계기가 된 1960년대의 뉴웨이브 운동이 바로 이런 문예사조의 한 예다. 그러나 SF가 과거의 틀을 깨면서도 독립된 장르로서의 정체성을 잃지 않을 수 있었던 것은 언제나 '과학'이라는 마지노선이 존재했기 때문이며, 이것은 문학적 심리주의에 뿌리를 둔 뉴웨이브조차도 예외가 아니었다. 특히 개인용 컴퓨터의 보급과 전 세계적 컴퓨터 네트워크의 등장에 촉발되고 등장한 사이버펑크 운동의 경우는, 운동 초기인 1980년대 중반부터 SF와 과학기술의 관계를 명확하게 규정함으로써 주목을 받았다.

사이버펑크의 가장 열성적인 입안자였던 텍사스 출신의 작가 브루스 스털링은 영국의 대표적 SF 잡지인 《인터존Interzone》에 게재한 에세이 「새로운 SF」에서, SF가 종래의 게토 의식을 일소하고 현재의 문화, 사회, 테크놀러지가 내포하는 진정한 미래를 재고할 것을 촉구했다. 이 목적을 실현하기 위해서 SF가 그 무엇보다도 필요로 하는 것은 다음과 같다.

① 진정한 현대 과학에 대한 관심

② 외삽법을 축으로 한 상상력의 재평가

③ 고감도의 환시 능력에 의한 정신적 지평의 확대

④ 21세기에 걸맞은 글로벌한 시야의 설정

⑤ 뉴웨이브의 혁신조차도 당연시할 수 있을 만큼 세련된 소설 기법의 확립

진정한 현대 과학에 대한 관심을 바탕으로 전통적인 외삽법을 구사한 급진적 하드 SF, 즉 사이버펑크야말로 진정한 SF라는 브루스 스털링의 주장은 장르 내부에 커다란 반향을 불러일으켰고, '사이버펑크의 제왕'으로 불리는 윌리엄 깁슨의 장편 SF『뉴로맨서』(1984)의 비평적, 상업적 성공과 맞물려 1980년대의 SF를 대표하는 '포스트모던'한 경향으로 자리 잡는다. 시간이 흐를수록 사이버펑크라는 단어가 SF 주류의 관용구 내지는 기법으로 받아들여지는 현상은 장르의 상업적인 속성상 피할 수 없는 결과였지만, 브루스 스털링이 상기의 에세이에서 요구했던 '첨단 기술에 대한 교양'을 갖춘 2세대들의 활발한 창작 활동에 힘입어 사이버펑크는 분화와 동시에 확산의 양상을 띠기 시작했고, SF 영화를 위시한 대중 문화 매체 전체에 침투하게 된다.

우리나라에서 사이버펑크는 루이스 샤이너에 의한 사이버펑크 운동의 공식 종결 선언이 나온 1991년부터 몇 년이 지난 후에야 비로소 해외의 '최신' 문화 트렌드라는 간판을 달고 조금씩 소개되기 시작했지만, 사이버펑크 서브 컬처가 일약 대중적인 에피스테메—인식의 패러다임—으로까지 격상된 것은 할리우드 영화 〈매트릭스〉(1999)의 성공이 기폭제 역할을 한 후부터다. (이 영화가 SF 문학과는 직접적인 관련이 없는 대중 문화론에 단골로 등장하는 것은 비단 우리나라만의 현상은 아니다.) SF 문단 내부의 사이버펑크가 문학적으로 희석되기 시작한 것도 1990년대 초의 일이다. 사이버펑크의 영향을 강하게 받은 신세대 작가들은 사이버펑크를 이데올로기가 아닌 기법의 일부로 받아들이려는 경향이 강했고, 정치적인

이유에서 브루스 스털링 일파의 배격을 받았던 전통적인 장르 SF조차도 재탐구의 대상이 되었으며, 이는 곧 작풍의 다양화로 이어졌던 것이다. 그렇다면 브루스 스털링이 주창하고 적극적으로 추진했던 '급진적 하드 SF'에는 어떤 일이 일어났던 것일까?

2. 하드 SF

하드 SF란 하드 사이언스, 즉 자연과학에 밀접한 현상을 주요 주제 및 소재로 다룬 이공계 성향의 SF를 뜻한다. 이 분야의 선구적 작품 중 하나인 할 클레멘트의 『중력의 임무』(1954) 이래, 과학 및 기술을 가능한 한 사실적인 틀 안에서 구사함으로써 전통적인 문제 해결의 도구로 삼는 하드 SF는 소수파이긴 하지만 언제나 하드코어, 즉 협의의 '순수한' SF의 위치를 지켜왔다. 하드 SF가 소수파일 수밖에 없었던 가장 큰 이유는, 소설 내부에서 자연과학적 정보가 차지하는 비율이 높은 탓에 SF의 다른 하위 장르들에 비하면 아무래도 '딱딱할' 수밖에 없기 때문이다. 그러나 1970년대 들어 로버트 L. 포워드와 그레고리 벤포드를 필두로 한 현역 과학자 출신의 거물 SF 작가들이 잇달아 데뷔하면서, 하드 SF는 뉴웨이브 운동이 소멸한 후 일종의 사상적 혼란기에 빠져 있었던 SF계에 새로운 바람을 불어넣은 것으로 평가된다.

그런 맥락에서, 사이버펑크의 운동가들이 주창한 급진적 하드 SF와 전통적인 하드 SF 사이의 가장 큰 차이점은 뉴웨이브적인 '스타일'의 유무라고 할 수 있을 것이다. 본래 '급진적 하드 SF'라는 용어는 브루스 스털링이 《인터존》의 SF 평론가 데이비드 프링글의 용어를 차용한 것이지만, 사이버펑크적 맥락에서 '급진적'이란 수식어는 뉴웨이브와 마찬가지로 스타일상의 '새로움'을 가리키며, '펑크'라는 단어가 말해주듯이 일종의 '쿨의 탄생'에 관한 언급이라고 해도 될 것이다. 수박 겉핥기식으로 사이버펑크를 모사하려다가 실패한 후세의 유사 사이버펑크 소설들과 이들 소설의 적자라고 해도 무방한 할리우드산 SF 영화들을 보면 잘 알 수 있지만, 사이버펑크의 표면적인 특징 중 가장 눈에 띄는 것은 하이테크 소도구 및 패션으로서의 반체제였으며, 이것은 컴퓨터로 대표되는 과학기술의 산물이 인간의 일상생활에 지대한 영향을 끼치기 시작한 1980년대적 상황에 대한 사이버펑크 특유의 **문학적인** 해답이었다. 따라서 기존의 하드 SF의 포맷만으로는 이런 상황에 총체적으로 대처하는 것은 쉽지 않았으며, 비非사이버펑크로 분류되는 작가들이 쓴 1980년대의 하드 SF 작품들은 대부분 까마득하게 먼 미래의 인류가 경험하는 모험을 다루거나(그레고리 벤포드의 〈Galatic Center〉 시리즈와 래리 니븐의 〈Known Space〉 시리즈), 천문학적 전문 지식에 천착하는 경우가(로버트 L. 포워드의 『Dragon's Egg』) 많은 것도 이와 무관하지 않다. 예외가 있다면 엔지니어 출신의 유망 신인이었던 제임스 P. 호건의 SF 스릴러/미스터리를 들 수 있겠지만, 신인 시절의 호건은 필력이 아이디어의 참신함을 (전혀) 따르지 못한다는 결정적인 약점을 가지고 있었다.

바꿔 말해서 1970년대에 데뷔한 하드 SF 작가들은 그 능력의 유무와는 상관없이 사이버펑크가 남긴 문학적인 공백—이것은 작가들 자신이 그 사실을 깨닫는 시점부터 존재하기 시작하는 종류의 '공백'이었지만—을 완전히 채우지는 못했고, 영어권의 SF계에서는 뉴웨이브 소멸 이후의 혼란기와 매우 유사한 상황이 벌어질 것으로 예상한 평론가들도 많았다. 그러나 실제 상황은 문학 이론과는 상당히 달랐다. 10여 년 전 사이버펑크 1세대들이 환시 속에서 봤던, '반사회적 기술인'들의 암울하고 스타일리시한 미래는 아직 오지 않았지만, 그들이 지향했던 '진정한 현대 과학' 쪽은 종결 선언이 나온 뒤 몇 년도 채 지나지 않은 1990년대부터 현실 세계를 잠식하기 시작했던 것이다.

3. 기술주의적 SF의 부활

앞서 언급했듯이 SF가 여전히 SF로 성립할 수 있는 가장 큰 이유는 '과학'이라는 렌즈를 통해 외부 세계의 변화를 민감하게 감지하고 저작한 다음, 소설의 형태로 표현할 수 있는 메커니즘이 장르 내부에—더 정확하게 말하자면 SF라는 명칭을 통해—보존되고 있기 때문이다. 소설 기법적인 면에서는 미래 예측을 위한 외삽법, 소재 면에서는 과학기술, 비평 면에서는 주기적으로 벌어지는 SF론(SF를 어떻게 정의해야 하는가?)의 형태로 발현하곤 하는 이 메커니즘을 문학적 DNA 따위의 인문학적(?)인 표현을 써서 묘사하고 싶은 유혹을 느끼는 사람은 비단 필자 한 사람은 아닐 것이다. 다만, 정말로 중요한 것은 이 메커니즘이 합의된 현실을 반영하는 일종의 표상 체계를 이루고 있다는 사실이다. 본디 인식론적인 성향이 짙었던 사이버펑크 운동의 입장에서 본 '진정한 현대 과학'이란, 조금 시니컬한 표현을 쓰자면 상황적으로밖에는 인식할 수 없는, '말할 수 없는' 과학관의 등가 개념이었고, 사이버펑크의 대표적 모티프인 신체와 사물의 결합—미러셰이즈와 사이버스페이스 등의 장르 아이콘으로 상징되는—도 랑그와 사물 간의 역사적인 긴장 관계가 포스트모던 시대의 SF 담론의 형태로 표출된 것이라고 보아도 무방하다. 바꿔 말해서 뉴웨이브가 '과학-SF-현실'의 도식으로 표현될 수 있는 건스백적 담론을 '과학-SF론-현실'의 내우주론으로 발전시켰다면, 사이버펑크는 1980년대 들어 가속화된 전 세계적 규모의 기술적 변화—개인용 컴퓨터의 보급—를 실질적인 세계관의 변화로 치환하고, 사이버펑크적인 비전이야말로 진정한 '현실'이라는 논리를 펼쳤던 것이다.

실제로 그런 변화가 있었다는 점에 대해 이의를 제기할 생각은 없지만, 사이버펑크 운동을 규정하는 가장 큰 특징 중 하나였던 동시대성—원한다면 '코드'라고 불러도 좋다—은 미래를 예측하는 방법으로서는 뉴웨이브의 경우와 마찬가지로 그다지 효율적인 것이 아니었다. 장르의 틀을 박차고 나온 사이버펑크가 일반 대중 사이에서 일종의 '유행'이 되어버렸다는 사실은 장르 내부에서의 영향력을 반증해 주고 있다고 할 수도 있겠지만, 에피스테메의 변화를 '실천적'으로, 그러니까 추상적이 아닌 창조적인 차원에서 자연스럽게 받아들이고 미래 예측의 형태로 확대재생산한 SF 작가를 사이버펑크 내부에서는 찾아보기는 힘들었던 것이다. 물론 이런 현상은 사이버펑크가 마르크시즘과 유사한 '혁명'을 갈구한 문학 운동이자 시대에 대한 일종의 메타포였다는 사실에 기인한 것이지만, 이 운동이 '패션으로서의 문학성' 개념을 통해 SF의 심층구조에 존재하는 랑그와 현실 사이의 괴리를 건드리지 않은 채로 은폐하려는, 어떤 의미에서는 권력 지향적 경향을 보였다는 비판으로부터는 결코 자유로울 수는 없다. (사이버펑크 운동 자체가 지극히 정치적이었으므로 당연하다면 당연한 일이다.)

랑그와 그것이 상징하는 사물 사이의 관계 설정에 병적일 정도로 민감했던 SF 작가로는 필립 K.딕(PKD)을 들 수 있다. 그런 맥락에서, 일생 동안 현실과 허구 사이의 괴리에 고뇌하다가 말년에는 마침내 신비주의로 귀의했던 PKD가 K. W. 지터를 위시한 젊은 사이버펑크 작가들에게 일종의 상징적인 교조로 받아들여졌다는 사실은 시사하는 바가 크다. PKD의 가장 큰 특징이라면 우선 주제와 소재 사이의 불균형을 들 수 있을 것이다. 그의 소설 대부분은 타임머신, 초능력, 로봇, 인조인간, 외계인의 침략, 평행 세계, 가상현실, 환각 경험 등을 위시한 클리셰를 마치 장난감처럼 늘어놓은 B급 SF풍 환경에서, 자가당착에 빠진 평범한 주인공이 극히 포스트모던한 고뇌를 경험하는 이야기로 거칠게 정의되곤 한다. 바로 이런 괴리가 뒤늦게 PKD를 발견한 후세의 문화이론가들에게 큰 매력으로 작용하는 것이겠지만, 10년 뒤에 발흥한 사이버펑크의 경우에도 클리셰의 조작이 매우 정교해졌다는 점을 제외하면 인식 구조의 근본적인 ('코페르니쿠스적'인) 전환은 없었다. SF계가 실제로 그런 현상의 발아를 목격하는 것은 21세기를 주도하게 될 이른바 빅 사이언스—바이오테크놀러지와 인포메이션 테크놀러지, 그리고 나노 테크놀러지—의 성과에 자극받고 새로운 종류의 하드 SF가 출현했던 1990년대 중반의 일이다.

양자의 불규칙한 도약 못지않게 흥미로운 이 현상을 SF 평론가이자 앤솔러지스트인 데이비드 G. 하트웰처럼 '하드 SF 르네상스'라고 부르는 것은 조금 과대 포장일지도 모르지만, 1980년대에 영국 잡지 《인터존》 등을 통해 데뷔한 후 본격적으로 작가 활동을 개시하고, 1990년대 들어 전문 작가로 변신한 영연방의 작가들—영국의 폴 J. 매콜리, 이언 매클라우드, 스티븐 백스터, 에릭 브라운, 찰스 스트로스, 그리고 오스트레일리아의 그렉 이건—의 작품은 기존의 하드 SF 개념을 일신하고도 남을 만한 파괴력을 내포하고 있었다. 백스터와 스트로스, 그리고 본서의 저자인 이건을 제외하면 아직 우리나라에 제대로 소개되지 않았지만, 이들이야말로 완료형이 아닌 현재 진행형으로 21세기의 SF를 규정한 가장 중요한 작가 그룹이라고 해도 과언이 아니다. 가장 눈에 띄는 작가적 특징이라면, 브루스 스털링이 사이버펑크 작가들에게 요구했던 '첨단기술에 대한 교양'에서 한층 더 업그레이드된 '첨단기술에 대한 전문지식'을 갖추고 있다는 점이랄까. 뉴웨이브나 사이버펑크 작가들이 보여준 정치적인(설령 피상적이었다고는 해도) 결속력 대신 이들이 가지고 있는 것은 수학과 생물학과 컴퓨터공학 학위며, SF의 코드에 대한 전통적인 고민에 잠기기보다는, 그 핵심을 이루는 문학 기술—쿤스트—을 아무런 거리낌도 없이 독자 앞에 내어 보일 수 있는 내부적 기술인로서의 자세다.

4. 격리된 현실: 쿼런틴

2034년 11월 15일, 어느 날 지구의 밤하늘에서 별들이 완전히 사라졌다. 지름이 명왕성 궤도의 두 배나 되는 정체불명의 검은 구체 버블bubble이 태양계를 완전히 감싸버렸던 것이다. 세계 각지에서 혼란과 폭력을 불러온 이 초유의 사태도, 몇십 년이 지난 지금은 이미 일상생활의 일부로서 받아들여지고 있었다. 과학자들이 내놓을 수 있었던 설명은 단 하나였다. 상상을 초월한 과학기술 능력을 가진 외계 종족의 간섭에 의해 지구를 포함한 태양계 전체가 '격리'당한 것이다. 도대체 어떤 이유에서?

2066년, 서부 오스트레일리아의 대도시 퍼스의 사립 탐정인 닉 스타브리아노스는 익명의 의뢰인으로부터, 24시간 엄중하게 감시받고 있는 병원에서 홀연히 사라져 버린 젊은 지적장애 여성 로라 앤드루스의 행방을 찾아달라는 부탁을 받는다. 21세기도 이미 반이 지난 지금, 대뇌생리학을 위시한 생명공학과 나노공학의 눈부신 발전에 의해 인류는 스스로의 능력이나 감정을 자유롭게 제어할 수 있는 수단을 손에 넣었다. 나노머신으로 인간의 뇌 신경을 재배선하는 형태로 뇌의 일부를 수정modify함으로써, 제한적이나마 인간을 일종의 생체 컴퓨터로 활용할 수 있는 기술이 실용화된 것이다. 모드mod라는 약칭으로 불리는 이것들은 현재의 개인용 컴퓨터와 스마트폰을 능가하는 영향을 인간에게 끼치고 있다. (스마트폰의 앱이 뇌 안에 들어 있는 것이라고 생각하면 이해하기 쉬울 것이다.) 전직 경찰관이었던 닉 역시 예외가 아니어서, 워크스테이션급의 가상 컴퓨터에서부터 정신 상태를 '최적화'하는 경찰용 프로그램까지 망라한 가지각색의 모드를 머리에 '깔아놓은' 상태다. 오스트레일리아 남부의 신흥 독립국인 '뉴홍콩'에서 로라 실종의 단서를 찾은 닉은 추적을 개시하는데…

*

『쿼런틴』의 여러 의미에서 고전적이라고 할 수 있는 도입부에서 독자들의 눈길을 끄는 것은 과학적 디테일의 풍성함일 것이다. **암호비서**(〈뉴로컴〉, 5,999달러), **데자뷔**(〈글로벌 비지주〉, 750달러) 하는 식으로 모드에 제조 회사명과 가격표를 첨부하는 이공계 출신자 특유의 현실 감각도 컴퓨터 시대의 독자들을 즐겁게 하지만, 놀랍도록 정확한 이론적 외삽에 의거한 과학기술 묘사는 과학자 출신이 많은 하드 SF에서도 이례적일 정도로 엄밀하다는 평을 받고 있다. 그의 전문 분야라고 할 수 있는 컴퓨터공학과 유전공학뿐만 아니라, 본서의 주제며 양자역학을 다룬 SF에서는 약방의 감초처럼 등장하는 관측 문제—'슈뢰딩거의 고양이'로 상징

되는—에 이르러서는 웬만큼 SF를 읽은 팬들조차도 아연실색할 정도의 정도의 파격적인 논리를 전개하고 있다. 이것은 그렉 이건의 사고실험이 왜 SF의 핵과 맞닿아 있는지를 여실히 보여주는 대목이기도 하다.

우리는 등장인물 포콰이가 말하듯이 '형이상학이 실험과학이 되어버린' 기이한 시대에 살고 있다. 우주에 대한 우리의 물리학적 지식은 거시적인 것과 미시적인 것 두 가지로 크게 나눌 수 있으며, 전자는 아인슈타인의 상대성이론, 후자는 양자론의 영역이라고 할 수 있다. 상대성이론은 기본적으로 뉴턴역학의 연장선상에서 천문학적 현상을 다루고 있기 때문에 일반인에게도 어느 정도 친숙하지만, 20세기 최대의 과학 이론이라고 할 수 있는 양자역학의 경우에는 불확정성 원리(입자의 이중성)로 대표되는 반직관적인 결론 때문에 현대 과학 문명 자체를 떠받치고 있는 이론임에도 불구하고 여전히 난해함과 신비로움의 너울을 완전히 벗지는 못하고 있다. 그러나 대중 소설(?) 『쿼런틴』을 읽기 위해 특별한 전문지식이 필요한 것은 결코 아니며, 소설 본문에서 닉과 포콰이의 대화에 녹아들어 간 형태로 설명되어 있는 양자론의 기본 명제들을 이해하는 것으로 충분하다.

양자역학의 경우 SF소설의 소재로 가장 인기가 있는 것은 시간 여행과 평행 우주론에 쉽게 결부시킬 수 있는 에버렛의 다세계 해석이겠지만, 관측 문제의 가장 고전적이고 전통적인 이론은 역시 덴마크 출신의 물리학자 닐스 보어의 코펜하겐 해석이다. 본서에서 '코펜하겐 해석'이라는 표현은 한 번도 나오지 않지만, 등장인물들에 의해 여러 번 언급되는 '파동함수의 수축'이라는 용어는, 어떤 현상의 발생은 발생 가능한 현상들의 집합에서 확률적으로 결정되며, 물질의 존재에 측정자의 주관이 결합한다는 비결정론의 기조를 이루는 개념이다. 넘원자subatomic 레벨의 물질적 현상을 거시적 경험 세계를 반영하는 위치나 속도, 에너지 등의 고전적 물리 언어로 직접 서술하지 않고, '파동함수'라는 수학적 개념을 사용해서 '실용적'으로 해결해 버린(여기서 '실용적'이라는 표현은 원자 내부에서 실제로 무슨 일이 일어나고 있는지를 기술하는 대신에, 인간이 그 현상을 관측한 후의 관측 결과를 수학적으로 계산할 수 있다는 의미다) 코펜하겐 해석은 뛰어난 예측력에도 불구하고, 확률론적인 성격으로 인해 이론 형성 초기부터 쟁점의 대상으로 떠올랐다. (양자역학의 선구자 중 한 사람이었으면서도, "신은 주사위를 던지지 않는다"라면서 자기 자신의 연구도 제쳐두고 보어와 논쟁을 벌였다가 결국 패한 아인슈타인이 대표적인 반대파였으며, 슈뢰딩거의 고양이 패러독스 또한 같은 맥락에서 바라볼 수 있다.) 그러나 본서에서도 변형된 형태로 등장하는 슈테른-게를라흐의 은 이온을 이용한 방향 양자화 실험이 시사하듯 어떤 식으로든 현상학적인 의미에서의 '수축'이—그 과정이 고전적이든 아니든 간에—일어난다는 사실에 관해서는 의심의 여지가 없다.

아인슈타인이 거의 독력으로 일궈낸 상대성이론과는 달리, 20세기의 양자역학은 여러 물리학자들의 창조적 논쟁을 통해 현재의 형태로 발달해 왔다는 특징을 가지고 있다. (따라서 지금도 여전히 여러 가설이 병립할 여지가 있다), 이론 자체가 불러일으킨 인식론적인 논쟁(인간이 우주의 양태를 결정하는가?)은 전통적인 자연과학의 틀을 벗어나 있었고, 최악의 경우에는 이른바 〈신과학〉으로 대표되는 양자 신비주의로까지 '타락'하는 경우도 종종 볼 수 있었다. 닐스 보어가 주창한 상보성원리(전자는 입자인 동시에 파동이다)에 불건강할 정도로 호감을 보이는 양자 신비론자들(프리드쇼프 캐프라가 일찌감치 소개된 탓에 우리나라에서도 추종자들을 찾아볼 수 있다)과는 대조적으로, SF 작가들은 수학적으로 엄밀하고 '아름다운' 이론인 에버렛의 다세계 해석을 '창조적(오락적)'으로 재해석함으로써 SF에서 가장 인기 있는 서브 장르 중 하나인 평행 우주—대체역사의 소재로 만들어 버린 감이 있다. 이들의 공과는 과학 이론의 대중화라는 시니컬한 측면에서도 논할 수 있겠지만, 그렉 이건의 경우에는 코펜하겐 해석의 거시화(?)라는 소설적인 곡예를 통해 관측 문제 자체를 소재가 아닌 주제로 삼았다는 데서 그 독창성을 엿볼 수 있다.

미시 세계와 거시 세계의 물리적 설명을 통합하려는 야심적 시도인 '만물 이론'에 관해서는, 초끈 이론을 위시한 통일 이론을 지향하는 현대의 이론물리학자들뿐만 아니라 현대 과학에 관심을 가진 하드 SF 작가들에게도 영감의 원천이 되어주고 있지만, 『쿼런틴』은 J. D. 배로가 말하는 '제3의 목적', 즉 기존의 양자론을 좀 더 이해하기 쉬운 직관적인 것으로 '변형'시키고 있다는 점에서 탁월하다. SF에서 흔히 쓰이는 천문학적으로 거대하고, 멍청한 물체—〈버블〉—의 존재를 소설 글 첫머리에서 제시하고, 그 전제가 성립한다는 가정하에서 이야기를 전개해 가는 그렉 이건 특유의 소설 미학은, 하드 SF라기보다는 오히려 H. G. 웰스에서 시작되어 영국 작가 배링턴 J. 베일리와 이언 왓슨의 작품으로 이어지는 아이디어 SF—기존의 물리법칙 자체를 거부하고, 자체적인 우주관에 입각한 파격적인 사변을 전개하는 철학적 SF—의 전통에 한없이 근접해 있다. 그리고 그 과정에서 그렉 이건이 보여주는 황당무계할 정도로 거시적인 논리의 비약(『쿼런틴』 또한 이 점에서는 예외가 아니다)과 그것을 떠받쳐 주는 편집증적일 정도의 과학적 성실함, 그리고 SF의 전통 자체를 아예 무시하는 한이 있더라도 자기 자신만의 완결된 이론을 추구하려는 자세가 닳고 닳은 SF 독자들의 심금을 울리고 경악하게 만드는 것이다. (아이로니컬하게도, 경악 혹은 경이감의 문학으로 규정되곤 하는 SF에서 그가 '최고의 작가'로 불리는 이유 중 하나는 바로 이것일 것이다.) 그리고 이 과정은 현재 진행형이다. 우주의 주관적인 국면을 투시함으로써 그 이면에 존재하는 좀 더 객관적 현실의 편린을 목격하고 인간의 '정상적인' 우주관을 초월하는 현실에 천착한다는 맥락에서 그렉 이건은 『쿼런틴』에서 『순열 도시Permutation City』(1994), 『비탄Distress』(1995)으로 이어지는 세 편의 초기 장편들을 〈주관적 우주론〉 3부작이라고 부르고 있다. 그렉 이건 자신이 말했듯이 4세기 전의 인류는 지구가 태양 주위를 공전하고 있다는 얘기만으로도 큰 충격을 받았지만, 현 인류는 그때와는 비교도 되지 않을 정도로 발달한 과학기술에 의해 우주의 크기가 몇십억 배 이상 늘어났다는 사실이 밝혀져도 놀라지 않는다. (놀라는 사람은 기껏해야 천문학도와 물리학도들뿐이다.) 『쿼런틴』은 바로 이런 맥락에서의 '충격'을 현대에 되살리려는 끊임없는 '문학적 시도'의 일환인 것이다. 참고로, 『쿼런틴』 출간 이후에도 관련 논문을 꾸준히 섭렵한 작가 본인은 이제는 '수축의 환상'을 버리고 다세계 해석을 지지하는 쪽으로 기울었다고 술회하고 있다.

그의 작품세계가 내포한 몇몇 현저한 특징이라면 ① 기성 종교에 대한 환멸에서 비롯된 윤리적 성실함(본서에서도 주인공인 닉을 통해 상당히 직접적인 형태로 표현되고 있다), ② 인간중심주의에 대한 반감(이것은 우주 및 인간 정신에 대한 유물론적인 해석—조물주나 영혼 따위는 존재하지 않는다는—과도 밀접한 관련이 있다), 그리고 ③ SF를 예술적 목적이 아닌 일종의 도구(쿤스트)로 간주한다는, 어떤 의미에서는 정통적이긴 하지만 극히 희귀한 SF관을 들 수 있을 것이다. 이런 특징은 그의 대표적인 중편 SF인 「내가 되는 법 배우기」(1990)나 「내가 행복한 이유」(1997), 《아시모프》에 게재된 뒤 미국 독자들 사이에서 격렬한 논쟁을 일으켰던 휴고상 수상작 「오셔닉」(1998) 등을 통해서도 여실히 드러나 있으며, 이것은 그가 같은 영어권이지만 SF계에서는 여전히 변방으로 간주되는 오스트레일리아의 작가라는 사실과도 밀접한 관련이 있다. (그리고 그는 오스트레일리아 SF에서조차도 이질적인 작가다!) 결국 그렉 이건의 매력은 치열한 작가적 윤리와 그것을 실행에 옮길 수 있는 탁월한 지적 능력의 행복한 결합에서 오는 것이라고 할 수 있을지도 모른다.

5. 내가 되는 법 배우기: 그렉 이건

그렉 이건은 1961년 인도양을 마주 보고 있는 서부 오스트레일리아의 대도시 퍼스에서 태어났으며, 지금도 그곳에서 살고 있다. 그는 웨스턴오스트레일리아 대학에서 수학 학위를 취득한 후 대학병원 부속 의학연구소에서 컴퓨터 프로그래머로 일하며 SF를 쓰기 시작했고, 장편 SF 『쿼런틴』이 오스트레일리아 SF 협회가 수여하는 디트머상의 최우수 장편으로 선정된 것을 계기로 전업 작가의 길로 들어섰다. 그와 같은 시기에 데뷔한 젊은 신인들로는 상술한 스티븐 백스터, 이언 맥도널드, 폴 J. 매콜리, 그리고 미국의 테드 창이 있다. 그렉 이건은 이들과 더불어 1990년대에 본격 SF 돌풍을 일으킨 포스트 사이버펑크 세대의 한 사람이며, 중편 SF 「오셔닉」이 휴고상, 로커스상, 아시모프상을 수상하고, 또 두 번째 장편 SF인 『순열 도시』가 존 W.캠벨 기념상을 수상함으로써 명실공히 오스트레일리아를 대표하는 SF 작가가 되었다.

『순열 도시』는 SF의 정의에 맞닿는 '우주 내부에서의 인간의 존재 양태'에 대한 작가의 일관적인 추구가 결실을 본 걸작이며, '하드 SF 사상 가장 난해한 작품'의 하나로 꼽히기도 한다. 그렉 이건은 이 장편을 통해 컴퓨터의 가상공간 내에 존재하는 일종의 자기 완결적 우주를 의미하는 오토버스autoverse가 인공 생명으로 '진화할' 가능성을 탐구하고 있다. 서기 2050년을 무대로 하고 있는 이 소설에서 주인공인 폴 더럼은 자신이 가상공간 내에 존재한다는 사실을 깨닫고※, '바깥 세계'에 존재하는 자신의 '오리지널'이 '카피'인 자신을 써서 모종의 실험을 획책하고 있다는 사실을 알게 된다. 이 실험의 배경에는 2050년대에는 사망한 부호의 카피가 준 시민권을 얻어 오리지널의 사후에도 기업이나 재산을 통제하는 방식이 일반화되어 있다는 사정이 있었다. 한편, 오토버스 내부에서 인공 생명을 진화시키는 실험에 병적으로 몰두하던 컴퓨터 프로그래머 마리아는 오리지널 대럼으로부터 행성(!) 규모의 오토버스를 제작해 달라는 기묘한 의뢰를 받는다… SF팬들뿐만 아니라, 인공 생명을 연구하는 과학자들과 컴퓨터 전문가들 사이에서도 화제가 되었다는 후일담이 있는 작품이다.

세 번째 장편 SF이자 주관적 우주론 3부작의 말미를 장식하는 『비탄』은 원로 SF 작가이자 과학자인 아서 C. 클라크의 "충분히 발달한 과학은 마법과 구분이 되지 않는다"라는 격언이 그대로 실현된 듯한 먼 미래를 배경으로, 일종의 '정신적 에이즈'라고 표현되는 수수께끼의 정신병 '비탄'에 관한 사변을 전개한 특이한 소설이다. 이론 물리학의 다세계 가설을 통해 재구축되는 권말의 클라이맥스가 압권이며, 오레알리스상 최우수 장편으로 선정되었다.

두 번째 장편 SF와 테마적으로 밀접하게 관련되어 있는 네 번째 장편 SF 『디아스포라Diaspora』(1997)는 '의식'을 가진 '소프트웨어'인 카피가

※ 영화 〈너바나〉나 〈매트릭스〉에서도 쓰인 이 아이디어는 영화 평론가들 사이에서는 일종의 '영상적 충격'으로 받아들여졌지만, SF 소설에서는 1960년대부터 일상적으로 사용되던 소재다.

육체적 불사의 대안으로서 가상공간에 대거 이주한 가까운 미래를 배경으로 한다. (소프트웨어들은 죽지 않으므로.) 지구상에는 여지껏 육체를 고집하는 소수의 인간들이 남아 있었지만, 어느 날 천문학적 이변의 영향으로 인간을 포함한 모든 유기 생명체가 전멸하게 된다. 인류 문명의 유일한 후계자가 된 이들 카피들은 또 다른 이변에 의해 자신들까지 전멸할 가능성을 두려워한 나머지 인공 웜홀을 통해 은하계에서 탈출하려는 계획을 세운다. SF에서조차도 보기 드문 거시적인 스케일과 우주–존재론이 절묘하게 결합된 궁극의 하드 SF며, 지금도 그렉 이건의 최고 걸작으로 회자된다. 이 작품으로 신인이었던 그렉 이건은 '최첨단' SF의 기수로서의 명성을 확립했다.

그렉 이건의 후속 장편 SF인 『테라네시아Teranesia』(1999)와 『실트의 사다리Shild's Ladder』(2002), 『백열광Incandescence』(2008)은 상술한 우주관을 등장인물(종족)이 처한 상황에 좀 더 밀착한 형태로 풀어놓은 역동적인 걸작들이며, 『백열광』을 방불케 하는 까마득한 미래 우주에서의 모험을 다룬 직교Orthogonal 3부작(2011-2013)은 가장 '하드'한 SF의 극점에 도달한 작품군으로 간주된다. 장편 못지 않게 야심적이고 충격적인 데다가 시의성에서는 되레 앞선다는 평가를 받는 그렉 이건의 대표 중·단편들은 장편 『쿼런틴』의 원형을 제공했다고 해도 무방한 초기 단편 「무한한 암살자」(1991)와 「행동 공리」(1990)를 위시해서 각종 SF상을 휩쓴 대표작들을 다수 수록한 작품집 『행동 공리Axiomatic』와 『루미너스Luminous』와 『오셔닉Oceanic』에서 읽을 수 있다. 2022년 12월 현재 이 중단편집들은 세 권의 한국어판으로 새롭게 편집되어 허블 〈워프〉 시리즈의 일환으로 출간되었거나 출간될 예정인데, 필자가 번역한 한국어판 작품집 『내가 행복한 이유』(2022)는 그 첫 번째 책에 해당한다.

2020년대 들어 그렉 이건은 서부와 남부 오스트레일리아의 변두리에 격리되어 있는 난민을 위한 인권 운동(이 부분에 대한 그렉 이건의 생각은 본서에서도 주인공인 닉의 말을 빌려 극명하게 드러나 있다)에 여전히 큰 관심을 기울이고 있다. 필자는 번역 텍스트로 'EOS' 프로그램의 1995년도판을 사용했으며, 본문에서 쓰인 물리학 관련 용어는 한국물리학회의 공식 물리학 용어집을 참조했다. 이 용어집에서는 '파동함수의 수축(또는 붕괴)'이라는 단어에 관해서는 '오그라듦'이라는 용어를 추천하고 있지만, 본서의 성격상 번역문에서는 '수축'이라는 단어를 택했다. 참고로 본서에 등장하는 '앙상블'이란 단어는 '동일 열원과 동일하게 상호작용하는 동일한 계들의 많은 모임'을 뜻하며, 동일한 거시적인 열역학 상태를 공유하나, 서로 다른 미시적 구조를 갖는 계들의 집합을 뜻하는 물리학 용어이기도 하다. 특이하게도 원문의 1인칭 문장에서는 영어 소설의 표준이라고 할 수 있는 과거형 대신 현재형 동사가 쓰이고 있는데, 이것은 본서의 양자역학적 내용과도 밀접한 관련이 있지만, 번역문에서는 한국어로서의 '매끄러움'을 위해 모두 대부분 과거형으로 통일했음을 밝혀둔다. (그러나 주인공이 '확산'하고 있을 때의 시제에 유의하기를 바란다.)

김상훈(SF 평론가, 번역가)

*이 글은 2003년에 행복한책읽기에서 출간된

한국어판 『쿼런틴』의 해설을 가필 수정한 것입니다.

그렉 이건 저작 목록

장편소설

An Unusual Angle (1983) | Quarantine (1992) | Permutation City (1994) | Distress (1995) | Diaspora (1997) | Teranesia (1999) | Schild's Ladder (2002) | Incandescence (2008) | Zendegi (2010) | The Clockwork Rocket (2011)* | The Eternal Flame (2012)* | The Arrows of Time (2013)* | Dichronauts (2017) | The Book of All Skies (2021)

(*〈Orthogonal〉 3부작)

중·단편집

Axiomatic (1995) | Our Lady of Chernobyl (1995) | Luminous (1998) | Dark Integers and Other Stories (2008) | Crystal Nights and Other Stories (2009) | Oceanic (2009) | The Best of Greg Egan (2019) | Instantiation (2020)

쿼런틴

초판 1쇄 찍은날 2022년 12월 12일
초판 1쇄 펴낸날 2022년 12월 21일

지은이 그렉 이건
옮긴이 김상훈
펴낸이 한성봉
편집 김학제·신소윤·권지연·전소연·문정민
콘텐츠제작 안상준
디자인 정명희
마케팅 박신용·오주형·강은혜·박민지·이예지
경영지원 국지연·강지선
펴낸곳 허블
등록 2017년 4월 24일 제2017-000050호
주소 서울시 중구 퇴계로30길 15-8 [필동1가 26]
페이스북 www.facebook.com/dongasiabooks
트위터 twitter.com/in_hubble
전자우편 dongasiabook@naver.com
블로그 blog.naver.com/dongasiabook
홈페이지 hubble.page
전화 02) 757-9724, 5
팩스 02) 757-9726
ISBN 979-11-90090-78-0 03840

※ 허블은 동아시아 출판사의 SF 브랜드입니다.
※ 잘못된 책은 구입하신 서점에서 바꿔드립니다

만든 사람들

책임편집 김학제
크로스교열 안상준
디자인 석윤이
본문조판 최세정